Aura tira los tacones y echa a volar

AF276085

Novela

Alexandra Roma
Aura tira los tacones y echa a volar
Serie Aura, 2

 Planeta

PEFC Certificado

Este libro procede de
bosques gestionados
de forma sostenible

PEFC/14-38-00305   www.pefc.es

© Alexandra Manzanares Pérez, 2024
© Editorial Planeta, S. A., 2024
   Avda. Diagonal, 662-664, 08034 Barcelona (España)
   www.planetadelibros.com

Diseño de la cubierta: Booket / Área Editorial Grupo Planeta
Ilustración de cubierta: Shutterstock
Primera edición en Colección Booket: mayo de 2024

Depósito legal: B. 6.524-2024
ISBN: 978-84-08-28758-2
Composición: Realización Planeta
Impresión y encuadernación: CPI Black Print
Printed in Spain - Impreso en España

Biografía

Alexandra Roma nació en Madrid en 1987. Ganadora del
V Premio Literario La Caixa / Plataforma Editorial con *Hasta
que el viento te devuelva la sonrisa* y finalista en la quinta
edición del Premio Titania de novela romántica con *Ojalá
siempre*, es autora de más de una decena de novelas entre
las que destacan *El Club de los Eternos 27* y *Solo un amor
de verano*. En Planeta ha publicado la bilogía «Fugaces pero
eternos»: *La noche que paramos el mundo* y *El día que
encendimos las estrellas*. *Las alas que inventamos* es su
última novela. Le gusta pensar que escribe sobre sentimientos
y que sus personajes son personas. Es una enamorada de los
pequeños detalles del mundo y adora a su familia, su gente,
los dos gatos que la utilizan como sofá humano, viajar, las
bandas sonoras y ver series. Leer y escribir le da alas. Y vuela.
Y no sabe cómo es la felicidad, pero está segura de que
mientras teclea es capaz de verle la cara.

@alexandraromawriter
AlexandraRomaa

Para todas las personas que piensan que nuestra capacidad de sentir es un regalo, gracias por acompañar a Aura hasta el final

Capítulo 1

El reencuentro

Llegué a Londres. Esa vez no hice ninguna ceremonia cuando el avión aterrizó y nos informaron por los altavoces de que podíamos bajar. No. No me transformé en Neil Armstrong y pisé el suelo de la ciudad con solemnidad como si estuviese llegando a la Luna ni comencé a dar saltitos de ardilla emocionada al ser consciente de que estaba en otro país por segunda vez en mi vida. No era necesario. Habría estado igual de feliz si el destino hubiera sido una aldea de la Galicia profunda en la que solo hubiese un par de vacas pastando y un señor agitando una vara. Y es que el lugar era indiferente. Lo importante era él. Mi reencuentro con Víctor.

Recogí la mochila, me la colgué al hombro y desplegué todas mis habilidades, recientemente adquiridas en la jungla de Madrid, para sortear al resto de los pasajeros por los interminables pasillos casi corriendo para poder llegar cuanto antes a su lado y, atrapándolo, exprimir todos los segundos que nos quedaban por delante para impedir que el escurridizo tiempo se me escapara entre los dedos sin poder evitarlo.

Aceleré al pensar que, en unos instantes, ese rostro, que había rememorado hasta la saciedad dibujándolo en la cabeza con todo lujo de detalles, estaría frente a mí. Adelantaba a las personas sin consideración ni educación alguna. (Exactamente de la misma manera que en mi primera experiencia en la capital, en Atocha, lo habían hecho lo que intuía que eran ejecutivos al borde de un ataque de nervios, a los cuales yo había criticado hasta quedarme sin saliva.) Pero estaba justificado y lo debían comprender. Tenía prisa y es que... ¡el amor de mi vida se encontraba al otro lado!

Y aunque no habían sido colas como las del control que tenía delante, ya había esperado más que suficiente. Mayo, junio, julio y agosto. Cuatro meses en los que me aferraba con uñas y dientes a esas conversaciones por videollamada que me daban la vida para luego quitármela, cuando, después de unas horas, llegábamos a la conclusión de que debíamos colgar, aunque lo que nos apetecía hacer era bastante diferente. Si fuera por ganas, mi móvil habría explotado sobrecalentado antes que dejar de hablar con el cantautor. Porque tener encendida esa pequeña pantalla que me mantenía unida a él mientras dormía me parecía excesivo, ¿o no? Tal vez hubiese resultado curioso hacerlo y despertarme en mitad de la noche por un ronquido seco al otro lado o ir al servicio en modo zombi y a la vuelta verle dormir como un angelito durante un buen rato antes de conciliar el sueño de nuevo. Sea como sea, el caso es que no lo habíamos hecho, aunque poco nos había faltado, como cuando un día nos dimos cuenta de que habíamos comenzado charlando un miércoles a mitad de la tarde y nos habíamos despedido en el amanecer del jueves.

Por lo menos el verano me había permitido desconectar un poco. No era un alma en pena que vagaba por los rincones de mi casa llorando desconsolada en cada esquina para regar los geranios de Amparo con mis lágrimas. No. Mucho menos desde que compré los billetes de avión, gracias a los cuales estaba en esos momentos allí para visitarle durante una semana que no pensaba desaprovechar. No sabía cómo ni cuándo, pero no me iba a marchar de Londres sin vomitarle todo lo que llevaba dentro, esos sentimientos que yo sola ya no podía ni gestionar, ni controlar ni soportar.

Los primeros días después de su partida cogí un cuaderno que tenía por ahí tirado y, como si fuera una escritora que crea la base sobre la que girará su próxima novela, comencé a planear cómo haría mi declaración, con las palabras exactas y el beso que pensaba plantarle en los labios. Porque si algo tenía claro era que no me largaría de allí sin probar su sabor, ya me rechazara o me dijese que él sentía exactamente lo mismo. O mejor, que me quería más. Esas imaginaciones tampoco eran ninguna locura; al fin y al cabo, todavía retumbaba en mi cabeza la frase que me dijo en Barajas y que grabé a fuego en mi memoria: «Amarte más es imposible, Aura».

Una vez que lo tuve todo absolutamente planificado como si fuera un sargento del Ejército que tuviera que informar de la táctica de un operativo a vida o muerte en el Líbano a los militares que tenía a su cargo, con la inocente y sugerente caída de pestañas que sería el pistoletazo de salida para aproximar mi rostro al suyo, arranqué las páginas, hice con ellas una enorme pelota y practiqué mis habilidades para el baloncesto encestando en la papelera desde la cama. No quería llevar ninguna estrategia, sino ser natural, tal como siempre me había funcionado con él.

De esta manera, pasé los calurosos meses de verano yendo de la piscina al frontón para comer pipas, y de este, con los labios enrojecidos de la sal, a las fiestas de los pueblos de alrededor, y vuelta a empezar. Todo en un bucle que no parecía tener fin, excepto los días en que las nubes, tan simpáticas ellas, nos saludaban con un manto de lluvia que nos obligaba a ver películas hasta que nos dolían los ojos o la cabeza de lo malas que eran.

Estar con mis amigos de toda la vida me vino bien. Con mi madre no tanto. Parece que el discurso manido y ensayado de que dejaba el grado de Administración y Dirección de Empresas para perseguir mi sueño de convertirme en periodista no era tan eficaz como creía mientras se lo recitaba a Vilma y Sara, que a veces me aplaudían y otras brindaban con su tinto de verano en mi honor. «Eres una valiente», eran sus palabras. «Eres una inconsciente y te arrepentirás el resto de tu vida de esta decisión», eran las de Amparo. Mi padre, entre la espada y la pared, y con las afiladas uñas de mi madre presionando en la yugular, se limitaba a esconderse en el primer sitio que pillaba cuando oía nuestros gritos.

Sin embargo, mi hermano fue la persona que finalmente puso término a la tortura de tener que escuchar cada día la misma charla, con idéntica cadencia de voz y mirada de chantajista emocional experimentada de «Me has decepcionado, perra del infierno», aunque, por supuesto, no fue para nada su intención. Su hazaña consistió en bromear insinuando que, en los tiempos que corren, servía más liarse con un futbolista que tener un título para poder ser reportera televisiva. Y, con malicia, añadió que, si quería, me presentaba a uno de sus compañeros. Para picarme, dijo el nombre de uno que era más feo que robarle un caramelo a un niño de dos años en un parque, pero como mi madre no lo conocía y a veces presentaba una mentalidad un poco anticuada —más o menos de cuando la gente en lugar de abanicarse por el calor lo hacía para evitar el mal olor que exhalaban las personas por debajo de los vestidos porque no se lavaban sus partes íntimas—, le pareció una excelente idea y se quedó algo más tranquila. A veces me llegaba a plantear que Amparo se había quedado en la época medieval y evitaba tener orgasmos durante la menstruación para no engendrar niños pelirrojos.

Pero, bueno, no hay mal que por bien no venga. Sí, mi madre prefería venderme como ganado a cualquier deportista con más seso en la punta del pene que en el cerebro en lugar de confiar en que podría conseguir trabajo por mí misma con esfuerzo y constancia. No obstante, eso me libró de que me montase un numerito o me prohibiese ir a visitar a Londres a mi amiga Clara, esa desconocida estudiante rubia de Psicología que me había inventado para evitar que me tildase de fresca y me llevase a hablar con el cura del pueblo por mi desfachatez o, lo que es peor, que con mis casi veinte años propusiese que mantuviésemos nuestra primera conversación sobre el sexo. Quita, quita. ¿Ella, a la que le daba vergüenza hasta decir pene en voz alta y seguía llamando a sus partes íntimas «chochito»? En ese caso, solo habría tenido dos opciones: o mearme de la risa o extirparme los tímpanos si en un arranque de modernidad me hubiera relatado los detalles de su vida sexual con mi señor padre —que haberla, hayla, como las meigas, porque si no, yo no estaría aquí, pero no era necesario conocer ni un dato extra.

Ya tenía localizada a una amiga con la que haría los montajes de las fotografías de Londres, eliminando todo rastro de Víctor, para enseñárselas a mi madre cuando regresase a mi pueblo de Cuenca. Realidad virtual. Aunque en esos momentos no me importaba. A decir verdad, nada me preocupaba. Acababa de ver las puertas corredizas del aeropuerto.

Fueron rápidas. Se abrieron nada más detectar mi presencia. Y menos mal que lo hicieron, porque iba corriendo más rápido que la velocidad de la luz. Bueno, eso es una exageración, pero así era yo. Anduve muy veloz. Eso sí que es cierto.

Lo distinguí sin proponérmelo nada más salir. Víctor tenía una rodilla flexionada y se apoyaba con rebeldía contra una columna. El resto del mundo desapareció de mi visión; solo quedó él, con sus pantalones caídos y su camiseta ancha, blanca y de cuello redondo, que me permitía ver sus brazos tatuados, y observé que se pasaba la mano con nerviosismo por su maraña de pelo caoba descontrolada. Levantó la vista como si me presintiera. De nuevo, el gris se enfrentó a ese marrón con tonos verdosos. En un gesto involuntario, las comisuras de los labios se le elevaron y formaron una sonrisa sincera. No necesité nada más para reafirmarme en algo que sabía a ciencia cierta: estaba perdidamente enamorada del cantautor.

«Calma, calma», me dije al notar que el pulso se me aceleraba, mis piernas se volvían de gelatina y las mariposas arañaban con fuerza mi estómago para escapar y poder revolotear en el suyo.

Me obligué a tranquilizarme, sí, y de inmediato mandé a la mierda esa orden. No le dejé tiempo para que reaccionase. Tiré la mochila al suelo y, ante la atenta mirada de los ingleses —y la desaprobación de algunos de ellos, que dijeron algo así como *fucking Spaniard*—, me lancé a la carrera más importante de mi vida.

Frené en seco al llegar a su lado, coloqué los brazos en jarras y pregunté:

—¿Dónde está mi pancarta de bienvenida?

—No te lo vas a creer, pero de camino a aquí, un taxista que buscaba a alguien que se llamaba exactamente como tú me la ha robado... —comenzó a bromear.

No le dejé terminar. No pude resistirme a tenerlo tan cerca y no rozarlo, sentirlo, notar —como ocurrió enseguida— que nuestros latidos se acompasaban, demostrando mejor que el científico más prestigioso del mundo que la distancia había separado nuestros cuerpos, pero no nuestros corazones. Lo abracé, enlazando mis dedos en su nuca y apoyando la cabeza en el hueco de su hombro con tanta intensidad que su espalda golpeó la columna que tenía detrás, mientras sus brazos me estrechaban con ansiedad. El impacto resonó, pero si le dolió, no lo demostró. Tal vez, como me pasaba a mí, en esos instantes las sensaciones producidas por nuestro contacto eran superiores a cualquier otra, que quedaba reducida a un discreto segundo plano.

—¿Sabes que te está viendo el culo media Inglaterra, exhibicionista? —bromeó.

Yo llevaba puesta una camiseta de tirantes blanca y unos vaqueros claros cortos —excesivamente cortos, si soy sincera— para provocar a sus hormonas masculinas, ni más ni menos. Tantos años de feminismo, tirados a la basura por una prenda que ni siquiera necesitaba. Víctor me querría igual hasta tapada con una batamanta, pero me tentaba la idea de que me desease, y eso lo conseguiría con más facilidad si veía mis piernas bronceadas que si me ponía una falda de Amparo por debajo de la rodilla.

—¿Me has echado de menos? —pregunté rozando con mis labios la piel de su cuello, que se erizó de inmediato.

—Desde que me di la vuelta en Barajas y dejé de verte. Antes, incluso —susurró, y tuve que contenerme para no ponerme de puntillas en ese preciso instante y darle el beso que nunca me cansaba de soñar. Despierta y dormida.

El tiempo dejó de tener sentido en nuestro universo, justo igual que la convención que marcaba los segundos que debían durar los abrazos en los reencuentros. Yo no quería separarme. Nunca. La eternidad apoyada en su pecho hasta que me consumiera. Pero también ardía en deseos de ver esa cara que me volvía loca hasta extremos desconocidos que me aterrorizaban. Querer tanto a alguien no estaba bien. No era normal. Era irracional. Una locura.

¿No era de eso de lo que se trataba cuando uno se enamoraba? ¿Encontrar a alguien que te hiciese perder la cordura? Como me había leído Sara hacía unos días, «Si el amor no es intenso, épico, bueno, real y tan loco como para aferrarse con uñas y dientes a tu corazón, es mejor dejarlo ir. Ya hay demasiadas cosas mediocres en esta vida como para que el amor sea también una de ellas». Víctor era esa persona que daba sentido a la frase que afirma que enamorarse es elegir una opción y rechazar veinte y, aun así, sentir que sales ganando.

Me aparté lo justo y necesario para volver a encontrarme con su mirada, esa que me había conquistado desde que la había observado hacía más o menos un año, cuando él estaba subido encima de un escenario con su guitarra y yo me balanceaba como una sardina desde abajo. Era tan irresistible que lo que me extrañaba no era que cada centímetro de mi piel y de mi alma lo amara sin control, sino que no lo hiciese toda la población a lo largo y ancho de la Tierra.

—Te has cambiado el pelo. —Su mano ascendió por mi espalda, acariciándome toda la piel durante el trayecto, hasta enredar sus dedos en mi cabello con nuevas mechas color canela.

—¿Te gusta?

—Claro. Eres tú. Y nada de lo que te hagas puede cambiar eso...

—¿Quieres decir que no te importaría que me rapase la cabeza o me tiñese de verde moco?

—No. —No dudó en la respuesta. Me miró divertido y se mordió el labio—. Pero si alguna vez decides quedarte calva en vez de raparte al cero, déjame elegir alguna frase graciosa para la nuca...

—¿No te solidarizarías conmigo? —fingí indignarme.

—¿Y perder mi melena Pantene? Tú no querrías eso. Aura, soy como Sansón, mi fuerza reside en el pelo...

—¿Te das cuenta? Ahora conozco tu punto débil. No me mosquees o el día menos pensado entro en tu habitación como una loca maquinilla en mano.

—No solo ese pelo me da poder...

—¿Tienes más en algún sitio que no sepa? —Y conforme se lo preguntaba, al ver su sonrisa ladeada, me arrepentí de hacerlo.

—Sí, un poquito más abajo. Y ese es el importante. El que me hace inmune al dolor y tal...

—No te lo crees ni tú.

—¿No?

—No. Y no me hagas demostrártelo. Un rodillazo certero y te demuestro que, en tu entrepierna, más que un dragón que te hace todopoderoso, tienes el punto débil.

—No te atreverías. Me dejarías estéril y, en el fondo, estás deseando que siente la cabeza y traiga al mundo un par de pequeños que te lleven por el camino de la amargura...

«Sí —pensé—, pero en un futuro conmigo.»

—Tú pórtate bien y nunca tendrás que comprobar esa malicia oculta que tengo dentro.

—No tengo intención de hacer otra cosa... —dijo. Lo miré fijamente, con intensidad, y él me imitó. Estaba navegando dentro, en mi interior, igual que yo en el suyo. Por un breve lapso de tiempo, tuve la esperanza de que no hicieran falta palabras, de que mi declaración se quedase en una absurda idea y de que él se lanzase a besarme con el mismo anhelo que me azotaba a mí. Pero, en el último instante, Víctor regresó a la realidad y tuvo que adornar su frase con una broma que, en esos momentos, me hizo la misma gracia que cuando un chico de mi pueblo me disparó al ojete con una pistola de esas de bolitas. A él le crucé la cara de un manotazo que dejó mi marca en su mejilla durante una semana; con el cantautor me limité a fingir una sonrisa.

—Y haces bien. —Me separé y busqué mi mochila. Pensaba que estaría en el suelo, entre los demás pasajeros que se reencontraban con sus familias o amigos, pero, por lo visto, solo quedábamos Víctor y yo—. Anda, vamos a por ella antes de que crean que es una bomba y los policías analicen mis braguitas de Bob Esponja por si hay material inflamable o restos de explosivos.

Víctor se adelantó y, como el caballero de armadura y blanco corcel que no era, ya que le pegaba más el rol de roquero desfasado o rebelde sin causa que ese, se la colgó de un asa al hombro. Pensaba que andaríamos sin más hasta la salida, pero él tenía la misma necesidad de contacto que yo: su mano derecha me cogió de la cintura y trenzó sus dedos con los míos.

—¿Y esto? —pregunté en lugar de ponerme a saltar de la emoción.

—Como siempre. —Se encogió de hombros—. Nada ha cambiado, ¿no?

—No. Todo sigue igual —suspiré.

«Igual de enamorados que siempre —pensé—, salvo que esta vez vamos a dar un paso más y no voy a dejar que te escudes en lo de siempre de que lo nuestro es imposible porque no podemos estropear nuestra amistad. Porque no se va a estropear —continué mi discurso interno—, porque nuestra historia es de verdad, de esas que no se rompen y que terminan con nosotros dos riéndonos de las arrugas del otro mientras las besamos.»

—¿Qué quieres ver?

—¿En Londres?

—En Jamaica, si te parece. Mañana podemos coger un vuelo. He leído que son baratos...

—Idiota... —Le di un golpe en el costado con el hombro—. Pues yo qué sé. El Big Ben, el Parlamento, la torre esa tan chula, el puente, el palacio de Buckingham... Me gustaría hacerme una fotografía tocando las narices a esos pobres guardias que no pueden moverse y que así me odien en su fuero interno con ganas. —Salimos al exterior y me percaté de que el verano no era igual en Inglaterra que en España. Unos grados por debajo, en realidad. La piel se me puso de gallina y tuve la tentación de soltar su mano para darme calor. Por supuesto, no lo hice. Antes moriría de congelación instantánea que negarme el placer de caminar con Víctor de la mano—. Ah, y quiero ir a la estación de King's Cross y hacer una fotografía fingiendo que voy a entrar en Hogwarts...

—Renegaré de ti y juraré que no te conozco, friki...

—No digas cosas que no puedes cumplir. Es más, te pondrás conmigo simulando que vamos a entrar los dos en el andén nueve y tres cuartos...

—¿Quieres destruir mi poca fama como artista debutante? La gente hablará, y adiós, carrera discográfica.

—Sería nuestra primera fotografía juntos...

—¿Y no te vale una en el Támesis como las... —«¡Dilo! ¡Dilo! ¡Dilo!», exclamé en mi interior, con el confeti preparado para tirarlo si lo pronunciaba. «Lo tienes en la punta de la lengua. Ya te ayudo. ¡Como las parejas!»— personas normales?

¡Claro que me valía! Quería imágenes en todos los rincones de Londres que fuesen testigos del inicio de nuestra relación. Sin embargo, me puse cabezota porque de vez en cuando me gusta ser un poco mosca cojonera.

—Tiene que ser esa.

—Está bien —accedió. Se mordió el labio pensativo—. ¿Por qué tienes ese poder sobre mí, Aura?

—Porque me quieres al cien por cien —recordé, y al instante me arrepentí. Sonaba un poco vanidoso. Víctor se debió de dar cuenta, se encogió de hombros y dijo:

—No tienes nada de qué avergonzarte. Es verdad.

—¿Todavía? ¿Después de tanto tiempo sin vernos? —aproveché para decir al ver que se abría.

—Bueno, ahora es diferente, te quiero más. Es lo que tiene haberte echado tanto de menos que me dolía...

«¡Y yo! ¡Y yo! ¡Y yo!»

—Víctor, creo que hay algo que tengo que decirte... —dije con la voz queda, tan bajito que no me oyó.

—Mira. —Me soltó la mano y señaló un pequeño coche blanco al que odié por conseguir que ese instante se perdiese en el tiempo para siempre—. Al final te he hecho caso y he cambiado la moto por un vehículo como un *gentleman*.

—¿Lo has hecho por mí?

—Quedaría bien si dijera que sí, ¿verdad?

—Sonaría como que eres mi esclavo y te flagelo por las noches para que me traigas unos cereales de chocolate a la cama...

—Entonces puedo ser sincero. Mi moto sigue estando en España; aquí no me he comprado ninguna porque todavía no le he cogido el tranquillo a eso de que conduzcan por el otro lado...

—Eso es algo que definitivamente no tienes que decírselo a alguien que va a subirse contigo a continuación...

Guardó mi mochila en el maletero, aunque bien podría haberlo hecho en el asiento trasero. Me subí de copiloto y él se colocó en el asiento del conductor.

—¿Estás muy cansada?

—No.

—¿Te importaría que te llevase a un sitio antes que a casa?

—Depende...

—Quiero enseñarte el estudio de grabación. Debería ser el lugar más importante para mí de Londres, pero desde que estuve allí el primer día, supe que no lo sería del todo hasta que tú lo pisaras. —Se pasó las manos por el pelo, nervioso, como alguien que está acostumbrado a decir ese tipo de frases, al que le cuesta sangre, sudor y lágrimas abrir su interior.

—Vamos, pero solo porque esa frase ñoña ha sido muy bonita. —Sonreí.

Y es que me daba igual ir a un bar cutre, a un bufé libre, a su casa, a visitar monumentos, a sentarnos en un parque o a las mismísimas estrellas. Estaba con Víctor y el escenario solo era algo que nos acompañaba. Para mí, la vida, además de medirse en sonrisas, también se calibra con las miradas. Hay una para cada instante: de alegría, pena, amor, desamor..., y ese día, aunque no me podía ver, supe que estaba mostrando por primera vez la de pasear por las nubes en un estado de felicidad suprema. Y me volví adicta. Como con todo lo que tenía que ver con él.

Capítulo 2

La declaración

Estábamos en Camden Town, el barrio londinense alternativo que acogía el pequeño apartamento abuhardillado que había alquilado. ¿Dónde si no podría vivir un cantautor? Parecía que los arquitectos que habían diseñado ese lugar habían extraído la esencia de Víctor antes de construirlo.

Mientras subía a la diminuta vivienda, compuesta por una sala de estar que se comunicaba con la cocina a través de una barra americana, un baño muy frío donde campaban a sus anchas los pingüinos y dos habitaciones minúsculas, pues en una de ellas apenas cabían mi mochila y una cama, observé más gente rara —*originales*, se hacían llamar— por metro cuadrado que en una maratón de toda la programación de la MTV en los tiempos en los que esta era pública.

Me quité las sandalias y me acomodé con las rodillas flexionadas encima del sofá *vintage* de tonos rosas y con adornos florales, lo que me hizo preguntarle, mitad de broma, mitad con preocupación, si todavía conservaba el sentido del gusto o había empezado a probar cosas nuevas y vestir, por ejemplo, con las plataformas infinitas de color rojo charol que había visto en las tiendas de alrededor. Sonriente, me contestó que un día había salido con un collar de perro con espinas, los ojos ahumados con sombra negra y gris y lentillas blancas para tocar en directo. No supe si lo decía de broma o no, pero, de ser cierto, me habría encantado verle.

Víctor apagó la luz principal y nos quedamos con la tenue iluminación de la mesilla y unas cuantas velas con aroma a frambuesa —mi favorito— colocadas por las estanterías y la mesa baja de la sala, donde depositó unas copas y una botella de vino tinto reserva. El caos de su antiguo piso de Madrid no se había hecho todavía con el control del de Inglaterra y, a simple vista, hasta mi madre lo aprobaría con un cinco raspado en un examen superficial, y eso que Amparo era muy exigente.

Miré por la ventana. Bueno, más bien por la cristalera que dominaba el lateral que daba al exterior y mostraba, tras el piano de cola de la dueña del piso, una panorámica impresionante de la ciudad, con pequeños puntitos amarillentos que rodeaban el canal. Las finas paredes dejaban pasar el sonido ambiente de Camden con sus tiendas, bares y restaurantes, invadido por centenares de jóvenes que producían un animado bullicio, el cual, irónicamente, me transmitía paz.

Víctor regresó y se acomodó en el otro sofá. Me miró con intensidad a través de la llama titilante de la mesa y se apartó el pelo de los ojos para que no le molestase en su visión. Un escalofrío me estremeció y jugueteé con las mangas de la sudadera que él mismo me había dejado al verme temblar mientras paseábamos y que me quedaba grande. Todavía llevaba la capucha negra puesta y su olor me invadía inundándolo todo. En cierta medida sentí que, con mi pelo, nuestros aromas se mezclaban creando un perfume perfecto. El vino, esta vez sin Coca-Cola, me empezaba a afectar.

Velas, vino y luz tenue, y, por si fuera poco, Víctor encendió la minicadena con el mando a distancia para que sonase un hilo musical dulce, relajante, de esos que si los escuchas con todos tus sentidos te transportan a una realidad alternativa y especial. ¿Era o no el momento perfecto para declararme y que hiciéramos el amor en el sofá donde estaba yo, y en el que estaba él, y en la mesa, sobre la encimera y, si nos quedaban fuerzas, puede que también en la cama? Me sonrojé al pensarlo y una parte de mí, ubicada debajo del ombligo, descargó un dulce cosquilleo, como si estuviera asintiendo con nerviosismo, conteniendo la respiración.

Si me ponía a fantasear, tal vez sería mejor opción pedirle a alguien que nos diese una vuelta en barca por el canal y declararme allí, todo más peliculero. Con la luna llena que esa noche dominaba el cielo nocturno y violines incluidos, para que la escena fuese más potente. Aunque creo que habría tenido más fácil alucinar y escuchar esa música consumiendo drogas que encontrar un gondolero a esas horas. Y no lo decía por decir. Desde que había llegado a Camden, se me habían acercado hasta en cinco ocasiones para ofrecerme marihuana, costo, cocaína y alguna que otra sustancia estupefaciente que ni sabía que existía. Eso sí, en un perfecto castellano. Además de delincuentes, los narcos eran políglotas. Tenía su mérito poder compaginar un riguroso estudio de los idiomas de los turistas con la delincuencia.

Sin embargo, el motivo por el que todavía no me había lanzado sobre él destrozando todo lo que encontrase a mi paso —mobiliario y ropa incluidos— tenía nombre y apellidos, aunque estos últimos los desconocía. Susana. La típica amiga que no sabía diferenciar el pequeño umbral que separaba el hecho de acoplarse a nosotros para tomar unas cañas —y, ya de paso, conocer a la visita de tu amigo— y el de sobrar en la ecuación hasta el extremo de empezar a provocar que se le coja manía, se le mire fijamente, echándole un mal de ojo que provoque cagalera, y se crucen los dedos para que se largue de una maldita vez. O tal vez sí lo hacía y le importaba una mierda porque ella no era la que se estaba desesperando.

Y eso que habíamos empezado con buen pie. Víctor me la había presentado mientras me enseñaba la discográfica y me explicaba, en resumidas cuentas, que componer un disco era como engendrar un hijo. Por lo menos, llevaba el mismo tiempo. O más. Encima, sin un orgasmo previo. Seleccionar las melodías, componer las letras, fusionarlas con los instrumentos... Vamos, que yo pensaba que me iba a interpretar un concierto privado guitarra en mano, y resultaba que la única canción que sabía a ciencia cierta que estaría en el sencillo era *Aura cambia las zapatillas por zapatos de tacón*, y todavía faltaba por componer las últimas estrofas porque quería que yo estuviese presente. Tan adorable él...

Pero a lo que íbamos. Nos habíamos encontrado con Susana por casualidad en los pasillos de la discográfica y el corazón me había dado un vuelco. Era perfecta. Y no lo digo porque fuese una belleza de ébano dispuesta a protagonizar un desfile de Victoria's Secret, si estos se siguiesen celebrando. Todo lo contrario. Era menuda, estilizada, con la mitad derecha de la cabeza rapada y una melena negro azabache ondulada al otro lado. La cara, redonda, con algunas pecas alrededor de la nariz y unos pequeños ojos marrones, estaba adornada con múltiples *piercings*. Nariz, ceja, labio y entre las paletas delanteras de la dentadura. Y seguro que la memoria me falla y me dejo alguno. Además, tenía unas dilataciones tan anchas en ambas orejas que estuve tentada de colocar un bolígrafo para ver si se sostenía y si estas servían como estuche cuando no tenía espacio en la mesa. Todo acompañado de unos impresionantes tatuajes en las partes visibles de su cuerpo, unos vaqueros *cagados* con un amplio cinturón negro y una camiseta con un mensaje reivindicativo, dado que, no me iba a engañar, un matiz importante de su cultura urbana residía en que sus integrantes estaban enfadados con el mundo en general. No era una chica llamativa si me guiaba por los cánones de belleza normativos; lo que me inquietaba era que resultaba perfecta para él. Con ese rollo alternativo de perroflauta que vencía a mi normalidad.

Mis celos me habrían hecho odiarla sin piedad si no hubiera visto cómo le cambiaba la cara al escuchar mi nombre. Me reconocía. Y eso solo podía significar una cosa: Víctor le había hablado de mí, igual que yo había atormentado a todas mis amigas durante el verano hasta acabar con su paciencia y obligarlas a poner los ojos en blanco cuando volvía con la misma retahíla.

Bajé la guardia. Por eso no me había importado que nos acompañase a un puesto de Camden a pedir comida china como esa que en las series de televisión los detectives engullen mientras van al escenario de un nuevo crimen, detectives que debían de ser mucho más habilidosos que yo, que había necesitado sentarme en un parque para disfrutar de mis tallarines con salsa de soja.

No me había molestado en un primer momento, ni en un segundo, cuando habíamos ido a beber cervezas a un pub de la zona y me había contado algunas anécdotas del cantautor por Londres, que me servirían como munición para nuestras pullitas mientras coqueteábamos. Sin embargo, cuando él me dijo que había comprado una botella de vino para celebrar que yo estaba allí y ella se invitó, digamos que le cogí un poquito bastante de tirria. Sentimiento que se incrementó cuando corrió como una alimaña, una vez que entramos en el apartamento, para sentarse al lado de Víctor antes de que a mí me hubiese dado tiempo a pestañear, y le colocó los pies encima de sus rodillas. Una garrapata que le quería chupar la sangre, eso era.

Mientras sorbía un trago enorme de vino para que me templase los nervios o me pusiese borracha, lo mismo daba, me percaté de la posición que tenían. Eran la viva estampa de una pareja tan perfecta que me daban ganas de vomitar mariposas muertas. Ella, con un hombro apoyado en el respaldo, riendo por todo lo que él decía, aunque no tuviese ni pizca de gracia, con el cuerpo girado en su dirección, ignorándome. Y él... escuchaba atento lo que Susana le contaba, aunque de vez en cuando me dirigía fugaces miradas que no sabía cómo interpretar y que me quemaban por dentro. ¿Tal vez también estaba deseando que lo dejase en paz y poder devorarme hasta que de mí solo me quedasen los huesos?

Estaba mirando el reloj por decimoctava vez para darle un uso a mi mano que no fuese ir a la cocina, coger un cuchillo jamonero y fingir que me caía sobre ella para que se marchase de una maldita vez, aunque fuese al hospital, cuando, en mitad de mi maquiavélico plan, Víctor me dijo:

—Estás muy callada, Aura. —Se incorporó, apartando las piernas de Susana, que, desde mi perspectiva, pude ver que lo miraba haciendo un mohín—. ¿Te pasa algo?

—El vino, que se me sube a la cabeza...

—Entonces hablarías más. Te conozco. Y, además, dirías esas tonterías que tanto me gusta escuchar...

—Todavía no he alcanzado ese escalón de la pirámide alcohólica.

—Lo que se traduce en que te tengo que rellenar tu copa con más frecuencia...

Cogió la botella y se levantó. Algo extraño, dado que podía hacerlo desde su posición. Vino a mi lado, y yo bajé las piernas al darme cuenta de sus intenciones. Víctor se dejó caer en el sofá junto a mí. Cruzamos una de esas miradas que dicen más que un millón de palabras, e inevitablemente se me dibujó una sonrisa tonta en el rostro que acabó con todo lo demás.

—¡Cuidado, que se desborda, animal! —le avisé al ver que el vino había sobrepasado el límite y estaba mojando la mesa y, como consecuencia, mis piernas—. ¿Acaso me quieres emborrachar?

—Si no es evidente, es que estoy fallando en algo...

—¿Cómo? ¿A través de la absorción de la piel?

—Pincharte alcohol en vena me parecía excesivo para la primera noche que pasamos juntos en Londres.

—Cualquiera diría que estás deseando que me desinhiba y pierda la cabeza...

—Solo un poquito. —Hizo el gesto de juntar los dos dedos.

—¿Por qué? ¿No tienes miedo de que te acabe pintando las paredes de rojo *vintage*?

—Ni lo menciones. Mi casera me cortaría el rabo y se lo daría de desayuno a sus trescientos gatos.

—Mierda, ya lo sé. Si llego a mamarme hasta ese punto, me pondrías una bolsa atada a la cabeza para que, moribunda, pudiese vomitar... —bromeé.

—Para nada.

—¿Y qué harías?

—Cuidarte. Me darías la excusa perfecta.

Pudo notar mi respingo y cómo se me aceleraba el corazón. Lo sé. Era imposible que a esa distancia no se percatase. Se levantó y, como el buen amo de casa que hace unos meses no era, cogió una bayeta amarilla y limpió el líquido que se había derramado en el suelo y la mesa.

—¿Y qué pasa conmigo? —me quejé mientras me aumentaba la tentación de agarrar la botella y bebérmela de un trago para que se convirtiese en mi enfermero particular.

—Todo llegará a su tiempo, impaciente. —Se sentó de nuevo a mi lado.

—¿Insinúas que lo bueno se hace esperar, o piensas

escaquearte y obligarme a tirarte una copa por encima para que estemos en idénticas condiciones?

Levanté las cejas bromeando y Víctor sonrió y fue al baño. Regresó con una toalla mojada —interrumpiendo el incómodo silencio y las miradas fulminantes que me lanzaba con Susana— y, con mimo, cogió mis piernas para colocárselas encima de las rodillas y comenzar a limpiar los restos de vino. Es difícil de explicar si no lo estás viviendo, es complicado poder transmitir cómo sabía a ciencia cierta que él se deleitaba con cada caricia, que eliminaba las gotas de líquido rojo y, para ello, tardaba más tiempo del necesario, rozando con presión, como si quisiese que la tela se quemase a su paso y quedase reducida a cenizas para poder tocarme directamente con su piel. Lo observé y, en un gesto involuntario, se mordió el labio, y yo fui consciente de que había nuevos matices en ese acto tan común suyo. El deseo había impregnado sus ojos.

Era mi momento.

Fingí un bostezo.

—¿Estás cansada? —preguntó Víctor.

—Sí. —Sonreí frotándome los párpados a la vez que me desperezaba como cuando era pequeña.

—Ni que hubieras venido de Argentina y estuvieras con el desfase horario... —se quejó.

«Calla, pesado, que es una estrategia para que Susana se marche antes de que la tenga que echar estirándole de los pelos», pensé.

—La verdad es que anoche no dormí mucho...

—¿Estabas nerviosa?

—Te iba a ver, ¿acaso lo dudas?

Nuestros ojos se encontraron y... tuve que acelerar el proceso de expulsión de la indeseada.

—Creo que estoy oyendo los cantos de sirena de la cama llamándome...

—¿Y no los puedes ignorar?

—Si han sido capaces de devorar a los infaustos pescadores durante años, ¿no crees que conmigo lo tienen más fácil?

—Ulises en la *Odisea* lo consiguió...

—Pero porque tenía los oídos tapados con cera y estaba atado a un mástil... Yo ya he sucumbido a sus encantos. Además, así mañana podremos aprovechar más el día.

Y me faltó añadir: «comiéndonos a besos mientras nos desnudamos y hacemos el amor hasta caer desfallecidos sobre la colcha».

—Lleva razón. Los vuelos son agotadores y estará deseando descansar... —intervino Susana, que no parecía muy conforme con su discreto segundo plano. Ni eso, ni ser muy avispada, pues no se daba cuenta de que sobraba tanto como el queso curado en un buen bocata de jamón serrano con tomate y aceite.

—No lo sabes tú bien —murmuré poniéndome de pie mientras pensaba: «Entre los brazos de Víctor, como a ti te gustaría». Sí, había agotado mi paciencia y ya la insultaba mentalmente con todos los improperios que conocía y algunos que me acababa de inventar dedicados a ella, una actitud bastante infantil, lo reconozco.

Estaba a punto de cantar victoria cuando Susana añadió:

—No te preocupes y vete a dormir. Te prometo que no haremos ruido. Y si este se pasa de decibelios, le doy con la fusta de mano que llevo siempre encima... —bromeó.

Me quedé petrificada. ¿Cómo? ¿No se marchaba? Fue tal el estado de *shock* en el que me sumió su respuesta que, en lugar de pegarle cuatro gritos y decirle lo que me pasaba por la cabeza —capulla era lo más fino y amistoso—, me marché obediente a la cama.

Me giré antes de entrar en el dormitorio, todavía anonadada. Tratando de averiguar en qué momento y por qué motivo el cosmos se había alineado en mi contra, de modo que yo estaba a punto de irme a dormir sin sueño mientras que Susana, que no perdía el tiempo, recargaba ambas copas y bebía de una manera seductora mirándolo fijamente. No era justo. ¡Yo era buena persona! Y ese verano, para que el karma fuese mi aliado, me había transformado en una perfecta alma caritativa. Una Pocahontas del siglo XXI que, además de echar pienso a todos los felinos de los alrededores, andaba cada mañana kilómetro y medio para poner comida a Ojitos, un gato al que un perro había dejado cojo y que se escondía en las afueras del pueblo. ¡Kilómetro y medio, aunque la noche anterior hubiera salido hasta beberme el agua de los floreros y la cabeza me fuese a estallar como una bomba lapa!

Por lo menos, me consolé con el hecho de que, en lugar de seguirle el juego, Víctor no me quitaba los ojos de encima, y sus labios me susurraron un «descansa».

Entré en la habitación y permanecí unos quince minutos sentada, con los dedos de mis pies rozando la pared. Comencé a quitarme la ropa y dejé la sudadera encima de la almohada. Esa noche iba a dormir con ella puesta, como si él estuviese a mi lado. Un poco como si fuera una acosadora, lo sé, pero es que era tan genial la sensación que me daba igual perder la salud psíquica por el camino.

Estaba peleándome con los pantalones cuando oí el primer golpe seco en la pared. Ahí estaba nuestra señal. Yo volvía a ser la chica de la habitación de al lado. Sin horarios. Incondicional. Otra vez pared con pared. Solo que en esta ocasión era él quien reclamaba mi presencia.

Uno más. Me subí el pantalón. Otro. Me puse la parte de arriba sin ver. Y otro. Corrí y coloqué la mano en el pomo.

Un gemido femenino. Me detuve. El ruido del cabecero de la cama chocaba contra el muro que nos separaba.

31

Me llevé la mano a la boca ahogando un grito. Distinguí un gruñido suyo, y eso hizo que los cimientos de mi mundo se tambalearan. El cantautor no me estaba llamando para que fuese a su lado y durmiésemos abrazados en su cama, sino follándose a otra chica entre sus sábanas. Eso no era simplemente un jarro de agua fría, sino lanzarme al Antártico en pelotas.

Tragué saliva y noté que las manos me empezaban a temblar. Conforme el ritmo de las embestidas se incrementó, comencé a volverme loca. Pero de rabia y frustración. Apreté los dientes hasta que me rechinaron y me pellizqué las palmas de las manos para que el dolor me demostrase que no se trataba de una pesadilla que me estaba jugando una mala pasada.

No hubo suerte. La piel se me puso roja, aunque ni me inmuté por el daño; había otro dolor más profundo que me preocupaba más, que en esos momentos permanecía latente, a la espera de poder hacer su aparición estelar, cubierto de un manto de rencor que se empezaba a instalar.

No me podía creer lo que Víctor me estaba haciendo... Corrijo. Lo que Víctor estaba haciendo a nuestra relación no tenía nombre. Él sabía que estaba allí. Que dormíamos pared con pared. Y que estas eran tan finas que se podía oír hasta un pedete en mitad de la noche. ¿Tan poco le importaba? ¿De verdad? ¿O es que acaso era idiota y todavía no se había dado cuenta?

Me tumbé echa un ovillo, en posición fetal, y me puse los cascos con música a toda pastilla. Nada de melodías lentas. Cuanto más berreasen y gritasen los cantantes, mejor. Subí el volumen al máximo sin importarme que los tímpanos me estallasen y me quedase sorda. De haber sabido lo que iban a escuchar, tal vez me los habría extirpado yo misma. Para más inri, aun así, los dos fueron tan escandalosos que tuve que oír cómo estallaban en un orgasmo brutal. Seguro que ella era una de esas malditas diosas del sexo que le había hecho quedarse con los ojos en blanco, mientras que yo solo había probado tres o cuatro posturas. Me quité los auriculares. Total, ya no eran necesarios y no habían evitado el sonido gráfico de cómo el chico al que quería se entregaba al placer con otra.

Su olor me invadió las fosas nasales. Cogí la sudadera y la lancé con irritación. Escuché risas al otro lado y no me pude contener. Golpeé la pared tres o cuatro veces con rabia. Para que se callasen de una puta vez. Para que desapareciesen. Para que dejasen amainar la tempestad que me sacudía dentro.

No sé cuánto tiempo transcurrió hasta que alguien empezó a abrir la puerta de mi habitación despacio. Apagué la luz y le di la espalda.

—¿Estás despierta? —susurró Víctor.

—¿Cómo no iba a estarlo con el espectáculo que habéis montado...?

Víctor se rio y a mí me entraron ganas de estrangularlo con mis propias manos. ¿De verdad le hacía gracia? Porque a mí ninguna. Cero patatero.

Oí que venía hasta mi cama, abría el nórdico y se metía conmigo en el interior. Abrazándome por la cintura, apoyando la barbilla en mi cuello.

—Lo siento mucho. Se nos ha ido de las manos... —se disculpó de coña.

Y no me gustó un pelo ver que ni siquiera intuía que me había podido doler. El muy idiota pensaba que me había molestado que me despertasen, cuando lo que me había destrozado era ser consciente de que daba a otra unos besos y unas caricias de los que yo era dueña.

—¿Susana sigue aquí?

—No. Yo no duermo con nadie.

Me apretó contra su cuerpo. Su respiración todavía era agitada. Tenía la punta del cabello mojada por el sudor, e intuí que su rostro estaba dominado por un tono rojizo. Todo él olía a haber practicado una sesión de sexo desenfrenado. Y no conmigo.

—¿Es la primera vez que te acuestas con ella?

—¿Acaso eso importa?

—Contesta.

Quería ver si había hecho el gilipollas al cuadrado todos esos meses reservándome, negándome a probar otros labios porque solo quería los suyos.

—No.

—¿Cuántas?

—¿A qué viene esto, Aura? ¿Qué importancia tiene?

—Ninguna.

Me zafé de sus brazos y, ante su cara de incomprensión, me marché al salón cerrando de un portazo. Los cojines del sofá estaban desordenados. Seguro que allí habían comenzado los primeros arrumacos. No quería tocarlo. Me senté en la banqueta del piano de cola y escondí la cabeza entre las manos. Me mordí el labio con fuerza hasta que noté el sabor amargo de la sangre en el paladar.

No. No me iba a ver llorar, me dije apretando los dientes con fuerza.

A través del hueco de mis dedos observé sus pies descalzos. Levanté la cara para enfrentarme a él. Llevaba el pantalón del pijama, gris de cintura baja, y una camiseta blanca de tirantes y cuello redondo que dejaba a la vista sus brazos tatuados y buena parte de la frase del pecho. Sí, esa que tenía mi nombre. Estaba tan guapo que dolía a la vista. Lo que más me indignó fue ver su cara de total incomprensión.

—Ahora mismo estoy perdido, Aura. No entiendo nada... —Se pasó la mano con nerviosismo por el cuello.

Golpeé una tecla del piano al azar.

—¿De verdad? No me puedo creer que seas tan simple... —escupí.

—Llámame ser unicelular si quieres. Pero te juro que, por más que busco, no encuentro qué coño he hecho mal para que estés así.

—Pues piensa qué ha pasado en el lapso entre que me he ido a la cama y tú has venido a meterte dentro, y hallarás la respuesta.

—Me he acostado con Susana —afirmó—. Pero eso no tiene sentido.

—¿Y por qué no? —levanté la voz.

—Porque yo nunca me he metido en tu vida cuando hacías lo mismo con Ismael o con el escocés ese... Lo único que te debería importar es si he tomado precauciones...

—No me des detalles...

—... Y lo he hecho.

Me quedé callada, ordenando las ideas, y Víctor aprovechó para sentarse a mi lado. Con cautela, movió la mano, serpenteando por las teclas del piano, hasta que rozó sus dedos con los míos, lo que provocó una descarga eléctrica en mi organismo que me dio las fuerzas para continuar.

—¿Qué pasa, Aura?

Y esta vez no contesté a la defensiva. Lo miré fijamente con los ojos vidriosos y el y el corazón que se me salía del pecho.

—Si necesitas que te lo explique, es que algo no he hecho bien...

—No digas nada de lo que te puedas arrepentir... —añadió adivinando lo que venía a continuación.

—La cuestión es que no lo voy a hacer. Es solo poner en palabras lo que llevo sintiendo desde hace mucho tiempo...

—Aura, no, por favor.

Tomé el control de la situación y, olvidándome de todo lo anterior, acerqué mi rostro al suyo hasta poder sentir su respiración entrecortada.

—Te quiero, Víctor.

—Yo también.

—Sabes que no me estoy refiriendo a ese tipo de amor.

—No...

Coloqué mis dedos en sus labios para obligarlo a callar.

—Sí, lo tienes que escuchar —carraspeé e intenté que mi voz sonase con la mayor intensidad posible—. Estoy enamorada de ti. Y no me preguntes desde cuándo, porque ni yo misma lo sé. Lo único de lo que estoy segura es de que lo que me haces sentir no es normal. Y creo que a ti te pasa lo mismo. Sabes que hemos elevado el amor a otra dimensión, y tienes miedo. Yo también. Pero seríamos unos auténticos gilipollas si no aprovecháramos esto que tenemos entre tú y yo por temores sin sentido.

—Aura...

—¿No me crees? Tal vez el discurso no ha sido efectivo. Te lo mostraré de otra forma. —Me encogí de hombros—. Al fin y al cabo, tú mismo me contaste tu teoría. No eres de palabras, porque las cosas que solo escuchamos las olvidamos, sino de esas emociones que además sentimos y recordamos para siempre.

—Tú no creías en los «para siempre»... —Trató de desviar la conversación.

—Eso es porque todavía no te había encontrado.

Eliminé de mi mente cualquier idea de que me iba a comer las babas de Susana.

Él estaba nervioso. Lo sabía. Lo conocía como la palma de mi mano. Por este motivo, fui yo la que me acerqué en la banqueta del piano, sin dejar de mirarlo fijamente. Observé sus labios temblorosos y los atrapé entre los míos en un beso lento. Víctor cerró los ojos y yo lo imité para poder perderme en un mundo de explosivas sensaciones que me llenaban de alegría a cada paso. Su boca se empezó a entreabrir y mi lengua se movió para introducirse y saborear su interior.

Y entonces me apartó. Apoyó la frente sobre la mía y con los ojos cerrados dijo:

—Te advertí que no deberías enamorarte de mí.

Me separé de golpe y me puse de pie de un salto.

—¿Eso? ¿Eso es lo que tienes que decirme después de que haya tenido los santos ovarios que a ti te faltan para declararme?

—Yo te avisé...

—¡Disculpa si no aprecié que tu palabra era un puto mandamiento divino! —Estaba enfadada, y por eso decía tacos; eran mi armadura—. Sí, me dijiste que no debería enamorarme de ti, y aun así lo he hecho con más intensidad, fuerza y potencia que si me lo hubiera propuesto.

—Esto no puede ser...

—Lo que no puede ser es que me pidas que mande sobre este —dije, y me señalé el corazón— porque el desgraciado se ha independizado y elige por sí mismo y te quiere a ti, solamente a ti. Y para siempre. A veces incluso se empeña en decirme que todos los segundos que contiene una vida no le bastarán.

—Lo estropearemos todo... —Víctor estaba perdido, desubicado. Lo notaba porque no paraba de pasarse la mano una y otra vez por el pelo y se mordía el labio con agonía. Hasta parecía que le costaba esfuerzo hablar.

—No seas cobarde. No te escudes en un futuro incierto. Sabes tan bien como yo que nuestro amor es o todo o nada. O es lo mejor que nos pasa a ambos en la vida o lo peor. No hay término medio, Víctor. ¡Y no quiero que lo haya! Porque, como dice el tatuaje de tu antebrazo, lo contrario de vivir es no arriesgarse. Lo apuesto todo contigo. —Me señalé de arriba abajo—. Sean cuales sean las consecuencias.

Víctor se levantó de la banqueta del piano y comenzó a andar de un lado a otro por la sala de estar. Por el camino, chocó con la mesa, pero no se inmutó. Estaba fuera de control. Asustado.

—Dime algo... —Lo obligué a detenerse agarrándole de las manos.

—¿Qué quieres que te diga?

—Lo que piensas. Sin filtro.

Miró nuestras manos entrelazadas y ascendió despacio con los ojos hasta encontrarse con los míos.

—Ese es el problema. Que te voy a hacer daño. Y es lo que menos quiero en esta vida. Te lo prometo.

—¿Por qué crees eso?

—Porque yo no siento lo mismo que tú. No miento cuando te aseguro que quererte más es imposible. Pero se trata de otra clase de amor. No de ese que acaba contigo vestida de blanco y yo de pingüino...

No lo pude evitar, me eché a llorar. Víctor soltó mis manos para poder tomar mi rostro con fuerza.

—Joder, Aura, por favor, no puedo verte triste. Me rompo.

Me rodeó con un abrazo intenso, asfixiante y agónico, cargado de sentimiento. Ahí estaba. Tenía mi respuesta. Aunque no era la que esperaba. Podría haber luchado contra cualquier cosa, pero no obligarlo a amarme de la misma forma. Eso solo podía salir de él y, si no lo había sentido hasta ese momento, no lo iba a hacer después de franquear la línea que me convertía en el osito amoroso de su mejor amiga, absolutamente nada deseable.

Me sentí una perra del infierno al percatarme de que él me acababa de rechazar y yo ya estaba rezándole a todos los dioses que conocía para suplicarles que el cantautor se mantuviese firme en su idea de permanecer soltero hasta el final de los tiempos. Si para ello yo tenía que danzar desnuda en algún templo druida a menos diez grados, lo haría. Pero que se quedara solo. Porque no sería capaz de aguantar ver que todos los sueños que yo había inventado a su lado se cumplían con otra como protagonista.

Quería que fuera feliz, sí, pero me jodía de una manera insoportable que no lo fuera conmigo. Entonces me percaté. Nunca habría un beso más allá de aquel que le acababa de robar. Me llevé la mano a los labios y me di cuenta de que el manantial de lágrimas que brotaba de mis ojos había terminado con todo rastro de su sabor.

—Dime qué necesitas para dejar de llorar, por favor, pero para. Verte así me está destrozando.

Me separé y lo miré por última vez con todo el amor del mundo. Yo no quería, pero tenía que olvidarle. No como mi amigo. Deseaba que estuviera allí desempeñando ese rol para siempre. Expulsarlo de mi vida sería como extirparme un órgano vital. Sin embargo, no podía convertirme en una novia cadáver, rechazada y despechada, que se obsesionase con él. Eso no era sano y no nos haría bien a ninguno de los dos.

Aunque en esos momentos me parecía algo imposible, era mi obligación. Si algunas personas eran tan valientes como para superar circunstancias tan nefastas que le daban diez mil vueltas a eso, yo no me podía ahogar en un mal de amores.

Que me costaría, sí. Que sufriría, también. Que cada vez que viera a Víctor el corazón me dolería, por supuesto, porque era suyo. Y eso ni nada ni nadie lo podrían cambiar. Tenía que lograr que fuese soportable una vida en la que el órgano más importante del cuerpo estaba impregnado de una tinta imborrable del hombre al que más había querido y que nunca me había amado como mujer.

Me separé con fuerza.

—¿Estás bien?

—Quiero irme a Madrid en el primer vuelo que salga —anuncié.

—No te marches así, enfadada.

—No estoy molesta. Tú no tienes la culpa de no haberte enamorado de mí —aclaré para calmar su angustia—. En todo caso, es mía por no haber indagado en mi libro de pociones y haberte suministrado la dosis adecuada —bromeé—. Simplemente necesito poner espacio entre tú y yo.

—¿Qué significa eso, Aura? Porque no te puedo perder... Es algo... —Se pasó la mano por la cabeza y me miró con pánico—. No lo soportaría.

Le agarré sus manos.

—Nunca me apartaré de tu lado. Pero me duele verte y saber que..., saber que..., que no me quieres. —Se me quebró la voz.

—¡Sí que te quiero!

—Utilizaré el término exacto: ser consciente de que no estás enamorado de mí. Llámame creída, pero siempre estuve segura de que nuestros sentimientos eran recíprocos. Estaba convencida de que, en cuanto me atreviese a decírtelo todo, comenzaríamos a crear juntos nuestro propio infinito. Y ahora me va a costar asimilar que no es así, ni nunca lo será. Que nuestra relación no va a avanzar más porque ya ha tocado techo...

Víctor dio un paso adelante y, por un momento, creí que me iba a coger por ambos lados de la cara para besarme con más intensidad que nunca. En un contacto de esos épicos que, como en las mejores historias, bien vale una guerra o la propia muerte. Durante esos cinco segundos en que las puntas de nuestras narices se rozaron, sentí que todo lo que me había dicho era mentira, que iba a presionar sus labios con los míos hasta que yo los dejase de notar, fusionándose con mi cuerpo hasta el límite de que no supiera qué piel era suya y cuál era la mía. Pero no lo hizo, lo que demostró que tal vez siempre me había equivocado y había malinterpretado todas las señales.

—Por lo menos deja que te pague yo el billete.

—Vale —acepté. Al fin y al cabo, su familia tenía más lingotes de oro que yo en el *Candy Crush Saga*.

—¿Cuándo podré volver a llamarte?

—Cuando lo necesites...

—Entonces mañana mismo.

—Cuando lo necesites de verdad —puntualicé.

—La respuesta no cambia.

Fue lo último que dijo antes de marcharse a su cuarto en busca del ordenador con una cara de pena que acentuaba todos sus rasgos y me demostraba, una vez más, que poseía una belleza infinita. Lo observé entrar en su habitación y me pareció ver que se limpiaba unas lágrimas con el dorso de la mano. Debí de equivocarme, ¿no? De otro modo, ninguna de las palabras que acababa de pronunciar tenían sentido.

Me obligué a pensar que todo habían sido imaginaciones mías, igual que la cara demacrada, como si no hubiera dormido un solo segundo en toda la noche, que tenía al día siguiente, cuando me llevó de vuelta al aeropuerto.

Capítulo 3

Vuelta a empezar de cero

Sara se abanicaba. Estaba sentada en el suelo, con las piernas cruzadas, para lograr que el frío del parqué provocase en su cuerpo el mismo efecto que el aire acondicionado que no teníamos, mientras se recogía la melena de color negro azabache en un moño, que sujetó con dos bolígrafos, dejando algunos bucles libres. Parecía un indio haciendo yoga. Se colocó el aro de la nariz a la vez que abría la boca y sus labios dibujaban una sonrisa perversa. Había visto algo que le había gustado en lo que ella denominaba su «análisis anual de mercado». Vamos, que estaba cotilleando el Instagram de todos sus compañeros de universidad para ver cómo les había tratado el verano y si podía apuntar el nombre de alguno en su lista de futuros «follamigos». Por lo visto, vomitaba en el amor. O eso nos quería hacer creer.

—¿De verdad, Aura? —me regañó, y pude observar que detrás de sus gafas de pasta ponía los ojos en blanco—. Justo estoy leyendo en el estado de WhatsApp de un futuro proyecto algo que te viene al pelo.

—¿De qué hablas?

No comprendía su reacción. Analicé mi vestuario. Vale, llevaba una camiseta gris sin escote y unos pantalones vaqueros tobilleros con unas manoletinas rojas. No enseñaba nada. Lo que en su lenguaje se traducía en «perder la oportunidad de mostrar carnes cuando todavía se tienen prietas».

—No llores por nadie que no merezca tus lágrimas... —Comenzó a leer—. A no ser que lo mates y lo hagas en el funeral para no levantar sospechas.

—¡Pero si no lo estoy haciendo! —me quejé.

—¿No? Pues tus ojos de María Magdalena no dicen lo mismo.

Me percaté de que llevaba razón.

—No es por lo que tú te piensas.

—Seguro —ironizó—. No tiene absolutamente nada que ver con cierto cantautor por el que fuiste a Londres para que te metiera su guitarra y acabó dándote una hostia con ella para devolverte a una realidad que es menos de cuento de hadas, rosa y con sesiones de sexo que luego se convierten en los grandes éxitos de iTunes.

—Eres pura sensibilidad...

—¡Ja! He tenido sensibilidad todos los días que, llorando hasta quedarte con la misma voz rota que Sabina, me llenabas de mocos el pelo...

—Y ahora añade también que eres un poco injusta. Creo que olvidas los millones de veces que te he consolado con... —busqué un nombre. Había demasiados— con todos.

—Sí, pero yo soy idiota y me gusta todo el tema del dramatismo y pronosticar el fin del mundo como los mayas cada vez que innovan una nueva excusa para mandarme a la mierda. Pero tú no. Y creía que habíamos llegado a una conclusión, ¿acaso no la recuerdas?

—¡Claro que sí!

—¿Estás segura? Llevabas tantos chupitos que te habías puesto verde...

—Sí —me aclaré la garganta—, las palabras textuales fueron: «Si no me quiere, el margen de maniobra es muy corto. Acotado. Un camino en una única dirección. Tengo que olvidarlo en ese sentido».

—¡Sensacional, increíble, magnífico! —Aplaudió—. ¡Eres un lorito de repetición ideal! Ahora solo hace falta que asumas que eres una persona y lo interiorices.

—¡Y lo he hecho!

Bueno, era una verdad a medias. Me obligaba a mí misma a repetir en voz alta un centenar de veces al día que Víctor se sentía igual de atraído por mí que por el peluche que seguramente no tenía. No pensaba en amor, porque sabía que me quería. Pero, claro, como amiga. Había pasado todas las etapas de una ruptura, aunque lo irónico era que nunca habíamos estado juntos. La peor fue la negación. Después, todo pan comido. Lo jodido eran esos repuntes de esperanza que surgían sin aviso previo y se esfumaban en cuanto comprobaba que, un día más, no me había escrito. Ni una llamada, mensaje, *wasap* o toque, volviendo a la época en la que estos estaban de moda, desde que me marché. Nada. Un silencio absoluto. Todo perfecto para borrarle y empezar de cero.

¿El problema? Yo. Como siempre. Y no me podía ignorar a mí misma. Era una pesada, lo sabía y lo sufría, pero debía soportarme. Aguantar cómo lloraba hasta quedarme seca cada noche. Cómo el muy cabrón aparecía en mi cabeza de repente con esos ojos marrones, esa sonrisa arrebatadora y esa boca de infarto, lo que me obligaba a abrazarme a mí misma hasta dejar de temblar. Cómo el suelo se venía abajo cada vez que pasaba por el paso de peatones y veía su desgastada pintada. Cómo sentía que él lo era todo y ahora no tenía nada.

Pero, en esos momentos, Víctor no era el causante de mis ojos enrojecidos.

—He estado cortando cantidades ingentes de cebolla —expliqué con una mueca de satisfacción.

—Quieres ser periodista, ¿no tenéis en ese manual de manipulación del lenguaje una excusa más eficaz?

—Es cierto. Es para el relleno de la empanada.

Sara dejó el ordenador tirado en el suelo y de un salto se puso de pie para poder ver la cocina. Arrugó la nariz al comprobar que el horno estaba encendido con la masa dentro.

—¿Y desde cuándo te ha dado por la cocina? ¿Es una nueva técnica para olvidar, o ves demasiado *MasterChef*?

—Ni lo uno ni lo otro...

—No te culpo. Jordi tiene tal culo que me comería cualquier cosa que pusiese sobre la mesa. Cualquiera... —Se relamió con lascivia y negué con la cabeza.

—Es para mi hermano. Y no me vengas con que no te acordabas de que venía hoy...

—¿Yo? Para nada...

—Y te has puesto ese top que te oprime las tetas y no te deja respirar por amor al arte.

—Por amor al arte deportivo. Nada más. No hay que dar mala imagen a los héroes de nuestro país.

—¿Los héroes?

—Sí, son capaces de que olvidemos que no tenemos un puto duro y que estamos estudiando para acabar comiendo zanahorias de nuestro huerto en la comuna *hippie*.

—Se te va a caer el mito... —le advertí.

—Pues espero que sea encima. Y con embestidas fuertes, a ser posible. ¿Tú te imaginas cómo tiene que hacerlo para que le llamen «el Lince Ibérico»?

—Es porque corre mucho en su posición...

—O porque folla como un animal. Seguro que se ha tirado a todas las periodistas italianas de deportes y por eso le han puesto el apodo...

—Es mi hermano, ¿recuerdas? Pensar en él de esa manera puede dejarme secuelas de por vida.

—Tranquila, si pasa algo, no entraré en detalles. —Sonrió y, al ver mi ceño arrugado, vino a darme un pequeño abrazo y añadió—: Es coña. A tu hermano no lo toco ni con un puntero láser.

—Eso está mejor.

Por si acaso, y dada la insana afición de mi hermano de acostarse con todas mis amigas, había puesto un perejil al san Pancracio que me había regalado mi madre pidiéndole que Christian no se sintiese mínimamente interesado por mis compañeras de piso. En concreto, por Sara; no creía que Vilma fuese tan idiota de volver a cambiar de orientación sexual por él. Pero la morena era diferente. Él tenía unas luces de neón en su pecho en las que se podía leer DANGER, y la morena se sentiría atraída como una polilla a una luz brillante hasta electrocutarse.

—Por cierto, había leído que odiaba la cebolla —apuntó persiguiéndome por la cocina.

—¿Has memorizado su biografía no autorizada? —le pregunté mientras abría el horno para ver cuánto le quedaba a la empanada. En cinco minutos estaría lista.

—Hasta cuándo le salió el primer pelo en el huevo derecho —bromeó sentándose en la encimera—. ¿Llevaba razón internet acerca de sus gustos o no? —Volvió a la carga.

—Sí.

—Entonces, ¿por qué has puesto...? —Dejó la pregunta en el aire—. Entiendo. Has vuelto a los siete años y quieres putearle.

—En cuanto cruce esa puerta y lo conozcas, me entenderás a la perfección.

Al final había fichado por el Real Madrid. Lo que demostraba que podía molestarme incluso sin proponérselo. El fútbol no era mi pasión, pero siempre había dicho que

46

simpatizaba con el Atlético de Madrid. Desde que mi hermano estaba en el equipo rival, me había hecho colchonera a muerte. Fernando Torres, a mi lado, un aficionado.

—¿Crees que le gustará?

—¿La empanada?

—Vilma.

—Tiene tetas y piernas, así que supongo que sí. Pero da igual. Gracias a Dios, no creo que ella tenga el más mínimo interés.

—No lo digas tan segura. Tal vez necesite un... uno de estos —enarboló el pepino recién lavado para la ensalada que iba a poner en medio— para su relación de chirlas...

—¿Cuántas veces te tiene que decir Vilma que está completamente satisfecha con Mónica para que la creas?

—¡Pero es que nunca entra en detalles de cómo lo hacen!

—Por eso se llama intimidad.

Sara comenzó con su soliloquio sobre las cosas que harían o dejarían de hacer Vilma y Mónica en la cama, y yo desconecté. Todos los días preguntaba a la pelirroja cómo eran los juegos sexuales con su pareja a pesar de que sabía que nunca le iba a responder a eso. Como esta se había ido unos días de viaje a Barcelona con su novia para enseñarle su ciudad natal, me tocaba a mí escuchar sus absurdas teorías de posturas, puntos G, vibradores dobles y contratación de *gigolós* a domicilio.

Estaba a punto de meterle el pepino en la boca para ver si se callaba cuando sonó el timbre. Sara se puso enseguida de pie, se soltó el pelo y colocó los dos codos presionando en el ombligo para que se le marcasen todavía más los pechos.

—Abre o me explotan.

Llegué a la puerta negando con la cabeza. Esta Sara no tenía remedio. Abrí y allí estaba Christian. Con su pelo rubio ceniza y los ojos azules cristalinos, los cuales, durante una buena temporada, se convirtieron en los detalles a los que me había aferrado para creer que era adoptado, hasta que mi madre me contó que los había heredado de su bisabuela.

Como el orangután que era, me saludó levantando levemente la barbilla de su mandíbula cuadrada y pasó al interior. Me giré y pude ver que Sara se había quedado bastante impresionada, con la boca tan abierta que parecía que iba a rozar el suelo con el labio inferior. Era cierto que en persona ganaba. Era más alto y estaba más fuerte. Pero también hablaba. Y estaba claro que eso le restaba puntos. Aunque si era objetiva con el material, podía entender que a primera vista mi amiga cayese rendida ante sus encantos. Sin embargo, me apostaba mis nuevas Converse blancas a que todo se esfumaría por arte de magia en cuanto lo conociera.

—He visto fumaderos de opio más grandes que este piso, hermanita.

Se sentó con actitud chulesca en el sofá y colocó las piernas encima de la mesa. Si Amparo llega a estar allí, seguro que le habría amputado uno de sus testículos. El otro no, que quería tener nietos algún día.

Busqué una complicidad en la mirada de Sara para que nos aliásemos en su contra. No tardé en darme cuenta de que ella ya había sido abducida por la secta de adoradoras de Christian. Aplaudía, y no solo con las manos. Era tan evidente que me dio hasta vergüenza ajena. Miré el reloj de la salita para calcular cuántos segundos tardaría mi hermano en cagarla y borrar esa sonrisa de quinceañera de la cara de mi amiga.

—¿Ahora le das a las drogas? —le pregunté como respuesta a su «amable» comentario sobre mi hogar.

—Solo cuando sé que tengo que verte. —Me guiñó un ojo.

—Lo tenías fácil. No haber venido y solucionado.

—Coloqué los brazos en jarras y deseé con toda mi alma que llegara el momento de sacar la empanada y ver cómo se vomitaba encima al probar la cebolla.

—¿Le dirías tú a mamá que no queremos vernos? Sabes que fue idea suya. Se habría presentado aquí para llevarnos de la oreja a un consultor familiar. Eso dañaría mucho mi fama... Y ya sabes que vender una cantidad considerable de camisetas va incluido en mi contrato.

—Le podríamos haber mentido...

—Eres perfectamente consciente de que se habría dado cuenta. A veces creo que nos instaló chips de localización en el cerebro cuando éramos pequeños.

—Pues contigo el médico se tuvo que esmerar para encontrarlo.

—Casi tanto como tus novios cuando buscan tus tetas... —contraatacó.

Animado por la conversación, sacó un paquete del bolsillo del vaquero ceñido de tonos claros, para acentuar su bronceado, resultado del viaje a Miconos que había realizado ese verano, y se encendió un cigarro.

—Creía que no fumabas... —repuso Sara, extrañada porque la información que había leído en las revistas de marujeo estaba desactualizada.

—Y no lo hace. Es solo por molestar, porque sabe que odio el humo del tabaco —le expliqué.

Entonces Christian se dio la vuelta en el sofá y miró a Sara por primera vez prestándole toda su atención. Hasta ese momento la había ignorado, pero, por lo visto, ese feo detalle de mi maleducado hermano le pasó desapercibido a ella en cuanto sintió sus ojos recorrerla de arriba abajo. Las mejillas de la morena se tiñeron de rojo.

—Sigues siendo igual de mentirosa, Aura. Me habías dicho que estaba buena. —Dicho esto, más ancho que largo, volvió la vista al frente para darle una honda calada a su pitillo.

Me quedé petrificada. ¿De verdad acababa de decir eso? Medité sobre la conveniencia de echarlo de mi casa de una patada en el culo o saltarle a la yugular y morderlo como un perro con rabia hasta destrozarle el cuello.

—Lo mismo digo. Me habías asegurado que se trataba de un auténtico gilipollas, y veo que te has quedado corta —contestó Sara, sobreponiéndose al golpe de mi hermano.

Estuve por hacerle una reverencia o la ola. Así me gustaba. Encajar el golpe y soltar uno más fuerte. Una buena boxeadora contra un rival con mucho músculo, pero poco seso.

Christian soltó el humo y tosió, lo que demostraba que actuaba como un niño de siete años que se llenaba los pulmones de mierda con tal de molestarme. Ojo, que no es que yo lo estuviera haciendo mejor con la empanada de cebolla.

Como no encontró un cenicero, apagó el cigarro en la taza de té que se acababa de tomar la morena, se puso de pie y anduvo hasta situarse a su lado. Su cuerpo, trabajado en el gimnasio, me impedía ver a mi amiga, a la que cubría con sus anchas espaldas.

—Hostias, Aura, tienes unas amigas con la boca muy sucia...

—No te creas —se adelantó a contestar Sara, que, contra todo pronóstico, no se amedrentó—. Eres tú. Te acabo de conocer y ya estás sacando lo peor de mí.

—Y yo que pensaba que me ibas a pedir un autógrafo...

—¿Para qué?

—Para tocarte por las noches mientras contemplas mi magnífica caligrafía.

Arqueé una ceja, pero él no me vio. ¿Buena letra? ¡Si la tenía peor que mi ginecólogo, y eso ya era decir!

—Soy ecologista. Nunca malgasto un folio.

—Puedo hacerlo en otro tipo de papel, o carne. No cierro puertas...

—No creo que la tinta me vaya muy bien para limpiarme el culo...

Serpenteé y observé cómo Sara se cruzaba de brazos en una postura desafiante. Mi hermano tardó un poco en responder. Es algo corto, el pobre. Se decantó por una de esas carcajadas similares a las que los galanes mostraban en las películas en blanco y negro, que a mis amigas les provocaba un cortocircuito neuronal y a mí me exasperaban y me sacaban de mis casillas.

—Seguro que la infantil de mi hermana te ha puesto en mi contra.

—No te restes méritos, por favor. Eso te lo has ganado tú solito.

—Supongo que no hay nada que pueda hacer para que cambies de opinión...

—A no ser que ahora mismo entre una azafata riendo al grito de «¡Inocente!», no.

—Entonces no querrás venir con nosotros a la fiesta que organiza el club... Una lástima.

Toda la seguridad de Sara desapareció en cuanto escuchó esa información. Entornó los ojos hasta que quedaron reducidos a dos rayas muy finitas mientras valoraba qué le merecía más la pena: mantenerse firme y orgullosa y pasar la noche conmigo viendo la Teletienda, o tragarse sus principios y desfasarse con futbolistas. Yo ya era consciente de que había perdido la batalla.

—He hecho empanada —apunté colocándome al lado de mi amiga.

—Para asesinarme.

—¿Qué dices?

—Lo huelo. —Se tocó la punta de la nariz. El aroma a cebolla en el piso tiraba para atrás.

—Ya sabes lo que dice mamá: hay que comer de todo.

—No cuando eres alérgico a la cebolla.

—Pero tú no lo eres.

—Ah, ¿no?

—No.

—¿Y qué me dices de las heridas que me salieron en la boca la última vez que la probé?

—Eso fue porque te enrollaste con Catalina, que tenía un herpes más grande que la estatua de la Libertad.

—Sea como sea —se impacientó—, ¿os animáis o no?

—Mañana empiezo la universidad y quiero ir fresca.

—Venga, Aura, siempre has sido una tocapelotas, pero nunca una cortarrollos.

—No sé para qué insistes. Seguramente vas a hacer cosas que prefieres que no vea.

—Te equivocas. No me importa tu opinión.

—¿Y por qué insistes? Y no me digas que te hace ilusión presentarme a tus nuevos amigos...

—Me hace más gracia grabar cómo llegas borracha a tu primera clase de Periodismo.

—¿Y que me expulsen? ¡Qué buen hermano!

—¿Qué más da? Lo vas a dejar igualmente ahora que le has cogido el gustillo... —Se mofó de mí.

—Vete a la mierda.

—Prefiero ir a la fiesta con copas gratis y modelos que menean el culo en mi entrepierna mientras me las bebo. —Se dirigió a la puerta—. Y tú, morena, ¿te vienes? ¿O te quedas aquí en una fiesta de pijamas?

—¿Ese club del que hablabas es...?

—El puto Real Madrid, sí.

Sara dio un respingo de excitación. Christian lo notó y, para molestar, añadió:

—Aunque me odias. No tiene sentido que me acompañes...

—Tal vez podríamos negociar los términos de una tregua temporal en nuestra guerra. —Sonrió ilusionada. Entonces se dio la vuelta, me observó a su lado y la sonrisa desapareció—. Si a ti no te molesta, claro.

—Vete —la animé, a sabiendas de que, si no, se pasaría el resto de la noche y del año refunfuñando—. Con una única condición. No te acuestes con él. Te lo suplico.

Y al ver la cara de interés que ponía mi hermano, supe que no había hecho bien. En circunstancias normales, no se habría fijado en ella. Le iban más las chicas cuyo cuerpo era el espíritu de la golosina y tenían dos globos operados por pechos. Sin embargo, el hecho de que yo se lo hubiese prohibido le confería un valor extra, añadido, atrayente.

—¿Crees que le voy a mirar si está Vinícius?

Me dio un beso en la mejilla y corrió al lado de Christian.

—Ten cuidado: no te confundas, que de perfil nos parecemos —le dijo mi hermano al salir al descansillo—, aunque yo soy más guapo.

—Ja. Eso no te lo crees ni tú —oí que le contestaba mientras cerraba la puerta.

Aproveché la tranquilidad de la soledad para imprimir el horario de las clases y preparar las del día siguiente. Quería convertirme en una estudiante modelo. Dar todo lo que tenía y, con esfuerzo, demostrar a todos y a mí misma que la decisión que había tomado era la adecuada. Al fin y al cabo, ya no tenía excusa. Iba a hacer lo que me gustaba con todas las consecuencias. Y esperaba que esas no se tradujeran en transformarme en la eterna parada.

Cené la empanada —y sufrí en mis propias carnes el exceso de cebolla, que me repitió durante toda la noche—, zapeé hasta encontrar una serie aceptable, me tumbé en el sofá y vagueé un rato, y a las doce ya estaba en la cama, como las personas responsables.

A la mañana siguiente, el sonido del despertador me devolvió a la cruda realidad. Me desperté, me dirigí a la cocina medio grogui, donde desayuné un vaso de leche, un zumo y un par de tostadas con mantequilla y mermelada, y me metí en la ducha para intentar regresar al mundo de los vivos. Salí con los dedos arrugados y fuerzas renovadas. Con la toalla atada a la altura del pecho, volví hasta mi habitación y, por el camino, me percaté de que Sara todavía no había regresado.

Me alisé el pelo, dividí mi flequillo en dos, lo aparté del rostro y me lo sujeté con un par de horquillas; me puse el vestido azul marino que había escogido la noche anterior y que reposaba en el respaldo de la silla de mi cuarto, y salí. Las calles todavía no estaban puestas y hacía un frío de narices. Por el camino, solo me encontré a la chica del servicio de limpieza municipal, que canturreaba mientras amontonaba la suciedad en un rincón con un tubo que expulsaba aire y que nunca había visto.

Durante el trayecto hasta el metro, casi creí que esa misma noche había ocurrido una catástrofe y yo era la única superviviente. No podía comprender cómo Madrid, la ciudad que nunca duerme, estaba tan vacía. Sin embargo, en cuanto entré en el vagón, me recibió un tumulto de estudiantes y trabajadores, a los que me uní en un bostezo generalizado. Qué malo era volver a la rutina.

Una vez en la Rey Juan Carlos, todo transcurrió como recordaba que había sucedido en ADE. Hice un par de amigas de un año menos que yo que estaban emocionadísimas y excitadas por empezar esta nueva etapa y parecía que sufrían una sobredosis de azúcar o café, mientras que los profesores nos agobiaron informándonos de todo lo que teníamos que hacer en el curso universitario que comenzaba. La diferencia era que esa vez yo estaba motivada y copiaba todo como la más empollona que había pisado un aula.

En la última clase, Redacción periodística, estaba convencida de que no sucedería nada emocionante. Esperaba que el profesor terminase la típica charla para poder marcharme a casa y proponerle a Sara que fuésemos esa misma tarde al Mercado Provenzal para aprovechar las cañas a cuarenta céntimos.

Javier, que así se llamaba el profesor, se estaba enrollando más que la media. Pero por lo menos estaba de buen ver, así que la mayoría nos entreteníamos analizando esos brazacos que se adivinaban a través de la camisa blanca. Y no solo su cuerpo le teletransportaba al pódium del profesor más buenorro que había tenido en la vida —aunque su culo perfecto le daba muchos puntos—; lo que le había convertido en ganador era su cara, con unos ojos enormes, pestañas largas, cejas espesas y labios gruesos, todo ello enmarcado en una barba de dos días y unos bucles oscuros que intentaban soltarse y conseguir la libertad, aunque se había echado tres kilos y medio de gomina.

—Supongo que estaréis deseando que me calle para poder marcharos ya. —La mayoría nos reímos con nerviosismo y algunos valientes se atrevieron a decir «sí» en voz alta—. Antes, solo una cosa. —Fue hasta la mesa y empezó a buscar algo en su maletín, mientras se quedaba de espaldas para deleite de todas—. Una prueba de conocimiento.

Silencio. ¿Iba en serio? ¿Nos hacía un examen el primer día?

Comenzó a repartirlos. No, no era una broma.

Maldito.

—Gracias —susurré al coger el mío.

Cómplice, tanteé con la mirada al resto de mis compañeros, que parecían tan confusos como yo. Todos menos una sabelotodo que identifiqué y que, sentada en segunda fila, parecía más contenta que cuando yo tenía siete años y era la noche de los Reyes Magos.

Analicé las preguntas. El nombre del presidente del Gobierno. Me la sabía. Los de todos los ministros. Puse tres, y porque salían mucho en las noticias. Las comunidades autónomas. Pleno. Los presidentes de estas. Mi respuesta se redujo a los de Castilla-La Mancha y Madrid. Hice una lectura rápida del resto. El secretario general de la ONU y el de la Unión Europea. El presidente del Congreso y el del Senado. Además de preguntas sobre casos de corrupción en España. Por no hablar de las de deportes, que, excepto una cuya respuesta era el nombre de mi hermano, dejé en blanco.

Resultado: de veinte tenía seguras cinco.

Al cabo de diez minutos, Javier recogió los exámenes. Estaba angustiada, hasta que pude observar la cara del resto de mis compañeros, a los que, sin lugar a duda, la prueba les había salido exactamente igual de mal que a mí. O peor. Una auténtica mierda. Eso disminuyó mi desesperación. Ya se sabe: mal de muchos, consuelo de tontos.

Con un pequeño salto, Javier se sentó encima de la mesa con una postura desenfadada y empezó a pasar un folio tras otro leyéndolos por encima. Estaba muy atractivo mientras se rascaba el mentón o se chupaba los dedos para poder separar las hojas que se habían quedado pegadas. Pero a mí eso ya no me importaba. No lo veía ni guapo. Era el culpable de que mi primer día en Periodismo hubiera terminado con un amargo sabor de boca.

—Supongo que no hace falta que os diga que están de pena —se dirigió a nosotros—. Solo un par se salvan. —El pecho de la chica de la segunda fila se hinchó como el de un pavo real—. No podéis pretender informar a la sociedad sin estar informados vosotros mismos. Espero que la persona que ha escrito que Juan Carlos I sigue siendo el rey de España haya sufrido un lapsus transitorio. —Se puso de pie y, ya en la tarima, continuó hablando mientras paseaba su mirada por todos nosotros—. Ser periodista es una responsabilidad. Somos los ojos y los oídos de miles de personas. Y tenemos que contarles las cosas bien, pero para ello nosotros tenemos que saber de qué hablamos. No os podéis contentar con echar un vistazo fugaz a los titulares de la prensa digital cada mañana. Tenéis que leer las noticias, empaparos de ellas, buscar más información, comprenderlas, memorizarlas, hasta que os encontréis en condiciones de explicárselas a los demás sin titubeos. Por eso no quiero despedirme de vosotros sin avisaros de que cada semana habrá un test de actualidad y nadie superará la asignatura si no aprueba la mayoría.

Silencio. Dejó que las palabras calasen.

—Y ahora que ya he conseguido convertirme en el protagonista de vuestras críticas en la cafetería, dejo que os marchéis al césped o a comprar el periódico para empezar desde este preciso instante a poneros manos a la obra. Vosotros tenéis la última palabra. Pero antes de que decidáis, quiero recordaros una cosa. Hay periodistas que dan su vida en conflictos que no van con ellos para denunciar las atrocidades que ocurren. Si no sois capaces de ser buenos profesionales, no os merecéis ser sus compañeros.

Dicho esto, se fue. Y yo corrí al quiosco para hacerme con el periódico del día con la intención de leer después todos los digitales.

Deshice el camino a mi casa leyendo como una loca. Empapándome de cada párrafo. Así, cuando entré en el piso con unas napolitanas que había comprado en una nueva pastelería, ya había terminado y sabía un par de respuestas de las que había dejado en blanco en el examen.

«Demasiado tarde», pensé.

En el pasillo me encontré con Sara. Yo llegaba de la universidad... y ella se despertaba. Entró en el baño a lavarse los dientes, con el pelo encrespado y el rímel corrido por toda la cara.

—He traído napolitanas de chocolate —le informé, y ella asintió con la boca llena de espuma y una cara demacrada que me demostraba que estaba sufriendo en sus propias carnes una resaca de campeonato.

—¡Trae una a la habitación! —oí que chillaba mi hermano.

—¡Levanta el culo y ven a por ella! —grité de manera instintiva.

Tardé un segundo en conectar las ideas. ¿Qué narices hacía él allí? La relajada postura de Sara me lo dijo todo. Estaba recién follada, lavándose los dientes para que Christian no oliese su pestilente aliento mañanero.

Anduve hasta la habitación de la morena, pensando que podía haber otra explicación, como que él se hubiese emborrachado hasta acabar inconsciente y ella lo hubiese cuidado, durmiendo juntos de manera inocente culete contra culete. Y allí estaba. Tumbado en su cama, con los brazos en la nuca, y la prueba del algodón: por completo desnudo.

—Haz el favor de ponerte algo por encima, guarro —me quejé tapándome los ojos con las manos.

—Ni que fuera la primera vez que ves a Titán —oí que decía divertido.

—¿Quién es Titán? —preguntó Sara, que fingía estar preocupada por saber cómo me estaba tomando que se hubiera acostado con él, cuando era evidente que todo le hacía mucha gracia.

—Su pene —expliqué mientras salía del cuarto—. Y mejor que no sepas cómo me enteré.

—Me pilló haciéndome una paja —aclaró mi hermano por mí desde el interior.

Sara tuvo que contener una carcajada.

—¿Y eso?

—Me oyó en mitad de la faena animándole, abrió la puerta pensando que estaba con un amigo... Y el resto ya te lo puedes imaginar.

58

—¡Me causaste un trauma infantil! ¡Tenía solo once años!

—¡Por lo menos no ocurrió como en *American Pie* y no te disparé la corrida a un ojo! Además, piensa en positivo: te enteraste antes que tus amigas del gran secreto de los granos de tus compañeros. ¡Desde que habían descubierto el gustirrinín de tocarse, se masturbaban como locos!

Lo ignoré y me centré en Sara, que bajó la cabeza como una niña que sabe que sus padres le van a echar una bronca de campeonato porque ha roto la urna con las cenizas de su abuela.

—Solo te pedí una cosa. ¿Era tan complicado no terminar la noche revolcándote con él?

Sara se iba a justificar cuando sonó el timbre. Salvada por la campana.

—Ahora mismo vuelvo. Esto no ha acabado —le advertí seria mientras iba hacia la puerta.

Abrí con la cabeza a punto de estallarme. Me importaban una mierda seca los escarceos amorosos de mi hermano. Pero Sara, enamorada del amor, iba a sufrir como una perra en el infierno si se pillaba por él, que más que corazón tenía una piedra fría.

La imagen del otro lado de la puerta me despistó. Era un repartidor que llevaba un ramo enorme de margaritas blancas.

—¿Está Aura Núñez? —preguntó leyendo el recibo.

—Sí, soy yo.

—Para ti —dijo, y me señaló el ramo.

—¿Para mí? —repetí sorprendida.

—Eso pone aquí. —Me mostró el folio sonriendo de manera educada—. ¿Puedes firmar aquí? —Me tendió el ramo, que sujeté con el antebrazo contra mi pecho, y me indicó el hueco donde debía poner mi rúbrica.

Lo hice corriendo, curiosa por saber el remitente, y después de darle las gracias cerré la puerta, tras lo que busqué ansiosa el sobre. Lo localicé. Era pequeño, rosa y olía a frambuesa. En vez de abrirlo con cuidado, nerviosa, rasgué la parte superior y saqué una pequeña tarjeta, en la que se podía leer:

No tuvimos el final que nos merecíamos. Demos un nuevo inicio a nuestra historia prohibiendo que la palabra «despedida» aparezca en el argumento. Mañana, a las nueve y media, te espero en la azotea del Círculo de Bellas Artes. Y, por favor, no malgastes sonrisas esta noche y regálame todas cuando nos veamos.

Cerré los ojos y la releí. Instintivamente me pellizqué la palma de la mano. Dolía. No. No era un sueño. Apoyé el papel contra mi corazón y temblé de la emoción. Nada más me importaba. Ni que hubiera suspendido el primer examen del grado, ni que mi hermano hubiera salido de la habitación como mi madre lo había traído al mundo para ver qué sucedía. Nada. Víctor había regresado. Había vuelto a por mí.

Capítulo 4

Y bailamos sobre el cielo de Madrid

Contra todo pronóstico, había logrado contener los nervios durante todo el día. Pero en cuanto subí al inmenso ascensor del Círculo de Bellas Artes, estos se descontrolaron. No había espejo para retocar mi vestuario, por lo que no pude hacer nada más que alisar con las manos el vestido negro de tirantes, con una falda recta que quedaba por encima de las rodillas, un escote de pico y la espalda al aire. El pelo me lo había recogido en un despeinado moño bajo, que había logrado hacerme gracias a los tutoriales de TikTok y la inestimable ayuda de Sara, quien intentaba resarcirse de esa manera de la culpa por haberse revolcado con mi hermano. Las suaves sombras que había utilizado para maquillarme dotaban al conjunto de un aspecto elegante que contrarrestaba el toque *sexy* de mis piernas, las cuales, con los taconazos rojos con los que apenas me mantenía en pie, parecían más largas que de costumbre.

Las puertas se abrieron en la última planta. Cogí aire y salí al exterior. No había nadie. Ni un alma. Víctor lo había alquilado para nosotros. Algo había intuido cuando en recepción se habían negado a cobrarme los tres euros que yo pensaba pagar religiosamente como todo el mundo para subir.

No lo localicé, pero, antes de lanzarme a buscarle como una loca, me detuve a contemplar Madrid y no pude evitar pensar: «¡Qué bonito eres!». Estaba anocheciendo. El sol se ocultaba detrás del Ayuntamiento, que se empezaba a iluminar. Las vistas eran espectaculares, y aumentarían conforme el manto de la noche cubriese la capital. La ciudad que dicen que desemboca en el cielo ganaba cuando las luces se encendían y destacaban su esplendor.

La azotea tenía diferentes alturas. Me asomé a la inferior y, entre las mesas blancas de la cafetería, que dotaban al espacio de un aspecto ibicenco, distinguí a una persona. Anduve en su dirección mientras el cosquilleo del estómago se incrementaba a un ritmo frenético.

«Calma, os habéis visto millones de veces», me reprendí.

«Sí, pero ninguna era tan determinante como esta», contestó mi voz interior, lo que me sumió en un estado gelatinoso que transformó mis piernas en flanes andantes.

Estaba de espaldas, observando la inigualable perspectiva del paisaje urbano de la ciudad. Se apoyaba en la barandilla, con la mano bajo el mentón, pensativo. Conforme me acercaba, me sorprendió percatarme de que iba con un vaquero oscuro y una americana del mismo color. Demasiado formal. Tal vez pretendía dotar a ese momento de la solemnidad que se merecía.

Me faltaban unos pasos para alcanzarle cuando, como si me presintiera, o quizá al oír el repiqueteo de mis tacones sobre el suelo de la azotea, se giró. Y al comprobar de quién se trataba, no pude evitar abrir la boca.

No. No era Víctor, tal como yo había augurado por el críptico mensaje de la nota. La persona que estaba de pie frente a mí era Ismael. Ismael Collado, el actor. Sus ojos negros se iluminaron y sus labios formaron una bonita sonrisa de bienvenida que acentuó sus hoyuelos. Tenía el pelo oscuro más largo, lo suficiente para que mis dedos se pudieran hundir en él. La sorpresa pudo con la decepción de saber que no se trataba del cantautor.

—¿Cuándo has regresado? —pregunté confusa. Estábamos tan cerca que mis sentidos se empaparon de su olor, lo reconocieron y volvieron a tiempos pasados.

—Ayer —contestó con voz ronca. Él también se encontraba paseando por nuestros recuerdos—. Pero estaba un poco cansado por el *desfase horario*. No te avisé porque quería verte siendo una persona y no el despojo humano que se bajó del avión.

—¿Y esto? —señalé impresionada por todo lo que había montado.

—Un día te prometí que superaría mi fobia y bailaría contigo en la Gran Vía. —Y él señaló la calle.

—Tu fobia era *E.T.* —Recordé divertida nuestras conversaciones y sentí una pizca de nostalgia.

—A ti no te puedo engañar. Tengo más de una. Lo del chico duro es pura campaña de *marketing*. Pero no se lo digas a nadie o tendré que matarte.

—Mi boca está sellada —añadí sonriendo.

—Quiero hacer las cosas bien esta vez —apuntó—. Y cumplir mi palabra es un buen inicio.

—Entonces creo recordar que tendrás que hacerlo con los pantalones bajados. O eso me dijiste.

—¿Me dejarías que antes me tomase un par de vinos?

—¿Con Coca-Cola?

—Siempre. —Ismael dio un paso y me agarró de la mano—. ¿Nos merecemos este saludo tan frío, Aura?

Negué con la cabeza. Tragué saliva y noté que su sonrisa se ensanchaba. Tiró de mi brazo y me apretó contra él. Estaba tan bien definido como recordaba. Puede que más. Apoyó la cabeza en mi pelo y yo hice lo mismo en el hueco de su hombro.

—Te he echado de menos, pequeña —susurró con esa voz que un día lo había significado todo para mí.

Los recuerdos volvieron peleándose entre ellos por salir del lugar donde los tenía enterrados. Cómo nos conocimos con la caída de mis bragas antimorbo. Yo saltando para que el techo se viniese abajo. La primera vez que me dijo que le había devuelto la sonrisa. El beso de después. Las tardes tumbada con él en el sofá. Las confidencias. Las conversaciones en las que el tiempo desaparecía. El sonido de su voz al pronunciar «te quiero». La ducha. El set de rodaje. Las risas que despertaban a todo el bloque. Los masajes. Las caricias. Su boca devorando mi sexo. Su cuerpo sudoroso sobre el mío. Mi primer orgasmo. Sus labios húmedos..., e incluso los veintiocho escalones que nos separaban.

—Y yo.

Le debió de gustar la respuesta puesto que me apretó con más fuerza.

No mentía. Era verdad. Lo que pasaba era que hasta ese momento no lo sabía. O tal vez había estado tan ocupada centrada en Víctor que no me había percatado.

Su aroma invadió mis pulmones y entonces me di cuenta. Sí, lo había querido. Muchísimo. Con toda la fuerza de mi ser.

Desde que se había marchado, yo había desprestigiado nuestro amor hasta simplificarlo en un «Fue una tontería pasajera, el primer amor». Y en esos momentos sabía que me había engañado a mí misma. Una manera de ensalzar lo que sentía por Víctor en detrimento de lo que Ismael había significado para mí. Él, que me había enseñado lo que era pasear por encima de las nubes y me había demostrado que yo también podía disfrutar del sexo si lo hacía con la persona adecuada. La persona que quise que fuera el protagonista de mi vida cuando llegué a Madrid.

Nuestra relación había sido de verdad, sincera y bonita. Real. Y lo supe con total seguridad porque ya no sentía lo mismo. Porque su contacto no hacía que los latidos de mi corazón cabalgasen como si estuviera en mitad de una persecución. Porque mi piel no se erizaba, aunque rozaba partes de la suya. Porque mi corazón seguía estando enamorado, pero de Víctor.

Pero eso no significaba que no lo hubiese querido. En esta vida se puede amar más de una vez, y siempre se hace de manera diferente. Lo que quería decir era que Ismael se había convertido en ese tren del que te obligan a bajar por una avería cuando menos quieres; el tren que se marcha y vuelve a por ti, pero entonces lo has pensado mejor y ya no te interesa ir a su destino porque la parada te ha hecho descubrir otro lugar desconocido que te gusta más.

El aire se coló por la parte trasera de mi espalda al descubierto y me produjo un escalofrío. Por la sonrisa canalla de Ismael, supe que había malinterpretado mi gesto. Se quitó la chaqueta, con lo que se quedó con una fina camisa blanca, y me la colocó por encima de los hombros.

—¿Vamos a cenar? —me preguntó. Me agarró de la cintura y me hizo girar para mostrarme una pequeña mesa alumbrada con un farolillo—. ¿No creerías que iba a dejar que te murieras de hambre?

—No te hagas el caballero. Lo haces porque sabes que, si tengo el estómago vacío, soy capaz de comerme tu bíceps, y eso acabaría con tu carrera...

Ismael me retiró la silla para que yo me sentase. Lo tenía todo preparado, hasta el más mínimo detalle.

—Esto es demasiado —le dije cuando se sentó enfrente.

—Nada lo es para ti.

—En serio, no sé cuánto te habrá costado esto..., pero no era necesario. Me habría conformado con mucho menos...

—¿Entonces cancelo los violinistas del postre?

—¿También hay violinistas? —Abrí mucho los ojos.

—No. Pero si quieres, puedo llamarlos...

Nos interrumpió un camarero que surgió de la nada. O quizá llevaba todo el tiempo allí y yo no me había percatado. Tenía demasiadas cosas que asimilar. Como, por ejemplo, que estaba con mi ex, que se esforzaba por que la nuestra fuera la cita más bonita de la historia, y yo no podía sacarme a Víctor de la cabeza. A pesar de que él me había rechazado, mi parte irracional sentía que le estaba engañando, traicionando al amor de mi vida.

El camarero sirvió vino tinto en la copa de Ismael.

—¿Cenaremos carne? —adiviné.

—¿Lo dudas? —Mi ex me guiñó un ojo con esa pose seductora que seguía logrando que me temblasen las manos.

—Elegir la cena de tu pareja es cosa del pasado.

—Te garantizo que me he metido en tu mente antes de seleccionar el menú...

A continuación, esperó a que Ismael probase el vino —seguramente sería de buena cosecha y megacaro— y le diese su aprobación antes de llenar mi copa.

—Está perfecto. —El camarero iba a marcharse, pero el actor le detuvo—. Traiga una Coca-Cola también, por favor. —Este asintió extrañado y fue adondequiera que tuvieran la cocina.

—¿Te has vuelto aficionado al calimocho?

—No lo he vuelto a tomar desde la última vez. Es algo que solo hago contigo, Aura. —Y la forma en que pronunció mi nombre y la intensidad de su mirada me obligaron a cambiar de tema. Me estaba desviando. Una cosa era darme cuenta de que ya no estaba enamorada de él y otra muy diferente, ignorar esa potente atracción, esa química eléctrica que desataba en mis hormonas.

—Cuéntame algo.

—¿Qué quieres saber? —Ismael se dejó caer sobre el respaldo de manera desenfadada. Ya no me hacía falta pedirle que se relajase conmigo. Era algo que le salía solo. Como si el tiempo de separación no hubiese enfriado las cosas.

—Ha pasado casi un año... ¡Y has estado grabando una película en Estados Unidos!

—En Nueva York, Noruega y Finlandia —puntualizó.

—¿Lo ves? Seguro que tienes millones de anécdotas con las que puedes impresionarme.

—Qué va. Nueva York, muy cosmopolita, y Noruega y Finlandia, países muy verdes, pero condenadamente fríos. —Esta vez, fue él quien tuvo un escalofrío—. Es acordarme y...

—¿Quieres que te devuelva la chaqueta?

—La verdad es que sí, pero solo por volver a ver el escote que llevas... —Se mordió el labio, seductor.

—Tu sinceridad ha hecho que te quedes sin ella, amigo.

—Tendré que atiborrarte de vino para que te sofoques con el alcohol...

Me reí, y justo entonces llegó el camarero arrastrando un carro en el que había una piedra, carne roja, patatas, guarnición de verduras asadas y una Coca-Cola. Se lo había currado, el tío. Estaba rememorando nuestra primera cita, que terminó con un beso que lo complicó todo dulcemente.

—¿Y el rodaje? —continué interrogándolo tras colocar el primer filete sobre la piedra.

—Agotador. Jornadas de veinte horas. Y cuando tenía tiempo libre, me tocaba estudiar los diálogos. —Me tendió la Coca-Cola y la mezclé con nuestras copas de vino. Ismael dio un largo sorbo antes de añadir—: ¿Y tú, Aura?

—Nada interesante...

—Leí que fuiste de viaje a Escocia...

—Sí. —Ajá, me marujeaba las redes sociales—. Vacas mutantes, paisajes de ensueño y escoceses que me metían sustos —resumí, obviando la parte que había terminado practicando sexo con uno de ellos contra un árbol. Tampoco es que fuese tan inocente como para suponer que Ismael se había mantenido casto y puro esperando esta cena. Pero era un tema que no nos convenía sacar. ¿Para qué estropear el reencuentro cuando estaba siendo tan bonito? Omitir información a veces era de sabios.

—¿Y en Londres?

Se me atragantó la carne que estaba masticando. Comencé a toser y por poco me asfixio. Bebí de la copa hasta que vacié el contenido y pude tragar.

Londres. He ahí la cuestión. ¿Por dónde empezar? Porque, para que lo entendiese, tenía que explicarle que había estado hecha una verdadera mierda cuando él se marchó. Tanto que no podía dormir por las noches y me había quedado seca de llorar. Y, en mitad de lo que para mí era el fin del mundo, apareció un chico con aire rebelde, muchos tatuajes en idiomas raros, ojos marrones verdosos y pelo revuelto, y al que le gustaba cantar, y cambió mi vida. Un cantautor que se ofreció para cuidarme y al que, mira tú por dónde, le acabé entregando mi corazón. Una vez llegados a este punto, tendría que relatarle cómo había acudido a abrirme en canal delante de él y que él me había rechazado, y en esos momentos..., en esos momentos no sabía en qué situación estaba nuestra relación porque no había vuelto a dar señales de vida, había desaparecido de la faz de la tierra como si nunca hubiese existido, y me había obligado a creer, en mi desesperación, que tal vez había sido un bonito sueño que había mezclado con mi rutinaria realidad.

Pero me decanté por algo más simple.

—Me ofrecieron cocaína hasta en tres ocasiones mientras andaba. Sin más. A lo loco.

—¿Dónde estabas?

—En Camden.

—Normal... —Me miró muy serio—. Espero que sigas siendo la chica responsable que dejé aquí y que no aceptases.

—Solo un par de gramitos. —Ismael enarcó una ceja—. Es mentira...

—Así me gusta. ¿Y qué más? ¿Qué tal en Administración y Dirección de Empresas?

—Lo dejé.

—¿Y eso? ¿No sería por...? —Dejó la frase en el aire preocupado.

—No. No fue por ti —lo tranquilicé—. Tal vez hice la mayor locura de mi vida, pero seguí mi instinto y decidí que me iba a dar la oportunidad de estudiar lo que en verdad me gustaba...

—¿Y es...?

—Periodismo.

—Bien. Estudiar cuatro años para poder preguntarme cuál es mi animal favorito. Te daré una exclusiva. Desde hace un tiempo es el tiburón —bromeó.

—¡Eres un capullo! —me reí, y le lancé una miga de pan moldeada en forma de pelota, que le alcanzó en la frente.

—Te vas a enterar... Ya sabes que no debes jugar conmigo.

—Aquí no hay ducha —dije rememorando el día que me había dicho esas mismas palabras y ambos habíamos acabado besándonos bajo un manto de agua y totalmente vestidos.

—Ya encontraré algo...

Durante la cena nos pusimos al día. Y nos reímos mucho. Era extraño lo cómodos que nos sentíamos hablando. Parecía que el paréntesis de tiempo que habíamos estado separados se iba borrando poco a poco. Bromeábamos, contábamos anécdotas y discutíamos sobre tonterías. También bebíamos vino. Una copa tras otra, para ser exactos.

Por eso nos tambaleamos de un lado a otro mientras bailábamos en la azotea para que Ismael cumpliera su promesa. Sí, se bajó los pantalones hasta los tobillos, lo cual me permitió ver que los *boxer* le seguían quedando de miedo, y casi me caigo de boca contra el taxi que paramos para que nos llevase de vuelta a casa. Digo «nos» porque, como es evidente, Ismael se ofreció a acompañarme. Si no pude hacerle entrar en razón cuando vivía en la planta de abajo, esta vez lo tenía imposible.

La comunidad había arreglado el ascensor, pero subimos andando, como de costumbre. Tardé más de lo necesario en abrir la puerta por las complicaciones etílicas de meter la llave en su hueco.

—¡Conseguido! —exclamé riéndome, y al darme la vuelta se me hizo un nudo en la garganta y mi respiración se agitó.

Ismael seguía estando allí. Tan impresionante, arrebatador y atractivo como durante toda la cena. Eso no había cambiado. Lo que lo había hecho era su mirada. Más intensa y cargada de deseo. Podría acusar al alcohol y decir que me desinhibía, pero la realidad era que anhelaba que me apretase contra él, que me abrazase, que me...

—Quiero puntualizar una cosa. Esta vez sí que es totalmente premeditado. Llevo toda la noche pensando en este beso —susurró rememorando la primera vez que nos besamos, cuando me dijo que esa no había sido su intención al invitarme a cenar.

Colocó la palma de su mano en mi cintura y me atrajo presionando sus labios con los míos. Lo normal es que, enamorada de otro, me hubiese apartado. Y, sin embargo, enlacé mis manos en su nuca mientras atrapaba su lengua.

Entramos en mi piso sin mirar y sin importarnos que nos vieran. Estábamos tan inmersos en el contacto que el actor cerró la puerta de una patada con la que por poco tira el edificio abajo. El destino se alió con nosotros, pues Sara no estaba. Aunque tampoco nos habríamos separado de haberse encontrado allí. Ismael me empujó contra la pared y me recorrió entera con sus experimentadas manos. Me estremecí y gruñí pidiéndole más. Necesitaba cariño, amor, sentirme deseada. Y él me lo daba todo. Con maña, me cogió a pulso y enrosqué mis piernas alrededor de su cadera. La falda se me subió y pude notar que su erección también lo hacía, lo que incrementó el ritmo de mis besos y mordiscos por su cuello.

Quería volver a sentirlo y ser suya.

—¿Cuál es tu habitación? —preguntó con la voz entrecortada.

—Al final del pasillo.

Fue lo único que dijimos. Estábamos demasiado centrados en las sensaciones como para estropearlo con absurdas palabras.

Ismael me cargó hasta mi cuarto y me lanzó sobre la cama. Su pícara sonrisa y sus hoyuelos de las mejillas fue lo último que contemplé antes de perderme en sus ojos negros. Y nos acostamos. Pero no resultó como lo hacíamos antes. Se parecía más a la clase de sexo que había practicado con William. Salvaje y placentero. Sin amor. Mientras llegaba al orgasmo, apreté los párpados e imaginé que era Víctor quien estaba entre mis muslos y grité de placer, pero también de pena al percatarme, otra vez, de que nunca podría hacer el amor con él porque no estaba enamorado de mí.

Los rayos de sol que se colaban por la ventana me despertaron. Ismael estaba enroscado a mi alrededor, con su respiración rebotando sobre mi cuello. Se había quedado a dormir. Otro paso más que, sumado a que no le había importado entrar conmigo en casa sin saber si mis compañeras estaban dentro, me demostraba que esta vez iba en serio. Había regresado para hacer las cosas bien. La etapa de nuestra relación clandestina se había terminado.

El actor quería darme todo lo que hacía un año, más o menos, me había negado. ¿Estaba yo preparada para pagarle con la misma moneda? ¿Devolverle todo lo que me entregaba? En esos momentos, no, pero ¿quién sabía si más adelante...? Hubo un día en el que había creído que olvidarle sería imposible y me ahogaba la mera idea de imaginar un futuro sin él a mi lado. Tal vez se pudiera repetir al revés. Puede que Víctor, Ismael y yo fuésemos un triángulo imperfecto en el que los vértices se iban alternando. Si alguien era capaz de eliminar de la ecuación de mi vida al cantautor era él. Lo había querido tanto que solo con que ese sentimiento se repitiese al cincuenta por ciento sería suficiente para tener una relación satisfactoria. No completa. Eso solo me lo podría dar mi antiguo vecino.

Además, yo siempre había sido de las que decían que, donde hubo fuego, quedan cenizas. Sí, pero también solía afirmar que, si algo no había salido la primera vez con toda la carne en el asador, una segunda oportunidad solo constituiría una manera de intentar rescatar una relación abocada al fracaso. Por mucho que lo intentes, las cenizas nunca se vuelven a convertir en llamas. Es imposible.

Me giré para mirarle. Estaba guapísimo tan relajado. Como un niño pequeño que duerme plácidamente con su peluche favorito. Sonreí. Tenía buen gusto. Y no porque los dos resultaran unos chicos espectaculares por fuera, sino por lo bonitos que eran ambos por dentro.

Le acaricié la mejilla con el dorso de la mano y se revolvió con una mueca de felicidad. No lo hice aposta. Fue mi imaginación la que me jugó la mala pasada. Desdibujó los rasgos del moreno hasta transformarlo en el cantautor, y aunque sabía que no era real, la fantasía de que fuese él quien estaba reposando a mi lado me puso la piel de gallina.

Negué con la cabeza. Tenía que sacármelo de la mente de una maldita vez. Debía desenamorarme de él para reiniciar nuestra relación como amigos. Lo complicado era que no quería borrarlo de mi vida. Me moría de ganas de llamarlo, de mandarle un mensaje o presentarme en Londres sin una razón clara. Sin embargo, para eso tenía que dejar de dolerme respirar el mismo aire que Víctor expulsaba.

Me escabullí como pude, con cuidado de no despertar a Ismael. Me puse las zapatillas de andar por casa y, tras cerrar la puerta para que no oyese ningún ruido, fui a la cocina.

Por el camino me percaté de que Sara no había regresado. Pensé un instante en enviarle un mensaje para ver dónde se había metido, pero rechacé la idea de inmediato. Era sábado. Tal vez el día anterior había salido hasta que los porteros la habían expulsado de la discoteca y se había quedado a dormir en casa de una compañera. O —y por eso no le escribí— su ausencia se debía más a cierto hermano mío que, como él decía, le estaba dando una buena dosis de su «medicina».

Tomé una de las bandejas, coloqué un vaso de leche fría con algunas galletas y fui al salón. Una vez en el sofá, me recogí el pelo alborotado en una coleta alta y encendí el televisor. El Canal 24 Horas, en concreto. No podía vestirme para bajar a por el periódico sin molestar a Ismael, que parecía estar realmente a gusto. Y no es que tuviese un ritual de señora que desayuna leyendo la prensa con un monóculo, un té y unas pastitas mientras conversa acerca de la macroeconomía mundial, la prima de riesgo y lo que sucede en los países de Oriente Próximo, entre otras cosas. Lo que pasaba era que me había tomado muy en serio las palabras de mi profesor. Yo, Aura Núñez, quería que todos esos periodistas que arriesgaban su vida en los conflictos armados y se convertían así en los héroes del siglo XXI pudiesen llamarme «compañera» algún día. Necesitaba ser como ellos. Esforzarme hasta que se me agotaran las fuerzas y, aun así, sacarlas de donde no sabía que las tenía.

Si cualquiera de mis amigos me hubiese escuchado decir esto, habría creído que se trataba de mi gemela empollona o que los extraterrestres me habían abducido. Nunca había sido una estudiante modelo, y eso tenía que cambiar. Recordé las palabras de mi padre antes de marcharme de Chillarón y las hice mías: «Que nadie te diga que transformar tu sueño en realidad es fácil. No hay éxito sin sacrificio».

Estaba manteniendo este debate existencial conmigo misma, demostrando lo mucho que me gustaba reflexionar, cuando sonó el timbre. La morena se había vuelto a dejar las llaves en casa, supuse. Me planteé pegar un folio en la nevera e ir poniendo un palito cada vez que eso sucedía para no perder la cuenta.

—A partir de hoy, voy a cobrarte un euro cada vez que te olvides... —Comencé mi retahíla con una sonrisa perversa mientras abría la puerta. Pero lo que me encontré al otro lado hizo que olvidase cómo continuaba la frase que estaba pronunciando.

Víctor. Víctor sonriendo con timidez, mordiéndose el labio. Víctor con las manos metidas en los bolsillos de su vaquero, con lo que estos se caían todavía más. Víctor mirándome con sus ojos marrones. Víctor. Víctor. Víctor.

Y una maleta.

—¿Qué haces aquí? ¿Por qué has regresado? —Las preguntas se amontonaban en la punta de mi lengua a la vez que intentaba controlar esa emoción que empezaba a embriagarme y que no me dejaba pensar con claridad.

—Pierce ha fallecido esta noche. —Víctor se encogió

de hombros—. ¿No lo has visto en la televisión? Llevan toda la mañana con el tema...

—Lo siento mucho. No sabía nada —me disculpé, me sentía culpable por estar follando a lo bestia mientras su abuelo pasaba a mejor vida.

—Mañana es el entierro —aclaró.

—¿Quieres que te acompañe?

—Te lo agradecería. Se va a montar un buen circo...

—Iré contigo —zanjé.

Ambos nos quedamos callados. El ambiente estaba enrarecido. ¿Dónde se encontraba esa confianza que antes teníamos y que podía con todo?

Víctor decidió dar el siguiente paso. Se aclaró la garganta. Dijo algo al cuello de su camiseta tan bajo que no pude entender la frase.

—¿Qué?

—Que ese no es el motivo por el que he vuelto. Ya tenía los billetes comprados.

—¿Pasa algo más?

—Sí, pasa algo infinitamente más importante.

—No creo que haya algo más importante que el fallecimiento de tu abuelo.

—Sabes que no teníamos relación...

—¿Y qué es?

—¿El qué?

Estaba nervioso. Sacó la mano del bolsillo y se la pasó por el pelo hasta revolverlo todavía más de lo que estaba de serie.

—Lo que tenías que hacer en Madrid —dije.

—Tú.

—¿Yo?

—Sí, siempre eres tú, Aura. —Frotó las manos chasqueando los nudillos—. Yo..., yo... —Se mordió el labio—. Mierda, ¿sabes? No se me da nada bien hacer estas cosas. No valgo.

—Dime de qué se trata, a ver si te puedo ayudar... —me ofrecí con una incertidumbre que me quemaba.

—Es que no soy bueno haciendo discursos. Las palabras me aturullan y no sé cómo expresarlas.

—Dilas sin ton ni son y yo las ordenaré.

—No. Creo que tengo una idea mejor. —Su boca se curvó mostrando una sonrisa que me impidió respirar—. Hay una manera mucho más eficaz que lo dirá todo por mí.

No me dio tiempo a inundar de nuevo mis pulmones con aire. Y no me importó. Con decisión, él sostuvo mi rostro entre sus manos mientras su boca impactaba contra la mía con desesperación. Sus labios húmedos resbalaron sobre los míos y se abrieron para dar paso a la lengua, que de inmediato lo invadió todo, acariciando la mía. No era solo un beso. Era EL BESO, con mayúsculas. Ese que yo no creía que existía y que pensaba que era una fábula como el ratoncito Pérez. Un beso capaz de rozar el alma. Un beso que podría durar horas. Un beso en el que me quería perder para siempre. Un beso por el que merecía la pena incluso morir.

—¿Qué coño crees que estás haciendo? —oí que decía Ismael al tiempo que apartaba al cantautor de golpe, empujándolo.

Regresé a la realidad. Una realidad en la que a un lado estaba Ismael, enfadado, descalzo y vestido únicamente con los pantalones de la noche anterior, y al otro Víctor, rozando con sus dedos esos labios enrojecidos que hasta hacía un segundo yo había estado devorando.

—Entiendo —dijo paseando la mirada de Ismael a mí—. No tenía que haber venido. Lo siento.

Ismael bufó a mi espalda. El cantautor recogió su maleta y comenzó a bajar los escalones hasta desaparecer. Y yo me quedé petrificada sin saber cómo actuar, ni qué decir o hacer. Esas situaciones no solían ocurrirme a mí. Como mucho, yo era la que lloraba porque el chico que me gustaba tenía dudas entre quedarse conmigo o con otra candidata bastante más mona que siempre me acababa ganando. Nunca me había identificado con el papel de rompecorazones. No me gustaba. Me venía muy grande. No es que poseyese una bondad infinita, ni mucho menos, pero en esos momentos me percaté de que prefería ser la que sufría a la causante de ello.

Tardé unos segundos en cerrar la puerta, como si esperara que él volviese a subir, pero no lo hizo. Ismael estaba sentado en el sofá con la cara escondida entre las manos. Cautelosa, me senté a su lado y esperé a que él hablase.

—Lo siento —comenzó—. Tal vez era tu novio y el que se merece una buena hostia soy yo, pero le he visto tocarte y no me he podido controlar...

—No. No es mi novio —aclaré. El actor levantó la vista y me miró aliviado—. Y no, no deberías haberle empujado.

—Sé que me marché, que ha pasado casi un año y que te dije que vivieras tu vida sin pensar en mí. —Me agarró las manos—. Pero también te prometí que volvería a por ti. Y lo he hecho.

—¿Estás enamorado de mí?

—Sí, más que ayer pero menos que mañana —dijo sin ningún tipo de dudas.

—¿Por qué?

—El amor no se puede definir —contestó extrañado.

—Antes podías. Me decías que era porque te había devuelto esa sonrisa que tenías olvidada.

—Supongo que los argumentos no han cambiado.

—Supones, pero no estás seguro, ¿sabes por qué? Porque ha pasado el tiempo...

—Pero tú sigues siendo Aura. Con eso me basta —me interrumpió.

—No. Ambos hemos cambiado. Es irremediable. Nadie se estanca —suspiré—. Te aseguro que todo lo que te dije era cierto, pero eso fue la Aura del pasado y ahora estás sentado con una nueva.

—No me importa. Si la vida me ofreciese un deseo, pediría conocerte de nuevo. Ahora tengo la oportunidad. —Se acercó mirándome fijamente con sus ojos negros. Intentando volver a hipnotizarme como antes siempre lo conseguía—. Creo que podría enamorarme de todas las versiones de ti.

Era lo más bonito que me habían dicho nunca y se le veía sincero. Estaba convencida de que él lo creía con todas sus fuerzas.

—El problema es que esta ya quiere a alguien.

—¿El chico que acaba de venir?

—Sí.

No apartó sus manos de las mías, aunque en su rostro pude observar un deje de decepción.

—¿Te trata bien?

—Bueno, tiene sus momentos... —Ismael frunció el ceño—. Era broma. Se porta genial conmigo. Me complementa. Me hace feliz.

—Pues espero que nunca olvide que esa es su tarea —añadió, y sonrió con amargura—. O tendré que partirle las piernas.

—Tomo nota de este comentario cromañón totalmente innecesario.

Nos miramos un rato sin decir nada. Ismael cogió una gran bocanada de aire, que expulsó con lentitud.

—Así que esto se acaba.

—Eso me temo.

—¿Te sentirías violenta si de vez en cuando recurriese a nuestros momentos para recordar lo que se siente cuando se está enamorado?

—Para nada. Pero me gustaría mucho más que lo experimentases de nuevo.

—Nunca será como contigo.

—Correcto. Será mejor.

—¿Puedo darte un abrazo de esos que duran más de lo estipulado?

—Iba a preguntarte exactamente lo mismo.

Ismael me envolvió entre sus brazos por última vez, y yo no pude identificar el motivo por el que me puse a llorar. Tal vez porque era una buena persona y eso lo hacía todo más complicado. No era un donjuán de tres al cuarto que pisaba corazones como si fueran hojas secas en otoño por el placer de escuchar el sonido cuando se quebraban. Eso lo habría hecho todo más sencillo para mí. Si me hubiera gritado, montado el pollo, insultado o increpado, lo habría podido mandar a la mierda de un portazo. Pero estaba actuando al revés. Poniendo el punto final a nuestra relación con un contacto sincero, acariciándome el pelo, dándome un pequeño beso en la mejilla. Definitivamente no se merecía a alguien que, como yo en esos momentos, solo le podía dar el ochenta por ciento. Tenía que encontrar a su cien por cien. Y estaba segura de que candidatas no le faltarían. El actor, mi primer amor, tenía un cohete para transportar a la persona que quisiera más allá de las estrellas.

Capítulo 5

¿Un sueño o mi realidad?

Tras el multitudinario entierro, entramos en la habitación del hotel de la Castellana. Me senté en el borde de la cama y coloqué las manos en el regazo como las niñas buenas. El cantautor no tardó ni tres segundos en lanzar la chaqueta negra al otro extremo del cuarto, arrancarse la corbata, desabrocharse los primeros botones de la camisa blanca y sacársela por encima del pantalón. Una vez terminó con el vestuario, se pasó la mano por el pelo, eliminando los tres kilos y medio de gomina que lo habían mantenido perfectamente echado para atrás. Ese era mi Víctor, y no la proyección de niño bien que lo había acompañado durante todo el día.

—¿Por qué te quedas en un hotel y no en tu casa?

—¿Acaso tienes dudas?

—La verdad es que no.

Había comprobado en primera persona a lo que él se refería cuando decía que el funeral se transformaría en un circo. Más que una familia que se despedía de un ser querido, parecían los actores de una obra de teatro cutre. Lloraban cuando estaba estipulado o distinguían el objetivo de alguna cámara enfocándolos.

—Pero aun así es un poco frío. No sé. ¿No tenías ningún amigo que te pudiera acoger?

—Pensaba quedarme en otro lado... —susurró, mientras se sentaba a mi lado y luchaba por desabrocharse los botones de los puños—. Pero no pudo ser...

—Por eso viniste a mi casa... —Le eché una mano antes de que se hiciese daño.

—Exacto. —Miró su reloj de mano nervioso—. Es tarde. Si quieres, te puedes quedar a dormir aquí. —Se encogió de hombros a la vez que se quitaba los zapatos y estos rebotaban en el suelo.

—Creía que tú no dormías con nadie. —Recordé que me lo había dicho en Londres.

—Y no lo hago. Pero tú no eres nadie, eres... *Todo* —añadió sin mirarme.

¿Que cómo estaba? Ni yo misma lo sabía. Eran tantas las sensaciones que me azotaban, que me abrumaban. Lo que tenía claro era que necesitaba respuestas. Me di la vuelta y le obligué a mirarme.

—¿Para qué regresaste?

—Creo que ayer dejé bastante evidente el motivo.

Me sonrojé como una quinceañera al recordar nuestro beso.

—No me refiero a eso, sino a qué es lo que ha cambiado para que hayas pasado de decirme que no sentías lo mismo que yo a besarme como si supieras que ibas a morir y fuese lo último que hicieras en tu vida. Lo más importante.

—Los besos siempre deberían ser así, ¿no crees?

—No salgas por la tangente. ¿Por qué lo hiciste?

—¡Y yo qué sé! Joder, Aura, me planteas preguntas de las que yo mismo no conozco las respuestas.

—Pues piensa hasta que las encuentres. Tenemos tiempo. —Me mantuve firme.

Mi mayor temor era que hubiese sido por pena. Porque me quería tanto como amiga que era capaz de empezar una relación conmigo sin estar enamorado solo para que yo no lo pasase mal. Y, aunque me seducía la idea de ser su novia o lo que fuera según lo que nos convirtiésemos en el paso siguiente, no era justo para él.

Mi máximo miedo era que acabara siendo un infeliz solo para que yo no lo fuese.

—Tic, tac... —Hice el sonido del reloj sonriendo, para quitarle hierro a la situación.

—Soñaba contigo —dijo mordiéndose el labio—. Es más, me despertaba en mitad de la noche sudado y...

—¿Empalmado? —le interrumpí para poner un toque de humor que calmase a esas mariposas de mi estómago que estaban organizando un motín para salir, alinearse en forma de labios y darle un beso.

—Y desesperado —apuntó—, aunque puede que lo que acabas de mencionar también ocurriese alguna vez.

—¿Te haces pajillas pensando en mí, guarro?

—Antes la pena de muerte que contestar a eso. —Sonrió relajado—. En serio, Aura, no sé por qué, mira que lo intentaba evitar, pero era recordar tu beso y esto... —Me cogió la mano y colocó mi palma en su pecho, a la altura del corazón—. Esto se activaba como nunca antes lo había hecho. Y espero que la siguiente pregunta de periodista no sea si estoy enamorado de ti. Porque no lo sé. No sé lo que se tiene que sentir cuando se está enamorado. No tengo con qué comparar. —Tomó aire—. Lo que sí sé es que, si fueras una canción, serías mi favorita. Podría estar escuchando la letra todo el día y aunque me la supiera de memoria de un modo enfermizo no me cansaría. Y tu melodía me acompañaría en la cabeza resonando allá donde fuera. —Suspiré, y él se percató, pero eso no lo detuvo, sino que le dio más fuerzas—. Si fueras una canción que yo pudiera tocar, rozaría las cuerdas de mi guitarra con adoración y mimaría hasta el último acorde. Eres la puta obra maestra que siempre quise componer y apareció en mi puerta. Y pese a decirte esto, sigo sin saber si estoy enamorado de ti. Solo sé que no se parece a nada de lo que me han contado los que lo han sentido porque es más fuerte. Porque tú, Aura Núñez, consigues que no esté seguro de nada más que de que solo a tu lado soy feliz.

—¿Y por qué has tardado tanto en decidirte? ¿Qué te echaba para atrás?

—Todo y nada. Sería fácil decir que mi entorno me ha hecho lo que soy. Padres que llevan años sin dormir juntos, un divorcio por mes en mi familia, peleas, gritos, infidelidades... Pero la realidad es que no estaba preparado para esto. Para algo tan grande e intenso. Estoy absolutamente acojonado de no saber gestionarlo, explotar y hacerte daño con la onda expansiva. Nadie me ha enseñado cómo querer, cómo cuidar a la otra persona. Y estoy cagado porque si hago algo mal y desapareces creo..., bueno, no, *sé* que me moriría.

Noté que las lágrimas caían por mis mejillas y supe que nunca, aunque pasasen mil años, olvidaría esas palabras.

—¿Ahora ya no tienes miedo?

—Más que antes. Pero he decidido que no me importa. No me entiendas mal. La valiente aquí eres tú, que te atreviste a hacer lo que yo nunca habría hecho. Podría haberme muerto sin probar tus labios, aunque soñase cada noche con su sabor. Lo que ocurre es que ahora he visto la diferencia.

—¿Qué diferencia?

—Que no lo tengo que hacer solo. Que podemos aprender a gestionar juntos la bomba de sentimientos. —Soltó mis manos y miró al frente—. Aunque la verdad es que todo este rollo que te estoy soltando ya no tiene mucho sentido. Estás con Ismael.

—Ya no estoy con Ismael —aclaré, y, si bien no me miró directamente, noté que las comisuras de sus labios se elevaban en una sonrisa contenida.

—¿Por qué?

—¿La verdad o te hago sufrir como te mereces?

—Tienes derecho a castigarme por lo gilipollas que fui, pero me gustaría apelar a tu bondad infinita...

—Idiota —le di un codazo de broma en el costado y tragué saliva—. Porque llamaste a mi puerta y me besaste. Y eso cambió todo mi mundo.

Nos quedamos en silencio, mirando hacia delante. No había nada más que decir. Entonces me percaté de que sus dedos recorrían con lentitud el trayecto que los separaba de los míos hasta rozarlos. Respondí al contacto serpenteando con los míos hasta enlazarlos.

Nuestros ojos se encontraron y nos echamos a reír como dos adolescentes hasta que, poco a poco, la comisura de sus labios se tensó y deseé que fueran mis dientes los que mordían su labio inferior con fuerza, y no al revés. Sus ojos de color marrón verdoso aparcaron a un lado la inocencia y me miraron con intensidad. Y sin más preámbulo, me lancé a sus brazos para tomar el control de ese beso profundo, que me dejó su sabor cuando él se apartó para arrancarse la camisa y dejar el pecho al aire, mostrando todos sus tatuajes.

Me levanté y le imité quitándome la camisa con lentitud ante su atenta mirada. Víctor tiró de mi brazo y me encontré con una guerra de lenguas mientras la piel de nuestros torsos se rozaba. Era como si quisiéramos consumirnos en los brazos del otro en ese mismo instante. Me deslicé la falda por las piernas y él hizo lo mismo con el pantalón.

Acarició el camino desde mi hombro hasta desabrocharme el sujetador, que cayó a nuestro lado, en el suelo. De nuevo volvió a contemplarme como si quisiera memorizar cada detalle, por insignificante que fuera, de mi anatomía, y yo hice lo propio pasando mis manos por los tatuajes de su pecho.

Me agarró por la cintura y nos fundimos en un beso lento, pero cargado de amor. Nunca antes había sentido nada semejante. Cuando las yemas de sus dedos viajaron por mi clavícula y descendieron hasta su lunar favorito, el del ombligo, sentí que podría morirme en ese mismo instante y lo haría llena de felicidad. El sexo siempre era placentero y especial, pero con el amor de tu vida, con la persona con la que te querrías despertar cada mañana tras una guerra de almohadas, robarle un beso en el desayuno y dormir acurrucada por la noche, era increíble.

—Llevo tanto tiempo deseando hacer esto que ya no sé si es un sueño o mi realidad.

Le pellizqué el pezón.

—¿Qué haces, burra? —Se apartó.

—Mostrarte que es real. Ahora hagamos que supere tus mejores fantasías.

Sonreí y Víctor no se lo pensó dos veces. Me agarró a pulso, con una fuerza que desconocía que poseía, y me tumbó sobre la cama. Se incorporó para contemplarme desde arriba, con la respiración agitada. Observé que me recorría con la mirada de una manera tan sensual que provocaba que mi piel se pusiese de gallina allí donde sus ojos se posaban. Me estremecí. Él esbozó su mejor sonrisa canalla, y lo supe: empezaba lo bueno. Al fin y al cabo, el cantautor siempre había reconocido que tenía muchas amantes a las que no entregaba su corazón. Yo ya lo tenía, y ahora quería convertirme en su musa del sexo.

Sin pedirme permiso, me quitó las braguitas y dejó al descubierto mi sexo. Comenzó a besarme por todo el cuerpo haciéndome cosquillas en la piel con las pestañas. Me convulsionaba y me retorcía debajo de él. Con un movimiento fugaz, logró que desapareciera su calzoncillo, y, al ver su erección, instintivamente gemí.

Estaba preparada. Para él. Víctor. Mi amor. El único hombre al que quería sentir el resto de mi existencia. Era joven. Lo sabía. Pero estaba segura de que el cantautor era todo lo que yo esperaba de la vida. Se levantó para ir a por un preservativo y sentí que el corazón se me iba a salir del pecho para correr detrás de él, y, por primera vez en mi vida, me molestó la idea de hacerlo con precauciones. Joder, me mordí el labio ansiosa para que regresase, quería sentir su piel. Sin plástico. Sin nada. Su carne contra la mía chocando. Entregarle esa primera vez. Apunté en mi agenda mental que tenía que ir al ginecólogo para empezar a tomar la píldora, ponerme el parche o lo que fuera que me permitiera tenerle dentro de mí sin nada que nos separase.

Deslizó el preservativo por su miembro y se colocó entre mis piernas, que lo aguardaban nerviosas. Creí que lo haría con lentitud. Entre frases ñoñas y de cariño. Pero me equivocaba. Aun así, sentí más amor en esa pequeña sacudida que en todas las declaraciones que había escuchado en mi vida.

Ahogué un grito al notarlo dentro. Él salió, se revolvió y entró con una penetración más profunda que me obligó a emitir ruidos y sonidos guturales que desconocía que podía hacer. Flexionó los brazos para poder mirarme sin bajar el ritmo y, tras mi tímida sonrisa de invitación, descendió y me besó hasta que dejé de sentir los labios. Me gustaba el sabor que dejaba en mi boca y el resultado de la mezcla con el mío, el olor a sexo que desprendía, el tacto de su piel al rozar la mía, el timbre de su voz mientras susurraba «Aura» de una manera especial en mi oído y sus ojos, que eran el reflejo de su alma y demostraban que, aunque él no supiera ponerle nombre a su sentimiento, me quería. Y mucho. Entregado con todo su cuerpo como en esos momentos.

Nos faltaba poco. Apreté su trasero con los tobillos e

hinqué mis uñas en su espalda. Él se agarró al cabecero, yo a la almohada, y juntos cedimos al orgasmo. El primero de toda una vida que, esperaba, pasaríamos juntos. Con ese gesto terminamos de sellar el trato.

Víctor se dejó caer en la cama, a mi lado. Apoyó la cabeza en el cojín y se dio la vuelta para mirarme. Era raro. Todo muy extraño y fabuloso a la vez. Lo acabábamos de hacer. Me había acostado con el que un día fue mi mejor amigo y ahora me arrancaba suspiros de amor.

Reí nerviosa.

—Acabas de catapultar mi libido masculina.

Tiró de mí hasta colocarme sobre su pecho. Noté como este subía y bajaba con un ritmo frenético, intentando regularse.

—Años y años de entrenamiento sexual para que ahora te mofes, pobre de mí —se quejó bromeando.

—Ha estado bien.

—¡Eso es lo que se dice cuando ha sido una absoluta decepción!

—Lo diré mejor. Ha estado genial, ¿qué digo genial? ¡Brutal, Víctor, dios del sexo! —me burlé, y él no pudo aguantarse las carcajadas.

Eso estaba bien. Finalizar el acto y tener la confianza suficiente como para poder reírnos con complicidad. Sin caretas ni falsas conversaciones, desnudando nuestra alma igual que lo estaba el cuerpo.

Estuvimos un buen rato así. Hablando de cosas absurdas y compartiendo intimidades debajo de las sábanas. En lugar de ser la primera vez, parecía que llevábamos toda la vida acostándonos juntos.

—Joder, qué putada... —susurró mientras me hacía cosquillas con la yema de sus dedos en el brazo.

—¿Qué?

—Una cosa que acabo de averiguar.

—¿Y la puedes compartir?

—No sé. Dímelo tú. Eres la protagonista.

—Venga, no te hagas de rogar. —Elevé la cabeza para mirarlo a los ojos.

—¿Y lo que mola? —Sonrió divertido.

Ascendí y le di un beso corto y dulce.

—¿Te ha gustado?

—Mucho.

—Pues o me cuentas lo que has averiguado o no lo vuelves a probar.

—No serías capaz... —Hizo un puchero.

—No me pongas a prueba. —Me estaba tirando un farol. Claro que no podría. ¡Si me estaba conteniendo para no volver a la carga y besarlo hasta que cayese desfallecida sobre su pecho!

—Aunque las tengo todas conmigo de que no podrías... —dijo con un deje de ronroneo en su voz que me encantó—. No me arriesgo. Lo que acabo de averiguar es que nunca tendré suficiente de ti, Aura. Siempre necesitaré más. Mi perfecta droga hecha a medida.

Dicho esto, se levantó desnudo en todo su esplendor, como quien no quiere la cosa. Por lo visto había confianza. O eso debía de suponer en su mundo paralelo, porque volver a contemplar su cuerpo hizo que yo sintiese un cosquilleo en la boca del estómago. Nunca me cansaría de verlo así. Nunca. Nunca. Nunca.

—Voy a darme una ducha rápida y a pedir comida, ¿quieres algo?

—Sí.

—¿Qué?

Alargué el brazo y tiré de su mano para que regresase a la cama. A mi lado.

—A ti.

Sonrió y volvió a la carga. Bienvenido, segundo asalto...

Capítulo 6
El plan

Mi cabeza se había convertido en una agenda bastante eficaz. No necesitaba ninguno de esos aparatos electrónicos tan modernos ni las alarmas del móvil. Tampoco talarían por mi culpa decenas de árboles por una de papel. Todo estaba en mi cerebro. La perfecta programación de los millones de trabajos que tenía pendientes. Pero esta vez no era porque los hubiera dejado para el último instante, siguiendo el *modus operandi* que me había acompañado desde primaria, sino que buscaba la perfección. El diez. Convertirme en una matrícula de honor andante. Y, claro, para eso se requería mucho tiempo y no hacerlos contrarreloj la noche anterior.

El plan de ese jueves había trastocado mi escrupulosa programación, en la que todos los minutos estaban asignados a alguna tarea. Limpiar, poner lavadoras, comprar, ir a la universidad, buscar la documentación para las prácticas que nos mandaban..., y Víctor. Él también estaba ahí dentro ocupando una posición privilegiada.

El cantautor había regresado a Londres, pero habíamos llegado al pacto de intentar vernos una vez al mes en

Inglaterra o España, turnándonos. Él lo tenía fácil con el colchón económico de su familia. Mi caso era algo más complicado y requería ahorrar hasta el último céntimo. Fuera copas más allá del botellón, entradas en discotecas y cenas en los restaurantes de comida rápida de turno..., menos esa noche, y porque teníamos que elaborar el plan. Según mi *planning*, esa jornada lúdica impediría que pudiera comprarme algo en las rebajas de otoño. Mi pobre armario era el más perjudicado de la vida de estudiante sin un duro que necesita dinero desesperadamente para visitar a su novio, que ha emigrado al extranjero.

Estaba experimentando en mis propias carnes la enorme putada de las relaciones a distancia. Me pasaba las veinticuatro horas del día pensando en él, y las conversaciones por videollamada solo incrementaban esa desesperación y las ganas de verlo en persona.

Pero me negaba a pensar en eso en mi último día antes de convertirme en Gollum y atesorar cada euro como si fuera un tesoro. Estaba con Sara, Ana y Dani esperando a mi hermano y a Vilma en la plaza de Santa Ana, en la puerta del Mauna Loa, un hawaiano bastante original donde pensaba darlo todo como si no hubiera mañana.

—Estoy harto —se quejó Dani, y las tres nos dimos la vuelta asombradas porque él no solía quejarse de nada en absoluto.

—Tranquilo, mi hermano es tremendamente impuntual, pero nos compensará invitándonos al primer cóctel...

—No lo digo por eso —aclaró con rapidez—. Es por la residencia.

—¿Qué ha pasado ahora? —preguntó Ana, que, por una vez en la vida, no llevaba ningún vestido estrambótico, sino unos sencillos vaqueros con una camiseta lila.

—Nada nuevo. Siguen llamándome *Huelebragas*, insultándome porque no llevo chicas a la habitación a pesar de que las normas no nos dejan, y ahora..., ahora también se meten conmigo porque soy veterano y me he negado a hacer novatadas a los nuevos... A ser partícipe en ese absurdo ritual...

—Denúncialo. —Ana se encogió de hombros—. Tú, Aura, ¿no quieres ser periodista? Pues aquí tienes una buena historia... La crueldad con los novatos en las residencias de estudiantes bajo el beneplácito de sus directores, que miran hacia otro lado...

—No es mala idea... Aunque no creo que sea algo novedoso... Tendríamos que darle un nuevo enfoque desde dentro... —murmuré.

—Ni lo soñéis —me interrumpió Dani—. Eso sería mi fin. Ya no sería solo el *Huelebragas* que no liga, sino también chivato. No. No quiero hacer nada de eso —se apresuró a contestar asustado. El mero hecho de imaginarlo había provocado que la voz le temblase, aunque seguía teniendo ese molesto tonillo que no le pegaba—. Yo solo pido que me dejen en paz. Que respeten que no me guste hacer pasar a otros por la tortura que experimenté yo el año pasado...

—¿Y no has pensado en irte a vivir por tu cuenta? Alquilar una habitación en un piso compartido y no tener que dar explicaciones a nadie... —sugerí.

—He barajado la opción, pero ya sabes: mejor lo malo conocido...

—Yo podría irme contigo —se ofreció Ana.

—Pero si vives en Madrid...

—¿Y qué? Llevo tiempo meditando sobre pirarme de mi casa... Mi madre está como una adolescente que acaba de echarse de novio al más popular de la clase. Creo que no le parecería mal que yo les dejase intimidad a cambio de independencia.

—¿Y adónde iríamos? El curso ya ha empezado y no creo que...

—¿Estudias ADE y no has oído hablar de la burbuja

inmobiliaria? Tiras una piedra y te salen cuarenta propietarios que hacen el pino puente, te preparan una cena y bailan la *Macarena* vestidos de toreros para que les alquiles el piso. Y si no, siempre nos queda ocupar... —Dani se quedó blanco como la pared—. Es broma, tonto, seguro que encontramos algo.

—El piso en el que antes vivía Víctor está libre. ¡Podríamos ser vecinos! —Me emocioné, y no sé si en esto influyó más imaginar a mis amigos en la casa de al lado o poder pronunciar su nombre de nuevo. Por mí hablaría del cantautor incluso cuando estudiase las guerras visigodas.

—Otra vez esa cara... —Ana puso los ojos en blanco.

—¿De qué hablas?

—De esa sonrisa de bobalicona que se te pone siempre que lo mencionas y hace que desee arrancarme los ojos solo para no verte...

Me reí. No podía hacer otra cosa. En el fondo, llevaba razón. Los había atormentado a base de triple dosis de Víctor. En verano, sobre la declaración; luego, el desamor, y ahora, nuestro noviazgo. Y es que yo ya había puesto a nuestra relación una etiqueta escrita con letras enormes e iluminada con luces de neón. Éramos novios. Me gustaba tanto la palabra, por el significado que tenía, que la saboreaba en mi paladar al pronunciarla. Tanto era así que creo que no quedaba nadie en la faz de la tierra con el que me comunicase durante mi día a día que no lo supiera. Las últimas personas a las que se lo había contado eran el panadero, la señora del primero (a la que a veces le ayudaba a subir el carrito de la compra), los bedeles de la universidad e incluso al quiosquero al que le compraba el periódico cada mañana. No me daba vergüenza. Era feliz y lo quería compartir con el mundo entero, a ver si los contagiaba con mi alegría. De hecho, no había puesto un anuncio en el *prime time* de la televisión porque era demasiado caro.

Sara dio un respingo a mi lado y me percaté de por qué había estado tan callada, algo totalmente inusual en ella. Estaba nerviosa y expectante. Y todo por mi hermano, al que distinguí andando hacia nosotros, debajo de una gorra de béisbol, con unas gafas de sol más grandes que él que, lejos de lograr que pasase desapercibido, provocaban que la gente lo mirase con el ceño arrugado pensando que era un tío bastante extraño o un atracador que iba a dar el golpe de su vida y por eso ocultaba el rostro.

—Vamos dentro. —Fue su escueto e impersonal saludo. Ni un «hola» o gesto de cariño hacia la morena que se llevaba tirando bastantes días, para mi desconcierto. No sabía a qué juego estaban jugando, pero sí quién iba a resultar perdedora.

La conversación sobre alquilar el piso de Víctor se quedó en el aire mientras entrábamos, pero noté que a Dani no le parecía mal la idea. Nos recibieron unos pájaros que volaban en círculos. Ana se apartó corriendo y maldijo en voz alta. ¡Quién me iba a decir que la chica de hierro, esa amazona que acojonaba a un séquito de hombres con una mirada, tenía miedo a unos inofensivos loritos!

Mi hermano se quitó la gorra y las gafas y pidió una mesa, como si fuera el líder de nuestra manada. Entonces comprendí el porqué de ese atuendo para ocultarse, ya que las personas que estaban en la primera planta lo reconocieron y comenzaron a darse codazos entre susurros mientras corrían a coger los móviles para sacarle una fotografía con un disimulo espantoso. El precio de la fama era que uno se debía despedir del anonimato.

Descendimos las escaleras hasta la planta baja. En el interior, el hawaiano consistía en una especie de cueva, con las paredes revestidas de piedra gris con enredaderas verdes, luz tenue y cascadas artificiales.

Sara se apresuró a sentarse veloz como el viento al lado de mi hermano, en los sofás de dos plazas que rodeaban una mesita baja. Ana y Dani la imitaron, y yo me quedé en el único sofá que estaba libre, a la espera de Vilma.

El camarero regresó a los pocos minutos. A las chicas nos colocó un colgante hawaiano y nos regaló un clavel rojo, y a ellos les tendió una sombrilla y la carta de cócteles. Tras una rápida ojeada, nos decidimos por el volcán de la casa para cinco personas, pues, aunque desconocíamos sus ingredientes, por las risas de las mesas de alrededor dedujimos que llevaba cantidades ingentes de alcohol, y Vilma ya pediría lo que quisiera cuando llegase.

Cuando ya no me quedaba más remedio, le presenté a Ana y Dani a mi hermano, que, contra todo pronóstico, no dijo ni hizo nada ofensivo. Tal vez se estaba volviendo mayor o con el agobio de saber que tenía el noventa por ciento de los ojos de ese local puestos en él se había quedado en blanco.

—¿No podías elegir un sitio más céntrico? Si te parece, la próxima vez quedamos en el Oso y el Madroño de la Puerta del Sol... —refunfuñó.

—¿Y dónde sugieres que nos encontremos? Tal vez te habría gustado más quedar en mitad de un camino rural donde nadie te conociese...

—Existe una cosa llamada *reservados*.

—Y otra, llegar a fin de mes. Pero creo que a esa no la conoces, ¿quieres que te la presente?

—Mi cuenta está plagada de millones que podrían ahuyentarla...

—Si de vez en cuando te solidarizases conmigo, yo también podría hacerlo.

—¿Y que dejes de apreciar el valor del dinero? —Negó con una sonrisa de suficiencia—. Eso sería malcriarte, hermanita. Si quieres tener tantos ceros como yo, te los tienes que ganar...

—¿Dando patadas a un balón? Lo dices como si hubieras descubierto la cura contra el cáncer...

El camarero regresó justo a tiempo para detener nuestra batalla. Aunque tendía a decir que mi hermano era un niño, mi edad mental también descendía en cinco años cuando me ponía a su nivel. En el fondo, creo que me gustaba discutir con él. Era la única manera que conocíamos para relacionarnos.

Con cuidado, el camarero depositó el volcán, que emitía humo a intervalos intermitentes y tenía unas pajitas mutantes y extralargas, un plato con sándwiches de jamón y queso, unos cacahuetes y aceitunas verdes. Cada uno nos hicimos con una pajita y absorbimos el alcohol hasta que mi hermano se atragantó y Sara tuvo que darle un par de golpes en la espalda para que dejase de toser.

—¿Es esa? ¡No me jodas! La acabo de ver y creo que ya me he empalmado —exclamó. Vilma le estaba indicando al camarero que venía con nosotros—. Mira. —Cogió la mano de la morena y se la colocó encima del paquete—. Titán está más feliz que el día que visitó la mansión *Playboy*.

—¡Quita! —se quejó la morena apartándose.

—No te hagas la modosita, que no es la primera vez que la tocas con las manos ni con la...

—¡Cállate, cerdo! —Se cruzó de brazos, visiblemente molesta y celosa. Doble ración de lo segundo.

—Venga, no te enfades... Si por ti se pone el triple de grande cada noche.

Ana y Dani me miraron alucinados. ¡Animalillos...! La realidad superaba con creces lo que yo les había contado de él. Y eso que había exagerado muchísimo algunos detalles.

—Se me había olvidado comentaros una cosa. La mayor parte del tiempo es mejor ignorarlo —les avisé.

Vilma llegó hasta nuestra mesa. Solo con su melena

pelirroja hacia un lado, peinada en suaves ondas como las artistas más elegantes del cine en blanco y negro, ya estaba impresionante, pero al quitarse el abrigo y descubrir su ceñido vestido rojo, que le enmarcaba su escultural silueta, complementado con unos tacones del mismo color excepto por las plataformas, que eran negras, estaba tan perfecta que, por un instante, me planteé intentarlo con las chicas solo por estar con ella.

Le presenté a mi hermano, que se había quedado en estado de *shock*, pero Sara se apresuró a intervenir para que estos no tuviesen contacto más allá de un educado «hola».

—¿Qué tal la presentación?

—Bien. Demasiado bien —bufó Vilma mientras se sentaba—. El muy cabrito ha usado en el guion las frases que yo inventé cuando nos pidió que profundizásemos en el personaje... —Cogió mi pajita y dio un sorbo con el que se mojó los labios. Estaba fatal.

Esa noche se estrenaba la obra de teatro en la que la habían fichado hacía menos de un año para uno de los papeles principales. El director de la función, que ahondaba con humor en los problemas de mujeres de diferentes generaciones, había decidido relegarla a un modesto segundo plano al enterarse de que las posibilidades de introducir su miembro entre sus piernas eran nulas. O eso opinaba ella. La cuestión era que, después de todo el esfuerzo y el trabajo, ahora tenía que ver cómo el mérito se lo llevaban otros y ella se quedaba fuera de los focos.

—¿Quieres que la líe? —sugirió Sara, y Ana, que hasta entonces se había estado peleando con el segundo sándwich de jamón y queso, comenzó a prestar atención.

—¿A qué te refieres? —preguntó Vilma, tras lo que volvió a beber del volcán. Ella, que no consumía alcohol, iba a pillar un pedo de colores. O mi hermano la liaba y Sara y yo nos jugábamos quién la cuidaba al llegar a casa, o la morena se iría a «dormir» con él, y yo pasaría la noche en vela vigilando que no se atragantara con su propio vómito.

—Ir allí con pancartas. Denunciar la situación...

—Creo que algunos amigos se unirían para luchar contra esta discriminación sexual y machista —apuntó Ana con la boca llena—. Además, son unos máquinas de las redes sociales y podrían conseguirnos un par de *trending topic* y hacernos virales. Hacen vídeos muy *top*...

—¿Os estáis escuchando? Yo no quiero eso. Lo reconozco, tal vez me podría catapultar a la cima del estrellato y, como mínimo, me darían un papelillo en algún programa de humor reivindicativo... —Sara iba a aplaudir, pero Vilma no se lo permitió—. Pero podría ocurrir que mi representante me dejase, que me crease mala fama y no volviese a encontrar trabajo de actriz en mi vida. Mejor dicho, nunca encontraría el primero. Al fin y al cabo, él es un afamado director y yo, una novata. Seguro que diría que no tengo talento y que me he puesto rabiosa...

—¿Estaban los de la tele? —consultó mi hermano—. En el estreno, quiero decir.

—Sí —Vilma se puso más roja y, de nuevo, se agarró a la pajita. Al final, íbamos a tener que pedir otro volcán para nosotros.

—Vaya mala suerte. Posiblemente has perdido el papel de tu vida —apuntó.

—Estamos aquí para animarla, no para hundirla más en la mierda —le regañó Sara evitando que lo hiciera yo.

—¡Pero si ella ya lo sabe! Las televisiones rara vez cubren algo de teatro. Y cine, depende. Solo está garantizado si es alguna película americana y acuden muchos actores de Hollywood o van muchos famosillos del mundo del corazón a los que puedan preguntar por sus penurias sentimentales... Pero podemos revertir la situación.

—¿Cómo? —se apresuró a preguntar Vilma, tratando de ocultar su desesperación sin éxito.

—En principio debería ser fácil —habló mi hermano, con una profesionalidad que desconocía—. Simplemente te tendría que presentar a los padrinos adecuados.

—Eso no suena muy profesional... —apuntó Sara.

—Pero es que en España no lo somos. El contacto adecuado le abrirá más puertas que millones de clases de interpretación en la escuela más cara de Madrid, a no ser que en el precio del curso incluyan presentarle a productores con poder o directores con fama.

—¿Y tú conoces a alguien? —le consultó Sara.

—Soy futbolista, morena. Y de los que marcan goles que regalan títulos a su equipo en el último minuto. No me hago presidente del Gobierno porque no me seduce la idea... Pero si cuando termines Ciencias Políticas quieres una alcaldía de algún municipio pequeño de la Comunidad, es tuya. —Le guiñó un ojo.

—Pues no es mala idea para empezar a cambiar las cosas desde abajo...

—Mi tema, por favor —Vilma interrumpió las divagaciones fantasiosas de Sara—. Otro día solucionamos el mundo.

—Madre mía, qué afán de protagonismo, pelirroja. No me quiero imaginar en el mal bicho que te convertirás el día que seas la reina de las alfombras rojas...

Vilma puso los ojos en blanco. Las mejillas se le estaban tiñendo de un rojo más intenso que el de su pelo. Comenzaba a ir piripi.

—¿Y si eso no funciona? ¿Tenemos plan B?

—Claro. Soy un hombre con muchos recursos en todas las facetas de la vida. —Sara se estremeció y yo tuve que contener una arcada—. Me acompañas a la grabación de un par de anuncios y luego a la presentación de las marcas de las que soy imagen con un vestido como el que llevas hoy y... ¡Tachán! Ya eres mi novia. La mujer que ha cazado al Lince Ibérico.

A Sara no le debió de gustar la idea porque se apartó para no tener contacto carnal, a través del muslo, con mi hermano. Como quien no quiere la cosa, y tratando que los demás no nos percatásemos, este movió la mano en un intento de atrapar la de la morena, que, digna, la volvió a retirar.

—¿Y eso me ayudaría porque...?

—Porque tu cara saldría en todas las revistas y hasta el productor más inútil te querría tener en su obra solo por el morbo y la publicidad gratuita que iba a conseguir. Las teles irían a cualquier estreno para intentar sacarte información de nuestra supuesta relación. Y que conste que, siempre que me dejes como un amante brutal, te doy permiso para inventar lo que quieras. Hasta que me he tatuado tu nombre en el huevo derecho pero que no lo ves porque siempre te quedas impresionada con mi enorme rabo...

Ese sí que era el Christian que yo conocía.

—Dime que es coña.

—Hombre, siempre podemos hacer que sea verdad si tú y tu novia, que deduzco que tendrá un culo por lo menos la mitad de apetitoso que el tuyo, decidís que queréis usarme como un vibrador andante en vuestros juegos sexuales...

Mi hermano hacía sus comentarios de hombre de las cavernas, como siempre, pero con su mano seguía buscando la de Sara sin importarle que, sabiendo como sabía que yo estaba pendiente de cualquier detalle de su comportamiento, me percatase de ello.

—La idea de que me presentes a contactos me gusta. Pero me niego a fingir que somos pareja...

—¿Y hacerlo realidad?

—Eso menos todavía.

—Tú te lo pierdes. Soy un juguete sexual bastante eficaz, que no necesita cambio de pilas...

Noté que el móvil vibraba en el interior del bolso. Lo

saqué y observé que se trataba de Víctor. Me levanté de golpe y casi tiro todo lo que había encima de la mesa.

—Me llaman —anuncié mientras me abría paso.

—¿No puedes decir que estás ocupada? —me regañó Sara, que estaba enfadada con el mundo por los comentarios de mi hermano, a pesar de que era evidente que este no paraba de intentar llamar su atención con miradas furtivas.

—No.

—¿Pero quién es tan importante para...? —Se mordió el labio—. Entiendo.

Serpenteé entre los clientes sentados para poder subir las escaleras de tres en tres. Aun así, pude oír que mi hermano le preguntaba por el autor de la llamada que había conseguido que yo saliese escopetada, y la morena le contestó con un cortante: «A ti no te importa». Le había ordenado que por nada del mundo se lo contase, porque entonces él haría lo mismo con mi madre y al día siguiente sufriría un interrogatorio de primer grado con ella. Sin embargo, supe que el motivo de la seca respuesta de Sara no era hacerme caso, sino demostrar —por si todavía no se había dado cuenta— que no le había hecho ni pizca de gracia su comentario de semental que le tira fichas a todo lo que se mueve sin importarle que la chica con la que comparte cama esté delante. Él la había despreciado y ella se lo quería hacer pagar.

En el interior del hawaiano la cobertura era muy mala. Por eso me esperé a llegar al exterior para contestar.

—¡Lo he conseguido! —anuncié con la voz entrecortada por la carrera.

—¿Me he perdido algo?

Estaba tan agotada por el esfuerzo que no pude emocionarme al escuchar su voz de nuevo y ordené a las mariposas de mi estómago que se estuvieran quietas si no querían que expulsase la cena.

—A mí corriendo los cien metros lisos, pero con esca-lones. Creo que me va a dar algo, ¡no siento las piernas! —Hice un mohín a pesar de que Víctor no me podía ver.

—Pues entonces busca un lugar para apoyarte o te vas a caer de culo. Y yo no estaré allí para verlo. —Se rio. Su risa. Ese sonido que me daba la vida. Mi hogar.

—¿Ha pasado algo? —Le hice caso y utilicé la pared exterior del hawaiano para reposar.

—¿Que si ha sucedido algo? Ha pasado algo más in-verosímil que yo componiendo las letras de absurdas can-ciones de amor, cosa que, desde que te conozco, ocurre con demasiada frecuencia, ¡estás matando mi vena de ar-tista torturado! Al final acabaré escribiendo temas pop que se convertirán en el *hit* del verano...

—¡No digas tonterías!

—Pero es que no lo son. Si hace unos meses me hubie-ras dicho que garabatearía una estrofa sobre cómo mi piel se eriza al rozar tu cuerpo, te habría llamado loca y habría dicho que era más probable que los planetas se alinearan y nos invadiesen los extraterrestres con sus naves de últi-ma generación...

—¡No te vayas por los cerros de Úbeda y desembu-cha! —le insté a continuar.

—Vale, sin paños calientes. Al grano —dijo rápido, como quien quiere soltar una bomba informativa porque, si no, le explotará en la boca—. Me ha llamado el aboga-do de la familia para comunicarme que mi abuelo, ese ser con el que he cruzado dos veces un par de palabras y estas han sido «hola» y «adiós», me ha nombrado heredero de su fortuna...

Silencio.

—Estás de coña, ¿dónde está la cámara oculta?

—Yo también la estoy buscando.

Traté de asimilar la información. No podía ser cierto.

—No te lo tomes a mal, pero no tiene mucho sentido

que se lo deje todo a alguien que no ha mostrado el más mínimo interés y se ha desentendido de los negocios familiares...

—Tal vez sí que tuvo sentido en su mente enferma. El último golpe de gracia. Morir matando. Seguro que se está riendo desde su tumba al saber que acaba de lanzar un misil que va a provocar la Tercera Guerra Mundial en mi familia.

—¿Y ellos qué opinan? —pregunté mientras trataba de analizar lo que me estaba contando.

—Mi madre me ha llamado por primera vez desde hace años «cariño» y ha dicho que está deseando verme para —atenta al dato— «achucharme como cuando era un niño». Creo que le estaban saliendo sarpullidos en la piel mientras pronunciaba estas palabras... Fijo que ha pedido cita con el cirujano de guardia para que le arregle la cara que se le ha quedado después de la lectura del testamento. El bótox le ha explotado. No tiene mucha movilidad en el extremo inferior de la mandíbula y me la imagino abriendo la boca hasta el límite de que le cupiera su propio puño.

Me reí.

—¿Y el resto? ¿Ya se han ofrecido a dejarte el culo reluciente y brillante?

—Creo que se han decantado más por buscar un sicario a sueldo. Tendré que vigilar mis espaldas y obligarlos a que ellos prueben antes los alimentos que me ofrezcan por si están envenenados...

De nuevo, silencio.

—¿Y qué piensas hacer? —le pregunté mientras ordenaba los datos. Víctor, heredero de una de las fortunas más solventes de España—. ¿Vas a dejar la música para convertirte en un ejecutivo agresivo?

—¿Y mandar la empresa a pique? Joder, no, muchas familias dependen de ella. Sería su ruina. —Aunque no lo veía, supe que se estaba encogiendo de hombros mientras se mordía el labio con ese gesto pensativo tan suyo—. Supongo que hablaré con mis primos para que negocien un acuerdo y la dirijan ellos. Serán todo lo idiotas que quieras, pero de esto entienden. Es la mejor opción.

—¿Y con el dinero?

—Eso ya es un poco más complicado. —Noté que se ponía nervioso—. Mi abuelo no se hizo millonario siendo una hermanita de la caridad, Aura. Ha explotado y explota a miles de personas en talleres clandestinos para sacar más beneficio... He pensado que ya es hora de que eso cambie. No sé, devolverles lo que moralmente les corresponde, quedarme con lo suficiente para vivir bien... y darles el resto a ellos para que lo hagan con dignidad. Y sé que tal vez me vas a decir que es una locura, pero creo que es lo más ético, lo que me nace de dentro, Aura...

—Estoy muy orgullosa de ti —interrumpí su discurso.

—¿De verdad? —susurró sorprendido.

—¿Pero qué creías que iba a decir?

—Yo qué sé. Estamos hablando de mucho dinero. Muchísimo. Tanto que no tendrías que trabajar en tu vida... O podrías comprar un periódico y empezar de jefa de redacción... O un canal de televisión en el que solo salieses tú y tus series favoritas, sin importarnos la audiencia, como capricho.

—Que yo recuerde, es a ti al que le han dejado la herencia, ¿o es que me mencionaba en el testamento y me lo estás ocultando? —bromeé.

—Ese es un detalle sin importancia, Aura: tú y yo estamos a nada de serlo todo, uno. Y supongo que, si quiero hacerlo bien, tengo que consultarte este tipo de decisiones que nos afectan a los dos. Podríamos comprarnos una casa en Beverly Hills, un yate y hasta nuestro propio avión y vivir el resto de nuestra vida ignorando lo que sucede a nuestro alrededor, ¡bañándonos en billetes de quinientos!

—¿Y tú serías feliz así?

—No. Eso no va conmigo. Comprobé la penuria humana cuando viajé para encontrarme a mí mismo y creo que acabaría despreciando en lo que me convertiría...

—Pues entonces no hay más que hablar. Se donará y punto. Algún día tenía que nacer el Pierce que limpiase la mierda que creó el original.

—Gracias.

—¿Por qué? —Sonreí.

—Por ser así. Por recordarme cada día por qué te quiero más de lo que creía humanamente posible.

—Eres tú el chico que, pudiendo tener todo el dinero del mundo, está pensando en los demás. Creo que eres la única persona que conozco que lo haría —dije con toda la sinceridad del mundo. Incluso en mi caso en particular, si me hubiera tocado el euromillón antes de conocerlo, creo que me habría comprado una isla por el mero hecho de tenerla. Eso y unos zapatos megacaros que solo habría usado una vez antes de que me salieran unas ampollas asesinas.

Sin embargo, desde que Víctor estaba en mi vida, ya no tenía eso tan claro. El cantautor no solo me estaba enseñando a enamorarme más y más cada día, sino que además influía de forma positiva en mí. Por alguna extraña razón provocaba que quisiese ser mejor persona. Actuar con una bondad infinita que me volviese merecedora de ese chico que lograba que la felicidad estuviese contenida en gestos tan cotidianos como oír su respiración a través del móvil. Me hacía ver la vida en perspectiva. Lo que era importante y lo que no. Y, sin saber cómo, había transformado los billetes en papeles sin importancia, ficticios, fáciles de romper. Lo único real eran los sentimientos. Esos que me regalaba con cada frase y que no tenían precio. Mis metas ya no giraban alrededor de poseer muchas cosas, sino solo una. Yo ya no quería todo el dinero del mundo: lo quería a él. Con eso me conformaba.

—Es lo justo. Contigo ya me ha tocado la lotería. Prefiero no tentar al karma con dos golpes de suerte. Su respuesta para contrarrestar la racha podría terminar matándome... —bromeó.

—¿Y me eliges a mí por encima de millones de euros?

—Tú estás en el pico de la pirámide de las cosas que me importan. Tu sonrisa corona todas mis montañas, Aura.

Capítulo 7

Adicta a tu amor

Nada más entrar, Víctor depositó un pequeño beso en mi nariz de payaso, roja como un tomate por el frío, insensibilizada hasta que sus labios se posaron en ella. Era la única parte de mi cuerpo que había quedado expuesta al aire mientras visitábamos los Picos de Europa, y yo pegaba saltitos como una niña pequeña por la emoción y para ver si de una maldita vez entraba en calor. Aunque para esto último era bastante más efectivo cuando él me pillaba desprevenida observando los cristalinos lagos, las verdes laderas y la nieve en las montañas infinitas, y entonces me abrazaba por la espalda, apoyando su cabeza al lado de la mía, e introducía sus manos en los bolsillos de mi grueso abrigo verde, me quitaba la capucha de la cabeza y me susurraba en el cuello palabras de amor. Bueno, a lo mejor no era una declaración de las que arrancaban suspiros; bastaba con sentir su aliento golpeando el lóbulo de mi oreja mientras me preguntaba «¿Te gustan las vistas?» para que me embriagase una sensación de aumento de temperatura ascendente y reconfortante.

Era increíble lo sencillo que resultaba todo. Cómo gestos tan cotidianos como lavarme los dientes adquirían otro significado si le pillaba mirándome a través del espejo. La perfección de lo simple, lo normal, lo rutinario. Un mundo maravilloso en el que preparar un desayuno con su ayuda para mí se convertía en una bonita escena de novela. Porque ya no era solo exprimir el zumo, calentar la leche o quitarles los bordes a las tostadas. Era hacerlo con él. Conversando, riendo, robando algún beso furtivo e incluso discutiendo hasta tener que sellar la paz con sus labios devorándome y una guerra de lenguas. Estaba tan enamorada que me dolía y me daba miedo, mucho miedo. Siempre había anhelado algo. Lo que fuera. Y me encontraba en un punto de mi vida en el que sentía que lo tenía todo. No necesitaba absolutamente nada más. Eso me agobiaba porque una parte de mí temía no saber gestionar mi existencia si lo perdía. Si Víctor desaparecía como un año antes había ocurrido con Ismael.

Rechacé esas absurdas ideas de mi cabeza. No quería pensar en un futuro incierto, sino vivir el presente. Mi realidad. Estaba en Asturias, disfrutando de cuatro días con mi novio, que a nuestro regreso volvería a Londres. Era poco inteligente pasar las horas reflexionando acerca de lo que vendría en vez de dedicarme a crear recuerdos a los que recurrir cuando él no estuviese a mi lado.

¿Por qué estábamos en un lugar mágico en el que las cumbres de las montañas sobrepasaban las nubes? Muy sencillo. El dinero. Era lo que tenía que Víctor hubiese heredado una cantidad indecente de este y los bancos se peleasen para que abriese una cuenta con ellos. Le ofrecieron un viaje adonde quisiera y el cantautor me dejó elegir. Indagué por internet y, en cuanto observé las fotografías de Asturias, no tuve ninguna duda: ese sería nuestro destino. Podría haber seleccionado alguna de las islas, pero yo soy una de esas extrañas personas a las que, cuando se acerca el invierno, les gusta ir a sitios en los que el paisaje se tiñe de blanco por la nieve y se tiene frío a pesar de los millones de capas que se llevan encima. Ya me broncearía, o adquiriría un tono de cangrejo, en verano. Además, tenía el extra de que me servía de excusa para acurrucarme a su lado por las noches y lograr que su piel fuese mi refugio a modo de abrigo.

Eso sí, estuve a punto de cambiar de opinión cuando vi la mirada de suficiencia que me echaba el del banco al decirle el sitio. Tal vez el Caribe, Nueva York o Dubái le habrían parecido más apropiados, pero es que lo que no sabía ese hombre trajeado de casi cien años —que aparentaba esa edad porque la vida no le había tratado bien— era que, con la persona indicada, el lugar se vuelve algo secundario e insignificante.

También le habían regalado un coche, aunque sospechaba que seguía siéndome infiel con su dichosa moto cuando no estaba conmigo. Su amante con tubo de escape.

Encendimos la luz tenue de nuestra pequeña cabaña de piedra que, revestida de madera para darle un aspecto más rural, estaba situada en mitad de una ladera, sin vecinos en los alrededores. Víctor colgó nuestros abrigos del perchero, agarró uno de los extremos de mi bufanda roja y me hizo girar como una peonza hasta que me desprendí de ella. Una vez que me quedé con mi sudadera gris, los vaqueros y las botas de montaña —no había lugar para el glamur o vestuario sexy con aquellas gélidas temperaturas—, intentó pasarme el brazo por la cintura, pero me aparté.

—No me líes, que te conozco —le avisé.

—Creía que te gustaba —ronroneó mientras tiraba de mi brazo hasta tenerme a su lado. Sus manos viajaron hasta mi trasero, apretó mis nalgas y me estampó un beso.

Mal. Sabía cómo terminaría aquello. Y con total seguridad. Era el ritual de iniciación que habíamos llevado a cabo antes de mancillar cada rincón de la casa, que deberían limpiar con lejía si querían eliminar nuestro rastro. Nada quedaba a salvo en nuestros arranques de pasión. El sofá, vale. La cama, también. Incluso la ducha. Pero las escaleras ya era otro nivel que, aunque pudiera ser morboso, me había dejado con un dolor de culo brutal. Víctor era insaciable. Peor que los monetes del zoo. El problema era en lo que me convertía yo a su lado. Siempre quería más a pesar de que tenía unas agujetas que me acompañarían de por vida tras ese viaje.

Nunca había suficiente. Un beso llevaba a otro..., y entonces sí que no podía parar. Era superior a mis fuerzas. Él lograba activar mi interruptor sexual, y no había marcha atrás.

El sabor de su saliva comenzó a invadirme, y me obligó a olvidar todo lo demás. Mis manos se enlazaron por detrás de su cuello y lo empujé hasta que su espalda impactó contra la pared al tiempo que con mi lengua recorría sus labios.

«*Stop*», me dije mientras seguía teniendo el control de mi cuerpo.

Me separé de golpe como si quemase, aunque lo que en realidad quemaba era la distancia.

—Y me gusta. Demasiado, me temo —reconocí. Víctor se mordió el labio de forma sugerente y yo lo odié por ello. ¿Por qué tenía que estar tan irresistible cuando lo hacía? Pero no, mi parte responsable todavía tenía voz y voto en aquella situación—. Es la última noche y tengo que terminar la documentación del trabajo.

—¿Y no lo puedes dejar para después? —Hizo un mohín y mis fuerzas flaquearon un instante.

—Eso me dijiste ayer... Y el día anterior... ¡Y recuerda cómo acabamos! —Sonreí, y él se sumó a mi gesto.

—Lo hago, joder que si lo hago. —Trató de acercarse y coloqué mis manos en su pecho para contenerle.

—Alguien tendrá que hacer algo en la vida ahora que,

como te dijo tu madre, te han lavado el cerebro los altruistas para que lo dones todo...

—De su boca salieron cosas peores.

—Yo nunca podría hablarte así.

—¿Permites por lo menos que te vea mientras estudias? Puedo mirarte. Encuentro fascinante el poder de mi imaginación más perversa cuando te tengo delante...

—¡No, que me distraes! —Me puse de puntillas y le di un pico, con lo que volví a mi época adolescente, que, por más que me empeñase, no estaba tan lejos—. Pero sí que podrías hacer la cena...

—¿Acaso soy tu esclavo?

—¿Acaso soy yo la tuya? —Alcé una ceja.

—Supongo que estás de coña. ¿Quién te lleva el desayuno a la cama por la mañana? —bromeó.

—¿Serás farsante?... ¡Si lo preparamos juntos!

—Pero porque yo te despierto...

—Eso es verdad. Tienes la mala costumbre de no dejarme dormir a partir de las ocho de la mañana. Sabes que te odio por ello, ¿no?

—El monstruo que me saluda por la mañana lo repite bastantes veces, pero debes comprender que no puedo contenerme cuando te veo tumbada, sonriendo mientras duermes, palpando el colchón en mi búsqueda... —Silencio. No dije nada—. Esta ñoñería tampoco te ha hecho cambiar de opinión, ¿no? —Negué—. ¡Mierda! Tendré que empezar a buscar poesías, a ver si son más efectivas... O porno duro, lo mismo te gusta que te diga cerdadas.

—Hazme una cena que me deje con la boca abierta y seré tu esclava.

—¿Seguro?

—Es a las mujeres a las que se nos conquista por el estómago a pesar del dicho popular...

—Te vas a cagar...

—Espero que no. Eso rompería la magia, y se te bajaría.

—¿Te han dicho alguna vez que eres la mujer más burra que ha pisado la tierra?

—Muchas veces.

—¿Quién?

—Tú. Solo tú. Por eso creo que hasta me gusta.

Víctor se marchó a la cocina y yo aproveché para tumbarme sobre la alfombra boca abajo, con los pies cruzados en el aire, encender el portátil y proseguir con mi trabajo de clase. Javier nos había mandado que investigásemos sobre algún tema para escribir un reportaje original que, aunque fuese algún pequeño periódico local para rellenar en verano, tuviese la suficiente calidad como para que alguien nos lo comprase. Tras darle muchas vueltas, me decidí por la manera como había variado la educación pública desde la etapa en la que los estudiantes iban con una pequeña enciclopedia que contenía todas las asignaturas en un mismo tomo hasta la generación 3.0, con sus modernos aparatos tecnológicos. Tenía el cuaderno lleno de datos y de nombres de personas a las que quería entrevistar: sociólogos, expertos en educación, algunos miembros del Ministerio y sindicatos de profesores —como es obvio, hice una lista con más de cien nombres, porque deduje que la mayoría de ellos me colgaría el teléfono nada más oír mi pregunta.

Estaba tan entretenida con las cosas que iba averiguando, los estudios que localizaba en internet y devoraba, leyéndolos como si fuera una competición, que ni siquiera oí que Víctor entraba a encender la chimenea de leña para que los dientes no me castañearan y acabase montando mi propia tienda de campaña en la que resguardarme con las mantas. Lo tuvo que hacer él porque yo era una inútil. Lo había intentado de todas las maneras, pero no había forma. Lo más cercano a prender mi propia hoguera fue cuando tiré tres periódicos enteros y surgió una llama enorme; no me dio tiempo a aplaudir cuando esta consumió el papel, y otra vez la tuvo que encender él. Para que no se mofase de mí, le eché la culpa a mi madre y dije que me había aleccionado demasiado bien de pequeña diciéndome: «Los niños que juegan con fuego se mean en la cama», y por eso ahora era incapaz.

Eso sí, su arte de felino sigiloso desapareció en cuanto entró en la cocina de nuevo, donde oí un estruendo tan grande que barajé la posibilidad de que se hubiera matado.

—¡Estoy bien! —se adelantó a mi pregunta.

—¿Se puede saber qué ha pasado? —grité.

—¡Me he peleado con unas ollas por tu honor!

—¿Y quién ha ganado?

—¡Creo que yo, aunque tendrás que curarme las heridas de guerra de esta batalla a vida o muerte!

Víctor apareció en el marco de la puerta masajeándose la cabeza.

—Me va a salir un chichón...

—Si es que eres muy patoso... —Me puse de pie mientras me reía a carcajada limpia—. Podrías llevar un casco con una cámara en la cabeza y así quedarían recogidas las imágenes. Luego me las pasarías y ya tendría material para las sesiones de risoterapia. —Le aparté el pelo para ver cómo estaba y observé que llevaba razón: se empezaba a hinchar—. Deberías ponerte hielo.

—No. Lo que debería hacer es negarte el suculento plato que he cocinado para ti por mofarte de mi desgracia.

—¿Ya has terminado?

—Han pasado dos horas, Aura —apuntó.

—Al final va a resultar que es verdad que cuando haces algo que te gusta el tiempo se te pasa rápido.

—Entonces, ¿cómo funciona el reloj conmigo?

—Desaparece. No me da tiempo ni a ver cómo se mueven las agujas.

Víctor dejó de reírse y me miró con intensidad. Cuando me quise dar cuenta, mis dedos estaban enredados en su pelo y yo le atraía para fundirnos en un dulce beso. Lento. Saboreábamos cómo nuestras salivas se mezclaban. Nos habíamos dado millones de besos y sabían igual que la primera vez. Era como si estuviéramos sumergidos en un bucle infinito que nos transportaba siempre a esa sensación que agitaba las entrañas y lograba que la piel se erizase con el contacto. Atrapó mi labio inferior y le pegó un pequeño mordisco.

—¿Y si dejamos la cena para más tarde...? —sugerí, pues yo quería comerme otra cosa. A él. Me acababa de transformar en el lobo de Caperucita.

—No. —Se apartó y puso su irresistible sonrisa rebelde—. Ahora vas a ser tú la que te quedes con las ganas.

—Eres malo, Víctor. ¿Te parece bonito rechazarme?

—Tranquila, en el postre te compenso...

Dejó la frase en el aire, enlazó sus dedos con los míos y me guio hasta la mesa del comedor.

—¿Espaguetis? —pregunté al ver los dos platos encima de la mesa.

—Con carne picada, *mozzarella* y un ingrediente secreto —susurró guiñándome un ojo antes de soltarme y sentarse enfrente de mí.

Me tendió una cerveza y esperó a que probase la pasta. La enrosqué en el tenedor y, ante su atenta mirada, la introduje en mi boca. La saboreé y... tuve que correr a abrir la cerveza para beber.

—Pero ¡¿qué mierda le has echado a esto?! —exclamé antes de darle el segundo trago—. ¡Atrévete a decirme que me quieres asesinar! —La boca me ardía y sentía la garganta derritiéndose.

—Es solo un poquito de picante —bromeó—. Creía que sería bueno para que entrases en calor. Como lo pasas tan mal por las noches...

—Y para crearme una úlcera, ya de paso —apunté mientras vaciaba el contenido en mi boca y notaba cómo la espuma se mezclaba con el regusto abrasador para formar una bomba explosiva—. Lo de las noches es una maldita excusa para achucharte y buscar el roce... —Dejé de abanicarme y le hice un gesto para que me pasase su bebida. Como un auténtico Manolo, me la bebí de un trago y no pude evitar eructar. En cualquier otro momento me habría muerto de vergüenza, pero allí me estaba debatiendo entre la vida y la muerte—. Esto no te lo perdono. Me has deshecho la garganta... No podré volver a hablar...

Tras quejarme, fui corriendo hacia la cocina con la intención de introducir mi boca debajo del grifo y beber a morro hasta que se me pasase esa angustia que, como mínimo, me había creado una fobia al picante de por vida. ¡Adiós, restaurantes mexicanos y comida coreana! Pero lo que me encontré allí hizo que se me pasasen todos los males y abriese los ojos tanto que temí que se me escapasen de las cuencas.

—¿Hay osos por los alrededores?

—¿A qué viene esta pregunta?

—Es la única explicación posible para este estropicio. —La pila estaba repleta de platos, había usado quinientas ollas, y mejor no hablar del estado de la vitrocerámica—. Porque me niego a pensar que has liado todo esto para preparar un simple plato de pasta.

—¿Te parece que está guarra la cocina?

—No podría estarlo más.

—En eso te equivocas.

—Hombre, si pasa un tornado por aquí o escancias sidra en el suelo, sí, pero esas son las únicas posibilidades que se me ocurren.

—Te aseguro que hay más.

—¿Sí?

—¿Quieres que te lo demuestre? —me retó.

—Solo si luego friegas tú —acepté.

—Trato hecho.

Se quedó cinco segundos mirándome. Ni uno más, ni uno menos. Y lo sé con total seguridad, porque los estuve contando hasta que me percaté de que me observaba como un depredador que tiene sitiada a su presa. Pensé que en mi estado de mosqueo intentaría mendigarme un beso, pero hizo exactamente lo contrario. En dos zancadas ya estaba a mi lado, atrayéndome con fuerza, besándome con desesperación, reclamando lo que era suyo. Entreabrió la boca y capturó mi lengua. A tientas se movió para atrás, tirando todo lo que encontraba a su paso. Me agarró a pulso y, tras asegurarse de que no quedaba nada encima, me colocó sobre la encimera.

Traté de atender con los cinco sentidos a lo que estaba sucediendo, pero él era más rápido que yo y, mientras sus labios me devoraban con pasión, sus manos me arrancaban la ropa. Descendió por mi clavícula dando pequeños mordiscos hasta que llegó a mis pechos, sonrió travieso y se introdujo uno en la boca. Estaba disfrutando de ese contacto cuando noté que sus dedos jugaban con mi sexo.

Sin previo aviso, se apartó.

—¿Sigues enfadada?

—Te odiaré eternamente como pares ahora mismo. —Sonreí.

Y me percaté de una cosa que hizo que mi corazón cabalgase de felicidad. Como siempre que teníamos un encuentro, Víctor se deleitaba mirándome como si descubriese algo nuevo de mi anatomía que le fascinaba. Yo no le encontraba sentido, pero a él parecía apasionarle el mero hecho de rozarme con sus ojos, de observar cómo me estremecía cada vez que parpadeaba. Me revolvía con la misma intensidad que si sus pestañas me estuvieran acariciando la piel.

Mi cuerpo no era exuberante, y mi desnudo, normalito. Vamos, que cuando mi ropa caía a mis pies, a los hombres no se les desencajaba la mandíbula hasta tocar el suelo, ni se relamían como si tuvieran delante de ellos a una modelo. Mis curvas, más que de diosa de ébano, eran de tabla de planchar... Pero él me hacía sentir especial. Lo lograba repasando cada centímetro de mi anatomía con adoración. Todo. Mi cara, mi cuello, mis pechos... Daba la sensación de que nunca había visto nada igual. Y tal vez así era. No porque yo fuese la chica más bonita con la que había estado. No. Definitivamente, se habría acostado con mujeres mucho más experimentadas y guapas que yo. Pero conmigo era diferente. Era la primera vez que lo hacía embrujado bajo el manto del amor. Yo lo sabía. Él también. Éramos conscientes de que teníamos delante a la persona que nos complementaba. Esa sobre la que giraba el eje de nuestro particular universo.

Víctor se desnudó frente a mí; creí que me iba a penetrar cuando observé que se colocaba de rodillas. Le iba a preguntar qué hacía, pero la sacudida de placer al sentir su lengua acariciando mi sexo provocó que las palabras se quedasen atrancadas en mi garganta. Su lengua se perdió entre los pliegues de mis labios, poniendo especial énfasis en el clítoris, y sus dedos se hundieron en mi carne una y otra vez, con ritmo, provocándome sacudidas eléctricas. Arqueé la espalda y apreté los puños a la vez que emitía sonidos que provenían directamente de mis entrañas.

—Estás lista para mí.

—Siempre.

Víctor se colocó de pie, de cara a mí, para embestirme, y, sin saber por qué, me bajé de un salto de la encimera y me aparté. Me miró interrogante y entonces yo, que había actuado por impulso, supe exactamente el motivo de mi acto al notar el frío del suelo en mis rodillas.

Agarré con suavidad su erección.

—¿Qué haces? —preguntó excitado.

—No creo que sea el momento adecuado para impartir una clase de sexología... Déjate llevar.

—Me refería a que sé lo que vas a hacer, pero no es necesario, Aura.

—¿De verdad? —pregunté señalando sus manos, que se habían enredado en mi pelo, presionando mi cabeza hacia delante, en dirección a su miembro, en un gesto instintivo.

—No quiero que me la chupes...

—Eso de que no quieres es relativo...

—Joder, no me hagas hablar, que ahora mismo tengo toda la sangre concentrada en otro sitio y mi instinto egoísta está a punto de dominarme... —Soltó mi cabello y se pasó la mano por el suyo con nerviosismo—. Me has dicho mil veces que nunca lo has hecho porque no te gusta y...

—Y tú nunca me has presionado. Pero hoy deseo hacerlo. Quiero poder decir que mis labios han besado todo tu cuerpo.

Sin darle tiempo a argumentar nada más, me llevé la erección a los labios y le besé la cabeza húmeda. Le recorrió un escalofrío que lo dejó sin palabras y provocó que yo la deslizase dentro de mi boca. La llevé hasta el fondo de mi garganta y succioné para después hacer el movimiento a la inversa. Comprobar el dominio que tenía sobre él me agradó.

Lo miré para averiguar qué movimiento le excitaba. Sus ojos se encontraron con los míos y supe que estaba volviéndole loco. La metí. La saqué. Más rápido. Más lento. La lamí. Todo bajo su atenta mirada.

Los penes nunca me habían parecido bonitos, y, si soy fiel a la verdad, todavía siguen sin parecérmelo. No era una parte del hombre de la cual me gustaba ver fotografías como, por ejemplo, podía ocurrirme con un buen torso moldeado o una cara de infarto con un cuerpo definido. Efectivo y placentero, sí. Algo apasionante para la vista, no. Por este motivo, siempre me había dado asquete imaginar uno de ellos en el interior de mi boca. Sin embargo, con Víctor no me pasaba lo mismo. Pero no se trataba solo de chupar, sino de compartir un momento de intimidad. Darle placer. Saborear esa parte de su anatomía. Tener el control. Lograr que se excitase. La línea entre el sexo y el amor se difuminaba hasta desaparecer, y lo que antes me había parecido un gesto obsceno —que, como no me había cansado antes de repetir, nunca haría— ahora era una demostración de cariño. De confianza. Y no lo hacía porque él lo necesitase —que posiblemente también—, sino porque con ello yo disfrutaba. Me encantaba pensar que estaba haciendo con él algo que no haría con nadie más. Porque le quería. Porque le deseaba. Porque, lejos de sentirme sucia mientras besaba su erección, me sentía plena, pletórica, sexual. Y todo con él. Ese era el único punto importante.

Sus caderas empezaron a empujar y me atraganté. Tosí y él se apartó.

—Lo siento. He perdido el control. —Me tendió la mano para ayudarme a ponerme de pie.

—Imagina que me llegas a desnucar de la potencia... —Me reí, quitándole hierro.

Pero Víctor no debía de estar para bromas, porque me cogió a pulso y me llevó de nuevo hasta la vitrocerámica. Se colocó el preservativo y me abrió las piernas; me agarré a él rodeándole las caderas y él se deslizó dentro de mí con una embestida fuerte y potente.

No sabía si después de haber tenido su miembro en mi boca le podía besar. Desconocía si eso les sentaba mal a los chicos. Él solventó mi duda con un beso arrebatador que dejó mis labios rojos. Y, para mi propio asombro, porque yo no decía ese tipo de cosas —a menos que estuviera bajo una enajenación transitoria—, solté:

—Hoy no quiero que lo hagamos como siempre... Quiero que sea... —bajé el volumen— guarro.

—¿Esto no te parece lo bastante guarro? —señaló la destartalada cocina riéndose.

—No me refiero a eso... —repuse avergonzada porque en esos momentos me sentía un poco desfogada. Tal vez era cierto aquello que me decían Vilma y Sara de que me había vuelto loca de amor.

Víctor, que leía dentro de mí con una facilidad abrumadora, averiguó lo que estaba pensando. Cogió mi cara entre sus manos y descendió el ritmo de las penetraciones.

—Lo que te apetece no es nada malo. Nada de lo que hagamos puede serlo porque nos queremos, ¿entiendes? El sexo es solo una materialización de este amor.

—Entonces, ¿ya sabes si estás enamorado?

—Del único modo en que no podría estarlo es porque fuera algo superior. Y si llego a saber que esto es lo que se siente, te habría querido desde el primer minuto en que nuestras miradas se cruzaron. O habría salido corriendo. Porque ahora tú eres mi dueña. Porque soy adicto a ti. Porque eres la maldita droga más adictiva que he probado.

Y sus palabras debieron de motivarlo, porque no paró de darme besos y de hacerme el amor a la luz de las velas.

—De rodillas —fue lo único que dijo, y le hice caso.

Dio la vuelta, se colocó detrás, metió las manos bajo mi vientre, me acarició y, de un certero empujón, me incorporó. En esa postura todo se sentía mucho más. Había oído hablar a mis amigas del «perrito», pero era la primera vez que lo experimentaba. Mis ahogados gemidos me impedían oír a Víctor, y estaba a punto de ceder al placer cuando le escuché con nitidez.

—Joder, no puedo hacerlo. —Me levantó.

—¿Gatillazo? —pregunté con la boca pequeña para no herir su orgullo.

—No, por Dios. —Y tocó madera mientras me cargaba a pulso hasta el salón. Me tumbó sobre la alfombra, con la única iluminación de las llamas del fuego de la chimenea, se puso encima con los brazos flexionados y me miró muy serio, con intensidad—. Aunque me lo proponga, no puedo follar contigo, Aura. No puedo reducirlo a eso. Y es que no quiero irme sin verme reflejado en tus ojos grises u oírte susurrar que me quieres. Creo que los segundos durante los que escucho esas palabras se han convertido en mi parte favorita del sexo.

Introdujo su miembro en mi interior y me agité, pero por primera vez fue más por las palabras que estaba oyendo que por las potentes penetraciones.

—¿Te lo digo siempre?

—Sí.

—¿Y tú por qué no lo haces?

—Pensaba que no era necesario. Que te aburrirías de escucharme repetir que quererte más es imposible.

—Eso nunca.

—Está bien. —Se acercó a mi oído y susurró apoyando los labios en el lóbulo—: Te quiero.

Giré la cabeza y le besé con devoción.

—Quítate el preservativo.

—¿Estás segura? —El pelo le caía a ambos lados de la cara y tenía los músculos contraídos del esfuerzo. Estaba tan perfecto que le hice una fotografía mental.

—Sí, quiero sentirte.

Esperó unos segundos por si cambiaba de opinión y después se deslizó el preservativo y lo tiró a las llamas. Aunque había comenzado a tomar la píldora, todavía no me había visto con fuerzas para mantener relaciones sin precaución, como si una parte de mí siguiese teniendo miedo por si algo salía mal. Pero en ese instante, el plástico me molestaba.

Su erección se introdujo en mi interior de nuevo y, al notar su piel rozando la mía, gemí de placer. Víctor entornó sus ojos para disfrutar con todos los sentidos de ese contacto.

—Aura...

—¿Qué?

—Acabo de tener una visión...

—¿Y cuál es?

—Que sí, joder, que estoy enamorado de ti.

—Me acabas de decir todo lo contrario. —Sonreí—. Y quedaba mucho más bonito eso de que era un sentimiento superior. ¿Qué ha pasado para que cambiases?

—Que he pensado cuál era la definición de amor en el diccionario y me he dado cuenta de que, en el mío, tú eres el significado. —Apoyó su frente sobre la mía, deslizó su miembro en mi interior en una última sacudida y ambos estallamos en un orgasmo.

Víctor se dejó caer encima de mí.

—¿Tienes el reloj?

—¿Quieres cronometrar cuánto hemos durado? —dijo, y sonrió apartándose a un lado para no aplastarme. Apoyé mi cabeza en el hueco de su hombro y él me abrazó.

—No, bobo, quiero volver a parar el tiempo como hicimos la otra vez. Quiero detener el mundo porque este es mi momento. El que seleccionaría si me dejasen elegir solo uno en el que perderme para siempre.

—¿Solo para siempre? —bromeó.

—Hasta una eternidad a tu lado me parece poco —respondí, y lo peor es que era cierto.

Permanecimos tumbados, descansando sobre la alfombra, hasta que me empezó a doler el culo. En las películas que había visto y las novelas que había leído quedaba muy bonito que los dos protagonistas yaciesen al lado de la lumbre tapados con una fina manta. En la realidad era bastante molesto y se echaba de menos la comodidad del colchón.

Me revolví hasta que pude huir de sus brazos, que me mantenían bien sujeta contra su torso, y, tras repasar con mis yemas el tatuaje donde ponía mi nombre, me puse de pie.

El reflejo del fuego hacía que su pelo pareciese de un castaño más claro y su silueta quedaba enmarcada en un juego de claroscuros perfecto. Siempre había buscado el instante, con mayúsculas y fuegos artificiales, que provocase que en mis oídos retumbasen esos aplausos descontrolados que nadie estaba dando. Si estuviese hablando de una ficción, la habría acompañado una melodía de las que se llevan un Goya a la mejor banda sonora y un primer plano capaz de reflejar todo lo que estaba sintiendo. Y ahí lo tenía. Supe que había conseguido algo muy importante, que era extraer de la realidad la magia que normalmente se pierde por culpa de nuestra búsqueda de ese «algo más» que no existe y que provoca que las cosas especiales que residen en lo común se esfumen. Valoré el mero hecho de estar al lado de la persona que quería y, lo mejor, que me correspondía. Algo sencillo que carecía de la relevancia que debería tener en la sociedad. O eso, o es que yo era una persona bastante simple. Sí, mis amigos solían decirme que me contentaba con poco y que debería dejar de vestir una sonrisa a todas horas. Pero yo valoraba la vida, valoraba la felicidad, le valoraba a él. Y ahora tenía las tres cosas fusionadas en la ecuación perfecta. Tal vez con ella nunca obtendría un Nobel de Literatura, pero sí la tan ansiada fórmula de la felicidad. Puede que todo el mundo tuviéramos los ingredientes para conseguirla y nos empeñásemos en obtener unos nuevos e innecesarios recursos que adulteraban la receta.

Víctor rechazó mi ofrecimiento de ayudarle a recoger

la cocina. Él había provocado el tornado en el interior de la casa de campo y él se encargaría de llevar a cabo la reconstrucción hasta que de nuevo pudiese hacer honor a ese nombre.

Fui al cuarto de baño y me aseé con una ducha rápida, sin mojarme el cabello. Lo hice con agua tan caliente que el interior quedó sumido en una neblina espesa. Limpié el espejo y miré mi cara: mis rasgos seguían siendo los mismos que el año pasado, y, aun así, me sentía totalmente diferente. Había aprendido a vivir sola, a gestionar el dinero, a estudiar por mi mera satisfacción y no por los gritos de mi madre, que me decía que «iba a acabar con su vida» si seguía en el límite entre el aprobado y el suspenso... En resumen, había saboreado la independencia y el amor y había superado la prueba con éxito.

Me recogí el pelo en una cola de caballo alta y me tumbé sobre la cama. Calculé el tiempo que el cantautor tendría que emplear para dejarlo todo impoluto y, con su tranquilidad habitual, deduje que por lo menos necesitaría un par de vidas. Tan exagerada yo... O no.

Pensé qué podría hacer y tuve una idea. Bueno, lo que se me ocurrió no era muy original, porque lo hacía absolutamente todas las noches —menos una que, después de andar lo que se me antojó todo el Camino de Santiago de un tirón, caí rendida en cuanto rocé la colcha—. Abrí el armario y de nuevo me invadió una sensación cálida que me inundó el pecho por la soberana tontería de ver su ropa colgada en perchas junto a la mía. Como si más que una escapada romántica, estuviésemos conviviendo. Seleccioné uno de los cajones y saqué mi bañador rojo de *Los vigilantes de la playa*, que antes había sido de mi prima mayor, Aitana —esa que año tras año le dejaba a mi madre miles de maletas con ropa que, según su opinión de *it girl*, ya estaba pasada de moda y a mí me venía como anillo al dedo.

Anduve directa a mi destino. Bueno, tal vez antes me las he dado de modesta al decir que escogí una sencilla casa rural en Asturias para que el banco nos invitase. O tal vez fue la cara del director de la sucursal la que me incitó a navegar un poco más por Google y a ampliar la búsqueda a algo un poquito más lujoso. Sí, estaba en mitad de la nada, era de madera y no excesivamente grande, pero también tenía un *jacuzzi* enorme en la buhardilla.

Subí la escalera con mis botas camperas —había olvidado las zapatillas de andar por casa y ese era mi calzado—, dejé la toalla en un lado, encendí unas velas aromáticas, que coloqué alrededor de la bañera redonda, activé los chorros de agua y me metí en el interior.

Regulé la potencia de la presión del agua para que saliese suave, en plan relax, y me recosté, con cuidado de no mojarme el pelo, en estado zen. Eliminé cualquier resto de inquietud y dejé la mente en blanco. Aquellos que decían que la vida del estudiante se regía por la máxima de paz, amor y tranquilidad estaban muy equivocados. Siempre teníamos preocupaciones. Por los trabajos, por los exámenes, por conseguir unos buenos apuntes... No me quería ni imaginar cómo sería convertirse en un adulto con todas las de la ley. Que palabras como *hipoteca* y *empleo*, entre otras, entrasen con fuerza en mi vida sin el apoyo de mis padres y me viera obligada a depender de mí misma. Pese a que me había propuesto evitar pensar en ello, mi cerebro comenzó a trabajar en esa idea y me agobié. Quería la independencia absoluta y a la vez me daba un miedo atroz no poder salir corriendo y acurrucarme bajo las faldas de mi madre o el brazo de mi padre.

No recuerdo cuánto tiempo estuve así, hasta que distinguí a Víctor apoyado con una postura despreocupada en la pared. Tenía las manos metidas en los bolsillos de sus raídos vaqueros, bajados hasta límites en los que enseñaba más de lo socialmente permitido y que dejaban ver, al no llevar camiseta, cómo se le marcaba la pelvis de un modo muy apetitoso. Ese gesto descuidado, que se parecería al de un chico desgarbado en cualquier hombre, le dotaba de un aspecto sexy. Pero es que cualquier movimiento y pose le quedaban bien. Era esa actitud rebelde innata e inimitable que emanaba de su figura sin proponérselo, sin posar, sin intención.

—¿Has terminado?

—Sí.

—¿Número de bajas?

—Un par de platos y una taza de café han sido víctimas colaterales.

—¿Has intentado reanimarlos?

—Ni el pegamento más potente podría.

—¿Podremos reponerlos sin que se den cuenta?

—Me temo que no. He fechado la vajilla y por lo menos es de hace un par de siglos. Habrá que recurrir al plan B.

—¿Y ese cuál es?

—Fingir que no ha pasado nada con la esperanza de que no sea una herencia familiar de su tatarabuela.

Asentí. Víctor se acercó e introdujo su mano en el agua.

—Algún día te vas a derretir por combustión espontánea o a consumir arrugada como una pasa —apuntó al notar que casi estaba hirviendo.

—Es que los de ciudad sois muy blanditos...

—¿Y las de pueblo no?

—Me he bañado en el río en el mes de octubre. Eso me ha transformado como mínimo en inmortal.

—Y luego dices que no te gusta exagerar. —Víctor se rio y yo le saqué la lengua.

Se quitó los pantalones y se metió con el bañador en el otro extremo, apoyando la espalda en los agujeritos de los que salían chorros de agua burbujeantes. Cerró los ojos y ronroneó de placer.

—¿Te has tirado un pedo? Porque esa cara de gozo solo puede deberse a eso o a que te estás haciendo una pajilla, y con el ritmo que llevamos, puedo afirmar que estás seco, y si lo necesitas, entonces eres un poco «ninfómano»... —El cantautor arqueó una ceja como respuesta, sin despegar los párpados—. ¡Ya sabes que todavía tenemos prohibida la expulsión de gases en presencia del otro!

—Tras tu eructo de camionero después de beberte un litro de cerveza, deberíamos volver a debatir ese punto.

Antes de que mis mejillas se tiñesen, supo que me estaba poniendo roja de la vergüenza, y su sonrisa se ensanchó.

Permanecimos un rato en el más absoluto silencio disfrutando de la agradable sensación de cosquillas y masaje que nos producía el torrente de agua al chocar con nuestra espalda y, en su caso, también contra el cuello. Yo no me quería mojar el pelo, por lo que había dejado a esa parte de mi cuerpo sin su ración diaria de relajación.

Lo vi tan quieto, sereno y en paz que mi parte eléctrica se adueñó de mí y, con una sonrisa traviesa, junté las manos, dejando un hueco entre ellas, afiné la puntería y le lancé un chorro de agua que le golpeó directamente en la mejilla.

—Estate quieta, Aura —me avisó.

Lo repetí y atiné en su oreja.

—Aura...

Antes de que terminase, ya le estaba disparando con tanta puntería que el agua fue directa a su ojo derecho. No me dio tiempo a reaccionar ni a reírme de mi hazaña, pues, cual serpiente marina, él se deslizó hacia mí, me agarró sin esfuerzo alguno y me hizo una ahogadilla en la que tragué más agua de la que admití inmediatamente después.

—¡No me quería mojar el pelo! —me quejé mientras tosía.

—Eso haberlo pensado antes de transformarte en una niña de cinco años en una piscina de pelotas que lanza proyectiles al resto de sus compañeros...

Iba a añadir algo, pero lo olvidé cuando Víctor pasó su brazo por encima de mis hombros, de manera que mi cabeza reposó sobre el suyo.

—Es impresionante. Da igual las veces que lo contemple —dijo levantando la cabeza hacia el techo. Una parte de este estaba acristalada y se podía ver el cielo repleto de estrellas.

—No te acostumbrarás. Yo lo he visto millones de veces en mi pueblo y me sigue pareciendo fascinante. Cada vez descubro algo nuevo.

—¿Cuando ibas con los chicos a hacer cosas divertidas y volvías con el pelo lleno de cardos?

—¿Cómo te atreves a insinuar eso? —Le di un codazo en las costillas y él se revolvió fingiendo que le dolía—. Siempre he sido una señorita de las que no hacían nada si el caballero no pedía su mano previamente ante sus padres o les pagaba la dote por su amor... —Me acurruqué y coloqué mis piernas encima de las suyas—. No, ahora en serio. Cuando la temperatura nos lo permitía (y eso en Cuenca se reduce al verano y a algunos días en los que el viento está despistado), a mis amigas y a mí nos gustaba ir a las afueras y sentarnos a observar las estrellas...

—¿Y qué hacíais?

—Hablar... —Me encogí de hombros—. Reír hasta acumular suficientes carcajadas para el resto de la semana... Analizar nuestros problemas en busca de la solución perfecta... —Sonreí al recordar nuestras sesiones de autoayuda, en las que nos íbamos poniendo una por una de pie frente al círculo, como si fuéramos de Alcohólicos Anónimos, y no cesábamos hasta haber dado respuesta a las inquietudes de todas, aunque nos diesen las seis de la mañana. Eso era lo bueno de provenir de un pueblo. Me había criado en un ambiente en el que la libertad estaba a la orden del día y el miedo a que nos pasase algo por salir solas a la calle era secundario. Sí, era una pueblerina, y estaba orgullosa. Gracias a ello había tenido una infancia y una adolescencia en las que el exterior de las cuatro paredes de mi casa era mi aliado. Además, esa pequeña población me garantizaba que nunca perdería a mis compañeras de toda la vida; podríamos crecer, avanzar, dar el paso definitivo y transformarnos en adultas, pero siempre nos encontraríamos allí. Ese sería nuestro lugar en el mundo. Un sitio en el que no había un teatro ni luces como en la Gran Vía, pero del que conocía cada palmo de asfalto, con sus baches incluidos. Eso no significaba que no me gustase la ciudad. Madrid me había embriagado con el universo de posibilidades y el futuro que me ofrecía, pero Cuenca siempre sería mi hogar, a no ser que el pecho de Víctor le quitase el puesto. A veces es necesario probar cosas nuevas, lo opuesto a lo que tienes, para valorar lo que posees. Y eso me había pasado a mí. Yo, que siempre había estado segura de que me quería largar cuanto antes de Chillarón, ahora pensaba en él con nostalgia. Lo echaba de menos—. Ya se sabe que varias mentes piensan más que una sola y que una amiga de verdad es mejor consejera que una noche sola en casa rayándote. ¿Y tú que hacías con tus amigos?

—Déjame que piense... —Colocó un dedo en su mentón—. La verdad es que, ahora que lo recuerdo, éramos muy básicos...

—Los hombres siempre lo sois, querido —bromeé—. Permíteme que lo adivine. Supongo que esperar a que llegase el fin de semana para salir, hacer botellón hasta olvidar el arte de hablar e ir a las discotecas con la cara llena de acné y cruzando los dedos para que los porteros fueran benevolentes y no os pidiesen el DNI. Eso y echaros litros de colonia para atontar a las pobres incautas, daros besos hasta no sentir los labios y marcharos a casa con una gran concentración de sangre en vuestras partes y un dolor de huevos monumental...

—¿De dónde has sacado eso?

—Te he descrito cómo pasaban todos los sábados mis amigos...

—Yo era más de inflarme a porros hasta olvidar todo lo que me rodeaba y de componer como si no hubiera mañana.

—Así te has quedado... —le reproché. Mi guerra contra el tabaco se había activado, aunque sabía que ya no fumaba—. ¿Y chicas? ¿No me digas que la pose de artista torturado no te convertía en el *sex symbol* del instituto?

—Creo que influía más el dinero de mi familia, pero no me puedo quejar...

—¿Se pegaban por ti a la salida?

—¿De verdad quieres saber eso?

—¡Ay, mi madre, que va a ser que sí...!

—Alguna vez... —bromeó—. Pero eran tan pijas que, más que pegarse, podría considerarse que se acariciaban la cara con cuidado para no romperse las uñas de porcelana.

—Te habría odiado, ¿sabes? —apunté—. Rompecorazones y, encima, pasota. Lo que más puede desquiciar a una chica enamorada...

—Menos mal que no nos conocimos entonces...

—Bueno, aún conservas un poco de pasota... Pero yo soy insistente.

Me aparté para poder besarlo con suavidad. Había transcurrido demasiado tiempo sin sentir sus labios teniéndole cerca. Acción-reacción, lo llamaba yo.

—Me encanta esto —susurró con la voz rota, sufriendo los mismos efectos secundarios que yo por nuestro contacto.

—¿El qué?

—Estar aquí. Contigo. Hablando. —Y dijo esta palabra tan extrañado que cualquiera habría podido pensar que era mudo—. Soy reservado. Normalmente escucho, pero no intervengo demasiado. Y contigo me pasa lo contrario. Quiero contártelo todo hasta quedarme en los huesos. Vomitar mi pasado para que conozcas hasta el más mínimo detalle. —En lugar de pasarse la mano por el pelo, lo hizo por el mío y acarició con la yema de sus dedos mis labios—. No quiero volver a Madrid.

—Ni yo. Pero la realidad nos reclama, Víctor.

—Quiero seguir llevándote el desayuno a la cama... —me ignoró.

—¡Pero si no lo has hecho ningún día! —me quejé, pero él continuó.

—... Quiero contemplarte mientras duermes como una marmota...

—Es que no todo el mundo tiene la capacidad de sobrevivir haciéndolo dos horas diarias. No es sano...

—... Quiero oírte cantar en la ducha canciones de Disney tan mal que desee arrancarme los oídos y dártelos en sacrificio...

—No desees tanto, que al final haré que se cumpla...

—... Quiero darte un beso mientras estás soñando y comprobar cómo de repente sonríes sin saber el motivo...

Iba a reprocharle su comentario, pero me di cuenta de que eso no era algo malo. Mis ojos se posaron en los suyos tratando de identificar adónde quería llegar, y lo que observé me dejó sin palabras. Me miraba de la misma manera que lo hacía cuando cogía su guitarra y rasgaba las cuerdas con inspiración, formando una melodía que se me clavaba en el alma. Solo que esta vez su musa había descendido para que hablase conmigo. Se abriera en canal.

—... Quiero cocinar para ti, aunque casi te intoxique, ver los programas chorras que te gustan con tus piernas encima de mí, discutir acerca de quién le debe un masaje a quién... ¡Quiero hasta aprender a planchar!

—No entiendo lo que significa esto.

—Supongo que lo que intento decir es que necesito compartirlo todo contigo.

—Ya lo hacemos.

—Me refiero a todo, *todo*. A nuestras vidas.

—¿Me estás pidiendo el matrimonio? —Supe entonces lo que significaba tener los huevos en la garganta.

—¡Joder, no! —Y su rápida respuesta hizo que me indignase, a pesar de que era exactamente la que precisaba para volver a respirar—. Estoy seguro de que algún día lo haremos, pero no mañana. No me urge tener un papel en el que digas que me quieres, porque lo sé. Es de lo que más seguro estoy en estos momentos. Pero sí podríamos intentar otra cosa...

—¿El qué?

—Empieza por C y termina por R.

—No estoy para adivinanzas... —Levanté la mano y fingí que me temblaba—. Aclárame lo que sea que me estás pidiendo o me da una embolia.

—Convivir. —Me gustó cómo sonaba esa palabra saliendo de sus labios—. Alquilar un piso en Madrid...

—Vives en Londres... —le recordé.

—Doble residencia. Como los ejecutivos agresivos...

—¿Y yo, la mujer florero que espera a su maridito?

—No, la curranta que se infla a mojitos en el salón con sus amigas aprovechando que su... su... —dudó— novio no está. —Después de pronunciar esta palabra, de convertir lo nuestro en real, podría haberme pedido que me mudase a la selva amazónica y viviésemos saltando de árbol en árbol, que habría aceptado—. ¿Qué te parece la idea?

Todo mi cuerpo gritaba al unísono un «¡¡¡SÍÍÍÍÍ!!!» más grande que la estatua de la Libertad. Las mariposas estaban revolucionadas; mi piel, de gallina, y mi cerebro, superponiendo imágenes de nuestro futuro juntos como en los tráilers de las superproducciones de Hollywood, cuando la cara de mi madre, con el ceño fruncido, el gesto severo y las manos en las caderas, lo ocupó todo.

—Para eso tendríamos que hablar con mi madre... Y mi madre... —Iba a enumerarle todas las reacciones desorbitadas que tendría, empezando por un grito que dejaría sordo a mi pueblo al completo para terminar con ella dándole con la sartén hasta acabar con su vida.

Pero Víctor se adelantó a que las agrupara y dijo con seguridad y convicción:

—Trato hecho.

Capítulo 8

Una carta

Vilma calibró las diferentes bolas hasta que encontró la que se adecuaba a su peso y anduvo hacia la pista. La sostuvo con las dos manos, dio cuatro pasos, en los que más bien parecía que iba saltando como si caminase sobre ascuas encendidas, la lanzó y derribó todos los bolos de una sola tirada. En lugar de celebrarlo como una loca, como seguramente habríamos hecho Sara y yo —que habríamos gritado, elevando las manos al cielo, y tal vez tomaríamos una fotografía del marcador para que quedase constancia para la posteridad—, se dio la vuelta con una mueca de satisfacción en el rostro y, con un coqueto golpe de coleta que no pasó desapercibido al grupo que teníamos al lado, le indicó a la morena que era su turno.

Sara fue algo más ruda. Cogió la primera bola que pilló y la tiró al aire como si estuviera practicando lanzamiento de jabalina. Por un momento temí que hiciese un boquete en la tarima y tuviéramos que salir huyendo para no pagar el arreglo. Sin embargo, la bola pasó rozando el lateral izquierdo de un bolo, que se tambaleó, pero no llegó a caer. Volvió a intentarlo y esta vez se fue por uno de los canales laterales.

Tras bufar, Sara acudió a nuestro lado para cederme el turno.

—¿Y eso? —preguntó Vilma, observando el marcador, en el que ella destacaba y donde se podían leer nuestros apodos escritos por la morena: «Vilma, la fantástica», «Aura, la enamorada» y «Sara, la sin nombre».

—Es para ir acostumbrándome a mi falta de identidad y así no desear meterle la silla por el culo a mi jefa cada vez que me encarga un café... Y de manera dolorosa, que seguro que le gusta —sentenció cruzándose de brazos mientras le daba un trago a su batido de vainilla, que, por el precio, debía de tener pepitas de oro en su interior.

—¿Te hace prepararle el desayuno? —preguntó Vilma mientras se miraba el esmalte de las uñas.

Sara había conseguido unas prácticas en una empresa —si yo me había enterado bien, porque tampoco es que prestase mucha atención el día que nos lo estaba contando— en la que trabajaba como una especie de analista política que estudiaba la sociedad, las opiniones y hacía encuestas sobre los resultados electorales y futuros escenarios políticos. Un trabajo que, con todo el respeto del mundo, yo no haría a no ser que notase el cañón de un revólver rozándome la sien.

Ley de Murphy: seguro que acabaría siendo el puesto de mi vida.

—Eso. Y muchas fotocopias también —añadió mientras yo trataba de imitarlas y derribaba dos bolos en la primera tirada y uno en la segunda. Quise saltar de la emoción. Pero me contuve para no tener que confesarles que era la primera vez que jugaba porque en mi pueblo lo más parecido a una bolera era practicar petanca en la plaza.

A veces llegaba a creerme que era cierto lo que decían de que parecía que provenía de otro planeta y todo era nuevo para mí. Pero luego les contaba cómo hacía vino con mis padres o que las patatas no salían de una planta como los tomates sino de las raíces, que había que remover la tierra, y eran ellas las que, a mi juicio, se convertían en extraterrestres. Tal vez todas sabíamos lo que habíamos aprendido de nuestra experiencia vital y juntas nos complementábamos. Éramos diferentes, sí. Sin embargo, un puzle no quedaba perfecto con piezas iguales.

Vilma se levantó para tirar y me senté en su silla. Me di la vuelta al oír el berrido que una niña daba cuando su padre no era capaz de conseguirle a Bob Esponja en la máquina de coger juguetes. El asunto se zanjó cuando el hombre, visiblemente avergonzado por el espectáculo, le prometió que irían a la tienda Disney y le compraría una mochila de *Frozen* para compensarla. Si mi madre hubiera estado allí, pensé, le habría explicado que consentir a un niño nunca era la solución, o eso me decía a mí cuando hacía unas cartas a los Reyes Magos que ocupaban dos folios y medio y me podía dar con un canto en los dientes si recibía un par de juguetes.

Eliminé a Amparo de mi cabeza. Ya le había anunciado de manera formal que iba a ir a Chillarón con un chico y me estaba volviendo literalmente loca llamándome cada media hora. Que si le ponía en la cama dos mantas o una, cuál era su comida favorita, que si reservaba en algún sitio de Cuenca, que había pedido hora en la peluquería para causarle buena impresión... Parecía que, más que conocer a mi novio, iba a presentarle a su futuro prometido como en las películas en blanco y negro que tanto le gustaba ver. De hecho, me atormentó, hasta que decidí desconectar el móvil, preguntándome si se ponía o no el traje que se había comprado para la comunión de la hija de una prima suya en Asturias.

«Es muy elegante», me explicaba, y yo le decía que perfecto, pero al minuto añadía: «¿Y si se piensa que vamos dándonoslas de ricos?».

No sabía qué se pondría al final porque, como la mala hija que a veces era, tomé por norma asentir y susurrar un «sí» aburrido a cada pregunta que me planteaba. Bueno, en ocasiones lo alternaba con «genial» para que no se notase tanto. Estaba excesivamente feliz porque su pequeña hubiese sentado la cabeza. Solo esperaba que ese sentimiento no fuese proporcional a la furia asesina que despertaría en ella cuando se enterase de que el motivo de la visita era comentarle nuestra intención de irnos a vivir juntos... ¡sin casarnos! Si Sófocles y Eurípides vivieran, se estarían frotando las manos con la tragedia griega que se avecinaba.

—¿Y dónde está tu espíritu reivindicativo, lagartija? ¿O es que lo has asesinado para descender de tu universo de fantasías y enfrentarte a aquello que llaman realidad? —continuó Vilma, que había vuelto a hacer pleno. Hasta en eso era perfecta, la *capulla*. Por un momento deseé que sus pedos oliesen tanto que tirasen para atrás o se despertase cada mañana con un aliento putrefacto... para no tenerle tanta envidia, ojo, que los defectos habría que repartirlos y así todas tendríamos menos.

—La verdad es que eso no me importa. —Volvió a coger una bola al azar y por poco se disloca el hombro y acabamos en urgencias—. A veces también me lo prepara ella a mí, y si no lo hace, es porque rechazo la invitación.

—¿Y cuál es el problema, entonces? —insistió.

—Mi nombre, joder, que me llamo Sara. Corto, fácil de memorizar y más común que comer uvas el día de Nochevieja. Al final voy a ir un día borracha a pedir que me lo tatúen en la frente. Hasta ese punto llega mi trauma.

De nuevo, lanzó el bolo volando, y esta vez el dueño de las instalaciones nos hizo una visita para decirnos «amablemente» que, si Sara seguía con ese afán de destruir la pista, nos tendrían que echar de una patada en el culo. La morena continuó en cuanto este se fue, después de que las tres nos disculpásemos al unísono como si fuésemos trillizas y con nuestra mejor pose de niñas buenas que no han roto un plato en su vida.

—El problema no es que se olvide de mi nombre... Es cómo me llama.

—¿Y cómo te llama? —consulté—. Porque tiene que ser feo de narices para que te siente tan mal...

—«Rita la Cantaora», ¡no te jode! —Se rio—. «Becaria.» Ese es el nuevo nombre que debería aparecer en mi DNI. De hecho, estoy por ir a la comisaría más cercana a pedir el cambio.

—Bueno... —Vilma calibró sus palabras—, es que eso es lo que eres.

Sara le echó tal mirada que instintivamente me aparté por si la fulminaba con unos rayos X que tenía en la retina. (Nota mental: dejar de ver tanto cine de ciencia ficción.)

—No, pelirroja elitista, soy una persona. Soy una persona que trabaja y estudia. Soy una persona contratada para una media jornada no remunerada. Soy una persona que todos los días sale una hora tarde y encima no se puede quejar porque tiene que dar las gracias al Señor, que en este caso es un ejecutivo calvo con una barriga que se podría calificar de arma de destrucción masiva, porque le están dando esa oportunidad. Soy «esa» persona que hace las labores que todos detestan y nadie agradece. Soy «esa» persona multiusos que tiene que saber de todo porque cada día la rotan en un departamento...

—Creo que hemos captado el concepto —la interrumpí al ver que se estaba poniendo roja y temí que su *piercing* de la nariz le saliese disparado al resoplar como un búfalo.

—Por ejemplo, el otro día vino una compañera que está de baja porque acaba de parir y trajo al crío. Imité al resto de la oficina y fui en peregrinaje para adorar a esa bola rechoncha que llamaban bebé, y, claro, como no me conocía, mi jefa procedió a hacer las respectivas presentaciones. —Cambió el tono y puso voz de pito—: «Esta es Clara, a la que echamos muchísimo de menos», me dijo. Y, cuando llegó mi turno, se limitó a explicar que yo era la becaria... Sin identidad. Vamos, la chica de quita y pon para ahorrar. Yo me iré y otra sin nombre ocupará mi lugar, ¿para qué encariñarse?

—Pues quéjate —apuntó Vilma simplificando las cosas.

—Si lo peor es que me cae bien. En el fondo no es mala tía... Lo único que me gustaría es que de vez en cuando me valorase un poco más... —dijo, y se sentó para cederme el turno. Parecía que estábamos practicando el juego de las sillas para ganar todas las piñatas infantiles con nuestros primos pequeños—. Vamos a dejar el tema, que me enciendo.

—Y eres de mecha corta... —añadió Vilma.

—¿Y vosotras? Bueno, a ti no te pregunto, que seguro que tu mente enferma encuentra la manera de conectar periodismo con el nombre de Víctor... Y, aunque me defino como una enamorada del amor, empiezo a sentir unos arranques psicópatas con ronchones rojos cada vez que te escucho hablar de tu perfecta relación de cuento de hadas. —Me guiñó un ojo para centrar su atención en la pelirroja—. ¿Qué tal te fue la fiesta de ayer? ¿Conseguiste muchos contactos? ¿Has dado por fin uso a las rodilleras que te compraste para el Camino de Santiago que nunca hiciste?

Con la sabiduría que la caracterizaba, Vilma ignoró su último comentario y se limitó a responder. El día anterior mi hermano la había llevado de acompañante a la fiesta en la que una publicación elegía a los mejores futbolistas y en la que, obviamente, el ser humano con más suerte del universo se había llevado el premio.

—Christian me presentó a mucha gente. Si ha servido

de algo, todavía no lo sé... Por el momento supuso una buena bronca con Mónica.

—¿Y eso? —le pregunté. Su relación para nosotras era un misterio del que nunca revelaba datos que no fueran del tipo «Estamos bien» o «Lo hemos pasado genial».

—Fui sincera. Me preguntó si había muchos chicos guapos y le dije que sí. Repitió la misma cuestión con las chicas y mi respuesta fue idéntica.

—Hombre, pelirroja, es normal. Si ya solo con el deseo que provocas en los hombres es para volverse loca..., ahora que también le das a las chirlas, yo creo que habría desarrollado unos celos patológicos —dijo Sara.

—Pues eso yo no lo aguanto. Si quiere confiar en mí, perfecto, y si no, tendremos que valorar los términos de nuestra relación...

—¡Parece que estás hablando de un contrato! —le espetó Sara.

—Y en cierta medida lo es. Una unión con unas bases, y si no respetas las fundamentales, se anula.

—¡Anda, deja de hacerte la dura, que sabemos que en algún lugar escondido tienes un corazón! Seguro que te has pasado la noche abrazada a la almohada pensando que eran sus tetas... —bromeó.

—Pues no. La verdad es que cuando me enfado me entra mucho sueño y cansancio. Así que he dormido como un bebé —contó, y sonrió orgullosa.

—No me vas a negar que hasta para eso eres rara... —Sara se quedó pensativa. Se mordió el labio mirando hacia abajo. Conocía ese gesto. Esa cara de niña pequeña que sabe que no debe hacer algo, pero a la vez no puede evitarlo, como si la empujase una fuerza invisible. En este caso, intuía, su necesidad de obtener información. Y lo supe antes de notar que evitaba mirarme, porque era lo que yo denominaba «el tic Christian»—. ¿Y qué tal se lo pasó él?

—¿Quién?

—Cristiano Ronaldo. Me interesa mucho desde que se rumorea que lo suyo con Georgina es una tapadera. Ya me he apuntado a clases básicas de maternidad para cuidar de sus «miniyó» cuando estemos juntos. —Puso los ojos en blanco.

—¿Christian?

—¡Pues claro, hija!

—Bien.

Sara bufó y la comprendí. En los temas amorosos, Vilma era un poco rarita. Pasota. Vamos, que, si fuera un chico, yo la habría odiado con toda mi alma por su parquedad a la hora de exteriorizar los sentimientos. Lo que la morena buscaba era que le contase cualquier detalle, por insignificante que este pareciese, incluso si se había metido el dedo en la nariz. Y, lo más importante, si la había mencionado en cualquier conversación. Según su opinión —y la mía, que, aunque me consideraba en el centro de la balanza de ambas, si me tuviera que decantar, sería más parecida a la «enamorada del amor»—, el deber moral de una amiga era memorizar como el padrenuestro en un colegio de monjas cualquier frase que hubiera salido de su boca y contuviese «Sara» en el sujeto o el predicado.

—¿Bien y...? —insistió al darse cuenta de que no, no lo pillaba.

—¿Qué quieres saber?

—Lo básico.

—¿Podrías ser más precisa?

—¿Ligó? ¿Habló con muchas chicas? —Bajó el tono de voz e inquirió—: ¿Se acordó de mí?

—En cuanto a lo primero, no lo sé. A lo segundo, obviamente. Eso estaba repleto y él era el protagonista. Y a lo tercero, ¡no tengo ni idea! No estoy en su mente —enumeró.

—¿Se fue con alguna a casa? —Sara se mordió las uñas a pesar de que no lo hacía normalmente. El punto dos la había dejado algo preocupada.

—Me marché antes. Si tanto interés tienes en todo lo que hace o deja de hacer, tal vez deberías haber venido tú también —dijo subrayando el «tú».

Sara me miró pidiéndome permiso, y yo me sentí una perra del infierno de esas que expulsaban fuego por la boca y todo. Vale que le había dicho, como un disco rayado, que no quería que me hablase de lo que fuera que tuviera con mi hermano; pero de ahí a que me tuviese que pedir permiso para explicarnos lo que le preocupaba iba un mundo.

—¿No te invitó? —intervine, dando pie a la conversación. No lo dijo en voz alta, pero supe que me lo agradecía porque le dolían hasta las pestañas de contenerse—. Porque, si es así, le puedo patear el trasero. No sé si te lo ha contado, pero yo siempre vencía en nuestras batallas campales.

—Sí, me dijo que le acompañara. —Comenzó a mirarse la puntera de las zapatillas que habíamos alquilado en la bolera. Algo muy extraño en una persona como ella, que siempre miraba a los ojos cuando hablaba. Enfrentándose a la otra persona—. Le contesté que no me apetecía.

—¿Y eso? —Vilma se sentó a su lado y yo me arrodillé y apoyé las manos en sus muslos. Los bolos pasaron a un segundo plano. Acabábamos de convertir ese espacio en nuestro propio consultorio psicológico, demostrando que el deber de una verdadera amiga era ayudar, y que daba igual el sitio en que se estuviese. Incluso cuando estabas haciéndote las ingles y recibías un mensaje te tenías que marchar con la mitad todavía repleta de vegetación—. Porque es evidente que querías ir.

Sara chasqueó la lengua y nos miró avergonzada.

—Sé que las próximas palabras que van a salir de mi boca son lo peor, pero así es como me siento. No me juzguéis. —Se señaló de arriba abajo—. Esto. Esto es por lo que no fui.

—Si por algún comentario mi hermano te ha hecho sentir inferior, no le hagas caso. Vomita palabras sin pensar.

—Todo lo contrario —me interrumpió—. Vale que cuando estamos en la cama le he tenido que preguntar en un par de ocasiones si estaba intentando superar el récord mundial de ser la persona que más tacos dice mientras se acuesta con alguien... Pero nunca me ha hecho sentir mal. Al revés. Le encanta coger mis chichas y...

—Tampoco son necesarios los detalles sexuales. —Traté de eliminar la imagen que se estaba formando en mi cabeza.

—El problema es otro. No sé muy bien si fueron imaginaciones mías..., pero creo que el otro día hicimos el amor. Fue igual de guarro que siempre, innovando posturas con las que, como le he dicho mil veces, me acabará asesinando y luego no sabrá cómo explicárselo a la policía, y me dejó con la sensación de que no me podría mover en una semana... Sin embargo, a la vez fue intenso, bonito, íntimo, nuestro. Antes de irse me cogió la cara y clavó sus penetrantes ojos en mí y supe que me estaba diciendo «te quiero» con la mirada, con más fuerza que mil palabras, porque yo también lo estaba haciendo.

—¿Y no era eso lo que querías? —preguntó contrariada Vilma, a la que le estaban saliendo sarpullidos en la piel por tanta ñoñería. ¡Con lo práctica que era ella...! El sexo, placer. El amor..., bueno, nadie sabía exactamente qué era el amor para ella.

—¡Por supuesto que no! Yo no quería ser vulnerable ni enamorarme. Por eso lo elegí a él. Bueno, por eso y porque está tan bueno que a veces entro en combustión solo con ver sus fotografías en internet y le he de llamar en mitad de la noche para que apague el incendio que tengo...

—Al grano —insistí. Los detalles extra solo me causarían pesadillas.

—¡La culpa es tuya! —bromeó—. Tú me dijiste que era un babuino sin cerebro y que en el hueco del corazón tenía una nuez. ¿Cómo iba a sentir algo por una persona así? Iba a ser mi proyecto 0 de «follamigo». Un tío con el que pasártelo bien en la cama, pero con el que luego no te apetece ni tomarte un café. De esos chicos que te dejan bien follada y de los que huyes para que no abran la boca y rompan el encanto. —Sara dio el último sorbo a su batido porque tenía la garganta seca—. Sin embargo, no es para nada así. No conmigo. Reconozco que a veces le arrearía con una sartén de las tonterías que dice, y que además es un chulo, un creído y un prepotente y que tiene gracias que gustosamente se las metería por el culo hasta que reventase... Pero también me hace reír, me escucha, se preocupa por mis problemas y... me hace sentir especial. Es el primero que lo consigue. Yo siempre he sido una chica de repuesto. De esas que se pueden liar con muchos, que ligan, pero que nunca acaban volviéndolos locos. Uno de esos capítulos de relleno hasta encontrar a la protagonista. Y no sé si es un jodido seductor nato experimentado o el mejor actor que conozco... después de ti, pelirroja —le guiñó un ojo a Vilma—. Ha conseguido que me sienta la única, ¡la Cenicienta de un cuento que no está hecho para mí!

—¿Por qué? —Le apreté la mano e intenté hacer memoria objetivamente. A pesar de que había tratado de mantenerme al margen y de que estaba segura de que el primer día que mi hermano se acostó con ella lo hizo para molestarme, algo había cambiado. Ahora quedaba con Sara y no movía cielo y tierra para que yo me enterase y me hirviera la sangre; la besaba, aunque yo no estuviera presente, y la tocaba no para que lo viese, sino porque lo necesitaba. No sabía cómo ni cuándo, pero yo había desaparecido de esa ecuación, y solo quedaba ella. No podría afirmar que mi hermano estuviese enamorado, porque dudaba que pudiera estarlo alguna vez, pero sí que ella le importaba más que ninguna chica con la que yo lo había visto. Y eso, con el gorrino de corral de toda la vida que había sido, era mucho.

—Por mis prejuicios estúpidos. No hace falta que me deis ningún consejo porque me los sé todos. Aun así, no puedo evitar convertirme en una maruja de pueblo, sin ofender —me dijo, y le resté importancia a su comentario con un movimiento de mano—, y pensar en el qué dirán si me ven con él. Cuando me preguntó si quería ir, me imaginé a mí misma con un bonito vestido andando por la gala. Con todos los futbolistas con muñecas de porcelana que protagonizan portadas de *FHM*, perfectamente estilizadas, y él, con una mujer que tiene por culo el mapamundi y que como mucho podría hacer un anuncio de dietas.

—¿Y qué crees que habría pensado Christian? —lo llamé por su nombre para poder ser más objetiva.

—¿Sinceramente? —Asentí—. Dónde está el baño más próximo para que te arranque ese vestido y follemos como conejos. Es un poco básico, el muchacho.

—Le has calado. —Sonreí antes de continuar—. ¿Y sabes por qué haría eso? —Negó—. Porque si te ha invitado es porque no se avergüenza. Porque le gustas. No sé en qué grado, pero es así. Con eso, ¡has conseguido un imposible! Después de tal proeza, no deberías ser tan mala bicha contigo misma y tendrías que aprovechar lo que tienes..., tenéis —rectifiqué—. Luego ya se verá. Y espero que sea listo, porque tú eres lo mejor que podría pasarle.

—Veo que ya me quieres como cuñada...

—Si quieres firmar, ¡te lo vendo! Es más, ¡te lo doy gratis!

Sara nos cogió a las dos para que nos fundiésemos en un brazo a tres bandas.

—¿Y si voy a la siguiente fiesta y noto que una de las

personas que hay por allí me está poniendo a caer de un burro? En plan, «mírale, va con la gorda, seguro que esa chica no come sano».

—Le sacas el dedo anular, le sonríes y, cuando pases por su lado, le susurras: «Yo me lo follo, tú no, y mi dieta es su polla» —susurró Vilma con tanta tranquilidad que parecía que nos había recitado un poema más que decir esa burrada que no le pegaba nada.

—¿Quién eres tú y qué has hecho con mi amiga?

—Lagartija, deja que te diga una cosa: por mis amigas saco las uñas y, con lo caro que me ha costado el esmalte, creo que están tan duras que pueden considerarse navajas prehistóricas.

Las tres rompimos a reír. El grupo de chicos que estaba al lado aprovechó ese instante para, con la excusa de proponernos una partida conjunta, intentar conseguir nuestros números de teléfono. Instintivamente, como la selección natural de la que hablaba Darwin, elegimos a Vilma como nuestra portavoz, que les dio largas de una manera elegante y como si fuera una profesional de quitarse a los chicos de encima con un sutil movimiento de mano. Era día de chicas y no había hueco para nadie más. Eso, y que las tres estábamos pilladas, para qué nos vamos a engañar. Si no, me atrevo a aventurar que el tanga de Sara habría acabado en el bolsillo del morenazo con el número de teléfono apuntado en el hilo.

Animada por nuestros consejos, la morena se ofreció a prepararnos una cena que —cito textualmente— «os va a hacer flipar y sufrir un orgasmo multitudinario». La realidad es que puso en una fuente unos nachos, espolvoreados por arriba con tomate y queso, una nueva capa de nachos, y, de nuevo, más queso y más tomate. Cinco minutos en el microondas, y *voilà*.

Vilma arrugó la nariz contabilizando, con toda probabilidad, las calorías que se iba a meter entre pecho y espalda. Pero los ridículos pijamas, las mantas por encima de las rodillas, el sofá y la película basura que habíamos escogido acabaron por animarla para que hiciese un parón en su eterna dieta y se uniera al cien por cien a nuestra noche de chicas. Yo aporté mi pequeño granito de arena con una botella de lambrusco, y al descorcharla provoqué que el corcho impactase contra el techo y luego saliese disparado hasta la cabeza de la pelirroja, que se quejó como si le hubiera tirado una piedra de kilo y medio.

Ignoramos el televisor y nos dedicamos a contarnos batallitas del pasado, en bucle, a ver quién podía superar la anterior. Conocíamos las anécdotas de memoria porque casi siempre se repetían las mismas, lo que provocaba que en algunas ocasiones sintiésemos que habíamos sido testigos de lo sucedido —aunque era imposible dado que ni siquiera nos conocíamos entonces—. Si alguien externo nos hubiera oído, podría haber pensado que lo que relatábamos había ocurrido hacía treinta años, cuando en realidad la mayoría de las cosas habían sucedido a partir de los quince. Y tenía sentido, no nos engañemos, ya que casi todos los temas giraban alrededor de nuestras experiencias con los chicos, buenas, regulares y catastróficas.

Noté que el móvil vibraba y, por un segundo, puede que menos, estuve tentada de no mirarlo. Sin embargo, un nombre se dibujó en mi mente. Sí, Víctor, siempre era el mismo. Él odiaba la tecnología moderna, pero adoraba hablar conmigo, aunque solo fuera para soltarme un sencillo «Te echo de menos». ¿Adivináis quién había salido vencedora en la guerra? Yo. El pobre cantautor independiente y bohemio era ahora un adicto al WhatsApp. «Efecto secundario del amor», lo llamaba él para justificar su nuevo hábito.

Pero mi sexto sentido de relación a distancia me falló. El remitente del wasap era otra persona, y el texto que leí me inquietó:

Necesito verte. YA. URGENTE.

Vale que el mensaje no era nada del otro mundo. Sara me lo habría puesto si mi hermano no fuese mi hermano para contarme que este le había dicho que ese día estaba guapa. Ese era su superpoder: convertir algo a primera vista normal en una noticia de trascendencia internacional. Pero esa regla cambiaba cuando la persona que me escribía era Dani. Y más cuando lo hacía pasadas las doce de la noche.

¿Pasa algo?

Tecleé lo más rápido que pude.

¿Puedes salir de tu casa y venir aquí?
No te lo pediría si no fuera
importante.

No hacía falta que añadiese la coletilla. Tal y como conocía al vértice de mi triángulo con Ana, sabía que era cierto.

¿Dónde estás?

Te mando la ubicación.

«Bendito Google Maps», pensé.

Abrí el mapa y comprobé que, aunque no estaba en la residencia, se encontraba cerca. Me apresuré a vestirme con lo primero que encontré tirado en la habitación —¡gracias a Dios que mi madre no tenía una cámara oculta allí o habría sufrido un infarto!—. Traté de justificarme a mí misma al ver esa leonera que tenía por cuarto diciendo que no había tenido ni un segundo libre entre trabajos y universidad. Mentira y gorda, porque bien que había visto la televisión y había salido por ahí a la bolera. Limpiar no había estado entre mis prioridades esa semana. No había más razón que esa. Apunté en mi agenda hacerle un hueco al día siguiente a la limpieza si no quería que los de Sanidad llamasen a mi puerta o que el polvo se rebelase contra mí.

Crucé el salón soportando los abucheos de Sara, que a esas horas ya iba un poco piripi, por marcharme en la noche femenina. No tenía otra opción. La verdad era que me apetecía más vaguear en casa que salir al exterior con esas temperaturas gélidas que me obligarían a correr una maratón en lugar de andar hasta el siguiente establecimiento cerrado.

Como si estuviera en Nueva York, silbé al primer taxi que vi pasar por mi calle para que parase, como si me creyera una ejecutiva de éxito a la que esos diez euros de carrera no le iban a hacer un agujero en su economía. «Rata roñosa», me insulté a mí misma al ver cómo me dolía en el alma tenderle el billete al taxista.

Me tuvo que dejar a una manzana porque el camión de la basura estaba detenido en el punto de encuentro vaciando los contenedores. Pasé al lado de los trabajadores, que llevaban braga y gorro y solo se les podía ver los ojillos, y llegué hasta Dani, que vestía por completo de negro y parecía que estaba camuflado en la oscuridad de la noche. Mi gozo cayó al fondo de un pozo al comprobar que mi amigo no estaba en ninguna cafetería cuca resguardada —porque él nunca iría a los antros de mala muerte que a mí me encantaban—, sino afuera. Los cristales de los coches tenían una capa de hielo, y con eso lo digo todo.

Me calé la capucha roja al tiempo que él hacía lo mismo con la suya negra. Por un momento pensé que parecía una periodista de verdad que se había citado con su fuente para que le diese unos papeles que destaparían un caso de corrupción de ámbito nacional.

—¿Alguna vez has hecho algo ilegal? —fue su saludo. Ni «hola» ni «qué tal estás».

—Supongo que sí —contesté confusa. Mi historial delictivo se resumía en la decena de veces que había invadido una propiedad privada. Exactamente, una casa de mi pueblo que tenía piscina y cuyos dueños, muy solidarios con nosotros y nuestras entradas en mitad de la noche, se marchaban en verano a Irlanda.

—Bien —asintió nervioso.

—¿Se puede saber de qué va todo esto? —le pregunté, y me paré a su lado.

—Tenemos que reventar un buzón. —Y la palabra *reventar* no sonó ni bien ni natural en su boca.

—¿Es algún tipo de apuesta con los veteranos? Porque te recuerdo que eso no te exime de acabar pasando la noche en los calabozos de comisaría...

—¿Puedes hacerlo o no?

Hasta que noté la desesperación en su voz mientras me lo planteaba, una parte de mí no le creyó. ¿Dani y destrozar mobiliario urbano? No había por donde cogerlo.

—Por supuesto que no. ¡No sé ni cómo se hace! Y a patadas no creo que se venga abajo...

—Tal vez algún amigo de Sara. Llámala. Puedo pagarles...

—O puedes explicarme de una vez lo que está sucediendo para que no piense que estoy delante de tu gemelo el delincuente.

Dani se detuvo. Tenía los ojos rojos de llorar.

—Tengo que recuperar una carta. —No dije nada esperando que continuase. Parecía que se le estaban atragantando las palabras—. La culpa la tienen los malditos vídeos de autoayuda con esas bandas sonoras envolventes —añadió, y comenzó a explicarse—. Que si tus padres te tienen que aceptar tal y como eres, mostrándote su amor incondicional... Que se tienen que replantear los estereotipos de géneros tradicionales... Que no hay que forzar al niño a actuar como un «niño» si no lo siente... Y que lo más importante es abrirte.

—¿Les has escrito una carta contándoles que eres transgénero? —pregunté al comprender la situación.

—Sí. Y más tonterías, como que en España existen nueve centros de la Unidad de Trastornos de Identidad de Género que nos podrían dar asesoramiento y ayuda psicológica y que ya tengo la edad requerida para empezar con la terapia hormonal y, si quiero, después el proceso de operaciones...

—¡Tu madre! —exclamé sin poderme contener.

—Sí, ella se morirá si lee la carta. Por eso tenemos que arreglar este malentendido como consecuencia de un segundo de motivación extrema.

—Pero no podemos. Cargarnos, Dios sabe cómo, un buzón no es la solución. Algún día se lo tendrás que contar. Tal vez, aunque ahora estés al borde del infarto, has hecho lo mejor que podías hacer para empezar a ser libre y a vivir la vida que te mereces. Una plena.

Dani se dejó caer en un banco, con la cara entre las manos, y yo me senté a su lado.

—Viviré mi vida a cambio de su muerte. Ya verás.

—Creía que la exagerada aquí era yo. —Pasé las manos por encima de sus hombros y lo atraje hasta que apoyó su cabeza sobre el mío.

—Esta no es la mejor manera de hacer las cosas.

—Pues llámalos o ve a León y se lo cuentas en persona. El correo tarda un par de días en llegar.

—¿Y ver en directo cómo se avergüenzan de mí? ¿Cómo me odian por mi condición? ¿Cómo mi propia familia me discrimina?

—Estás muy seguro de ello. Pero tal vez te lleves una sorpresa —le dije para tratar de aportar una esperanza.

—¡Si mi madre hasta cambia de canal cuando sale un

presentador gay porque dice que no le gusta cómo habla con pluma...!

—Sé que es tu familia, pero te he dicho alguna vez que me caen peor que una almorrana en el ojete, ¿verdad?

—Sí. —Hizo una pausa—. Pero yo los quiero.

—¿Y a ti? ¿No te quieres?

—¿Debo decir que sí?

—No, debes hacerlo. Punto.

Nos quedamos en silencio. No sé en qué pensaba él, pero yo no paraba de darle vueltas a la idea de que, en el momento en que la bomba estallase, debía estar a su lado para ayudarle con su autoestima y en el proceso de adaptación. Si se había atrevido a contárselo a sus carceleros, era cuestión de tiempo que se lo gritase al mundo sin importarle si el sonido que llegaba de vuelta era de discriminación o de rechazo.

—¿Estarás a mi lado?

—Hasta cuando te operes y estés mucho más buena que yo, Patricia. —Decidí que seguir llamándolo Dani no era justo. Él era ella. Y a partir de ese instante así lo sería para mí.

—Gracias.

—No hay de qué. Para eso estamos las amigas. Y si ahora te quiero, ya verás cuando podamos intercambiarnos los tacones...

—Uso un cuarenta y dos. —Patricia se rio sorbiéndose los mocos. No había acabado de llorar del todo.

—Me quedarán un poco grandes, nada más. Peor será lo tuyo cuando andes con mi treinta y ocho y con los pies hechos una morcilla.

—Eres genial —suspiró—. Víctor no sabe la joya que tiene entre sus manos.

—Una cosa —apunté mientras me separaba para poner un punto de gracia o, al menos, intentarlo—. Aunque te conviertas en la maldita zorra más guapa de Madrid, a Víctor ni lo miras. Es mío. A lo posesivo.

—Si piensas que alguien tiene alguna oportunidad de arrebatártelo es porque no eres consciente de lo mucho que te adora. Creo que soy capaz de llegar a sentir lo que es estar enamorada con solo ser testigo de cómo te observa.

No se me pasó por alto que se había referido a ella misma con el género femenino y me sentí muy orgullosa de Patricia.

Sacar a Víctor en la conversación hizo que me atravesase un escalofrío. Sí, era cierto lo que decía Sara de que utilizaba cualquier tipo de excusa para que su nombre saliese a relucir. Pero es que él estaba presente en mi vida desde que me despertaba hasta que me acostaba. Y en mis sueños también se colaba. Era una prolongación de mí misma. No podía entender a la Aura de aquella edad sin él. Juntos formábamos un todo. Una unidad más grande y mejorada.

Intenté centrarme en lo que estábamos tratando y no fui capaz. El cantautor volvió a inundar cada centímetro de mi piel y de mi pensamiento. De repente lo olí, aunque no estaba allí; pude escuchar a la perfección el eco de su risa reproducido en mi cabeza, y le vi con los párpados cerrados. Me paseé por esos ojos de largas pestañas, misteriosos, profundos e intensos, que me eclipsaban e hipnotizaban como si en el universo no existiese nada más que ese tono marrón verdoso. Me detuve en sus labios, con su sonrisa ladeada, en el gesto de sus dientes al morder el labio inferior, y evoqué cómo atrapaban a los míos con un contacto sublime, pasional y sentimental, un roce capaz de sumergirme de cabeza en nuestra propia dimensión, donde el tiempo y el espacio no existían.

De forma involuntaria moví la mano buscando que estuviera ahí, que sus dedos se enlazasen con los míos y caminásemos hasta el fin del mundo, si era lo que le apetecía. O a mi casa, a una sesión maratoniana de sexo hasta que nos quedásemos sin energías. Lo dejaba a su elección.

—Estás pensando en él, ¿verdad? —Patricia me sacó de mi ensoñación.

—Sí —asentí avergonzada—. Lo siento. Soy una amiga pésima. Tú contándome tus problemas y yo evadiéndome a mi mundo paralelo con él.

—No te culpo. Es lo que tiene que hayas encontrado a tu «para siempre». —Me guiñó un ojo. Se acordaba de nuestra conversación en Escocia.

—Ojalá que lo sea.

—Lo será. No tengo ninguna duda.

De nuevo apoyó la cabeza en mí.

—Estoy muy orgullosa de ti —le dije.

—No he hecho nada para merecerlo...

—Sí. Recordarme por qué, como te dije una vez, eres la persona más valiente que conozco.

—Puede. —Su rostro se ensombreció—. Una valiente a la que le quedan un par de días para perder a sus padres.

Y aunque deseé con toda mi alma que no ocurriera así, no pude evitar que la incertidumbre se instalase en mi pecho. Después de lo que me había contado, dudaba mucho que lo que venía a continuación se asemejase a esas escenas idílicas de los programas de televisión en los que unos comprensivos padres abrazan a su hija después de que esta les haya confesado su verdadera naturaleza. Apreté los dientes con la esperanza de que mis peores temores no se cumplieran...

Capítulo 9

Allí donde está mi hogar

—Mi casa, mis normas.

Esa frase territorial de Amparo había marcado nuestra visita. Una declaración de intenciones que mi madre había convertido en su saludo de recibimiento para que ni se me pasase por la cabeza insinuar que quería compartir habitación con Víctor. Al menos, no bajo su techo. Mi mitad dulce y adorable la respetó sin poner ninguna objeción. Fue la rebelde la que me obligó a abandonar mi cuarto de Chillarón a las doce y media de la noche como si estuviera en los años sesenta y me fugase, cual amante de Teruel, para reunirme con mi amado. Al fin y al cabo, yo era de las que pensaban que las normas estaban para saltárselas, escudándome bajo la excusa del amor.

No encendí la luz del pasillo. Anduve de puntillas, rozando con la yema de los dedos la pared, con especial cuidado cuando pasé por delante de la habitación de mi hermano. Seguro que el muy capullo estaba esperando a que yo diese un paso en falso para chivarse a mi madre y provocar que estallase un conflicto en mi casa al más puro estilo de las tertulias de los programas del corazón.

Sara se había ido de la lengua acerca de mis intenciones en ese viaje relámpago a Cuenca. Ya se sabe que los que comparten colchón se vuelven de la misma condición. Eso y que la morena era una *bocachancla* de fábrica. Puede que en cierta medida mi compañera también se estuviese vengando de mí, puesto que no le había hecho mucha gracia que les comunicase a ella y a Vilma que me mudaría a otro piso si todo salía bien. «Traidora» o «cambias amigas por pene de compañía» eran las cosas más bonitas que me habían dicho.

Por supuesto, mi adorado Christian no había querido perderse el «espectáculo» —así lo había denominado él— que se montaría cuando le confesase a mi madre mi pretensión de irme a vivir con el cantautor sin que un cura nos diese sus bendiciones. De hecho, no había ni celebrado la victoria de su equipo contra su eterno rival y había venido a nuestra casa justo después del encuentro, a pesar de que, para más inri, él había marcado el gol de la victoria, con el que se había desempatado en el último minuto. Hasta ese punto era importante molestarme en su escala de valores. Pero yo se la tenía guardada. Me casaría el día de la final de la Champions o del Mundial, si algún día le convocaban en la selección y la Roja volvía a disputar contra, por ejemplo, Brasil su segundo título. Para comprobar si le importaba más sumar ese Mundial a su carrera de futbolista o intentar arruinar el día que, se suponía, sería el más importante de mi vida.

En la oscuridad del pasillo pude percatarme de que en el cuarto de Víctor había luz. Una pena. Yo que le pensaba despertar dándole besos por toda la cara...

Giré el pomo con cuidado para no hacer ruido y cerré con rapidez.

Víctor estaba tumbado en la cama que había pertenecido a mi bisabuela. Arropado con la tonelada de mantas que le había puesto mi madre, parecía una momia egipcia a la que solo se le podía ver la cara. ¡Y menuda cara! Era tan guapo que hacía daño a la vista. Tanto como los rayos de sol que cegaban al chocar con la nieve. Para que mi madre pensase que era un niño bueno y no un rebelde desgreñado y *hippie*, se había colocado la cinta del pelo negra con el cabello hacia atrás. Sus ojos me localizaron y de inmediato se encendieron. Recordé lo que había leído en una de mis novelas favoritas, *Un océano entre tú y yo*, de Alexandra Roma, acerca de que todos los hombres tenían una especie de luz en la mirada que se activaba cuando encontraban a la mujer de su vida haciéndola brillar. Yo era la suya. No había duda.

—Y yo que pensaba que serías tú el que vendrías en mitad de la noche para mancillar mi honor...

—¿De verdad?

Víctor me regaló una sonrisa ladeada traviesa y a mí me costó seguir manteniendo el equilibrio. Había visto ese gesto miles de veces y, aun así, él todavía lograba que mi mundo se tambalease con latigazos de placer recorriéndome de arriba abajo, en especial en la zona inferior del abdomen. Ese cosquilleo del inicio de una relación que se resistía a desaparecer, anclado a mi estómago cada vez que se percataba de que él estaba próximo.

¿Es que nunca me iba a acostumbrar? Había recorrido con mis labios cada centímetro de su cuerpo y todavía era capaz de tenerme a su merced sin proponérselo. Era oír su voz y yo me transformaba en su esclava... Aunque eso era un secreto que guardaba para mí misma, pues yo me hacía la dura. Si no, habría saltado sobre el cantautor en ese mismo instante y le habría arrancado la cinta de un mordisco, hundiendo mis dedos en su pelo mientras le devoraba hasta ponerlo al límite. Ya habría tiempo para darle explicaciones a mi padre cuando entrase con la escopeta cargada, preparado para matar.

—He visto el cuchillo jamonero de Miguel al entrar

como una revelación. Un aviso que creo que lo explica todo —bromeó.

Y cuando se divertía, le salía una sonrisa tan mona que estuve por apuntarme a clases de payasa profesional para arrancárselas a mi antojo. Robarle esos labios curvados, habitualmente mordidos hacia un lado, convertirme en la dueña del eco de su risa.

—¿Y este recibimiento? —Me crucé de brazos, apoyándome contra la pared al ver que ni siquiera se levantaba.

—No puedo moverme... —se quejó, y fingió que hacía un esfuerzo sobrehumano para quitarse las mantas de encima.

Se puso de pie y caminó hasta situarse enfrente de mí. Llevaba un pijama del año de la polca de mi padre, porque mi madre se había escandalizado cuando Víctor le había confesado que se había traído uno fino de lino. La mujer no quería que cogiese una pulmonía mortal entre las paredes de nuestra casa y le había ofrecido uno que tenía guardado en el último cajón de su cómoda, ese en el que estaban todas las prendas que ya no usaban. Como es obvio, todo esto lo había hecho antes de enterarse de la gran noticia.

Debería haber sido la misma imagen del antimorbo. Había una ley mundial que decía que ningún chico podía estar endemoniadamente sexy con una prenda con la que habías visto a tu padre tirarse un cuesco en el salón. Pero, como en todo, con él se daba la excepción. No sabía si era porque en lugar de llevarlo por los sobacos se lo había colocado por debajo de la cintura, dejando ver la fina línea de su ropa interior sobre su abdomen definido y plano; si influía esa pose dejada, de pasota, que transmitía la sensación de que se había inventado para él; su seductora mirada, capaz de rozarme con un parpadeo; o, simplemente, que a mí me gustaba de cualquier manera, incluso aunque estuviera sentado en el váter haciendo fuerza para cagar. Su esencia. Ese era el secreto. Algo inherente a él con lo que impregnaba todo lo que tocaba y lo transformaba en irresistible.

Tenía la camiseta subida por uno de los lados, y sus tatuajes quedaban a la vista. Esas frases que en esos momentos quería recorrer con los dedos y con la lengua. Se aproximó a mí y colocó su mano en mi cintura, lo que provocó que me estremeciera. Le hizo gracia darse cuenta del poder que ejercía y cómo me ruborizaba. Incomprensiblemente parecía sorprendido, ¿qué necesitaba para entender que para mí lo era todo?

Traté de hacerme la indiferente para bajarle un poco los humos y ese ego que ahora era más grande que la parte oculta de un iceberg.

Entonces paseó los dedos por mi espalda hasta llegar a mi cuello y me apartó con delicadeza los mechones de pelo detrás de la oreja. Perdí la concentración. Qué se le va a hacer. A esas alturas del encuentro, mi foco estaba centrado en cómo se humedecía los labios. Y cuando habló, tardé un poco en contestar, como si me hubiese quedado muda. Bastante que hice con escucharlo cuando lo que más me apetecía era sentirlo con los cinco sentidos, y no solo con el del oído. No hablo de nada guarro. Un abrazo en el que me apretase contra su pecho haciéndome sentir cómoda y segura habría bastado.

—¿He pasado la prueba?

—Con mis amigas, sobresaliente —logré articular—. Con ellos, notable alto, hasta que aprendas a jugar al fútbol como un buen macho ibérico.

Con el paso del tiempo he aprendido que a veces te arrepientes de algunas cosas. No haber documentado ese momento fue una de ellas. Haber grabado a Víctor como un león salvaje al que sueltan en una piscina y que, corriendo despavorido con sus pantalones de pitillo detrás de una pelota, juega desastrosamente mal habría sido un documento visual sin precio. Pero si algo también me ha quedado claro es que, por mucho que te empeñes y aprietes los ojos deseándolo con todas tus fuerzas, nunca puedes regresar al pasado. Por desgracia, solo es posible dar un testimonio de lo que ocurrió. Continuemos. Ya habrá tiempo para todo.

—¿Y a tu madre? —dijo entrelazando sus dedos con los míos.

—Mientras te enseñaba mis fotografías desde que nací, matrícula. Después de decirle lo de que nos queremos ir a vivir juntos... —titubeé—. Para curarnos en salud, mejor que mañana te asegures de que te sirve el cocido de la misma fuente que a todos y que esperes a que ella lo pruebe antes de comerlo. No vaya a ser que le dé por envenenarte y esas cosas que hacen las madres cuando sienten que les estás arrebatando a su pequeña...

A pesar de que traté de quitarle hierro al asunto, Víctor parecía pensativo. En realidad, no había ido tan mal. Bueno, si no quiero faltar a la verdad, no había ido. Punto. Se lo había soltado en mitad de la cena sin paños calientes, ahí, a lo bruto, de golpe, y ella, con la excusa de que se le había quitado el apetito, se había marchado mientras su rostro comenzaba a fusionarse con el blanco de la pared del salón. Con ronchones de furia como gotelé.

No quería pensar en eso. No quería que nos estropease nuestra noche. Víctor regresaba al día siguiente a Londres y a mi parte egoísta eso era lo único que le importaba, aunque sabía a ciencia cierta que a Amparo se la estaban llevando los demonios en su cuarto.

—¿No me vas a dar un mísero beso? —ronroneé suplicante—. Te garantizo que mi madre no tiene micros ni cámaras ocultas. No sabría cómo utilizar una tecnología tan moderna...

Acompañé mi frase con un mohín inocente. Víctor tiró de mi mano, me atrajo hasta que nuestros cuerpos se acoplaron y presionó sus labios con los míos en uno de esos besos que te dejan en estado de *shock* unos segundos, sin capacidad de respirar o reaccionar.

Se separó y, con la frente apoyada en la mía, añadió:

—Y ahora vamos a hablar.

Sin soltarme la mano, me llevó hasta la cama, donde nos sentamos. Se quedó un rato en silencio —supuse que meditando lo que me iba a decir— y, con nerviosismo, se pasó la mano por el cabello arrancándose la cinta a su paso.

—Tal vez nos hemos precipitado —anunció, mientras se ponía de pie. El chico no sabía estarse quieto. Un torbellino de energía. Pensé que podría gastarla en otra cosa que no fuera la conversación que sabía que íbamos a mantener.

—¿En qué? —Todavía sentía su sabor en mi boca. ¡Y qué rico estaba, por Dios!

—Ya lo sabes. —Y con ello Víctor, serio, confirmó mis sospechas. Y yo quería jugar. Quería jugar a que nos devorábamos como animales hasta acabar con la saliva del otro y dejar la lengua dolorida; prefería hablar de ese tema por videollamada, cuando las ganas de tocarle no me estuviesen consumiendo y la distancia se interpusiera entre nosotros.

—¿Ya no quieres vivir conmigo?

—Sí, pero me gustaría hacer las cosas bien con tu familia.

—¿Casándonos y tal?

—He dicho bien. No perfecto.

—¿Y qué sugieres? —Me crucé de brazos molesta. No por lo que estaba diciendo, sino porque él permanecía de pie en lugar de sostenerme entre sus brazos. Un poco enferma andaba yo ya por aquel entonces. Una drogadicta que necesitaba sus dosis de mimo diarias para aguantar el periodo de abstinencia.

Víctor me leyó la mente y se sentó de nuevo sobre el

colchón. Tiró de mí y me coloqué encima enrollando las piernas alrededor de su cintura. Ahora, mucho mejor.

—¿Sabes lo que han dicho mis padres cuando se lo he contado? —susurró mirándome fijamente. Podía verme reflejada en sus ojos, y la imagen de niña pequeña enfurruñada que me devolvían hizo que me avergonzase de mí misma. Solo me faltaba una pataleta y unos berridos para regresar a mis cinco años.

—No —confesé, tomándome la conversación en serio.

—Nada, porque no lo he hecho. Es un dato que a ellos no les importaría.

—Puede que en el fondo...

—Ni en el fondo ni la superficie —me interrumpió—. Y no lo digo para darte pena. Es una verdad que tengo asumida. Mi realidad. Pero no la tuya. ¿Sabes lo que me ha pasado hoy mientras tu madre me enseñaba esas fotografías tuyas que iban desde que hiciste la primera caca sin pañal hasta cuando vestías con unos tops que enseñaban más de lo que tapaban?

—¿Que has deseado volver a los porros para que se te hiciese más liviano ese sufrimiento? Lo reconozco, a pesada no le gana nadie a Amparo.

—Y a orgullosa de su hija, tampoco —apostilló—. He tenido envidia, Aura. Sana, pero envidia, al fin y al cabo. A través de esas imágenes he podido intuir lo que es tener una familia que se preocupa y cuida de ti y he deseado que mi infancia hubiera sido exactamente igual a la tuya...

—Eso es porque las palizas con mi hermano no estaban incluidas en el *tour*... Esas fotos las guarda para la tercera vez que vengas y haya confianza.

—Me encanta cuando bromeas, pero este no es el momento.

—¿Y qué quieres que te diga?

—No quiero que digas nada. Quiero que me comprendas cuando te aseguro que no hay nada que me apetezca en esta vida más que vivir contigo, y quererte más de lo que lo hago es imposible. Y es por este motivo por el que te pido que hables con ella y que, si todavía no le parece bien, lo pospongamos. Tenemos toda una vida por delante y me gustaría que ella estuviese a nuestro lado.

—Pero es que yo ya quiero empezar lo nuestro para siempre.

—Y ya ha empezado. Lo hizo desde el día que te conocí.

Llevaba razón. Nuestra historia había comenzado el mismo día que pisé Madrid, y no se terminaría nunca. O eso creía.

—Me dirá que no.

—Emplearé mis mejores recursos para que un día diga que sí.

Si de algo me había dado cuenta a lo largo de nuestras prolongadas conversaciones era de que Víctor no apreciaba a la familia del mismo modo que yo lo hacía. No podía porque nunca había experimentado lo que era tener una de las de verdad. Y ahí estaba. Siendo mi Pepito Grillo, mi conciencia, luchando para que yo hiciera las cosas bien. Era tan tierno, tan bonito, un gesto de un amor tan profundo y sublime, que no pude evitar fundirme en un lento beso cargado de palabras que se transmitían a través de nuestras lenguas entrelazadas sin necesidad de pronunciarlas en voz alta.

Mira que intenté que fuese un contacto casual, romántico, sin más intención que mimarle por el gesto que acababa de tener conmigo al abrirme los ojos y demostrarme que mi felicidad, ya fuese en el ámbito familiar o en cualquier otro, le importaba más que su propio beneficio. Quería besarle como hacía a los quince años, en los que me podía estar comiendo la boca con un chico toda la tarde en el banco de un parque sin que llegase a nada más.

Pero era imposible. Con Víctor siempre era más. Todo era más.

Me activó sentir la yema de sus dedos viajando por mi clavícula. Pero bien podría haber sido eso o que hubiera oído un ronroneo que manaba de su garganta, una especie de gemido sordo que surgía natural, como un acto reflejo e instintivo, cada vez que nuestros sabores se mezclaban después de un beso profundo. Encendía al monstruo y ya no había manera humana de pararlo.

Noté como me apretaba el trasero, y fue en ese instante cuando me percaté de que hacía ya un rato que había comenzado a moverme rítmicamente, frotándome contra su recién despertada erección.

Me quité la parte de arriba del pijama, y ese gesto le bastó para que él se desprendiera de la suya. Mis pechos rebotaron contra el suyo y los pezones, duros, le acariciaron la piel. Capturó uno con la boca, lo mordió, lo lamió y lo absorbió entre sus labios, jugando con su lengua, que se movía de manera circular. Sus pestañas me hacían cosquillas en la piel. Pequeñas descargas eléctricas que me obligaron a echarme para atrás, sujetada únicamente con sus manos, que presionaban cada vez con más fiereza mi trasero. El pantalón me empezó a sobrar y noté unas palpitaciones que aumentaban por segundos debajo de mi ombligo.

Me aparté y me puse de pie de un salto, con una fuerza de voluntad que no reconocía. Lo miré. Víctor estaba desorientado, con los labios hinchados y la silueta de su pene erguido en todo su esplendor.

Medité un segundo, con unas ganas sobrehumanas de tirarme encima de él y completar lo que habíamos empezado. Mi cuerpo se sacudía desesperado para que me embistiera sin piedad. De hecho, dudaba que mi ropa interior no se hubiera deshecho por combustión espontánea. Pero una cosa era buscarlo en mitad de la noche para darle unos besos a escondidas y otra que mis padres oyeran cómo el cabecero de la cama impactaba contra la pared al ritmo de sus penetraciones. No sería cómodo para ellos ni tampoco para mí al día siguiente, cuando tuviera que verles las caras en el desayuno.

Pero existía la opción de hacerlo encima de la alfombra... o sobre el sillón... o amordazarnos e intentar sucumbir al orgasmo sin interrumpir el silencio sepulcral que reinaba en la casa.

Deseché las ideas mientras mis hormonas se quejaban y mi cuerpo gruñía molesto.

—Esto se nos está yendo de las manos —susurré mientras recogía la parte de arriba del pijama del suelo y me la ponía por encima, con los pechos enrojecidos, sensibles en las zonas donde segundos antes estaba su boca.

—Joder, mierda, llevas razón. No sé qué me pasa contigo que pierdo el control, Aura. Y eso que me he traído bromuro en sobres y me los voy administrando regularmente en cada comida... —Se removió inquieto con la erección que no bajaba—. ¿Qué hago ahora con esto? —Masajeó su pene por encima del pantalón y estuve tentada a satisfacerle, siendo yo la que moviese su piel de arriba abajo hasta que estallara en un orgasmo. Sin embargo, me conocía lo bastante bien como para saber que, si seguía, la cosa no acabaría ahí.

—Me han dicho que si te sientas sobre la mano izquierda unos segundos hasta que se queda dormida, después parece que te lo está haciendo otro.

—Masturbarme en tu casa no es elegante.

—Y el dolor de huevos, criminal.

Le guiñé un ojo mientras huía cual una cobarde en dirección a la puerta.

—Me abandonas... —se quejó.

—Voy a hablar con mis padres, como me has pedido.

—¿Cachonda? —bromeó con una risa ronca que me

indicó que todavía albergaba la esperanza de que acudiese a su lado y que folláramos como animales hasta que nos quedásemos sin aliento.

—Peor sería que me oyesen gritar todo tipo de improperios mientras logras que vea las estrellas...

—Tú no dices cosas de esas. Eres más de morder y clavar las uñas.

—Hoy lo haría. Por como estoy, adivino que sería sexo duro, guarro y con el que los ojos se me pondrían del revés.

—No me tientes o te rapto y te escondo debajo de estas mantas hasta el siglo que viene, aproximadamente.

—¿Lo ves? Tengo que marcharme. Es lo mejor.

Abrí la puerta sin darle opción a que dijese nada más. Víctor podía desear hundirse en mí más que nada en el mundo o alimentar sus fantasías explicando lo que me haría de tener la oportunidad. Pero sabía que se quedaría mudo si había la más mínima posibilidad de que mis padres le oyesen. Y eso era lo mejor. Apartar la tentación antes de sucumbir a ella.

—Buenas noches.

—No creo que puedan serlo con esto —dijo, y se señaló de nuevo una erección que parecía decidida a no bajar mientras se ponía la parte de arriba del pijama y volvía a la cama.

—Sueña conmigo.

—Siempre lo hago. —Un cosquilleo me azotó la boca del estómago y se incrementó con la segunda parte de la frase—: Dormido y despierto, Aura.

Lo pronunció con intensidad, con su voz ronca, masculina, con un arcoíris de matices, y se me antojó la verdad más absoluta que había escuchado en mis diecinueve años de vida. Me giré para verle una última vez y llevarme esa imagen a la cama. Estaba tumbado sobre los codos, encima del edredón de la cama, con el pelo revuelto, tal y como yo había deseado encontrármelo al entrar en el cuarto; las mangas subidas del pijama dejaban ver sus tatuajes, y con la mandíbula cuadrada tensada y los dientes apretados reprimía el impulso de correr a mi lado y cargarme al hombro hasta el colchón.

Le lancé un beso y cerré la puerta. Anduve hasta la habitación de mis padres sopesando que, si ellos aceptaban mi idea, lo de esa noche se podía convertir en mi realidad. Me lo encontraría nada más llegar de la universidad todos los días cuando él se pudiese escapar de Londres. Podríamos preparar juntos la cena, reírnos en el sofá y compartir cama, ya fuera para hacer el amor o dormir abrazados para que el otro no se escapara, aunque no fuera necesario porque ninguno de los dos desearía huir.

Llamé dos veces al cuarto antes de entrar. No iba a debatir con ellos sobre si podía compartir piso con mi pareja, avanzar un paso en nuestra relación, sino acerca de la posibilidad de poder vivir en lo que yo denominaba mi hogar. Y en mi diccionario no era un piso. Víctor, él era mi verdadera casa.

Capítulo 10

Yo no quería ser Peter Pan, ¿verdad?

El olor de la habitación de mis padres me produjo una tierna nostalgia y me trasladó a tiempos pasados. Todo seguía igual. Desde la cómoda de madera que antes había pertenecido a mi abuela, pasando por el prehistórico televisor de quince centímetros de grosor, hasta la alfombra en la que de pequeña les deleitaba bailando temas de Taylor Swift mientras ellos aplaudían como si fuera una profesional de la danza. No habían modificado nada. Ni el más mísero e insignificante detalle. Un museo de mi infancia y juventud. Mi madre era de esas personas que querían conservarlo todo intacto. No era muy amiga de los cambios. Y eso incluía a sus hijos. Ella habría detenido el tiempo cuando teníamos cinco o seis años para que pudiésemos ser sus pequeños para siempre.

Me evadí durante unos segundos y me trasladé al pasado. Por un momento me recordé a mí misma recorriendo esa estancia, con Christian vigilando en el pasillo, para ver si encontrábamos los regalos antes del día de Reyes. Sí, como os podéis imaginar, él me desveló el gran secreto. Sin embargo, no lo recordaba como algo

167

malo. Eso nos unió frente a Amparo y Miguel. Dos niños demasiado traviesos que se hacían los inocentes mientras tramaban fechorías para desenmascararlos y pillarlos *in situ* colocándolos en el árbol de Navidad. Éramos tan maléficos y dejábamos tal cantidad de comida para los «pajes» y los «camellos» que los pobres se tiraban dos días con indigestión.

Sabía que crecer y evolucionar era algo natural. Me gustaban las cosas que había descubierto con el paso de los años y suponía que todavía me quedaba lo mejor. Ser una adulta. Con todas las letras y el significado. Con deberes y responsabilidades, pero también con madurez e independencia. Entonces, ¿por qué me apetecía volver a sentirme pequeñita y que ellos fuesen otra vez mi referente, los más sabios, los que con un abrazo podían solucionarlo todo? Puede que simplemente echase de menos cuando Amparo me rascaba la cabeza mientras contaba historias increíbles y cuando Miguel trataba de explicarme por qué todavía no podía beber una copa de vino como ellos en la cena si decían que era sano.

Los miré y ellos se percataron de mi presencia. Estaban tumbados en la cama de matrimonio. Cada uno en un extremo. Mi padre estaba recostado en una postura antinatural, tratando de desentrañar los misterios de su *tablet*, que de inmediato dejó en la mesilla de noche, y mi madre haciendo ganchillo, totalmente erguida, con cuidado de no apoyar la cabeza en ningún sitio para que no se le estropease su peinado de peluquería.

—¿Puedo tumbarme un rato con vosotros?

Mi padre asintió haciéndome hueco y mi madre desvió la mirada.

Me coloqué entre los dos y me dolió y me molestó a partes iguales que ella se apartase, como si mi contacto quemase, cuando lo que yo quería era apoyar mi cabeza en su regazo y hablar hasta caer rendida de sueño.

Los tres permanecimos en silencio: mi padre, incómodo; mi madre, enfadada; y yo, meditando sobre cómo comenzar mi exposición.

—¿Quieres que pongamos la tele? —me preguntó Miguel para que el ruido de una película calmase la tensión de la situación.

Podría haber asentido e intentado que todo volviese a la normalidad sin necesidad de enfrentarnos al problema. Lo más eficaz y sencillo. También cobarde, y yo no me caracterizaba por ello.

En teoría, ellos tendrían que haber sacado a colación el tema. Al fin y al cabo, eran los padres sabios y yo, solo la hija irresponsable, instintiva y algo alocada que había decidido de manera unilateral hacer una tontería de juventud. Deberían haber planteado su punto de vista y haber rebatido todos mis argumentos hasta que yo misma me diese cuenta de que estaba construyendo un castillo que carecía de cimientos, estructura y lógica.

Lo que pasaba era que mi padre se encontraba como un náufrago que se debate entre dos corrientes oceánicas —véase, mi madre y yo— que podrían arrasarle en cualquier momento. Aunque por lo general asumía su rol de árbitro cuando Amparo discutía conmigo, esa vez sabía que sí que tenía un bando definido: tampoco estaba del todo de acuerdo con mi decisión de irme a vivir con Víctor. Y si él, que siempre era comprensivo y me escuchaba las horas que hicieran falta hasta lograr entenderme cuando no lo hacía ni yo, pensaba que no estaba tomando el camino correcto, quizá era que no lo estaba haciendo.

Me mordí el labio con dudas. Necesitaba mantener una conversación de adulta con ellos.

—¿Podemos hablar? —susurré.

—¿Para qué? Tú ya lo tienes todo decidido. —Se adelantó mi madre, que estaba con las pistolas cargadas para disparar—. Lo has dejado bien claro. Eres una adulta que sabe tomar sus propias decisiones.

—¡Yo no he dicho eso! —la corregí.

—No. Simplemente nos has informado que te vas a vivir con un chico que nos acabamos de enterar que es tu novio. Sin consultarnos o pedir nuestra opinión. Entre lo que pintamos en tu vida y nada, no hay diferencia.

Como es obvio, yo no había parido a mi madre, y, aun así, la conocía como si lo hubiera hecho. Sabía exactamente las etapas que vendrían. Primero, cómo no, autocompadecerse y tratar de darme lástima, apelando a todo el daño que le había provocado mi decisión. Si eso no funcionaba, me haría ver lo muchísimo que ella había hecho por mí, obligándome a meditar sobre cómo se lo estaba devolviendo. Después me recriminaría lo mala hija que era, y, si con todas las estrategias seguía en mis trece, se marcharía haciéndose la digna, sin hablarme y llorando por las esquinas hasta que yo cediese y le pidiese perdón. Un perdón que no servía para evitar un conflicto.

Y yo tampoco era una santa y no me quedaba corta. Me enfurruñaría; elevaría las manos al cielo; gritaría que era mayor y que tenía derecho a cometer mis propios errores, y me iría a mi habitación empeorando la situación, cerrando de un portazo. Tal vez con quince años no lo habría dudado y habría actuado siguiendo este *modus operandi*, pero ese día no me apetecía. No quería pelearme nunca más. Veía demasiado poco a mis padres como para malgastar el tiempo. Prefería exponer mi punto de vista, escuchar el suyo, llegar a una solución común y acompañar a Amparo al día siguiente para ayudarla a hacer el pan. Me encantaba el olor de nuestra tienda a primera hora y comer la masa de los dulces antes de que estuvieran cocidos.

—¿De verdad he hecho que te sientas así?

Mi madre se quedó con la boca abierta para contestar,

pero no dijo nada. Debía de estar preparada para contra-atacar en una pelea dialéctica, pero no para eso. Me miró a los ojos y se le suavizó el gesto.

—Quizá lo he exagerado un poco —rumió entre dientes.

—¿Qué es lo que te molesta de que me vaya a vivir con Víctor?

Se lo pregunté a ella porque sabía que, si mi padre no estaba de acuerdo en algo, no me lo diría en esos momentos. Esperaría a que estuviésemos solos para hablar. Esa era su personalidad. Nunca hacía leña del árbol caído.

—¿Solo una cosa?

—Todas.

—Hay muchas.

—Puedo estar aquí hasta que amanezca —apunté.

Amparo se puso de pie. Creo que eso le ayudaba a pensar. Además, tendía a gesticular mucho para cargar el mensaje de más intensidad.

—¿Sabes lo que dirán mis amigas? ¿Las vecinas?

—No. Pero no me importa.

—Claro. A ti no se te caerá la cara de vergüenza.

—¿Y a ti sí, mamá? Porque creo que una hija puede hacer cosas infinitamente peores que irse a vivir con su novio.

—¿Y si lo dejáis?

—Entonces espero que sea a ti a la que le dé igual, porque estaré destrozada y te necesitaré de mi lado.

—Me refería a que, si rompéis, la gente os criticará por lo rápido que lo habéis hecho todo. —Se apresuró a arreglarlo, nerviosa porque la había entendido mal—. Y no soportaría que ninguna lagarta amargada y aburrida hablase mal de mi hija. Antes les cruzo la cara.

No pude evitar reírme. La imaginé repartiendo sartenazos a medio pueblo, porque no nos íbamos a engañar: en los sitios pequeños ocurrían pocas cosas, y las que pa-

171

saban se convertían en un mundo. Podía ser muy moderno decir que ella tenía que hacer oídos sordos a lo que escuchase o pedirle con amabilidad a cada vecina que se metiese en sus asuntos, pero lo cierto es que las marujas estarían analizando, con datos reales e inventados, hasta el mínimo detalle de mi relación con Víctor si esta salía mal.

«Mi hija me dijo que llevaban un par de meses cuando se fueron a vivir juntos, ¿a quién se le ocurre?», «Ella siempre ha sido un poco loca» o «He oído que era un músico, y ya se sabe que tienen una en cada concierto» serían solo algunas de las maliciosas frases que mi madre tendría que soportar, y la pobre no se caracterizaba exactamente por ser una cauta hermanita de la caridad que evita los conflictos. Más bien se pondría a gritar cual verdulera experimentada hasta hacer que les reventasen los tímpanos. Esa era Amparo. Una mujer con carácter a la que yo admiraba en la sombra. Una curranta de los pies a la cabeza que sacaba los ojos por los suyos.

—Si ese es el problema, tengo la solución. No se lo diré a nadie. Será nuestro secreto. Quiero irme a vivir con Víctor. Punto. Que sea real. Gritarlo a los cuatro vientos me es indiferente...

Amparo arrugó la nariz y empezó a tragar saliva. Conocía ese síntoma. Era lo habitual antes de hacer pucheros y comenzar a llorar. Odiaba que lo hiciera. Pero no porque pareciera una niña, sino porque verla triste me hacía daño a mí también.

—Pero es que eres muy joven... —balbuceó.

Iba a contestar cuando mi padre me agarró del brazo, obligándome a girarme.

—Lo que tu madre quiere decir es que tiene miedo.

—¿De qué?

—De que dejes de ser su..., de que dejes de ser nuestra pequeña —contestó como si fuera obvio—. Cuando

172

te fuiste a Madrid lloramos durante días. En plural. Pero estábamos mentalizados. Nuestra niña se tenía que marchar para estudiar. Aquí no podías continuar. Lo teníamos asumido. Esa era la excusa, aunque sabíamos que significaba que te hacías mayor, que avanzabas a una nueva etapa que te alejaba de nuestro lado... Hemos dicho decenas de veces que cuando termines el grado volverás, y sabemos que es totalmente mentira. Has desplegado las alas y vuelas hacia delante, mecida por el viento y no contra él. No darás marcha atrás. Sin embargo, lo que nos ha dejado paralizados esta noche es saber que vas a formar tu propio nido.

Mi padre y sus ejemplos con animales. Siempre, desde que tenía uso de razón, los había utilizado.

—Quiero que entendáis una cosa. Tengo que crecer. Es ley de vida. Eso no es sinónimo de que no os necesite. Lo voy a hacer ahora y siempre. Da igual que viva con dos amigas, con mi novio o con un mono con tutú, que tenga cuarenta años y un par de críos o cincuenta y siga soltera. Vosotros sois mi puerto seguro. Sé que dicen que a la familia no se la elige, que viene impuesta, pero si a mí me dejasen decidir, os escogería a vosotros una y mil veces. —Mi madre no lo pudo evitar y se puso a llorar como una magdalena como las que ella preparaba, dulce—. Y lo haría porque no concibo un futuro en el que no estéis presentes, porque si me equivoco, quiero saber que estaréis ahí para ayudarme y no para echármelo en cara, porque quiero convertirme en una mujer que merezca la pena y no lo lograré si no os tengo a vosotros a mi lado. Y estar con Víctor no cambiará que tú seas el confidente de mis secretos y el hombre de mi vida —le dije a mi padre—. Solo que ya no serás el único. —Me di la vuelta para mirar a mi madre y me percaté de que a mí también me empezaban a escocer los ojos—. O que tú seas la única persona con la que puedo hablar de todo, sin actuar, mostrándome tal y como soy, mi mejor amiga y una fábrica de consejos. Y seguiré discutiendo, reivindicando mi independencia, puede que incluso llegue a pensar que sé más que vosotros, pero al final me daré cuenta de que da igual que tenga arrugas, para mí siempre seréis como cuando tenía cinco años: las dos personas más sabias de mi galaxia, de cuyas voces salen las verdades universales. Mis padres, con todo el peso de la palabra. Nadie va a ocupar vuestro lugar porque os pertenece desde antes de que viniera al mundo y así será hasta que me vaya. Lo único que estoy haciendo es regalarle los huecos libres a otra persona. Pero los vuestros son fijos y no se pueden intercambiar, de la misma manera que vosotros no podéis renunciar.

—Pero ¿por qué te quieres ir a vivir con él? —preguntó mi madre por fin.

—Porque le quiero. He tenido la suerte de encontrar a la persona con la que deseo pasar el resto de mi vida, y no me gustaría desperdiciar ni un segundo.

—¿Estás segura? —insistió mi padre.

—Al cien por cien. Con esto no quiero decir que tenga que salir bien por narices. —En otras circunstancias, mi madre me habría regañado por la expresión, pero estaba muy metida en la conversación. Los tres lo estábamos—. El tiempo pasará y nosotros cambiaremos. Tal vez el Víctor de dentro de cinco años me repela y me marche en busca de una nueva aventura. Sin embargo, a día de hoy estoy enamorada de él con los cinco sentidos e incluso con alguno nuevo que he inventado —suspiré—. Pero queremos hacer las cosas bien, que estéis de acuerdo, que nos apoyéis, que os suponga una alegría. Si no es así, podemos posponerlo.

Mis padres se miraron meditabundos e intercambiaron argumentos sin hablar, alucinados por una madurez que yo tampoco reconocía. Eran demasiados años juntos para conocerse a la perfección. Eso era lo que yo aspiraba a ser algún día con el cantautor.

—¿Harías eso por nosotros? —intervino mi madre.

—Lo haría todo por vosotros.

—Pues espera un tiempo.

—Está bien. —Sonreí. Yo no era de las que hablaban con trampas ni ofrecía con un doble sentido. Se lo dije con sinceridad y, aunque no era lo que esperaba, asumí su respuesta—. Y después de todo esto, tanto drama y tantos lloros, ¿podemos cerrar la noche con un abrazo familiar?

Amparo asintió. Nos levantamos y mi padre nos envolvió a las dos, apretando tanto que temí que me partiese una costilla de un momento a otro. Entonces mi madre susurró las palabras mágicas con voz temblorosa:

—¿Él te hace feliz?

—Muchísimo. Tanto que no sé si te lo sabría explicar —suspiré—. Y creo que también mejor persona. De hecho, y aunque esto me deje a mí como la hija egoísta que a veces soy, tengo que confesar que es Víctor quien me ha pedido que venga a hablar con vosotros.

—¿De verdad?

—Ajá. Por lo visto me quiere tanto que hasta se ha dado cuenta de que para estar conmigo tiene que caeros bien. O eso u os quiere de su parte para cuando el día de mañana discutamos sobre cómo amueblar el piso porque no quiere que pinte la habitación de rosa chillón —bromeé.

Mi madre y mi padre se apartaron con lentitud.

—Entonces nosotros deberíamos hacer lo mismo, ¿no crees, papá?

Los miré sin comprender.

—Sí. —Sonrió conforme.

—Me he perdido...

—Pues encuéntrate, mi niña, porque creo que acaba

175

de suceder un milagro y tu madre te ha dado el visto bueno.

Amparo asintió.

—Pero como se te ocurra adelantar otra etapa y hacerme abuela antes de que haya disfrutado de los viajes del Imserso a Benidorm, te deshereddo, ¿entendido?

No me pude contener y, emocionada, pegué un salto y me lancé contra ellos tirándolos en la cama. Les di las gracias un millón y medio de veces y me fui a mi habitación, aunque con gusto me habría quedado a dormir con ellos. Tal vez volvería si comenzaba a granizar y sentía miedo, como cuando era pequeña. Yo siempre sería su niña, pero no porque ellos lo dijesen, sino porque yo lo deseaba.

Una vez en mi habitación, puse en mi prehistórica minicadena *Qué bonita la vida*, de Dani Martín, y me entretuve echándole un ojo a mis álbumes de fotografías antiguas. Con algunas me reí y con otras me avergoncé de las pintas, y tuve que forzar la vista para reconocerme. Sin embargo, todas me llevaron a la misma conclusión: había disfrutado de una infancia y una adolescencia felizmente normales, por mucho que me hubiera quejado, enfadado o incluso dramatizado diciendo que eran un asco. Al final, los problemas que en su momento se me antojaban un mundo los había solucionado poniendo los pies en la tierra.

No era conformista. Desde que había aprendido a hablar siempre quise más. Valoraba más lo que me faltaba que lo que tenía. Quizá en eso influía que llevara una especie de botón de avance rápido instalado en mi cabeza. Mi mente era un torbellino de pensamientos y, más que vivir el presente, que, como su propio nombre indica, era un regalo, solía proyectar el futuro que quería y me agobiaba por si no lo conseguía. Eso cambió esa noche mientras me tumbaba en la cama y me tapaba con el nórdico hasta la nariz. No necesitaba nada más. Lo tenía todo.

Recapitulé. Vivía en Madrid, tal y como había querido desde que fui un día de excursión con mis padres cuando era pequeña y me perdí en un laberinto del Retiro, maravillada por sus setos con formas. También me había atrevido a no conformarme con estudiar algo que no me llenaba y había comenzado a luchar por una profesión que yo no había elegido porque sentía que había nacido para ser periodista. Así de simple. Muchas personas se pasaban la vida intentando desentrañar si realmente lo que hacían, su puesto, era lo que les gustaba. Todo eso a pesar de trabajar en lo que habían estudiado. Como si a la hora de entrar en la universidad se hubieran guiado más por el estereotipo o los tópicos que veían en las series que por su intuición. O es que tal vez no tenían claro nada. Mucha gente piensa que sabe lo que quiere. Yo creía que en muchos casos eso era mentira. Tenía amigas que procuraban reafirmarse diciendo cuarenta veces al día que les encantaba su grado, cuando en realidad hacía ya tiempo que sabían que se habían equivocado. Pero reconocer un error es dificilísimo. Una tarea valiente porque, aunque sea sano, a nadie le gusta hacer un ratito de autocrítica. No era mi caso y estaba orgullosa de mí misma por ello.

Esperaba que eso no cambiase cuando terminase en la Rey Juan Carlos y me tuviera que enfrentar a la búsqueda de un puesto laboral con currículo en mano. Debo reconocer que me temblaban las piernas cuando veía la cara de póquer que se les quedaba a los amigos de mis padres cuando les decía que yo iba a ser periodista. Me daba miedo y fuerzas en proporciones iguales. Si nadie confiaba en mí, tendría que demostrarles que estaban equivocados. Existía la opción de que no lo estuvieran, pero entonces tendría que acordarme, mientras trabajaba en la campaña de Navidad de algún centro comercial envolviendo regalos, de que por lo menos lo había intentado. Tal y como decía mi padre, es muy complicado que te toque la lotería, pero es imposible si no la compras y más probable si tratas de tener muchas papeletas.

En esas me encontraba, meditando filosóficamente sobre mi existencia —como solía hacer cuando me había bebido unos chupitos de tequila, pero no los suficientes como para hacer que mi lengua se hinchase y me costase hablar—, poniendo mis asuntos en una balanza hasta que se inclinaba hacia el optimismo, cuando oí que una piedrecilla impactaba contra el cristal de mi ventana. Supuse que había sido por el viento, que a esas horas de la noche azotaba con fuerza. No le iba a dar mayor importancia, pero volvió a suceder, y, con toda la pereza del mundo por tener que salir de mi cueva de mantas calentita, salté de la cama.

Me coloqué por encima una bata y llegué hasta la ventana en dos zancadas. Mi habitación no era lo que se dice grande y podía recorrerla entera en cuatro pasos. Creo que, si me tumbaba estirada en el suelo, podía cubrir todo el ancho.

No podían ser mis amigos. Esa tarde se habían ido a ver un partido y luego de tapeo por Cuenca, y, como suponía, porque era bastante evidente, se habrían liado, y lo que prometía ser una cena con comida grasienta y cerveza para parar un camión seguro que se había transformado en una noche de fiesta por la calle de los pubs, a temperaturas glaciales a las que los cubatas no necesitarían ni hielo, probablemente hasta que amaneciese.

Ojo, que no es que ellos fueran unos balas perdidas; es posible que si yo los hubiese acompañado y no me hubiese quedado en casa para dar la noticia a mis padres, habría sido la instigadora de ese plan, abucheando a los que propusiesen regresar al pueblo para jugar a las cartas en el bar. Tampoco era la reina de las tarimas, pero en cuanto me activaba, necesitaba descargar toda la energía y me encantaba bailar, aunque pareciese un pato mareado. Me motivaba; la opinión de lo que es hacer el ridículo ante el resto del mundo me dejaba de importar, y en mi percepción yo tenía más arte que el currículo de Leonardo da Vinci.

Me asomé y distinguí a una chica con menos ropa de la que debería con esa temperatura, que se escondió en cuanto me vio. Era obvio que se había equivocado y no me buscaba a mí.

De forma mecánica, acostumbrada a este tipo de situaciones, fui al cuarto de mi hermano y llamé un par de veces. No me contestó, pero como nunca lo hacía, decidí entrar igualmente.

Estaba recostado en la silla, todavía con la ropa de la cena, mirando con una sonrisa ladeada la pantalla del móvil. A saber con quién estaba hablando y, sobre todo, de qué. Seguro que, si algún medio de comunicación reproducía esa conversación, tendría que ponerle la calificación de «para mayores de 18 años».

—Te están buscando —anuncié.

—No he oído la puerta —contestó sin apartar la vista de su teléfono. Esperé por si me preguntaba algún dato extra, pero él leyó algo y comenzó a teclear como si la vida se le fuera en ello.

—Normal, ha sido por la ventana. Una de tus amiguitas ha lanzado las piedras del amor a la mía...

Esperé. Si le importaba, no dio muestras de ello. Cargué el peso de un pie a otro y comencé a desesperarme.

—¿No te preocupa que vuelva a confundirse pero esta vez con el cuarto de papá y mamá?

—No.

—¡Se morirá de vergüenza!

—¿Y a mí qué me importa? —Se encogió de hombros—. Yo no la he invitado. Si viene por su propia voluntad, ese es un riesgo que tiene que asumir. —Giró la silla para mirarme con esa cara que ponía de guarro que me hacía desear que algún día se le cayese la picha a cachos. Tal vez así dejaría de ser un cerdo y se transformaría en un ser humano decente—. Además, si no sabe la ubicación exacta de mi templo del placer, es porque yo no se la he dado, porque no me interesa...

—Creía que se la dabas a todas las chicas del pueblo en edad de merecer...

—No te creas que no pensé en convertir el pasar por mi cama en un rito de iniciación para dar la bienvenida a la mayoría de edad...

—Más bien sería la prueba de fuego para ver si se pueden considerar adultas. Tú, la manzana envenenada. Si la prueban, siguen en la edad del pavo, y si pasan de largo, pueden empezar a votar en las elecciones.

—¡Qué va! Nos acabarían denunciando por discriminación. Ya sabes lo morboso que sería un titular del tipo: «Chillarón, un pueblo en el que las mujeres no votan».

—Creo que la connotación de fantasma se inventó por ti.

—Tú que me picas. En el fondo te gusta esto porque si no, en el momento que te he dicho que no esperaba visita, te habrías marchado.

—La chica se va a congelar... No te cuesta nada bajar y decirle que no quieres salir esta noche.

—Exactamente lo mismo que le habría costado a ella pensar antes de venir que no soy un pene con patas al que solo tienes que tirar unas piedras en la ventana y baja corriendo para ponerte mirando a Cuenca. Y desde aquí sé justo cuál es la dirección.

Christian fingió estar ofendido.

—La cuestión es que normalmente sí que lo haces —apunté.

—Bien, pues esta noche no me apetece. Y por ahora no he firmado ningún tipo de contrato en el que me obliguen a satisfacer las necesidades de todas las mujeres que lo deseen. ¿O es que acaso me has vendido a alguna de tus amigas y ahora no sabes cómo salir al paso?

—No. Eres tú el que me cambiaba en las fiestas del pueblo por dos cubatas. —Era cierto. Cuando yo todavía no era mayor de edad y algunos de sus amigotes le decían que no estaba mal, mi hermano reclamaba dos cubatas, como si yo fuera ganado y del barato, para que pudiesen hablar conmigo con su visto bueno. A uno incluso le llegó a decir que por una botella de Arehucas conseguiría que acabásemos la noche en un callejón oscuro. Obviamente, en cuanto se aproximaba cualquier tipo de chico que acababa de mantener una conversación con Christian, yo huía lo más lejos que podía y mi hermano se partía el culo riéndose de mí.

—Y los muy lerdos me lo pagaban. Por ti... —dijo, y volvió de nuevo a centrarse en el móvil—. ¿Vas a quedarte mucho tiempo más? —Medité.

Iba a gastar mi último cartucho por eso de la solidaridad femenina y por empatizar con las demás chicas, cuando Christian me desarmó:

—La verdad es que no eres muy buena amiga, Aura.

—Ni siquiera la conozco —lo corregí.

—No lo digo por la que está abajo, sino por Sara.

—¿Qué tiene que ver ella en esto?

—¿Cómo crees que le sentaría si le cuento que estás en el marco de mi puerta, con el ceño arrugado y los brazos cruzados, insistiendo para que baje a revolcarme con otra?

—¡Yo no he dicho nada de eso! —me apresuré a contestar—. Solo que hagas las cosas bien. A mí no me gustaría que me dejaran tirada en la calle en mitad de la noche...

—Entonces, si me permites un consejo, nunca vayas si

la otra persona no te ha dicho que lo hagas. A veces soy un cabrón, lo reconozco, pero hoy no tienes razón. Me han escrito varias amigas y les he contestado que tenía planes. Si aun así te presentas, ya es tu problema.

—¿Planes? Si te has quedado en casa...

—Y estoy hablando con alguien, ¿no? Eso es un plan. Aunque pienses que soy un ser con una única neurona, a veces me divierto haciendo otras cosas que no sean empujar entre las piernas de una chica...

Ignoré la segunda parte y me atreví a preguntar bastante confundida:

—¿Has quedado con Sara para hablar?

—¿Tú qué crees? —En su lenguaje, eso significaba que sí.

—Pero si mañana la puedes ver... —murmuré dubitativa. En cualquier persona eso sería normal, pero no en él. No estaba siguiendo los patrones a los que me tenía acostumbrada, y eso me provocó una especie de estúpido cortocircuito mental.

—No creo que una cosa impida la otra. —Se puso en pie y anduvo hasta donde yo me hallaba para invitarme, con un pequeño empujón, a abandonar su habitación—. Y ahora, si no te importa, quiero seguir la conversación que había empezado, que, aunque te resulte imposible de creer, no contiene la palabra sexo. —Sujetó la puerta abierta y salí—. A veces, sé preguntar a las chicas cómo les ha ido el día y me interesa su respuesta, aunque te cueste confiar en mí.

Cerró, y yo me quedé desubicada. Incluso llegué a sentirme un poco mal por cómo lo había tratado. Tal vez había sido injusta, pero es que me costaba imaginar o creer que la ecuación «Christian no sale con los amigotes» más «Christian no baja los escalones de dos en dos ante una invitación sexual» se resolviera con el nombre de mi compañera de piso. ¿Era posible que los planetas se hubieran alineado y Sara, la enamorada del amor que había recibido palos a más no poder de chicos que no eran ni por asomo la mitad de mujeriegos que mi hermano, hubiera logrado el imposible? ¿El cazador estaba cazado?

Capítulo 11

Doble ración de drama para llevar, por favor

—Currículo, por favor.

Ana estiró su brazo y durante un momento me quedé dubitativa. Había encontrado por internet una imagen en la que ponía «Enamórate de una persona tatuada: ellos saben lo que quieren para toda la vida», y se la estaba mandando a Víctor por WhatsApp. El cantautor me había dicho que estaría toda la tarde encerrado en el estudio con los músicos instrumentales para seleccionar la banda que pondría melodía a sus canciones con la condición de que él seguiría tocando la guitarra. Lo más normal era que lo leyese por la noche, de camino a su piso en Londres, camuflado en sus calles con algún gorrito que parecería cosido únicamente para que él se lo pusiera. Seguro que le arrancaría una sonrisa mientras reiteraba su opinión de que yo estaba un poco mal de la cabeza; luego se detendría para contestarme con alguna frase original.

Arrugué el ceño y me mordí el labio. Las relaciones a distancia eran una putada y no como dije cuando me enamoré de mi mejor amigo, pero solo porque al final había salido victoriosa. Me estaba perdiendo demasiados momentos a su lado. Que sí, muy bonito todo eso de la intensidad del reencuentro y de aprovechar hasta el último segundo, pero nadie contaba la desesperación de necesitar a la otra persona y saber que se hallaba a más de mil kilómetros, y que lo más cerca que estabas de rozar sus labios era hacerlo con la yema de los dedos en la desgastada pantalla del portátil.

Recordé que durante una etapa de mi vida me encantaban las novelas con historias románticas y dramáticas. Supongo que sería para saciar mi sed de culebrones después de que *Crónicas vampíricas* y *Pretty Little Liars* terminasen. Cuanto más me hiciesen llorar, mejor. De esas en las que los protagonistas pasaban años sin verse y alimentaban su amor a base de recuerdos. Muy poético todo. Suspirando cada vez que un nuevo obstáculo impedía que estuviesen juntos y aplaudiendo con el final como si yo misma fuese uno de los personajes. Pero eso era ser una lectora activa, ¿no? Cambiar tu piel como un camaleón y transformarte en la novela que estabas devorando.

Muchas veces había soñado con vivir un amor épico que bien podría ser el libro más bonito jamás escrito. De esos con un final trágico que lo convierten en inolvidable. Y ahora daba gracias a todos los dioses del Olimpo porque no se hubiera cumplido. Quería llenar mi folio en blanco con letras que narrasen un amor normal, en el que el lector no se sorprendiera con cada escaso beso porque Víctor me daba uno en cada párrafo.

Ana me pellizcó el brazo para devolverme a la realidad. Abrí la carpeta y le tendí uno de los currículos sin saber para qué tipo de empresa y puesto era. Total, llevaba tantos que podría empapelar toda la universidad para que el resto de los alumnos se maravillasen con mi nula experiencia laboral.

La verdad era que ese constituía un punto que me hacía mucha gracia. La Rey Juan Carlos había organizado en el patio central una especie de feria con empresas para ayudar a los jóvenes a insertarse en el mundo laboral. Algo que en verdad era tan complicado como conseguir engañar en el Burger King y que te pusieran dos bolsitas de salsa miel mostaza en la ración de patatas Deluxe. Pero lo que lograba que me riese a carcajada limpia eran los requisitos que te pedían en los diferentes pabellones.

Vamos a ver. Las multinacionales de la feria sabían a la perfección que, salvo algún despistado, el noventa por ciento de los que paseábamos por allí éramos estudiantes que todavía no habíamos terminado el grado. Pues bien, poco más y te pedían que hubieses viajado al espacio para poder entrar simplemente en el proceso de selección. El inglés, a nivel bilingüe, ya lo daban por hecho, como si alguien pudiese salir del instituto y mantener una conversación más allá de tres frases. A eso se le sumaba otro idioma, un manejo perfecto de todos los programas informáticos que existían... Hasta tal punto que en uno de los formularios habían pasado de incluir el Office porque eso se aprendía en la escuela infantil. No sé qué tipo de escuelas infantiles había en Madrid, porque en la de Chillarón, que era la casa de la mejor amiga de mi madre, como mucho salíamos sabiendo que no debíamos tocar las paredes blancas con las manos pringadas de chocolate. Todo eso para un puesto de —atención al dato— becaria precaria en el que, como estaba claro, esta no cobraba ni se le pagaba el abono de transporte.

También había ofertas de puestos decentes. Todos los queríamos, y esperábamos una cola de una hora, rodeados de cuarenta candidatos más por delante y por detrás, lo que mermaba las posibilidades de ser la afortunada en conseguir el trabajo. Lo malo era que al final comprobabas que exigían una experiencia para la que deberías tener treinta años y llevar trabajando desde los quince. Aun así, la concejala de Educación que había venido a inaugurar el acto había dicho —con la boca bien llena por los pinchos que había en el edificio de los rectores, al cual no nos habían dejado acceder— que era una oportunidad única para el primer empleo...

Sin embargo, Ana, Patricia (pues para mí ya no era Dani) y yo no decaíamos y seguíamos dejando nuestros currículos, a sabiendas de que si nos llamaban sería para alguno de esos puestos que nos vendían como que estábamos de suerte porque ganaríamos miles de euros al mes de una manera tan sencilla que era incomprensible que la gente no se matara en batallas campales para que fuera suyo. «Responsable de ventas», lo denominaban en la empresa; «comercial a comisión y sin fijo», para el resto de los mortales. En resumen, que le hicieses el seguro, la tarjeta o lo que fuera que ofertaran a toda tu familia y a los amigos más allegados de tus padres, y después, patada en el trasero y *hasta nunca*.

—De verdad que no lo entiendo...

—Tal vez no lo hayan recibido... —apunté.

—Ya sería casualidad que la primera vez que nos pierden una carta fuera esa, ¿no crees?

—¿Todavía sigues con eso? —bufó Ana.

—Es que no es normal que no me hayan dicho nada...

—Puede que no les haya sorprendido.

—Hay tantas posibilidades de eso como que se hayan sentido muy orgullosos al ver que su único hijo es hija y que me estén preparando una fiesta con toda la familia para celebrarlo...

—Pues deberían. —Sonreí—. Me proporcionaría la excusa ideal para conocer León.

—Si hay cecina de la buena, yo también me apunto —se sumó Ana, que todo lo asociaba con comida. De hecho, en la lista que estaba haciendo de los países para irse de Erasmus, uno de los pros que apuntaba era la gastronomía del lugar. Como ella siempre decía, «cada persona tiene sus prioridades».

Recapitulemos. Tras mandar la carta en la que confesaba que era transgénero a sus padres en un arrebato de «quiero ser libre y vivir la vida a mi manera», Patricia había decidido hacer partícipe a Ana de su pequeño gran secreto; al fin y al cabo, era uno de los vértices de nuestro triángulo.

¿Cómo había reaccionado esta? ¿La había abrazado como yo mientras le decía que era una valiente y le ofrecía su apoyo? Pues no. Había seguido comiéndose la hamburguesa doble con queso como si nada. Quizá era lo correcto. Según su teoría, si queríamos normalizar las cosas, debíamos tratarlas como algo común. No darles más importancia de la que deberían tener en la sociedad. Nadie debería alucinar o poner el grito en el cielo porque alguien le describiese su tendencia sexual. Muy bonita la teoría y todo eso, pero en cuanto se fue, Patricia y yo comentamos que le faltaba un poquito de sangre en las venas.

Ana no lo hacía de mala fe. Una semana atrás, su padre, tal como ella sospechaba, le había confesado que había conocido a alguien. La había recogido para que ambos fuesen a su casa y, con su cena favorita de por medio, la había tomado de las manos por encima de la mesa para explicarle que se trataba de otro hombre.

«Vale», contestó ella como si nada. Su padre se debió de quedar a cuadros. Por una parte, suspiraría aliviado porque estaba claro que habría sido más desagradable que le montase una escena con platos rotos incluidos. Tampoco era que sintiera indiferencia. Simplemente, ella lo aceptaba tal y como era, y, como pasaba con Patricia, eso incluía actuar con el mismo pasotismo que empleaba para casi todo. Al no darle ni más ni menos importancia que a otros temas, según su opinión, conseguía que se diesen cuenta de que no estaban haciendo algo llamativo, raro o diferente que mereciera una atención extra, sino que era tan normal como cuando después hablaban sobre lo agotador que resultaba últimamente su trabajo.

—Ellos no son una ameba emocional como tú —bromeé.

—Si eso significa que fulminé el drama de mi vida hace mucho tiempo, estoy de acuerdo...

—Esto es una agonía. Hasta que cojo el móvil, sus tonos son una tortura lenta y dolorosa. Cada día espero que me griten que les he decepcionado cuando descuelgo el teléfono..., y luego nada. Todo como siempre. Que si como bien, que si ya he encontrado un piso que me guste por el que no tengan que empeñar las reliquias familiares... —Al final no podía ser el antiguo piso de Víctor. Por lo visto, el hijo del dueño se había quedado en el paro y se lo iba a ceder, y por eso estaba haciendo unas reformas en las que los obreros trabajaban los fines de semana, asesinándome despacio con el sonido de sus taladros desde las ocho de la mañana.

—Yo puedo hacerme cargo —se ofreció Ana.

—Lo sé. —Patricia bajó la cabeza para que no se enfadase—. Pero he probado la convivencia y me gustaría más irme sola. Reencontrarme a mí misma y ser la única que pueda juzgarme entre esas cuatro paredes.

—Yo nunca lo haría —le aseguró, y se encogió de hombros.

—Ya. Estoy segura de que podría llegar vestida como Ágatha Ruiz de la Prada el día de su cumpleaños y seguirías sin levantar la vista de tu libro de Orwell. —Patricia sonrió y yo asentí dándole del todo la razón.

—En efecto. Esa soy yo. Y si me conoces tan bien, no hace falta que estés balbuceando excusas sobre que necesitas descubrir quién eres introspectivamente sin nadie que moleste alrededor. Las comeduras de tarro trascendentales déjaselas a los fumados de Filosofía, que se les da mejor y teorizan hasta sobre su dedo gordo del pie. Quieres vivir sola. Ya está. Me parece una opción tan buena y respetable como que quisieras hacerlo conmigo. Soy tu amiga, no tu dueña. —Dicho esto, se enganchó a su brazo y susurró—: Odio estas aglomeraciones de gente.

—¿No comprabas la ropa siempre en el Rastro? Allí hay más.

—Pero me compensaba saber que saldría, como mínimo, con un bonito pañuelo. Aquí estoy soportando empujones para nada. A ojo, hay un puesto que valga la pena por cada cien...

Anduvimos hasta el césped y nos sentamos para tachar las empresas a las que ya habíamos bombardeado y seleccionar las nuevas. Entre el tumulto de gente, era imposible detenerte para mirar el díptico si no querías ser arrastrado por la marea humana.

Uno de los empresarios, trajeado y de bastante buen ver, pasó por nuestro lado y Patricia no pudo evitar que se le desviaran los ojos. En cuanto se dio cuenta, enseguida se puso a rebuscar en su mochila un bolígrafo, avergonzada.

—Oye, ¿esa no es Sara? —me preguntó Ana mientras se liaba un cigarro con maña.

Miré y la localicé entre toda la gente, andando de un lado para otro, desubicada. Parecía que iba buscando a alguien, y la opción más sencilla era que fuese a mí. Me levanté y les dije a mis amigas que volvería con ella.

Tuve que convertirme en una jugadora de *rugby* para poder llegar hasta ella, pero a esas alturas, gracias al abarrotado metro de Madrid, yo ya era una profesional en sortear a la gente.

—¿Te han dado la tarde libre? —le pregunté.

—No. —Se dio la vuelta y pareció aliviada al verme. Me percaté de que estaba nerviosa.

—¿Y por qué no estás trabajando? No me digas que te han despedido... —me preocupé.

—¡Qué va! Soy mano de obra gratis, no me echarían

a no ser que la liase muy gorda... Les he dicho que me encontraba mal y que no podía ir.

—¿Cómo se te ocurre hacer eso? —Iba a añadir que era una irresponsabilidad, pero me contuve al ver que le temblaba algo el labio—. Por lo menos dime que no has puesto que estás aquí en tus redes sociales.

Sara narraba su vida. Así de sencillo. Todos sus movimientos se podían leer en Twitter. Era una especie de estrella de la red, hasta el punto de que algunas cosas las escenificaba. Por ejemplo, algunas noches estábamos las tres en el salón haciendo *zapping* y encontrábamos alguna película de cine mudo en blanco y negro que Vilma quería ver. Sara se negaba en redondo a dejar ese canal, pero antes sacaba una fotografía y la subía con una frase tipo: «Viendo los clásicos con mis amigas, ¿qué más se puede pedir?». Vamos, que su felicidad se medía en el número de *retuits* y «me gusta» que consiguiera en Twitter o en Instagram. Era como una competición. Incluso se ponía de mala leche si no llegaba a la centena cuando había mejorado la imagen con un filtro para que fuese más bonita.

«La he puesto en mala hora. Todo el mundo está actualizando sus estados y habrá pasado desapercibida», se quejaba frustrada.

Su próxima meta era grabarse en vídeo. Últimamente los *youtubers* y *tiktokers* estaban de moda y había algunos que ganaban cantidades indecentes de dinero. La única traba con la que topaba era su inseguridad. Lo había intentado varias veces, pero siempre, cuando revisaba el material, encontraba algún defecto: que si salía muy gorda, el plano le hacía papada, tenía voz de pito, parecía un cerdito al reírse...

—Necesito tu ayuda —contestó con urgencia, ignorando mi pregunta.

Al ver que se mordía las uñas con ansiedad, me asusté.

—Dime qué tengo que hacer.

Sara tiró de mi brazo para que nos alejásemos; tuve que despedirme de mis compañeras, darles algún tipo de explicación sobre por qué las había dejado tiradas con un mensaje de móvil, mientras me montaba de copiloto. La morena arrancó y salimos. Un vehículo nos pitó con razón. Con los nervios, no había mirado por el retrovisor para ver si venía alguien, y por poco nos dio algo más que un beso en el culo del coche.

—¿Puedes explicarme qué pasa o adónde vamos?

—A casa de Christian. —Se mordió el labio con fuerza—. Lo he fastidiado todo. Mucho. Muchísimo. ¡Mierda! —Dio un golpe en el volante.

—Explícate.

—¿Resumen o completo?

—Lo suficiente para que lo comprenda.

Se quedó pensativa.

—Soy lo peor.

—Ya será para menos...

—El otro día engañé a tu hermano. —Me quedé en silencio. La verdad era que eso no me lo esperaba. Más bien que ocurriese al contrario—. Descubrí que en la oficina había más becarios y salí con ellos a tomar unas cañas para hacer frente común y criticar a nuestros jefes. Estaba hablando con tu hermano sin controlar lo que bebía. Entonces me dijo que una chica había ido a buscarlo y que había lanzado piedras contra su ventana. —Si me había sorprendido que Sara se enrollase con otro, más lo hizo que mi hermano no le dijese que era yo la que lo había avisado para no dejarme en mal lugar—. Le pregunté si pensaba bajar y me dijo que lo estaba meditando... ¡Es siempre tan críptico en sus respuestas! No puede ser directo, no, constantemente está sembrando la duda...

—No bajó —aclaré.

—Ahora ya lo sé. Pero Christian debería ser un cerdo. Todo el mundo lo dice. Tú también, Aura. Di por hecho que lo haría. Al fin y al cabo, no habíamos puesto nombre a lo nuestro. El alcohol me empezó a subir y lo imaginé con otra... Y dije al resto de mis compañeros que me encontraba mal para tener una excusa para salir fuera y llamar suplicándole que no lo hiciera porque yo le quería. Recopilé todas las frases de arrastrada que había dicho todos estos años para repetirlas una por una. Pero uno de los chicos me acompañó y ejercí de despechada. Me hinché de orgullo. Me autoconvencí de que no pasaba nada, de que yo también podía estar con otro si quería, y le di cuatro morreos tontos que ni me gustaron, y al final acabamos hablando de *Juego de tronos* porque la química entre nosotros era nula...

—¿Y cómo se ha enterado?

—Culpable —se señaló—. Le pregunté si se lo había pasado bien en tu pueblo y, con esa sonrisa canalla de seductor que me vuelve loca, contestó que de lujo. «De lujo.» ¡Eso solo podía significar que se había tirado a alguna!, me dije. Y como un gallo de corral, le repliqué que yo también, porque me había liado con otro.

—Se enfadó...

—Este verbo se queda corto. En resumen, la discusión terminó con un «No quiero volver a verte» de su parte. Le he pedido perdón en todos los idiomas y por todas las vías que conozco, pero no hay manera. Ni siquiera me contesta, y sé que lo está leyendo porque me aparece en línea.

Miré a Sara: las lágrimas le caían como una cascada por las mejillas.

—¿Qué puedo hacer yo para solucionarlo? Precisamente a mí no me hace mucho caso cuando le aconsejo, sino todo lo contrario. —Traté de sonar suave.

—Lo sé. Pero estoy desesperada y tú eres mi única posibilidad de acceder a Christian. Es un maldito futbolista famoso, y si él no quiere, es imposible que yo lo vea. Aunque fuera a buscarlo con el discurso de amor mejor ensayado, me dejarían en la entrada al confundirme con una fan histérica a la que le faltaría la pancarta y la frase pintada en la frente...

Asentí. No tenía otro remedio.

—Joder, Aura, ¿por qué tengo tanta mala suerte? ¿Por qué? Llevo toda la vida besando a sapos y yo no le importaba a ninguno lo más mínimo. Me han mentido una y mil veces. Y la primera vez que no espero nada, voy y engaño a mi maldito príncipe azul.

Sara me esperó en el coche mientras yo entraba en la urbanización de lujo de mi hermano. Me costó convencer al de seguridad de que yo era su hermana y le tuve que enseñar las fotografías familiares, como si fuera una abuela y le estuviera mostrando las imágenes de mi nieto que llevaba en la cartera, o, en este caso, las que me había mandado mi madre al móvil para que las imprimiera y las pusiera en mi habitación. No lo había hecho. Era una mala hija. Ardería en el infierno.

Anduve con el peso de la responsabilidad de solucionar el estropicio amoroso hasta su chalé. ¿Dónde quedaban aquellas promesas de la morena de que dejaría que yo me mantuviese al margen? Por lo menos no me sorprendí, porque nunca me lo había creído. La diferencia era que imaginaba que tendría que consolar a Sara y maldecir a mis ancestros y no tratar de dar una charla —bueno, la charla con mayúsculas— que lograse enternecer a mi hermano hasta el punto de que este saliese corriendo para encontrarse con Sara y darle un beso de película delante de sus fans. Sí, había fans acampadas en la puerta, y una había escrito en un cartel: TE COMERÍA HASTA LOS CAGAOS. Eso era porque no los había olido...

Al ver la entrada, no pude evitar una punzada de envidia que me recorrió entera. Yo vivía en un zulo, y él, en una mansión como las que veía en los programas de Divinity. ¿Quién dijo que la vida era justa?

Tardó en abrirme, pero cuando le quemé el telefonillo no le quedó más remedio, pues no quería que sus esnobs vecinos llamasen a la policía y le tocase explicar a Amparo por qué tenía que pagar una multa por desorden público.

—Estoy en la caseta del jardín —escuché que decía a regañadientes por el altavoz.

Llamarle caseta se podría considerar mentir. En ese espacio, que estaba al lado de la piscina, a la que nunca me había invitado, y la barbacoa, entraba mi piso entero y puede que el antiguo de Víctor también.

Una vez en el interior, no pude evitar sonreír. Era el cuarto de juegos de un niño de quince años. Tenía futbolines, billares y dianas. Al fondo había un televisor —aunque en la tienda lo llamasen así, sería mejor denominarlo *pantalla de cine*— rodeado de todas las versiones de las principales consolas del mercado.

Christian estaba tirado en el sofá y, vestido con ropa deportiva, jugaba al *FIFA*. Debía de ser que no tenía suficiente fútbol en su vida... Iba a hacer alguna ocurrente broma cuando me percaté de que tenía mala cara. Ver las ojeras que rodeaban sus ojos azules, la barba sin afeitar y el pelo rubio lacio, como quien no se ha duchado después de hacer ejercicio, hizo que, por primera vez en mi vida, me preocupara por mi hermano.

Siempre había asumido que él desvinculaba el sexo de lo emocional. Que el amor no le suponía ningún problema porque era incapaz de sentir. Pero tal vez estaba equivocada porque, como le pasaba a mi hermano conmigo, nunca me había molestado en rascar más allá de la superficie.

—Dime de una vez lo que Sara te ha dicho y te largas.

Mierda. Tenía la voz rota. ¿Qué debía hacer? ¿Abrazarlo? ¿Consolarlo? ¿Decirle que estaba de su lado? Porque el discurso que tenía ensayado se me había atascado en la garganta al percatarme de que había intentado esconder unos pañuelos usados debajo del sofá. ¿También había llorado?

Y si estaba mal, ¿por qué no había llamado a nadie? ¿Acaso no tenía amigos? ¿No quería que la gente supiese que él podía sufrir, que tenía corazón?

—Deja de mirarme con esa cara —me espetó, y marcó un gol con su propio personaje del videojuego, pero no lo celebró.

Me senté a su lado. Respiré hondo para colocar mi mano encima de su rodilla, pero mi hermano se apartó. Tenía buenos reflejos.

—¿Qué cara?

—La de pena. No necesito que nadie me consuele.

—¿Porque eres el hermano mayor y sabes cuidar de ti mismo?

—No, porque si sientes lástima de mí, es como si me estuvieras dando una patada en los cojones. Y te aseguro que no es algo placentero. —Dejó el mando encima de la mesa con la partida a medias y me miró—. Ya he leído los mensajes de Sara. Imagino que no ha comprendido el significado de no contestarle y te manda para que me hagas una reproducción en vivo y en directo...

—Ella no me ha contado nada. —Era obvio que sí que me lo había contado. De hecho, antes de entrar en la urbanización me había dado las gracias como un millón de veces.

—Fingiré que te creo para que esto sea más rápido. Soy todo oídos. —Y en el fondo, aunque se dejó caer contra el respaldo del sofá como si mis palabras se la sudasen por completo, no le creí. Era como si estuviera esperando que dijese las frases mágicas para que su orgullo le permitiese perdonar a mi compañera. ¿Tanto le importaba Sara?

—Sara no es perfecta. Tú tampoco. Es algo absurdo imaginar que lo seréis juntos...

—Esto sí que no me lo esperaba, ¿terapia de *shock*? ¿Quieres decirme algo para que lo haga a la inversa?

—¡Calla! Que lo tengo ensayado y es muy bonito —bromeé, y creí ver en él un amago de sonrisa sincera que me pareció preciosa, pero bajó la cabeza antes de que pudiese contemplarla entera. Nunca me había dejado verla, tal vez porque temía que, si lo hacía, yo me daría cuenta de que en el fondo me quería—. Está bien, ha cometido un error que ha admitido, pero reducirla solo a eso es egoísta incluso para ti. Te ha hecho reír, pensar, disfrutar, y creo que incluso sentir. Y no digas que hay muchas chicas y que puedes tirarte a cualquiera. Ella es más. Creo que te has acostado con toda la provincia de Cuenca y alrededores y nunca has encontrado a nadie que ni se le parezca. ¿De qué te sirve negarte a perdonarla cuando lo estás deseando? ¿De qué sirve demostrar que tienes unos cojones más grandes que el caballo de Espartero o una cabeza más dura que una roca si al final del día la vas a echar de menos? No eráis pareja, no teníais exclusividad, y, si eso te molesta, aún se puede cambiar.

—¿Ya has terminado?

—No, mierda, no seas tonto y ve tras ella. Deja que siga sacando lo mejor de ti. Está afuera en el coche, llorando como una magdalena...

—¿No decías que ella no tenía nada que ver?

Me había pillado. De perdidos al río.

—Pues claro. Está desesperada. Tanto que incluso cree que yo soy capaz de hacerte cambiar de opinión cuando ambos sabemos que antes te depilarías el culo con cera que admitir un consejo mío. Pero se agarra a cualquier clavo ardiendo...

—Si no se hubiera liado con su compañero no tendría que hacerlo. No es mi problema que ahora sufra.

—A ti te han perdonado mil veces.

—Por eso mismo lo digo. Porque estoy respondiendo

como deberían haber hecho conmigo. —Se frotó los ojos, cansado—. He mentido, engañado y utilizado a las chicas, ¿y sabes qué hacían cuando se enteraban?

—Lo he vivido, perpleja y decepcionada con el género femenino, pero lo he vivido...

—Me perdonaban incluso antes de que les pidiera perdón. Porque querían hacerlo, porque necesitaban que esa falsa fantasía que tenían de mí se hiciera realidad... Transformarme, cambiarme, y todo porque yo no les gustaba. El Christian real no era el mismo que el de su mente. —Se pasó la mano por el pelo, que se quedó con las formas de sus dedos—. Les daba igual lo que hiciera siempre y cuando me tuvieran, porque yo era un trofeo y no una persona. ¿Sabes cuál fue la diferencia con Sara?

—No.

—No era la más guapa ni la mejor en la cama, pero era la única que se reía cuando yo hacía bromas sinceras y no las que todos esperaban que hiciera. Un día, sin darme cuenta, me quité la careta y comprobé que le caía bien. Para ella no era un musculitos sin cerebro que solo sabe darle patadas a un balón y decir guarradas... Me folló el cerebro, Aura, y me rendí. En mi vida ha habido muchas chicas que me atraían y otras que me gustaban, puede que incluso las quisiera un poco, pero ella era la primera que entraba en mi cabeza. Y ahora no sé cómo gestionar que la tengo que sacar de ahí... Con ese sonido de su risa inocente cuando le proponía alguna guarrada o su mirada interesada cuando le contaba cualquier cosa, daba igual el tema...

—¿Y no puedes perdonarla? —A esas alturas, yo ya no sabía en qué bando estaba, si es que había alguno.

—No.

Se tensó y noté que el momento de confidencias había terminado.

—Eso deberían haber hecho las chicas a las que engañaba. Mandarme a la mierda. Porque cada vez que me volvían a entregar su corazón, yo se lo destrozaba más y más, sin piedad. No me apetece volver a confiar en Sara porque, si yo le hubiera importado la mitad de lo que ella me importaba a mí, no habría sido capaz de enrollarse con otro porque él no la habría besado como yo, porque no habría sido yo. Así que dile que me olvide. Tu discurso sentimentaloide no ha influido en mi decisión, hermanita —dijo hecho polvo. El karma lo estaba castigando.

Capítulo 12

Para siempre

Abrí la puerta y corrí hasta mi habitación como si más que un ser humano fuera un rayo de luz. El motivo era sencillo: Víctor había venido de visita y estaba encerrado en mi cuarto. Punto.

Era lo que tenía ser un artista bohemio que podía componer allá donde le viniese la inspiración, y, por lo visto, su musa era caprichosa y se le aparecía cuando el cantautor estaba a mi lado para convertirse ella en la protagonista. Esa era mi versión. La suya, sin embargo, giraba sobre el eje de que yo me había transformado en la personificación de esta. Aunque suene muy mal que lo diga yo misma, él estaba enamorado de mí. Mucho. Hasta el punto de que la expresión «hasta el infinito y más allá» cobraba sentido. Es la única verdad que nunca nadie podrá arrebatarme. Aunque haya pasado el tiempo y las circunstancias hayan cambiado, ese día, un 4 de noviembre a las cuatro menos cuarto de la tarde, nos amábamos con más fuerza que un ciclón capaz de devastar de una pasada toda la población humana.

Trataba de no hacer caso a esas frases suyas que me

deshacían por dentro, convirtiéndome en un osito amoroso capaz de abrazar a una desconocida en el metro. Pero incluso mientras me estaban devorando los demonios porque ese día —justo ese en el que yo sí que tenía algo que hacer— mis compañeros habían decidido realizar una práctica grupal, no podía evitar la sonrisa de tonta, lo que había llevado a una chica a preguntarme si me había fumado un canutillo antes de entrar en la cafetería para comer el económico menú universitario.

En el momento en el que sostenía el pomo de mi cuarto entre las manos, antes de comenzar el movimiento de muñeca y girarlo, olvidé el odio profundo que sentía por los profesores y su absurda manía de ponernos trabajos en los que ellos elegían a los compañeros que formarían un grupo, con la fantasiosa idea de que todos nos convertiríamos en una hermosa piña amistosa. La realidad, más cruda y que ellos no veían con sus vendas de color rosa chillón, era que nos complicaban la vida. Ya no era que tuviésemos que ponernos de acuerdo sobre cómo nos lo repartíamos, a pesar de que había partes apestosas que nadie quería hacer y que le tocaba al pobre pringado que contestaba el último al correo electrónico común; lo peor venía cuando un listo decidía que no quería hacerlo hasta el último minuto —véase yo el año anterior—. También estaba esa versión que nos transformaba en concursantes de un *reality* o en jueces de un *talent show* cuando alguno efectuaba una enorme mierda y abríamos una conversación paralela para proceder al noble arte de criticar. Aunque todo lo que pueda decir se queda corto si me pongo a pensar en lo complicado que era organizar nuestras agendas, y eso que ninguno era el máximo accionista de una multinacional. Unos trabajaban y algunos estaban hasta arriba por otras asignaturas; otros habían quedado con una amiga que hacía un año que no veían y los más sinceros confesaban que se iban a tomar unas cañas o que tenían una cita.

En realidad, este último término casi nunca lo usaban, pero cuando una chica te decía que iba a ver a un *amigo* con corazones dibujados en la retina, lo intuías. Excusas o deberes. Sea como sea, al final todos nos uníamos en improperios hacia el culpable, el profesor. Bendito sea aunar fuerzas contra un enemigo común, qué bien más grande ha hecho en las relaciones universitarias.

El eco de las notas que Víctor arrancaba de su guitarra provocó que cerrase los ojos mientras entraba. Despegué los párpados despacio, deleitándome con el sonido. Allí estaba él, consumido en su arte, en el sillón orejero que habíamos comprado en nuestra excursión a Ikea, mirando a la calle a través de la ventana. No me oyó y decidí disfrutar de las vistas antes de desvelar mi presencia, ya fuera lanzándome encima de él o con un leve carraspeo. Tenía tiempo para decidir.

Llevaba una camiseta de manga corta que lograba que se le marcasen los atléticos brazos mientras sujetaba con fuerza el instrumento contra su pecho; los pantalones se le ceñían como si estuvieran tallados sobre sus muslos y entre su maraña de pelo sobresalía la punta de un bolígrafo que había cogido para tomar notas en su pequeño cuaderno de mano.

Terminó de escribir y se mordió el labio pensativo, mirando a la nada, reflexionando. Creí que me iba a dar un infarto. Esa pose de artista torturado por su arte lo convertía en un hombre más atractivo todavía. Como si eso fuese posible. Una imagen que me obligó a tragar saliva, me enmudeció y provocó que suspirase como si un sonido animal brotara de mi garganta sin control.

Víctor se dio la vuelta y las comisuras de sus labios se curvaron formando una de esas sonrisas irresistibles, rebeldes y seductoras que en otros tiempos habrían obligado a las damiselas a desmayarse teatralmente llevándose una mano a la frente. El *capullo* lo hizo consciente del arrebatador efecto que provocaba en mí. Siempre había sido un pasota al que le importaba poco o nada lo que los demás pensasen de él. Provocar o impresionar. Conmigo era diferente. En eso y en todo.

—Pinto mis sueños con el color de tu sonrisa...

—¿Cómo? —Su saludo me había pillado desprevenida.

Me acerqué hasta él y Víctor dejó la guitarra en el suelo para cogerme a mí en su lugar y apretarme contra su pecho. Me quité las Converse, las lancé al otro lado de la habitación y me acomodé sobre sus rodillas. El cantautor rodeó mi cintura con su brazo y me enseñó uno de los folios del cuaderno antes de continuar. A su lado, hasta un médico tenía la letra bonita. Ahí lo dejo.

—Esta frase me ha salido para una letra, ¡para una jodida letra! ¿Qué me has hecho, Aura?

—¿Enamorarte?

—Eso ya es más que evidente que lo has conseguido. —La manga de mi jersey me caía por el brazo izquierdo, dejando el hombro al descubierto. Víctor depositó un suave beso en mi carne desnuda para reafirmar lo que acababa de decir, y sus dedos comenzaron a juguetear por mi barriga, deteniéndose, como siempre, en ese lunar que tan loco parecía volverle.

—¿Entonces? —pregunté con voz ronca. De verdad que me planteé que quizá las yemas de sus dedos estaban impregnadas de una electricidad invisible que me atravesaba al más mínimo contacto.

—Me da la sensación de que desde que me miraste a los ojos y me dijiste que me querías, el resto dejó de importarme, ¿me entiendes? —Lanzó la libreta al suelo y se dio la vuelta para que estuviéramos cara a cara—. ¡A la mierda con todo! ¡Componer, comer e incluso respirar! Solo necesito esto... —Acarició mi labio inferior—. Y esto... —Descendió por mi cuello hasta llegar a la clavícula.

—¿Por qué es tan importante que tú seas el autor de la letra de esta canción? Es decir, si no te sale, deja que la compongan en la discográfica. A decir verdad, ellos son los profesionales —lo interrumpí. No porque no me apeteciera ceder a sus caricias, sino asumiendo mi rol de novia perfecta. Había podido leer que el tema en el que estaba trabajando era *Aura cambia las zapatillas por zapatos de tacón* y quería ayudarlo, aconsejarlo con sus problemas laborales.

—No te has dado cuenta del motivo, ¿verdad? Quiero expresarte todo lo que te quiero de la mejor manera que sé. Con una jodida canción. La música nunca muere. Convertir lo nuestro en eterno. Por eso es fundamental.

No eran sus palabras, sino la intensidad con la que las decía. Sufrí un cortocircuito; si hubiera existido la muerte por amor, me habría fulminado en el sitio.

—Ya... A mí no me engañas. Seguro que llevas pensando esta frase toda la mañana mientras yo estudiaba... Para terminar con mis bragas en tu bolsillo. Excusas...

—Puede. O tal vez me guste quejarme cuando la realidad es que no quiero acabarla nunca para que nuestra historia no tenga final, ni aunque este sea escrito.

—No lo tendrá —balbuceé antes de añadir—: Creo que ya no sabría vivir sin ti. Lo eres todo. Al menos en mi pequeño e insignificante universo.

—Eso está bien, porque yo no quiero existir en ningún otro.

Presionó sus labios contra los míos con alivio y deseo. Nuestras bocas se entreabrieron y nuestras lenguas se acariciaron, intercambiando nuestros sabores hasta formar uno común tan dulce que se habría podido comercializar.

—Menudo beso —susurré con los ojos todavía cerrados, sin fuerza para abrirlos. Mi aliento rebotó contra su piel.

—¿Beso? ¿Quién se ha dado un beso?

—Nosotros...

—Lo que acabamos de hacer nosotros es un imposible. Una demostración gráfica de lo que significa la palabra *amor*.

Llevaba razón. No había sido un beso apasionado, de aquellos en los que se devoran los labios hasta que estos duelen y que abrasan la piel hasta desgastarla, sino lo más cercano a dibujar el verbo amar sin plasmarlo en papel. Un magnífico final para un libro o una película. Lástima que en la vida real las cosas no fueran tan sencillas y no se pudiese añadir en un momento que se te antojaba perfecto la coletilla de «y vivieron felices y comieron perdices».

Víctor sujetó mi cara con sus manos y me miró ladeando la cabeza. A esa distancia podía ver cómo sus labios vibraban siguiendo el compás de una banda sonora que estaba instalada en nuestra cabeza, mientras que el tono de sus ojos, enmarcados por sus largas pestañas, parecía más verdoso si cabía. Era como si se estuviese comiendo por minutos al marrón. Una mezcla que no había visto antes. Un color único para un chico imposible de imitar.

—Eres preciosa, ¿lo sabes?

—Al final voy a terminar por creérmelo...

—Si no lo haces, es que no lo he repetido todavía las suficientes veces.

—Quién te iba a decir que te acabarías convirtiendo en lo que antes detestabas.

—¿Y eso es...?

—Un romántico, un ñoño adorable...

Víctor arrugó la nariz disconforme mientras me deshacía la coleta, lo que provocó que mi melena cayese a ambos lados de mi cara.

—Me temo que te confundes...

—No te lo tomes a mal. Todos los chicos acaban sucumbiendo. Es un efecto secundario irreversible.

—No estoy sometido a las contraindicaciones de un

medicamento, Aura. Siempre he sido sincero, y si ahora no paro de decirte lo preciosa que me pareces, es porque, en mis ojos, eres la cosa más bonita que hay sobre la faz de la tierra. —Sus manos se movieron sigilosas, quitándome la camiseta, para permitir a sus dedos jugar a masajear mi espalda—. ¿Quieres que te cuente el secreto que nos une a todos los artistas?

—Sí. —Y, a día de hoy, sigo sin saber si proferí un gemido del gusto o por la verdadera curiosidad que sentía.

—Lo más jodido y frustrante para un artista es encontrar la inspiración. Pero no cualquiera. Esa que te hace convertir todo lo que tocas en una puta obra maestra. —Lo imité y comencé a hacerle cosquillas por el brazo. La voz de Víctor tembló mientras continuaba hablando—. Nos pasamos la vida buscándola en las pequeñas cosas, con sus insignificantes detalles, o en las grandes, con sus momentos épicos. Nos volvemos locos cuando esta no se deja ver. Y un día, que no es más especial ni importante que otro, aparece llamando a tu puerta, ya sea para saludarte o amenazarte de muerte si no bajas la música. —Sonreí al percatarme de que se estaba refiriendo a nuestra historia.

—En realidad ya nos habíamos visto antes cuando me lancé contra el escenario como una sardina...

—¿Sabes lo complicado que es identificar a tu musa, Aura? Ese día, tus ojos grises me llamaron la atención, pero podría haberme olvidado de ellos con facilidad. Cuando a la mañana siguiente me volví a encontrar de golpe y porrazo con ellos, supe que ya no los podría eliminar. Las casualidades no existen. Algunas veces pienso que inconscientemente habría compuesto canciones sobre su color, aunque no nos hubiéramos vuelto a ver después de nuestra segunda conversación.

—¿Crees que estábamos destinados a estar juntos?

—pregunté jadeando, con sus dedos llenándome de placer a un ritmo constante, desentumeciendo mis agarrotados músculos, descendiendo para recorrer mi piel desnuda.

—No.

—Y así es como alguien se carga el discurso más bonito del mundo. Con lo bien que ibas...

—Déjame arreglarlo.

—Inténtalo.

—Nunca he creído en el destino o en fuerzas místicas que atraen a dos personas. Las mejores cosas ocurren por azar. Prefiero pensar que te conocí sin buscarte, que me hiciste sentir cosas que no comprendía, que me enamoré y te apoderaste de todo lo que yo era hasta convertirte en la única canción que suena dentro de mí. Nadie lo decidió por nosotros. Sí, hubo magia, pero nosotros la creamos. —Tragó saliva—. ¿Y sabes qué es lo peor que le puede pasar a un artista?

—Perder a su musa.

—Sí, porque se queda vacío, sin nada más que regalar al mundo. Por eso no quiero separarme nunca de ti.

—No te dejaré —dije sonriendo—. No quiero ser la culpable de que te transformes en uno de esos compositores barbudos de las películas que se dan a la bebida hasta acabar inconscientes.

—Ni eso podría hacerme olvidar. Estás grabada aquí —añadió, y cogió una de mis manos, obligándome a dejar de hacerle cosquillas, para colocarla sobre su pecho.

—¿Como un tatuaje?

Víctor se quedó pensativo y sonrió de una manera que no supe identificar. Como si acabase de tener una idea o se reafirmase en una previa.

—Exactamente, Aura. —Sus labios rozaron los míos—. ¿Me ayudas a hacer una cosa?

—Lo que sea.

—Quiero que nos acostemos...

—Demasiado directo. —Fingí que me sonrojaba.

—Pero no como siempre. Quiero que hagamos arte. Quiero almacenar este recuerdo para recurrir a él el resto de mi vida antes de componer. —Asentí sin atreverme a decir en voz alta que yo hacía lo que él acababa de mencionar con todos los momentos que compartía a su lado.

Nos desnudamos con lentitud, deleitándonos en el proceso, observando cómo nuestra piel se ponía de gallina. Víctor se hundió dentro de mí y resbaló hasta el fondo. Las embestidas fueron lentas, placenteras, como cuando estás saboreando tu dulce favorito y no quieres que este se acabe. Lo prolongamos hasta que nos fue imposible contenernos y explotamos en un orgasmo en el que los jadeos y los cuerpos sudados se entremezclaron con las estrellas que ambos veíamos a nuestro alrededor.

Víctor tiró de mi muñeca y me apretó contra él, en su regazo, para que reposara en su pecho apoyando la frente a la altura del corazón, cuyos latidos me entretuvieron hasta que depositó un beso en mi frente sudada.

Nuestra respiración se estaba acompasando, buscando regularse a un ritmo normal, cuando él arrancó la colcha de la cama y nos la echó por encima. Colocó la mano abierta en mi espalda, presionando con sus dedos mi carne desnuda, explorando bajo la tela hasta que, recostados, dormimos una breve siesta. Cedí al mundo de los sueños mentalizándome de que lo que acabábamos de hacer no era sexo ni amor. Era algo más. Una unión superior. Un vínculo del que desconocía su existencia.

Nos despertamos sonriendo como dos idiotas. El reparador sueño nos había sentado de lujo. Nos duchamos por separado porque, si bien podía entregarme a la pasión a menos de diez metros de Sara y Vilma, me daba vergüenza que nos viesen entrar juntos en el baño.

Víctor salió cuando yo ya estaba terminando de alisarme el pelo. Anduvo con la toalla enrollada en la cintura hasta mi habitación, y, a través de la puerta abierta, pude distinguir cómo a Sara se le desencajaba la mandíbula al verlo pasar y Vilma lo repasaba de arriba abajo. Al percatarse de mi mirada inquisidora, que venía a decir «No toquéis, que es mío», la morena levantó el pulgar hacia arriba y a la pelirroja se le tiñeron las mejillas del mismo color que su pelo.

Estaba a punto de hacerles el gesto de que les rebanaría el pescuezo si se atrevían a tener un sueño húmedo con él cuando Víctor cerró la puerta tras su paso y dejó caer la toalla al suelo; entonces, la que se empezó a notar mojada fui yo. Maldito, ¿es que acaso no se daba cuenta de que un desnudo suyo, sin previo aviso, podía ser perjudicial para la salud?

Miró la ropa que le había dejado colocada para él encima de la cama.

—¿De verdad?

—Ya lo sabes, hoy vas de niño bueno. —Arqueó una ceja—. Al menos tienes que parecerlo.

Como sabía que tenía la batalla perdida de antemano, y tampoco le importaba demasiado, se encogió de hombros y comenzó a ponerse el vaquero oscuro.

No, todavía no había empezado a ser una loca por el control que quería cambiarlo y elegir hasta la marca de sus calzoncillos —boxer, siempre—. A decir verdad, me gustaba exactamente tal y como era. Pero es que esa tarde íbamos a un sitio muy importante (redoble de tambores y fuegos artificiales preparados), ¡a ver un piso! Con bastantes posibilidades de que se convirtiese en nuestro.

Estaba en una de las calles aledañas de la plaza de España y, según había observado en mi aliado internet, era pequeño pero mono. Además, y lo más esencial, se adecuaba al presupuesto que teníamos para el alquiler. Víctor se había ofrecido a hacerse cargo de todo y yo me había negado. Aparte de porque sería una manera de desligarme todavía más de mis padres, no me seducía la idea de ser su mantenida. Por ahora me conformaba con que mis padres ostentasen ese título en solitario.

Víctor se situó frente al espejo para abrocharse los botones de la camisa y, conforme lo hacía, yo deseaba arrancárselos como un animal. Puede que incluso a bocados. Después, cuando se colocó por encima la americana negra, fue como la guinda del pastel. Estaba perfecto. No había otra palabra que le pudiera definir. Ese aire elegante pero a la vez desenfadado le sentaba como anillo al dedo.

Debía de tener la cara desencajada o algo así, porque Víctor me miró preocupado.

—¿Pasa algo?

—No, no... —me apresuré a contestar. Tampoco era plan de ponerme a gritarle allí mismo los millones de cosas que le haría en ese momento.

¿Era posible que no supiese que si se lo proponía podría crear una secta en la que las mujeres lo venerasen solo por captar su atención? A ver, voy a intentar explicarme. Hay muchos chicos guapos. Muchísimos. Pero no tantos lo son y, además, no siempre tienen un estilo propio. Un aura, como mi nombre, que hace que no puedan andar sobre la tierra pasando desapercibidos. Chicos que caminan por tu lado y, si tienes la suerte de que vuestras miradas se crucen, te entra la risa tonta, tembleque o te pones colorada. Pues bien, Víctor provocaba las tres cosas a la vez. Era tan especial que su voz te acunaba, su olor te hacía sentir viva y su tacto era lo más cerca que estabas antes de morir de rozar el cielo como algo tangible.

Por eso, aunque me sentía ridícula, no podía evitar mirarlo embelesada mientras conducía a la plaza de España y mientras caminaba detrás de la mujer de la agencia hasta el portal. Al montarnos en el ascensor, el ambiente se llenó de su aroma, y creo que hasta esa señora, seguramente casada y con nietos, cayó bajo su embrujo.

Descendimos y me coloqué detrás de él de puntillas para taparle los ojos. Al fin y al cabo, yo ya lo había visto y le quería sorprender. Estuve así hasta que las puertas se abrieron y las quité para dejar que lo viera. Su única reacción consistió en enlazar sus dedos con los míos con fuerza antes de entrar. Me pareció perfecta.

Como era tan pequeño —una cocina, que comunicaba con el baño y el salón, y una escalera que salía de este último cuarto hasta la habitación, que ocupaba la mitad del espacio en una especie de buhardilla abierta—, la mujer prefirió quedarse fuera y dejarnos solos para que habláramos.

Y en cuanto la puerta se cerró... salté de emoción, empecé a gritar cómo lo decoraría sin saber si era el definitivo, subí la escalera corriendo, la bajé y la volví a subir esta vez tirando de él... En resumen, me debió de dar una sobredosis de azúcar o me excité demasiado, y más que una chica parecía una especie de robot hiperactivo. Perdí dos kilos, con eso lo digo todo.

Tal vez mi exceso de exaltación de la alegría fue el que me llevó a enfurruñarme al darme cuenta de que, una vez bajamos, él se apoyó, con los brazos cruzados por debajo del pecho, contra la pared como una ameba. Era como si le diera un poco igual.

—¿Te parecerá bonito? —le increpé.

—¿Qué? —respondió Víctor, y sonrió, sabiendo lo que venía a continuación, pero no me dejé embaucar.

—Esto. —Le señalé a él, negando con la cabeza como hacía mi madre cuando estaba disgustada—. ¿No te das cuenta de lo trascendente que es este momento? ¿De la decisión que tomemos? ¡Puede que este sea nuestro hogar!

Sin previo aviso, tiró de mi mano para atraerme a su lado y, antes de soltarme, me susurró en el oído:

—No. Tú eres mi hogar. Ahora tal vez tengamos un piso.

Me quedé paralizada. Yo misma había pensado que él era mi hogar cuando estábamos en Cuenca. Saber que yo significaba lo mismo para Víctor, ser consciente de que en ese salón había pronunciado las palabras mágicas, hizo que no tuviera ninguna duda.

—Tiene que ser este.

—Lo sabía. —Rompió a reír; cómo me gustaba el sonido de sus carcajadas...

—¿Tan previsible soy?

—Tú y todos.

—¿A qué te refieres?

—Me he dado cuenta de que cuando estás enamorado, el dónde es secundario.

—El lugar no importa porque si tienes a la persona adecuada al lado, cualquier sitio es perfecto —completé por él.

—Y cuando te mueres por irte a vivir con ella, ya ni te digo. Siempre supe que sería el primero que visitásemos. Me alegra que, además, me haya gustado.

No me contuve. Salté, enrosqué mis piernas alrededor de su cintura y lo besé como si el mundo se fuese a acabar en los próximos veinte segundos. Siempre era así.

Salimos a los diez minutos con los labios rojos e hinchados. Estaba segura de que la mujer nos iba a regañar pensando que habíamos mancillado el piso —cosa que teníamos intención de hacer a conciencia en cuanto nos diese las llaves—; sin embargo, cuando anunciamos que nos lo quedábamos, la mueca de indignación se borró de su rostro. Probablemente había sido el alquiler más fácil que había gestionado en toda su carrera, ya que, al fin y al cabo, éramos dos chiquillos jóvenes que caminábamos por las calles de Madrid con el amor como bandera. Si lo hubiese sabido entonces... Duele hasta teclearlo, pero debo continuar, aunque los pedazos de mi corazón cobren de nuevo vida con unos gritos de angustia asfixiantes. Recordarlo nunca es fácil.

Como siempre, iba berreando en el coche cual cantante profesional o como si estuviera en un karaoke portátil, cuando me percaté de que Víctor no había cogido la salida para Moncloa.

—Te has perdido, señor; yo sé ir a todos los lados sin Maps.

—No, señora. —Siempre hablo antes de tiempo.

Estaba medio tirada en el asiento de copiloto y me incorporé.

—¿Adónde vamos?

—Ya lo verás.

—¿No me digas que...?

—No. No vamos a ver el musical de *El rey león* —me interrumpió leyendo mis pensamientos. Se me había metido la manía de ir desde hacía cosa de un mes y la verdad es que llamarme pesada se quedaba corto. No obstante, yo le repetía una y mil veces que lo hacía por su bien. Para que no tuviese que soportar lo mal que imitaba las canciones de Disney con mi voz de soprano venida a menos y disfrutase del directo—. Es una especie de... —se mordió el labio meditando— sorpresa. Creo que se le podría llamar así.

—¡Te exijo que me des todos los datos!

—¿No puedes esperar?

—¿Cuánto?

—Un rato.

—Un rato, ¿cuánto es?

—Un rato. —Sonrió perverso, disfrutando de esa sensación de supremacía que le daba conocer más información que yo.

En el fondo, debía de estar deseando contármelo porque si no se habría hecho el sueco, en plan «¡Qué putada!, me he perdido».

Esperé mucho antes de volver al ataque. Muchísimo. Algo así como el minuto y medio que dediqué a deleitarme con su perfil, con los puños de la camisa subidos, mientras conducía con unos movimientos que se me antojaron muy masculinos. No sabía si me ocurría desde siempre o solo con él, pero me daba mucho morbo verlo sujetar el volante relajado, acariciando su superficie con seguridad.

—¿Ya?

—¿Tienes la paciencia de una niña de siete años?

—Sí. Ahora dime adónde vamos.

Negó con la cabeza, divertido, sin quitar la vista de la carretera.

—Vamos a Leganés.

—Eso no ayuda mucho.

Bufó y se pasó la mano por el pelo.

—Vamos a una tienda de tatuajes de Leganés, ¿mejor? —La verdad es que su respuesta me decepcionó un poco. Pensaba que íbamos a hacer algo los dos y no como espectadora mientras la tinta invadía de nuevo su cuerpo.

—¿A hacer qué?

—A comprar la cama de matrimonio para el piso, ¿no te jode?...

—Algún día te lavaré la boca con lejía —apunté antes de continuar mi interrogatorio—. Me refiero a qué te vas a hacer esta vez y dónde.

—¿No lo sospechas?

Bum. Mi corazón pegó un brinco. Tal vez... No. No podía ser.

—¿Tiene que ver conmigo?

—¿Lo dudas? Todo tiene que ver contigo, Aura.

—¿Y qué va a ser? ¿Mi cara en tu nalga derecha? —bromeé por esa manía mía que odiaba de tener que hacer o decir algo estúpido cuando me ponía nerviosa. Y lo estaba. Tanto que me empezaron a sudar las manos.

¿Tendría que tatuarme yo también algo de él? Porque no sabría decidirme. Lo querría todo.

—Mejor, tus ojos en los huevos. Así, a lo romántico —contestó, y le di un golpe con el codo y los dos nos echamos a reír—. Cuidado, no vaya a ser que pierda el control del volante y tengamos un accidente.

—Entonces dime ya de qué se trata o tiro del freno de mano y hago uno de esos derrapes por los que me aplaudían en mi pueblo —bromeé.

—Pensaba que no tenías carné.

—Y no lo tengo.

—Loca irresponsable...

Víctor bajó el volumen de la radio. Quería que le escuchase bien, aunque no le hacía falta, todos mis sentidos estaban atentos.

—Una vez te conté que mis tatuajes tienen un significado. Frases que se convierten en mi verdad más absoluta, directrices de mi vida. Pues bien, llevo días dándole vueltas y creo que es hora de que añada uno para estar completo.

—¿Y qué va a poner?

—Estará al lado de tu nombre. —A través del retrovisor observé cómo su sonrisa se ensanchaba. Le hacía ilusión contármelo—. «Para siempre.» ¿Qué podría ser si no?

Los ojos se me anegaron de lágrimas enseguida y le agarré para mostrarle el huracán de sensaciones que me azotaba por dentro a través de un beso. Noté un creciente cosquilleo en la boca del estómago, y hasta que me golpeé contra el cristal con fuerza no me percaté de que, por una vez en la vida, el hormigueo no se debía al inmenso amor que le profesaba. Volví a recibir un impacto y esta vez sentí la sangre fluir como un río por mis mejillas. Lo tuve claro: Víctor, que no se esperaba mi reacción, había perdido el control del volante y nos habíamos salido de la carretera. Los gritos desesperados del cantautor se mezclaron con los de la chirriante carrocería al chocar contra el suelo a medida que dábamos vueltas de campana. Fui consciente de que estábamos sufriendo un accidente, le oí chillar mi nombre con agonía y todo se volvió negro.

Silencio y, después, la nada.

Capítulo 13

El amargo despertar

Los párpados me pesaban. Intentaba abrirlos, pero eran como dos losas pegadas con cemento. Estaba consciente, como cuando estás soñando algo que no te agrada y quieres despertar y te proyectas para hablar contigo misma dándote fuerzas para hacerlo, a diferencia de cuando el sueño te está gustando y abres los ojos en el mejor momento, con el regusto del placer, sin poder recordar por qué te apetecía más quedarte en el mundo onírico.

Estuve así un buen rato, sin saber el motivo exacto por el que me urgía volver a la realidad sin ceder ni un segundo más. El esfuerzo dio sus frutos. Lo logré y lo que observé al otro lado me confundió. Mis pestañas aletearon y no pude distinguir dónde me encontraba. No estaba ni en mi habitación del pueblo ni en la de Madrid. Las dudas se incrementaron cuando fugazmente observé a mi madre, con la cara hinchada de llorar, de pie frente a mí y con mi padre como único soporte. Daba la sensación de que podía venirse abajo de un momento a otro. Quise preguntar, pero las palabras se me atascaron en la garganta sin llegar a mi boca pastosa, que tenía un sabor amargo que no reconocía.

Trataba de poner orden en mis ideas cuando apareció una tercera persona que turbó la paz que sentía hasta ese momento. Mi hermano. Ya de por sí era extraño despertarme y ver que estaba al pie de mi cama —porque suponía que me encontraba tumbada en una—, pero comprobar que él también tenía unas bolsas hinchadas debajo de los ojos me preocupó. Mucho. Demasiado. Traté de removerme inquieta y mi cuerpo no reaccionó tal y como acostumbraba. Lo notaba, lo sentía, pero no seguía las órdenes que yo le daba, como si estuviera desperezándose a su ritmo, independientemente, con un inquieto cosquilleo.

—Voy a avisar al médico de que ha despertado —susurró con voz de circunstancias Christian. En su tono no había ni rastro de su chulería o cinismo de serie.

Estaba muy cansada y todavía no comprendía lo que había escuchado. Al rato regresó con alguien, no sabría decir si doctora o enfermera, la verdad. Me iluminó con una pequeña linterna los ojos y me dijo que siguiera la luz. Le hice caso y, cegada como estaba, comencé a recordar. El anuncio de un tatuaje, un beso y un coche dando vueltas de campana. No me hizo falta nada más. La adrenalina me empezó a recorrer el organismo, y aunque una voz femenina me pidió que me calmase, no pude hacerlo, a pesar de oír los lamentos de mi madre como un animal herido y ver que mi padre parecía un niño pequeño, diminuto y asustado, ante una situación que se le escapaba de las manos.

Mi cuerpo dolorido fue mi aliado y reaccionó ante mi alarma. Todo se desdibujó a mi alrededor. Las sábanas con el nombre del hospital que me cubrían, el suero que estaba sujeto a mi brazo a través de una vía e incluso las personas que me acompañaban. No encontraba lo que buscaba y con la boca seca logré balbucear.

—Víctor... —Y su nombre me recorrió de arriba abajo y las mariposas de mi estómago alzaron el vuelo con prismáticos para intentar localizar algún rastro de él. No podía estar lejos. No podían habernos separado. Debía de estar en la cama de al lado, herido como yo.

—Está bien, mi niña. Ahora tienes que preocuparte por ti —susurró mi madre sentándose a mi costado. Al agarrar mi mano derecha me transmitió tanta fuerza que empecé a moverla.

La conocía y sabía que para ella tenía que haber sido un infierno enterarse de que había sufrido un accidente. ¿Les habría llamado la Policía o la Guardia Civil? ¿Cómo habría sido ese momento? ¿Cuánto habrían sufrido durante los casi doscientos kilómetros que separaban Madrid de Cuenca? ¿Y cuando me hubieran visto tendida inconsciente?

No se merecían ni un disgusto más. Lo normal habría sido haber hecho caso a sus palabras. No por mí, sino por ellos. Descansar hasta reponerme y después preocuparme por el resto del mundo. Pero no podía. No sin saber si él estaba bien.

—Víctor... —insistí tratando de levantarme.

—Está en otra habitación. Cuando tengas más fuerzas, te llevaremos a verle.

Noté la mirada cómplice que intercambiaban mis padres tras las palabras de ella y enloquecí hasta tal punto que me incorporé del todo. Había escuchado que todos los seres humanos tenemos una especie de energía reservada para momentos cruciales, como cuando, misteriosamente, una madre es capaz de levantar un coche si debajo está atrapado su hijo. Ese día lo experimenté en mis propias carnes. Habría sido capaz de correr una maratón con las piernas rotas por tres partes diferentes hasta encontrarlo.

—Quiero verle. Necesito verle —comencé a decir, al

tiempo que intentaba arrancarme la vía y los numerosos aparatos que la acompañaban para huir en su búsqueda por los pasillos del hospital gritando su nombre hasta oír cómo su voz acariciaba el mío de vuelta.

Sé que me hablaban y procuraban impedírmelo, pero yo era rápida, estaba alterada y no pensaba con la cabeza. Ni siquiera sabía lo que me había pasado. Ni siquiera era consciente de si podía andar o tenía las dos piernas rotas. Pero nada importaba. Si algo le había sucedido... Rechacé esa idea de inmediato porque si me permitía siquiera imaginarlo, me vendría abajo y no habría nadie que pudiese levantarme. Y tenía que ir en su búsqueda y verle respirar para poder hacer yo lo mismo.

Me arranqué la vía y noté cómo la sangre fluía por mi antebrazo. Mi madre se llevó la mano a la boca, angustiada, y rompió a llorar. De mis labios no salieron ni una disculpa o un lamento. En mi mente solo existía una preocupación que se incrementaba por segundos.

—¿Dónde está?

Mi hermano se hizo cargo de la situación. Apartó a mi madre, se sentó en el sitio que ella estaba ocupando y me sujetó con fuerza como si fuera una muñeca débil e insignificante.

—Ve a avisar a la enfermera y que vengan a ponerle el gotero de nuevo —ordenó a mi padre, que salió enseguida de la habitación—. Y tú —me miró cansado—, tranquilízate ahora mismo. —Trató de sonar autoritario, pero no lo consiguió. Me pasó la mano por la mejilla y los ojos se le pusieron vidriosos.

—No puedo. —Noté que me miraba con lástima, como nunca antes había hecho—. Llévame con él, por favor —le supliqué.

—Te acabas de despertar, Aura. Después de las peores cinco horas de mi vida. Te llevaré dentro de un rato. Ahora haz el favor de calmarte...

220

—Coge mi móvil y llámale. Déjame escuchar su voz.

—No puedo.

El monitor con el ritmo de mis pulsaciones se disparó.

—¿Por qué?

—Por favor, cálmate —dijo preocupado por el sonido de este, que se metía dentro de uno con su pitido ascendente.

—¿Por qué no puedo hablar con él? —chillé, y las cuerdas vocales se me desgarraron—. Él no estará... No se habrá...

Dejé la frase en el aire como si evitando pronunciar la afirmación lograse que mis mayores temores no pudiesen ser ciertos.

—Está vivo.

—No me mientas.

—Nunca lo he hecho, Aura.

Lo cogí con tanta fuerza que oí cómo las costuras de su camiseta se partían en la zona del cuello. Necesitaba mirarle y comprobar que decía la verdad. Yo no era tonta y sabía lo que pasaba en este tipo de situaciones. La familia ocultaba la tragedia para que el paciente se pusiese bien. Pero yo no quería mejorar si Víctor ya no existía.

—¿Por qué me hacéis esto?

—¿El qué? —preguntó confundido.

—No dejarme hablar con él.

Silencio. Un silencio capaz de agarrarme del cuello con fuerza y ahogarme, asfixiándome a través de las palabras que no se decían en voz alta.

—Porque está muy jodido. Se llevó la peor parte de la hostia. Cuando llegaron los bomberos, el coche estaba como una lata por su lado. Tardaron bastante en sacarlo y más en estabilizarlo. —Noté que lloraba y mi hermano tiró de mí para abrazarme—. Pero lo han conseguido. Respira y vive.

—Si eso no es verdad, me muero. ¡Me muero, Chris! —sollocé sobre su hombro.

—Entonces, tranquila, que te quedan muchos años para darme la murga —bromeó, aunque no sonaba como tal. Me apretó y suspiró, como si ese contacto también le estuviese ayudando a él. No hizo falta que lo dijese en voz alta para ser consciente de que había sufrido como un bellaco—. Te prometo que antes de que acabe el día le habrás visto.

—¿Y si las enfermeras no dejan que me mueva de la habitación? —dije al comprobar que una de ellas entraba y me miraba con gesto reprobatorio. No podía culparla: arrancarme las vías no era lo que se dice ser una paciente ejemplar.

—Te rapto y damos un paseo. —Se apartó y me guiñó un ojo—. Ya sabes que siempre he sido un experto en saltarme las normas. —Antes de separarse susurró en mi oído—: No vuelvas a hacerme algo así. Nunca. Si no llegas a despertarte no sé qué habría hecho sin ti, mi dulce tormento.

Christian se marchó de la habitación. Antes de que la puerta se cerrase, pude ver cómo se venía abajo mientras las lágrimas caían como cascadas por sus mejillas. Nunca lo había visto llorar. Y cuando digo nunca, es nunca. Mi hermano era de esas personas que se encogen de hombros cuando se hacen daño físico, se encierran tras un muro de hormigón cuando lo que les duele es el corazón y se ríen de la vida cuando esta no les da las cartas que esperan en una partida.

La enfermera volvió a colocarme todos los artilugios para que regresase a mi estado de drogada por prescripción médica. A excepción del collarín, una brecha en la cabeza, moratones por todo el cuerpo, como un dálmata moteado con manchas enormes, y un dolor agudo en la mayoría de las extremidades, estaba bien. Es decir, podría haber sido mucho peor.

Estuve toda la tarde con mis padres. No tuve visitas.

Me contaron que todos mis amigos me habían llamado, pero les habían dicho que no viniesen ese día. Después de la merienda, que mi madre me obligó a comerme entera para recuperar fuerzas, me pidió las llaves de mi piso para ir a recoger ropa y productos de higiene básicos. Por lo visto, lo que llevaba antes del accidente había quedado inservible y mi pandilla de Cuenca acudiría a visitarme a la mañana siguiente.

No me hizo falta insistir a mi hermano. Para él una promesa era una promesa, o al menos lo fue a partir de entonces. Además, creo que en esos momentos habría hecho cualquier cosa que le hubiera pedido. En cuanto mis padres se marcharon, Christian salió detrás de ellos y se puso a hablar con la enfermera más joven —más bien a coquetear para conseguir su objetivo—, que acabó por convertirse en su cómplice y nos dejó una silla de ruedas.

Mi hermano me ayudó a bajar de la cama y a sentarme. Me quejé al moverme. No sabía que todo sería tan molesto. Empujó la silla con una mano y con la otra cargó a pulso el gotero.

—Tenemos media hora antes de que pasen a darte la medicación de la noche —me informó mientras guiaba la silla, y yo asentí—. Tendrás poco tiempo...

—Un segundo es suficiente. Solo necesito verle.

Giramos por diferentes pasillos hasta que me perdí. No presté mucha atención, tampoco. Los hospitales siempre me habían dado un poco de yuyu. Nadie iba por placer y todos los que estaban allí se morían de ganas de salir.

Estaba tan inquieta que me mordí las uñas hasta que de algunas brotó sangre.

—Ya casi estamos —dijo deteniéndose.

—¿Y por qué te paras? —Me puse nerviosa por si se lo había pensado mejor o tenía que darme algún tipo de información extra que no me gustase.

—Hay una cosa que necesito saber. —Dejó la silla con

el freno y se puso de cuclillas, con las manos apoyadas en mis rodillas—. ¿Iba Víctor borracho?

—¡No! —me apresuré a negar su absurda conclusión.

—No tienes por qué mentirme. No tengo intención de denunciarlo ni nada por el estilo. Es solo para darle una pequeña paliza y romperle un par de costillas cuando esté bien, para que recuerde que con la vida de mi hermana no se juega...

—No había tomado nada.

Enarcó las cejas.

—¿No me crees?

—Es extraño, Aura. Se salió en una recta, sin que ningún otro coche hiciera una maniobra peligrosa y le obligase a dar el volantazo...

Hasta ese momento no me había parado a pensar en el accidente. Me centraba en que Víctor estuviese bien. Pero las palabras de mi hermano me hicieron meditar.

—Fue por mi culpa —dije, y el peso de esta afirmación cayó sobre mis espaldas.

—No intentes protegerlo...

—No lo hago. Él iba conduciendo y yo le agarré para darle un beso sin avisarle y perdió el control... ¿Qué he hecho? —Me llevé la mano a la boca.

—Actuar como una irresponsable, Aura. No merece la pena morir por un beso. —Me tomó de la mano al ver que me ponía a temblar—. Pero creo que ya has tenido suficiente castigo y que has aprendido —concedió al darse cuenta de que cada vez me sentía más culpable—. La vida a veces nos da sustos educativos. Pero que no se repita. La carretera es seria.

Nos encontramos con su padre, que iba hablando por el móvil, cuando nos dimos la vuelta. Me miró con gratitud, como si yo fuese la medicina que necesitaba su hijo para ponerse bien, sin saber que la causa de que estuviera postrado en una cama era mi impulsividad, no pensar en las consecuencias, actuar como si las catástrofes solo les pudiesen pasar a los demás, con la absurda creencia de que yo era especial y que el destino me tenía deparadas miles de cosas que no se podían truncar por algo tan común como un golpe en la carretera.

Mi hermano me abrió la puerta y me ayudó a entrar. Antes de salir para dejarnos algo de intimidad, me recordó que disponía de unos pocos minutos, que a mí se me antojaron insuficientes. Yo quería que trasladaran allí todas mis cosas y pasar la noche pegada a su cuerpo, durmiendo en la misma habitación. Sin separarme de él.

Víctor estaba tumbado con los ojos cerrados. Traté de llegar hasta su lado con la silla, pero no se me daba bien manejarme impulsando las ruedas. Me levanté y, cansada como estaba, anduve hasta la cama arrastrando el gotero, con la bata del hospital ondeando por el aire. Parecía que dormía en paz. Nada en el armónico movimiento de su pecho denotaba que había estado a un paso de abandonar este mundo para siempre.

Me senté con cuidado a su lado en la cama. Tenía los dos brazos y la pierna derecha escayolados, una mascarilla para respirar, suero (como yo) y la cara llena de magulladuras. Pero estaba vivo. Apoyé mi mejilla en la palma de su mano para sentirlo y comprobé que tenía cortes, posiblemente de cristales. Le aparté el pelo de la frente y jugueteé con los mechones, enredándolos entre mis dedos.

Me obligué a no cerrar los ojos, intentando no parpadear siquiera, para poder observarle. Necesitaba verle, oír los latidos de su corazón, notar cómo su pecho subía y bajaba con una respiración demasiado calmada y llenar mis fosas nasales con su olor. Otra vez quería inventar nuevos sentidos para que se inundasen de él.

No me pude contener y le acaricié la mejilla con devoción. Los minutos en los que pensé que podría haber muerto me sirvieron para darme cuenta de que yo ya no era una chica —o mujer— independiente. Le necesitaba a él. Era mi templo, mi hogar, mi vida, una prolongación de mí misma en otro cuerpo. Lo quería tanto que rompí a llorar por el mero hecho de imaginar lo que podría haber pasado.

Mis pilares más básicos se tambalearon. Yo siempre me había visto a mí misma como una persona fuerte, capaz de soportar cualquier cosa que se me viniera encima. Pero eso era tan falso como cuando decía que algún día pisaría la Luna. Si le perdía a él, ya nada tendría sentido. Ser consciente de algo tan grande daba miedo. Muchísimo. Y comprensión. Ahora entendía a mi madre, que, cuando yo salía de fiesta con mis amigos, se preocupaba si llegaba cinco minutos tarde. Yo pensaba que era un poco pesada y paranoica, pero con Víctor delante supe que ella me quería con esa clase de amor que yo acababa de descubrir viendo al cantautor herido. Un sentimiento innato, que se te clava en las entrañas y logra cortarte la respiración con la sola idea de perder a la otra persona. Porque el corazón podría latir y los pulmones absorber y expulsar el aire, pero yo estaría muerta si no le tenía a él.

Mi viaje a Madrid había comenzado porque quería descubrir quién era. Crecer. Cambiar mis Converse por zapatos de tacón. Y me acababa de encontrar. Yo era Víctor. Él y yo formábamos parte de un todo y eso tenía que ser para siempre. Esas pretensiones, esos sueños de juventud, se evaporaron. Tal vez nunca llegase a ser una periodista afamada que descubría un caso de corrupción con el que salvaba al mundo; tal vez no tendría una casa como la que siempre había deseado o una historia de amor de película con besos que cortasen la respiración y frases perfectas en el momento adecuado, pero es que ya no lo quería. A su lado quería conseguir que los pequeños momentos dominasen nuestra vida creando los recuerdos inolvidables de dos personas anónimas, que nadie recordaría y cuyo nombre no pasaría a la historia, pero nosotros sentiríamos que vivíamos la historia más bonita jamás inventada: la nuestra. Una basada en tonterías, como que por fin me preparase el desayuno una mañana, en la que compartiésemos los problemas del día a día y el beso más perfecto del mundo fuese el último, porque contendría lo aprendido en la suma de los millones que nos habíamos dado durante años.

Mis labios se posaron en su frente. Estaba fría. Recorrieron su mejilla alrededor de la mascarilla. Incluso dormido sus labios se curvaron. Me encantaba ese gesto suyo. Recordé el día que nos conocimos y el corazón me dio un vuelco: lo nuestro fue un amor a primera sonrisa.

Víctor se removió inquieto y abrió los ojos, que se pasearon por sus brazos escayolados hasta que se clavaron en mí.

—Aura...

Y como respuesta, levanté la mascarilla y mi boca impactó con la suya en lo que prometía ser un dulce beso, y si se me permitía, incluso sanador. Sus labios estaban secos. El cantautor no reaccionó a mi contacto y quise pensar que todavía estaba adormilado, en un estado de duermevela. Ojalá hubiera llevado razón.

Capítulo 14

Señales

Mi madre se quedó en nuestra casa en los días posteriores a que me dieran el alta y nos acabó cuidando a las tres. Durante su estancia, el piso estuvo como los chorros del oro y comimos de puchero día sí y día también. Tanto era así que incluso engordamos felizmente. Ganar calorías se convirtió en un placer gracias a sus platos. Tenía una mano para la cocina que no era normal. Sería capaz de hacer que incluso las modelos que se alimentaban a base de brócoli se saltasen su dieta al oler esos dulces que, recién salidos del horno, sabían a gloria. Cuando se marchó, recobramos un poco de la independencia juvenil, pero esta vez, en lugar de tener la nevera casi vacía como la mayoría de los estudiantes, la teníamos repleta de unos táperes con delicias culinarias que nos permitieron gastar el presupuesto de alimentación en ropa y en unas entradas para ir a ver la comedia de improvisación *Corta el cable rojo*, en la que nos reímos de las bromas absurdas hasta que tuvimos agujetas en la mandíbula.

Con la partida de nuestra querida Amparo —Sara y Vilma me habían suplicado que las invitase a mi pueblo para poder probar todos esos postres de los que la habían oído hablar y para los que necesitaba la maquinaria de la panadería—, regresé a la universidad. Y fue extraño, porque de repente me había vuelto popular, y no de la mejor de las maneras. Es decir, llevaba collarín y eso llamaba la atención, como si tuviera una flecha roja encima de la cabeza que me señalara constantemente. Personas de las que no sabía ni el nombre se acercaban a preguntarme qué tal estaba, unas en verdad preocupadas y otras por puro morbo. No las culpaba; éramos periodistas y queríamos conocer la historia de primera mano. Eso sí, como el accidente no era apasionante porque había tenido final feliz, algunas lo exageraron un poco... Llegué a escuchar que Víctor había salido mal parado porque mientras estábamos dando vueltas de campana se desabrochó el cinturón y se interpuso entre mí y el parabrisas para que no sufriera ningún daño. Vamos, que era el héroe de la facultad, y algunas compañeras suspiraban con frases como «Estuvo a punto de perder la vida por ella. Eso es amor».

Al principio las corregía y les explicaba la verdad. Sin embargo, como esta era menos teatral, se quedaban con la versión más emocionante. Y ya se sabe: si repites mucho tiempo una mentira y haces ruido, esta acaba pareciendo más real que lo que sucedió.

Iba meditando sobre esto cuando uno de los folios de los apuntes salió volando, y, mientras intentaba rescatarlo en el aire, se me cayeron todos los demás, que se quedaron esparcidos por el suelo del hospital. Víctor no había tenido tanta suerte como yo y seguía ingresado con los brazos y la pierna derecha escayolados. Cuando trataba de moverse por sí mismo, a veces parecía más un niño pequeño fingiendo que era un fantasma o una momia. Un día se lo dije. No le hizo gracia. En los últimos tiempos nada le hacía gracia. Procuré autoconvencerme de que no era por mí, sino por estar cautivo.

Siempre había sabido que el cantautor era una de esas almas libres como el viento que se ahogaría oprimido entre cuatro paredes. Como un león encerrado en la jaula de un zoológico. Hermoso para la vista, pero reprimiendo su verdadera naturaleza. Con el paso del tiempo, en lugar de mejorar, se le veía cada vez más disgustado, más distante, más amargado. Víctor no estaba enfadado con alguien en concreto, sino con el mundo, y, por desgracia, yo existía dentro de él.

Yo no me rendía y trataba de contraatacar su resentimiento con mi alegría. Con este convencimiento, terminé de recoger los apuntes. Comenzaba la época de exámenes y tenía que estudiar. Para no separarme de él y que tuviese compañía, decidí hacerlo a su lado. Al fin y al cabo, Víctor iba a estar presente en mis sesiones de estudios, ya fuera en carne y hueso o en mis pensamientos. Así, por lo menos, no estaría solo si yo permanecía allí, porque mejor no hablar de sus padres o de sus ausencias.

Mientras caminaba por los pasillos y saludaba a todo el mundo como si los conociera de toda la vida, eché de menos mi mochila del colegio. Esa que colgaba a mi espalda y que era tan amplia que podría llevar el cadáver de mi abuela y nadie se percataría. Era mucho más cómoda, pero, claro, en la universidad llamaría un poco la atención, porque era de Disney y rosa. En mi defensa solo puedo decir que la había escogido con cuatro años y que sobrevivió incluso a la graduación.

Entré en la habitación y mis pulmones se inundaron con su olor. No el de su perfume, sino el suyo. Y era perfecto. La única cosa buena que habían conseguido sus padres —puntualizo, su padre, porque su madre solo pasó un día por allí y estuvo más tiempo en el baño retocándose el maquillaje que prestándole atención— era un cuarto individual. Aunque cuando lo observé sentado en una silla, con la luz apagada y la mirada perdida en algún punto a través de la ventana, pensé que tal vez le habría ido bien tener un compañero con el que poder charlar y desahogarse, y no estar tantas horas a solas con su cabeza enredada en pensamientos.

Hasta que le quitasen las escayolas y fuese a rehabilitación, su movilidad estaría limitada. Eso justificó que no se diese la vuelta cuando me oyó entrar, pero no que no dijese ni una sola palabra de recibimiento. Suspiré, dejé todo encima de la cama y corrí a su encuentro. Y es que a mí me bastaba una sonrisa suya para que se me olvidase todo.

Además, estaba convencida de que, en cuanto volviese a saborear la libertad, regresaría el Víctor de antes, el que yo quería, y, lo más importante, el que me quería a mí con todas sus fuerzas. Sonaba a tópico, pero estaba pagando todas sus frustraciones con la persona más cercana, con la única que se preocupaba por él y se desvivía. No podía juzgarle, ¿cuántas veces había hecho yo eso mismo con mi madre durante la edad del pavo? Amparo siempre decía que tenía una arruga por cada disgusto que le había dado. Con la intensidad con que lo vivía todo, lo bueno y lo malo, la pobre tenía decenas.

Al llegar a su altura, ni siquiera levantó la cabeza para mirarme, y, aunque se me hizo un nudo en el estómago por el golpe bajo, me agaché y deposité un beso en sus labios. No se retiró, pero tampoco respondió. Por el rabillo del ojo me pareció ver que se tensaba y que su gesto se tornaba incómodo. Quise creer que eran imaginaciones mías. Que todo respondía a mi estado de paranoia constante, esa alerta que se había activado en mi interior, y no a que en realidad no le apetecía que mis labios le rozaran. Me habría gustado que nuestras lenguas se enlazaran hasta repetir la fórmula de ese sabor común de nuestras salivas que era adictivo. Pero el cantautor no estaba receptivo. Ese no era mi Víctor; era solo la proyección de una ilusión de él.

—¿Qué tal tu día? —pregunté, mientras arrastraba una de las sillas del cuarto hasta situarla a su lado.

—Apasionante. Hoy una enfermera me ha dado la comida haciendo el avioncito —refunfuñó.

Era más que evidente que odiaba la dependencia de su situación.

—Piensa que ya queda poco... Si quieres, en cuanto estés bien, te dejo que me des así uno de esos desayunos que me llevas a la cama...

—Nunca lo he hecho.

—Bueno, tendrá que haber una primera vez, ¿no? —Sonreí y traté de colocar una de mis piernas encima de la que no tenía escayolada. No se quejó. Sin embargo, se removió hasta que la bajé obediente.

Se hizo un silencio y tuve la necesidad de llenarlo con palabras.

—Pues a mí me ha pasado una cosa increíble. —Salté en la silla emocionada. No me preguntó qué era. De hecho, no reaccionó a mi frase. Decidí contárselo igualmente, a ver si la buena noticia lograba que se quitase la careta de estreñido que llevaba puesta desde hacía demasiados días. A veces me resultaba complicado recordarle con esa sonrisa rebelde que me desarmaba.

Por la mañana había ido a la universidad, como siempre. Durante las clases de teoría me había aburrido como una bellaca. Es decir, estudiar a los autores y sus desvaríos varios estaba bien. Algunas frases te hacían reflexionar y darte cuenta de que había pensamientos o situaciones que no habían variado desde el siglo XVI. Lo malo era que los profesores no tenían límite, y lo que en su justa medida habría sido muy interesante se convertía en algo infumable cuando todo se tornaba un complejo lío de fechas y doble ración de datos.

Menos mal que ese día tenía Redacción periodística, una de las pocas asignaturas que me recordaban por qué había decidido estudiar Periodismo. Los test de actualidad cada vez se me daban mejor, y conforme aumentaba mi puntuación en los esporádicos exámenes, lo hacía la confianza en mí misma y en mis capacidades. Sentirte realizada era una de las sensaciones más gratificantes que existían. No quería ni imaginarme cómo sería cuando fuese en el ámbito laboral, cuando los artículos no fuesen trabajos y se publicasen en los medios, si es que algún día conseguía un puesto digno.

Estaba recogiendo mis apuntes cuando escuché que Javier, el profesor, decía mi nombre:

—¿Aura Núñez?

—¿Sí? —contesté con rapidez.

—Ven un momento a mi mesa antes de salir.

Obediente, me acerqué y esperé, cambiando el peso de una pierna a otra, hasta que salieron todos los alumnos. Javier guardó los folios que llevaba como apoyo para la clase en su maletín. Sin importarle que yo estuviese esperando, nerviosa al desconocer el motivo de que me hubiera convocado, sacó su móvil y se le dibujó una sonrisa en la cara. Le gustaba lo que acababa de leer. Por un momento, su rostro se transformó en el de alguien joven. Lo imaginé con sus amigos tomando unas cervezas en cualquier bar, echando miradas furtivas a la puerta mientras cruzaba los dedos para que no entrase ningún alumno y lo conociese en su estado natural, al tiempo que contaría anécdotas y mandaría callar a los que le preguntasen si le gustaría fornicar en su despacho con alguna de las chicas que iban religiosamente, y algo ligeras de ropa, a su clase. Él contestaría que no, aunque seguro que relataba cómo se le insinuaban algunas. Era imposible que no se diese cuenta. De hecho, yo misma recordaba que tocaba clase con él cuando observaba que mis compañeras iban más arregladas de lo habitual.

Tras el paréntesis, volvió a ponerse serio. Con la cara que le correspondía como profesor.

—Quería hablar de tus trabajos. —Rebuscó en su maletín y los sacó.

—Siento no haber presentado el último —me adelanté. Llevaba una media de sobresaliente, así que supuse que se trataba de eso—. Tuve un accidente y...

—No te preocupes. Es evidente que tienes una buena excusa. Los tiros no van por ahí. —Sonrió y a través de la espesa barba pude ver que se le formaban unos hoyuelos muy graciosos. Era lo que mi madre diría «un hombre atractivo e interesante». De esos que son capaces de seducirte a través de las palabras—. Quiero que seas sincera, ¿tienes algún familiar periodista?

—No...

—¿Me estás diciendo que nadie te ha ayudado con los reportajes? —Levantó las espesas cejas y se le formaron unas arrugas en el entrecejo.

—Si no contamos a los desconocidos de Google, no.

Caminó alrededor de la mesa y se situó a mi lado, apoyándose en un costado. Era muy alto. Casi tenía que ponerme de puntillas para poder mirarle a los ojos. Y desde mi posición, supe que los tenía muy bonitos.

—Te has esforzado mucho... —dijo, y me escrutó. Todavía no se creía del todo lo que le había dicho. Trató de analizarme para descubrir si mentía. Era un experto. No le quedaba más remedio, dado que escribía en la sección de Nacional de una agencia. A veces comparaba las entrevistas con los políticos como un interrogatorio de la CIA. No te podías creer nada y la estrategia era lo más importante.

—De eso se trata. De hacerlo bien, ¿no? Además, creo que le debo a mi madre algún sobresaliente después del disgusto del año pasado por dejar ADE a mitad de curso. Y, entre tú y yo, o lo saco en tu asignatura, o tendré que ir pensando un plan B para compensarla.

Mi ocurrencia le hizo gracia y, aunque quiso evitar esa camaradería, no pudo reprimir un par de carcajadas.

—Están muy bien. El de la educación incluso me planteé plagiártelo. Y eso sería un problema. Me despedirían. Toda mi carrera por la borda. Una fama que llevar sobre la espalda de por vida... Puede que incluso me pusieran el sobrenombre del «ladrón de alumnos».

—O que yo te denunciase. Siempre he sido muy dada a proteger lo mío —bromeé, sin saber si debía estar orgullosa por el halago o enfadada por la mera idea de que me pudiera robar algo que me había quitado mucho tiempo. Horas y horas mientras estaba con Víctor en Asturias.

—No te creas que me asusta. Seguro que en los calabozos podría haber encontrado alguna fuente activa. —Se pasó la mano por la barba—. Entonces pensé que, si había descubierto un talento como el tuyo, no lo tenía que desaprovechar. La mayoría de los alumnos me entregan auténticas basuras hechas el día anterior en su casa, a última hora. Cogen un par de datos y lo redactan sin siquiera justificar el texto. Pero tú no. Y has llamado mi atención. Quiero proponerte un trato.

—Te escucho —conforme pronunciaba estas palabras, me sentí como una ejecutiva en una importante reunión, cuando la realidad era que con la emoción habría aceptado cualquier cosa que me hubiese propuesto. Incluso escribir gratis por el placer de ver mi nombre en alguno de los medios que leía.

—Mis vacaciones son en septiembre. Todos los veranos, la redacción de la agencia se llena de becarios que son hijos de alguno de mis compañeros y que ni siquiera saben el nombre de los ministros o que en España hay también una institución llamada Senado. Además, como muchos van obligados, se pasan más rato en Instagram, amargados al ver a sus amigos en la playa, que interesados en aprender...

—¿Quieres que les dé una charla de motivación? Podría intentarlo, pero mereceré una matrícula de honor si logro que dejen de estar pendientes de las redes sociales.

—No. Quiero que seas mi becaria, y sin enchufe. La prueba que solemos hacer consiste en un test de actualidad y en la redacción de una nota de prensa que hasta un mono sabría escribir. Con lo que he visto tuyo en clase, ya la has superado.

No pude ni contestar. Ahí estaba lo que desde hacía unos meses soñaba que, con algo de suerte, me pasaría en mi tercer año del grado: yo, Aura Núñez, trabajando en una de las principales agencias de noticias del país. No pregunté por el salario ni por el horario. No me importaban, como no suele ocurrirle a la mayoría de los estudiantes, que todavía no saben que las neveras no se llenan a base de ilusiones.

—¿Estás seguro? —balbuceé—. Que si se lo digo a mi madre y luego es un no, la mato del disgusto.

—Me gustaría hacerte una pequeña prueba esta semana, y, si sale bien, lo muevo todo para que este verano seas tú mi aprendiz.

No podía ser tan fácil.

—¿En qué consiste?

—Quiero que me acompañes a entrevistar a María Elena Pérez Evangelio. ¿Te dice algo ese nombre?

Achicharré mis neuronas poniéndolas a trabajar, pero al final tuve que confesar que no tenía ni la más remota idea, adornándolo un poco.

—Me suena, pero ahora mismo no caigo.

—Es una escritora —dijo, y yo asentí. Tampoco era un dato determinante para que se me encendiese una bombilla con la respuesta a modo de bocadillo a mi lado—. Apunta el nombre y búscala esta noche en la red.

—¿Qué tipo de novelas escribe? —Tenía una amiga experta en erótica y, si era autora de ese género, seguro que se habría leído algún libro suyo y podría ayudarme a preparar las preguntas.

—Ensayos. Ha destapado varias redes de prostitución

y tráfico de blancas; se ha infiltrado entre los narcotraficantes colombianos, y ahora es una testigo protegida porque descubrió a unas reclutadoras del Estado Islámico que estaban formando un ejército de lobos solitarios en Ceuta...

Guau. La boca se me quedó abierta. Esa mujer como mínimo debía llevar en sus espaldas la capa de superheroína. Si Marvel la descubría, seguro que creaba un cómic solo para ella. De repente, me sentí pequeñita. María Elena tenía unos logros reconocidos de los que te obligaban a mirarla con admiración, y lo más importante que yo había hecho en mi vida había sido salvar a un pajarillo que se cayó de su nido y lo tuve en casa, alimentándolo con pan mojado en leche, hasta que aprendió a volar y lo dejé en libertad.

—Tal vez es alguien demasiado importante para mi primera entrevista...

—¿Sabes cómo comencé yo? Llegué a la redacción más o menos con tu edad, me dieron una grabadora y me mandaron al Congreso. Casi me cago encima del miedo. No estaba preparado. Pero conseguí salir adelante. Los periodistas tenemos algo dentro, no sabría cómo definirlo, que nos ayuda a solventar cualquier tipo de situación.

—Como dice mi padre, para aprender a comer por nosotros mismos necesitamos que dejen de masticarnos el alimento, ¿no? —dije con más seguridad de la que sentía porque en el fondo estaba bastante asustada por si no lo hacía bien.

—Exacto. —Como le ocurría a todo el mundo, Javier me leyó como un libro abierto—. Además, yo te acompañaré. Tú llevarás la batuta, pero no dudaré en quitártela si veo que el concierto se te está yendo de las manos.

Eso me tranquilizó. Acepté el reto y Javier me dejó uno de los libros de María Elena, que comencé a leer en el trayecto del metro hasta el hospital, entre empujones.

Esa mujer tenía unos ovarios más grandes que su cabeza. Solo había leído el primer capítulo y ya podía asegurar que yo no valdría para realizar periodismo de investigación a esa escala. De haberme llegado a pasar la mitad de las cosas que a ella, habría salido huyendo para esconderme en el regazo de mi madre. Leí su biografía. También había pasado una temporada en prisión por un caso de tráfico de blancas en el que habían participado algunos altos cargos políticos.

Sabía por experiencia que las primeras veces, fuesen de lo que fuesen, nunca se olvidaban, y me gustó pensar que siempre recordaría que mi primera entrevista para un medio profesional —si es que lograba pasar esa criba— había sido a una de esas mujeres que luchan por cambiar el mundo.

Esperé que Víctor me diera la enhorabuena o algo, pero no me estaba prestando atención. Seguía ido, como si tuviese cosas más importantes en la cabeza que hacerme caso.

—Y entonces cogí la gasolina, rocié toda la universidad y le prendí fuego. Así que aquí estoy, despidiéndome de ti antes de irme a Soto del Real y que solo podamos vernos en el vis a vis —añadí para comprobar que no estaba juzgándolo mal.

—Ajá.

Ese soniquete que ni siquiera llegaba a ser una palabra completa me puso de los nervios. Me daba igual que estuviese ingresado, tuviese migrañas o le picase el culo. No podía ignorarme de esa manera. No era justo.

—Mírame.

—¿Qué pasa?

Giró la cabeza; el pelo le cayó sobre los ojos. Al no poder utilizar sus brazos, moví mi mano para apartárselo de la cara, pero me esquivó. ¿Ya no tenía derecho ni a tocarlo? ¿Cuándo había empezado a quemarle mi piel?

¿Qué narices estaba pasando allí? Porque no comprendía nada... O no quería hacerlo.

—¿Qué haces? —me preguntó con un tono de voz nuevo, que nunca me había dedicado. El mismo que yo empleaba cuando estaba irritada y mi madre se ponía un poco más pesada de lo habitual: a la defensiva.

—Intentar que, ya que no me escuchas, al menos me mires.

—Llevas media hora hablando...

—¿Y cuándo has desconectado, exactamente? Si es que has prestado atención en algún instante...

—Aura, estoy cansado —dijo firme. No reconocí la mirada con la que me estaba observando. Sus ojos siempre se llenaban de color cuando me tenían enfrente, y ahora parecían grises, vacíos. Noté una angustia ascendente por mi pecho. Ese tipo de angustia que te quiere avisar de algo para lo que no estás preparada y a la que no le haces caso.

—Creía que me habías dicho que dormías más que un bebé aquí...

Víctor se mordió el labio reflexionando, atrapando el inferior entre sus dientes.

—No hablo de eso. —Parecía tranquilo, pero su pecho subía y bajaba demasiado deprisa. Una lucha se estaba librando en su interior, y desconocía si yo era la protagonista.

—Y entonces, ¿de qué hablas? —subí el tono. Las pulsaciones aceleradas llegaban hasta las puntas de mis dedos.

Silencio. Silencio. Silencio.

—Necesito estar solo y meditar.

—¿Sobre qué?

—Sobre nada, sobre todo.

—Víctor, me estás asustando...

—No me agobies, por favor. Solo te pido que te vayas y me dejes solo.

—Dime que todo está bien entre nosotros.

No lo dijo. En su lugar, salió otra frase que se me clavó dentro.

—Para una maldita cosa que te pido, ¿tanto te cuesta hacerme caso?

—No comprendo qué está pasando. ¿Por qué me hablas así...?

—Ni yo por qué sigues aquí.

Me levanté con dignidad y me puse el abrigo. Tardé más de lo normal porque me temblaban las manos para abrocharlo y porque esperaba que se retractase de sus palabras, que me pidiese perdón y me suplicase que me tumbara en su regazo y lo abrazase hasta que amaneciera.

No lo hizo.

Recogí los folios arrugándolos y comencé a andar hacia la puerta. Me dije mil veces que no debía darme la vuelta, que él no me estaría mirando... Y cuando lo hice, porque no lo pude evitar, confirmé mis sospechas. Los ojos se me anegaron de lágrimas y tuve que sorber los mocos. A través del reflejo de la ventana pude ver cómo Víctor se mordía el labio con fuerza y cerraba los ojos al escuchar el sonido velado de mi llanto. Lo conocía. Estaba sufriendo. Pero no sabía si era porque me estaba echando o porque no quería que regresase y no encontraba la manera de decírmelo.

Capítulo 15

Las últimas notas de una canción...

Recuerdo el sonido de la lluvia al impactar contra mi paraguas rojo, mi favorito hasta entonces y que no sobrevivió a ese día. Si cierro los ojos, puedo llegar a sentir el agua salpicando mis botas altas del mismo color. Todo.

Debería haber llegado al hospital feliz, alegre, realizada. La entrevista había salido a pedir de boca. Tanto es así que Javier no tuvo que interrumpirme; María Elena acabó dándome las gracias y me agregó al Twitter en su lista de periodistas, y, tras ver el texto definitivo, mi profesor me felicitó y me indicó que el puesto era mío. Pero en mi balanza de valores, lo sentimental pesaba más que lo laboral. Era así. La cabeza siempre tenía la batalla perdida ante el corazón.

Pensé que el paso del tiempo ayudaría a calmar las aguas, pero lo que hizo fue enfriarlas, como si poco a poco un océano salvaje repleto de olas se interpusiese entre nosotros dos. Él estaba más distante y yo me volvía loca tratando de identificar el momento exacto en el que todo había cambiado. Sabía que algo ocurría. Lo intuía sin descubrir de qué se trataba.

Había leído todo lo escrito sobre el estrés postraumático. Los manuales decían que acercaba a las personas, que se valoraba más lo que se tenía. Siempre quise ser diferente. Pues toma doble ración, en eso lo había logrado. Algo que debería haber hecho que el hilo que nos unía se transformase en una gruesa cuerda lo había partido en dos. En vez de sumar, habíamos restado.

Llevaba puesta la música desde que había salido del metro. Me di cuenta de que no la había escuchado nada en todo el trayecto cuando entré en el vestíbulo del hospital. No sonreí a la enfermera de la recepción ni al abuelo que todos los miércoles acompañaba a su mujer a que le dieran la quimioterapia, como era su costumbre. Lo intenté, pero no tenía fuerzas para elevar las comisuras de los labios. La angustia de no saber qué le pasaba a Víctor por la cabeza me estaba dejando seca, sin energía, ausente. Y yo ya no podía continuar más así.

La perspectiva del tiempo debería suavizar las sensaciones, y, sin embargo, en mi caso las incrementa. El corazón todavía me duele, como si esa tinta con su nombre que pinté encima lo estuviera devorando, cuando me veo a mí misma caminando por esos pasillos con el único deseo de que ese presente angustioso se evapore y podamos dar un salto del pasado al futuro. Juntos. Él y yo y una guerra de almohadas cada mañana, un beso para merendar y un abrazo sincero por las noches.

Tuve que contenerme para no llorar antes de llegar a su habitación. Tuve que reprimir el impulso de ponerme de rodillas, cuando crucé la puerta, y suplicarle que todo volviese a ser como antes. Tuve que negarme a mí misma besarle cuando nuestras miradas se encontraron y me di cuenta de que unas ojeras negras como la noche rodeaban sus ojos.

No me quité el abrigo. Estaba helada, con los dedos entumecidos, a pesar de que en el cuarto la calefacción estaba al máximo. Me senté a su lado, coloqué las manos sobre las rodillas y, con voz temblorosa, comencé a hablar:

—Es porque piensas que yo tengo la culpa del accidente, ¿verdad?

No nos saludamos. No era necesario. Los dos sabíamos que había una conversación sobrevolándonos como un fantasma y que algún día tendríamos que afrontarla; prolongar la agonía no mejoraría nada.

—No. —Víctor ladeó la cabeza hasta poder apartarse el pelo de la cara con las yemas de los dedos. Estaba demacrado. Triste. Y no me miraba a los ojos. Como si las palabras fueran a desaparecer en el mismo momento en que lo hiciera—. No es por ti. Es por mí.

De haber podido, me habría reído con amargura. ¿De verdad no podía decir otra frase mejor? Nosotros que nos habíamos creído únicos, especiales, con la relación más intensa y épica que se había inventado, íbamos a terminar como todos, con las mismas coletillas, con las mismas lágrimas amargas e idéntico sufrimiento.

—¿Y qué pasa con nosotros? —le recordé. Porque en mis mejores recuerdos (esos que hacían que me agarrase al clavo ardiendo de la esperanza, aunque dejase marca en mi piel) estábamos los dos. Los paseos por el Prado, la nieve, la pintada en el paso de peatones, los besos, las caricias, las conversaciones, las sonrisas, las miradas, los golpes en la pared... Todo formaba parte de nuestra unidad fusionada y no independiente.

No contestó a esa frase. Tal vez no tenía respuesta.

—El accidente me ha hecho replantearme algunas cosas —aclaró la garganta—. No sirvo para tener pareja, Aura. Estar atado a alguien. Tener una vida en común. Quiero ser independiente... —Lo que decía encajaba a la perfección con su personalidad, con la definición de sí mismo que él tantas veces me había dado, y a la vez sonaba tan falso...

—Y yo nunca te he pedido que dejaras de serlo o he intentado quitarte autonomía, personalidad, tu esencia. ¿Acaso soy poca cosa para ti y por eso no puedes encajarme en tu vida?

—No hagas un drama, por favor. Esto no es una maldita telenovela.

—Y tú no actúes como un capullo arrogante y sin sentimientos. Ya no te pega. Hasta donde recuerdo, con el golpe te rompiste algunos huesos, pero no hubo daños ni en tu cabeza ni en tu corazón. Y claro que es un drama, por lo menos para mí; es mucho lo que nos estamos jugando. Ahora contesta a mi pregunta. Dime, ¿soy poca cosa para ti?

—Al contrario. Eres demasiado. Mucho. Tanto que no sé cómo gestionar el límite donde acabas tú y empiezo yo. Y eso me hace dependiente. Me he perdido, Aura. Necesito encontrarme.

Tomé aire.

—Nunca hemos sido poéticos ni de frases hechas, Víctor. Dime con claridad qué es lo que quieres. Y haz el favor de mirarme. Es lo mínimo que me merezco.

Asintió inseguro. Él, que parecía saberlo todo, ahora no sabía nada. Sus ojos se clavaron en los míos. Siempre me he fijado en los detalles, y no me pasó desapercibido cómo sus largas pestañas aleteaban con rapidez para reprimir unas lágrimas que no quería que le salieran. Al menos, no delante de mí. Sin embargo, no podía ocultar el tono cristalino que adquirieron.

—Quiero un tiempo.

Ahí estaba.

—Te diría que siempre estaré donde me quieras encontrar, pero eso no es cierto. Las decisiones tienen consecuencias, y tú hoy estás tomando una. ¿Verdaderamente crees que es la correcta?

—No tengo ni idea, Aura. No lo sé. Pero es lo que

siento. No estoy a gusto. Estoy agobiado. —Otra vez el agobio, el amigo mal consejero de los enamorados. Palabra.

—¿Y estás seguro de que es por mí o porque llevas casi un mes encerrado en una habitación? Focaliza, Víctor, te lo pido por lo que más quieras.

Si no lo había hecho en todo ese tiempo, no lo iba a hacer ya.

—No me lo pongas más difícil.

—No sería difícil si estuvieras convencido de lo que estás diciendo.

—Lo estoy —sentenció con más seguridad en su voz que en su rostro.

—No. Lo que estás es cagado porque hay algo en tu vida que no sabes manejar...

—¿Sabes lo primero en lo que pensé nada más despertarme? Que, si no estabas bien, me moriría. Así de simple. Lo único que me importaba eras tú. Era como si me hubiera olvidado de mí mismo... —Y ahí sí que sonó sincero. Fue en la única intervención en la que le reconocí.

Silencio. ¿Por qué me decía eso si me estaba dejando? No era lo normal. Parecía más una declaración que una despedida, a pesar de que sabía que se trataba de lo segundo. Algo me decía que había un motivo oculto, que intentase indagar, descubrir..., pero estaba demasiado cansada, deprimida, triste.

—No quiero hacerte daño. Eres la chica más maravillosa...

—No. No te permito el típico discurso. Te has desenamorado de mí. Lo comprendo, lo acepto y lo superaré. —En esos momentos no sabía si estaba mintiendo acerca del último punto.

Víctor se mordió el labio con fuerza como si quisiera contener unas palabras que peleaban por salir.

—No me lo puedo creer. Es eso. Ya no me quieres.

—Abrí la boca al percatarme de que no había dicho nada para llevarme la contraria. De repente, todo comenzó a darme vueltas y sentí un vacío que aumentó con el paso de los segundos.

—En esta vida, no todo gira alrededor del amor, Aura.

—Sí, cuando estás hablando de una relación como la nuestra.

—¿Y qué tiene de especial?

—A ti y a mí.

Me miró fijamente, reflexionando durante un rato, y añadió:

—Lo que has dicho no es cierto.

—¿El qué, de todo lo que he dicho?

—Que ya no te quiero. Sería imposible dejar de hacerlo en tan poco tiempo. Lo correcto sería decir que, en este punto, deseo quererme más a mí. Como ha sido siempre. Sin ataduras y sin preocupaciones. —Tal vez ahí estaba el quid de la cuestión y no lo había sabido identificar. Puede que durante esa conversación yo no hubiera atendido a los dobles significados y no me hubiese percatado de que el problema era, por absurdo que pareciese, que me dejaba porque estaba tan enamorado que el mero hecho de pensar que me perdía lo desarmaba y prefería apartarme de su camino ahora que todavía no me había convertido en el propio asfalto. O esa es la conclusión a la que he querido llegar con el paso del tiempo, después de analizarlo todo hasta el más mínimo detalle, obsesivamente.

—¿Pero tan mala soy para tu vida que tienes que apartarme?

—No ves el problema todavía. Es que tú eres mi vida. Y mientras estés en ella, siempre serás lo primero. —Ni él mismo se aclaraba. Algo me decía que había algo más. Ahora nunca sabré si mi intuición era cierta—. ¿Dónde quedo yo?

—Siendo lo primero en la mía. Así estamos iguales.

Lo desarmé y sus ojos le traicionaron desviando la vista hacia mis labios. Podía darme un beso de película o seguir hablando. No hizo ninguna de las dos cosas y tuve que tomar las riendas.

—Esto es lo que has hecho toda tu vida, ¿verdad? Huir cuando alguien te importaba.

—Sí —aceptó, y parecía dolido, aunque no entendía el motivo. Yo solo estaba creyendo las palabras que él había dicho.

—¿Y conmigo no va a ser diferente?

—Por lo visto, no. —Y ese «Por lo visto, no» sonó más falso que si lo hubiera pronunciado el propio Judas.

—¿Sabes qué?

—Dime.

—Te odio —dije con toda la tranquilidad del mundo—. Te odio porque eres un cobarde que no ha sabido luchar. Te odio porque un día te arrepentirás y lo nuestro ya no tendrá solución. Te odio porque te has agobiado haciendo un castillo de humo, y, cuando este se desvanezca, verás que le tenías miedo a la nada. Te odio porque me has dado la razón cuando decía que enamorarme de mi mejor amigo era una putada porque si se terminaba la relación, perdía por partida doble. Pero, sobre todo, te odio porque esto no se va a repetir.

No le di tiempo a preguntar. Le agarré de la cara y lo besé con desesperación. Temí que no reaccionase, y durante un segundo no lo hizo, exactamente igual que había pasado el día que estábamos sentados en la banqueta del piano. Poco a poco su boca se entreabrió, su lengua lo inundó todo y nuestros labios comenzaron a chocar con violencia, con agonía, como si quisiéramos consumirnos y desaparecer de la tierra. Le mordí con rabia y noté el sabor metálico de su sangre entremezclarse con mis lágrimas. Podría haberme perdido en ese contacto y nunca más volver a encontrarme por los siglos de los siglos. Pero me separé.

—Adiós, Víctor.

—Aura...

No le dejé añadir nada más. Oí cómo daba saltos a la pata coja intentando seguirme y el eco de su voz gritando mi nombre resonó por todo el pasillo e inundó cada rincón. No me importó. Había sobrepasado el límite de mi paciencia. Estaba harta, enfadada, decepcionada y defraudada. Tal vez si me hubiera dado la vuelta, todo habría sido diferente. Nunca lo sabré y siempre me arrepentiré.

Salí al exterior y caminé bajo la lluvia hasta acabar empapada. Andando sin rumbo fijo. No sé cuánto tiempo estuve así, pero sí que me puse a gritar agarrándome el costado cuando vi una guitarra al lado de un contenedor de basura. Me arranqué el collarín en un gesto de rabia sin sentido, cogí el paraguas y la golpeé hasta que los dos quedaron hechos trizas. Luego me caí de culo y no me levanté.

Entre todas las personas del mundo, le llamé a él. No. No fue a Ismael. Algo dentro de mí no me permitió ejercer de despechada profesional y recurrir a mi ex, aunque debo reconocer que sonaba tentador imaginar que venía a por mí, que me recogía hecha un despojo humano con sus fuertes brazos y que me subía cargándome a pulso hasta su nuevo piso para mimarme y recordarme que él sí que me había querido. Puede que incluso hubiera aceptado las migajas que Víctor había dejado. Sin embargo, se merecía más. Y yo había sido, era y sería para el cantautor. Daba igual que estuviésemos juntos o separados. Si alguien me hubiese dicho que encontrar al amor de tu vida era lo mejor que te podía pasar, esa noche le habría sacado el dedo corazón con gusto. Con más razón si hubiera sabido que nunca podría besar a otro chico sin recordar su sabor, cómo su lengua jugaba con la mía explorándolo todo o el tacto de sus dientes al capturar mi labio inferior. El placer de un beso, básico en una relación, se había quedado con él y nunca lo recuperaría.

Mi hermano dejó los faros encendidos y el coche en marcha con el freno de mano puesto. Se bajó corriendo hasta llegar a mi altura y me abrazó sin decir nada, con fuerza, apretándome contra su pecho para que entrase en calor. Los dientes me castañeaban. Sara y Vilma salieron de la parte de atrás del vehículo.

—He pasado a recogerlas por si necesitaba ayuda. No sé qué hacer en estos casos... —dijo nervioso, dándome friegas en la espalda.

—Víctor me ha dejado —balbuceé como un bebé.

Para mi hermano, eso debía de ser una gilipollez del tamaño de un pino. Él era un experto en romper corazones. Los temas relacionados con el amor le parecían absurdos, de débiles. Lo más normal, lo que yo esperaba que hiciese, era mofarse de mí y sacarme de mi error con alguna frase como «Nadie muere de amor» o «Eres la reina del drama».

—Es un imbécil. Un imbécil rematado si piensa que va a encontrar algo mejor que tú. Y esto no lo digo yo. Cuando se dé cuenta, será lo más bonito que se llame.

Siguió murmurando cosas, palabras de ánimo que no le pegaban para nada pero que provocaron que le susurrase un «Te quiero, Christian».

—Y yo. Sin ningún tipo de connotación amorosa, tienes que saber que eres la mujer de mi vida. —Lo miré abriendo mucho los ojos y él tuvo que añadir una burrada para suavizar el mensaje. Eso era algo que compartíamos: nuestro escudo ante una situación intensa y emotiva que no podíamos controlar—. Más importante que el porno, los coches y el sexo. Más que los tres juntos.

Sara y Vilma se sumaron. No entendía lo que me decían, solo sé que, de un momento a otro, los tres me estaban abrazando y mi hermano miraba a la morena como si mi ruptura le hubiera hecho reflexionar. Tal vez que me hubieran destrozado por segunda vez mi ya no tan inexperto corazón había servido para algo, para que ellos dos sí que tuviesen un final que mereciese la pena.

Me colocaron el collarín de nuevo y me llevaron a casa. Mi hermano cargó conmigo hasta dejarme en la cama y se quedó a dormir. A mi lado. Como cuando éramos lo bastante pequeños como para tener pesadillas, pero demasiado mayores para acudir en mitad de la noche a resguardarnos al cuarto de nuestros padres. Espantó mis temores, el coco, que esa noche se había personificado en los recuerdos, y se preparó para ser mi tabla de salvación cada vez que me venía abajo. No se separó ni un segundo de mí. De hecho, creo que no durmió en toda la noche pendiente de cada uno de mis movimientos. Lloré abrigada por sus brazos y lo hice sin saber que al día siguiente regresaría a la habitación del hospital para solucionar las cosas y que Víctor ya se habría marchado. Y no lo volvería a ver. Nunca.

Capítulo 16

El contador del amor a 0

Escribo y borro. Me rasco la cabeza. Escribo y borro. Me muerdo el labio con fuerza. Borro y vuelvo a escribir. Para añadir un aliciente a mi tortura tengo puesta la banda sonora de *Pearl Harbor*, concretamente *And Then I Kiss Him*, una música preciosa que se te clava en las entrañas hasta tal profundidad que se encuentra con él.

Intento engañarme —últimamente lo hago en demasiadas ocasiones—, pero una parte de mí conoce la respuesta: no quiero poner el punto final. Porque eso hace tangible la verdad, ya no hay nada más que añadir. Han pasado cinco meses desde la última vez que vi a Víctor, que lo tuve delante, que respiré el mismo aire que él en una habitación, que contemplé esa sonrisa capaz de construir un universo nuevo para mí. Durante todos esos días, y han sido muchos, me he levantado albergando la absurda ilusión de que llamaría a mi puerta y todo se solucionaría. Algo sencillo que no ha hecho. No lo hará. Tengo que mentalizarme. La espera me está consumiendo y no de la mejor de las maneras, como lo hacía antes con los labios enrojecidos y navegando en la pasión.

Miro la pantalla del portátil y pongo fin. De inmediato me recorren dos sensaciones por completo diferentes. Por un lado, deseo tumbarme en la cama, hecha un ovillo y agarrándome las rodillas, y llorar hasta que llegue el invierno. No es una opción. Hace demasiados días que ya estoy seca. Creo que las lágrimas me han abandonado por exceso de uso, como si hubiera agotado las gratuitas y ahora tuviera que pagar. Entonces surge una idea proveniente directamente de las vísceras: golpear el ordenador hasta dejarlo hecho añicos como, si de alguna manera irracional, el golpe pudiese ir directo a él. Pero me digo que no porque es nuevo (el anterior pasó a mejor vida y mis padres se apiadaron de mí financiándome uno —sigo teniendo una economía limitada, a pesar de ser una magnífica becaria precaria—) y no conseguiría nada, y menos el imposible que quiero con todas mis fuerzas, que regrese a mi lado. Debo aprender a administrar mi propia rabia interna.

Vuelvo al inicio y leo el título; irónicamente elegí *Aura cambia las zapatillas por zapatos de tacón*. Una manera de llenar los folios en blanco con letras, tal y como el cantautor no era capaz de hacer porque decía que no quería que lo nuestro acabase nunca, ni siquiera en una canción.

¿Por qué comencé a escribirlo? ¿Tortura? ¿Recuerdos? ¿Placer? ¿Amor? Un cóctel de todo. Víctor tenía reservado mi primer y mi último pensamiento cada día. Eso me destruía, pero me volví adicta a ese dolor que hacía patente que lo nuestro había sido real. La verdad más grande e intensa de mis veinte años. Pero el jueves pasado no fue así. Me desperté, me tomé un café triple para aguantar la jornada de trabajo y universidad, me duché y, cuando estaba en la habitación haciéndome una cola de caballo, me percaté de que, por primera vez, no le había recordado al despegar los ojos.

Eso debería haber sido bueno. Sara, Vilma, Patricia e

incluso Ana desde Roma, por videollamada, mientras buscaba piso para su Erasmus, me han repetido como un disco rayado una y mil veces que debía recordar quién era yo en realidad, no ese ser alicaído y depresivo que me había poseído.

«Tienes que volver a bailar, cantar, saltar, gritar, lo que sea, pero siente», me han dicho, y yo he asentido convencida.

Y la primera vez que lo hice en serio me volví loca. En voz alta suelo decir que quiero seguir adelante, superar esta mala época, volver a ser yo misma. El problema —y eso me lo callo— es que yo ya no sé existir si él no está a mi lado. Me perdí en el mismo instante en que regresé al hospital y ya no se encontraba en su habitación. Lo hice tan a conciencia que dudo que pueda encontrarme si no lo localizo, y eso no está en mi mano. Lo he probado todo: llamar a varias clínicas, buscar su nombre en Google —¿no se suponía que iba a sacar un disco?—... Todo. Siempre me topo con la misma respuesta. Nada. Una enorme y dura pared con la que choco una y otra vez.

Ese jueves por la mañana me senté en la cama, cerré los ojos apretándolos con fuerza y traté de dibujarlo en mi imaginación para disfrutar de sus besos, aunque fuese a través de una enfermiza fantasía. Empecé bien: casi podía ver con nitidez su cabello revuelto y esos ojos que me volvían loca. Sin embargo, me percaté de que había olvidado el sabor de su saliva mezclándose con la mía y el tacto de su lengua cuando invadía mi boca. Fue demasiado duro de soportar.

Cualquier persona lo habría visto como un paso hacia delante y lo habría celebrado. Yo me encerré en mi habitación con ansiedad, de la que salí solo para satisfacer las necesidades básicas, y me puse a teclear como si la vida se me fuera en ello; probablemente lo hacía al mismo ritmo con que los recuerdos se volvían borrosos, como cuando cuentas una anécdota en la que los detalles han desaparecido.

No quiero publicar esta novela y mucho menos convertirme en una escritora de éxito. No, porque de esa manera dejaría de ser solo mío, lo compartiría. Me he convertido en Gollum, de *El Señor de los Anillos*, y las experiencias al lado de Víctor son mi tesoro. Revivirlo es de las pocas cosas que logran que vuelva a emocionarme.

Recorro el documento pasando de largo el final, como si quemase a la vista. Lo importante no es lo que nos dijimos en la fatídica despedida, sino mientras estábamos juntos. No hay que reducir las cosas a una conversación. Un océano no se conoce por el tamaño de una ola. Localizo mis páginas favoritas y me hundo con más profundidad leyendo esas conversaciones que, aunque no están tatuadas en mi piel, ahora están plasmadas en folios con otro tipo de tinta.

De nuevo la misma sensación. Algunas personas dicen que debo ser positiva, alegrarme por lo que he vivido, dar las gracias porque no todo el mundo conoce lo que es el amor, pero el de verdad, ese en el que puedes desdibujar la palabra con la cara de una persona. A todas ellas, y desde el cariño más absoluto porque sé que lo hacen por mi bien, me gustaría mandarlas a tomar por culo o cambiarles mi piel unos minutos. Creo que no haría falta más.

Que sí, que los discursos hechos son preciosos y cuando los lees en un libro o los ves en una película asientes enérgicamente. Pero cuando eres la protagonista te toca un poco las narices. Es decir, si pudiera retornar al pasado, no disfrutaría de cada segundo como si fuera la primera vez, sino todo lo contrario. Me agarraría a mí misma de la oreja el día que fui a recriminarle que la música estaba muy alta, y yo me explicaría que es mejor soportar a Sidonie una mañana de resaca que aguantar todo el dolor que vendría después. Si eso no fuera suficiente, me secuestraría el día que, tras la infidelidad de Ismael, corrí a su piso. ¡Anda que no había lugares adonde ir! Podría haber subido a la azotea, irme a la calle, encerrarme en mi cuarto y dar estrictas órdenes a mis compañeras de que no debían molestarme bajo ningún concepto... Un universo de posibilidades, y yo escogí la única que me ataba irremediablemente a él, porque fue en ese momento en el que me apoyé en su pecho y Víctor me abrazó cuando nuestro destino se unió por una especie de hilo invisible envenenado.

Si hacía un balance, nuestra relación me había dado los mejores y los peores momentos de mi vida. En la actualidad están equilibrados, pero sé que conforme avance el tiempo, el peso de los peores momentos aumentará. El motivo es tan sencillo que da risa. Cuando has tocado el cielo con la punta de los dedos, cuando has caminado sobre las nubes, cuando has averiguado que un beso no consiste solo en juntar los labios, sino en rozar el alma con una caricia, ya no te puedes conformar con menos. Eso me ha llevado a descubrir la cruda realidad de una nostalgia que me tiene sumida en la sensación de que cualquier tiempo pasado fue mejor.

No es justo. Soy joven. Debería mirar el futuro con ganas de comerme el mundo y no echar de menos el pasado cada segundo, sabiendo que este no volverá por más que lo intente incluso recurriendo a absurdas supersticiones. La magia como tal no existe, aunque nuestros cuerpos sudorosos acoplados la producían entre gemidos y palabras de amor.

De hecho, en mi pesadilla más recurrente me veo a mí misma dentro de veinte o treinta años con un marido que me quiere, un par de críos y un trabajo razonablemente bueno. Empiezo feliz hasta que algo me lleva de vuelta al cantautor y todo se torna negro, pues soy consciente de que me siento plena pero no al cien por cien, como cuando estaba a su lado. Que me he conformado con ese ochenta por ciento que tanto criticaba.

   ¿Qué podría unir a mi yo de cincuenta años con el suyo? Tal vez nada. Tal vez todo. Nunca había creído en ese viejo mito de las almas gemelas hasta que conocí a la mía. Los años pasarán para los dos. Tendremos experiencias diferentes y nuestros yos adultos tal vez no se parezcan en nada a los jóvenes que estuvieron enamorados. Sin embargo, estoy segura de que cada vez que vea el color verde y el marrón, recordaré sus ojos el día que me dijo que quererme más era imposible, y cada vez que me acueste con un hombre seré consciente de que yo estaba hecha a medida para él, era su molde.

   Me digo que le odio, que no deseo por nada del mundo encontrármelo de nuevo, y mientras estoy pronunciando estas palabras me doy cuenta de que he cruzado los dedos de las manos y de los pies para que ocurra todo lo contrario.

   Me planteo borrarlo todo por el mero placer de volver a escribir la historia y revivirla. Maldita tortura lenta y dolorosa que me calma... Al final decido posponerlo. Leeré el texto antes un par de veces. Luego, vuelta a empezar. Comenzar otra vez con la primera línea que narra mi llegada a Madrid, consciente de lo que me espera por delante. Y puedo estar así hasta que la pena acabe conmigo o resurja de mis cenizas. Todavía no sé qué pasará y tampoco qué idea me gusta más.

   Apago la pantalla del ordenador.

   —Mierda... —masculllo mientras miro el reloj. Podría echar balones fuera y decir que la culpa la tienen las manecillas, que se han movido demasiado rápido, pero la realidad es que siempre apuro hasta el último minuto y voy con la soga del tiempo al cuello. Al límite.

   Por lo menos tengo la ropa preparada. Es sábado. Se supone que no debería trabajar. Pero, claro, soy la becaria de la agencia de noticias y eso me convierte al instante en el lorito que debe aceptar aquellas tareas que nadie quiere con la esperanza de convertirme en alguien necesario e imprescindible a ojos de mis jefes y que estos acaben por contratarme, si es que no me expримen antes, hasta que no puedan firmar otro convenio más de prácticas con la universidad, y me den entonces una bonita patada en el culo que me mande directa a la cola del paro con una mano delante y otra detrás.

Me coloco la falda de tubo de cintura alta, negra y lisa, por encima de la camisa blanca ceñida. Me subo encima de los tacones rojos y, una vez más, doy gracias a quien decidió un buen día que las periodistas podíamos ir a trabajar vestidas de manera *informal*. En mi idealización de la profesión las imaginaba con su grabadora, un bonito traje de chaqueta y un pantalón de aspecto muy serio, subidas a una plataforma en la que sacarían tres cabezas a todos para imponerse al entrevistado y que a este no le quedase más remedio que contestar a todas las preguntas y darles una exclusiva, un bombazo informativo, en cada respuesta.

Si eso hubiera sido verdad, ya habría perdido un par de dientes y mis rodillas estarían llenas de magulladuras de tanto que persigo a los políticos por el Congreso para que me contesten lo mismo, frases ensayadas que podría transcribir sin molestarme en hablar con ellos. Y eso que soy bastante buena, y no es por tirarme flores. Bueno, sí, unas poquitas, que en la agencia no me felicitarían ni aunque consiguiese la exclusiva de que Pablo Iglesias vuelve a la política como cabeza del Partido Popular.

Todo el mundo me conoce en los pasillos del Congreso. No es extraño. Soy una jovencita entre momias prehistóricas que solo piensan jubilarse para dar paso a las nuevas generaciones cuando exhalen su último aliento. Eso tiene sus pros —llamo la atención, destaco, y eso es bueno de cara a futuras entrevistas de trabajo con el reconocimiento del entrevistador— y sus contras, y es que, al menos en un primer momento, me tomaban un poco a la ligera. Tan pequeñita, con esos vestidos que eran el único punto de color de la sala y esa grabadora que me temblaba en la mano, pensaron —¡pobres ilusos!— que yo era un inofensivo corderito. Un par de «zas, en toda la boca», preguntas puñeteras pero inteligentes y persecuciones hasta lograr la declaración del día cambiaron su opinión y me empezaron a tomar en serio. Ahora incluso algunos diputados me temen, ya que saben que carezco de filtro mental, que soy muy persuasiva/mosca cojonera y que no me doy por vencida hasta que obtengo una respuesta decente.

Y esta es mi vida. Trabajar, estudiar, trabajar, estudiar, y así todos los días. Aburrimiento en su máxima expresión.

Pero hoy tengo un plan. Después de entrevistar a un tal Yon, un emprendedor que por lo visto es la hostia patria y ha cosechado millones de premios por su joven talento —tanto es así que hasta Apple se ha interesado en él—, voy a ir al estreno de Vilma en la obra de teatro.

No, las estrategias de mi hermano sirvieron para un par de anécdotas graciosas y algún que otro enfado de la pelirroja, que lo acabó dejando con la celosa de su novia y ahora se encuentra en plena etapa liberal, en la que cada día nos sorprende con una nueva amante. Todas tan guapas que dan asco. Y lo digo desde la envidia más absoluta y total: tal nivel de perfección no debería existir en seres humanos comunes.

El golpe de suerte de mi compañera de piso ha sido que la actriz que pusieron en su lugar ha fichado para una nueva serie juvenil que, según el resumen, debe de ser un truño impresionante, y, como les ha avisado con poco tiempo, al director no le ha quedado más remedio que recurrir a ella. Y nosotras lo vamos a celebrar como si directamente le fueran a dar un Oscar a la mejor intérprete femenina. Todo un despliegue de medios.

Estamos en abril y el calor empieza a hacerse patente, igual que los días más largos e iluminados. Por este motivo, a última hora decido hacerme una coleta alta con las puntas rizadas y me maquillo con los artilugios que Vilma ha dejado en mi balda, que, según dice ella, duran tres días. Tras una buena sesión de chapa y pintura, ya estoy lista.

Reviso que hay espacio libre en la grabadora, folios en blanco en el cuaderno y que llevo las pilas de repuesto (soy una nostálgica de lo antiguo y me resisto a usar solo el móvil), y salgo corriendo rumbo al metro como si fuese una maratón y yo quisiese ganar, si es que en esas carreras gana alguien. Sigo siendo la misma inepta en todo lo que al deporte se refiere —mis buenas intenciones de *runner* oficial se esfumaron cuando Ismael desapareció de mi vida.

Como siempre, intento no mirar el paso de peatones en el que Víctor hizo un grafiti para que sonriera. La pintura ya no está, hace muchísimo tiempo que la Comunidad la eliminó, y, aun así, soy capaz de ver a través del blanco esas letras que me hicieron gritar al mundo entero que le quería. Instintivamente levanto la vista hacia su antiguo piso y tengo que recordarme que él ya no está ahí ni lo estará nunca, por más que yo repita este ritual. Me abrazo a mí misma deseando que sean otras manos las que rocen mis costillas, otro olor el que traiga el viento, y no el de las flores que empiezan a salir en primavera.

El trayecto en el suburbano es cuando menos llamativo. Veo personas de todos los estilos y me río de las estrategias de los viajeros para lograr hacerse con un hueco libre y poder ir sentados mientras yo me balanceo agarrada en una barra lateral y estoy tres o cuatro veces a punto de perder el equilibrio. ¡Malditos tacones y mi falta de costumbre de llevarlos...!

Como auténtica madrileña que ya soy, esquivo a todas las personas a la vez que subo las escaleras mecánicas de dos en dos. Distingo el vivero de empresas nada más alcanzar de nuevo la calle —por lo menos es cierto eso de que está frente a la parada, lo que no me obligará a perder un tiempo extra buscándolo en mi móvil y siguiendo las confusas indicaciones de su flechita.

Estoy a tres pasos de la entrada principal cuando Murphy, mi malnacido amigo, hace su aparición estelar y me complica la vida. ¿Cómo? De la manera más sencilla y guarra. Una mierda tan enorme que supongo que ha pasado por allí un caballo del tamaño de un elefante, y mi pie queda enterrado en ella al pisarla.

Evalúo los desperfectos profiriendo una sarta de insultos que, seguramente, me llevarán directa al infierno el día del juicio final. Tanto es así que incluso me planteo entrar en un supermercado y comprar lejía para limpiarme después la boca o ir a una iglesia y beber toda el agua bendita para que esas palabras tan malsonantes no vuelvan a salir de mi garganta.

El zapato rojo está marrón y el olor que desprendo..., bueno, es un pestuzo capaz de tirar para atrás a cualquier persona que esté a menos de un metro a la redonda de mí. Cabreada porque voy a llegar tarde, me pongo a restregarlo en el césped que rodea un pequeño abeto, y es entonces cuando mi tacón se clava en la arena, noto cómo las piernas no reaccionan y mi cuerpo se va inclinando despacio hacia atrás... Y sí, en esos momentos me da tiempo a calcular la trayectoria y darme cuenta de que voy a caer de culo encima de la caca. Lo siguiente será cambiar mi imagen de perfil de WhatsApp por una mierda con moscas alrededor.

Grito con pánico mientras caigo y cierro los ojos. Mejor no ver el desastre que va a catapultar mi mala suerte hasta límites insospechados. En el último segundo, rumbo hacia mi fatal desenlace, noto unas manos que me agarran por la cintura con firmeza y me sostienen en el aire. Abro los ojos esperando ver a mi héroe anónimo y la visión que tengo delante me deja petrificada. Tanto que me quedo sin voz y parezco la más imbécil del lugar mirándole fijamente como si fuera una visión, boqueando como un pececillo al que acaban de sacar del mar y está aprendiendo a respirar.

A pesar de vestir con un traje oscuro y una camisa gris que le quedan como si los hubieran tejido encima de él, calculo que no tendrá muchos más años que yo, veinticinco, quizá. Tiene el pelo negro ceniza rizado, ojos marrones oscuros y penetrantes y una barba de un par de días que enmarca unos labios gruesos y rosados que parecen un bizcocho de esos que no puedes evitar morder, aunque tu madre te haya dicho que es para toda la familia y que tienes que esperar hasta la cena. Los rayos de sol rodean su rostro y por un momento creo que es una visión divina.

—¿Estás bien? —me pregunta con una voz ronca, de esas que seguramente triunfarían en la radio y lograrían que las oyentes se derritiesen y comenzasen a mandar su ropa interior a los estudios.

Lo miro a él y la mierda sobre la que he estado a punto de caer, y de repente, sin ton ni son ni motivo aparente, rompo a reír como hace tiempo que no hago. Casi no recordaba ese sonido que brota de mi garganta. Me gusta. Los gritos de agonía dolían; esto es placentero. Supongo que se trata de nerviosismo contenido o de que mi sentido del humor estaba enterrado y solo necesitaba una situación inverosímil para resurgir con más fuerza que nunca.

El chico me observa perplejo, como si yo fuera una especie en peligro de extinción o una loca que se ha escapado de un manicomio al que debería llamar para que volvieran a por mí, como haría un ciudadano ejemplar. Soy las dos cosas.

—Sí —le resto importancia tratando de contener la siguiente carcajada.

Me ayuda a incorporarme; no me pasa desapercibido cómo arruga el ceño mientras lo hace. Una vez recobro el equilibrio, me coloco de nuevo la falda, que se me ha subido por encima de las rodillas, y me aliso la camisa blanca. Él sigue mis movimientos todavía preocupado por si he perdido la cabeza. Es un chico serio; mal momento para toparse conmigo, que me río de mi mala suerte.

—No sé cómo puedo agradecerte que me acabes de salvar la vida. Pide lo que sea —añado sonriente, advirtiendo que no ha quitado su mano de mi cintura.

—Me conformo con que me asegures que no te acaba de dar un brote de algo raro...

—Vengo así de fábrica. —Vuelvo a mirar sus dedos, que presionan mi carne, y, al percatarse, los retira, aunque no lo hace avergonzado.

Se separa unos pasos y se pone erguido. Es muy alto. Tanto que con mis tacones quedo a la altura de sus labios y por un momento estoy tentada de pellizcarlos o pasar la yema de mis dedos por ellos para ver si realmente son tan blanditos como parecen. Podría hacerlo y salir corriendo. Total, no nos vamos a volver a ver.

—Si estás bien, me voy, que llevo algo de prisa... —Un ejecutivo joven que trabajaba en sábado y encima es guapo. Todo un partido. Me fijo si lleva anillo de casado. Nada. Seguro que es el golfo por el que las personas de la oficina quedan para pegarse en la cafetería.

—Tranquilo. —Sonrío de nuevo. Tres sonrisas. Todo un récord—. Puedes ir al trabajo y decir a tus compañeros que hoy has sido el héroe de una chica que, de otro modo, se habría muerto de vergüenza ante la persona a la que iba a entrevistar, que seguro que hubiera pensado que era aficionada a revolcarse con los cerdos en un estercolero.

Me mira dubitativo, con los labios apretados por la confusión. Le señalo la mierda, que como es obvio no había visto, y sus labios se curvan en una sonrisa que no llega a germinar. Me da un poco de rabia. Seguro que era muy bonita. Un regalo para la vista antes de despedirnos.

—Entonces ya he hecho mi buena acción del día. Espero que el karma me recompense como es adecuado.

—¿Crees en esas cosas?

—¿Tú no?

—No. Creo que la mala suerte me ha invadido y no hay forma de equilibrar la balanza hacia el otro lado.

Como muestra de ello, me empeño de nuevo en limpiarme el zapato.

—Eso es porque no ves el lado bueno de las cosas.

—En mi caso no lo hay —repito; es una de mis frases lastimeras, pero en lugar de sonar depresiva y monótona, parezco divertida, entretenida con la conversación.

—Claro que sí. Mira ahora mismo. Seguro que, si te hubieras caído, habrías gritado a los cuatro vientos lo desgraciada que eres, pero como no ha sucedido, lo dejarás pasar...

—No. Te aseguro que contaré esta historia un millón de veces. Lo quieras o no, has pasado a formar parte activa de uno de esos recuerdos que surgirá cada vez que lleve un par de cervezas encima.

El desconocido me mira con atención. Como si algo le hubiese llamado la atención.

—¿Y a qué hora tenías la entrevista?

—La tenía hace cinco minutos. Por lo menos es ahí enfrente. —Le señalo el vivero de empresas—. Y ya se sabe que a los periodistas nos dan quince de cortesía.

No entiendo el motivo, pero sonríe. ¡Y menuda sonrisa! Es perfecta. De esas que los dentífricos buscan para sus campañas comerciales. Es la segunda más bonita que he visto en mi vida. La primera ya sabéis a quién pertenece.

—No te hago perder más el tiempo, entonces. No vaya a ser que el entrevistado se enfade y te conteste de la manera más aburrida que conozca.

—Eso seguro. Vamos a hablar de empresas, balances de cuentas y todas esas cosas que leen los zombis del metro a primera hora para regresar a su estado de duermevela.

—Entonces, para hacerla más corta, tal vez es mejor que no te limpies; así te despachará rápido para no tener que aguantar el tufillo... —Arruga la nariz, y ese gesto infantil resulta sexy y provocador en él.

—No me convence. Creo que iré ahí enfrente —señalo una pequeña tienda de barrio— y compraré una botella de agua para dejar mis bonitos y dolorosos tacones como los chorros del oro.

—Habría sido interesante ver cómo reaccionaba...

—Y cómo me despedían el lunes, más. Soy una becaria, mi puesto pende de un hilo muy fino.

Sonrío para despedirme y él lo capta. Durante un instante me mira otra vez contrariado. No debe de estar acostumbrado a que alguien termine una conversación con él, sino, más bien, a que las chicas alarguen el coqueteo con la esperanza de que les acabe pidiendo el móvil. Pero a mí no me interesa. Los romances dejaron de hacerlo hace meses. Mi ojo clínico, y mi experiencia con mi hermano, me dice que es uno de esos hombres de profesión rompecorazones cuya única meta es tener dos piernas nuevas entre las que meterse cada día.

—¿No vas a preguntarme cómo me llamo? Para contarles nuestra historia a tus amigas con más detalle, desde luego.

—Creo que queda mejor introducir la palabra héroe; le da más caché.

—¿Y yo tendré que salvarte la vida por segunda vez para que me digas el tuyo?

—Sí —contesto. No me costaría nada decírselo, pero en el fondo me hace gracia bajarle un poco esos humos tan subidos—, aunque dudo mucho que lo hagas. Madrid es muy grande...

—La vida está llena de extrañas casualidades...

—Y de acosadores. Espero que no seas uno de ellos —bromeo rumbo a la tienda.

A mitad de camino, me doy la vuelta y veo que sigue parado en la misma posición, sin poder creerse que alguien le haya rechazado. Me sonríe con suficiencia, como si pensara que lo ha conseguido, pero yo le hago un gesto con la cabeza negando. Realiza un mohín mientras se mete las manos en los bolsillos del pantalón y se encoge de hombros; seguro que nadie ha podido resistir esa pose sin lanzarse a sus brazos y firmar un contrato de que puede hacer con ella lo que quiera, y repito mi negativa. Se lleva la mano al corazón como si se lo hubiera roto y, divertido, se pone a andar. Desde mi perspectiva, le miro un rato mientras se marcha, centrando mi atención en su firme y redondo culo enmarcado en un elegante traje, y después entro en la tienda pensando que me pasan cosas de lo más raras. Como el día que se me cayeron las bragas antimorbo en casa de Ismael o como cuando me lancé como una sardina al escenario en el que actuaba Víctor. Víctor... Ese nombre lo nubla todo y, otra vez, vuelvo a sentirme pequeña, débil, indefensa y triste, sufriendo la peor enfermedad, el desamor. Y es esa agonía lo que me demuestra de nuevo que estuve enamorada, que todavía lo estoy, aunque él haya desaparecido.

No, todos los chicos a los que he conocido de una manera poco corriente me han ido destrozando el corazón poco a poco. Ha sido mejor cortar el contacto con ese desconocido de raíz. Me felicito a mí misma. El contador del amor está a cero y así debe permanecer para siempre. Y me encargaré de que este «para siempre» sea de verdad.

Capítulo 17

La entrevista

Pensaba que era la única pringada que trabajaba un sábado, pero estaba equivocada. La vida del joven emprendedor no es esa panacea paradisiaca que nos venden en los anuncios de *Madrid Emprende*. Llevo veinte minutos esperando —más los diez que he llegado tarde por culpa de lo que calificaré de incidente gracioso—, y no he parado de ver a personas correr de un lado para otro estresadas mientras hablan por sus móviles.

Hay mucha actividad. Por lo menos, cuando yo llego a casa puedo despreocuparme: la agencia de noticias no depende de mí. Sin embargo, algunos de ellos son a la vez el contable, el comercial y el administrador de su empresa, y tantos puestos requieren las veinticuatro horas del día y alguna más que arañan.

La sala es acogedora. Con una recepción moderna decorada con un inspirador cuadro, de esos que hacen que creas que te vas a comer el mundo de un bocado sin empacharte, un par de sofás rojos y unas mesas bajas blancas. Lo único malo es que hace mucho calor. Muchísimo. No sé si será la concentración de seres humanos por metro cuadrado, pero de repente noto que me asfixio. Cojo la libreta para tomar apuntes durante la entrevista y me empiezo a abanicar mientras miro a la nada.

Comienzo a fantasear con la idea de ir al baño, quitarme la camisa y mojarme como si el lavabo fuera una piscina. Eso o comprar unos globos de agua e iniciar una batalla campal como cuando era pequeña y jugaba en la plaza de mi pueblo con mis amigos, que, «misteriosamente», siempre acertaban en la zona de los pechos —malditos demonios salidos—. Sonrío imaginando el agua fresquita al caer sobre mi cuerpo sudado y entonces me percato de una cosa. No puede ser. Tengo un surco en los sobacos que ni Camacho en sus mejores tiempos de entrenador. Hago aspavientos con los brazos cual gallina destartalada para que le dé el aire a esa zona y la mancha desaparezca antes de que el entrevistado, Yon, haga su aparición.

El sonido de una risa ronca y seductora me trae de vuelta a la realidad. Hay un hombre delante de mí. Lo sé porque veo unas piernas trajeadas. Asciendo la vista despacio por los muslos torneados, rezando por que no sea el chico al que voy a entrevistar. Mis ojos se encuentran con los suyos y sonrío de alivio, aunque estoy extrañada.

—Lo sabía, acosador tenías que ser. Hoy no es mi día —bromeo.

Es el mismo chico que me ha rescatado de la hecatombe merdosa antes de entrar en el vivero. Ya no lleva la chaqueta y tiene las mangas de la camisa subidas, lo que deja entrever sus fuertes brazos y me hace deducir que no soy la única a la que la temperatura le pasa factura. Lleva unas gafas de pasta que se quita de inmediato, a pesar de que le dotan de un aspecto interesante. Es el tipo de hombre capaz de alimentar a todo un país a base de fantasías.

—El mundo, que se empeña en que nos conozcamos. —Antes de que pueda contestar, me obliga a moverme para sentarse a mi lado. Se acerca mucho, tanto que noto su cálido aliento rebotando contra mi oreja, y me susurra—: ¿Cómo vas a torturar al pobre entrevistado?

—¿Y por qué querría hacer yo algo así? —Me vuelvo y me percato de que por poco mi nariz roza la suya. Me tenso un poco incómoda y él sonríe. Le gusta llevar las riendas de la situación. Saberse el dueño de lo que está pasando. Mi madre le llamaría descarado, pero yo no soy ella y le acuño el sobrenombre de seductor. Ya no solo por la manera de mirar juguetón mi labio inferior, sino porque no sé cómo ni cuándo su mano ha acabado extendida sobre la parte baja de mi espalda.

—Si no calculo mal, te está haciendo esperar más de media hora, y eso no es de caballeros.

—No soy una mujer vengativa. —Me encojo de hombros intentando separarme. No porque me moleste la proximidad, sino porque me siento como un pequeño cervatillo delante de un león hambriento. Y no quiero ser la merienda de nadie. Las cosas tan directas me asustan, me intimidan. Yo soy más de las que se enamoran a fuego lento hasta perder la cabeza. Bueno, era. Esa capacidad la he perdido.

—Es verdad, tienes pinta de niña buena. De esas que todavía se sonrojan antes de desnudarse delante de un hombre. —Se aparta.

—Nunca te fíes de las apariencias. Ya sabes lo que dicen...

—¿Que engañan?

—No. —No puedo evitar poner los ojos en blanco con una sonrisa—. Que los asesinos en serie sociópatas son los que mejor disimulan. Así que no te la juegues...

Le doy un codazo y se aparta antes de que le roce; procuro estirar el brazo para conseguir mi objetivo, con tan mala suerte de que muevo las piernas, las medias se enganchan y se rompen.

—No me lo puedo creer —me quejo, elevando las manos al cielo, cuando reviso los desperfectos.

—Se te ha roto la media. Una tragedia —se mofa de mí.

—Pues sí. Cómo se nota que no eres chica...

—Pero entiendo que os ahogáis en un vaso de agua medio lleno.

—A mí eso no me pasa, sé nadar. —Le guiño un ojo—. La cuestión es que tengo una cita profesional, he logrado no venir apestando y ahora voy con una carrera en la que podría participar hasta Fernando Alonso. Está visto que hoy estaba escrito que tenía que llegar hecha un adefesio a la entrevista; nadie puede eludir el destino.

—Yo ya te he salvado una vez. Lo puedo intentar otra a cambio de tu nombre.

—¿Tienes unas medias de repuesto? Porque si tu respuesta es no, dudo que puedas. No te ofendas.

—Dime cómo te llamas y lo soluciono.

Lo miro para ver si está hablando en serio. Porque para él, como para el resto de los mortales con el cromosoma Y, eso es una auténtica tontería. Para nosotras, una catástrofe que se repite demasiado a menudo y en los momentos que más nos puede fastidiar.

Me detengo en sus pestañas: son las más largas que he visto en mi vida. Cualquier persona las envidiaría. Tiene una mirada diferente a todas las que he visto. Trato de identificar de qué se trata ese nuevo ingrediente y lo logro: es seguridad, madurez, un hombre hecho a sí mismo.

—Sorpréndeme. Me llamo Aura, Aura Núñez —informo con suficiencia, y veo que estira la mano.

Imito el gesto pensando que la va a estrechar, pero pasa de largo. Se agacha sin retirarme la mirada, para que pueda distinguir claramente qué va a hacer, y con descaro me quita los tacones y los coloca al lado de mis pies descalzos; sonríe con suficiencia y me dice:

—Ahora debería ser sencillo. Solo tienes que quitártelas. Ya te he facilitado el camino, no hay obstáculos al final.

—¿Lo dices en serio?

—¿No vas depilada y te da miedo que veamos a Tarzán saltando entre los pelos? —contesta con otra pregunta, al tiempo que se incorpora.

—Sí, voy depilada, y lo contrario tampoco sería un problema. Es pelo, no ácido.

—Entonces no veo el problema.

Medito cinco segundos y la verdad es que yo tampoco lo veo. Mejor así que con una prenda rota.

—No mires...

—No puedo prometer nada —bromea mientras se coloca las manos encima de los ojos.

Le vigilo y me percato de que abre los dedos para poder echar una ojeada. Con los brazos cruzados, divertida, le digo:

—Date la vuelta. Te he pillado.

—He intentado ser un chico bueno, pero creo que me gustan demasiado tus piernas.

—No me líes ni me engañes, embaucador de serpientes...

Resignado y con una sonrisa de infarto, me hace caso. Me aseguro de que no hay nadie más y procedo al noble arte de meter las manos por debajo de la falda y bajarme las medias para hacer un ovillo y guardarlas en mi bolso con la idea de tirarlas a un contenedor nada más salir.

—¿Y qué le vas a preguntar exactamente a tu entrevistado?

—¡¿Yo qué sé?! Tonterías sobre cuándo decidió que quería ser emprendedor, cómo lleva lo de ser un cerebrito que se están rifando todos, cuál es su ingrediente del éxito, cómo ve el futuro... Ya sabes, las típicas. Tampoco es que la entrevista tenga mucho interés informativo. La hacemos porque el tío es listo, llama la atención y el año que viene hay elecciones y la Comunidad pone mucha publicidad en la página web de la agencia y quiere difundir que la fuga de cerebros de la que se le acusa no es del todo cierta, que seguimos teniendo talento nacional.

—No suena muy entretenido. Seguro que ahora mismo te apetecería estar en cualquier sitio del mundo que no fuera aquí.

—Ya está —le anuncio enarbolando las medias como si hubiera hecho una proeza digna de un Nobel, y él se vuelve y recorre con su mirada, sin disimulo alguno, mis piernas a lo largo—. Es sábado y no es Jenna Ortega. Por supuesto que preferiría hacer cualquier cosa antes que estar esperando —consulto el reloj— cuarenta minutos por un tío que no conocen ni en su casa. Y, hablando de desconocidos, ¿tú cómo te llamas? Creo que te has ganado que mencione tu nombre cuando narre esta surrealista historia.

—Estaba deseando que me lo preguntases. —Hace una pausa teatral e intuyo que no me va a gustar la segunda parte—. Yon. —Me tiende la mano y la estrecho al tiempo que noto cómo me empiezo a poner blanca y todo me da vueltas. Antes de que se lo pregunte para confirmar mis peores sospechas, añade—: Sí, soy el tío aburrido al que vas a entrevistar. Y no te sientas mal si ahora mismo piensas que soy un cabrón de campeonato —agrega poniéndose en pie—. Lo soy. Era demasiado divertido jugar...

Me quedo muda y puede que incluso ciega, porque voy andando hasta el despacho guiada por la mano que Yon apoya en mi espalda sin ver nada de lo que sucede a mi alrededor, concentrando todas las fuerzas que me quedan en pensar una disculpa convincente o una excusa, como que esta mañana me han echado droga en el desayuno y por eso he dicho tantas tonterías.

En la puerta de lo que deduzco que es su despacho reúno las fuerzas necesarias para detenerme.

—¿Vas a contarles algo a mis jefes?

—¿Sobre qué? —pregunta extrañado mientras sujeta la puerta entornada para que pueda entrar.

—Básicamente, sobre que te he dicho que no me apetecía nada estar aquí y que la entrevista me importaba lo mismo que averiguar por qué los pepinos son más verdes en la corteza que en el interior...

Lo miro nerviosa. Me ha costado mucho esfuerzo y renunciar a mis vacaciones de verano estar allí. En la actualidad es a lo único que me aferro, lo único que recibe el calificativo de bueno en mi vida. Una evasión que no puedo perder también; si no, me quedaré a solas con mis pensamientos, y Víctor es el dueño y señor de ellos. Lo que me aterra.

—¿Por qué haría eso?

—Porque he herido tu orgullo de emprendedor modelo.

—Aura, no soy un cabrón. Te he vacilado un rato, y cada vez que decías algo malo de la entrevista, me reía pensando en la cara de apuro que pondrías cuando te confesase que yo era el entrevistado. Y tenía razón, se te tiñen las mejillas. —Pasa la yema de los dedos por mi rostro hasta el mentón y me sujeta, obligándome a que lo mire. Me da vergüenza reconocerlo, pero los ojos se me empiezan a enturbiar y creo que voy a llorar—. No voy a hacer nada ni a decir nada, así que borra la preocupación, que tienes una sonrisa demasiado bonita como para que le roben protagonismo.

Se asegura de que me he calmado, me suelta y se hace a un lado para que pase. Un poco más tranquila, traspaso el umbral y, justo cuando estoy a su altura y puedo oler el perfume que lleva —que no sé de qué marca es, pero me dan ganas de hundir mi cara en su pecho hasta averiguarlo—, añade:

—Eso sí, tendrás que hacerme una entrevista que,

cuando se la enseñe al resto de los empresarios del vivero, logre que me hagan la ola y ovacionen a lo bestia.

—Eso y que las chicas se levanten las camisetas y tengan tu nombre apuntado en las tetas, y los chicos en el culo.

—Trato hecho.

De nuevo coloca su mano abierta en mi espalda y la desliza marcando un camino hasta quedar en la parte baja de esta, demasiado cerca de mi trasero, en mi modesta opinión, y entramos.

Es un despacho amplio, pero no está cargado de mobiliario. Al lado del ventanal hay una mesa negra, con un ordenador enorme y un par de sillas, y en una esquina, dos sofás. También hay unos cuantos cuadros de arte moderno colgados en la pared, pero como no entiendo mucho, no distingo si son de un renombrado artista o comprados en Ikea para dar algo de color.

Me encamino directa a la mesa, pero Yon tira de mí.

—Mejor aquí. —Me lleva hasta los sofás—. Así es más de tú a tú.

Asiento. En realidad, me da igual dónde soltar la batería de preguntas típicas que tengo preparada. Sus largas piernas rozan mis rodillas. Cruzo la derecha por encima de la rodilla izquierda, con cuidado de que mis braguitas negras no queden expuestas, para evitar el contacto.

—Si te parece, comenzamos ya —informo mientras activo la grabadora, tras lo que anoto el número de pista en el que estará contenida la entrevista.

—No creí que me pasaría, pero estoy algo nervioso —dice con total tranquilidad—. Si te parece, podríamos hacerla de una manera un poco atípica.

—¿Qué propones?

—Una pregunta por una respuesta.

—Tú eres el emprendedor con más premios que años...

—Y tú, una chica que ha llamado mi atención, y eso

es muy complicado. Aunque reconozco que las circunstancias de nuestro primer encuentro han influido.

Pongo los ojos en blanco. Es la típica frase que mi hermano utilizaría con cualquier chica para que se sintiese especial, como que tiene algo único para lograr que el soltero de oro se enamore de ella. Una mentira total y absoluta. Pero accedo.

—¿Empiezo yo?

—Las damas primero. Siempre. —Se recuesta. La camisa se le adhiere al cuerpo, y yo me pregunto cómo se las arreglará para gestionar una empresa y tener esos pectorales de gimnasio.

—En estos tiempos de crisis, ¿cómo te atreviste a embarcarte en el complicado mundo de los emprendedores?

—No me gusta recibir órdenes, pero sí darlas. Valoré cuál era el camino más rápido y lo tomé. —Supongo que va a añadir algo más; sin embargo, se queda callado—. ¿Mi turno?

—¿Esta es tu respuesta definitiva?

—Podría adornarla y hacerla más larga. Contarte que estuve meses elaborando un plan viable, visitando bancos para que me dieran un crédito aceptable, buscando ayudas y trabajando hasta que encontré la primera cana, que mi madre dijo que me haría más interesante. Pero creo que me pueden las ganas de plantearte la pregunta que lleva surcando mi cabeza desde que nos hemos encontrado.

—Pues hazla y luego te extiendes en tus respuestas. Con esto no me da ni para tres párrafos de un teletipo. Y te tengo que vender como un ejemplo a seguir y no como una persona a la que le gusta mandar a lo Grey, con látigo y esposas.

Yon se inclina hacia delante y ladea la cabeza como si eso le permitiese leer en mi interior.

—¿Cuántos años tienes?

—Veinte.

—Eres joven.

—Eso dicen.

—¿Y entonces por qué tus ojos parecen los de alguien mayor y que ha sufrido mucho, con la mirada más triste y melancólica que he visto? Es imposible que te hayan pasado tantas cosas malas en tan poco tiempo.

Me tenso.

—Te han roto el corazón, ¿verdad?

—¿Una mujer no puede estar decepcionada con la vida sin que haya amor de por medio?

—Sí, pero tú no.

—No me conoces.

—En eso te equivocas. Uno de los factores de mi éxito es que soy capaz de analizar a una persona solo con estrecharle la mano. Sé lo que les mueve: dinero, ambición, poder, familia, sentirse realizados, ascender... Ese es mi ingrediente secreto, entrar dentro de ellos sin que lo noten y analizar lo que necesitan para después ofrecérselo al mejor precio y de la manera más eficiente.

—¿Y qué necesito yo?

—Un abrazo que logre cargarte de fuerzas. —Se rasca el mentón—. Y olvidar, aunque te aferras con uñas y dientes a no hacerlo.

—Bueno. —Me canso de su discurso prefabricado para seducir a jóvenes débiles e indefensas por una ruptura. Mujeres que necesitan tapar con otro el nombre de la persona que las abandonó con la esperanza de que este desaparezca de su memoria—. Supongo que ahora viene la típica frase de que tú podrías ser mi paño de lágrimas, mi amigo, mi confidente, esa persona en la que apoyarme para superar esta etapa de mi vida en la que incluso el amanecer más espectacular me parece una mierda.

—No. Eso lo tienes que lograr tú solita, aunque creo

que podría caer rendido a tus pies si la luz de tu sonrisa se trasladara alguna vez a la de tu mirada.

—¿Estás intentando ligar conmigo?

—Yo intento ligar con todas. Es mi naturaleza. Pero contigo no. Por lo menos ahora. Te veo tan indefensa que me daría miedo partirte en dos de un momento a otro. Cuando algo está roto, trato de mantenerme al margen antes que provocar que se haga más añicos.

Me pongo nerviosa y me remuevo en el sofá, incómoda.

—¿Tienes alguna duda más? Lo he meditado y creo que flirtear no va incluido en mi irrisoria paga, porque lo que me dan no merece el calificativo de sueldo.

—¿Él te hizo feliz?

No debo contestar, pero mis amigas ya están hartas de hablar del tema y yo, en cambio, me podría tirar todo el día haciéndolo; hasta en sueños creo que lo balbuceo. Loca, sí, de desamor.

—Demasiado.

—¿Fue el primer chico con el que estuviste?

—El problema no es que fuera mi primer amor, es que quería que se convirtiera en el último.

—¿Querías o quieres?

—Eso ya no importa. No está en mi mano.

—Pues yo creo que es la clave.

—¿Para qué?

—Para avanzar.

Le ignoro porque en el fondo sé que lleva razón y no quiero dársela. Prefiero hundirme en la miseria con Víctor en mi interior, aunque sea a modo de garrapata que me chupa la sangre, que seguir adelante y ser feliz sin él.

Cojo la libreta y, sin darle ninguna posibilidad de que siga tratando de indagar dentro de mí, vuelvo a la carga y comienzo a preguntar. Me entero de que antes de esta empresa lo intentó con otra que quebró a los seis meses de vida. Todo el mundo pensó que se hundiría porque había invertido todos sus ahorros, pero lo que hizo fue fortalecerse como un buen buque y salir de nuevo a navegar, seguro de que esta vez llegaría a buen puerto, y, en el caso de no hacerlo, tenía los suficientes botes salvavidas para no perderlo todo.

Saco una conclusión en claro: se merece todo el éxito que tiene, y más que se merecería si la vida fuese justa, porque mientras el resto de sus compañeros de promoción iban de fiesta en fiesta quejándose de lo difícil que era la situación, él le ponía remedio hincando los codos, trabajando, luchando.

—Y esta es toda mi vida. ¿Resulta suficiente para servir de Valium y que la gente caiga grogui? —dice recordando mi anterior comentario.

—La verdad es que, contra todo pronóstico, ha sido muy interesante. —Reviso mi reloj de pulsera y compruebo la hora—. Excesivamente, por lo que veo. Se me ha pasado el tiempo volando...

—Eso es porque soy un tío majo, atractivo...

—... Y creído.

—Constato una realidad, ¿o acaso vas a negar que cuando nos hemos despedido en la calle me has mirado el culo?

Me muerdo el labio. ¿Cómo narices se ha dado cuenta? Para mí ha sido un gesto involuntario, normal, sin mayor intención que la de observar una cosa bonita.

—¿No me jodas que es verdad? —se ríe—. Otra vez tus mejillas rojas te delatan.

—Eres insufrible. Menos mal que no te volveré a ver. Y no me vengas con que Madrid está lleno de casualidades, porque no hay excusa para una próxima vez. Si te veo rondándome, rodillazo en las costillas y echo a correr. No puedes ser tan perfecto. Seguro que albergas un psicópata dentro o algo peor —bromeo mientras me pongo de pie.

Yon me imita. Los pies comienzan a dolerme y me muevo de una manera un poco rara, exactamente como bailo con tres o cuatro copas de más.

—Anda, te dejo que te cambies de zapatos antes de invitarte a cenar, o tendré que llevarte de vuelta a casa en brazos y con ampollas sangrantes.

—¿Invitarme a cenar?

—Sí. Supongo que con tanto escucharme te habrá dado hambre. Es lo menos que puedo hacer.

—Lo siento, pero tengo planes.

—¿Y no se pueden cancelar?

—No.

De nuevo ese gesto que denota que no está acostumbrado a que lo rechacen.

—¿Y la semana que viene?

—Miraré mi agenda, pero creo que la tengo un poco apretada —contesto con miedo porque no es un patán. Es guapo, sí, pero lo más importante es que es inteligente y que sería capaz de entrar en mi cabeza, y de ahí al pecho dicen que solo hay un paso. Si un tío es capaz de enamorar a tu cerebro, el corazón le resulta pan comido. Y no quiero darle esa oportunidad porque el mío está reservado.

—Seguro que puedes hacerme un hueco...

—¿Por qué insistes? Creía que habías dejado claro que no querías ligar conmigo.

—No quiero hacerlo hoy. No te confundas. También te he dicho que soy experto en analizar lo que los demás necesitan para después ofrecerles algo mejor. Y creo que he encontrado el pegamento que podría reconstruirte.

—¿Y cuál es ese milagro?

—Sentir. Si logro que vuelvas a hacerlo, ya estarás de nuevo unida. Y entonces prometo emplearme a fondo para que te ruborices otra vez, pero esta vez con razón.

Bum. Un latido seco, solo uno, pero más potente que los que han mecido mi corazón estos últimos meses... Y en lo único que pienso es en llegar a mi casa y releer una escena con Víctor para reafirmar la idea de que, con él, aunque sea a través de los recuerdos, mi órgano vital se dispara, cabalga, navega «viento en popa a toda vela». Le odio por ello, por haberme convertido en dependiente, por preferir sufrir recordando sus besos que disfrutar probando unos labios nuevos.

Capítulo 18

La importancia de un piropo

Una vez en el teatro, me quito los cascos a regañadientes. Llevo una de esas sesiones de música de buen rollo que te suben el ánimo y hacen que te apetezca gritar durante el estribillo, aunque corras el riesgo de quedar como la chiflada de la zona. Le digo al acomodador que soy Aura, la amiga de Vilma, y me deja pasar detrás de las bambalinas porque está avisado. Me siento famosa e importante a pesar de que la obra lleva más de un año en la programación y no se han vendido ni la mitad de las entradas.

Avanzo por un pasillo estrecho, lleno de los carteles de las obras más exitosas que se han representado, sin saber son certeza cuál es mi destino porque no hay nadie que me lo indique. Estoy a punto de sacar el móvil para llamar y decir que estoy perdida cual Alicia en el País de las Maravillas cuando oigo las voces de mi hermano y Sara y me dejo guiar por el eco de ellas.

Los encuentro frente a lo que imagino que es el camerino de Vilma; están discutiendo, como siempre. Cuando me acerco, veo que se trata del baño. Tal vez están ahí estratégicamente para darse un festín sexual en su interior cuando se reconcilien. Su relación se basa en pelearse y solucionarlo. Esa ecuación elevada al infinito. Son como dos polos opuestos que se necesitan para poder funcionar pero que, a la vez, chocan cada vez que están juntos, estallando en una guerra dialéctica que solo termina cuando uno decide poner fin callando al otro con un beso. Y a veces los envidio porque, cuando mi hermano agarra a la morena para estampar sus labios en los de ella, lo hace con necesidad, desesperación, urgencia, fuerza, como si estuvieran en un bucle de escenas finales de película. Son tan monos que resultan odiosos, de esos novios que ves por la calle y deseas ponerles la zancadilla porque enturbian la atmósfera con amor del de verdad, ese que hace que se digan lo que no soportan el uno del otro, se comprendan en los malos momentos y se acuesten cada noche como si se estuvieran desvirgando mutuamente.

Durante su reconciliación tuve la oportunidad de escucharlos una vez follando como conejos que esperan morir de un infarto después del polvo del siglo. Estaban en nuestro piso, un par de semanas después de mi momento patético llorando bajo la lluvia, y, cuando empecé a oír que el cabecero impactaba contra la pared y la cama saltaba como si fuera un terremoto, traté de anular mi capacidad auditiva debajo de la almohada, apretándola con fuerza, pero creo que el «te quiero» que le gritó mi hermano mientras probablemente se corría se oyó hasta en mi pueblo. ¡Y cómo se lo dijo! Fue tan intenso, tan de verdad, que la envidia me carcomió.

Tuve mis dudas. Eran demasiados años desconfiando de Christian como para fiarme de él a la primera de cambio. Sin embargo, todas mis reservas se esfumaron cuando Sara entró una mañana en mi habitación, se tiró encima de mí despertándome y, con una sonrisa que le iluminaba la cara, me llamó cuñada y me confesó, con tanta ilusión que acabó contagiándome, a pesar de que yo solo quería rebozarme en la autocompasión una y otra vez, que él le había pedido que formalizasen lo suyo. Después estuvo todo el día canturreando por la casa de muy buen humor: «Yo tengo un novio, yo tengo un novio, yo tengo un novio que me lleva a la bahía...». Al final le acabé cogiendo manía a esa desfasada canción y todo.

Supongo que eso fue lo único por lo que mereció la pena que Víctor me dejase. Yo resté y ellos sumaron ante un mismo hecho. Ironías de la vida: todo el mundo apostaba que el cantautor y yo seríamos los protagonistas de una historia eterna, y al final lo iban a lograr Sara y Christian, por los que nadie daba un duro.

Me acerco con mis tacones resonando en el suelo de mármol, pero ellos no se percatan, enfrascados en lo que sea que estén hablando.

—Dicen que discutir es sano, que libera endorfinas y tal... Pero creo que no hace falta que lo hagáis todos los días. Con el ritmo que lleváis, como mínimo llegáis a los cien años.

Beso a Sara en la mejilla con cuidado porque sé que como le quite su delicado maquillaje me hará vudú, y mi hermano, ese ser que antes me habría insultado o contestado de una manera desagradable, se limita a frotarme la cabeza, provocando que me separe veloz de él para que no me despeine la coleta, que tiene que parecer *casual*, pero en la que cada pelo cumple su función.

—Te necesito en mi bando, ¿puedes decirle a la pesada de tu amiga que esos pantalones le quedan bien? Como me lo haga repetir una vez más, me rebano la lengua con lo primero que encuentre...

Miro el atuendo de mi compañera. Lleva unos bonitos vaqueros claros de pitillo con una camiseta con la bandera de Estados Unidos y el hombro al aire y unas Converse bajas color pastel.

—Estás guapa. No veo el problema. —Lo digo de verdad.

—¿No lo ves? Pues no tiene pérdida. Mi culo parece el mapamundi a tamaño real —se queja.

Las caderas de Sara son anchas, y podría perder todo el peso del mundo, que eso seguiría siendo así: el hueso no disminuye, da igual la dieta que sigas.

—Estoy gorda —añade.

—Tienes curvas —replica mi hermano.

—Esa es la manera educada de darme la razón.

—¿Pero por qué narices estás tan insegura? —le pregunta Christian frustrado.

—Porque estoy gorda.

—Bueno, vale, sí. Estás gorda. ¿Y qué? Estás gorda y eres preciosa.

—¿En serio te parece que lo que has dicho tiene sentido?

—Lo que no tiene sentido es que utilicemos la palabra *gorda* como si fuera un insulto, cuando a mí me gusta cada gramo de tu cuerpo.

Estoy a punto de aplaudir a mi hermano hasta que el inexperto le agarra esas lorcillas que sobresalen de la barriga y añade:

—Mi croquetilla, mi buñuelo, mi...

—Di algo más y hago que corra el bulo por internet de que tienes disfunción eréctil. —Sara se aparta subiéndose el vaquero para taparse la barriga.

—No serías capaz.

—Desde que estoy contigo, tengo miles de seguidoras. Un tuit, y tu reputación cae en picado...

—Entonces tendría que follármelas a todas para demostrar que es un bulo, y no creo que eso te gustase.

—No podrías...

—¿Por qué no, según tu experta opinión?

—Porque cuando comprobases que la chica que tienes desnuda debajo no soy yo, ni se te levantaría.

Espero a que mi hermano le suelte un corte de esos que rebotan en las costillas, pero él sonríe y agrega:

—Llevas razón. Contigo se pone como un mástil; con las demás se quedaría como un jodido gusano viscoso. ¿Qué has hecho para domesticar a Titán, con lo feliz que era libre de ataduras?

—Enamorar a su dueño.

Sara ríe satisfecha por su respuesta y mi hermano no puede evitar que el gesto se le contagie. Intento volverme a tiempo para dejarles intimidad, pero no lo hago lo suficientemente rápido para no ver cómo él la agarra por la cintura y la atrae hacia sí para besarla hasta que su morro acaba pintado con el mismo tono rojo que el de ella.

—¿Ya? —pregunto después de cinco minutos en los que no he parado de oír sus lenguas y su saliva entremezclándose.

—Perdón —se disculpa Sara mientras se separa, pero mi hermano le pone la mano por encima del hombro.

No me molesta que se hayan olvidado de mi presencia. No, porque yo misma he experimentado lo que es internarte en tu propia burbuja con otra persona donde el espacio y el tiempo carecen de sentido. Solo tú, él y toda la gama de besos que os podáis dar sin respirar otra cosa que el aliento del otro.

—¿Está nerviosa Vilma?

—Nerviosa no es la palabra. Atacada, más bien. Para calmarse se ha tomado un kilo y medio de tranquilizantes, y cuando se ha dado cuenta de que se estaba quedando medio mongui, los ha contrarrestado con estimulantes.

—¿Y cómo ha terminado la mezcla?

—Drogada, Aura, drogada. Como si estuviera en un viaje psicodélico en el que no se para de reír y dando besos a todo el mundo.

—Mierda. —Me muerdo el labio.

—Pues todavía no sabes lo peor. —Me señala la puerta del baño que tenemos enfrente, y antes de que agregue nada más, se oye la voz de Patricia desde el interior:

—Estoy ridícula. No pienso salir hasta que las luces estén apagadas y me asegure de que nadie me ve.

—¡Joder, Patri! —Sara golpea con los nudillos—. Le prometimos que estaríamos en primera fila cuando saliese, y yo le dije que, si se olvidaba del texto, me pondría de pie y enseñaría las tetas para captar toda la atención y que nadie se diese cuenta.

—Todavía no sé por qué debo estar de acuerdo con ese punto —refunfuña mi hermano.

—Es que no tienes que estar de acuerdo porque es mi cuerpo. Se trata de solidaridad femenina. Y llamarían la atención porque son bonitas y grandes —bromea—. Y tuyas —añade, lo que provoca que mi hermano se empiece a reír divertido y le coloque el pelo detrás de las orejas antes de darle un pico. No los entiendo, pero, por lo visto, ellos sí lo hacen. Tienen un lenguaje propio que se me escapa: el de los enamorados.

Aparto la mirada de ellos. Me duele físicamente verlos porque poseen lo único que yo deseo: felicidad, felicidad conjunta. Una complicidad total y absoluta. Ser lo más esencial para alguien, que me quieran como si ese fuese el único sentimiento que importase en el mundo. Sara y Christian lo tienen.

Sintiéndome incómoda y mala persona, porque se supone que las buenas se alegran por las demás, por su gente, y no se ahogan en la envidia, preparo la mano para golpear la puerta con insistencia y tirarla abajo si hace falta, cuando noto que esta se empieza a abrir.

Sara, Christian y yo nos alineamos en fila recta esperando a Patricia. Parecemos los familiares que aguardan para ver al concursante después de su paso por *Cambio radical*. Noto que me pongo nerviosa, no por la curiosidad de contemplar el resultado, sino porque, por primera vez desde que la conozco, nuestra amiga se va a mostrar tal y como es, trasladando lo que tiene en su corazón a su físico.

Da un paso hacia delante, tímida, y Sara ahoga un gritito de emoción.

—Estás preciosa —sentencia.

Al ver que Christian, que está el siguiente en la fila y, por lo tanto, le corresponde hablar, no dice nada, le da un codazo sin disimular.

—Si no estuviera aquí mi novia, ¿intentaría follarte? —pregunta confuso. Es un animal de corral, sí, pero por lo menos está intentando animarla, darle las fuerzas de las que carece con su débil personalidad—. Pero por detrás —añade—. Porque si no, la sorpresa...

—Cállate. —Le aprieto el brazo para que no la líe. Mi hermano responde encogiéndose de hombros. Dirijo toda mi atención a mi amiga y, con una sonrisa que se me dibuja sola en el rostro, le digo—: Eres tú. Tan bonita por fuera como por dentro.

Patricia se ruboriza y se mira a los pies. No le gusta ser el centro de atención. Nunca le ha gustado. Vive más segura y cómoda en el discreto segundo plano. Esa era su zona de confort, y ahora ha salido de ella.

La observo de arriba abajo. Lleva una camisa blanca con una falda de color pastel de vuelo y unas bailarinas del mismo tono. La peluca, de un tono castaño oscuro, le roza los hombros por encima y, tras afeitarse de manera impecable, se ha aplicado una base suave, un poco de colorete rosado del mismo tono que la sombra y una potente máscara de pestañas que hace que sus ojos, normalmente ocultos tras sus pequeñas gafas, parezcan mucho más grandes.

Vale, esto no es como en las películas americanas, cuando la protagonista, hasta entonces vestida, peinada y maquillada de una manera criminal, baja la escalera antes del baile de fin de curso transformada en una futura candidata de *America's Next Top Model*. No. Tras el cambio de aspecto, Patricia es una chica sencilla, normal, como yo. Sin embargo, es mucho más. Es ella. Ha dejado que su esencia salga a la superficie, y eso se nota en todo. Como cuando un día te miras en el espejo y te ves increíblemente guapa con el mismo conjunto que hace una semana te hacía sentir un orco de Mordor y crees que te puedes comer el mundo y, mira tú por dónde, te lo comes a bocados y sin indigestión. Seguridad en uno mismo, lo llamo yo. Eso es lo que desprende por primera vez mi amiga. Ya no se tiene que esconder, como cuando estaba encerrada en el cuerpo de Dani; ahora ha salido a la superficie y quiere vivir todo lo que le ha sido negado durante tantos años. Pero poco a poco.

—¿Podéis decir algo? Me empieza a inquietar que me contempléis como si fuera una especie de extraterrestre... —murmura, frotándose las manos.

—Es que estamos contentas de que por fin nos hayas dejado conocerte —contesta Sara, que, estoy segura, se está conteniendo para no ponerse a dar saltos o aplaudir. Ella es muy teatrera, aunque la actriz sea Vilma. Pero sabe que hay que tratar el tema con normalidad o, de lo contrario, Patricia se pondrá nerviosa.

Me comparo con ella. Mi posición estática ante sus movimientos exagerados. Yo antes era como la morena. Lo vivía todo con ilusión, en la cima de la montaña rusa. *Carpe diem* me definía, y el positivismo era mi aliado. Lo veía todo en una nebulosa de color rosa en la que cualquier cosa era posible y el melodrama era un enemigo a batir si intentaba quedarse más tiempo del necesario. Yo antes era muchas cosas... De las que ahora no queda nada.

—¿Se nota mucho que son rellenos? —Nos coge la mano a Sara y a mí y nos las lleva a la copa de su sujetador. Christian, que debe de sentirse una más, hace el amago de tocar.

—¡Ni se te ocurra! —le detiene Sara.

—¡Si son de mentira!

—Eso mismo se podría aplicar a las de silicona y tampoco tienes permiso para tocarlas.

—Eres una novia muy severa. —Hace un mohín—. Aunque tampoco te creas que me gustaban mucho. Era como seguir jugando con pelotas fuera del campo...

—Idéntico... —añade Sara con ironía.

—Bueno, ¿qué me decís? —los interrumpe Patricia—. ¿Se nota?

Dicen que un gesto vale más que mil palabras. Pues allá vamos. Cojo su mano y se la pongo encima de mi pecho.

—¿Lo notas tú? Porque yo también uso estos sujetadores desde que mi hermano me acuñó el apodo de *tabla de planchar*. —Lo miro frunciendo el ceño y le hago un gesto que viene a decir: «Todavía te la guardo».

—Ese no fue el peor. —Sonríe al recordar nuestra adolescencia, pero al minuto chasquea la lengua. Sé que se ha mordido el interior de la mejilla. Desde que estuvo a mi lado mientras me rebozaba en la mierda un día tras otro, debió de jurarse a sí mismo que nunca más se metería conmigo, y, por primera vez, está cumpliendo una promesa..., aunque sé que echa de menos esos momentos en los que discutíamos hasta que nos dolían las cuerdas vocales, porque yo también los añoro.

—Además está el tema de que creo que pincho un poco si me dan dos besos, la nuez, la voz... Se van a reír de mí.

Se pone nerviosa y retrocede sobre sus propios pasos para regresar al baño y, probablemente, encerrarse. Y no estoy hablando de encerrarse en el aseo, sino otra vez en Dani. Su propia y asfixiante cárcel. Pongo todas mis neuronas a pensar para decir una de esas frases inteligentes, ocurrentes y perfectas que se sueltan en los momentos idóneos para transmitir valentía a los amigos y, ya de paso, espantar sus fantasmas, pero Christian se me adelanta. Se separa de Sara y agarra a Patricia por el brazo.

—Nadie que merezca la pena lo hará.

—¡Tú mismo lo harías si no estuvieras con ella!

—Eso confirma mis palabras. Antes de Sara, yo no merecía la pena. Punto. Y no lo digo por reconfortarte. Es así. Era un bruto insensible que solo pensaba en sus pelotas y el «palito» —coloca las dos manos con un hueco de más de veinte centímetros entre ellas para dejar claro que el diminutivo es solo un recurso lingüístico— que está en medio.

—Acabas de describir a la mayoría de los tíos con los que nos vamos a encontrar esta noche cuando salgamos...

—Está bien. Te lo explicaré de otra manera. Como intuya que algún insensible piensa meterse contigo, le meteré tal rodillazo en las pelotas que no le quedará voz para insultarte y aullar de dolor a la vez —añade con un tono protector que obliga a Patricia a detenerse durante un instante, que él aprovecha para agregar—: Y, señoras, ahora vamos a dejar de lado las malditas inseguridades de si el pantalón me hace gorda o no y los miedos por un hipotético insulto que no sabemos si llegará a ocurrir, y centrémonos en la verdadera protagonista que, por si se os ha olvidado, es Vilma. Esa actriz que ahora mismo parece el Sombrerero Loco y que, como salga y no os vea, se llevará el disgusto del siglo. Cosa que, para las que vivís con ella, se puede convertir en una verdadera tortura.

Las tres asentimos como si Christian se hubiera convertido en nuestro entrenador antes de un partido y nos acabase de recordar que tenemos que salir al campo si queremos aspirar a ganar.

—¡Eso! —le da la razón Sara a Christian—. ¿Tienes las flores? —le pregunta a Patricia, que regresa al baño para salir de él con una bolsa con su antigua ropa y un bonito ramo de rosas con una tarjeta en la que se puede leer:

NOSOTRAS SIEMPRE CONFIAMOS EN TI. NO ES NINGÚN MÉRITO, PUESTO QUE LLEVAMOS AÑOS VIÉNDOTE EN EL CIELO, ESTRELLA. HOY SOLO HAS DESLUMBRADO A LOS DEMÁS CON TU BRILLO. TE QUEREMOS.

La morena comienza a andar con total seguridad, como si conociese esos pasillos que a mí se me antojan un laberinto artístico. La iluminación es muy tenue y con cada paso disminuye todavía más. Miro a ambos lados. Es todo tan tétrico que no me extrañaría que nos topásemos de un momento a otro con el sucedáneo del fantasma de la ópera a la española. Mis pensamientos van vagando por ahí cuando noto que alguien me aprieta el brazo y grito. Sí, soy de las que en un pasaje del terror morirían de un infarto, lo que obligaría a los pobres feriantes a cerrar la atracción.

—Mierda, Aura, ¿y tú eres la que algún día nadarás entre tiburones para superar tu fobia? Si todavía le tienes miedo a la oscuridad, como cuando éramos unos críos... —se burla Christian, haciéndoles un gesto para que continúen andando a Sara y Patricia, que se han girado asustadas al oír mi chillido, algo propio de esas escenas de películas de terror en las que estás lavándote la cara y, cuando terminas, descubres a través del espejo que hay un psicópata detrás de ti.

—¿Hablamos de miedos? Porque tal vez a ellas les guste saber que un día te cagaste encima al ver a un payaso...

—Tenía tres años y él llevaba la cara pintada, una nariz roja, un pelo que parecía de electrocutado, y no paraba de sonreír de una manera extraña... ¡Y yo no lo conocía!

—Como siempre se justifica porque, claro, el gran futbolista no puede tener miedo a nada ni a nadie. Una especie de superdiós que se sube encima de la cama y grita como un bebé si ve una cucaracha en su habitación. Lo he vivido. Mi madre tuvo que salvarle la vida al pobre insecto, que estaba a punto de morir por el susto, recogiéndolo con el recogedor y soltándolo en la calle. Y no es que ella sea una amante de los animales, es que imagino que sería un trauma pisarlo y ver su impoluto suelo manchado con sus restos.

—Te cagaste. Punto —repito, intentando rescatar algo de nuestra anterior relación. No es que no me agrade que ahora actúe como presuponía que hacían los hermanos mayores, me reconforta saber que él estará ahí para lo que necesite. Sin condiciones. Supongo que siempre lo había sospechado, aunque me costase admitirlo. Si no, ¿por qué lo llamé el peor día de mi vida? ¿Por qué fue su cara la primera que vislumbré cuando estaba perdida? Creo que eso es lo que pasa con la familia: puedes enfadarte, pasar un tiempo sin llamarlos e incluso tener la absurda creencia de que ya no los necesitas, pero nunca desaparecen de tu subconsciente, de tu corazón, porque forman parte de ti. Sin embargo, extraño al Christian y a la Aura de antes... Miento. Me extraño a mí misma.

Noto que Christian está tenso y se obliga a respirar antes de contestar:

—Toma. —Me tiende una bolsa.

—¿Qué es? —pregunto mientras la cojo.

—Si la abres, lo sabrás...

Le hago caso y observo que en su interior hay unas zapatillas, que, hasta donde yo recuerdo, estaban en mi habitación.

—¿Estás intentando decirme que no sé andar con glamur?

—Eso ya lo sabes, y, aun así, te empeñas en ponerte tacones y parecer un pato mareado. —Me guiña un ojo—. Lo que no quiero es que acabes la noche con unas ampollas que me obliguen a llevarte en brazos a la cama. Me gustaría más hacer eso con ella. —Señala a Sara.

—¿Acaso has sentido la llamada de la paternidad y quieres practicar cuidándome a mí?

—Si tú fueras el experimento que me serviría para averiguar si quiero hijos o no, iría mañana mismo a hacerme la vasectomía. —Tiemblo e, instintivamente, él me frota los brazos sin percatarse de que me ha dejado con la boca abierta.

—Venga, en serio, ¿cuándo te ha invadido el espíritu protector de mamá...?

—Ya lo sabes. —Se pone serio—. Te vi tan jodida a todos los niveles que creí que entrarías en una depresión de la que no te podría sacar, y eso me destrozó más que cualquier golpe. Y tú misma sabes que me han dado mucho en mi época de camorrista, que me pegaba un fin de semana sí y otro también... —Me entra un escalofrío, pero no es por la temperatura. Está hablando de la noche que me encontró al lado del contenedor, y eso, de forma irremediable, me lleva de vuelta a él.

Víctor lo inunda todo, y, aunque sé que mi hermano se está abriendo en cuerpo y alma y puede que nunca recupere esas palabras, esa confesión de amor fraternal, todo se desvanece al ritmo de la melancólica melodía que me invade para recordarme que lo mejor que me deparaba esta vida ya ha ocurrido y que está en un pasado al que no puedo regresar.

Cierro los ojos dejándome guiar por el brazo de Christian, que me mantiene sujeta dándome friegas para que entre en calor, y allí está él. Como siempre. Tengo atesorada su mejor imagen inventada en mi memoria. Le observo despeinado —unas veces me obligo a soñar que ya venía así y otras, que mis dedos se habían hundido en su cabello hasta lograr ese resultado— y él sonríe mordiéndose el labio a la espera de que yo lo libere con un beso. Pero lo más importante es la postura, puesto que en ese sueño enfermizo, que se reproduce de forma preocupante mientras estoy despierta, él saca las manos de los bolsillos de su desgastado vaquero para invitarme a que acuda a su lado y nos acoplemos en la figura perfecta de la unidad. Y yo lo hago sin pensármelo dos veces porque lo único que necesito para poder volver a respirar es apoyarme en su pecho y hacerlo a su ritmo, con las yemas de los dedos explorando de nuevo su piel hasta arrancarle una de esas sonrisas que en mi diccionario significan vida.

No me doy cuenta de que una lágrima resbala por mi mejilla hasta que la atrapo con la lengua. Su sabor salado y amargo me devuelve a una realidad en la que no quiero seguir existiendo. Es así de simple. Yo, Aura Núñez, me he apagado como las hogueras que se ahogan con cubos de agua y luego es imposible volver a encenderlas porque sus troncos están empapados.

Lo odio. Lo maldigo. Lo insulto. Y lo amo. Todo a la vez y en silencio.

Lo jodido, lo que verdaderamente me asusta, es que el sentimiento no está disminuyendo con el paso del tiempo, sino todo lo contrario. Puede que el recuerdo lo haya encumbrado al nivel de un mito. O que me esté volviendo masoquista y me guste el dolor, porque me empieza a resultar placentero el sufrimiento que desata en mí cada vez que pienso en él. Los pinchazos en el corazón me dejan agotada, física y anímicamente, pero a la vez me hacen sentir de nuevo viva. Como si el órgano vital más importante de mi anatomía se negase a latir si no es por Víctor, para bien y para mal. No me extraña, ya lo he dicho en una ocasión, pero estoy convencida de que su tinta lo ha abarcado todo tiñéndolo de otro color. Verde y marrón como sus ojos, quizá.

—Y haré cualquier cosa para que vuelvas a sonreír. Pero de verdad. Con ese soniquete histérico que hacía que desease estrangularte y tirar tu cadáver al río. ¿Me estás escuchando, Aura?

Oír mi nombre me arrebata del paraíso de tortura en que se ha convertido mi imaginación.

—Te quiero —susurro en voz alta, despidiéndome de Víctor, aunque, por supuesto, mi hermano piensa que se lo digo a él y yo no le saco del engaño. ¿Cómo podría explicarle que con veinte años me he echado un novio imaginario, ya que el real me ha abandonado? Patético, lo sé. Lo soy.

—No es que no quiera contestarte lo mismo, pero ya sabes que a mí no me gustan esas ñoñerías. No malgasto las palabras para que cuando las diga sean especiales. Sin embargo, creo que esto puede servir.

Se detiene un momento y me atrae para abrazarme y besarme en el nacimiento del pelo. La bolsa se desliza por mis manos hasta caer al suelo, y le clavo las uñas en la espalda. Es muy grande y fuerte. Yo me siento pequeña y débil.

—¿Por qué sigues rota? ¿Por qué? —se lamenta. Pero yo no le contesto. Ojalá supiera la respuesta.

Se separa un milímetro y pasea su mano hasta mi rostro, donde me limpia las lágrimas. Me avergüenzo de que se haya percatado. Es el día de Vilma y yo ya lo estoy fastidiando.

Sara nos llama. Por lo visto, en cuanto doblemos por el pasillo, llegaremos al patio de butacas.

—¡Ya vamos! —le contesta él antes de volver a centrar su atención en mí, colocar sus dedos con suavidad en mi barbilla y obligarme a mirarlo—. La próxima vez que llores quiero que sea de alegría, ¿lo entiendes? —Asiento—. Y si para eso tu mente macabra necesita depilarme el culo con cera de la manera más dolorosa posible, lo haces, aunque me cague en la puta con cada tirón. Cualquier cosa. Tú solo tienes que decirme qué te hace feliz y yo te lo traeré.

—¿Y si quiero andar sobre la Luna? —bromeo, recordando que, de pequeña, cuando todavía era mi héroe y yo pensaba que era capaz de cualquier cosa que se propusiera, le pedía que me llevase con él a pasear entre esas constelaciones que desde mi posición parecían toboganes.

—Me haré astronauta, iré al espacio y te traeré un pedrolo del tamaño suficiente como para que puedas hacer tu propio pase de modelos encima.

Christian me besa en la frente y me anima a seguir andando, sin darse cuenta de que me acaba de decir una de las cosas más bonitas que me han dicho en la vida. Así es él: debajo de la capa superficial que le señala como un cenutrio, vago e infantil, está el hombre que me promete el universo a cambio de una sonrisa. Y sé, porque lo conozco, que se ha ofrecido totalmente en serio.

Nos sentamos en la primera fila del patio de butacas. Son muy cómodas y amplias, pero como soy un culo inquieto, y más cuando estoy nerviosa, excitada o expectante, no paro de moverme y provoco un inquietante soniquete cada vez que arrastro mi trasero, ante la cara de desesperación de mi hermano, que me echa fugaces miradas fulminantes. En otra época, ya me habría ordenado que me estuviese quieta o me habría obligado a estarlo él mismo cuando se le hubiese acabado la paciencia.

Por su parte, Sara, a pesar de que hay carteles por toda la sala en los que se prohíbe el uso de móviles, saca el suyo —seguro que ha ido describiendo toda nuestra tarde con pelos y señales en Twitter e Instagram—, dispuesta a realizar un auténtico reportaje fotográfico. Patricia, que es de esa clase de personas que si se encontrasen cincuenta euros en el suelo irían a la comisaría más cercana para entregarlos, aunque se los llevase el funcionario de turno, la regaña, pero la morena contraataca diciendo que esa normativa está dirigida a gente que luego sube los vídeos a webs piratas, y ella lo está haciendo en su condición de orgullosa amiga de la artista.

Se encuentran manteniendo una apasionante conversación sobre la regulación cultural española cuando las luces se apagan y un foco ilumina el centro del escenario, donde sale la primera de las actrices, que habla de la generación que tiene unos cuarenta años.

—Cuando tienes diez años, te cuentan un cuento mientras estás en la cama; cuanto tienes veinte, te cuentan un cuento y te llevan a la cama; cuando tienes treinta, les dices: «Déjate de cuentos y llévame de una vez a la cama»; y cuando alcanzas los cuarenta..., ahora os lo cuento.

La gente aplaude su entradilla; la actriz se aparta a un lado y sale la segunda en acción.

—Seguro que quien inventó que los treinta son los nuevos veinte todavía no había llegado a esta edad, y es que en cuanto llegas a la tercera decena, te enfrentas al ahora o nunca: ahora o nunca triunfarás en tu trabajo, ahora o nunca tendrás un hijo, ahora o nunca hipotecarás tu vida, ahora o nunca encontrarás al hombre de tu vida... ¿Os he agobiado ya? Pues veréis cuando empiece con el monólogo.

Oímos el eco de las ovaciones por su presentación, pero en esta ocasión nosotros no aplaudimos puesto que esperamos impacientes la aparición estelar de la pelirroja. La cortina oscura del fondo ondea y Sara y yo nos miramos sonrientes. Ahí está. Vamos a ser testigos de la primera de nosotras que cumple su sueño. Se da la casualidad de que, además, se lo merece. Es su momento. El instante en el que por fin puede dejar atrás su trauma de bailarina, su frustración y esa mala suerte que la dejó hundida y conseguir aquello para lo que ha trabajado sin descanso. Nadie le ha regalado nada, la pelirroja ha luchado para lograr que lo que todo el mundo le decía que era imposible se transformase en lo contrario.

Sale y mi compañera de piso y yo tenemos que contenernos para no empezar a vitorearla antes de que abra la boca. Miro a la morena y veo que, al igual que me pasa a mí, se está reprimiendo para no hacerle la ola. Entonces, el taconazo rojo que lleva se engancha con la tela y, antes de que mi hermano se pueda poner en pie y correr a su auxilio, previniendo lo que va a suceder, Vilma se cae de morros e impacta contra el suelo.

Sara y yo ahogamos un grito, pero, en dos zancadas, Christian ya está a su lado comprobando que se encuentra bien. Se hace el silencio en la sala y a mí se me encoge el corazón. No porque se haya matado —como mucho se habrá abierto una brecha si no ha aterrizado del modo correcto, con los brazos por delante—, pero es su primera actuación y, en un arrebato de vergüenza, me temo que salga corriendo a esconderse en su camerino.

«Qué mala pata», pienso, y al minuto me reprendo por lo irónico de la expresión.

Vilma abre los ojos y se frota las rodillas. Mira hacia el público y, durante cinco largos segundos, contemplo el pánico escénico en sus ojos. Me recuerda al día en que la encontramos llorando desesperada en el cuarto de baño. A mi lado, Sara se levanta dispuesta a enseñar las pechugas, pero la agarro del brazo para impedírselo; aunque como broma estaba bien, si lo hace solo pondrá a la pelirroja más nerviosa y su actuación en evidencia.

Con la ayuda de mi hermano, Vilma se levanta, arruga la nariz y le tiembla el labio inferior. Pienso que se va a echar a llorar de un momento a otro antes de huir al más puro estilo novia a la fuga y empiezo a acumular reflexiones y argumentos para consolarla nada más llegar a casa. Entonces rompe a reír y el eco de sus carcajadas inunda la sala. Su sentido del humor se contagia y los espectadores la imitan.

—Si está por aquí mi profesor de interpretación, me acabo de ganar la matrícula de honor de la promoción. Él siempre me decía que la primera vez que sales al escenario tienes que dejar huella, impedir que el espectador quede indiferente, y creo que lo he logrado. ¿Alguno de vosotros

297

podrá regresar a casa sin acordarse de la patosa actriz que se ha caído de boca como las *celebrities* cuando recogen un Oscar y a la que ha salvado un famoso jugador de fútbol? Surrealista, ¿verdad? Pues no miréis vuestras copas, que no os hemos drogado: es que represento a la generación de los veinte años. Esa que se cae al suelo una y otra vez, pero con buen humor se sabe levantar. Si he empezado tan fuerte, imaginaos lo que os queda por delante.

Mi hermano aprovecha que está hablando para bajar del escenario de una manera discreta, aunque todo el mundo lo ha reconocido y la gente cuchichea y lo señala con el dedo.

Una vez que están las tres actrices en el escenario, comienza el espectáculo.

Durante algo más de dos horas somos testigos de una sucesión de divertidos monólogos, con comentarios mordaces, ácidos, y mensajes que invitan a la vez a la carcajada y a la reflexión. Humor e inteligencia fusionados de una manera sublime. El tiempo se nos pasa volando, y no debo de ser la única que se ha evadido y disfrutado realmente de la actuación porque, cuando terminan, las actrices logran que el público se ponga en pie y las vitoree. Tal vez en esto influye un poco que nosotros estemos en primera fila, y en cuanto las tres hacen una reverencia, comenzamos a silbar y a gritarles.

Nuestro entusiasmo no termina ahí. Esperamos a que la pelirroja salga en la entrada del teatro junto a un *photocall* con la imagen de la obra y la cogemos a la sillita de la reina para mantearla. Contra todo pronóstico, no se queja y salta por encima de nuestras cabezas cinco veces y, a la sexta, cuando está a punto de caerse, decidimos que ya es suficiente y la bajamos. Vilma, que siempre es perfeccionista y poco dada a la emotividad, a expresar sus sentimientos, se emociona cuando le entregamos el ramo de flores y lee la tarjeta. Abre los brazos lo máximo que puede y nos fusionamos en un abrazo colectivo, y, por un instante, parece que se ha sacado la escoba que lleva insertada en el trasero.

—Gracias —susurra.

—No tienes que darlas, ¡lo has hecho genial! —exclama Sara—. Eso sí, no olvides quiénes estábamos aquí al principio y recuérdalo el día que ganes un Goya para incluirnos en el discurso.

—No lo digo por eso. —Se separa y todos la miramos. Cambia el peso de un pie a otro, meditando. Se esfuerza en seleccionar las palabras que quiere decir, por eso sé que se trata de algo que nace directamente de su interior. El lenguaje del corazón es algo que todavía no controla—. Por estar ahí. Siempre. En las buenas y en las malas. Toda mi vida he querido salir a un escenario y recibir el calor del público a través de sus aplausos. Triunfar. Pero hoy me he percatado de que eso no llena, es un espejismo vacío porque lo que verdaderamente lo hace es ver que tienes amigas que te acompañan, que lo viven contigo y se alegran como si ellas fueran las protagonistas. Al bajar la vista y observaros en la primera fila tan entusiasmadas, por primera vez he sido consciente de que fastidiarme el pie y no conseguir entrar en el *ballet* no me destrozó la vida, sino que me dio una segunda oportunidad. Habría estado sola y ahora os tengo a vosotras. Es extraño, durante toda mi vida he creído que lo importante era la meta, y ahora me he dado cuenta de que es el camino, y os doy las gracias por acompañarme.

—Lo has ensayado, ¿verdad? Ese discursazo no sale natural... —bromea Sara.

—Sí —confiesa—. Quería deciros algo que expresase todo lo que siento, y un mero «os quiero» me parecía pobre...

Sara hace un puchero, y estoy segura de que se va a poner a llorar cuando alguien a nuestra espalda pregunta:

—¿Te importa que te saque unas fotografías?

Nos damos la vuelta para mirar a la persona que ha hablado. Es una chica tan menuda que su mochila para la cámara ocupa casi más que ella. Lleva las rastas recogidas en una coleta y juguetea con su pendiente de aro del labio.

—Es para un periódico —puntualiza al ver que no contestamos.

—Claro —se adelanta mi hermano. Como es obvio, todos suponemos que se lo está preguntando a él, la gran estrella del fútbol. Coge a la pelirroja y se sitúa con ella delante del *photocall*—. Es Vilma, una de las actrices de la obra, y tiene un gran talento... —empieza a hacerle publicidad, pero la fotógrafa lo interrumpe:

—Lo sé. De hecho, es a ella a quien quería hacérselas y, si es posible, también querría una entrevista para el suplemento cultural —explica, un poco incómoda porque acaba de darle un «zas, en toda la boca» a Christian.

Mi hermano se aparta un poco extrañado y avergonzado. No debe de estar acostumbrado a no ser el centro de todos los objetivos, y Sara lo mortifica susurrándole «creído» mientras ríe entre dientes como una niña.

Vilma posa como si hubiera nacido para ello. Podría decir que es natural, pero la verdad es que lleva ensayando toda la semana delante del espejo del baño, el del pasillo, el de mi habitación y en todas las superficies en las que al trasluz pueda entrever su postura.

Dejamos a la pelirroja contestando las preguntas de la entrevista y la esperamos fuera. Christian se coloca de nuevo su gorra para pasar desapercibido y aprovecha para pedir un par de taxis, que nos llevarán a la superfiesta que nos ha prometido. Todo parece normal, hasta que me fijo en Patricia. Está nerviosa, mirando para todos los lados, frotándose las manos. Se alisa la falda y se esconde en la esquina del teatro para que nadie pueda verla.

Se mueve veloz en cuanto llegan los dos vehículos con la luz verde.

—Os espero dentro. —Quiere esconderse.

Intento detenerla para razonar, pero se zafa de mi mano y avanza dando grandes zancadas. Como mira al suelo, no se percata de que tres jóvenes con bastantes copas de más pasan en ese mismo momento por la acera y choca con ellos. Patricia levanta la vista y, antes de que puedan decirle nada, abre la puerta y casi se lanza en el asiento de copiloto. Pero eso no detiene a los chicos, que se acercan a su ventanilla. Observo cómo mi hermano se tensa y comienza a andar en su dirección.

—Me acabas de enamorar —dice el primero, que, aunque sé que habla en castellano, lleva tal pedal que arrastra las últimas sílabas y suena como si fuera un alumno de intercambio de francés.

—Eres tan guapa que... —comienza el otro—. Eres tan guapa que... —repite, pero sus neuronas no están en uno de sus mejores momentos y no se le ocurre nada más original que añadir que un—: ... que te haría un traje de saliva.

—Conmigo nunca te faltará un cacho de carne que llevarte a la boca —añade el siguiente.

«Un olé por esos galanes españoles», pienso, sin saber si reírme o llorar porque este es el romanticismo del siglo que me ha tocado vivir.

Esperan cinco segundos, que es su máxima capacidad de atención en esos instantes, a ver si Patricia reacciona y sucumbe a sus métodos de seducción al más puro estilo *Granjero busca esposa*, y luego continúan andando. Entonces veo la cara de mi amiga a través del espejo retrovisor, y su sonrisa de oreja a oreja, con las mejillas teñidas de rojo, me hace reflexionar. Vale que los piropos de estos tres tíos han sido más bastos que un bocadillo de cemento y, sin embargo, le han hecho perder la vergüenza, coger seguridad y verse como una mujer atractiva que no tiene que andar mirándose la punta del zapato.

A veces nos sale de una manera demasiado natural decir las cosas que no nos gustan, criticar, analizar las circunstancias de los demás con malicia, hacer leña del árbol caído, vomitar mierda sobre aquellos que nos rodean. No sé si será algo innato en el ser humano, pero en ocasiones tengo la sensación de que la gente disfruta más de las derrotas que de las victorias de sus amigos. La expresión «Mal de muchos, consuelo de tontos» encierra muchas verdades. Si a una persona le va bien, ocupará cinco minutos en una conversación; si le va mal, puede que se convierta en la protagonista de toda una tarde de cañas. Todo el mundo se cree con derecho a opinar, a decir lo que hubiera hecho en su lugar, a analizar al dedillo fallos que seguramente todos cometemos. Eso sí, pocos llaman después a la persona e intentan ayudarla, aconsejarla, echarle una mano. Pero de verdad, siendo sinceros, diciendo lo mismo que cuando no está, en vez de regalarle los oídos a sabiendas de que están siendo testigos del gran error de su vida.

A menudo tengo la sensación de que focalizamos nuestras frustraciones y defectos en los demás, criticando aquello que nos molesta de nosotros mismos, ya sea porque también lo hacemos o porque querríamos hacerlo y no tenemos el valor suficiente para llevarlo a cabo. Por eso, cuando alguien es más valiente y se atreve a realizar nuestros sueños más profundos, preferimos que falle, que caiga, que choque con la realidad, para así tener la excusa perfecta para continuar en nuestra zona de confort con el pretexto de que es un imposible y sin siquiera intentarlo.

No valoramos que, si cada día le dijésemos algo positivo a alguien, haríamos a una persona un poquito más feliz y, además, no nos costaría nada, ni siquiera esfuerzo, porque a veces pensamos esas cosas positivas, pero consideramos que no es necesario materializarlas en palabras, y eso no es cierto. A nadie le hace daño, sino todo lo contrario, escuchar de vez en cuando lo mucho que vale y todas las cualidades que tiene. Sin esperar a que ocurra una desgracia o sin necesitar que sea un día especial, como un cumpleaños o la graduación, por el mero placer de expresarlas. Sin que sea preciso que la persona caiga, con la única intención de dar un pequeño empujón que, un día más, la mantenga arriba.

Me doy cuenta de cómo esos tres borrachos que no creo que superen conscientes las cuatro de la madrugada le han regalado la libertad a Patricia, porque, por extraño que me parezca, ella ya sabía lo que valía, pero necesitaba que un desconocido lo dijese en voz alta para creérselo.

Capítulo 19

Empezar a recomponerse

Algún día tenía que ocurrir. Sí. Después de varios meses trabajando en la agencia de noticias, por fin salgo un día a mi hora. Me despido de los pocos compañeros que quedan en la redacción. Mi voz resuena por encima de los dedos que golpean las teclas con fiereza; se nota que todos quieren marcharse lo antes posible y despachan artículos como si trabajasen en una cadena de comida rápida. Algunos ni leen el resultado antes de dar al botón de enviar. Ensimismados en su trabajo, nadie me contesta, pero no los culpo porque yo actúo exactamente igual cuando, cinco minutos antes de que termine mi jornada, mi superjefa directa, al menos hasta que Javier regrese de la caravana del partido político que cubre para las elecciones generales, decide mandarme escribir algo de vital importancia para la humanidad, como que una socorrista de San Sebastián de los Reyes ha mezclado dos productos químicos de forma errónea en la piscina y ha provocado una nube de gas tóxico. Vamos, una noticia sin interés informativo de no ser poque el vídeo se ha hecho viral por la cara de fumada de la protagonista mientras no dudaba en afirmar que la había «liado parda».

No obstante, siempre hay alguien que me dice adiós a su manera: Frijolito, el perro guía de nuestro recepcionista invidente. Un labrador retriever canela que, sin lugar a duda, está mejor educado que yo. Se sienta erguido mientras espero al ascensor; yo me agacho y él me da la patita. A veces me resulta tan humano, con tantos sentimientos, que me planteo si los animales no albergarán una inteligencia mucho más grande de la que les presuponemos.

Durante el corto trayecto de las tres plantas que me separan del exterior, reflexiono sobre la última noticia que he escrito, una chorrada sobre los métodos de seducción a través de las diferentes *apps*, que seguro que tendrá más visitas que el pedazo de reportaje sobre la corrupción que ha hecho el redactor jefe de sección.

Una de ellas me ha llamado en especial la atención, y no sé si reírme a carcajadas o llorar, porque el universo se está volviendo loco y nosotros con él. Se trata de una aplicación que te permite diseñar a tu novio perfecto. Tú lo contratas y seleccionas cómo es físicamente, sus gustos y hasta la historia de vuestra relación. Luego la empresa se inventa los perfiles en las redes sociales y crea los montajes fotográficos, e incluso ese ser humano inventado te escribe y te llama para que sea más realista —o para que tú te lo creas y acabes enamorada de una herramienta informática—. Nada se salva. Hasta te proporcionan discusiones; no se les escapa un detalle.

Todavía tengo la mandíbula un poco desencajada —por abrirla hasta que me ha rozado el suelo— al escuchar los argumentos que me ha dado el empresario que lleva lo que ya es considerado un pequeño imperio. Desde su despacho, por videoconferencia, me ha contado que la *app* no sirve para engañar a los amigos ni a la familia, sino que se trata de un «aprendizaje» para cuando una tenga un novio real. Como un entrenamiento antes de salir al campo a jugar. No sé si se creía sus palabras o era puro *marketing*, lo único real es que está formando un nuevo y peligroso modelo de negocios y que dentro de poco podrá rebozarse en billetes de cincuenta.

A mí me da pena, ¿dónde quedan las relaciones humanas? ¿Llegará un momento en el que queramos más a nuestro móvil que a la persona que tenemos al lado? De seguir a este ritmo, se fomentará una sociedad solitaria en la que las personas nunca se conformarán porque buscarán una perfección que en el ser humano no existe, si bien en un ordenador se puede programar.

En esas estoy mientras cruzo el paso de peatones con los cascos puestos y negando con la cabeza cuando escucho el primer pitido. Miro a mis pies y veo las gruesas líneas blancas que señalan que por ahí tengo prioridad. Continúo mi marcha, rumiando entre dientes algo bastante maleducado en contra de los madrileños y sus prisas, y entonces oigo que el conductor insiste. No solo una vez, sino tres o cuatro; parece que ha dejado el claxon pulsado. Me doy la vuelta dispuesta a desatar mi diarrea verbal contra el protagonista cuando me percato de que lo conozco. Es Yon. En un Golf blanco. Me hace un gesto con la mano y corro a su lado.

Abre la ventanilla de copiloto y me recibe con una sonrisa bravucona que acentúa los hoyuelos de sus mejillas. Saca la mano y, aunque me resulta extraño en alguien tan joven y español, deduzco que me quiere saludar con un apretón. Imito el gesto, pero él tira de mí con fuerza hasta lograr que me sitúe a su altura para darme un beso en la mejilla con el que me raspa con su barba de dos días. No es un contacto casto, sino que se recrea en él, dándolo demasiado cerca de mis labios para ser políticamente correcto, pero deduzco que el chico sabe poco de eso.

—¿Sorprendida? —pregunta con su voz ronca y ese tono de chulopiscinas que le es innato mientras yo me separo de él.

—¿No me digas que pasabas por aquí y...?

—Por supuesto que no. —Su respuesta me pilla desprevenida. Sin embargo, saber que está allí por mí no provoca en mi interior la ilusión que debería. La que habría sentido antes de Víctor. ¡Maldito cantautor y su capacidad de dármelo y arrebatármelo todo...!—. Esto está bastante lejos de mi casa, Aura. —Se pasa la mano por la maraña negra llena de bucles que tiene como pelo—. He salido pronto de trabajar y he decidido pasarme para invitarte a algo por la entrevista del otro día. Y casi no llego. Por lo que veo, el mito de que los becarios trabajáis millones de horas de más es solo un bulo tan falso como el de que el tamaño no importa, sino cómo se utiliza. Que se lo digan a los cubanitos...

—Es cierto.

—¿Lo del pene o lo del trabajo?

—La esclavitud del becario. —Pongo los ojos en blanco, aunque me da la risa tonta.

—Eso es porque no has probado la vida del emprendedor. Si ahora me dices que lo de que los sueldos son irrisorios también es mentira, hacemos el cambio.

—Me temo que no.

—¿Quinientos euros?

—¿Qué dices? ¡Capitalista! —bromeo.

—¿Trescientos?

—Da gracias si olemos los doscientos.

Apoya el mentón en el brazo, pensativo; la camisa blanca, que lleva arremangada, se le sube y deja ver unos brazos moldeados.

—Lo has conseguido. —Asiente como si se estuviera dando la razón a él mismo.

—¿El qué? Creo que me he perdido.

—Me das pena. Las dos primeras las pagaré yo.

—¿Las dos primeras?

—Claro, espero que por lo menos sean tres. —Se

mueve y abre la puerta de copiloto—. Sube. Por si no te acuerdas, esto iba de que yo te invitaba a tomar algo por tus servicios.

—Eso suena muy mal...

—Las palabras solo son palabras. Tú les confieres el significado que quieras. —Da unos golpecitos con la palma de la mano en el asiento de al lado invitándome a montarme.

No me apetece. No por nada, solo que en los últimos tiempos nunca tengo ganas de hacer algo más allá de estar en mi sofá y regodearme en la pena. Todo muy *drama queen*, soy consciente y me regaño a cada hora por ello. Pero es que tengo pereza. No estoy en la época en la que después de una ruptura salía a destrozar la noche y me morreaba con cualquiera bajo el absurdo pretexto de que un clavo saca a otro clavo. Y tampoco quiero estar en la de conocer a otra persona que me haga olvidar. Supongo que puedo, pero algo dentro de mí se resiste con uñas y dientes.

Creo que el problema es que pienso demasiado. Le doy tantas vueltas a lo que pasará que al final mi propia fantasía me agota y no le doy la oportunidad a nadie. Cada vez que un chico aparece por azar en mi vida, no veo un universo de posibilidades, sino solo una, clara y con un cartel luminoso en el que pone: PELIGRO. Me preocupa que me acabe gustando, que termine generándome ilusiones y que luego estas se desvanezcan y me rompan una vez más o, lo que es peor, comprobar que ya no soy capaz de sentir nada por nadie. Conocer a un chico guapo, inteligente, que me haga reír y que tenga todos los ingredientes que yo buscaba y, aun así, ver el reflejo de mí misma carente de ilusión en el espejo. Porque no valoro la idea de enamorarme de otro y olvidar a Víctor. Eso está prohibido.

Parecen las reflexiones de una mujer de cincuenta años que ha sufrido cuatro dolorosos divorcios. Eso hace que me indigne con mis propios pensamientos, pero, a la que me quiero dar cuenta, estoy en el interior del coche, cerrando la puerta.

—¿Adónde vamos? —pregunto llena de adrenalina.

—¿Este año tendrás vacaciones? —responde con otra cuestión. Sus manos se mueven hábiles, y, antes de que pueda seguir su rumbo, está apartando los mechones de pelo de mi cara, que coloca detrás de las orejas.

—Nada de chiringuitos ni mojitos en la arena... —contesto.

—Entonces sé cuál es nuestro destino. Si Mahoma no va a la montaña, la montaña irá a Mahoma, o como se diga...

Arranca el coche y pasamos por debajo de las madrileñas torres KIO, esos edificios inclinados que parece que se van a venir abajo de un momento a otro, hasta llegar al centro económico de la capital y coger la autopista rumbo a Malasaña. Por el camino no paramos de hablar. Le cuento anécdotas de Sara, Vilma, Patricia..., de todas mis amigas, pero no anécdotas sobre mí. No quiero abrirme porque eso supondría acabar contándole mi primer año de independencia, y eso incluye mi desengaño amoroso, y no estoy preparada para ello.

Aparca tras dar trescientas vueltas enfrente de un pequeño local que se llama bar Ojalá.

—Eres una chica muy interesante —dice mientras nos dirigimos hacia el interior.

—Y tú, un casanova mentiroso —replico—. ¡Si no te he contado nada de mí! —argumento.

—Una vez alguien muy sabio dijo que se conoce más de una persona por lo que dice de los demás que por lo que cuenta de sí misma —contraataca.

—Seguro que fue uno de esos filósofos raros que acaban locos alimentándose de sus propios excrementos... —«Bienvenida de nuevo, Aura la burra».

—No. Fue Audrey Hepburn.

—¿Te gusta Audrey Hepburn? —pregunto abriendo los ojos como platos. No le pega mucho al macho ibérico provocador y deseable que pretende emular.

—¿Y a quién no? Fue la misma persona que dijo que la vida es dura. Después de todo, te mata.

Voy a añadir algo cuando noto su brazo rodeando mi cintura, pero no es la presión de sus dedos en mi carne lo que me silencia, sino lo que veo al otro lado. ¿Quién decía que en Madrid no había playa?

—¿Es...?

—Sí. Arena de playa —completa la frase por mí, orgulloso de haberme impresionado por primera vez. Para un chico como él, seguramente acostumbrado a que a las mujeres se les caigan las bragas al suelo con su mera presencia, debe de ser algo inaudito despertar esa indiferencia en mi persona. Y prometo que no lo hago aposta como una estrategia para conquistarlo. Quién me iba a decir a mí que necesitaría que el amor de mi vida me dejase para poder aplicar todos los consejos de hacerme la dura que mis amigas me habían repetido durante años, hasta que se dieron cuenta de que yo era un caso perdido.

El bar Ojalá es pequeño e íntimo, perfecto para una cita romántica y entretenida sobre la arena blanca. Hay unas mesas bajas de madera y, al fondo, una barra de cócteles del mismo material. Nos sentamos en uno de los cojines blancos, a ras de suelo, y, mirando a mi alrededor, puedo emular el ambiente playero y bohemio de un chiringuito de playa, solo que estamos en Madrid.

—¿Te daría mucha vergüenza ajena si me descalzase? Para que fuera más creíble lo de estar en la playa... —pregunto mientras Yon deposita dos mojitos en la mesa. Por el rabillo del ojo observo cómo las chicas de la mesa de al lado lo contemplan sin disimulo, y me detengo a hacer lo mismo. Los pantalones negros de pinzas le quedan perfectos —marcándole el culete y otra parte en la zona delantera que, a no ser que se haya metido unos calcetines, parece demasiado grande— y la camisa se le ciñe y muestra un vientre plano. Sin embargo, lo mejor está en su cara. Tiene personalidad. No es un angelito de esos que parecen un niño. Tiene los rasgos marcados, duros, con unas cejas espesas negras, una barba de dos días del mismo color y un diastema en los dientes que hace que su sonrisa sea bastante sexy. Por no hablar de sus ojos, no del color negro, sino de su mirada, que es traviesa, divertida, canalla, seductora.

—No, siempre y cuando no me pidas que haga lo mismo.

—¿Tienes unos pies horribles que te da miedo enseñar?

—Más bien me preocupa que haya ratones por aquí. —Se inclina hacia mí y, tan cerca que puedo sentir su aliento rebotando contra mis labios, añade—: El requesón a su lado es el perfume de los dioses.

No puedo evitarlo y me río exageradamente.

—Deja que rectifique, no eres un casanova. De hecho, no tienes ni idea de ligar con una chica.

—Así que eso es lo que crees que estoy intentando hacer contigo, ligar. Un poco creída, señorita Aura. —Voy a rebatirle que no se me ocurren muchas más opciones, a no ser que quiera que sea su mejor amiga y que hagamos fiestas de pijamas juntos, pero Yon se adelanta—. Y lista. Mis pretensiones son del todo perversas. Soy un emprendedor, ¿por qué si no iba a gastar mis pocos ahorros de la empresa en invitarte?

—Pues siguiendo esa estrategia, no te resultará tan fácil. Creo que te podrías arruinar a mojitos o dejarme inconsciente antes de lograr llevarme esta noche a la cama.

—¿Quién ha hablado de cama? Tus pensamientos

más profundos te traicionan. —Se recuesta contra la pared—. Ya he conseguido el primer paso.

—¿Y ese cuál es?

—Contarte mi mayor defecto: el olor a podrido de mis pies, y que no salgas huyendo. Lo demás es pan comido.

—¿Cómo sigue? —Me quito las Converse, los calcetines y muevo los dedos en la arena. Si cerrase los ojos, podría trasladarme por un momento a esas vacaciones que no tendré. Es bonito.

—Está bien. Suele ser más emocionante vivirlo...

—Soy una impaciente...

—Primero, te contaré mis logros y todo lo que he luchado para alcanzarlos, y pensarás: «Joder, que tío más inteligente». Luego pasaremos a hablar de viajes y de anécdotas personales, y dirás: «Y encima, interesante». A esas alturas, ya te tendré en el bote, pero, por si acaso, te sacaré a bailar y lo haré muy pegado, por aquello de que el roce hace el cariño; entonces me mirarás y no podrás evitar pronunciar en voz alta: «Y, además, inquietantemente atractivo». Pondrás morritos de besugo y te besaré. Esa es mi meta esta noche, y siempre consigo lo que me propongo. —Se encoge de hombros con indiferencia, como si yo fuera pan comido, y da un trago a su bebida.

—¿Y si no funciona? —Me río por lo descarado que es. El tonteo resulta divertido, y ver que interesas a otra persona también, pero dudo mucho que los acontecimientos sucedan tal y como él me ha explicado.

—Te haré un mohín. Mis mohínes son del todo adorables.

Ambos nos reímos, y cuando me quiero dar cuenta, ya me he terminado el primer mojito. Yon va a la barra y trae otro cóctel: un margarita.

—¿Nunca te han dicho que mezclar es malo? —Cojo la aceituna y me la como.

—No, si lo que quieres es emborrachar a la persona

que tienes enfrente. —Se desabrocha los primeros botones de la camisa blanca, dejando entrever un poco de pelo negro del pecho—. Pero empecemos por el principio. Tengo que seducir tu cabeza si quiero llegar a tu...

—¿... Pepitilla? —bromeo.

—¡Iba a decir corazón! —exclama mordiéndose el labio mientras niega con la cabeza, divertido por mi salida de tono.

—Pero así es más cierto y menos frase usada, ¿no?

—Me dejas sin palabras, y eso para un comercial nato es una tragedia.

—Anda, comercial nato. —Le lanzo el cojín que tenía debajo del trasero—. Intenta venderme la moto, aunque ya te advierto que soy de las que dicen que no sin haber escuchado lo que me ofrecen.

Durante las dos horas siguientes bebemos un cóctel tras otro mientras nos reímos y conversamos. Yon gesticula mucho cada vez que cuenta una anécdota, y me imagino que lo puede hacer todavía más cuando está cabreado y, con el carácter que tiene, eso debe de ser el noventa por ciento del tiempo. No me engaña bajo su máscara.

Escuchándolo atenta, también me percato de que siempre le gusta tener la última palabra y de que cambia de conversación con brusquedad cada vez que hablamos de algún tema sentimental. Como sospechaba, es de esa clase de personas que dejan ver solo la corteza, reacio a que escarben profundo. Un hipnotizador de serpientes que seguro que se ha acostado con muchísimas chicas, pero nunca ha hecho el amor. Una versión mejorada de mi hermano, con el mismo fondo. Un hombre que no me puede romper el corazón porque nunca me va a engañar con falsos cuentos de hadas en los que los finales felices no existen o no están hechos para mí.

No sé en qué momento de la noche me encuentro, ni cuántos cócteles llevo bebidos, pero cuando me levanto y voy al baño, ando de lado a lado y tengo la vista un poco distorsionada. Mi odisea en el retrete no es mucho mejor. Intento atinar sin apoyarme, pero me resulta una tarea imposible, y, mientras rezo para que no pille ninguna enfermedad y que mi madre me asesine pensando que ha sido por practicar sexo sin precauciones y no por el contacto con el pis de otra fémina, me siento apoyando mi trasero en todo su esplendor.

A mi regreso, espero verle tratando de seducir a alguna de las chicas de al lado. Sí, le he pillado un par de miraditas que vienen a decir: «Tranquilas, que esta no es mi novia y os puedo dar mi número para quedar mañana a la misma hora aquí. Hay Yon para todas». Sin embargo, para mi sorpresa está solo, aunque de pie, apoyado en la barra.

Al verme, algo se activa. Me contempla con intensidad de arriba abajo y me percato de que se ha cansado de tanta charla y de que va a pasar a la acción. Llego a su altura y me agarra con fuerza de las manos para atraerme hacia él. En mi perspectiva de borracha, yo comienzo a bailar con un movimiento de caderas parecido al de Beyoncé; en la realidad, seguro que estoy dando tumbos sin ton ni son mientras procuro mantenerme en pie. Sus brazos me recorren hasta situarse en mis caderas y me da la vuelta para quedarse detrás de mí, y sí, nos rebozamos un poco demasiado. Me aprieta contra su torso y yo me dejo llevar, mareada. Cierro los ojos para evadirme con la música y entonces noto cómo me aparta el pelo haciéndose hueco hasta depositar un beso en mi cuello. Luego comienza a subir sin separar sus labios de mi piel erizada; las cosquillas me obligan a despegar los párpados, y entonces tengo la visión. En una esquina, iluminada con el foco de una lamparilla, hay una guitarra apoyada, probablemente de los chicos que están tomando unas cervezas en la mesa de al lado.

No debería afectarme. Los objetos inanimados son incapaces de hacer daño. Sin embargo, es igual que la que tenía él, o tal vez no y lo imagino. De repente, noto que me ahogo y que necesito salir de allí corriendo. Me separo con brusquedad.

—Necesito que me dé el aire. —No le doy tiempo a contestar y, ante su cara de incomprensión, me apresuro a salir del local.

Siento mis piernas como gelatina y estoy temblando. Todo el dolor se concentra de golpe en el pecho y he de sentarme en el primer bordillo que encuentro mientras rompo a llorar. En las películas, molan las heroínas tipo Bridget Jones pedo perdidas que cantan una canción al tiempo que beben a morro de una botella para aliviar el desamor; pero lo que menos siento en estos momentos es que soy guay, más bien una apestada de la que avergonzarse. Me pregunto si alguna de las personas concentradas en el exterior para fumar un pitillo me reconocerá de la universidad o si me grabará y subirá el vídeo a TikTok y me convertiré en viral.

Yo no quiero echarlo de menos. Si pudiera elegir, le borraría de un plumazo porque cuando aparece es insoportable. Nunca quise quererle, no fue premeditado, siempre intenté no hacerlo, pero no lo pude evitar. Víctor me avisó y ahora pago las consecuencias. Lo odio por no haberse quedado en Londres cuando pudo; lo detesto por declararse una mañana en un hotel y hacerme el amor de una manera que ahora me impide olvidarlo y hace que cualquier cosa, por insignificante que parezca, reactive su recuerdo.

—¿Qué te ha pasado dentro? —Escucho la voz de Yon antes de verlo. Está a mi lado, con los brazos cruzados, preocupado.

—Nada —balbuceo sorbiéndome los mocos.

—Y otro ejemplo más de que las mujeres decís «nada» cuando en realidad pensáis «todo». —Me ofrece su mano—. Anda, levántate. Te llevo a casa.

—Quiero estar sola —me quejo—. Además, has bebido.

—Lo sé. Voy a pedir un taxi. —Para el primero que pasa—. Y, si quieres, de camino me explicas por qué has actuado así conmigo...

—Necesitaba que me diera el aire.

Acepto su mano y me ayuda a ponerme en pie. Estoy a punto de caerme y él me sujeta.

—Claro, y eso justifica que estés llorando como si se hubiera muerto tu mascota de la infancia. —Ríe con cierto sarcasmo, y su gesto me molesta—. Vamos.

—No. —Me zafo.

El taxista pita.

—Vas muy pedo, Aura.

—¿Y qué?

—Deja de comportarte como una niña, por favor. Solo te estoy pidiendo que te subas al jodido taxi para poder dejarte sana y salva en casa, donde podrás seguir llorando por el desgraciado que te tiene en este estado una noche que podría haber sido cojonuda. —Adivina.

Que hable así del cantautor provoca que me ponga a la defensiva.

—¿Y tú qué sabrás? ¡No me conoces! ¡No sabes nada de mi relación con Víctor! ¡No sabes nada de él para llamarle *desgraciado*! —le grito de un modo desmedido que le duele porque sé que es verdad, porque yo misma soy consciente de que es ridículo llorar por alguien al que le importas tan poco como para abandonarte como una colilla y porque me genera una impotencia tremenda ser consciente de ello y no poder controlarlo. Escuchar las verdades a veces cabrea mucho.

—Claro que no —pronuncia, dándome la razón—. Pero sí que sé que alguien que te haga sentir así, aunque solo sea durante un insignificante segundo en la vida, no merece la pena.

—¿Y a ti qué te importa? ¿Qué te importo? —Ataco. Parecemos una pareja que lleva toda la vida junta discutiendo, y no dos desconocidos que han tenido su primera «no-cita»—. Vuelve dentro y lígate a alguna de las chicas que tanto te miraban y me dejas en paz. Así cumples tu objetivo, que era acabar acostándote con alguien esta noche.

—Trato de incorporarme e irme, pero pierdo el equilibrio.

—Debería. No te creas que no lo haría con gusto —refunfuña—. Pero vas en un estado que... Mira, paso de intentar razonar contigo. No voy a dejarte sola, aunque me hayas gritado y montado una escena, voy a cuidar de ti hasta asegurarme de que estás en casa y punto. Lo cierto es que no hay nada que debatir.

Yon avanza un paso y me carga al hombro. Pataleo quejándome, pero la distancia que nos separa hasta el taxi es muy pequeña y no tarda en meterme dentro y en sentarse a mi lado, tras lo que me abrocha el cinturón como si yo no supiera hacerlo y fuera un bebé en una sillita.

—Tu dirección, ahora —ordena.

Le hago caso a regañadientes y les digo dónde está mi casa, con el número del piso y todo, aunque no sea necesario. Durante el camino, llevo la cabeza apoyada en la ventanilla y veo las luces de la ciudad pasar veloces a mi lado de manera psicodélica. El conductor le pasa una bolsa a Yon por si las arcadas que me están dando terminan en vómito, pero logro contenerme hasta que llegamos a mi calle.

En cuanto el taxi para, me bajo indignada, aun sabiendo que no tengo razón. Estoy focalizando toda mi rabia en la persona que menos culpa tiene. Intento atinar en el botón para llamar al ascensor cuando oigo los golpes de Yon llamándome desde el portal. Retrocedo y abro la puerta con cara de pocos amigos.

—Dime —hablo muy digna, sin motivo.

—Eres irritante, y a mí me exasperan pocas cosas.

—¿Para eso has venido?

—No. —Frunce el ceño y se muerde el labio visiblemente molesto—. En el taxi me he percatado de que me había olvidado de una cosa.

—¿Qué? —Me cruzo de brazos a la altura del pecho.

—Esto.

Sus manos abarcan ambos lados de mi cara, me atrae hacia él y clava sus ojos en los míos. Le sostengo la mirada y, adivinando sus intenciones, asiento, movida por un interrogante que quiero solventar. Entonces Yon me besa fuerte, rudo, con sus labios impactando contra los míos con urgencia. Se separa con la misma rapidez con la que había llegado.

—Llevo deseando besarte desde que me hablaste la primera vez con el zapato lleno de mierda, Aura, y, aunque haya descubierto que eres bastante molesta cuando te emborrachas, las ganas no han descendido.

Empieza a andar dando grandes zancadas en dirección al taxi, que está esperando; el taxista debe de pensar que somos una pareja de esas tóxicas que llevan meses en un constante «No puedo estar contigo ni sin ti», algo muy alejado de la realidad.

—Ah, y que sepas que las mejillas se te han puesto rojas, lo que significa que aún puedes sentir —se da la vuelta en mitad del camino para hablarme con su voz ronca—. Puedes darte una oportunidad. No todo el mundo te va a fallar como el tío ese al que no puedo llamar desgraciado, me queda claro.

Se monta en el coche y cierra. Pongo mi mano sobre el corazón y noto que este late de forma acelerada, pero no por el beso, sino porque el sitio desde el que se ha despedido es el punto exacto del paso de peatones en el que yo le dije a Víctor por primera vez que le quería, y me he visto reflejada. Ya lo tengo. La respuesta al interrogante por el que he querido que nuestras bocas se rozaran. La prueba tangible y material de que un tío perfecto puede besarme con pasión y yo no soy capaz de sentir nada. Mierda.

Capítulo 20

Las estrellas en Madrid

Nunca se me había pasado el tiempo tan lento. Termino la última noticia justo cuando estoy a punto de desfallecer sobre el teclado. Serviría para la sección de información curiosa. «Becaria muere por empacho de políticos.» Seguro que sería récord de visitas en la página web ese día. Los españoles, que somos muy morbosos. Cojo las fuerzas suficientes para escribir la última frase y enseñársela a mi jefa. Debe de ver mi cara de pocos amigos, o de mujer destrozada que está padeciendo una resaca que, en mi opinión, es peor que la malaria y la peste juntas, y me la devuelve sin poner ninguna objeción. Eso es un milagro, dado que, con su bolígrafo rojo repleto de plumas horribles, siempre tiene algo que aportar. Incluso un día imprimí una nota de prensa que había redactado ella misma días atrás y acabó corrigiendo algunas partes. Supongo que nunca está satisfecha del todo con el resultado.

Me duele la cabeza, tengo cagalera y he bebido tanta agua que me temo que, cuando empiece a expulsar líquidos, no voy a poder parar en una semana. Pero eso no es lo que me molesta. El peso de la culpa es lo que me tiene de mal humor. No por haberme comportado como alguien despreciable con el pobre Yon, que seguro que es un cerdo, pero no se lo merecía. Lo que me ocurre es que he vuelto a las andadas.

Esta mañana, cuando ha sonado el despertador, creía que su sonido me iba a atravesar el cerebro, y he lanzado el móvil con tanta fuerza contra la pared que la pantalla ha pasado a mejor vida. Una grieta horrible y con decenas de ramificaciones la divide en dos y no le puedo pedir a mi madre que me compre uno nuevo porque su respuesta será otra pregunta: «¿Qué ha pasado con el viejo?». Por supuesto, decirle la verdad no es una opción porque pensará, sabiendo que estoy deprimida, que me estoy dando a la bebida, y ella, que se cree pitonisa y no acierta ni una, me visualizará en un centro de desintoxicación o intentando cortarme las venas. Vendrá a mi piso y se convertirá en un grano en el culo de esos que no te puedes quitar porque no tienen parte blanca que reventar. También podría decirle que se me cayó al suelo, pero entonces me vendrá con el manido discurso que he escuchado como un millón de veces de que no tengo cuidado, no valoro las cosas porque ahora tenemos de todo y que en su época todo les duraba más. Vamos, que me quedo con mi móvil, aunque ahora me cueste descifrar los mensajes en determinadas partes. Total, tampoco es que hablemos de la paz mundial por el WhatsApp; nuestras conversaciones son bastante más predecibles y, con leer el principio, suelo intuir el final.

Sin embargo, tampoco es la culpa lo que me lleva a meter las cosas en el bolso a presión como si mi pobre estuche para las gafas de sol hubiera hecho algo imperdonable. Yo, que después de reconocer un error y enmendarlo un año atrás me había jurado a mí misma convertirme en la perfecta estudiante, he incumplido mi promesa, ya que después de cargarme el móvil he rodado como una croqueta sobre mí misma para seguir durmiendo sin importarme absolutamente nada las clases de hoy. Si Sara y Vilma no llegan a entrar en mi cuarto e insistir mientras yo les decía que se largasen una y otra vez como un ogro gruñón con los ojos inyectados en sangre, tampoco habría ido a trabajar.

La cuestión es que —trato de justificarme— a las siete de la mañana yo seguía más pedo que Alfredo. Dudo mucho que hubiera podido llegar a clase y menos aún interactuar con mis compañeros sin que se diesen cuenta de que no sabía hablar. En otra época, en esos maravillosos años que me habían descrito los amigos de mi hermano, cuando iban a la universidad para estar en el césped recogiendo flores, jugando al mus y bebiendo una cerveza tras otra, no habría importado, pero ahora la asistencia es obligatoria. Solo puedo faltar dos días y he malgastado uno por consumir más mojitos, margaritas y Dios sabe qué de lo humanamente razonable. Y eso lo podría haber hecho la otra Aura, pero no esta que quiere sorprender a sus padres con el primer pleno de aprobados de la historia.

Atravieso la puerta y choco con Frijolito. El perro, que además de educado creo que está enamorado en secreto de mí, cambia de postura para ponerse erguido y que yo le pueda acariciar la cabeza. Lo hago de manera inconsciente. Supongo que el recepcionista está fumando un cigarro. Todavía se me hace raro que lo haga en la calle. Hasta hace una semana, la escalera contraincendios tenía una extraña niebla blanquecina que aparecía cuando abrían la salida de emergencias, y daba la sensación de que el humo se iba a adueñar de la oficina, como en la novela de Stephen King. Un club de fumadores en toda regla se reunía allí hasta que vino la Policía Nacional y la secretaria de dirección puso un cartel con letras en Times New Roman 40 en mayúsculas en el que decía que, si pillaba a alguien, el peso económico de la denuncia recaería sobre él, y, por lo visto, estaba hablando de cifras con varios ceros, de esas que yo solo veo en los sueños en los que me toca la décima parte de un euromillón.

Voy a saludarlo cuando observo que está con una persona, y siento una vergüenza inmensa. Es Yon. Debo de ponerme roja porque él sonríe divertido por mi incomodidad y me hace un gesto con la cabeza a modo de saludo.

—Como te decía, esto son dos ciegos que se encuentran en un bar y uno le dice a otro: «¿Me prestas mil euros?». Y el otro le responde: «¿Cuándo me los devuelves?». Y dice: «Cuando nos veamos...». —Yon comienza a reírse ante mi cara de estupefacción—. Es bueno, ¿verdad?

El recepcionista va a contestar, pero yo me adelanto. No sé qué me puedo creer menos, si que Yon esté allí después de mi patética actuación o que haya sido tan gilipollas, insensible y carente de empatía como para contarle un chiste de ciegos a un invidente.

—No tiene ninguna gracia. —Doy un paso al frente. La sonrisa de Yon se amplía todavía más—. ¿Pero quién te crees que eres? —le espeto.

—Su sobrino, y, desde los ocho años, cada vez que nos vemos le cuento un chiste de humor negro.

—Pero él... —balbuceo al tiempo que me doy la vuelta y observo que el recepcionista está conteniéndose para no reírse por mi equivocación mientras apura el cigarro.

—Es un cabrón al que le gustan los chistes de ciegos, y como sigamos viéndonos tan a menudo, me va a obligar a empezar a inventármelos, porque ya he usado todos los que he encontrado en internet.

—Lo reconozco. Tengo un sentido del humor raro. Para que se mofen otros, prefiero hacerlo yo mismo. —Da una última calada y tira la colilla al suelo—. Voy a subir, pues deduzco que yo no soy el protagonista de esta visita.

—No, ya sabes que soy un sobrino muy interesado, y, desde que me conseguiste la entrevista para la agencia, no tengo nada más que pedirte —bromea—. Venía a buscar a esta chica, a la que parece que molesto siempre que abro la boca.

—Seguramente con toda la razón...

—Pues no. Mira que a veces expulso murciélagos del tamaño de un puño, pero por una vez creo que hasta me merezco una disculpa. —Me guiña un ojo.

—Pues tampoco te hagas el indignado, que tienes mucha competencia. Frijolito está empleando sus artes lamiendo su mano cada vez que la ve pasar... —añade su tío antes de entrar en el edificio.

Me extraña que él lo sepa. Un día lo escuché regañando al perro por llenar de babas a una de las redactoras de moda, que se puso como si el pobre animal tuviera ácido en la lengua, y aunque nunca he dicho nada en voz alta para evitar que se enterase, a veces me ha dejado los dedos como si los hubiera metido en una sustancia mucosa un poco repugnante.

—¿Y bien? —Yon se planta delante de mí con los brazos cruzados y, aunque pretende estar serio, intuyo una mueca de sonrisa.

—¿Él te consiguió la entrevista?

—¿Cómo si no creerías que una agencia como esta iba a dar un teletipo sobre mi humilde negocio?

—Por la Comunidad, para ayudar a los emprendedores...

—La inocente Aura todavía confía en la bondad de los demás y en los favores gratis, que en la vida real no existen... —dice con sarcasmo—. Mi tío lo pidió como favor personal y le encasquetaron el marrón a la becaria de turno. Pero ese no es el tema. Supongo que tendrás algo que decirme...

Me mira con una ceja elevada y una sonrisa de suficiencia.

—Lo siento. —Pido disculpas al fin—. No sé qué me pasó.

—Un pedo horroroso. Tampoco hay que dar más explicaciones. —Satisfecho, me pasa la mano por encima del hombro y comienza a andar arrastrándome con él—. Por si acaso, hoy cenaremos con agua.

—¿Vamos a cenar juntos?

—Es lo menos que me debes después del drama que me montaste y del taxi y la cuenta que me dejaste en el Ojalá.

—Con esa enumeración de hechos, ¿estás seguro de que te apetece?

—Tengo una regla capital —me está diciendo cuando llegamos al coche. Me abre la puerta para que entre y lo hago no sé muy bien por qué. Puede que sea una manera de compensarlo por lo que le dije, o porque en el fondo me ha impresionado que, después de todo, haya regresado—. Cuando alguien hace alguna estupidez borracho, pongo una balanza, y la tuya, de forma misteriosa, se inclina hacia el lado positivo.

Esta vez Yon conduce por las arterias de la capital. Recorremos toda la Castellana hasta llegar al paseo del Prado. Veo la gente en las terrazas, haciendo cola en los museos o en el césped, conversando. La luz del verano invita a los madrileños a salir e inundar de vida la ciudad, y un poco de esa alegría generalizada se me contagia. Continuamos por el centro propiamente dicho y allí las cosas se complican un poco más. Los atascos, los conductores que cometen infracciones por las que podrían perder todos los puntos, adelantamientos que me cortan la respiración y los pitidos, triple ración de estos, nos acompañan hasta llegar, mira tú por dónde, de nuevo a la puerta del Ojalá.

—Creí que íbamos a tu casa.

—Y vamos. Vivo en una de las calles aledañas.

—Entiendo...

—¿El qué?

—Que me trajiste cerca de tu zona de confort.

—Claro. Los partidos importantes siempre es mejor jugarlos en casa, aunque podría decirse que anoche perdí en los penaltis.

Entramos en el portal. Justo en la puerta, hay una terraza inmensa y el olor a fritanga de los platos se cuela en el interior. El ascensor es tan estrecho que parece que a duras penas podamos entrar los dos, y mucho menos con la mujer con el carrito de la compra que acaba de llegar y que no está dispuesta a esperar. Nos empuja con sus enormes caderas hasta el fondo y nos quedamos el uno frente al otro muy pegados, demasiado.

Hace mucho calor y el trasto avanza muy despacio. Empiezo a respirar pesadamente, un poco agobiada, y mi pecho roza el suyo. Levanto la vista y observo que, como acto reflejo, se le curva la boca, dejando entrever esa sonrisa con tanta personalidad. Un par de rizos le caen sobre los ojos, pero aun así sé que me está analizando con la mirada, divertido.

La señora se baja en el cuarto piso sin mediar palabra y nosotros continuamos hasta el séptimo. Yon vive en un ático bastante cuco, cuyo salón tiene integrada la cocina y que desemboca en el baño y la habitación principal —mejor dicho, la única habitación.

—¿Sabes por qué elegí esta casa?

—¿Porque era la más económica, como todos?

—También. —Me agarra la mano y tira de mí hacia la habitación.

—¿Qué haces?

—Enseñarte la razón principal.

Pasamos de largo por su cuarto. Solo me da tiempo a ver que está todo organizado a la perfección y que la cama de matrimonio, la más grande que he visto en mi vida, tiene una decena de cojines de distintos tonos grises y negros. En una de las paredes laterales, lo que debería ser una ventana es una puerta que da a una terraza.

Salimos y me quedo impresionada. Es pequeña, con una mesa baja, unos pufs de diseño, una barbacoa bastante rudimentaria y un balancín. Sin embargo, lo que llama mi atención son las vistas. Me adelanto y cruzo la estancia hasta llegar al balcón. El edificio es más alto que la media de la zona y se puede contemplar parte de Madrid, una panorámica diferente a la que hay desde mi azotea, del corazón antiguo de la capital.

—¿Ves esa terraza? —Se coloca a mi espalda, apoya el mentón en mi hombro y me señala la que está justo debajo—. La mujer que vive ahí sale todas las noches, esté helando, nevando o diluviando, y pone una pequeña vela en el marco. Un día le pregunte por qué lo hacía. Sentía muchísima curiosidad.

—¿Cómo? —Observo las macetas con rosas de todos los colores que hay en el espacio.

—¿Cómo va a ser? Al más puro estilo español. A gritos.

—¿Y qué te explicó ella tras el susto inicial que le debiste de dar?

—Es gallega. Me contó que su marido había fallecido en un naufragio mientras mariscaba...

—Eso tiene que ser terrible. —Me encojo al notar un escalofrío y Yon susurra más cerca de mi oído, como si su aliento me pudiese penetrar y transmitirme el calor que necesito.

—Ese es un adjetivo que define bastante bien su historia. Me dijo que, como sus antepasados tenían sangre de meigas y ella es bastante intuitiva, había sabido antes de que la llamasen lo ocurrido. Estaba mirando el cielo abierto de la Galicia profunda y de repente sintió que la vida de su marido se apagaba mientras una estrella se encendía en el firmamento. Desde entonces, cada día ella hace lo mismo: enciende una vela para que él también pueda verla desde el otro lado. Como una especie de faro para que sus dos mundos se conecten.

—¿Es esta la historia que te inventas para seducir a las indefensas e incautas jovencitas que suben a tu piso?

—Para nada —responde al tiempo que se separa de mí—. Nunca osaría bromear con la muerte de una persona. Sería cruel.

Lo observo y me doy cuenta de que está diciendo la verdad.

—¿Y ves esa de allí? —Sigo la dirección que señala con su dedo hasta otra terraza muchísimo más amplia, tres edificios por delante.

—¿No me digas que también tiene una historia trágica?

—Qué va. —Se encoge de hombros—. Es de un piso patera de erasmus de lo más divertido. Celebran muchas fiestas temáticas y de vez en cuando se transforma en una película porno en directo.

—Esto ya me parece más normal.

—¿Sexo salvaje entre cinco personas te parece más normal que una historia de amor? Veo que apuestas fuerte, Aura. —Yon levanta las cejas un par de veces con un gesto que se me antoja gracioso y a continuación se dirige hacia la puerta—. Espérame aquí; voy a cambiarme y a hacer la cena. ¿Te gusta la comida mexicana?

—Nunca la he probado.

—Pues me alegro de que tu primera vez sea conmigo.

Acto seguido, se pierde entre las cortinas blancas de su habitación, que ondean mientras se cambia de ropa. No ha cerrado la puerta corredera, por lo que veo cómo se quita los zapatos y los guarda con orden en el zapatero de la mesita de noche. Después se deshace de la camisa y la coloca pulcramente colgada en una percha. Entre tanto, observo que tiene un cuerpo delgado pero bonito, con una pelusa negra que le desciende desde los pectorales y se hace invisible al llegar al ombligo. Mientras se desabrocha el pantalón, él levanta la vista y me descubre mirándole. De inmediato, giro la cabeza, pero soy capaz de intuir su sonrisa socarrona y suficiente a mi espalda.

Me siento en el balancín y soy testigo de cómo los últimos rayos de sol bañan los edificios tornando su piedra en un tono dorado antes de irse. Yon aparece al rato: lleva puestos unos pantalones chinos verdosos con muchos bolsillos y una camiseta blanca con el cuello redondo. Por primera vez parece un chico más que el emprendedor que viste con su traje perfectamente planchado. Me tiende una fina manta roja.

—Luego refresca —indica, recordándome a mi madre—. Voy a preparar la comida.

—¡Te ayudo! —Me ofrezco, y me levanto de un salto, bien dispuesta.

—No —responde, tras lo que me empuja con amabilidad de nuevo al balancín—. Eres la invitada. —Voy a oponerme cuando añade—: Además, ¿cómo te iba a echar mucho picante en las fajitas como castigo por lo de ayer si estás merodeando por la cocina? Lo complicarías todo... —bromea mientras me guiña un ojo, y luego se pierde de nuevo detrás de las cortinas.

Yon estaba en lo cierto. En cuanto el sol se esconde y las rojizas luces bañan Madrid, la temperatura desciende, y a esa altura y sin ningún edificio que lo detenga, el aire frío golpea con un movimiento leve, pero que cala los huesos. Me echo la manta por encima de los hombros como si fuera una mantilla de las que las señoras mayores se ponen en las bodas y compruebo que se está mucho mejor.

Yon no tarda en regresar con un delantal blanco al más puro estilo *MasterChef*. Sobre la mesita coloca unos manteles individuales y un servilletero hecho con bolsas de basura bastante original.

—Mi padre, que tiene mucho tiempo libre —explica, y vuelve a marcharse para traer a continuación una suculenta ensalada de diferentes tipos de lechuga, melón, piña, pasas, nueces y salsa miel mostaza.

—Nunca he estado en México, pero esto no se parece mucho a lo que tenía en mente... —apunto mientras la boca se me hace agua, y cambio de posición para sentarme encima de uno de los pufs rojos.

—Fusión de sabores. Tú deja al experto.

Me encojo de hombros y le espero. Regresa con dos platos llanos. En el primero están las fajitas de pollo, y en el otro, las de ternera, todas colocadas en orden decreciente de más picante a menos. Al final, no ha sido malo. Yon se sienta al otro lado y coge una que, de estar en un restaurante, en el menú aparecería con una triple guindilla al lado. Yo hago lo contrario y selecciono la que está en el otro extremo. No creo que mi estómago esté para jueguecitos, más bien es un arma química de máxima destrucción a la que tengo que cuidar si no quiero que estalle.

—¿Te gusta?

—Me encanta —afirmo lamiendo un poco de salsa que se me ha quedado en la comisura del labio.

—¿Es una señal? —Levanta las cejas—. Porque te diré que suelo ser muy malo para interpretarlas... —bromea, y casi se mete el taco de un bocado en la boca. Como mínimo espero que comience a darse aire o se derrita en el acto, pero nada de eso ocurre. Es inmune. Tal vez, igual que yo puedo alimentarme a base de pasta sin tener la sensación de que mi dieta es una basura, a él le ocurra con este tipo de comida.

—Para bien o para mal, suelo ser muy sincera. Sin filtro en la boca. Lo que me lleva a preguntar cuál es el motivo real para que hoy hayas venido a buscarme. Si aspiras a que te haga otra entrevista, te diré que mi poder de decisión en la agencia y el de un geranio es el mismo...

—Una segunda oportunidad. ¿Tú no te la habrías dado?

—¿Si hubieras actuado como yo? De forma rotunda, no.

—¿A pesar de que soy increíblemente sexy?

—A pesar de eso, en caso de que lo fueras.

—¿No habías dicho que eras sincera?

—Y lo soy. Pero a los creídos me gusta bajarles los humos.

—¿No has visto *La Bella y la Bestia*? —Se apoya en la mesa baja con el codo—. Antes de juzgar, tienes que llegar hasta el interior.

—Una bonita película con un mensaje muy al estilo Disney. Sin embargo, el hecho de que la chica se enamore de un animal con cuernos hace que no me lo tome muy en serio...

—Venga, no te hagas la dura —ronronea. El viento le mece el pelo hasta que un mechón rebelde le tapa el ojo derecho. Sin embargo, Yon parece tan concentrado en mí que ni siquiera se percata—. Seguro que lloras al final.

—Puede que llorase en la escena en la que Bestia se transforma en Príncipe, con gritos y todo, pero no te lo confirmo. —Sin saber por qué, me inclino hacia delante y le aparto el mechón.

Ese sencillo gesto, de una familiaridad que no tenemos, hace que sus ojos negros intensifiquen el modo en que me mira a los míos. Creo que ni pestañea y, sin perder el contacto, mueve sus manos hasta colocar mi cabello canela detrás de la oreja.

—Tienes una extraña obsesión con hacer eso, ¿no te parece? —Me separo rápido y regreso a mi puf con una confusa sensación en el vientre. Nervios, de nuevo.

—Aparto todo lo que me impide ver las cosas bonitas —dice, y recalca cada palabra con su voz ronca.

—¿Y mi pelo no lo es? —pregunto para cambiar de conversación porque no sé muy bien cómo seguir por ese rumbo.

—Huele a vainilla, mi sabor favorito. Pero soy un hombre fiel y otra parte de tu rostro ya me ha conquistado.

—¿Ojos o boca?

—¿Acaso no tienes nada más?

—Algo que me resalte en la cara, no creo. Además, todo es muy normal.

—Te equivocas. Tus cejas.

Vale, esto sí que me ha pillado desprevenida. De entre todos mis rasgos, nunca habría pensado que alguien seleccionaría unos pelos colocados estratégicamente encima de los ojos. Puede que la insana obsesión de Víctor con el lunar de mi barriga tampoco fuese muy normal, pero esto se sitúa en esos casos que deben ser estudiados porque escapan a todo entendimiento humano.

—Eres muy expresiva, ¿alguna vez te lo han dicho?

—No así, pero supongo que quieres decir lo mismo que cuando mis amigas me repiten una y otra vez que parezco un libro abierto incapaz de ocultar nada.

—Pues la culpa es de ellas. Mis aliadas. Por eso tus cejas son mi parte favorita —apunta mientras coge con la mano una nuez de la ensalada para dejarla caer en su boca y masticarla de forma exagerada, con la mandíbula cuadrada subiendo y bajando—. Cuando las levantas mucho, estás sorprendida o feliz; si solo subes una es porque piensas una escapatoria, ya que estás nerviosa, lo que a menudo se traduce en un comentario tonto con el que crees que ya te encuentras a salvo; si las juntas mucho, peligro, vas a gritarme; y cuando empiezan a descender caídas, mala señal, piensas en algo o alguien que te hace mucho daño. —Hace una pausa—. No quiero decir que sean atractivas, son pelos, por el amor de Dios. —Sonrío y noto que lleva razón. Están arriba—. Son como unas instrucciones que me ayudan a comprenderte. Y eso es lo que más deseo, a ver si así logro...

—¿Repetir lo que sucedió anoche al despedirnos?

—Sí y no.

—¿Te gustó?

—Fue distinto a lo que había imaginado. Pasé bastante miedo.

—¿Por qué?

—Porque temía que, en vez de un intercambio de saliva, hubiese entre nosotros otro tipo de fluidos. Ya sabes...

Mis ojos se abren de par en par.

—¿Pensabas que iba a vomitarte, Yon?

—Era una posibilidad, sí.

—Antes me lo trago y me ahogo. Te lo aseguro —le digo, porque vomitarle mientras nos besábamos habría significado tener que huir del país para no morirme de la vergüenza.

—¿Lo ves? Casi lo logro.

—¿El qué?

—Que dejes de estar rígida, que te relajes, que te dejes llevar..., y sabré que lo he conseguido cuando vea que tus cejas han parado de estar en tensión. —Coge aire y habla despacio, intentando que cale lo que dice—. Desde que te conozco, parece que llevas una mochila con cien kilos encima; demasiado peso para alguien tan joven. Por no hablar de que deduzco que has hecho un juramento a la Virgen de tu pueblo para no desvelar nada sobre ti a los demás...

Nos quedamos un rato en silencio. Analizo lo que me ha dicho y me sorprendo al darme cuenta de que los roles han cambiado. Él me ve como yo veía a Ismael. Una persona con un corazón resguardado en una coraza que no se muestra porque está encerrada en sí misma. Solitaria, triste y vacía; todo lo contrario a lo que me define.

—¿Quieres que te cuente nuestra historia?

—Quiero oír la tuya. Él formó parte, pero no es todo. Podemos saltarnos su capítulo.

—¿Y por dónde empiezo?

—Por lo más ridículo. Eso siempre ayuda a romper el hielo.

Asiento. Lo miro. Sus ojos me instan a hablar, a comenzar. En mi interior resuena su frase de que no todo el mundo me va a fallar y, antes de decidirlo, mi boca me traiciona y empiezo a contarle la anécdota del primer día que mi padre me pilló un poco piripi, yo le negué la mayor y él me grabó en un vídeo que al día siguiente me obligó a ver. Yon ríe por la ocurrencia de Miguel mientras promete que se lo apuntará para el futuro. Me pone un burrito de pollo de picante medio en mi plato y llega su turno. Un día que creyó que le habían robado el coche, llamó a la policía, puso una denuncia y se pilló el disgusto del siglo para que luego resultase que estaba en la calle paralela y que él se había confundido.

No sé por qué ni cómo ha sucedido, pero cuando me quiero dar cuenta, parecemos dos raperos en una batalla de gallos que luchan por convertirse en el ganador por haber hecho más tonterías. Las conversaciones se entremezclan y yo vuelvo a ser esa periodista que dispara preguntas como si fuera una vaquera en el Oeste.

Terminamos de cenar y, a pesar de que he comido como si llevase una semana sin hacerlo, el motivo por el que me siento más llena, completa, es que me estoy dando una segunda oportunidad. Estoy trabajando como becaria, pero de lo que me gusta, y esa era mi gran meta al llegar a Madrid; tengo amigas, una familia que me quiere —y ahora incluyo a mi hermano—, salud y mucho recorrido por delante hasta que deba poner la palabra fin a la aventura de mi vida. La felicidad es una actitud, y decido que a partir de ahora será mi bandera.

Yon me permite que le ayude a recoger la mesa, pero fregar no es negociable. Se pone unos guantes rositas que le compró su madre, aunque empiezo a sospechar que es él quien tiene una insana afición a la cocina.

Regreso a la terraza, me coloco de nuevo la manta sobre mis hombros y me siento en el balancín dejando que su suave movimiento me acune. Él me imita a los pocos minutos con una botella de tequila y un par de vasos de chupito que enarbola como si fueran un lingote de oro.

—Producto importado directamente desde Cancún.

—Se tira en el balancín, porque eso no es sentarse, y este se contonea durante un buen rato hasta que recupera la estabilidad. Me quito las zapatillas y me siento con las piernas cruzadas mirándolo.

—¿Y te quejas de los sueldos de emprendedor, pero bebes de importación?

—Es de mi viaje de fin de carrera... —Me tiende el vaso. Está helado. Supongo que lo ha metido en el congelador mientras preparaba la cena. ¿Tan seguro estaba de que yo iba a aceptar?

—¿Todavía te queda después de un par de años? Yo lo habría gastado con mis amigos el primer fin de semana...

Yon sirve los dos vasos hasta que casi rebosan.

—¿Podrás beberlo sin que te posea la niña de *El exorcista*?

—Es solo un chupito —le resto importancia. Levantamos las manos y brindamos—. ¿Por qué brindamos?

—¡Porque esta noche hagamos un trío! —El tequila moja la comisura de mis labios y lo miro juntando las cejas, como él dice que hago cuando me enfado—. Tú, yo y las estrellas —añade con voz ronca. Me parece bonito y me trago el líquido de color agua.

Estoy a punto de pedirle que me rellene el vaso cuando percibo la primera señal de que se masca una tragedia: mis tripas se retuercen como si fueran lombrices en un cubo. Junto las rodillas contra mi pecho en una postura que pretende parecer informal, pero con la que intento contener el alien que poseo dentro y que desea ser expulsado.

Vamos, que me ha dado un apretón de campeonato. Eso no supondría ningún problema si no estuviese en casa de un chico, que además es un desconocido y con el que coqueteo; como expulse el demonio que llevo dentro, se asustará pensando que soy Lilith, la madre del diablo, o algo similar.

Trato de contenerme mientras asiento fingiendo que le escucho sus batallitas por Cancún, que deben de ser de lo más apasionantes por cómo se ríe. Hago los ejercicios mentales que un amigo me explicó que realizaba para no correrse antes de tiempo. Si a él le funciona en el sexo, a mí me tiene que servir con los problemas intestinales. Empiezo a nombrar mentalmente la alineación del Madrid; lo malo es que solo me sé el nombre de cuatro jugadores y uno de ellos es mi hermano, demasiados pocos para contener la bomba de relojería que llevo dentro.

Un retortijón y me levanto de golpe.

—¿Pasa algo? —me pregunta Yon. Mi movimiento le ha pillado desprevenido.

—Tengo que hacer pis. —Tan fina yo, llamo pis a mear cuando en realidad lo que voy a hacer posiblemente sea atascar el retrete.

—¿Te acompaño? —se ofrece, y me apresuro a contestar que no con tanta rapidez que me sale un gallo.

—¡No! En una casa de treinta metros, creo que podré localizarlo —justifico.

Hasta la puerta que da a su habitación, ando; después

corro como si en el baño regalasen viajes a Nueva York con todo pagado. Aunque estoy a punto de explotar, echo el cerrojo y me aseguro de que no se puede abrir la puerta desde fuera; luego abro el grifo del agua para que la melodía de tambores no se oiga en la terraza y... bueno, mejor no entrar en detalles. Simplemente, a la que salgo creo que he parido una abominable bestia, fruto del alcohol de la noche anterior, y me siento mucho mejor. Aunque suene poco glamuroso, qué felicidad y paz trae ese instinto animal.

Yon está tumbado con la cabeza apoyada en el puf y las manos colocadas en la nuca. Tomo mi cojín, me acerco adonde él está y lo imito.

—Hueles como yo. ¿Te has echado mi colonia? —Arruga la nariz sin mirarme.

—Soy adicta. Veo un frasco de perfume y tengo que ponerme —salgo al paso con lo primero que se me ocurre para no decirle que he vaciado medio frasco intentando camuflar otro tipo de olor. No sé si me cree o no, pero no añade nada más.

Nos quedamos en silencio contemplando el cielo. El eco del alboroto que hay en las terrazas de su calle llega difuminado, perdiéndose en la altura. Me concentro en observar las pocas estrellas que brillan por encima de la capa de contaminación y motean el cielo con pequeños puntos luminosos.

Me detengo en una que destaca entre todas. Me invade una calma que me llena de paz. Procuro recordar cuándo fue la última vez que me sentí así y me percato de que fue con Víctor, en la cabaña de los Picos de Europa. Y no me inunda la desazón, la desesperación, la rabia, la impotencia o la pena, sino una verdad que tengo que asumir: debo dejarle marchar. No puedo enfadarme conmigo ni con él. Las cosas terminan, y que yo me estanque y ponga en *pause* mi vida con la esperanza de que un día él regrese para pulsar de nuevo el *play* no va a servir de nada. Es algo que está en la mano del cantautor, pero yo no puedo esperar para siempre perdiendo días que nunca recuperaré.

Su imagen aparece sin que yo la invoque. Sus ojos marrones y verdes, su pelo revuelto, indomable, y su sonrisa lateral que le hacía parecer un rebelde sin causa de manual. Rememoro cómo olía cuando lo abrazaba, la vibración de su pecho al romper a reír, sus manos apretando mi carne y su voz al pronunciar mi nombre. Él era mi casa, pero en otro tiempo también lo fue la de Cuenca y encontré un nuevo hogar en Madrid, junto con mis compañeras. Solo hay que plantearse que no es un final, sino un nuevo inicio en esa búsqueda que creía finalizada.

«Amarte más es imposible» resuena en mi cabeza, y no lloro; sonrío ya que sé que ese día lo dijo porque verdaderamente lo sentía. Tuve su corazón una vez y eso nunca cambiará, pero ya no me pertenece y me tengo que hacer a la idea. No existen trucos ni magia para el amor: o se da de manera incondicional, o no se da e igual que llega y te hace experimentar las sensaciones más intensas de la vida, desaparece. Debo asumirlo.

Una estrella fugaz pasa de largo, dejando un rastro brillante detrás de la que estaba observando. Cierro los ojos, pero no pido un deseo.

«Adiós, Víctor», digo en mi interior, y sonrío, porque ya estoy tranquila, porque ya me he enfrentado a la realidad. Porque ya puedo recordarlo y revivir todos nuestros instantes sin tener la esperanza de que aparecerá de un momento a otro, y con ello elimino la desesperación que he sentido todo este tiempo al comprobar que no ocurría. El cantautor se ha marchado, ahora lo sé, ahora lo acepto.

—Aura, me gustas mucho —me sorprende Yon. Habla con claridad, como quien dice una evidencia. Lo miro y veo que está de lado, apoyado en el brazo, acariciándome con sus ojos negros.

—Ahora mismo no sé si estoy preparada para una relación...

—Yo tampoco. Ya te lo digo. Estoy centrado en el trabajo.

—¿Y no se puede compaginar?

—No como yo entiendo que deben ser las parejas. Siempre he tenido la absurda idea de que tienes que enamorar a tu novia todos los días. No conquistarla y luego dejarla en un segundo plano asumiendo que con el amor del principio hay reservas para toda una vida... Y ahora mismo estoy absorbido por la empresa.

—¿Qué propones?

—Nos caemos bien, juntos estamos a gusto, tú me pareces preciosa y yo no estoy nada mal... —Y, tras advertir mi gesto de incredulidad, continúa—: ¿Qué? ¡Es verdad! En el vivero tengo loquitas a las de cincuenta.

—Vale, superas a los orcos de Mordor, pero no llegas al nivel de Jacob Elordi. —Yon pone los ojos en blanco.

—Lo que te digo —continúa, obviando mi comentario— es que podemos pasarlo bien juntos. Sin compromisos, sin ataduras, sin responsabilidades, sin reproches, solo dos personas que quedan cuando quieren y se divierten. En realidad, es como una relación, pero quitando los celos, los enfados, las discusiones...

«Y las reconciliaciones, la intimidad, la complicidad..., en definitiva, el amor», pienso sin decirlo en voz alta.

—Solo habría una condición —subraya este punto.

—¿Cuál?

—Sinceridad. Si uno empieza a sentir más de lo normal en nuestra circunstancia, se lo dice al otro. —Me mira muy serio y me molesta un poco, porque parece que da por sentado que, si acaba ocurriendo, será por mi parte, como si él estuviese muy seguro de que es imposible que se enamore de mí.

—Ya te he contado que muchos me acusan de no tener filtro y de decir siempre lo que pienso. No creo que suponga ningún problema.

—¿Tenemos un trato? —Me mira con los ojos muy abiertos y yo me muerdo el labio dudando qué contestar—. Mierda, se me olvidaba el último argumento y a la vez el más fundamental.

—¿Cuál?

—Este.

Yon se acerca, enreda sus manos en mi pelo y sus labios chocan con los míos. Son suaves. Me besa despacio, lento, saboreándolos, y poco a poco yo abro mi boca hasta que nuestras lenguas se entrelazan con mimo, cautela y cariño. Nuestras salivas se mezclan y nos exploramos con calma como una expedición que acaba de llegar a terreno desconocido y primero tiene que inspeccionar el lugar. Estamos así un buen rato hasta que él se separa mordiéndome el labio inferior por el camino para estirar un poco más el contacto. Me atrae hacia sí y me coloca de tal manera que apoyo mi cabeza en su pecho y me abrazo a su torso.

—¿Te he convencido? Es que me gustaría que el tercer beso ya fuera iniciativa tuya porque...

—Cállate —le digo, levanto la cabeza y le doy un beso corto con los labios todavía húmedos del anterior. Regreso a su regazo y me vuelve a apretar entre sus brazos.

—¿Eso es un sí?

—Nunca me ha gustado cerrarme a nada sin probar antes.

Aunque no le veo, noto cómo sus mejillas se ensanchan a causa de su provocadora y sexy sonrisa que seguramente vuelve loca a toda la oficina. Por primera vez desde hace mucho tiempo, la boca me sabe a otra persona, a Yon, y eso me lleva a pensar qué ha influido más en mi decisión, si el beso o el abrazo, el volver a sentir el cariño que solo desprenden las personas a quienes les importas.

Contemplo de nuevo el cielo, asustada por si estoy cometiendo un error al dejarme arrastrar por la marea en vez de empezar a nadar.

Busco algún rastro de la estrella fugaz, pero ya no queda nada que indique que ha pasado por allí. Solo a mí me ha llamado la atención, solo yo la recuerdo...

Capítulo 21

Todo lo que critiqué...

Una piscina con el agua azul cristalina, tumbonas; Vilma embadurnada de crema de protección solar para que su piel, blanca como la porcelana, no adquiera un tono rojizo como el de su pelo; Sara metiendo tripa, morada por no respirar, hasta que se tumba boca abajo, sin percatarse de que los michelines sobresalen por los laterales; Ana, que ha regresado de la búsqueda del piso para su Erasmus italiano, luciendo sus kilos de más como si cada gramo le recordase esos platos tan deliciosos de los que no nos para de hablar; yo con chorretones de chocolate alrededor de la boca por el Cornetto que me estoy comiendo, y mi hermano trayéndonos una jarra de sangría casera mientras rumia entre dientes algo así como «Un esclavo en mi propia casa, para eso hemos quedado». ¿Es o no es el paraíso? Para mí, sí. Al menos así trato de verlo, con el optimismo crónico que me caracteriza y que, gracias a Dios, he recuperado.

Es, me atrevería a asegurar de forma categórica, mi mejor día de mi verano robado, y es que, tal y como sospechaba, mi puesto de perfecta becaria tiene una cláusula bastante cojonera en la que las vacaciones están prohibidas.

«Tampoco es para tanto», me dirían algunos. «Cinco horas de trabajo, ya te darás cuenta cuando veas lo que es trabajar de verdad», otros. Claro que estos no saben que cuando eres el último mono de la cadena empresarial los horarios son algo orientativo. Y con orientativo quiero decir que los jefes —y eso que yo adoro a la mía— se lo pasan por el forro de los cojones. Tampoco es su culpa, o eso defienden ellos. La cuestión es que falta personal porque no tienen en plantilla la gente que se necesita para cubrir los objetivos y lo acabamos solucionando nosotros, los peor pagados y más explotados. No obstante, como por primera vez puedo ir a cosas chulas que no son de política —como pases de películas por las que si no habría empeñado mi riñón derecho para verlas en el cine; ruedas de prensa con actores archiconocidos, de esos que adornaban mis carpetas y con los que me he tenido que contener para no tirarles mis braguitas, y espectáculos varios—, tener que hacer dos horas extra, tres o incluso cuatro no me importa.

Lo que sí lo hace insoportable es que sea en Madrid. Quien no haya vivido un verano en la capital no me comprenderá. Ya no es solo que la población autóctona haya desaparecido para colonizar la costa, es que el calor se adhiere al suelo y, cuando vas caminando, asciende por tu cuerpo hasta formar parte de ti, una extensión de tu persona que te hace sudar como un pollo ya estés en la calle, en la oficina o en casa. Pegajoso, incómodo e inaguantable. De hecho, ha sido el culpable de la primera discusión en nuestro piso por algo tan insignificante como sentarnos al lado la ventana para cenar y mendigar las pocas ráfagas de aire que cuando se cuelan hacen que des un respingo de gustito.

Además, a todo esto se une que este año mi madre me

343

habría puesto un trono en mi pueblo y me habría tratado como una reina. El motivo es sencillo. Yo, Aura Núñez, he aprobado por primera vez todas las asignaturas, y con calificaciones que superan el notable. Incluso hay un par de matrículas de honor que me dejaron bizqueando con una sonrisa tonta cuando los profesores colgaron las notas.

Amparo, a la que en demasiadas ocasiones he mentido o he intentado hacerlo, no se lo creía y me obligó a hacer una fotocopia de mi expediente —porque en la universidad no nos dan las calificaciones en una libretita, como en el instituto— para poder contemplar ese milagro con sus propios ojos. Cuando se lo entregué en mano, lo tuvo que leer unas diez mil veces antes de asimilarlo y darme dos sonoros besos que casi acaban con mis tímpanos y un abrazo con el que me trituró las costillas. En realidad, no supe si me alegraba o me ofendía que tuviese tanta poca confianza en mis capacidades. Supongo que era lo que recogía después de tantos años siendo un trasto.

Por su parte, mi padre se limitó a susurrarme un sentido «Enhorabuena, sabía que tú podías» antes de que mi madre me arrancase de sus manos para pasearme por todo el pueblo cual trofeo explicándoles a todas las vecinas, a las que les importaban mis estudios entre poco y nada, que su pequeña era una eminencia que había conseguido incluso matrículas de honor. Al final, verla tan orgullosa hizo que me hinchase como un pavo, y yo también comencé a estarlo, pero por otros motivos.

Ahora puedo confesarlo. Cuando decidí asumir que me había equivocado con la decisión y tomé las riendas de mi vida, reconociendo que lo que estaba haciendo era un error y empezando de cero, tuve miedo. Muchísimo. Estaba aterrorizada por si todo era una gran farsa que me jugaban esos sueños idealizados de mi fantasía. Inscribirme en Periodismo y que me ocurriese lo mismo. Darme cuenta de que era una vaga incapaz de motivarme. Tener una prueba tangible de que en el mundo no había nada hecho para mí y que yo me tendría que hacer al mundo. Pasar de «Me confundí» a «Soy una irresponsable que está haciendo perder a sus padres los ahorros por su inconsciencia y su ausencia de madurez, ¡a la hoguera!».

Sin embargo, ha sido todo lo contrario, y lo bueno es que lo descubrí la primera semana de clase. ¿Conocéis esa sensación cuando el tiempo se te pasa volando mientras habla un profesor? Yo no la había experimentado nunca porque no había estado motivada. Y eso no es culpa de mis anteriores educadores, que se esforzaban como si fueran Michelle Pfeiffer en *Mentes peligrosas*, que trata de que sus alumnos de los barrios conflictivos crean en sí mismos y no se rindan. Era que no había encontrado lo que me llenaba: el periodismo, una profesión que había llegado a mi vida y me había enseñado que, cuando conviertes tu pasión en tu trabajo, estudiar ya no es una obligación, sino una elección, y, como todas las cosas que elegimos, te esfuerzas encantada, disfrutando de las tardes de estudio en la biblioteca, los trabajos... Todo.

Por este motivo, me agradecí a mí misma haberme parado a reflexionar. A veces vivimos tan deprisa, queriendo exprimir el tiempo, buscando que los objetivos sean tan inmediatos, que nos olvidamos de detenernos a pensar si lo que hacemos nos completa. Yo lo hice y fue la mejor decisión que pude tomar, trasladar esos sueños nebulosos que vagaban por mi cabeza dando tumbos a algo tangible, mi realidad. También le di las gracias mentalmente a Víctor. Sin él, sin nuestras horas de conversaciones acerca de cuestiones absurdas y transcendentales, sin su visión sobre que debíamos luchar por lo que queríamos con la firme determinación de que podíamos ganar la batalla al mundo, que se empeñaba en asesinar sin piedad nuestras ilusiones, no lo habría logrado.

Ya no me duele pensar en el cantautor. He eliminado las cosas malas y me he quedado con las buenas. Con su confianza ciega en mí y mis posibilidades, me ayudó a encontrarme a mí misma y a darme cuenta de que lo que yo quería no era ser una ejecutiva agresiva con fajos de cincuenta en la cartera, sino ser feliz a cada instante, volar.

Una parte de mí siempre echará de menos su olor, el tacto de su pelo cuando enredaba mis dedos en él, el sonido de su risa y el sabor de nuestras salivas entremezclándose. Soy consciente de que extrañaré ver cómo me roba toda la gama de sonrisas que existen. Hay gente que mide la felicidad en dinero, otros en ascensos, viajes, amigos, fiestas, familia, pareja, momentos que te quitan el aliento, momentos que te lo devuelven... Yo soy diferente. Para mí la medida son las sonrisas. Hay una para cada ocasión: alegría, sorpresa, orgullo, cariño... Todas las emociones que llega a sentir el ser humano se pueden traducir en ese movimiento involuntario de labios, y él lograba que en los míos se dibujasen incluso algunas que desconocía. Me respetaba, me admiraba, me quería, confiaba en mí, y eso lo convertía en ideal para ser mi mejor amigo, mi novio, mi confidente, mi consejero, mi compañero, mi futuro.

Pero se ha marchado y lo más coherente es agradecer lo que me ha dado y no lo que me ha quitado, sin dramas, sin gritar, sin llorar, sin enfadarme con un universo que no tiene culpa de lo que decidan dos personas mayores de edad. Y sin esperar que suceda el final de cuento de hadas que el maldito creativo de Disney introdujo a la fuerza en mi cabeza desde mi más tierna niñez.

—Sara se va a mear en la piscina. —Me distrae Vilma, que se baja las gafas de sol hasta el puente de la nariz mientras se incorpora—. Ya verás. La muy guarra.

Sara lanza las chanclas al césped y camina por el borde hasta la zona que cubre, con su bikini de lunares amarillo y blanco. Tantea el agua con el dedo gordo y se lanza de bomba, provocando que, en la superficie lisa, de un tono azul cristalino, surjan olas y que las gotas nos mojen las piernas refrescándonos. Comienza a nadar al estilo perrito y, justo cuando voy a decirle a la pelirroja que es una malpensada de campeonato, veo un tono amarillento que ella procura disimular pataleando para que se difumine.

—Eres una cerda, lagartija —se indigna Vilma cuando Sara llega nadando a nuestra posición y se asoma por encima del borde de la piscina. La morena pone cara de no comprender a qué se refiere, por lo que Vilma apunta—: Te has meado. ¿Ahora cómo nos vamos a bañar?

—¡Venga, no hagas un mundo! ¿O es que nunca te has percatado de que en las públicas nadie va al baño?

—Encima no te pongas farruca y te intentes justificar con el argumento de, si otros lo hacen, yo puedo imitarlos y no pasa nada porque os obligue a nadar entre mis fluidos...

—¿Y me lo dices tú? Creo que no te acuerdas mucho del festival...

Sin darle tiempo a contestar, Sara cuenta su gran secreto. Ese con el que amenazó a la pelirroja el primer día que nos conocimos, un par de años atrás, en la azotea de nuestro bloque. Por lo visto, los baños del festival eran en sí mismos un espectáculo. La noche anterior había sido de desfase máximo y estaban repletos de mierda, literalmente, por las paredes. Faltaba media hora para que pasasen los benditos señores de la limpieza y Vilma se cagaba encima, pero se negaba a hacerlo en esas instalaciones donde, según su opinión de señorita nacida para limpiarse el culo con toallitas de oro, podía contraer una enfermedad mortal o morir del asco mientras apretaba. Se fueron a la playa y...

—Y de repente ahí estaba, un zurullo flotando entre las olas, tan pequeño y redondo... Adorable.

—No hace falta que entres en detalles. Una mierda es una mierda. No hay más. —Vilma se cruza de brazos, pero enseguida cambia de postura, no vaya a ser que se le queden las marcas y su bronceado no sea perfecto, como ella.

—Pues creo que la tuya era hasta glamurosa. —Le guiña un ojo.

—¿En casa siempre son tan asquerosas? —pregunta con normalidad Ana, que, tras encontrar un piso en Roma para el Erasmus, ha regresado a Madrid.

—No solemos comparar nuestras cacas, si es a lo que te refieres —contesto.

—Por supuesto que no. —Sara sale del agua y, como el grano en el culo de Vilma que le gusta ser, va hasta su lado y se escurre el pelo encima del abdomen de la pelirroja, que grita levantándose de un salto por el cambio de temperatura—. Somos más de hablar de sexo, drogas, rock and roll, chicos... Por cierto... —me mira de reojo al sentarse—, ¿tú no tenías que llamar a Yon para quedar o algo así?

Yon. Seguimos quedando, sumidos en nuestra «relación-no relación».

—Creo que le voy a decir que hoy paso. Ya nos veremos mañana. —Me encojo de hombros y le doy un sorbo a la Fanta de naranja que ha traído mi hermano y que está helada.

—Entiendo... —murmura.

Sara y Vilma se miran cómplices, y me jode sobremanera porque intuyo lo que están pensando. No soy la única que se percata, Ana arruga la nariz con la mosca detrás de la oreja.

—¿Yon? ¿Quién es Yon? No me suena que hayas mencionado ese nombre...

—Es que es un amigo y no te hablo de todos los que tengo. Bastante tenía con escuchar por videollamada tus historias con los italianos y las italianas.

—Es un amigo al que te tiras —define Sara.

—Bueno, un rollo.

—Eso podría ser los primeros días, pero ya han pasado meses... —se suma Vilma, y me molesta el tono y la cadencia con la que deja la frase en el aire.

—¿Cuál es el problema? Yo no lo veo.

—¡Pues yo sí! —estalla Sara—. Tú eres como yo, una enamorada del amor. A ti te gusta querer hasta que duele, dar saltitos en casa cuando te escribe, hablar del chico de una manera pesada e insistente, pero también intensa y romántica.

—Bueno, pues me he cansado y ahora quiero ser más como Vilma. Andar de flor en flor sin ataduras, ni dramas o tonterías de esas...

—Ni tú te crees que eres como yo. ¡Si hasta te enfurruñas un par de días cuando una novela no tiene final feliz! ¿Cómo pretendes que no me tome a risa que no buscas eso para ti? Y que conste que no es malo ni lo mío ni lo tuyo. Pero somos diferentes, y pretender que seamos iguales suena a broma.

Me levanto nerviosa. Me siento juzgada por ellas, como si estuvieran analizando mis actuaciones sin derecho. Ellas no están en mi cabeza. Ellas no saben lo que pienso, siento o necesito.

—Yon se ha hecho a sí mismo, es inteligente, divertido, simpático, gracioso, me escucha, es guapo...

—No hace falta que enumeres sus cualidades. Lo conocemos. Es un tío guay. A cualquier chica se le haría el chichi Pepsi-Cola por estar con él...

—¿Entonces soy yo el problema? —Me escudo en un ataque, aunque sé a la perfección que no está diciendo eso.

—El problema no eres tú ni él, cielo, sino lo que debería surgir entre vosotros y no llega... —responde Sara.

—A ver si te he entendido bien. Toda la complicación

es que no decidimos ponerle nombre a nuestra relación, ser pareja...

—¡No! ¡Dios no quiera que os hagáis novios! Sería de esas muertes anunciadas que hasta joden a los que no están involucrados. Tú no te lo mereces y él menos.

—¿Pero qué tonterías estás diciendo?

—Ninguna, y por eso te estás enfadando y me alegro. A ver si mientras te cagas en mi madre enfurruñada en tu cuarto, le dedicas cinco minutos a pensar en la situación. Creo que serían suficientes...

—Suficientes para darme cuenta de que él y yo sabemos lo que tenemos entre manos, y lo que opine el resto del mundo nos resbala.

—Calma, chicas, vamos a dejar pasar el tema —trata de poner paz Vilma.

—Mejor, porque ninguna somos perfectas y, si hacemos un juicio colectivo, no sé quién saldrá peor parada...

Voy hacia la piscina, pero Sara se pone de pie y me agarra del brazo.

—¿No te das cuenta? Él sí que siente. —Me detengo—. Estás siendo egoísta con alguien que no se lo merece. Puede que al principio fuera una tontería, un rollete sin importancia, pero el tiempo ha pasado y las circunstancias han evolucionado de manera diferente para ambos. Para ti es un amigo al que te tiras para no tener que enfrentarte... al vacío que te dejó Víctor.

—Para.

—... Y no lo llena ahora ni lo va a hacer. —No me hace caso—. Porque el recuerdo de nuestro vecino forma parte de ti.

—Según tu experta opinión, ¿estoy rota? ¿No lo puedo superar?

—Ya lo tienes superado. Eres una tía independiente y, a excepción de esto, madura. Aunque tienes que aprender a vivir con el recuerdo de Víctor. Eso siempre va a estar ahí. Cada persona somos el resultado de lo que hemos vivido, y él forma parte de ti. Eso no se puede borrar, igual que no puedes eliminar todas las experiencias del pasado.

—No conozco la historia al completo... —se une Ana—. Sin embargo, escuchando da la sensación de que tratas de recuperarlo en Yon. Tu mejor amigo que te ayuda a superar una ruptura y te enamoras perdidamente de él. Una tirita. Y él no es Víctor y en el amor no hay reglas; que se repita un patrón no significa que vaya a ocurrir lo mismo con los sentimientos que despertó en ti la primera vez —apunta tan sabia como siempre. Ser tan evidente, tan obvia, me pone enferma.

—Por favor, vamos a dejar el tema. —Huyo cobarde.

—Solo una cosa más. Si no lo haces por ti, porque es más fácil vivir engañada, hazlo por él. No me creo que no te hayas dado cuenta de las señales, de que es él quien te llama, de cómo te contesta tres segundos después de que le escribas y siempre te antepone a todo cuando le dices de quedar... Se está pillando mucho. Sé justa. Estar sola siempre es mejor opción que hacer daño a alguien engañándole. Y tú sabes estarlo.

—¡Y lo estoy! No tenemos nada. No quiero nada serio ni ahora ni más adelante con Yon.

—¿Y él lo sabe?

Me tiro a la piscina sin importarme que Sara haya meado dentro un par de minutos antes. El frío me cala entera y me despeja, ¿qué narices estoy haciendo? Todo lo que he criticado en los tíos cuando era a mis amigas ilusionadas a las que estaban utilizando...

Capítulo 22

Una muñeca

Buceo de un extremo a otro de la piscina, impulsándome con las piernas en el muro de piedra. Cojo aire mientras saco la cabeza y me encuentro con mi hermano, que me mira con los brazos cruzados a la altura del pecho, sosteniendo en la mano lo que parece mi móvil. Va sin camiseta y me percato de que el cuerpo de infarto que aparece en los anuncios de los últimos calzoncillos que patrocina no es consecuencia de horas y horas de Photoshop. No es justo. Chris, tan perfecto, tan alto, tan guapo, tan hombretón... y yo, con el cuerpecillo de una cría desgarbada que parece que el día que repartían los atributos femeninos, como los pechos y las caderas, se saltó la clase.

«Seguro que a él le buscaban y lo hicieron con cariño y amor. Puede que en San Valentín, tras cenar a la luz de las velas. Y a mí, una noche en un polvo de esos de te pica, te rasco, que finaliza con la sorpresa de que un bebé viene en camino», me digo, puesto que es la única explicación que se me ocurre a nuestras diferencias tan evidentes. La genética ha sido muy cruel.

—Te llaman.

Escucho la melodía distorsionada porque todavía tengo agua en los oídos. Me sacudo para expulsarla.

—Cuando salga, contesto.

—Es la octava vez que lo hace en los últimos dos minutos.

Está exasperado, apretando los labios para no decir lo que piensa. Algún día estallará y me dirá lo que lleva callando desde hace meses. Será una discusión épica, como siempre. Una parte de mí también quiere que llegue ese momento.

—Vale. Pues contesta.

—¿Desde cuándo soy tu asistente?

—Estoy mojada. Dile a Yon que en dos minutos le devuelvo la llamada —apunto mientras salgo y me envuelvo con la toalla del Atlético de Madrid. Es el equipo rival de mi hermano, y eso le hace poner los ojos en blanco y contestar rechinando entre dientes.

—¿Patrón para desbloquear?

—Una Z.

—¿Una Z? ¿De verdad? ¿No había ninguno más fácil por si te lo roban?

—Sí: uno, dos, tres, cuatro y cinco, pero seguro que ese ya lo usas tú. Tampoco es plan de parecer siameses. —Le guiño un ojo y él rebufa.

—Al maldito *Club de la comedia* te voy a inscribir... —Mastica entre dientes—. Por cierto, no es el chico tirita el que te llama, sino Da... Patricia.

Frunzo el ceño, confundida por la insistencia de mi amiga, pero no me da tiempo a añadir nada más, porque mi hermano contesta en el acto:

—Hermano explotado con un rabo de treinta centímetros al aparato, ¿dígame? —habla con bravuconería, sonriente. Entonces el gesto le cambia y se pone serio. Asiente mientras escucha al otro lado y yo le hago gestos para que me explique qué está pasando.

—Sí, no te preocupes. Volamos hasta allí.

Cuelga.

—Vístete, vamos a la estación a por Patricia —ordena con urgencia.

—¿Ha pasado algo? —pregunto mientras Christian, que me conoce a la perfección, se gira para darme tiempo a quitarme la parte de arriba del bikini y ponerme por encima la camiseta de tirantes. Estoy tan nerviosa que se me complica pasar el brazo por el tirante derecho y me quedo un rato atascada.

—Ha hablado con sus padres sobre su... condición. Por lo visto, se ha formado la Tercera Guerra Mundial y le han echado de casa.

Me llevo la mano a la boca y me apresuro a ponerme la falda vaquera y a quitarme la parte de abajo del bikini. Ana, que lo ha escuchado todo y está a mi lado, me tiende mi bolsa, de la que saco las braguitas.

—¿Cómo está?

—Pues hecha una mierda, joder, Aura, ¿cómo quieres que se encuentre? ¿Y podrías darte más prisa? Parecía tan desesperada que me da miedo que haga una gilipollez...

Eso me asusta muchísimo y se suma al dolor porque mi amiga lo esté pasando fatal. Me pongo las primeras chanclas que encuentro —por el tamaño del pie de princesa de cuento de hadas, creo que son de Vilma— y me voy corriendo al lado de Christian.

—Vamos.

—Os acompaño —nos dice Ana. Me parece justo. Al fin y al cabo, nuestro triángulo siempre tuvo tres vértices.

Supongo que Vilma y Sara querrían venir también, sobre todo la morena, por ese afán suyo de salvar al mundo y a todos los seres humanos que hay sobre él. Se las ve preocupadas y tensas, pero prefieren permanecer en un discreto segundo plano.

Bajamos al garaje. De entre todos los coches, porque hay por lo menos cinco, mi hermano elige un viejo Ibiza —su destartalada reliquia del pasado—, y, por cómo mira mi melena mojada, deduzco que lo hace para que no manche la carrocería de los otros.

Salimos. Es sábado por la mañana y verano en Madrid, lo que se traduce en que las carreteras, como las calles, también están vacías. Christian conduce demasiado rápido para mi gusto, apretando el acelerador. No hablamos, el silencio inunda el coche, aunque no nos damos cuenta. Todos vamos inmersos en nuestros propios pensamientos.

Los míos giran alrededor del mismo eje: la decepción. Imagino lo que le habrá costado a Patricia abrirse y lo que habrá sufrido al percatarse de que sus peores sospechas eran ciertas: sus padres prefieren que sea una persona infeliz a aceptarla, superponen sus deseos a la naturaleza de su hija. Eso es injusto y no se corresponde con el amor incondicional que se presupone de los padres. La reacción debería haber sido de comprensión, ayuda y apoyo, no de rechazo, expulsión e indignación.

Me hierve la sangre. Una parte de mí misma se muere por preguntarle a Patricia la dirección de sus padres, pedirle a mi hermano que me lleve y darles dos guantazos, o pensar un discurso que haga que se mueran de vergüenza. No sé qué me apetece más. Bueno, sí, una buena hostia con recorrido que les gire la cara.

—Ni lo pienses —niega mi hermano cuando lo miro, como si hubiera leído mis pensamientos.

Llegamos a la estación de Méndez Álvaro y no tenemos ni que aparcar porque Patricia está sentada en un bordillo de la calle. Mi hermano para en doble fila y yo me bajo como las cabras, sin mirar si viene algún coche, para correr a su lado. Tiene los ojos tan hinchados que parece que le han picado un par de avispas en los párpados. Nos fundimos en un abrazo y la aprieto contra mi pecho. Ella intenta llorar, pero solo gime con un sonido desgarrador. No le quedan lágrimas ni apenas voz.

No sé cuánto tiempo estamos así. Mi hermano pita y nos saca de esa ensoñación. Entonces nos damos cuenta de que Ana está frente a nosotras. Ayuda a Patricia a levantarse e ir hasta el coche. La fuerza de una contrasta con la debilidad de la otra.

Nos sentamos y, por fin, Patricia habla.

—Soy idiota.

—No. Ellos lo son —apunta Ana con tranquilidad.

—Yo lo sabía. Era perfectamente consciente de que no serían capaces de asimilarlo, de que me apartarían de su lado... Y, aun así, lo he hecho. Vosotras os lo tomasteis tan bien que creí que... creí que... creí que había esperanza.

De nuevo se rompe.

—Nos lo tomamos como lo que es. Algo normal —le digo—. Y quien no lo haga está enfermo. No hay más.

—¿Y qué voy a hacer sin mis padres? Yo los quiero. Ellos son todo...

—Dales tiempo —se suma Ana—. No pueden estar eternamente enfadados porque querían un niño y tuvieron una chica.

—¿Y si no vuelven? ¿Si nunca me perdonan?

—¿Ellos? —pregunta Ana—. No sé mucho sobre el tema, pero creo que tú no te has ido, te han echado, así que si en vuestro reencuentro alguien tiene que disculparse no eres tú. No te engañes.

Asiente, aunque no está del todo convencida.

—No tengo dinero —continúa—. Me he gastado lo poco que me quedaba en el billete y ahora mismo estoy sin nada... No puedo permitirme ni el piso, ni la universidad, ni siquiera tengo para comer...

—Tampoco te pongas dramático... —interviene mi

hermano—. Dramática —corrige—. Sabes que no te vamos a dejar en la calle. —Me sorprende que utilice la primera persona del plural—. Tengo una casa con más habitaciones de las que necesito, puedo dejarte una.

—No quiero tu compasión...

—No es compasión. Es amistad. Espero que si un día lo pierdo todo en una absurda apuesta en Las Vegas pueda contar con alguien. En cuanto a la universidad, mientras siga marcando golazos creo que me puedo permitir tu matrícula, que cuesta menos que algunas juergas que me he corrido por Dubái, y lo de comer... Bueno, pesas menos que un pollo, será como alimentar a un cachorrito.

—No quiero limosna ni ser tu buena obra del mes.

—Mira, no tengo la paciencia de mi hermana. Ella podría estar toda la tarde insistiendo hasta que te sintieras mejor y aceptases. Yo te hago una oferta y si la quieres bien y si no, a otra cosa, mariposa. —Hace una pausa—. ¿Te preguntas si me das pena? Claro que sí. Joder, tus padres acaban de echarte por mostrarles cómo eres. Sería más capullo de lo que Aura contaba si no sintiese lástima por ti. ¿Quieres saber si ese sentimiento me mueve a ofrecerte mi casa y mi dinero? La respuesta es un sí de nuevo. Eso y la justicia. No soy altruista como Sara. Yo no quiero cambiar el mundo, me basta con que el mío y los míos estén en su sitio. Y por alguna extraña razón que no identifico, o sí, a través de dos chicas un poco tocapelotas, una morena y otra con el pelo de color canela, mi novia y mi hermana, tú has entrado a formar parte de él. Ahora dime si lo quieres.

—¿Y qué te doy yo a cambio?

—Podrías empezar por no tratarme como un esclavo como estas pesadas y ponerte de mi parte. Así seríamos dos contra cuatro, sumando fuerzas poco a poco... Eso y quitarle a Sara la absurda idea de que irnos de voluntariado a la India, de donde seguro que acabamos regresando con tres o cuatro críos adoptados, es el mejor plan para este verano, y ayudarme a sugestionarla para que acepte ir de crucero por las islas griegas...

—¿Tú, siendo padre? No lo puedo permitir... —Patricia deja ver un amago de sonrisa—. Vale, me quedaré contigo. Gracias.

Estoy tan orgullosa de mi hermano que me entran ganas de llorar, abrazarlo o gritar a los cuatro vientos que es el mejor, pero cualquiera de las tres cosas le incomodaría, así que me limito a apretarle la mano que descansa encima de la palanca de cambios.

—¿Qué? —dice bajito para que no nos oigan Patricia y Ana, aunque tampoco parece que nos estén prestando atención.

—Nada —contesto imitándole.

—No me mires así —gruñe.

—¿Cómo?

—Como si fuera tu maldito héroe.

—Es que lo eres.

—Creía que ya habíamos superado ese punto después de que a los seis años te dejase mellada de un puñetazo.

—El diente se me movía, solo lo hiciste más rápido, para que no sufriera.

—¿Qué puedo hacer para que vuelvas a detestarme? No podré soportar que me trates como si fuera un osito amoroso toda la vida...

—Pues vas a tener que aguantarte. Nunca voy a olvidarme de todo lo que estás haciendo...

—Eso es lo que no entiendo.

—¿Qué?

—Que le des tanta importancia. Estoy actuando de manera normal, ¿no? Para algo somos familia.

—Me temo que no das valor a tus buenas acciones y eso hace que sean más especiales. La familia nos viene impuesta. Tener la misma sangre no obliga a comportarse adecuadamente con ella, a querer. Eso es decisión propia. Y tú nos has elegido.

Llegamos a su chalé y nos encontramos con que Sara y Vilma están vestidas, esperándonos con cara de circunstancias, en lugar de estar tomando un mojito tiradas en la tumbona. Saludan a nuestra amiga con un breve abrazo. Esta se bebe una Coca-Cola de un trago y se sienta unos minutos en el césped con la cabeza entre los brazos antes de explicárnoslo todo.

Por lo visto, ella es muy de creer en las señales y le pareció ver una mientras estaba preparando el desayuno con su madre, antes de acompañarla a hacer la compra semanal. Estaban untando las tostadas con mantequilla cuando esta le contó el nuevo escándalo: la mujer del tercero había repudiado a su hijo por ser «maricón», y sí, dijo esta palabra, porque era como «los había llamado toda la vida». Patricia casi se atraganta con el sorbo del café y, con disimulo, le preguntó qué le parecía la reacción. Esperó impaciente y su madre le dijo, muy digna, que no era de ser buena cristiana tratar así a la descendencia, que a un hijo había qué quererlo con sus errores y virtudes, sus gustos, comprenderlo, aceptar todo lo que necesitase para ser feliz, y si no lo hacía, es que no se merecía tenerlo.

Por supuesto, a Patricia casi le había dado un telele con una emoción que le ascendía por las venas con ideas descabelladas para ella minutos antes, como que tenía que abrirse, confesar, sincerarse. Su madre, con ese discurso tan cuerdo, tan racional, tan lleno de esperanza para ella... Había estado toda la mañana meditando hasta que se había dado cuenta de que era «ahora o nunca». En cierta manera, estaba casi segura de que todo saldría a pedir de boca; al fin y al cabo, hay que predicar con el ejemplo, ¿no?

Hizo que se sentaran los dos en el sofá —el cual llevaba tantas generaciones en la familia que parecía uno más— y se explicó lo mejor que pudo hasta que su madre montó en cólera. La sarta de burradas y barbaridades que pudo decir me parece demasiado ofensiva para teclearla. Es mi historia, y me niego a transcribir ese discurso. Demostró que es más fácil ver la paja en el ojo ajeno que la viga en el propio y que, en realidad, lo que había comentado acerca de su vecina correspondía a sus ganas de marujear y criticar y no de defender una causa justa como era que su hijo se enamorase de quien le saliese de los cojones.

—Eso es por falta de tirarse pedos —dice mi hermano. Todas lo miramos como si estuviese loco—. Sí, los gases se le han subido a la cabeza, y ahora suelta mierda por la boca...

En otro tiempo me habría reído del tirón. Soy así, de risa fácil. Si me vierais desternillándome con el programa de José Mota o *La que se avecina*, lo comprenderíais. Sin embargo, como debo ejercer de superamiga, me dispongo a regañarle por interrumpir a Patricia para decir esa tontería sin pies ni cabeza, cuando oigo una carcajada de mi amiga. No es exagerada como las de Sara y las mías: es tímida, recatada y dura un segundo, pero lo ha hecho, ha cambiado un sollozo por una sonrisa, y eso me alegra profundamente.

Estoy pensando en chistes sin gracia para continuar por este camino y que ella olvide durante un rato la situación —si es cierto que la han echado de casa, tendrá muchos meses, puede que incluso toda una vida, para soportar el dolor de que tus padres te rechacen por tu naturaleza— cuando aparece Alberto, EL JARDINERO, con mayúsculas y fuegos artificiales. Un morenazo que trabaja para mi hermano y provoca que todas bizqueemos, se nos abra la boca y nos caiga un hilillo de baba.

—Están llamando a la puerta —explica tan moreno,

tan alto, tan mono, con esa voz tan sexy que hace que te preguntes por qué no es doblador profesional de los actores estadounidenses.

—¿Quién es? —pregunta mi hermano después de mirarnos y gesticular con la boca un «pedazo de salidas» sin voz para que Alberto no lo oiga.

—Me ha dicho que busca a Patricia...

—¿A mí? —Y, claro, Patricia es Patricia, pero ese día va vestida como Dani, lo que provoca un cortocircuito en el cerebro del pobre jardinero.

Y allí estamos: el bueno de Alberto, que no se entera de nada; Patricia, que trata de dilucidar quién puede ser, y nosotros, expectantes, cuando un señor aparece por el jardín. Por lo visto, no ha querido esperar a recibir la respuesta.

—¿Papá? —balbucea Patricia, poniéndose de pie de un salto. Está en estado de shock, como el resto.

Me acerco con disimulo hasta mi hermano y me coloco a su lado para susurrar:

—¿Has sido tú?

—Claro —ironiza—. He puesto a mi gabinete personal de detectives para problemas personales en su búsqueda, ¡no te jode...!

Miro al hombre. Como no lo conozco, siempre lo he juzgado por lo que me contaba Patricia y, al ser el carcelero que la mantenía cautiva en su propia prisión personal, no me caía bien. Lo imaginaba como alguien soberbio, altivo, déspota, puede que incluso con el gesto duro, con una mueca desagradable en la cara. Sin embargo, es menudo, humilde, y todo lo que me transmiten sus ojos es una pena tan profunda que hace que sienta lástima por él.

—Cómo... Cómo... ¿Cómo me has localizado?

—Cuando te compramos el móvil nuevo, pusimos una aplicación para encontrarlo, por si te lo robaban...

—¡Pero si tú no sabes usar estos trastos...!

—He tenido que aprender. Por ti. —La voz le tiembla y permanece a una distancia prudencial de su hija—. Aunque debo reconocer que he tenido que pedir ayuda al llegar a la estación y no verte, porque no tenía ni idea, y casi me lo cargo un par de veces... —Trata de bromear, pero Patricia permanece impasible. La entiendo a la perfección, pero esa actitud no le pega.

—¿Qué quieres?

Alberto, el jardinero, pasa por mi lado para dejarnos intimidad. Tal vez nosotros deberíamos hacer lo mismo. Es lo correcto. Permitir que hablen como personas civilizadas, pero como dudo que su padre lo sea, me quedo allí, preparada para saltar sobre él y echarle de una patada voladora en el culo si ofende a mi amiga de cualquier manera.

—Pedirte perdón —dice.

Eso no nos lo esperábamos. Esas dos palabras tienen un efecto narcotizante en nosotros, que nos relajamos, percatándonos entonces de que hasta ese momento estábamos en tensión.

—Tú no me has dicho nada.

—El silencio cómplice no me hace menos culpable, y ocultar la carta que nos enviaste tampoco...

Asiento. Lleva razón. Debería haberla defendido. Eso es lo que hace un padre, y no quedarse callado como si compartiese todas las burradas que dice su mujer. Por lo menos se resuelve uno de los misterios: la carta de Patricia no se perdió en Correos, sino que la encontró él y fingió que no la había recibido.

—Conozco a mamá. Te habría aplastado como a un insecto. No pasa nada... —Mi amiga es noble y, en el fondo, por el mero hecho de que haya ido hasta allí, ya le ha perdonado. Sin embargo, parece que eso no es suficiente para su padre, que niega con la cabeza mientras abre una bolsa y saca... ¿Un Nenuco?

—Sí que pasa. Mis disculpas no son solo por hoy, sino por todos estos años —hace una pausa y coge aire—. Siempre quise un hijo. Fantaseaba con ir a verlo jugar al fútbol los domingos... Y más tonterías. Tu madre había tenido tres abortos y tú eras la última oportunidad de cumplir ese sueño. No quisimos saber el sexo hasta un mes antes del parto, y en la ecografía estabas tú, mi muchachote.

Patricia se remueve incómoda.

—Eras solo un bebé y ya le robabas a tu prima su elefante rosa. Eso nos hacía gracia. Cuando las primeras Navidades notamos que hacías más caso a las Barbies de tus compañeras de clase que a tus juguetes, pensamos que era por ese afán que tienen los niños de jugar con lo que no es suyo. Sin embargo, cuando en tu primera carta vimos que pedías Nenucos y no coches, la rompimos, como si eso lo eliminase, y te compramos lo que nosotros queríamos y no lo que tú deseabas... —Mira con lástima el muñeco—. Mi hermana, que es más sabia, sí que te lo compró. Pero se lo quité y lo guardé. Como si así yo pudiera elegir tus gustos... Pasaron los años y todas las mañanas de Reyes veía a mis sobrinas gritar de la emoción cada vez que abrían un paquete, y a ti, fingir que te alegrabas mientras mirabas con cara de resignación el equipo de fútbol, las pelotas de baloncesto y los circuitos para las carreras de coches. ¿Y qué hice? ¿Darme cuenta de que estaba haciendo infeliz a mi hijo? No, seguí regalándote cosas que sabía que detestabas, pero que a mí me parecían correctas...

Se detiene para sacar un pañuelo que lleva en el bolsillo de la chaqueta para limpiarse unas lágrimas que empiezan a asomar en sus ojos —sí, lleva puesta una chaqueta, y no sé cómo no se está muriendo del calor en pleno verano.

—No llores... —le pide Patricia con un nudo en la garganta.

—Tú lo has hecho durante mucho tiempo y no he hecho nada para remediarlo. Hoy me toca a mí. Igual que es el momento de pedirte perdón por haber sido un mal padre y un egoísta que en lugar de facilitarte un camino, que no ha debido de ser sencillo, te ha ido poniendo piedras en la carretera...

—Tampoco podrías haber hecho nada...

—¿No? Podría haberte aceptado con normalidad para que tú también lo hicieras. Eso y muchas cosas más que espero que me enseñes a enmendar.

—¿Enseñarte?

—Claro. Es la primera vez que conozco a alguien transexual y no sé cómo gestionar lo que necesitas...

—Necesito que me quieras. El resto ya vendrá solo...

—Eso ya lo tienes. Siempre lo has tenido.

—¿Y mamá? Para ella es una guerra a dos bandos, o ella o yo. No te permitirá...

—A tu madre ya le he dejado claro que no volveré a pisar nuestra casa mientras tú lo tengas prohibido. Somos un *pack*: o nos acepta a los dos, o nos pierde. La vida es como un viaje por una gran autopista en la que unas veces el asfalto está perfecto y otras hay baches. Yo quiero ayudarte a superar los segundos. Ser tu compañero.

—¡No! Yo no te puedo pedir eso.

—Y no lo has hecho. Es mi elección. Prefiero divorciarme y poder darte la mano antes de que entres en el quirófano para cambiar de sexo y un abrazo después, a vivir a su lado sabiendo que estás sola en una camilla de operaciones.

—Tranquilo, con los precios a los que están las cirugías, no creo que nunca llegue ese momento... —bromea y, por su tono, me percato de que está conteniendo la emoción. No sé cuánto más aguantará.

—Tú por el dinero no te preocupes. Llevo toda la vida trabajando en el campo de sol a sol y ahorrando para poder darte un futuro mejor. Y este es el que tú has elegido.

Padre e hija se quedan callados, con el peso de las palabras que acaban de pronunciar, uno esperando recuperar a su pequeña y otra asimilando que acaba de conseguir lo que siempre ha deseado. Y no hablo del dinero para que por fin sea por fuera como por dentro, sino de la prueba tangible de que no es malo ser diferente, y que la gente que la quiere la aceptará y estará a su lado en el camino que le queda por delante, y los demás son lastres que pesan en su equipaje y no aportan nada.

—Dime, ¿me perdonarás algún día?

—Ya lo he hecho desde que has entrado y me has mirado a los ojos.

—¿Sería mucho pedir que me dieras un abrazo, Da..., Patricia?

Y pronuncia su nombre con tanto cariño, amor, desesperación y orgullo que me tengo que girar cuando mi amiga se lanza en sus brazos y él la aprieta contra su pecho tembloroso, porque ellos dos no son los únicos a los que las lágrimas les recorren las mejillas como si fueran cascadas. Incluso mi hermano está tenso, intentando contenerse, porque ya se sabe: los machos alfa como él no lloran. Eso sí, en cuanto nos marchamos, lo sigo a la cocina y veo como llama a nuestro padre y sin ton ni son —y seguramente para preocupación de este, que no comprenderá nada y es posible que se imagine que le han secuestrado y se está despidiendo— le da las gracias por todo lo que ha hecho por él, por ser su mayor fan y un apoyo incondicional cuando convertirse en futbolista solo parecía un sueño lejano que nunca alcanzaría, educándolo, aconsejándolo, regañándolo y respetándolo, para despedirse pronunciando el primer «Te quiero, papá» de su vida.

Capítulo 23

Dar la mano

—¿Quieres que cambiemos la posición? —dice Yon.

—No. Ya puedo yo sola.

—Y si no, nos hundimos como el Titanic antes de que aceptes ayuda...

—No soy una princesita con un vestido rosa con cancán que necesita...

—... A un príncipe azul. Eso ya lo sé. Tú eres más bien el caballero de hermosa armadura.

—¡Qué va! Mi rol en un cuento sería el del dragón.

—¿El dragón?

—Sí, una fiera que te lanzará fuego por la boca como no me dejes en paz. Avisado quedas.

—¿Y si te ayudo con un remo?

—¿Y si te lo meto por donde amargan los pepinos, a ver si así dejas de molestar?

—Está bien. Tú misma. Pero si se nos pasa la hora y tenemos que pagar más, el extra correrá de tu bolsillo.

—No tengo ningún problema. Mi sueldo de becaria precaria me lo permite...

—... A cambio de que no te alimentes en un mes.

Muevo la barca hacia un lado.

—¡Cuidado!

—¿Te da miedo tener que nadar un poco, Yon? ¿O es que acaso no sabes?

—Ojalá ese fuera el problema. Sin embargo, lo que me aterroriza es que me ataque una de esas carpas mutantes o, yo qué sé, que con esta agua tan turbia me salga un segundo pene...

—El hombre del pene bicéfalo. Podrías hacerte millonario en el circo.

—Puestos en ese plan, sería mejor que te ocurriese a ti. Con una mujer llamaría muchísimo más la atención. No haría falta ni campaña de *marketing*...

—¿Tienes alguna fantasía a la que todavía no has hecho referencia?

—¿Como cuál?

—Tú, a cuatro patas, yo, dándote tu merecido...

—Quita, quita. No me seduce nada esa idea.

Lo ignoro.

—No tienes de qué avergonzarte. Cuando terminemos aquí, nos pasamos por el *sex shop* de Sol y asunto solucionado...

—En la otra vida me tuve que portar muy mal. Como mínimo, fui primo hermano de Hitler o llevé su mismo bigote...

—¿A qué viene esto?

—A que tú eres mi penitencia.

—Una penitencia que te encanta.

—Para nada. Si no fuera por el sobresueldo que me pagan tus padres religiosamente todos los meses, hace ya tiempo que te habría dejado de soportar...

Levanto el remo y le salpico.

—¿Lo ves? Es ese movimiento, pero debajo del agua... —apunta, y yo le fulmino con la mirada antes de que los dos rompamos a reír.

Agosto ha llegado y hace un día estupendo. Si por estupendo se entiende que, como un caimán, me haya aclimatado a los cuarenta grados de temperatura, la humedad y ese calor que nos quiere tanto que no nos abandona ni por la noche. Soy una versión mejorada de un pato mojado que entra en los supermercados que se encuentra de camino a casa solo para ir a la zona de congelados y disfrutar del fresquito que reina. Podría vivir entre calamares, palitos de cangrejo y pizzas varias en un congelador y sería la mujer más feliz del mundo.

Lo único que me permite enfrentarme a las temperaturas son las fuentes y el Retiro. En las primeras ya intenté meterme hace un par de días, pensando que seguía en el pueblo —donde tirarse al pilón era un deporte popular, sobre todo cuando llevabas alguna prenda blanca y los salidos de los chicos querían ver algo de carnaza para tocarse por las noches—, hasta que un policía municipal, muy simpático, si soy sincera, me dijo que me pondría una multa por el valor de mi sueldo de los tres meses de verano si se me ocurría mojar, aunque fuera el dedo gordo.

Por eso, he sugerido a Yon ir a la segunda opción en mi lista de sitios que no parecen el infierno envuelto en llamas de Madrid en agosto: el parque del Retiro, pulmón de la capital, está repleto de árboles de amplias copas que inundan el césped de apetitosas sombras donde descansar hasta que cae la noche. Por no hablar de los tesoros que esconde dentro: jardines con diferente vegetación, laberintos de setos, lagos repletos de patos y cisnes, inmensos paseos con artistas bohemios que pintan paisajes o retratos e incluso la única estatua del mundo que representa al ángel caído o, lo que es lo mismo en cristiano, el diablo.

No debo de ser muy original. Lo he descubierto nada más poner el primer pie en el interior, entrando por la calle Ibiza, al comprobar que los cuatro madrileños que no se han ido a la conquista de la costa con un maletero repleto de bolsas como arma están allí. El resto son turistas venidos de todas las partes del mundo. Se los distingue por sus cámaras, más grandes que ellos, el tono de piel rojizo porque se han quemado incluso sin ir a la playa, y su ropa, camisetas horteras en las que pone que les gustan otras provincias españolas o la ausencia de ellas.

—Las chicas del norte deben de creer que en el estilo mediterráneo se lleva ir medio en bolas por la calle... —le había dicho a Yon.

—¿Y no es así? —Él me había señalado a un grupo de chicas que pasaban por mi lado con uno de esos *shorts* vaqueros de moda en los que se «intuía» el culete. Vamos, que se veían las nalgas en todo su esplendor.

—Nunca me verás con uno de esos.

—¿Nunca? —Hizo un mohín.

—En la vida. Si quiero ir en bragas, no me compro un pantalón de veinte euros: me quito los que llevo y paseo. Es más económico.

Chinos, japoneses, coreanos, rusos, británicos, estadounidenses, italianos... ¿Italianos? ¿Qué hacen aquí teniendo la Toscana en su país o la Cinque Terre? La respuesta a esa pregunta me ha llevado al sitio donde estoy ahora mismo.

—A veces no apreciamos lo que tenemos —dijo Yon.

—¿Discurso prefabricado?

—Puede, pero es verdad. —Se encogió de hombros. Nos habíamos sentado en las escaleras del monumento a Alfonso XII del Retiro, dejando atrás las columnas de piedra blanca y delante, el lago con la vegetación como telón de fondo—. Mira estas chicas —señaló a un grupo de turistas—. Se están haciendo fotos con absolutamente todo mientras nosotros nos quejamos y reptamos como los lagartos en busca de sombras, como si no fuéramos capaces de valorar la belleza que nos rodea...

—Qué poético, sí, señor.

—Y cierto. —Se levantó de un salto—. Tengo una idea.

—Miedo me da... ¿De qué se trata?

—De una locura, ¿aceptas o no? —Me tendió la mano.

Y yo la cogí. Y por eso ahora estoy subida en una de las barcas del lago. Vamos a ser turistas de nuestra ciudad para verla y disfrutarla como si fuera la primera vez, maravillándonos de todo, quemando la batería del móvil con fotografías para el recuerdo. Yon se lo ha tomado tan en serio que incluso se ha comprado una ridícula gorra con un enorme I LOVE MADRID que lleva puesta del revés.

Él ha remado los primeros cuarenta minutos del trayecto, esquivando a aquellos que no saben muy bien cómo dirigir el pequeño navío y evitando que impactásemos contra las paredes, repletas de personas que nos observan divertidas. Y justo cuando estábamos en el otro extremo con respecto al pequeño muelle, he decidido convertirme en la capitana, y por eso ahora mismo estoy desquiciada. No hace falta un máster para saber cómo se rema, el movimiento circular es sencillo y fácil. De hecho, mientras estaba mirando pensaba que era pan comido. Sin embargo, soy una negada que, por más que lo intenta, no es capaz de hacer que la barca se mueva un milímetro y, cuando lo consigo, llega una ráfaga de viento y nos empuja hacia atrás.

—Maldito aire... —refunfuño.

—Más bien maldita cabezona que no acepta que le echen una mano.

—Como que me llamo Aura Núñez que hoy llegamos al otro lado sin que nadie me tenga que ayudar.

—Eso no lo dudo. Lo que no sé es cuándo. Ya me veo viendo el atardecer aquí... —Eso no me molestaría si no fueran las seis de la tarde.

Yon se acomoda, se quita la gorra y se recuesta para tomar el sol. Prefiero que haga eso a molestarme o analizarme. Cuando me pongo nerviosa porque no sé hacer algo, mi cerebro se sobrecarga. No hay más. Parece como si estuviera compuesto por un hilo que se ha enredado y me bloquea hasta que soy capaz de deshacer los nudos. Para conseguirlo, necesito tranquilidad y que me dejen pensar, no que insistan en ayudarme, me analicen o me empiecen a dar indicaciones, ya que me produce el efecto contrario y entonces me colapso.

Lo miro. Está recostado, tranquilo. El sol le da en la cara y las mejillas se le han empezado a teñir de rojo. Se va a quemar. Sí, señor. Se remueve y termina por quitarse la camiseta y dejar al descubierto su pecho. Unas chicas que pasan por nuestro lado se ríen y lo señalan mientras murmuran entre ellas. Es normal. Yon es muy guapo. Mucho. No tiene un pecho de gimnasio, pero está definido, es bonito, llama la atención. Además, le acompaña una cara que, cuando se ilumina con una sonrisa, está destinada a robar una exclamación de la persona que pasa por su lado. Entonces, ¿por qué no han revoloteado las mariposas de mi estómago? ¿Por qué permanezco indiferente viendo ese cuerpo que tantas tardes me ha hecho disfrutar? ¿Por qué no siento nada? Sé que lo quiero, lo admiro y me encanta hablar con él hasta que la garganta se queda seca. Confío en él hasta tal punto que no le guardo ningún secreto. Bueno, solo uno, pero tampoco es necesario que sepa que a veces, mientras estamos en la cama, pienso que son otras manos las que me agarran el trasero mientras me indican el movimiento que debo seguir y llegamos al orgasmo. Que cuando exploto, mirándonos a los ojos, entre palabras bonitas y caricias, imagino que la persona que tengo enfrente es otra. Y que cuando terminamos y me separo de forma instintiva hasta el otro extremo de la cama no es porque tenga calor o me agobie el sudor, sino porque no me sale esa complicidad para seguir a su lado, con él dentro, comiéndonos a besos poscoitales.

No sucede siempre —si no, ya me habría vuelto loca—, pero las pocas veces que ocurre me tengo que levantar corriendo e ir al baño porque me siento sucia, mentirosa, puede que incluso infiel, a pesar de que lo nuestro no es serio. Cuando regreso, me tumbo a su lado y lo abrazo con fuerza. Yon lo interpreta como intimidad y cariño; yo, como si aferrarme a él hasta que no percibo otra cosa que no sea su olor fuese la única manera de corresponderle como es debido. Tratar de engañar a mis sentidos para que no extrañen a otra persona. Mentirme a mí misma para no sentir que lo estoy utilizando y meditar en qué posición me deja eso.

Trato de pensar que lo que Yon me dice es cierto. Que somos amigos con derecho a roce. Sin ataduras y sin sentimientos de por medio. Dos personas con muy buen rollo que sacian sus deseos primitivos sin más. La cuestión está en que entre lo que pronuncia en voz alta y cómo empieza a actuar va un mundo de diferencia. Él se miente, yo dejo que lo haga y los dos contentos aparcando esa conversación que sabemos que no nos satisfará a ninguno, porque en el fondo él no ignora que eso supondría tener que decirnos «Adiós con un te quiero», como en el libro, y yo, porque no deseo perderlo, de la misma manera que lloraba el día que algún amigo se iba del pueblo a vivir a otra ciudad y vendían la casa y era consciente de que no lo volvería a ver nunca. Me aferro a las personas, no por necesidad, soy independiente, sino por cariño. Nunca me ha costado desprenderme de las cosas, pero sí de la gente. No me gusta tener que despedirme. Soy de las que perdonan lo imperdonable con tal de no perder a una amiga, porque me quedo con las cosas buenas, y esos recuerdos duelen cuando sabes que tienes que pasar página y la persona ya no tendrá cabida en los capítulos del relato que vendrán, cuando era tan importante en los iniciales.

Rechazo la idea y tomo una decisión tan poco valiente que me imagino como compañera de Cayo Octavio (César Augusto), del que decían las malas lenguas que ganaba las batallas porque no estaba, o estaba enfermo. Pasaré a engrosar la lista de los grandes cobardes de la historia porque, no me engaño, no soy lo bastante madura para tomar una decisión, y dejar que el tiempo pase no habla muy bien de mí.

No sé si son los nervios, el hecho de que el deporte me permite no pensar o que necesito ahuyentar los fantasmas de mi conciencia y dejarlos atrás, pero empiezo a remar con rabia, fuerza y maña, y, cuando me quiero dar cuenta, un grupo de americanos borrachos, con mini de alguna bebida alcohólica que no identifico en mano, me empiezan a aplaudir al ver que los adelanto, para desesperación del pobre que guía el barco y que se pone morado. Los hombres y su ego, que les impide que una mujer los pueda vencer... Pero no tiene nada que hacer. Mis músculos se quejan y, por el rabillo del ojo, observo que me están grabando. Llegamos a la vez. Sin embargo, yo toco la madera con la mano antes y subo de un salto en el muelle. He ganado.

Los estadounidenses —deduzco que son de allí porque llevan una camiseta de tirantes bastante ancha con su bandera impresa y escrito VIAJE DE FIN DE CURSO— se parten el culo frente al capitán de la barca, que se aparta molesto cuando uno le pone la mano en el hombro mientras me señala. Verme tan pequeña le ha debido de herir todavía más profundamente, dado que él es un armario empotrado que podría aplastarme solo con el dedo gordo de su pie.

—¿Tengo que defender tu honor? —bromea Yon a mi lado, aunque sé que quiere comprobar cuál es mi reacción porque se están mofando de mí, antes de sonreír de tal modo que me deje ver los hoyuelos o ponerse serio, como si lo que estuvieran haciendo fuese una ofensa a mi integridad femenina.

—No. —Le quito la gorra—. Ya lo hago yo sola. —Le guiño un ojo y él enarca una ceja mientras observa que voy decidida hacia ellos.

Me planto delante con toda mi cara dura, les sonrío y paso la gorra:

—Por el espectáculo y el vídeo que me acabáis de hacer, señores.

Lo digo en castellano y, como es obvio, no se enteran de nada, pero el gesto es mundial. Y les hace gracia. Me echan monedas como si fuera una artista en lugar de la chica que les acaba de ganar en remo y, mientras me doy la espalda para marcharme, oigo aplausos y ovaciones.

—¿Y esto? —me pregunta Yon divertido.

—Por la diversión que les he dado. Seguro que les he salido más barata que contratar un mono de feria. —Miro la gorra y abro mucho los ojos al comprobar que hay treinta euros. O tienen mucho para gastar o van tan borrachos que no se han dado cuenta de la cantidad de dinero que me han echado.

—Eres de lo que no hay.

—¿Ahora te enteras de que soy rara?

—Ya lo sabía, pero siempre me sorprendes.

—¿Eso es bueno o malo? Antes de contestar, piensa que tengo la firme intención de invitarte a la cena con este dinero...

—Depende.

—¿De qué?

—Bueno, porque eres espontánea, divertida y a tu lado nunca hay dos días iguales. Malo, porque empiezo a creer que eres capaz de conquistar cualquier cosa que te propongas.

—¿Me estás diciendo que puedo tenerlo todo? Eso no es malo, ¡es genial! Aura, la conquistadora —bromeo y finjo ser el capitán del monumento.

—Mucho, porque sin tú saberlo, con una sonrisa haces que los demás te lo quieran dar todo. Como los guiris ahora mismo. —Me echa el brazo por los hombros y me aprieta contra él en un gesto inconsciente—. Es tan complicado mantener el control y no entregarse a ti... —murmura tenso antes de darme un beso en el nacimiento del pelo con tanta fuerza que creo que quiere que traspase la piel, llegue al cerebro y este le mande una señal al corazón que le obligue a quererle.

Voy a contestar. No sé qué, pero algo, cuando él cambia de tema.

—Próxima parada, ¡la azotea del Ayuntamiento de Madrid!

Las palabras se quedan atascadas en mi garganta y comienza a dolerme la tripa. Ha llegado el momento. Tengo que hablar con él. Es lo justo, es lo que se merece una persona tan buena. Aunque esa parte egoísta que todos tenemos me susurra que espere un poco más, que disfrute del chico unos minutos...

Por si me quedaba algún resquicio de dudas, Yon se separa y enlaza nuestras manos, antes de tirar de mí para ir al siguiente destino. Dar la mano es un gesto cotidiano. Lo hace mi madre, mi padre e incluso Sara cuando paseamos para ir de compras. Sin embargo, yo sé que significa mucho más. Puede serlo. Lo he vivido. Lo he experimentado en mis carnes. He sentido lo que es que el mero roce, casual o intencionado, te proporcione una descarga eléctrica que te deje sin aliento.

Sí, estoy hablando de Víctor. Siempre es él. Cuando el cantautor posaba sus dedos sobre los míos, el resto del mundo se detenía o dejaba de importar y tenía que contener la respiración. Siempre. Daba igual que lo hubiera hecho un millón de veces. Seguía siendo especial. Era su piel. Punto. Y tocarla me proporcionaba más placer que un orgasmo arrasador ahora. Esa tontería era especial. Incluso el momento previo, cuando veía que se aproximaba y sentía la tensión de dos imanes que luchaban por juntarse, que se atraían con una fuerza sobre la que ni el físico más experimentado era capaz de teorizar.

Cuando mi mano pequeña se veía envuelta por la suya, más grande, explotaba una supernova. Un universo de sensaciones. Una droga que, como lava hirviendo, lamía mis venas y me sumía en un estado de felicidad. Cambiaría todos los besos y las sesiones de sexo salvaje que quedaban en mi vida por rozar el dorso de su mano una vez más y ver las estrellas. Era una conexión más allá de lo físico, era espiritual. Y todo el cuerpo caía rendido. Los dedos se transformaban en algo más importante, el medio por el que podía tocar su alma y acariciarla, hacerle cosquillas, mostrarle todo mi amor.

Como digo, dar la mano es algo común. Normal. Se practica todos los días. Pero darle la mano a Víctor era algo diferente. Único. Adictivo. Magia. Esa sensación de la que todos hemos oído hablar pero que yo he vivido. Tocarle significaba que mis tripas bailasen de alegría, mi corazón estallase a base de latidos de placer y mi mente aceptase que era posible levitar y andar por encima de las nubes. Rozarle ha sido, es y será la sensación más impresionante, intensa e inolvidable de mi existencia. Esa que hace que no te sientas un ser humano insignificante entre los miles de millones que habitan la tierra, esa que provoca que no desees dejar huella, que te dé igual que te recuerden o no, porque lo único que importa es que eres consciente de que a su lado tu tiempo en este mundo es un regalo.

Por eso, porque sé lo que quiero sentir y no estoy dispuesta a renunciar a ello, cuando Yon envuelve mis dedos con los suyos, grandes, masculinos y bonitos, soy consciente de que es perfecto, pero no para mí. No me sirven las tiritas. La herida debe curarse sola. Y debo decírselo cuanto antes.

Capítulo 24

Atardeceres y amaneceres

Nuestro reto va viento en popa a toda vela. Hemos ido a la azotea del Ayuntamiento y, mientras el aire nos revolvía el pelo a ambos, nos hemos hecho como cien fotos, algunas posando monos y otras con cara de tontos perdidos —estas segundas, las mejores y las que me salían de manera más natural, y no al más puro estilo «dientes, dientes» de la Pantoja—. Después, como buenos turistas, hemos recorrido Gran Vía, Sol, nos hemos sentado en los jardines del Palacio Real y hemos deshecho lo andado para ir a uno de mis sitios favoritos de Madrid, el templo de Debod, donde estamos ahora mismo.

Está atardeciendo. Jóvenes y familias se sientan en el césped a ambos lados de la construcción; los jubilados los miran desde los bancos o jugando a la petanca, mientras que los turistas, agolpados alrededor de guías que llevan palos con banderas para que no los pierdan de vista, contemplan el monumento que, según puedo escuchar que dice una mexicana, fue un regalo de Egipto a España en compensación por su ayuda para salvar los templos de Nubia. La iluminación lateral se activa y la piedra, blanca, comienza a tornarse amarillenta, a excepción del hueco entre las columnas, que cada vez es más negro.

Me siento en el bordillo, que es lo bastante ancho como para que pueda cruzar las piernas, y paseo mi mano por la superficie lisa de agua cristalina, mucho más bonita y limpia que la del Retiro. Oigo un clic y me giro a tiempo de ver que Yon me acaba de hacer una nueva fotografía. Me mira con tanta adoración que no puedo evitar que la angustia se apodere de mí, de la misma manera que lo ha hecho mientras estaba en el Ayuntamiento y, desde mi posición, observaba el Círculo de Bellas Artes. No creo que nunca pueda pasar por esta edificación sin acordarme de Ismael y preguntarme qué tal le va. No por el ámbito profesional. Sé que en ese está triunfando. Las dudas son otras. ¿Habrá conocido a alguien con quien pueda vivir feliz sin su coraza, siendo él mismo, o se la habrá vuelto a poner y continuará su existencia en una pose constante vacía?

Tiempo después de dejarlo, vi en la televisión una entrevista suya. La periodista le preguntaba si alguna vez había estado enamorado, y el actor, curvando los labios de manera misteriosa, había contestado que sí, que hubo un día que unas bragas de abuela le cambiaron la existencia. Se rio y ella pensó que estaba bromeando, como de costumbre. Insistió en indagar sobre qué tendría que hacer una mujer para conquistarlo, y él se limitó a decir que hacerle sonreír, de verdad. Ahí estaba. Me hablaba directamente a mí. Me habría encantado ponerme en contacto con él, que algo se activase y me dijese que me había confundido aquella mañana en mi casa, cuando lo dejé marchar, pero no fue así. Sentí melancolía, pena, recuerdos, pero no amor; mi corazón no dio un vuelco y no tuve que llevarme la mano al pecho.

Siempre le he seguido la pista. No lo puedo evitar. Ya no experimento esa sensación que un día me pareció que iba a consumirme hasta dejar de mí solo las cenizas. Sin embargo, el cariño sigue ahí y me jode sobremanera no poder llamarlo y quedar para tomar un café y hablar de todo como si nunca nos hubiésemos separado. Eso es lo malo entre la teoría y la práctica. Es sencillo decir que «el tiempo todo lo cura» y «algún día podremos ser amigos». Tan fácil que yo misma lo he pronunciado mil veces en consejos. Llevarlo a cabo, en este caso, imposible. Sobre todo, cuando una de las dos personas sí que quiere luchar por algo que en la otra ya ha muerto, ha quedado atrás, es pasado. Puede que Ismael aceptase ese tipo de relación. No lo dudo. Y yo estaría contenta de tenerlo de nuevo en mi vida, pero sería injusto porque mi repentina aparición le generaría ilusiones a las que poder aferrarse. «Se acuerda de mí», «Se ha dado cuenta de que se ha equivocado» o «Todavía queda algo que rescatar» serían los pensamientos que le surcarían la cabeza. Estoy segura de que sus ascuas se transformarían en llamas y le haría sufrir, como tantas veces he visto que les ocurría a mis amigas cuando un ex regresaba, y si por algo quiero caracterizarme es por no hacer a los demás lo que no me gustaría que me hiciesen a mí. Aunque eso duela. Quizá algún día... Pero ahora no es el momento.

Por eso, viendo cómo Yon me observa, cómo me mira y me acaricia con cada parpadeo, cómo su piel se pone de gallina cuando me abraza, cómo parece que roza el cielo con cada beso, cómo necesita el contacto de nuestras manos mientras andamos como si eso fuera a salvarle la vida, sé que mi destino con el emprendedor es el mismo que con el actor. Tengo que dejarlo marchar y eso me entristece, porque mi parte egoísta quiere que continúe a mi lado yendo al cine los domingos, bebiendo en terrazas hasta quemarnos la piel con el sol y hablando por teléfono hasta agotar la batería. Un amigo. Mi amigo.

El dejado siempre es la mayor víctima de cualquier

relación y está claro que, en parte, lleva razón en asumir ese rol, puesto que se le impone una decisión con la que no está de acuerdo. Sin pedirle su opinión previa. Nada. De repente llega y se encuentra con una verdad que podría no esperarse o ha querido ignorar. La persona a la que se abandona no puede elegir.

Sin embargo, ejercer de juez y dictar una sentencia que acabe con vosotros para siempre tampoco es sencillo, por lo menos en casos como este en el que sí que hay un afecto sincero. Es decir, el que abandona el barco debe tener la mente fría, ahora y después, porque la otra persona pasará un duelo. Se enfadará, se indignará, insistirá en verte, tal vez suplique volver... En resumen, pedirá que le des una explicación científica de algo que no lo es, porque lo único que os separa es que no lo quieres. Y el que ha dejado flaqueará porque, aunque no como una pareja, sí que echa de menos a la otra persona. Esta ha formado parte de su vida durante un periodo de tiempo y no se puede borrar a la gente de los recuerdos, pues estos dejarían de existir. Esas personas, que han influido en quién eres en mayor o menor medida, tendrán que desaparecer de un futuro incierto en el que sabes que, cuando menos te lo esperes, regresarán a tu memoria y tendrás que lidiar con la nostalgia, que es muy puñetera y atormenta demasiado. Mantenerte firme en este punto, sabiendo que es la mejor decisión para los dos, que estás haciendo lo correcto, aunque las lágrimas que te llegan al otro lado del teléfono o los mensajes desgarradores que leas te indiquen lo contrario, es el mayor acto de amor que existe. Dejarle marchar. No retenerle por egoísmo.

Yon se sienta detrás de mí y me envuelve con sus brazos mientras yo me pego a su pecho, con la agonía de pensar que puede que sea la última vez que lo haga. Me aparta el pelo con suavidad y deposita un reguero de besos por mi cuello.

—Vamos a un sitio —susurra en mi oído, y asiento nerviosa, notando una presión en la boca del estómago. Tengo que hablar y no sé cómo comenzar.

Nos dirigimos al mirador del templo de Debod, que para mí siempre será el del Duque y Catalina de *Sin tetas no hay paraíso*. Un cielo rosado, moteado de nubes blancas, se extiende sobre los principales monumentos de Madrid. Es sobrecogedor, precioso. Los turistas se toman fotografías con sus palos de selfi y los profesionales colocan su trípode a la espera de captar un instante mágico.

Yon los imita y le tiende su móvil a una japonesa, mientras le pregunta en inglés si nos puede hacer una fotografía. La chica asiente y él viene a mi lado.

—*Three, two, one... Smile!* —dice la chica.

Sonrío para hacer caso a sus indicaciones cuando noto que Yon hace que me vuelva, me rodea por la cintura con sus manos y me levanta hasta que quedo por encima de su cabeza, sosteniéndome a pulso. Doy un grito por la sorpresa y noto los ojos de la gente clavados en nosotros. Me mira con intensidad y me hace descender poco a poco hasta que nuestros labios se fusionan en un beso lento, romántico, cariñoso, repleto de esas palabras que no son necesarias decir en voz alta. Se separa y me abraza con tanta fuerza que lo único que puedo es aspirar su aroma y sentir su piel de gallina haciendo cosquillas sobre la mía. A través de su hombro puedo ver que algunas chicas suspiran.

No sé cuántos segundos pasamos así. Yo aferrándome a un último contacto y él, disfrutando del que cree que es el primero de una nueva etapa. Al final, la japonesa se acerca y tímida le tiende el móvil.

—*Thanks* —consigo pronunciar. Yon está muy concentrado en mí, como si fuera lo único que puede ver en el mundo o lo único que necesita.

Se coloca detrás y entrelaza sus manos debajo de mi pecho, a la vez que apoya su cabeza en el hombro. El cielo ha cambiado y empezamos a ver cómo lo cubre un manto negro. Busco la imagen en el teléfono y compruebo que había puesto la opción para tomar varias fotos seguidas y captar así la escena. Paso a cámara lenta nuestro momento, desde que me ha levantado hasta que nos hemos fundido en un beso de película. Si pulsase más rápido, podría convertirse en un vídeo de decenas de fotogramas. Su adoración contrasta con mi cara de situación, pero él no se da cuenta.

—¿Te ha gustado?

—Sí.

—Una escena de película romántica. No lo niegues... —bromea nervioso.

—Mejor, porque es real, aunque tal vez demasiado para nuestro tipo de relación... —apunto, cogiendo aire para comenzar a hablar, maldiciendo en mi interior el escenario en el que esta conversación se va a producir.

Yon me silencia con un beso, sus labios presionan los míos.

—Vamos a cenar.

—Yon...

—¿Qué?

Me mira intentando disimular la incertidumbre y el temor por sus sospechas. Procuro romper el silencio. De verdad que lo hago. Pero verlo así me destroza y pienso que no pasa nada por esperar a comer algo y hacerlo cuando me acompañe a casa de una manera más íntima, donde podamos despedirnos como es debido y no aquí, rodeados de turistas que nos observan de reojo como si fuéramos su maldita pareja favorita.

Cenamos en un italiano de la zona, donde compartimos un par de pizzas. Lo noto tenso, controlando la conversación para que esta gire en torno a temas como el cine, el trabajo, los libros, los lugares que nos gustaría visitar... Todo muy frío. Impersonal. Sin lugar para las emociones o la confianza que pueda desembocar en otra cosa.

Terminamos de cenar y caminamos juntos hacia el metro. Muy pegados, pero en silencio.

—¿Sabes lo que pensé el primer día que te vi?

—¿Que mi perfume era un poco raro? —pregunto al recordar que acababa de pisar una mierda.

—Eso con la otra cabeza. Con esta —y se mira el paquete—, tuve la tentación de raptarte y acostarme contigo hasta que todo me escociese.

—Muy romántico...

—Muy cierto, más bien. Estabas sonriendo, tan dulce, con esa boca tan apetecible, que tuve que contenerme para no encerrarte en el despacho, tirarte sobre la mesa y...

—Creo que he captado el mensaje.

—No, no lo has captado. Sentía una atracción inhumana, nada más. Solo quería follarte. Nada de conocerte y... mucho menos esto.

—Yon... —balbuceo—. Tenemos que hablar.

Fija sus ojos oscuros en los míos grises y, por su agridulce mueca, sé que es perfectamente consciente de lo que está pasando entre nosotros.

—Está bien. Pero no aquí. Déjame que yo elija el lugar.

Acepto. Es lo justo. Cogemos el metro dirección a su casa y me sorprendo cuando me dice que no vamos a subir al estudio; nos montamos en el coche y, con un trapo que lleva en la guantera, me venda los ojos.

—Hemos disfrutado del mejor atardecer; ahora hagamos lo mismo con el amanecer, antes de que digas nada...

Es la única pista que me da. Apoyo la cabeza en la ventanilla. No me gusta no saber adónde me lleva. Carecer del sentido de la vista montada en un vehículo después del accidente me pone nerviosa. Sin embargo, estoy tan concentrada en seleccionar las palabras adecuadas, en pronunciar un discurso que lo alivie y no le cause dolor, que acabo por olvidarlo. Y, entre pitos y flautas y canciones ñoñas de Kiss FM, no sé cuándo me quedo dormida. Yon tiene que zarandearme cuando llegamos al destino, y yo me limpio la babilla que tengo colgando.

—Ya estamos.

—¿Puedo quitarme la venda?

—Preferiría hacerlo yo mismo.

Oigo que se baja del coche y que llega hasta mi puerta. La abre y me ayuda a salir. El viento me golpea con suavidad, trayendo arena fina y un olor salado, a mar, con él.

—¿Estamos en...?

No termino la frase y Yon ya me ha quitado la venda para que pueda observar las olas que rompen en la costa gracias a la luna llena que domina el cielo.

—Siempre te estás quejando de que este año no tendrás vacaciones y quería hacerte un regalo. Ya hemos tenido el mejor atardecer, ahora tocaba un amanecer. —Suena a despedida y no me gusta ese tono ácido en su voz. No me agrada ver que la sonrisa que muestra en los labios al ver mi alegría no le llega a los ojos.

—Esto es... Bufff... Gracias. No me lo merezco.

—Sí lo mereces. Y más.

Me tiende una sudadera roja con capucha, nos quitamos las zapatillas y bajamos a la arena. No se observa ninguna ciudad cerca, estamos solos, en nuestra cala. Nos sentamos en la orilla y Yon niega con la cabeza, anticipándose a mis pensamientos. Tiene los ojos rojos, no sé si por conducir o por otra cosa.

—Ni lo pienses.

—¿Por qué?

—No te vas a bañar, ¿tú has visto las olas?

—¿Me traes aquí y no me dejas meterme? Eso es cruel.

—No, no tergiverses. No puedes meterte ahora. Cuando amanezca será diferente.

Asiento como una niña buena, aunque por dentro estoy deseando quitarme la ropa antes de que me pille y lanzarme al mar de cabeza.

—¿Desde cuándo tenías esto planeado?

—Contigo nunca tengo nada planeado. Todo surge. Nace de aquí. —Se señala el pecho. Dobla las rodillas y se abraza, mirando al infinito, evitando que sus ojos se crucen con los míos. El aire le golpea la cara y le alborota el pelo.

—¿Por qué has decidido hacerlo? ¿Por qué hoy?

—Porque has dicho que querías hablar conmigo y me he cagado de miedo, Aura. Sé lo que eso significa.

Directo. No me lo esperaba.

—Pero antes de que digas lo que sea que has preparado en el coche...

—¿Tan evidente soy?

—Un poco. —Sonríe con amargura—. Con decirte que has tenido pesadillas durmiendo...

—Lo siento, Yon, yo...

—No, espera —me interrumpe—. Antes, déjame decirte una cosa.

—Lo que necesites —le digo mientras noto que las manos me empiezan a sudar de los nervios.

—La primera vez te dije que no quería esto —nos señala a los dos como si hubiera un paréntesis invisible que nos cubriera—, y era cierto. Todavía trato de averiguar si conocerte es lo mejor o lo peor que me ha pasado en la vida.

—¿Lo mejor o lo peor? ¿No crees que eres un poco exagerado?

—No. No creas que te mentí cuando te hice la oferta. Yo pensaba que follaríamos hasta aburrirnos y que luego podríamos seguir siendo amigos. Eso era lo que había aprendido con la experiencia. Y cometí el error de pensar que tú eras como el resto para mí. —Se gira y me mira—. Quiero que quede claro que mi intención nunca ha sido enamorarme. Pero creo que lo estoy haciendo y por eso no sé si es lo mejor, porque me has mostrado algo que no conocía y que ahora sé que me gusta, o lo peor, porque me vas a enseñar un nuevo concepto.

—¿Cuál?

—El abandono, necesitar a alguien y no poder tenerlo, querer y no ser correspondido, el rechazo... No me apetece experimentar ninguno de ellos, Aura.

—¿Y qué es lo que quieres?

—¿Acaso no está claro? Te quiero a ti. No me apetece que te vayas a tu casa después de acostarnos juntos como si huyeses, sino que te quedes a dormir conmigo, despertarme en mitad de la noche y escuchar tu respiración como si proviniese de mis propios pulmones. —Toma aire—. Deseo todo lo que no he tenido nunca, lo que me repelía, lo que pensaba que no me hacía falta, que era secundario, y lo quiero todo contigo.

—Hay muchas mujeres.

—Lo sé. Pero solo una se llama Aura Núñez.

—Yon, yo no siento lo mismo. Tú avanzas con los sentimientos y yo me he estancado en un punto...

—¿Estás segura o es que tal vez no quieres hacerlo porque supondría decir adiós a otra persona de la que no te quieres desprender?

—Esto no gira en torno a Víctor.

—No te engañes. Sí lo hace. Siempre es él. ¿Te crees que no veo cómo te cambia el gesto cada vez que ves una guitarra? ¡Y es una puta guitarra! ¡Nada más! Y, aun así, consigue que, sin darte cuenta, te lleves la mano al corazón como si te estuviese doliendo mucho, y eso me genera impotencia porque te quiero ayudar, curar tus heridas, pero no sé cómo si lo único que haces es cerrarte. A veces da la sensación de que, cuando ves que está cicatrizando, tú misma arrancas la costra para que vuelva a sangrar...

—Víctor es agua pasada.

—¡Y una mierda! Cada vez que consigo tenerte al cien por cien, que te robo una sonrisa o un gemido, cierras los ojos nerviosa y, cuando te relajas, lo sé, has pensado en él. Es como si una parte de ti se negase a que siguieras adelante..., a que seas feliz.

—Eso no es cierto.

—¿No? —Arquea una ceja—. ¿Qué harías si mañana apareciese en tu casa?

Trato de contenerme, pero la mera insinuación ha hecho que mi corazón se active.

—Nada.

—Mientes. Si hasta se te ha iluminado la cara. Intentas disimular, te intentas engañar, pero es algo que va más allá del control mental que crees tener...

Tomo aire. Había pensado hacerlo con tacto, meditado, pero tengo que decirle la verdad sin paños calientes. Por él. Por mí.

—No siento por ti lo que debería sentir. Y créeme, sé de lo que hablo. Lo he experimentado.

—¡Ese es el problema! —exclama—. Las comparaciones. Ningún amor es igual, Aura. No puedes pretender quererme de la misma manera que a Víctor, porque vuestra relación era la vuestra y la nuestra es la nuestra. Diferente, pero eso no es malo. No tienes que buscar las mismas sensaciones porque nunca las tendrás. Cada persona es un mundo. Eso no significa que tengas que conformarte, sino intentar una nueva aventura. No pretendo que me ames como lo hiciste con él, sino con un sentimiento nuevo que sea solo para mí. —Me agarra de las manos—. Déjame que te demuestre que puede funcionar, que puedo hacerte feliz, que puedo lograr que vivas la maldita historia de cuento de hadas con la que sueñas, pero conmigo como protagonista —suplica.

—Lo he intentado, pero...

—No. No lo has hecho. Al menos, no de verdad. Su fantasma ha estado revoloteando desde el inicio. Yo lo he permitido, pensando inútilmente que conseguiría que lo olvidases. Pero no puedo si te resistes. Bórralo de tu memoria, Aura. Entrégate sin reservas, y si aun así no veo que cada día te voy enamorando un poco más, yo mismo pondré el punto final. No tires la toalla, no renuncies a algo a lo que nunca quisiste darle la oportunidad que se merecía. —Le tiembla la voz.

Me arde la cabeza. Los pensamientos se arremolinan. Tal vez lleve razón. Tal vez estoy buscando algo que nunca voy a encontrar. Tal vez siempre hemos sido tres. Tal vez en todos los besos, las conversaciones, las caricias y el sexo, Víctor nos acompañaba porque yo siempre lo tengo presente.

—Aura, te deseo, te respeto, admiro y te quiero. Acepta y me levantaré cada mañana con la única meta de hacerte feliz. Haz que él desaparezca y te prometo que no te quedarás vacía. Yo lo llenaré todo.

Asiento. Y no sé en qué proporción lo hago porque le quiero creer, porque no sé decir que no, porque estoy cansada de esperar al cantautor, aunque me lo niegue a mí misma, porque sé que Yon es guapo, inteligente, simpático, amable... lo tiene todo, incluso la paciencia para darme el tiempo que necesite, porque si alguien es capaz de enamorar a cualquier mujer es él, o porque preveo que como me niegue va a llorar y hay una parte de mí que no soporta verlo mal, que sufra, y le antepone a mis propias necesidades. Sea como sea, la decisión está tomada. Adiós, comparaciones. Hola, Yon, y esta vez esforzándome de verdad.

Esforzarse..., un concepto que pega poco con amor...

Capítulo 25

Un fantasma

Sara es insistente, y cuando digo insistente quiero decir *pesada*. Le gustan las cosas de manera inmediata. Por eso, a pesar de que le he explicado por activa, por pasiva, por WhatsApp, en audios y hablando por teléfono que estaba de camino desde una playa en Valencia, no ha parado de insistir en que requería mi presencia en la azotea de nuestro piso YA, con mayúsculas y muchas exclamaciones en el texto. Le he preguntado cuál era el motivo, pero me ha contestado, misteriosa, que ya lo veré. Supongo que ha organizado algún tipo de fiesta o tiene algo que anunciar. Una parte de mí sospecha que va a dar un paso más con mi hermano. No, no me refiero a boda, sino a convivir.

Conforme entramos en Madrid, la llamo para intentar que me dé permiso para pasar por el piso antes de subir. Al final, Yon y yo nos hemos quedado a hacer noche para ver uno de los amaneceres más sobrecogedores de mi vida. Después hemos dormido en el coche un poco, bastante incómodos y mal. Por la mañana hemos vuelto a ir a la playa —esta vez había más gente, la mayoría familias domingueras con la tortilla y táperes con pisto—, hemos paseado descalzos por la arena, dejando que las olas nos mojasen los pies, y hemos comido una suculenta paella antes de echarnos una siesta en la única sombra que hemos encontrado libre y regresar.

Al no tener protección solar, me he quemado los hombros, la cara y el pecho. Parece que tengo puesta una camiseta de piel blanquecina permanente ahí donde llevaba ropa y no me ha dado el sol. Tendré que ponerme todo mi arsenal de prendas sin tirantes para que esa zona coja color, y crema. Mucha crema. Parezco una guiri que ha venido directamente de algún país del norte de esos en los que nunca se ve el sol y ahora está más roja que un tomate, luciendo orgullosa el achicharramiento. Llevo el pelo recogido en un moño alto deshecho, todavía siento la piel pegajosa del sudor y del. calor, y mi paranoia, que me impide salir a la calle sin embadurnarme de desodorante y colonia, me hace creer que huelo mal. ¿Le importa eso a Sara? ¿Ha accedido a mi petición de ducha rápida, cambio de ropa y subir? ¡Qué va! Solo espero que haya poca gente, que sea una reunión íntima, o la mataré cuando crucemos el umbral de nuestro piso de vuelta a casa.

Subo los escalones hasta la azotea. El sueño, el cansancio mental, emocional y también físico, y las ganas de tirarme en el sofá a vaguear el resto de la tarde y empalmar con la noche para ir a la cama, hacen que ascienda de mala gana, refunfuñando entre dientes, sin poder evitar olerme el sobaco en cada tramo de la escalera para ver si soy capaz de tirar a alguien para atrás de la peste y me dan algún premio. Llego a la puerta y no oigo alboroto. A decir verdad, no oigo nada. Eso me alivia. Seguramente estarán solo Vilma y la morena plasta, que algo nos tiene que contar. Cojo aire, me preparo para soltarle un improperio antes de que hable y abro la puerta.

Las palabras se me agolpan en la garganta y siento que el pecho me va a explotar, como si mi corazón llevase meses en un estado de parálisis y por fin hubiera regresado. Con él. Su dueño. La persona que me lo había robado. Un latido. Bum. Un latido que me atraviesa de arriba abajo con la potencia de todo el tiempo que ha pasado. Que me destroza. Real. Intenso. Un potente *electroshock* que me devuelve a la vida.

Tengo que sujetarme a lo primero que pillo para no perder el equilibrio.

El aire me azota y contengo un escalofrío. No sé si son imaginaciones mías o es cierto que el viento ha traído su olor, que me llena los pulmones de él. De amor. De recuerdos. De promesas. De esperanza.

La terraza se inunda de su presencia. No veo el sol, que se oculta tras los edificios de Madrid. No oigo el alboroto de sus calles en verano. No respiro el aire viciado de la ciudad. No noto el sabor salado de las lágrimas que han empezado a caer por mis mejillas. Ni siquiera siento el suelo que hay bajo mis pies. Todos mis sentidos están concentrados en él. Mi amor. Mi vida. Mi alma. Mi corazón. Mi mente. Mi cantautor, Víctor, para siempre.

Le observo con su postura dejada: apoyado en la barandilla, se sostiene la cabeza entre las manos, mirando al infinito, con sus vaqueros desgastados, las Converse nuevas y la camiseta blanca que se adhiere a su cuerpo, mostrando una espalda que necesito recorrer con mis dedos para demostrarme a mí misma que su cuerpo es como un cuento que he leído una y mil veces y, aunque haya pasado mucho tiempo, todavía sé de memoria. Un examen de su piel y el efecto que tenía en mis terminaciones nerviosas cuando contactaba con ella.

Me escuecen los ojos porque no quiero parpadear y que al abrirlos no esté, que sea una imaginación, la ilusión de un mago. Una soberana tontería, porque soy perfectamente consciente de que siempre lo veo, incluso cuando los cierro, ya sea por un instinto natural o durmiendo.

Siempre. No hay segundo en el que Víctor no sea el protagonista.

—Tú... —logro pronunciar, y la puerta se cierra de golpe a mi espalda.

Se da la vuelta y me localiza. Comienza a frotarse los brazos con nerviosismo y me saluda con una sonrisa tímida, con los labios temblorosos, y cargada de recuerdos. Se mete las manos en los bolsillos del pantalón y este baja dejando ver la cintura del calzoncillo.

—Aura... —es lo único que dice con esa voz ronca que me pone la piel de gallina, como si el viento se hubiese convertido en mi aliado y me hubiera traído su aliento para que me rozase con calidez.

Es solo mi nombre. Pero es mucho más. Es el tono. Es la desesperación con la que lo pronuncia. Es el amor que desprende en cada letra. Es cómo lo hace. Es esa sensación de que no ha pasado el tiempo. Es esa manera suya que siempre hacía que sonase especial. Es ese sentimiento que logra desatar. Que me vuelve loca. Que me emborracha con la esperanza de vivir en una eterna resaca de él. Es ese universo gris que se empieza a transformar en el nuestro de colores. Es ese millón de sensaciones desconocidas que me regala con solo acariciarlo.

Algo se activa dentro de mí y me empuja a correr en su dirección. Víctor me imita. Somos dos polos de un imán con cargas opuestas que, ahora que han hallado a su pareja, se ven obligados por una fuerza superior a encontrarse. Yo soy el Sol alrededor del que gira el cantautor y él es esa Luna que mece mis sentimientos como si fueran mareas. Chocamos y siento la explosión de una supernova flotando a nuestro alrededor.

Me lanzo a sus brazos y lo estrecho con fuerza. Víctor hace lo mismo y me agarra hundiendo los dedos en mi espalda. Apoyo la cabeza en el hueco de su hombro y respiro su olor, negándome a soltar el aire hasta que siento que me puedo desmayar. Nos fusionamos y noto que me molesta su ropa y la mía, porque quiero rozar su piel con todo mi cuerpo hasta que seamos una sola persona.

—Joder, cuánto te he echado de menos... —susurra, y yo abro la boca, pero solo gimo, me he quedado sin respiración.

Permanecemos así, reconociéndonos, calmando los latidos de ambos corazones, que cabalgan a la misma velocidad, sintiendo nuestra respiración agitada, cómo el pecho sube y baja como nunca antes lo había hecho, moviendo las manos por la espalda con angustia, balbuceando palabras sin sentido que tocan directamente a nuestra alma, como antes. Como si el tiempo no hubiera cambiado nada. Como si en vez de enfriarnos hubiéramos almacenado un arsenal de troncos para echarlos a la hoguera el día de nuestro reencuentro y que las llamas, tan altas como para poder tocar el cielo, nos consumieran. Como si un beso nuestro fuese capaz de transformar el mundo. Nuestro mundo.

Víctor comienza a separarse y me aferro a él con más fuerza. Me da miedo que al hacerlo se desvanezca como un fantasma delante de mis ojos y no regrese nunca. Mantiene una mano en mi espalda y desliza la otra hacia arriba, ascendiendo hasta detenerse en mi corazón, que, sin lugar a duda, estalla.

—Duele —le digo.

—Lo sé. A mí también.

—Como nos dé un infarto, tardarán horas en encontrarnos... —bromeo sin apartar la vista de su pecho, pues no creo que esté preparada para mirarlo de nuevo a los ojos y no morirme en el intento.

—No te preocupes. Lo que sentimos es normal.

—Y, aunque no lo veo, sé que se ha formado en su rostro esa sonrisa ladeada que puede hacer que pierda el control y lo bese hasta arrancarle los labios como si fuera una caníbal.

—No, no es normal, Víctor.

—Lo es cuando un corazón ha estado anulado mucho tiempo y vuelve a activarse. Funcionar de nuevo le cuesta, pero nos acostumbraremos. No tenemos otra opción, Aura.

—¿Te han lavado el cerebro? Antes nunca decías cosas *ñoñas*.

—Antes no sabía que se te podía romper hasta el alma por extrañar a una persona. De hecho, antes no creía en el alma.

—Ni en el amor.

—Y tú me enseñaste a hacerlo.

Suspiro. Víctor se aparta y, colocándome un dedo en la barbilla, me levanta la cara con suavidad para que lo mire. Cierro los ojos. No puedo. No. Es imposible soportar tanto. Sus pulgares se pasean por mi piel y me acarician la clavícula, el cuello, la mejilla, hasta detenerse en mis labios, que se abren instintivamente y ahogan un gemido.

—Aura, mírame, por favor.

Muevo una de mis manos por su espalda. Con la otra le acaricio el vientre y voy subiendo hasta detenerme en su pecho. Siento que ha dejado de respirar y que el corazón palpita con brutalidad para atravesar su piel, escaparse y rozarme. A mí. Su dueña. Su amor.

Despego los ojos despacio y la imagen que tengo enfrente me demuestra que la realidad supera esa ficción de recuerdos a la que he estado recurriendo todo este tiempo. Está cambiado. Lleva el pelo caoba más corto, pero aun así sigue siendo rebelde. No lo puedo evitar y hundo mis manos en él, y noto cómo su cabello se enreda entre mis dedos. Desciendo en mi rueda de reconocimiento hasta sus labios, igual de carnosos que antes, con los dientes aprisionando el inferior, que mi boca ansiosa pretende liberar a través de un beso más potente que cien mil bombas atómicas, capaz de sacar de su órbita a la Tierra. Víctor lee mi gesto, mi deseo, mis ansias, y los humedece con su lengua. Los rozo con la yema y su saliva hace que me estremezca.

Quiero mentalizarme, pensar, ser cuerda, racional, pero sé que ni todo un entrenamiento podría prepararme para lo que vendrá a continuación. Y es que, cuando mis ojos grises se enfrentan con los suyos, siento una oleada de calor que me azota, como si el fuego lamiera mis venas. Una sensación imposible de describir. Es más que un orgasmo brutal de los que te dejan con los ojos en blanco y el cuerpo del revés. Para poder explicarlo, sería como si juntase todos los orgasmos que ya he tenido y los que me quedan, los condensase en una píldora y me la tomase sin prever las consecuencias.

Coloco una mano en cada lado de su cara, y la barba de dos días, cuidadosamente recortada, me hace unas cosquillas con el mismo ritmo que sus temblores. No soy la única para la que el espacio y el tiempo han empezado a carecer de sentido y que lucha, con todas sus fuerzas, por detener ese torrente de energía que ahora mismo me recorre hasta el alma, que amenaza con hacerme estallar en mil pedazos.

Me centro en sus ojos y, a través de su profundidad, viajo, rememorando todos sus besos, los lentos y los que me abrasaban, los de amor y los de pasión, los que se veían interrumpidos por declaraciones y los que no necesitaban palabras para hablar; paseo por nuestros abrazos, por nuestras conversaciones, por esos momentos en los que él se hundía en mí y yo comprendía que el paraíso estaba en la tierra, entre sus brazos. Llena. Completa. Satisfecha.

Entonces veo mi reflejo y me asusto. Parezco tan pequeña, vulnerable, débil y esperanzada por recobrar algo que para mí nunca terminó que me da miedo, porque sé lo que es que destrocen todas mis ilusiones. Y lo pude soportar dos veces, pero no me veo preparada para una tercera. Víctor no entiende de compromisos y no puedo arriesgarme a besarlo una vez más, como me muero por hacer, caer en su embrujo, regalarle mi corazón en bandeja, y, el día menos pensado, experimentar una nueva despedida.

Le suelto y me separo.

—¿Por qué has vuelto?

—¿Acaso no es bastante evidente? —Sus ojos brillan y se muerde una uña.

Antes no lo hacía.

—No. No lo es.

Se pasa la mano por el pelo, nervioso.

—Joder, traía un discurso elaborado y lo he olvidado todo.

—Haz uno nuevo sobre la marcha. O sé sincero. Ambas opciones sirven.

—Ya sabes que nunca se me dio bien expresar mis sentimientos...

—Y tú, que yo era capaz de ponerlos en orden. No creo que haya perdido ese don.

Se acerca y su sombra cubre todo mi cuerpo. Como si quisiera que solo lo viera a él. Que sea la única cosa a la que preste atención. Y pienso que no me conoce lo suficiente. No sabe cuánto lo quiero. No es consciente de que podríamos estar en una plaza abarrotada con miles de personas ahora mismo y para mí no existiría nadie más. El resto sería gente sin importancia. Él, el amor de mi vida. Ese que me hace creer que todas las novelas y películas románticas que he leído o visto eran irreales porque querer es mucho más. Querer no es el destino, frases elaboradas o momentos que te cortan la respiración. Amar a alguien de verdad es todo. Desde que te levantas hasta que te acuestas. Es un sentimiento que se te instala en el pecho y te acompaña como si hubieras desarrollado un nuevo órgano, el más importante, el que da sentido a la existencia de un ser humano.

—Quería invitarte a cenar, ¿sabes? Hacerlo bonito. *Bien*. Pero en cuanto he llegado a Madrid y me he montado en el metro, he venido aquí. Sin pensarlo. Sin meditarlo. De forma mecánica. Como si volviese directamente a casa después de un viaje muy largo... Y en el portal me he encontrado a Sara y tu hermano...

—¿Qué les has dicho?

Pienso en mi hermano y la cantidad de veces que, mientras me consolaba, juraba con el puño enarbolado que le cortaría el rabo a Víctor si se cruzaba alguna vez con él. Me pregunto qué habrá pasado.

—No me ha dado tiempo a hablar. A tu hermano no le caigo demasiado bien...

—No me digas que te ha insultado o algo así...

—No. Ha sido más contundente.

—¿Contundente?

—Me ha dado un rodillazo en las pelotas.

Abro mucho los ojos, preocupada y un poco dividida. Por una parte, me apetece ir a casa de mi hermano y pegarle como cuando teníamos seis años, chivarme a mi madre para que lo obligue a pedirle perdón o darle las gracias por devolverle una milésima parte de todo el dolor que yo he padecido durante estos meses.

—Me lo merecía, Aura. Lo sé.

—Yo no he dicho nada.

—¿Y desde cuándo hace falta que hables para que sepa lo que estás pensando?

Nos miramos con complicidad. Su boca se curva en una sonrisa y la mía le imita.

—Está bien. Puede que mi parte maléfica se alegre un

poquito porque mi hermano ha hecho el trabajo sucio. ¿Y Sara? ¿Ella también te ha dado?

—¿Sara? Bufff, Sara... —Pone los ojos en blanco y se pasa la mano por el pelo, más relajado. Me gusta verlo así y no con la tensión que se respiraba hasta hace un momento. Natural—. Sara le ha dado una colleja a tu hermano y otra a mí, y luego se ha lanzado como un mono a abrazarme mientras me regañaba.

—¿Bipolaridad?

—Desde luego. —Se encoge de hombros—. Supongo que ser su vecino el manitas durante tanto tiempo me otorga cierto estatus.

—Y que te ha echado de menos. Como todos. Como yo... —Dejo la frase en el aire y observo como Víctor asiente, con una tristeza tan grande en su mirada que no puedo evitar pensar si yo he sido la única que ha sufrido una tortura en cada segundo de separación—. ¿Qué te ha dicho?

—La pregunta sería qué no ha dicho. Me ha obligado a subir con ella. La situación en el salón ha sido un poco rara... Tu hermano en un sofá, dándome la espalda, yo en otro, y Sara hablando a toda pastilla...

—¿Te ha contado lo de Vilma?

—Me lo ha contado ella misma cuando ha llegado, y me alegro muchísimo. Ya era hora de que le pasase algo bueno.

Asiento mientras recapitulo. Vilma, Sara y mi señor hermano sabían que él había regresado y que estaba allí, y en ningún momento se les ha ocurrido la maravillosa idea de que tal vez, solo tal vez (ironía modo *on*), era un detalle que a mí me hubiera interesado conocer previamente, porque puede que, de haber sido así, hubiera vuelto de la playa volando, mentalizada con lo que iba a suceder, y, ya de paso, me habría aseado. Ya no digo que me habría cambiado de ropa, que también, sino que al menos me habría puesto desodorante.

—Lo que no entiendo es cómo has acabado aquí tú solo, ¿o es que van a subir de un momento a otro?

—Supongo que ha sido cuando he contestado a su pregunta.

—¿Cuál?

—La misma que la tuya. Querían saber por qué he vuelto.

—¿Y por qué lo has hecho?

—Déjame que te lo explique esta noche...

—Dame un adelanto. Un algo. Supongo que a ellas tampoco se lo habrás dicho todo...

—No. A ellas se lo he resumido diciéndoles que el motivo era sencillo. Ayer me levanté y tuve la certeza de que o te abrazaba o me moría. Así de simple. No podía más. No quería poder más...

Una tarde de domingo me puse un documental en el ordenador. Era de un niño que había nacido ciego y, gracias a una operación experimental, podía ver. Una imagen que me dejó impactada fue el reencuentro con su madre. El pequeño movió las manos inseguro y le rozó el rostro. Deteniéndose en cada uno de sus rasgos, observándola con devoción, reconocimiento, maravillado. Viéndola por primera vez. Así me mira ahora mismo Víctor. Paseando sus ojos por cada detalle de mi cara, acariciándome con las pestañas, sonriendo como un bobo enamorado. Como si tuviera delante un monumento declarado Patrimonio Mundial de la Humanidad y protegido por la Unesco. Un milagro. Su milagro.

—¿Y qué les ha parecido? —pregunto para quitarle hierro a este momento destinado a convertirse en inolvidable. Por Yon, porque debería pensar en él y en lo que le he prometido hace unas horas y no lo hago. Por mí, que estoy a punto de lanzarme a sus brazos como si me estuviera ahogando y fuera el único salvavidas hecho a mi medida.

—Tu hermano se ha pirado cerrando de un portazo, Vilma me ha pedido que no la vuelva a cagar y Sara... Bueno, Sara ha llorado, ha saltado y nos ha organizado la noche.

—¿Organizado la noche?

—Me temo que sí. Antes de que me diera tiempo a reaccionar, ha pedido mesa en un japonés por Pacífico que le flipa, te ha estado llamando como una loca y me ha ordenado que subiera a la azotea mientras me echaba agua en el pelo para repeinarme hacia atrás de un modo horrible.

—Tranquilo, no lo ha conseguido. —Le rozo las puntas y él suspira—. Está tan desordenado como siempre. Como si nada hubiera cambiado...

Me observa fijamente.

—Es que no lo ha hecho.

Trago saliva.

—Sí. Han pasado meses, Víctor. Puede que en las películas baste con un gesto para que la chica vuelva. Entre escena y escena como mucho transcurren diez minutos. En la vida real son meses, con sus días, con sus horas, con sus minutos, con sus segundos...

—Entiendo. —Se pone serio y sus ojos dejan de brillar, apagados, sin vida.

—¿Qué reacción esperabas?

—No sé qué reacción esperaba, Aura. Sí la que quería. Pero es imposible.

—¿Cuál?

—Ignorar lo sucedido y besarte hasta olvidarme de cómo me llamo.

«Yo también deseo eso», pienso.

—Eso sería hacer magia. Hay que aprender a vivir con las decisiones que uno toma —digo.

—¿Vendrías por lo menos a cenar conmigo? Aunque sea para ponernos al día...

—No sé si estoy preparada. Necesito asimilar esto.
—Él agacha la cabeza y yo coloco mi mano en su mejilla para obligarle a mirarme. Tengo frío y su piel me inunda de calor—. Lo eras todo, Víctor. Todo. Y te largaste de un día para otro. ¿Recuerdas cómo estaba cuando lo de Ismael?

—Sí. Lo hago.

—Pues no fue nada en comparación con perderte a ti. A él lo quería, pero a ti te amaba. —Y me obligo a no decir el «te amo» que tengo en la punta de la lengua—. Me dolía respirar. ¡Me dolía hasta vivir! —subrayo—. Estaba desolada, enferma, como si me hubieran amputado una parte de mí misma... Llegar hasta aquí, levantarme cada mañana sabiendo que no te vería, que no podría darte un beso, que mis pulmones no se llenarían de aire con tu aroma después de hacerte el amor, que no te oiría decir mi nombre, ha sido el ejercicio más complicado de mi vida. Una tortura lenta y dolorosa, física y mental. Y lo estaba consiguiendo. Ayer mismo me propuse apartarte de mi vida, dejar de tener esperanza en un posible *nosotros*..., y ahora vuelves y lo dinamitas. No es justo. —Tomo aire.

—Llevas razón —me interrumpe, y se separa. Como si confirmase una idea que ya tenía previamente y se tuviera que marchar rápido—. No tendría que haber regresado. Ha sido muy egoísta por mi parte. Recojo mis cosas de tu casa y me marcho. —Avanza hacia la puerta y se da la vuelta una última vez—. Lo siento mucho, Aura.

Acto seguido, sale y la cierra. Me quedo paralizada. Atónita. Y otra vez siento que esa agonía que durante meses ha salpicado mis venas empieza a apoderarse de mí. Salgo corriendo y me lo encuentro bajando la escalera. Llego hasta donde está a toda velocidad y él se detiene con la duda pintada en el rostro.

—Aur...

—¡Te odio! ¡Te odio! ¡Te odio! —Le golpeo en el pecho mientras hablo, impidiéndole terminar—. ¡Eres un idiota! ¡Un cobarde!

—¿Qué te pasa? —me pregunta, tratando de calmarme, de abrazarme, pero me zafo de un codazo. Oficialmente, he perdido los papeles.

—¿¿¿Qué me pasa??? ¿¿¿Preguntas qué me pasa??? —Elevo las manos al cielo—. ¿¿Es que no lo ves???

—¿Qué?

—¡Lo que estás haciendo!

—¡Hago lo que me has pedido! —Se desespera, sufriendo por verme mal.

—¡No te atrevas a decir eso!

—Es lo correcto. Lo que necesitas. —Se muerde el labio con tanta fuerza que se hace daño.

—¡Y una mierda! ¡Y una mierda del tamaño de Rusia!

—¿Qué quieres?

—¿Tú no decías que leías en mi interior? —bufo—. ¡Quiero que no huyas, aunque te lo suplique! ¡Que no te resignes! ¡Que luches por mí! ¡Que insistas años si hace falta! ¡Y que no te conformes con menos que un final en el que nos desmayemos de tanto besarnos sin respirar!

Víctor aprieta los labios.

—Deja de gritar.

—¡No me da la gana!

—Por favor.

—¡Oblígame!

—¿Cómo?

—Mírame bien. No es difícil averiguarlo.

Él me contempla.

—Está bien. Acepto el reto.

Me coge de la mano y tira de mí hacia su cuerpo. Nuestros rostros se quedan tan cerca que noto su agitada respiración en mis labios.

—Te odio —balbuceo con el incipiente deseo anidando en mi estómago.

—Yo también te quiero. Nunca he dejado de hacerlo —contesta como si fuera su verdad más absoluta.

Me agarra de la cadera y me levanta sin esfuerzo. Enrollo las piernas alrededor de su cintura y noto como choco con la pared cuando me da la vuelta. Me deja apoyada y, antes de que pueda hablar, estampa sus labios con los míos de manera brutal. Me besa con prisa, con ganas, con pasión, con desesperación, con urgencia.

Nuestras lenguas se encuentran por el camino y se entrelazan luchando. Los dientes chocan con fiereza. Sin preocuparnos si alguno se parte por el camino. La saliva se mezcla y gimo de placer. Coloco mis manos en su pelo y trato de acercarlo más a mí, aunque físicamente es imposible. Parecemos dos adolescentes que besan por primera vez y, al mismo tiempo, somos unos ancianos que se dan el beso de su vida porque les han dicho que morirán en cinco segundos y quieren aprovechar lo que les queda de existencia.

No sé cuánto estamos así. Puede que diez segundos, puede que una hora. Todo es relativo. Nada más importa. Le muerdo el labio inferior conforme comienza a separarse y lo libero con lentitud cuando me doy cuenta de que estoy roja y de que llevo un rato sin respirar, con todos los sentidos concentrados en un beso que me ha dejado sedienta, ansiosa de más, enganchada de nuevo a su droga.

Apoya su frente contra la mía. Cierro los ojos. Me arde la boca. Tengo los labios enrojecidos. Noto el sabor a sangre. La respiración es irregular. Me duelen las manos de agarrarlo con tanta fuerza, y sin duda le he hecho un moretón allí donde he posado mis dedos.

—Esta noche voy a venir a por ti y vamos a ir a cenar juntos, Aura —habla con un tono ronco tan cerca de mí que el aire que expulsa entra directamente en mi boca entreabierta inundándome de vida.

—¿Y si digo que no?

—En ningún momento ha sido una pregunta. —Sonrío. Y sé que se le ha contagiado el gesto porque noto que sus labios se han curvado sobre los míos—. Voy a recuperarte, Aura, hasta que nos desmayemos besándonos, aunque sea lo último que haga.

Su boca envuelve la mía con lentitud y su lengua invade mi interior acariciando aquellas partes que están doloridas del beso anterior. Con dulzura. Con calma. Con cariño. Con amor. Y yo me doy cuenta de que lo sigo queriendo más de lo humanamente posible. Elimino los pensamientos. Sé que tengo que meditar determinadas cosas. Sé que debería estar enfadada. Sé que debería ponérselo más difícil. Sé que no me puedo fiar. Sé que tiene que darme una explicación convincente de por qué se fue. Sé tantas cosas... Pero las ignoro, por lo menos hasta esta noche. Porque está siendo el contacto más dulce de mi vida. Porque estamos hablando con el corazón a través de nuestras bocas siendo uno. Porque si me pidieran un último deseo, sería vivir eternamente en este momento. Porque no sé si será la última vez que lo hacemos cuando mi parte racional despierte y tome el control.

Capítulo 26

Dame una explicación y lo dejo todo

Sara me lleva al japonés. Creo que es su manera de resarcirse por la encerrona que me ha preparado. Lo agradezco. Eso me ayuda a mantener la cabeza fría y a templar, si es posible, un poco los nervios, que me han provocado una diarrea brutal y nos han obligado a hacer la sesión de belleza en mi cuarto.

Sí, acabo de vivir un momento de esos de «cambio radical» que tanto me han repelido toda mi vida. No obstante, me ha ido bien porque no tenía capacidad mental ni para pensar qué ponerme, a pesar de que Vilma y Sara han insistido en que el modelo es fundamental. No estoy del todo de acuerdo. Sé que lo que necesito con Víctor es hablar, que me dé una excusa mínimamente convincente que me ayude a comprender por qué me abandonó de un día para otro sin una conversación racional, pasional, o como quiera que hubiera sido, previa. Ir como una princesa que acude al baile de coronación no ayuda; que ellas me mimen mientras yo trato de relajarme, sí.

Recapitulemos. El día anterior viví una cita con Yon. Le quise dejar. Me llevó a una playa perdida de la mano de Dios en la costa valenciana. Me pidió que me entregase sin reservas y, mientras esperábamos a que amaneciese con el sonido de las olas rompiendo en la costa, me comprometí a intentarlo. Dormí poco y mal en un coche. Regresé con dolor de espalda, de culo, de cuello y un poco de corazón al ser consciente de las verdades que el emprendedor me había dicho. Hasta aquí, todo perfecto. Empezaba una nueva etapa. Adiós a lo anterior y bienvenido a lo nuevo.

Pues no. Había llegado y, sin ducharme —y recalco esta última parte porque no he podido parar de pensar si cuando nos estábamos besando mi olor sobacal estaría dejándolo inconsciente—, con pelos de loca, aliento con olor a paella rancia y muriéndome por meterme en una cama y dormir como Blancanieves hasta levantarme e ir a trabajar, me reencontré con Víctor. ¿Le había echado en cara que se hubiera ido? No. Lo había abrazado como si su contacto pudiera volverme inmune a las llamas del mismísimo infierno; habíamos hablado, discutido, y todo para terminar dándonos un beso por el que todavía palpitaban mis labios.

Eso no estaba bien. No era lo que me merecía. Debería haber tenido tiempo para meditar sobre mis movimientos. Pero la vida no era paciente y lo que había esperado durante meses me había golpeado de pleno provocando un *tsunami* de sentimientos en mi interior que no sabía cómo manejar. Tal vez me hubiera sentado mejor dormir, consultar con la almohada y pensar antes de verlo de nuevo. O tal vez no habría podido pegar ojo hasta ese momento y me habría transformado en la versión andante de Morticia Addams.

Sea como sea, aquí estoy, en el coche de Sara, con un vestido azul marino de cuello redondo y tirantes finos ceñido hasta la cintura que desemboca en una falda de tablas al aire con el ribete blanco; llevo el pelo recogido en un moño bajo con algunos mechones sueltos por detrás, y en la cara, un maquillaje de ojos ahumados, y con los labios y los taconazos de quince centímetros de un rojo oscuro como la sangre de esa herida que yo tenía abierta en el corazón y que ahora mismo no sé si se está cerrando o haciendo más grande. Por no hablar de mis uñas, cortas y del mismo tono que el calzado porque, según Vilma, es la nueva moda.

Voy guapa, sexy, imponente y elegante. Eso debería hacerme sentir segura de mí misma. Dicen que lo que los demás ven en ti es el reflejo de lo que piensas. Sin embargo, estoy como un flan; sigo pensando que los tres cafés que me he metido en vena no han terminado con el sueño y sí han aumentado mis nervios, mientras que los zapatos hacen que tenga la sensación de que me voy a caer de morros de un momento a otro. Una percepción que aumenta proporcionalmente con la visión que tengo delante una vez que Sara aparca en doble fila, salgo y distingo a Víctor en la puerta.

Parece una visión de las buenas. Uno de esos hombres demasiado perfectos que crees que son una invención de las campañas de publicidad o la inteligencia artificial y que no caminan por la calle como el resto de los mortales porque provocarían una ruptura de cuellos masiva en todo aquel que se girase para observarlos. Un chico con el que sueñas, y te enfurruñas cuando suena el despertador y te separa de tu fantasía, y entonces retrasas la hora de despertarte diez minutos, sabiendo que tendrás que elegir entre desayunar o peinarte como es debido para poder regresar con él. Un dios griego que ha viajado a través del tiempo y que está apoyado de manera descuidada en la fachada del restaurante.

Lleva unos vaqueros oscuros que marcan sus muslos, unos muslos que parecen más fornidos y musculosos que antes. ¿Se habrá dedicado a ir al gimnasio en nuestro paréntesis para torturarme un poco más y nublar mi juicio? Tiene una de las piernas flexionadas apoyada en la pared y lleva una camisa blanca de botones en la que, a pesar de que ha intentado remetérsela por dentro como todo un caballero o un niño bueno, el lado derecho está por fuera, rebelde como él. No tiene remedio. Por encima viste una chaqueta azul oscuro, y en este punto me tengo que detener: ¿desde cuándo lleva chaqueta? O la pregunta fundamental: ¿desde cuándo un complemento como ese puede hacerle parecer tan arrebatadoramente guapo?

Veo como las chicas se detienen al pasar por su lado. No me extraña. Sin embargo, ninguna se atreve a hablarle directamente, y las que tratan de llamar su atención no lo consiguen. Está bastante ensimismado, con la mirada perdida en el infinito. Parece tan inaccesible...

Sé que no lo hace aposta. Eso es lo que lo convierte en diferente. Víctor nunca se ha percatado de la atracción que genera o nunca le ha importado una mierda. Lo hace de manera natural. Habita en su propia galaxia, como la luna llena, esa que por mucho que estires los brazos nunca llegarás a tocar. Y yo me siento como una astronauta cuando noto que, en cuanto me distingue, se le ilumina el rostro y me dedica su sonrisa, capaz de matar de manera fulminante a quien se cruce con ella. Ver el efecto que produzco en el cantautor hace que sea consciente de que me ha metido en su mundo. De que «yo soy» su mundo. Porque el resto del espacio sigue sin atraerle, sin captar su interés, mientras que verme andar, acercarme, me transforma en el único punto de referencia que le interesa en el universo.

Llego a su altura y me adelanto para saludarlo con dos besos en las mejillas, un gesto que es una declaración de intenciones. Trato de hacerlo rápido para no fijarme en sus labios entreabiertos. Pero lo huelo y su perfume —ese que no sé de qué marca es, pero no dudaría en poner un ambientador en mi casa con su aroma— se instala en mis fosas nasales. Es el de siempre. Es el de los recuerdos. Es el que aspiraba mientras me tenía entre sus brazos y yo creía que me iba a morir de felicidad en mi propio templo privado.

—Estás muy elegante, Víctor.

—Tú estás como siempre, Aura.

—¿Para esto me tiro una hora arreglándome?

—No quería decir eso. Es solo que... Eres tú —dice con una sonrisa tímida y temblorosa.

—Eso ya lo sé.

—Para mí no hay mayor halago.

Alzo una ceja, divertida.

—O sea, ¿me tengo que tomar como un cumplido que yo sea yo?

—Por supuesto, ser tú, para mí, es el mejor cumplido que existe. —Ha venido fuerte, con la escopeta cargada, sin contener ni un segundo esos sentimientos que antes tanto le costaba expresar en voz alta.

—Ahora me dirás que no cambiarías nada...

—Y es que no lo haría.

—Eso es porque todavía no conoces mis defectos.

—Me hago una idea y opino lo mismo. —Andamos hacia la puerta del restaurante—. Si he vuelto es porque echaba de menos tus partes buenas, pero también las *malas* y las que no sé cómo definir. Te echaba de menos a ti. A todo lo que eres, Aura —susurra antes de que entremos.

No tengo la mente fría; cada centímetro de mi piel lo llama y mi corazón está en pleno motín para escapar de mi pecho. Sin embargo, esta vez he tenido tiempo de reflexionar y he tomado la determinación de que tenemos que aclarar algunos puntos antes de sucumbir. Bueno, en realidad solo un punto, que tiene que ver con que desapareciera de la faz de la tierra, aunque esto me transforme en una perra del infierno, ya que todavía no he pensado en Yon. Lo he eliminado de mi lista de prioridades de manera egoísta y sucia. Y sé que debería tenerlo en cuenta antes de hacer el siguiente movimiento. Soy plenamente consciente de que tendría que haberle avisado de que Víctor ha vuelto. Pero no he tenido tiempo. No he querido tenerlo. El motivo es aún más ruin. Seguro que me habría dicho de quedar y yo ahora mismo necesito ver al cantautor y averiguar qué pasó más que el aire para respirar.

Entramos en el establecimiento. Víctor le dice su nombre al camarero, que nos tacha de una lista y nos lleva hasta nuestra mesa. Me quedo impresionada por el local. Sara me había dicho que no era nada del otro mundo, un bufé. Yo, que soy más de chinos y menos glamurosa, me imaginaba que sería el típico restaurante con bandejas con comida en el centro en el que te levantabas y te servías más de lo que humanamente podías ingerir. (Recuerdo la primera vez que fui a uno con mis amigos del pueblo, y los muy burros se pusieron unos platos que parecían montañas con el arroz nadando entre la salsa de los tallarines, con un *mix* de carne, pescado y verduras, todo mezclado sin orden.) Pero este sitio es diferente. Es elegante. Las mesas tienen unos bonitos manteles individuales con letras japonesas, platos llanos, y la luz tenue se ve acompañada por velas.

Además, hay una carta con la oferta. Miro a mi alrededor para entender cómo funciona y veo que la gente pide y se lo sirven en la mesa sin necesidad de que se levante. Son raciones pequeñas, de degustación, pero puedes elegir todas las que quieras por el mismo precio. Así se aseguran de que no comas con los ojos.

Estamos al lado de una pequeña cascada artificial; el sonido del agua, que golpea unas rocas hasta formar un pequeño lago, me relaja. Un poco, solo.

—¿Te parecería bien una botella de lambrusco para acompañar?

Asiento. Víctor le dice al camarero que seleccione la marca por nosotros. Se quita la chaqueta y la deja en el respaldo. La camisa se le ha abierto un poco por arriba y muestra un aperitivo de lo que es su pecho; puedo observar a través del tono blanquecino de la prenda esos tatuajes que tanto me gustaba recorrer con mis dedos.

—Que sea dulce, por favor —apunto antes de que se vaya, y él toma nota.

Nos miramos en silencio y sonreímos como dos adolescentes que se acaban de conocer. Es extraño estar juntos de nuevo. También es raro que tengamos una cita, posiblemente la primera, o como quiera que se le denomine a esto. Pero lo que más me incomoda es que estemos tan formales, que no seamos nosotros mismos, que estemos cortados y no sepamos ni cómo empezar una conversación, cuando antes las palabras salían de nuestra boca sin necesidad de pensarlas. Y no es que no tengamos cosas que decirnos, al contrario, hay tantas que creo que tenemos miedo de comenzar.

Estiro la mano para coger la carta. Para hacer algo normal. Víctor hace lo mismo y nuestros dedos se encuentran por el camino. Noto un escalofrío que me recorre la columna vertebral. Es como cuando era pequeña y los besos todavía eran un paso muy avanzado para mí y me contentaba con rozar a la persona que me gustaba, un inocente contacto que me ponía el corazón a mil revoluciones. Este efecto produce él en mí y, por lo que percibo, yo también en él. Es como si estuviéramos en un bucle constante de sentimientos adolescentes, con la misma intensidad que entonces, pero con la madurez de saber lo que queremos y necesitamos. Dos adultos, o un proyecto de ello, que siguen maravillándose al descubrir el tacto del otro, aunque lo conozcan de memoria.

Uno de los dos debería apartar la mano, pero estamos ensimismados viendo cómo los dedos toman el control, con vida propia, y acarician los del otro, provocando unas cosquillas que no erizan la piel, sino el pericardio, la capa que envuelve el corazón. Estamos haciendo manitas y descubro que eso es más placentero que el sexo que he practicado con el resto de los chicos que han formado parte de mi vida.

—Estoy conociendo a alguien... —escupo de golpe sin apartar la mirada, y sus dedos, que comenzaban a explorar los míos, se detienen.

Silencio. Tensión. ¿Miedo por su parte?

—Me alegro. —Finge que es cierto y sonríe con falsedad. Lo sé porque conozco sus sonrisas verdaderas, que son mucho más imponentes e impresionantes que esa.

Levanto la mirada y me topo con sus ojos marrones verdosos, que me analizan, ven hasta qué punto esto puede suponer un problema y observan las posibilidades que hay de solucionarlo o si todo está perdido.

—No seas cínico, yo no lo haría. —Casi tengo que taparme la boca. Adiós al filtro mental. Aunque es cierto: si Víctor me dijese que está con otra, la envidiaría sin haberla conocido. Cada vez que he imaginado a una desconocida tocándolo, he sentido que iba a ponerme a vomitar.

—Te dejé. No tengo derecho a decirte otra cosa.

—¿No suponías que algo así podría pasar?

—Lo imaginaba —acepta serio, enfadado consigo mismo. Me molesta que dé por hecho con tanta facilidad que yo podría cambiarlo por otra persona como si fuera un cromo.

—¿Por qué? ¿Porque no te quería lo suficiente como para esperar por los siglos de los siglos por si volvías?

El camarero viene y nos pregunta si nos hemos decidido ya. Miro la carta por encima y, gracias a Dios, los platos tienen una fotografía al lado. Elijo cuatro cosas al azar y Víctor dice que las compartirá conmigo y luego selecciona él las siguientes raciones de comida japonesa. Se mar-

412

cha y volvemos a concentrarnos en la conversación como si nadie nos hubiera interrumpido.

—No. El hecho no es que tú me tuvieras que esperar, sino que yo no debí irme. Era cuestión de tiempo que alguien quisiera ocupar mi lugar. Tú no te ves como lo hacemos el resto. Eres especial, Aura. A tu lado el mundo mejora.

—¿En plan que te sientes levitar? Es muy cursi, Víctor —bromeo, porque como siga escuchando cosas así, cojo el cuchillo, me arranco el corazón y se lo sirvo en su plato.

—En plan que cada mañana, incluso los días de mierda, te levantas ilusionado. Por cierto, veo que has perfeccionado tu técnica de *cortarrollos*.

—He perfeccionado muchas cosas, la mayoría manías irritantes.

Entramos en un bucle de coñas. Mis bromas son malas. No hago gracia. Normalmente la gente me mira pensando: «Qué rarita es esta chica». Víctor no lo hace. Se ríe. De verdad. Con esa carcajada que inunda mis sentidos y me hace creer que vivir es algo más que respirar, comer, dormir y que nos lata el corazón. Vivir es eso.

Al observarlo, recuerdo esa sensación de reírte y, en mitad de la carcajada, pararte a pensar que la otra persona es la protagonista del sonido de tu risa. El único que logra que nazca directamente desde lo más profundo. Noto una presión en el pecho, consciente de que hacía mucho tiempo que no me divertía de verdad, y es que Víctor es la única medicina capaz de devolverme la felicidad.

De repente cambio de tema porque no me apetece seguir fingiendo.

—Parece que tienes una alarma que suena cuando voy a rehacer mi vida...

Él para de reírse y me mira serio, con intensidad, como si a través de sus ojos pudiese expresar más que con las palabras.

—Tal vez la tengo, Aura. Tal vez mi propia naturaleza se percata cuando te va a perder, no lo puede permitir y me empuja hacia ti sin control con un único objetivo...

—¿Por qué te fuiste? —pregunto, como estaba deseando hacer desde que hemos entrado. Víctor se mueve incómodo en la silla, mordiéndose el labio con fuerza y puede que con rabia.

«Dímelo, por favor», pienso, pero permanezco callada a la espera de su respuesta. No quiero suplicar. Por la cara de agonía que tiene, sé que se está debatiendo entre hablar o callar, entre abrirse por fin a una persona, mostrar sus fantasmas más oscuros, o comérselos, como de costumbre. Solo él puede convertirme en esa ventana que abres para que salga todo el aire viciado y entre nuevo. Hay un motivo. Siempre lo intuí. Lo sabía. Lo sentía.

No puedo decir que él no me avisase de que le costaba exponerse ante los demás, entregarse, volverse dependiente. Su desarraigada existencia en el ámbito familiar tampoco ayudó a que fuese de otra manera. Sin embargo, ya es hora de que deje su pasado atrás y se enfrente a un futuro en el que yo solo estaré si me deja compartir con él la carga para que no le pese tanto.

También necesito comprender. Tener seguridad. No pasarme el resto de mis días temiendo que un día me despierte y él no esté porque las cosas se hayan puesto difíciles. Una relación no se desarrolla en el país de la gominola y de la piruleta, en un lugar repleto de arcoíris; las parejas tienen complicaciones y momentos duros que afrontar juntos. Yo necesito confiar en que él dará la talla y seremos compañeros en lo bueno y en lo malo.

—Irme fue el mayor error que he cometido en mi vida.

No es la respuesta que esperaba.

—¿Por qué lo hiciste? —insisto, dándole una oportunidad de oro.

—¿Tan importante es el motivo?

Sabe que sí.

—Por supuesto.

Se lo confirmo.

Se pasa la mano por el pelo y este se le alborota dotándolo de esa imagen deliciosa de rebelde sin causa.

—No puedo, Aura. No quiero cargarte con...

Calla de golpe.

—¿Tu mierda?

Pruebo suerte.

—Algo así.

—Pero es que a mí no me interesa cogerla, sino ayudarte a limpiarla juntos.

—No lo pongas más complicado, por favor.

—Compartido sería sencillo.

Me mira y, por un segundo, duda. Sin embargo, tras ese lapso aprieta los labios y dice:

—Pero no quiero hacerlo. Es mi decisión.

—¿Una decisión inamovible?

—Sí.

Lo observo seria. Me entran ganas de cruzar la mesa y abofetearlo hasta que comprenda que su mierda, como él dice, es mi mierda también, que somos uno, que esa es la idea. Pero, por una vez, no estoy dispuesta a ponérselo tan fácil. Él se marchó y me dejó. Él tiene que recuperarme.

—¿Puedes contestarme por qué has vuelto ahora, o eso tampoco? Algo más desarrollado que lo que me has dicho en la terraza, por favor.

—Sí. —La tensión desaparece de su rostro y esboza su sonrisa ladeada como si la respuesta fuese lo más simple, reconfortante y evidente del mundo—. El otro día estaba tumbado en mi habitación de Londres y me di cuenta de que seguía enamorado de ti. Lo había intentado todo para olvidarte y no te podía borrar. La distancia ha cambiado muchas cosas, no voy a negártelo, pero no el hecho de que amarte más es imposible. Era absurdo seguir huyendo, sobre todo porque conforme más me alejaba, más te quería...

Estoy a punto de decirle que le comprendo porque a mí me pasa lo mismo cuando la imagen de Yon aparece en mi cabeza. ¿Qué pensará Víctor? ¿Que he pasado página como ocurrió cuando Ismael se marchó? Siento la creciente necesidad de aclararle que eso no ha ocurrido, que no existe ningún tatuaje más grande que pueda tapar el que él me ha hecho, porque su tinta ya ha traspasado la piel del corazón y ahora forma parte de mi sangre, recorriéndome todos y cada uno de los rincones de mi cuerpo.

—A él no lo quiero como a ti. No creo que nunca pueda hacerlo con ninguna persona, ¿es malo?

—Sabes que no deberías preguntarme eso, ¿verdad?

—Ya, pero necesito que lo sepas, porque si me dices algo más, por insignificante que parezca, voy a lanzarme a tus brazos. Y no puedo. Mi orgullo no me deja. No sin una razón que me permita comprender que, queriéndome tanto como dices, te largases sin mirar atrás. Necesito pedirte que no me hagas declaraciones de amor ni nada por el estilo, a pesar de que sepas que, al principio y al final, mi respuesta sería *sí, contigo al fin del mundo*. Hazlo por mi bien, porque me lo merezco, porque es cierto que me quieres. Igual que tuviste la fuerza de voluntad para marcharte. Tenla ahora. Eso, o dime qué ocurrió y nos vamos corriendo de este restaurante a darnos un beso en cada esquina de Madrid con la firme intención de no volver a casa hasta que las hayamos recorrido todas.

Víctor se queda pensativo. Es evidente que de nuevo tiene un debate interno. Bebe un trago de lambrusco y tiene que hacer un esfuerzo por tragar, como si tuviese en la garganta las palabras que se resiste a decir en voz alta. Trato de no perder el contacto visual, de ser su ancla, aquello que le da confianza, y, por un instante, creo que lo he conseguido. Pero en ese momento viene el camarero con los platos, que coloca en el centro de la mesa, y yo me apresuro a decir «gracias» y, cuando vuelvo a mirar a Víctor, noto que ha vuelto a ponerse esa capa de protección, aunque no la utiliza para él, sino para mí.

—No puedo. Lo siento.

—Está bien.

Me remuevo incómoda y las siguientes palabras me suenan vacías.

—Entonces tendremos que averiguar cómo ser amigos. Nada más —recalco.

—Me parece correcto.

—¿Es lo que quieres?

—Es lo que puedo aceptar si no estoy dispuesto a darte lo que deseas. —Sonríe con amargura.

—Bueno, supongo que entonces lo normal sería ponernos al día. ¿Qué pasó con tu disco? Lo busqué, pero no encontré nada...

—Ni lo encontrarás...

—¿Y eso? ¿No me digas que no era oro todo lo que relucía y que estabas en mitad de la grabación cuando empezó un *reality* de esos de cantantes y decidieron que una *boy band* juvenil era más productiva y tú te negaste a venderte como el artista bohemio que eres? —Tengo que coger aire cuando termino. ¡La madre del amor hermoso, pedazo de pregunta!

—Tú y tus fantasías... —Alza las comisuras de sus labios con un deje de nostalgia que me atraviesa—. ¿Habías meditado acerca de esta opción o te acaba de salir de pronto?

—Es lo primero que me ha venido a la cabeza. ¿Demasiada imaginación o he dado en el clavo?

—Imaginación, gracias a Dios. En realidad, todo es más sencillo. Todavía lo estamos puliendo.

—¿Aún?

—Sí, el mundo de la música no es para impacientes. Por lo menos si lo quieres hacer bien y no sacar cualquier basura que te convierta en el *hit* del verano y haga que se olviden de ti cuando llegue el otoño.

—Creo que a mí ya me habría dado un telele con la espera.

—Puedo verte hablando con el productor para que se dieran más prisa en los plazos.

—No lo dudes. Si me hubieras contratado como agente, otro gallo cantaría.

—Llevas razón. Si hubieras estado a mi lado, todo habría sido diferente.

—¿En qué sentido?

—En todos. —Nos miramos fijamente. Un silencio incómodo nos invade porque él sabe que no debería habérmelo dicho, porque no hay nada en este mundo que me hubiera gustado más que compartir el proceso con él, y otra vez estamos en ese punto en el que los sentimientos se interponen en la conversación—. Y, hablando del disco, tengo un regalo para ti.

—¿Un regalo?

—Sí, no iba a volver después de tantos meses con las manos vacías.

—Ya, ya... Querías tener un as en la manga por si llegabas y te cerraba la puerta en las narices indignada y rabiosa, echando espuma por la boca y todo —bromeo nerviosa y ansiosa por saber de qué se trata.

—Puede... —murmura mordiéndose el labio—. O es algo mucho más sencillo como que quería que fueras la primera persona a la que enseñaba algo muy importante para mí...

Víctor hunde las manos y rebusca en los bolsillos de su vaquero.

—Por cierto, ¿cuándo saldrá el disco?

—Después de verano.

—¡¡¡No queda nada!!!

—Sí. De hecho, ya hemos empezado a hacer las primeras cosillas de promoción.

—¿Como qué?

—Sesiones fotográficas, entrevistas y todo ese rollo. Sinceramente, creo que es la parte que peor llevaré. No he nacido para estar horas y horas a las órdenes de un hombre que dice que tengo que posar con cara de *fucker* para conseguir que el público desee arrancarme los calzoncillos a bocados. —Lo miro con las cejas levantadas—. Lo dice él. No yo. Es un poco burro. No sé a quién me recuerda...

—No tendrás ningún problema en conseguirlo —se me escapa, y lo intento arreglar con un toque de humor—: Harán colas de varios días en los estadios para verte y luego irán a la puerta de tu hotel con la esperanza de que mandes a tu guardaespaldas a por ellas para subirlas a tu habitación... —Y a pesar de que sé que estoy de coña, me empiezan a azotar unos celos enormes, consciente de que yo no estaré ahí ni seré nadie para impedir que cada noche se acueste con una mujer diferente. El cantautor es un tesoro que yo mantenía en secreto y que, en el momento que sea de dominio público, todo el mundo querrá sin excepción—. Incluso te veo revendiendo en el Rastro la ropa interior con su número de teléfono que te lanzarán al escenario.

—Esa idea no me seduce demasiado...

—¡No seas modesto! Cualquiera se estaría frotando las manos aventurando lo que está por venir. Ya sabes, el *sex-appeal* del artista...

—Puede, pero yo siempre he sido más de sardinas que me hacen reír por sus locuras que de propuestas sugerentes de desconocidas. Y eso no va a cambiar. Nunca. Quiero que te quede claro, Aura.

Localiza una nota de papel y me la tiende. La cojo

poniendo especial empeño en no rozar la yema de sus dedos, aunque mi cuerpo al completo me pida otra cosa.

—Arrugado y sin envolver. —Niego con la cabeza—. Así no se hacen las cosas... Espero que su contenido me haga olvidar ese pequeño detalle... —Sonrío y la abro. En una línea hay una página web y en otra, una serie de números aleatorios.

—Métete desde el móvil —me explica— y podrás escuchar la primera maqueta del disco. —Me observa nervioso, esperando mi reacción, inseguro—. Todavía faltan algunos arreglos, pero quería que me dieses tu opinión. —Interpreta mal mi silencio, ya que no hablo porque, por una vez en la vida, alguien me ha dejado sin palabras, y añade—: No es gran cosa, pero me hacía ilusión. —Se encoge de hombros y, antes de que se muerda el labio, porque sé que es lo que hará, le contesto:

—Es el mejor regalo de mi vida. Gracias. —Víctor sonríe de esa manera que es capaz de iluminar todo el restaurante. A veces me planteo que si lo hiciera de esa forma en la calle en un día de lluvia sería capaz de formar su propio arcoíris. Todo se nubla a mi alrededor y me apresuro a cambiar el rumbo de la conversación antes de que haga una tontería, como olvidarme de respirar y morir asfixiada por la intensidad del momento. Corrijo. Por la intensidad que me transmite «él»—. Aunque requiere una gran responsabilidad. No sé si sabré ejercer de crítica musical.

—Recuerdo que se te daba bien criticar los *singles*, como aquella noche que nos tiramos hasta las tres de la madrugada analizando las letras de los temas más populares de *reguetón*...

—Tampoco tuvo mucho mérito. Escuchado uno, escuchados todos. —Los dos nos reímos al recordarlo. Carcajadas. Auténticas. Reales. Qué buena noche fue esa... Qué buenas fueron todas, joder—. Este caso es diferente.

—¿Por qué?

—Porque lo has escrito tú. No podré ser objetiva.

—Y me muerdo la mejilla para no decirle que estoy segura de que me gustará porque él es la única persona que hace que sienta la música, que las letras se me instalen en el corazón y los acordes se conviertan en mi propia sangre recorriendo mi cuerpo.

—Te entiendo. A mí me pasa lo mismo.

—¡No digas tonterías, yo canto fatal! A veces me he planteado mandar a Disney algunas de sus canciones versionadas por mí en la ducha con el fin de que me paguen religiosamente un sueldo para que deje de estropearlas.

—No me refiero a eso, sino a tus artículos.

—¿Has leído mis artículos? —me sorprendo.

—Todos los que he localizado, sí.

—Eso es imposible. Es decir, en la agencia no firmamos.

—Pero tú tienes alma, Aura, y la dejas en todo lo que tocas. Daba igual en qué periódico digital fuera. Los abría por la mañana en busca de las noticias de tu agencia y siempre identificaba una frase, una expresión, algo que me decía que ese lo habías escrito tú, y lo leía varias veces.

—Al principio era un poco mala... —apunto.

—Yo no lo veo así.

—¿Y cómo lo ves?

—Como que ahora eres mejor. —Víctor lo pronuncia como si fuera una obviedad, sin darse cuenta, como ha ocurrido siempre, de que esas sencillas frases a mí me llenan de fuerza, seguridad e ilusión—. Por cierto, ¿cómo es la vida de una periodista en acción?

—Te lo contaré, pero primero creo que debería escuchar el disco.

Voy a sacar el móvil y Víctor me detiene, apoyando su mano encima de la mía.

—Mejor ahora hablamos de ti y lo oyes esta noche, cuando estés sola.

—¿Por qué? ¿Qué mejor manera de escuchar el sueño de una persona que con su protagonista?

—Cantar es mi *hobby*. Mi sueño es otro —recalca—. Hazme caso. Es mejor así.

Asiento, no del todo conforme. Le cuento mi apasionante vida de becaria y que tengo la esperanza de que algún día valoren mi talento y me acaben contratando. Él me escucha y empezamos a comer. Ahí viene mi problema. Solo tenemos palillos. Nada más. Y yo no soy muy buena con ellos. Me siento como en esa escena de *La Bella y la Bestia* en la que desayunan juntos y él no sabe comer con el tenedor. Al final, acabo por pincharlo a lo bestia, clavando el palo en mitad del arroz del *sushi*, y Víctor se parte el culo, literalmente, de mí. Es el único momento divertido. Charlamos durante el resto de la cena, pero se nota que es una conversación extraña, que lo importante ya lo hemos debatido y ninguno se ha quedado conforme con lo que ha escuchado. Terminamos y salimos. Caminamos hacia el metro, alicaídos y tristes porque el encuentro no ha ido como en el fondo ambos deseábamos.

Estamos jodidos. Muy jodidos.

—Te acompaño a casa.

—No es necesario.

Lo único que quiero es que desaparezca y volver a llorar. Una vez más.

—De verdad, no me importa.

—Prefiero ir sola.

Asiente.

—¿Entras? —le digo al ver que no desciende las escaleras conmigo.

—Quiero pasear, reencontrarme con Madrid.

—¿Dónde estás viviendo? —le pregunto, si bien lo que en realidad quiero saber es hasta cuándo estará.

—No te gustaría saberlo.

—No creo que me asuste, aunque sea un antro de mala muerte...

—No es un antro de mala muerte —suspira—. Y yo no te lo debería decir...

Su secretismo capta mi atención.

—Ahora te exijo que lo hagas o la curiosidad va a atormentarme toda la noche.

—Antes de marcharme compré algo...

—¿El qué?

—Una casa.

De repente sé dónde se queda.

—El piso de plaza de España que íbamos a alquilar.

—Sí. —Espera mi reacción, pero permanezco como si no me importase, cuando la realidad es muy diferente. Soy buena actriz—. Ha sido el único lugar que he considerado mi hogar a pesar de no haber vivido en él. No quería perderlo...

La noticia me deja en estado de *shock*. Necesito marcharme. Ya.

—Me alegra que esté en buenas manos. Era precioso. Perfecto. —«Nuestro», pienso—. Bueno, me tengo que ir o mañana no habrá quien me despierte para trabajar. Hoy ha sido un día largo, con muchas emociones...

—Claro.

Se pone de pie delante de mí. Tiene las manos en los bolsillos del vaquero, que se le bajan hasta que se le ve parte del vientre. Tirito. No es de frío. Pero él cree que sí y me coloca la chaqueta por encima.

—No es necesario.

—Ya me la devolverás. Así me garantizo volver a verte al menos una vez más.

Nos quedamos quietos el uno frente al otro. Sin hablar. Sin mirarnos. Sin ser capaces de separarnos, porque no queremos, ni de tocarnos, como deseamos con toda nuestra alma. Víctor decide tomar las riendas. Se agacha y me da un beso lento en la mejilla, muy cerca de la comisura del labio.

—Eso hace tambalear los cimientos de nuestra *nueva* amistad —bromeo. Y él sonríe con amargura y sé lo que está pensando y no dice en voz alta: no sería así si en el fondo no nos apeteciese besarnos con todas nuestras fuerzas.

Capítulo 27

Una chica con las ideas poco claras en las calles de Madrid

Una cama. Eso es lo que necesito. Y dormir. Días. Un año. Puede que incluso un siglo.

Me bajo en Sol. Ni siquiera sé por qué he acabado aquí. Subo los escalones por la pecera y salgo. Como siempre, da igual a la hora que vayas, está atestada de gente. La mayoría son turistas que se agolpan alrededor de relaciones públicas que les ofrecen una buena dosis de matarratas a un precio económico, porque lo que venden en algunos pubs de la zona no puede tener legalmente la etiqueta de alcohol.

Refresca, pero ellos no parecen darse cuenta; o eso, o hay alguna ley no escrita que dice que si vienes del norte a veranear a España no puedes llevar prendas que te cubran más allá de las rodillas o los hombros. Visto lo visto, me planteo si se transformarán en nudistas eventuales si alguna vez ponen un pie en las playas del Caribe.

Me abrocho la chaqueta de Víctor. Me queda grande y el aire penetra por los huecos. La aprieto contra mi pecho mientras camino hacia la fuente que hay en la parte central. Me siento entre una pareja de esas que no pueden parar de decirse lo mucho que se quieren, y que seguramente la mitad de sus seguidores de Instagram haya bloqueado para no ver sus empalagosos estados, y otra que discute echándose en cara y de manera pública toda la mierda acumulada, que, por lo que oigo de manera cotilla e indiscreta, es mucha. El yin y el yang. Una relación rosa y empalagosa, y otra tóxica.

Me apoyo contra la barandilla metálica que hay a mi espalda y noto que algunas gotas impactan contra mi cuello. Consulto la hora en el imponente reloj de la Puerta del Sol y compruebo que es la una y veinte de la madrugada.

«Bien, mañana llegarás al trabajo como si hubieras estado el fin de semana de *rave*», me regaño.

Sin embargo, no me muevo. No quiero ir a casa. No me apetece encontrarme con Sara y Vilma, que, con sus horarios ociosos —la primera está de vacaciones y la segunda no entra al teatro hasta las cuatro y media—, me estarán esperando para preguntarme qué tal la cita. Algo que no puedo contestar porque, aunque lo lógico sería decirles «Bien, ahora somos amigos», no lo siento así para nada. Me parece que ha sido un fiasco total y absoluto que en lugar de arreglar las cosas las ha estropeado, alejándonos, instaurando un muro que me apetece destrozar con el primer martillo que encuentre.

Pierdo el tiempo mirando alrededor. Creo que podría estar horas así. Sol tiene la capacidad de reunir a gente de lo más extraña y diversa, como si cada día hubiera una concentración de frikis, pero elevada a la máxima potencia. Observar es muy entretenido y me distrae. Los románticos se marchan al rato de la mano, y los otros se gritan un poco más, hasta que el chico decide largarse diciendo que no soporta los celos enfermizos de ella, todo esto después de admitir que sí que escribió a su amiga un mensaje para que se vieran a altas horas de la noche en su casa. Ejem.

Veo cómo la chica lo contempla, mientras él se pierde entre la gente, con la esperanza de que regrese. Como sospecho por lo gallito que se ha comportado, no lo hace y ella se pone a llorar. Tal vez debería solidarizarme con el género femenino y tratar de consolarla. Es posible que lo hiciera si llevase un par de copas de más. Sin embargo, no soy la persona más adecuada para dar consejos porque hace un rato yo estaba haciendo lo mismo mientras el cantautor desaparecía de mi vista y, en estos momentos, aprieto su chaqueta contra mi pecho de manera obsesiva respirando su olor, tratando de comprender por qué es lo único capaz de llenar mis pulmones.

El ritmo de su llanto aumenta. Nadie se merece sufrir así. El amor debería ser algo que nos hiciera más felices, y no más desgraciados. Aunque, tal vez, no es un sentimiento el que produce eso, sino nosotros mismos con nuestras decisiones, con nuestras barreras, con nuestras prioridades, con nuestros deseos. Puede que todo fuera más fácil si directamente decidiésemos que esta vida es demasiado corta para autoinfligirnos dolor y lucháramos en nuestro propio bando. Es decir, si yo sé que Víctor tiene un motivo, si estoy segura por completo de que no se marchó por nada y él no está preparado para contarlo, tengo dos opciones: tratar de obligarle y que de esa manera se vaya, como ha ocurrido, o confiar en que cuando esté listo me lo dirá; puede que una tarde de domingo mientras estemos sentados en el estudio de plaza de España, ese que fantaseamos con que sería nuestro hogar.

No obstante, no puedo dejarlo pasar. No es por hacerme valer ni por mi honor como mujer. Yo tengo. Y mucho. Sospecho que es algo más. Una cosa que él no puede solucionar. Durante nuestra separación, descubrí nuevos aspectos de mí misma. Algunos me asustaron. Si por algo me he gustado siempre es porque he sido una persona independiente, que no giraba alrededor de nadie, sino en mi propia órbita. Víctor se marchó y la mentira cayó por su propio peso. Por supuesto que él no me anulaba, que yo seguía teniendo mis ambiciones y mi personalidad, pero me di cuenta de que a su lado yo era mejor porque estaba completa, porque no éramos dos personas con dos proyectos que tratan de encajar a la fuerza, sino con uno común que se complementaba a la perfección.

Porque me comprendía, me escuchaba, me aconsejaba, me respetaba, me admiraba, me mimaba, me daba un abrazo cuando lo necesitaba sin tener que pedírselo... Todo, superando lo que alguna vez había imaginado o deseado con creces. Nada me habría podido separar de él. Lo habría antepuesto a cualquier cosa. Por eso no lo dejo pasar. Por primera vez en mi vida estoy enfadada y molesta porque el cantautor no luchase con la misma ferocidad con la que yo lo habría hecho.

Podría esperar a que estuviese preparado si se me ocurriera un solo motivo por el que yo me hubiese marchado de su lado y hubiese estado meses sin dar señales de vida. Pero no. Por más vueltas que le doy, no puedo llegar a una conclusión que lo justifique.

Tal vez habría sido más fácil que me hubiera dicho que se rayó, que se agobió, que se le fue la cabeza después del accidente por estar tanto tiempo encerrado en una habitación solo... ¿Pero que me sigue queriendo? ¿Que nunca ha dejado de hacerlo? ¿Que estaba lejos sufriendo como un jabato? No tiene sentido...

Niego con la cabeza. Saco el folio que me ha dado en la cena, el móvil y me pongo los cascos. Entro en Google y, como una detective, introduzco la página web y la contraseña que me autoriza a ver el contenido de esa nube de información. Hay varias carpetas. Una con las canciones, otra con las letras y otra con las fotografías para la imagen de la portada del disco. Accedo a la última en primer lugar. Hay decenas de imágenes. Víctor en primeros planos, en medios y en largos. Voy pasando. En cada una sale con un estilo diferente. Y todos ellos comparten la misma majestuosidad. No es mérito del fotógrafo, sino del cantautor, que es un modelo impresionante. Desgarbado con unos vaqueros deshilachados, provocador con una camiseta fina que deja ver su cuerpo tatuado, o elegante con un traje de chaqueta y corbata.

Algunas me hacen reír, sobre todo en las que sale posando. Se nota que no está cómodo, fuera de su zona de confort, y sale forzado, antinatural, sin su sello de autenticidad, ese con el que creará su propia marca. Sus sonrisas, sus miradas, su labio inferior atrapado por los dientes son los mismos y a la vez parecen diferentes. Entonces llego al último tramo y tengo que contener la respiración. Ahí está. Él, elevado a su máxima potencia. Él, pillado desprevenido entre toma y toma con la guitarra colgada, riendo de verdad de alguna broma que le habrán hecho o de su propia vergüenza por la sesión, concentrado tocando, colocándose el gorrito antes de marcharse, caminando con esa fuerza que me hace creer que deja su marca en el asfalto, observando el infinito con esa mirada profunda que te hace desear que un día se pose en ti. Auténtico. Único. Original. Perfecto. La prueba de que una cámara fotográfica se puede enamorar de una persona y transmitirlo al resto del mundo.

Salgo de esa carpeta y me meto en la que están las canciones. No tienen título, simplemente pone «Pista 1», «Pista 2», y así hasta doce temas. Le doy al *play* en la primera. Es en inglés y no entiendo ni papa, por mucho que últimamente me guste hacerme la bilingüe y en mi currículo figure que tengo un nivel medio-alto. Sin embargo, la música es un lenguaje universal y allí está su sello. Esas notas son de mi cantautor, no hay duda. Nadie puede mezclar la rebeldía con la dulzura de una manera más eficaz; nadie puede hacer que la música deje de ser solo eso y se traduzca en sentimientos, sensaciones, vida.

Lo que comienza siendo una melodía relajada sin más se va transformando en algo melancólico, intenso, impresionante, que te pone la piel de gallina durante el estribillo y hace que contengas la respiración en la desgarradora última frase, antes del apoteósico final. Va de menos a más, te envuelve, te captura, se te instala en el pecho y consigue que inexpertos como yo diferenciemos lo que es una simple canción del ARTE con mayúsculas, de ese capaz de consumir hasta que no quede nada más de ti que las cenizas.

Me encanta. Bueno, eso sería quedarse corta. Me parece la melodía más jodidamente bonita de la historia. Es sentir, es emocionarse, es vivir a través de unas míseras notas en un pentagrama.

Busco la letra traducida en la carpeta. Quiero saber qué decía Víctor para ver si es igual de buena o pierde calidad. No es la primera vez que un tema pasa de ser de mis favoritos a aborrecerlo al conocer su significado. Al principio no leo nada extraño. Habla de un chico al que le cambia la vida conocer a una chica positiva e inocente que, con su sonrisa, le hace ser quien es y se convierte en lo más perfecto de su imperfección, blablablá...

Entonces llega el estribillo y mi percepción del tema cambia. No solo porque la chica se llama Aura y la invita a coro a que eche a volar porque tiene el mundo entero a sus pies, sino porque la última estrofa dice, literalmente, «no lo olvides, tú y yo, para siempre». La letra cobra sentido y, por primera vez, sé que está hecha a mi medida; no que yo la pueda adaptar a mi vida como hacía de adolescente, sino que es para mí.

Continúo escuchando las demás canciones con el estómago encogido, comprendiendo a la perfección por qué me ha dicho que quería que las oyese en soledad. Es una declaración de amor. «Su» declaración de amor. Esa que no es con palabras porque los discursos nunca se le han dado bien, sino con su voz, con su arte, con el corazón, la cabeza, las entrañas y el alma metidos en ella. Ha puesto el engranaje de todo lo que le conforma como ser humano a mis pies, haciéndome un regalo que me deja conmocionada. No es una canción lo que me está dando, sino a él mismo, su presente, su futuro, su vida en esta tierra y su espíritu, si es que existe algo más. Cantar, componer, sacar un disco es el sueño de su vida, y me lo ha dedicado íntegramente a mí. Intento calmarme, regular la respiración, que me dejen de temblar las manos y controlar el corazón, que no sé si está a punto de explotar, pero el último tema es más de lo que puedo soportar y eso que la canción ya la he escuchado antes. Es la misma, esa en la que directamente me llama por mi nombre, para que vuele, para que cumpla mis sueños, para que sea feliz, para que me vea igual de especial a como él me ve a través de sus ojos. Pero a diferencia de la anterior, en la que le acompañaba una banda instrumental y era en inglés, esta es en castellano y está cantada a capela, con la única intromisión de su guitarra, que pone la melodía a su ronca voz.

Yo no estuve en el proceso de grabación. Es imposible que sepa cómo se encontraba él mientras estaba cantando. Y, sin embargo, lo hago sin temor a equivocarme porque es la más auténtica de todo el disco, la más real. En algunos puntos incluso te emocionas al percatarte de que el propio cantante lo está haciendo, tragando con fuerza, aguantando las lágrimas, con la voz débil pero potente, con una forma de pronunciar cada frase que más que una canción sientes que está diciendo las últimas palabras antes de morir y que estas son las más importantes de su vida, las que quiere que recuerde todo el mundo de su paso por la tierra.

No lo pienso. Actúo. Me levanto y, con la canción sonando en bucle, comienzo a mal andar —porque hace tiempo que debido a los tacones ya no siento los pies y creo que me han salido dos buenas ampollas— por Gran Vía hasta llegar a la plaza de España, subo la calle y llego a su portal. Justo cuando me dispongo a quemar el telefonillo, una señora llega con cara de haberse tomado unos vinitos de más y me deja entrar. Soy inocente. Lo que no sabe es que albergo a una bipolar en mi interior. Estoy experimentando uno de esos momentos en los que la misma situación te hace muy feliz y desgraciada a la vez, llorando y riendo histéricamente como si estuvieras desequilibrada.

No tengo paciencia para esperar al ascensor y subo hasta el piso por la escalera. No llamo al timbre. Lo dejo pulsado de manera insistente hasta que escucho un «Joder, que ya voy». Víctor abre la puerta con cara de pocos amigos. Lleva el pelo alborotado y le cuesta abrir los ojos. Va descalzo, vestido solo con el pantalón del pijama gris caído, que deja a la vista la cintura de su calzoncillo oscuro. Estaba durmiendo plácidamente mientras yo me rayaba hasta la locura. Al distinguirme, relaja los hombros y el pecho. No quiero mirar esta última parte, aunque veo de pasada su torso tatuado. Me observa sin comprender, expectante.

—Te lo has currado, ¿eh? El maldito piso, la canción... ¡Lo tenías todo planificado! —me enciendo y él se queda perplejo.

—¿Eso es malo, Aura? ¿Demostrarte que te quiero? —Se frota los ojos, supongo que para comprobar que está despierto y no sufriendo una pesadilla en la que la chica que acaba de descubrir algo por lo que otras le regalarían su corazón en ofrenda sagrada está aquí como un toro bravo.

—Sí, joder, muchísimo. —«Porque eres capaz de regalarme los detalles más bonitos por la espalda y no decirme lo que necesito a la cara», pienso—. ¡La letra de la canción! ¿Crees que puedo ser tu amiga cuando no voy a olvidarme de ese estribillo en la vida?

—Es que siempre he estado pensando en ti...

—Eres un idiota.

—Sí, un idiota enam...

No le dejo continuar. Me lanzo a sus brazos y cierro la puerta de una patada. Y lo beso con desesperación, angustia, fuerza, potencia, sintiendo cómo nuestros dientes chocan en cada contacto. Su lengua invade mi boca y le empotro contra la pared al notar que su sabor me lleva al nirvana. Reacciona rápido y me coge, y yo envuelvo su cintura con mis piernas. Cambiamos las posiciones y me ayuda a apoyarme en la pared con cuidado.

—¿Es esto lo que quieres? —me pregunta entre jadeos. Le cuesta detenerse. Lo hace por mí, porque no quiere que me arrepienta—. Habías dicho que solo éramos amigos. ¿O es que te lo has pensado mejor?

—No. Somos amigos, amigos que se acuestan por los tiempos pasados.

—No sé si estoy de acuerdo en eso. —Su pecho sube y baja.

Le respondo estampando un beso de manera brutal e intensa. Intenta hablar y repito el gesto. Noto como su erección se me clava en el estómago y la acaricio. No se puede resistir. No puede pensar. No puede evitar comenzar a subir la escalera apretando con una mano mi trasero y con la otra paseando por mi espalda. Me quito los tacones con los pies y los tiro, provocando que reboten en los escalones.

Se detiene en un peldaño y dejamos de besarnos para que me arranque el vestido y lo deje caer al suelo. Creo que con las prisas me he cargado la cremallera, pero es que necesito que mi piel toque la suya como si me ardiera, me quemase haciéndome daño, y él fuera el único capaz de paliar el dolor. Mira mis pechos, que sobresalen por encima del sujetador, y creo que le oigo gruñir. Subimos manteniendo una guerra de lenguas y me deja sobre la cama, con sus sábanas revueltas debajo.

Le contemplo y tengo que apretar las piernas. Estoy húmeda. Más de lo que recuerdo haberlo estado nunca. Lo necesito dentro. Ya. Me siento en el borde de la cama y le bajo los pantalones y los calzoncillos de una vez, con urgencia, con ganas de hacerlo todo muy rápido. Su pene erecto me saluda y me lo meto en la boca para succionarlo, aprieto los labios alrededor del glande y subo y bajo sin dejar de mirarle a los ojos. Lamiendo sin cesar, con ganas, comprobando cómo su nivel de excitación aumenta al mismo ritmo que el mío.

—Dios... Cómo he echado de menos tu boca, tus labios, tu lengua... a ti. —Noto su sabor y me recorre un escalofrío de placer. Víctor se queda en estado de trance y, por un momento, creo que se va a ir.

Sin embargo, se aparta. Tira de mi mano y me obliga a ponerme en pie, vestida con la ropa interior delante de él. Me observa con devoción de arriba abajo y me roza con amor, con cariño, con complicidad. Acerca sus labios a mi abdomen depositando besos, huellas húmedas, por toda la piel que encuentra de camino en su ruta ascendente hacia mi pecho. Sus pestañas y su pelo alborotado me hacen cosquillas; su lengua me produce escalofríos, como si tuviera un rayo en la punta con el que me electrocutase cada vez que me roza.

—Joder, es más espectacular de lo que recordaba...

Se pone de pie y se sitúa detrás para quitarme el sujetador despacio, soltando mis pechos, que cubre con su mano. Los acaricia y me pega a su lado. Le ayudo y me quito las braguitas, que caen por mis piernas hasta quedar en el suelo. De nuevo me mira y sonríe con tanta felicidad que creo que no está comprendiendo el concepto. Estamos allí para mantener una sesión de sexo. Punto. O eso me quiero decir.

Me deja sobre la cama y, acariciándome el pecho con una mano, comienza el camino descendente desde el ombligo hasta acabar lamiéndome el clítoris. Veo el cielo. Lo hago. Lo juro. Y más cuando me introduce un dedo y lo mueve con un ritmo constante que me hace gemir, morder las sábanas, retorcerme, gritar.

—Por favor, te quiero dentro...

—No sé si aguantaré mucho.

—Lo que sea.

—¿Todavía tomas...?

—Sí, no quiero *baby*.

Se muerde el labio.

—¿Y lo has hecho con otros sin protección? —Entiendo su pregunta, es normal que quiera saberlo por el tema de las enfermedades sexuales, pero me ofende siquiera que lo plantee. Solo con él he dado este paso. Lo he podido hacer también con Yon. Sin embargo, me he negado. Era la manera de mantener algo que fuera solo nuestro. Una intimidad de los dos.

—No. Solo contigo. —«Porque eres la única persona a la que necesitaba sentir al cien por cien hasta el límite de que me molestaba ese fino plástico», pienso.

No lo puede evitar y sonríe mordiéndose el labio. Me reincorporo y le beso para liberarlo. Lo abrazo y doy media vuelta hasta que él queda debajo. Coloco su erección entre mis labios y empujo. Lo que siento es difícil de describir. Cuando su pene se me clava en lo más hondo, pongo los ojos en blanco; creo que acabo de conocer una nueva dimensión. Cierro los ojos, moviendo las caderas arriba y abajo con un ritmo frenético, desesperado, loco, pasional. Víctor me agarra de la cintura y ejerce fuerza hacia él para empujar con más potencia. Nos compenetramos a la perfección, de una manera que me hace pensar que voy a correrme en menos de cinco segundos.

La habitación huele a sexo, a sudor, a nosotros. Y todo mezclado. Eso es narcótico, embriagador, como una droga que se esnifa por el aire y te hace desear más y más.

—No quiero que esto termine nunca... —gime mientras atrapa uno de mis pechos agitados, se levanta y succiona el pezón erecto—. Quiero hacértelo a todas horas hasta que me muera.

Noto que ambos estamos a punto de irnos. Entonces, Víctor se gira sin salir de mí, rodando hasta quedar encima.

—Mírame, por favor.

Lo hago y me quedo hipnotizada por esa cara que, aunque conozca de memoria, todavía logra maravillarme. Clava sus ojos en mí con la misma profundidad que sus embestidas, con una parte de su anatomía pululando libremente en mi sexo, haciéndome ver las estrellas, y la otra en el corazón.

Mueve la cadera y empuja. Contenemos la respiración. Se apoya con una mano en el cabecero y con la otra roza mi cara.

—Estaría así toda mi vida y no me cansaría, ¿lo sabes?

Noto como voy llegando al orgasmo y no sé si es su cuerpo o sus palabras las que lo están consiguiendo. Y sé que él se está conteniendo, esperando algo. Levanto la mano y le acaricio la mejilla, los labios, y desciendo, sin apartar mis ojos de los suyos, hasta llegar al corazón. Víctor hace lo mismo. Nos movemos a la vez, él con una penetración certera y yo levantando las caderas para que entre con toda su potencia, y nos vamos de una manera brutal, desoladora, como si hubiera estallado una bomba y no quedase nada. Creo que incluso veo estrellitas a mi alrededor, o es que estoy a punto de desmayarme. Víctor se mueve dentro de mí en las últimas embestidas mientras se corre. Noto su calor y su miembro palpitar.

El cantautor cae rendido y apoya su frente en la mía. Nos besamos. Sabe a sal, a sudor, a Víctor, a mí, a la ilusión de un nosotros. Se echa a un lado para no aplastarme y me abraza contra su pecho. No me quiero marchar. Quiero quedarme allí. En mi hogar, ese que yo elegí, él compró y ahora es testigo de una unión que es mucho más que física.

Entonces veo un detalle que me recuerda por qué estaba enfadada. Sobre el corazón, está el primer tatuaje que puedo entender sin buscar en un diccionario: «Para siempre». Se lo hizo. Se marchó, me dejó, y se dedicó a llenar su piel de promesas que no cumplía en persona. Me enfurece.

Canciones, tatuajes, declaraciones de amor y la casa... Y se le olvida lo más importante: yo.

—Quédate a dormir —ronronea—. Se nos daba bien... —Se gira en la almohada feliz y, al verme, su rostro cambia. Sabe que ha pasado algo.

—Si recuerdas esto, también deberías recordar que te fuiste y que todavía no me has dado una explicación. La memoria selectiva no vale. No es justa.

Me levanto y busco mi ropa interior, nerviosa. Encuentro las bragas debajo de la cama y el sujetador sobre la silla. El vestido, creo, lo localizaré por la escalera, y los zapatos, en la planta inferior.

—Aura...

Se levanta hasta colocarse a mi lado, desnudo en todo su esplendor, sin saber el efecto que ejerce en mí, y más ahora que no puedo evitar mirar su pectoral marcado y lo que hay sobre él.

—No vuelvas a hacerme eso, Víctor.

—¿El qué?

—El amor.

Eso es lo que estaba esperando, por lo que se aguantaba para correrse: quería que le entregase mi alma y no solo mi cuerpo, y, cuando he levantado mi mano para tocarle la mejilla, ha comprobado que ya los tenía a los dos. Ya podíamos explotar en un millón de sensaciones.

—No tienes derecho. No somos nada. Ahora, como mucho, podemos follar. —Yo nunca digo esa palabra. Y lo hago para menospreciar lo que acabamos de practicar, para que él piense que no significa nada, solo un instinto animal—. Ya te lo he dicho.

—Te confundes, Aura. Hacer el amor no es hacerlo fuerte o débil, con una postura u otra... Es un sentimiento. Y yo no sé estar contigo de otra manera. —Me coloca los mechones de pelo detrás de las orejas, pero yo me aparto. Si lo tengo tan cerca, se me nubla el juicio. Pone una mueca de dolor—. Aunque te estuviera echando un polvo brutal, sucio, guarro, censurable, en el que nos corriéramos cagándonos en Dios, nada cambiaría. Te seguiría amando con todo mi ser. Eso es lo único que importa y, por más que lo he intentado, no lo puedo controlar. Que te quede claro que no vamos a follar según tu concepto *nunca*. Ni ahora, ni el mes que viene, ni dentro de diez años. Así que si deseas volver a hacer esto, si quieres que lleguemos juntos al orgasmo, tienes que tener claro que voy a hacerte el amor hasta que me duela.

Capítulo 28

Explosión

—¡Por los embarazos! —grita Sara levantando su cerveza para que nos unamos a su brindis.

—¿Quieres bajar la voz? —Mi hermano, que para ocultarse y pasar desapercibido lleva una gorra negra y unas gafas de sol tan grandes que parece la hormiga atómica, resbala por la silla hasta hacerse pequeñito—. ¿Es que no puedes dejar de llamar la atención?

—¿Te crees que no te han distinguido ya?

La morena lo mira molesta frunciendo el ceño. Yo, que la conozco, sé que bastante se está conteniendo para no empezar a bailar como una loca el tema de Manuel Turizo, *hit* del verano, *La Bachata*. Aunque ya tendrá tiempo de sobra en las fiestas de mi pueblo, adonde irá este verano, ya que las orquestas la tocarán como mínimo una vez por noche, más los millones de veces que sonará en el maletero del coche de alguno de mis amigos mientras hacemos botellón.

—¡Todo el mundo te conoce! Te han hecho fotos, vídeos y creo que incluso la de la tercera mesa se ha quitado las bragas para apuntar su número y dártelo de extranjis en cuanto me despiste...

—¿Y no te importa?

—No. Tiene una cara de acelga que solo puede significar que está con la regla, y sé el pánico que le tienes a la sangre... —Nos mira a Vilma y a mí—. El otro día se mordió demasiado un padrastro de la uña, y cuando yo llegué para socorrerle, ya estaba a punto de desmayarse.

Mi hermano esconde la mano, pero Sara se la coge y nos deja ver la tirita de Bob Esponja que lleva en el dedo corazón, que levanta antes de mandarnos a la mierda.

—Quién me mandaría a mí engancharme con una amiga de mi hermana. Chifladas que no se toman su medicación...

Sara le ignora y vuelve a levantar la cerveza.

—¡Por los embarazos!

—Cuando la prensa piense que vamos a ser papás y te atosigue o suba fotos en las que deduzcan que se te ven los primeros indicios de una barriguita, le vas con el drama a otro...

—Tranquilo, por ahora no he empezado a pincharte los condones. Ya lo haré cuando termine la universidad y no encuentre trabajo...

—Antes soborno a alguien para que te contrate... —rumia mientras levanta su bebida.

—Eres un amor.

—Algún empleo agotador que te deje sin fuerzas para hablar cuando llegues a casa por la noche...

—Entonces tampoco tendré energías para otras cosas...

—Me haré muchas pajas.

—Te acabarías aburriendo Y lo sabes. —Le señala como en los memes de Julio Iglesias.

—¡Y lo sencilla que sería la vida si no tuviera huevos! Al final me capo.

Estamos de celebración. Tranquilidad. Ni yo, ni Vilma, ni Sara estamos preñadas, gracias a Dios, porque la que sí que está hinchada como una granada a punto de estallar y expulsar al mundo un par de criaturas es Nati, una de mis compañeras de la agencia de noticias. Creo que el hecho de compartir mesa con ella durante esta última semana me ha llevado a plantearme la maternidad de una manera un tanto distinta. Ya no veo bebés que huelen a Nenuco, con manos enanitas y piel suave. No. Ahora las ideas que asocio a esa palabra son tobillos hinchados, un calor mortal, sofocos, vómitos y, por si fuera poco, un arsenal de familiares que dan consejos contradictorios sobre cómo criar a los bebés.

Lo sé por ella, que conste. Nati solo tiene tres tipos de conversaciones. A veces creo que son diferentes personalidades, como si fuera una marioneta. Por un lado, se convierte en una madre adorable de anuncio y habla de las cosas que ha comprado, sobre todo ropa, ya que sus futuras hijas tienen más pantalones y camisetas para tres meses que yo en tres años. Luego llegan las quejas, la mayoría más que justificadas, sobre todas las putadas hormonales, físicas y psicológicas que sufren las mujeres hasta expulsar a esas niñas que —ojo al dato— pueden transformarse en unas *ninis* en dieciocho años que te digan «Mamá, paso de ti». Sin embargo, lo que más le gusta es criticar a su marido, encabronada porque no pueden compartir las molestias del embarazo y los dolores de parto, aunque, si cumple su palabra, la tortura le llegará una vez que nazcan las criaturas.

—¡Y una mierda que no se va a levantar conmigo! —dijo hace unos días en la oficina en una conversación durante el café en la que mi jefa directa, madre de tres niños, cometió el error de intervenir.

—¿No les ibas a dar el pecho?

—Sí.

—¿Entonces para qué lo vas a molestar si tú te tienes que despertar de todos modos?

—Porque quiero que experimente un poco el sufrimiento para que se lo piense dos veces antes de pedirme el niño.

Y así todo el día.

¿Qué tiene que ver esto conmigo, aparte de que soy una experta en pañales, chupetes, cambiadores, cunas y sillitas para el coche? ¡Mucho! ¡Muchísimo! Me explico. Comencé el lunes con mala leche. Tenía sueño y estaba muy cansada emocionalmente. Eso me llevó a entrar en la oficina con cara de malas pulgas, pero el señor Karma estaba sentado en mi silla y por primera vez me dio buenas noticias. Quien dice Karma, dice mi jefe, que me avisó de que todos los becarios teníamos que bajar a la sala de reuniones.

Lo hice cagada, ¿podían despedirnos? ¿Se habrían cansado de que trabajásemos casi gratis e iban a proponernos que lo hiciésemos gratis del todo o, en el peor de los casos, que les pagásemos nosotros con la excusa de que estábamos aprendiendo mucho y engrosando el currículo? Por fortuna, no era ninguna de esas opciones. Todo lo contrario. Nati, que había aguantado hasta el último segundo trabajando —para reprimir las ganas de asesinar a su marido cada vez que lo veía dormir boca abajo, su postura favorita, y que ahora, en su estado, ella no puede practicar—, había pedido la baja por maternidad.

Decidieron sacar la plaza a concurso para nosotros en lugar de subirla a un portal de esos en los que, aunque especifiques que necesitas licenciados en Periodismo con cinco años de experiencia, te mandan a miles de candidatos, que, en su gran mayoría, las únicas noticias que han visto son las deportivas o los programas del corazón. (Ojo, que yo también lo he hecho. Cuando el año anterior quería conseguir un dinero extra para ir a ver a Víctor a Londres, envié el currículo incluso para un trabajo en el que necesitaban un licenciado en Aeronáutica. No me llamaron, pero ojalá lo hubieran hecho solo para ver cómo salía del paso.)

Me extrañó que no se decantasen por la práctica más utilizada en España —la comúnmente denominada «enchufe máximo»—, pero si a mí me beneficiaba, no era quién para ponerlo en duda. La cuestión era que el viernes, o sea, hoy, nos harían una prueba a todos para su puesto. Éramos diez y nos miramos los unos a los otros con cara de «Espero que te rompas un dedo y no puedas escribir para que lo consiga yo».

Nati es la redactora de Internacional, lo que se ha traducido en que me he pasado toda la semana estudiando sin parar acerca de países que no sabía ni que existían, su historia política más reciente, conflictos y altos cargos, algunos de estos con nombres tan impronunciables que he tenido que recurrir a la noble táctica de los diez años, cuando te enseñaban los verbos en inglés y te obligaban a copiarlos decenas de veces hasta que los memorizabas por agujetas en las manos.

Vilma, que se lo ha tomado tan en serio que parecía mi entrenadora al más puro estilo Rocky Balboa, me ha hecho un test de actualidad cada noche, y ayer, cuando me preguntó la capital de Tuvalu y, en lugar de decir «¿Qué broma es esta?», le contesté Funafuti, tuve una señal. El puesto era mío. Y así ha sido. Tras unas preguntas escritas, quince folios, *na*..., y la entrevista oral, mi jefa me ha llamado para darme la noticia. ¿Que cómo he reaccionado? Muy profesional... ¡Mentira! He llamado a mi madre, he llorado, he abrazado como una posesa a Javier, el profesor que me ayudó a entrar, y no le he dado un morreo al director general porque me he percatado de que ya había llamado la atención para un par de años.

Las reacciones de la gente no se han hecho esperar. Ha habido de todo. Desde el típico «me gusta» en Instagram y soy tan rancio que no te pongo ni un comentario de enhorabuena, hasta el compañero de Periodismo falsote, al que la envidia le está carcomiendo en la tumbona de la playa, y pone un «Felicidades. ¡Qué suerte! Ya se sabe, en esta vida lo importante es estar en el lugar y en el momento adecuados».

Esos comentarios me escuecen, aunque en parte sean ciertos. Es decir, claro que la vida muchas veces es azar y hay gente que lucha, esforzándose hasta límites insospechados, y no lo consigue. Amigas de mi hermano con carreras, másteres, cursos y millones de cosas más, que por lo menos deberían estar presidiendo una multinacional, se encuentran peleando por un puesto de mierda, mal pagado y de un par de meses. Chicas y chicos que con treinta años no se van de casa de papá y mamá porque tienen un sueldo tan bajo que no les da ni para pagarse una habitación en un estudio compartido en el barrio más mierdoso de la ciudad. Soy consciente, y me da pena y rabia en proporciones iguales.

Sin embargo, de la misma manera que conozco las injusticias y me repatean, también sé otra cosa, y es que, si buscas, hay más posibilidades de que encuentres la suerte. Me explico. Yo pude haber elegido hacer unos trabajos de mierda en la universidad a última hora, como he hecho toda la vida, en lugar de pasarme noches sin dormir, tardes recopilando información y fines de semana entrevistando a gente para destacar, pero el profesor no me habría propuesto para la beca. Una vez dentro de la oficina, podría haberme dedicado, como algunos periodistas, a hacer lo justo y necesario para que no me pusieran la cara colorada, y ver vídeos en YouTube, TikTok, Instagram y todo un amplio abanico de distracciones al terminar lo que mi jefa me hubiera mandado en lugar de, como he hecho, ofrecerme siempre para liberar de las tareas a otros compañeros, aunque eso supusiera salir más tarde que los demás, hacer unas horas extra que no veía remuneradas. Y esta semana podría haber intentado solucionar las cosas con Víctor o haber hablado con Yon, pero, por una vez en la vida, he sido responsable y me he centrado en objetivos futuros a largo plazo estudiando sobre países que yo creo que ni en el Ministerio de Asuntos Exteriores conocen.

Así que suerte, sí. Estar en el sitio adecuado y en el momento oportuno, también. Esforzarme como no lo había hecho en la vida, por supuesto.

Estoy orgullosa de mí.

—¡Por nuestra corresponsal de guerra! —insiste Sara.

—¡No soy corresponsal de guerra!

—¡Pero acompañarás al ministro a sus viajes a otros países en plan Siria y el Líbano! —Sara se muerde el labio. Va un poco pedo—. Ay, Dios, a lo mejor no lo deberíamos celebrar. —Le da un codazo a mi hermano, que se está cogiendo el último pincho de tortilla, el de la vergüenza—. ¿Es que no te preocupas por tu hermana?

—*Nop*. Así solo tendré que padecer a una de vosotras dos. Salgo ganando —contesta.

—Tranquila, no vamos siempre. Solo cuando van a firmar algún acuerdo al que le conviene dar más bombo. Para el resto están los enviados especiales. —Le quito el pincho a mi hermano y me lo como de un bocado ante su atenta mirada, como cuando éramos críos; solo espero que no me dé una patada en la espinilla, como hacía entonces, que me dejaba un par de días cojeando—. Nati me ha dicho que nada de ese exotismo que imaginamos el resto de los mortales, que lo único que se ve del país son los autobuses, el hotel donde uno se queda y el centro donde el ministro firma el acuerdo... Ni un poquito de turismo, me temo.

—¿Y las vacunas? —pregunta mi hermano, que sabe el pánico que le tengo a esos tubos enormes. De hecho, cuando era pequeña solía huir al más puro estilo *Novia a la fuga* en las revisiones del médico, mientras preparaban la aguja. Una vez lo tuve que hacer tan rápido que no me di cuenta hasta pasadas varias horas de que lo había hecho con el culo al aire, porque cuando había visto la oportunidad para largarme tenía los pantalones bajados.

—Les pediré que me aten con cuerdas para pincharme, y asunto solucionado. —Miro el reloj—. Creo que me tengo que ir. Os dejo el dinero de mis tres Coca-Colas, ¿cuánto es? —Saco la cartera.

—Creo que puedo permitírmelo. —Me libera de pagar Christian. «Claro que puedes, cabrón, pero nunca lo haces», pienso, pero sonrío y la guardo de nuevo en el bolso.

Me despido y me marcho. No es que no me guste La Latina ni tomar cervecitas fresquitas en verano. Nada de eso. El motivo es muy diferente. He quedado con Yon para hablar. Bueno, eso es un eufemismo, para dejarle más bien. Lo habría hecho el mismo lunes, y lo que pasó fue que justo surgió la vacante y quise concentrar todos mis esfuerzos en conseguir el puesto. Puede que sea egoísta, pero es la única oportunidad real que se me ha presentado de tener un contrato de verdad, aunque sea unos meses, cobrar un sueldo normal y... ¡cotizar! Puede, solo puede, que algún día llegue a cumplir los mil años que piden, y que cada vez están aumentando más y más, y cobrar la pensión para no tener que trabajar con setenta años en lugar de irme de viaje a Benidorm con el Imserso.

Llego al Lágrimas de Sal, el primer pub al que fui en Madrid, el lugar en el que mis ojos se encontraron con Víctor y ello cambió mi mundo irremediablemente. He elegido este sitio a conciencia. Con el buen tiempo, el calor y la oferta de terrazas que hay en la capital —más o menos una por metro cuadrado y edificio—, habrá poca gente, tendremos intimidad.

Como una rata de alcantarilla cobarde, he barajado diferentes opciones: dejarle por WhatsApp con un bonito y emotivo mensaje, escribir todo lo que quería decir y grabar un audio, e incluso por teléfono. Pero al final me he dado cuenta de que, aunque no fuera lo más sencillo para mí, lo justo era hacerlo a la cara. Es lo mínimo que se merece.

Tampoco es que crea que vaya a suponer un trauma en su vida. Yon está encaprichado e ilusionado, no enamorado. Lo nuestro ha distado siempre mucho de ser una historia épica; más bien ha sido, es y sería, en el caso de que hubiera futuro, de un conformismo abocado al fracaso. Sé lo que se siente cuando es amor del bueno, y dista mucho de lo que tenemos nosotros.

No obstante, y a pesar de que soy consciente de que no seré esa chica que suponga un punto de inflexión en su vida y que, como en las novelas, le suma en un estado de oscuridad por el que reniegue del género femenino en su amplio conjunto, sé que le molestará y le dolerá. Este último punto me preocupa bastante. Nunca en toda mi vida me ha gustado hacer daño a la gente. De hecho, prefiero, como buena mártir o cagada, el rol de ser la dejada y sufridora que la que rompe la relación y observa cómo la otra persona se parte en pedazos. Lo hago porque puedo gestionar mis sentimientos, pero no los de los demás, y eso me frustra. Ver a alguien llorar me parte el alma, y a veces, con tal de que cese el llanto, soy capaz de ceder. En esta ocasión es diferente: prefiero herirlo ahora a que hayamos avanzado y sea todavía más duro.

Una parte de la madurez, creo, radica en empezar a asumir lo que quieres y a luchar por ello con determinación. Dejar de ver con el prisma del presente y empezar a hacerlo con el del futuro. Aprender que a veces el beneficio de determinadas decisiones llega pasado el tiempo. Es decir, seguramente, si alguien le pregunta a Yon si quiere que yo le deje, su respuesta será clara: «No». Pero cuando conozca a una chica que se entregue en la misma proporción que él a la relación, que sea más que el resultado de la suma que forman sus dos nombres, me lo agradecerá porque sabrá que a mi lado habría vivido la vida a la mitad, teniendo a alguien que no era cien por cien suya.

Esto mismo lo aplico a mi propia experiencia. A lo largo de mi vida me han roto el corazón —o yo he creído que lo hacían, como experta en dramas que soy— decenas de veces, desde el niño del colegio que nos gustaba a todas y no se decantaba por mí hasta el adolescente pasota del que me colaba con quince años y me hacía sufrir con sus idas y venidas monumentales. Todos ellos pasaron por mi vida. Todos ellos me convirtieron en quien soy e influyeron en cómo entiendo el amor. Con todos ellos tuve una relación vacía que se sostenía en absurdas ilusiones, un deseo que provenía de las entrañas y unas ganas, puede que enfermizas, de encontrar en la realidad aquello de lo que disfrutaba en la ficción.

Han pasado los años y el niño que nos gustaba a todas en primaria ahora es mi amigo y, por más que lo miro, no comprendo cómo hubo un día en el que todos mis cuadernos tenían un dibujo con su cara en la parte superior; el problemático al que yo, ingenua, creía que podría cambiar no lo ha hecho porque constituye su naturaleza y su forma de entender las relaciones; y todos aquellos por los que lloré mientras me juraba que no habría otro después han desaparecido o siguen a mi lado, pero con otro rol. No me morí, como les decía a mis amigas entre lágrimas, tras cada decepción, sino que crecí hasta llegar a este momento en el que, después de tantas pruebas fallidas, sé lo que quiero exactamente en un hombre.

Y Víctor lo tiene todo.

Yo no quiero a nadie que no se fije en mí, cosa que me obligaría a elaborar maquiavélicos planes para destruir a la competencia, sino una persona que me vea maravillosa tal y como soy, con mis múltiples virtudes y mis defectos.

Yo no quiero enamorarme de un chico al que ya de antemano estoy pensando que tengo que cambiar porque es un capullo, un insensible o tiene problemas de conducta; yo quiero sentirme orgullosa de él, admirarlo, que me aporte algo, que a su lado sea una versión mejorada de mí misma, que me enseñe, que me descubra cosas del mundo que desconozco, alguien del que desee seguir conociendo los pequeños detalles que conforman su personalidad para que me enamore de cada uno de ellos, como una caja de bombones en la que no sabes cuál elegir porque te gustan todos.

Yo no quiero un hombre posesivo, desconfiado, celoso, sino un confidente, un amigo, una persona que, si tiene que controlar algo, esto sea mi felicidad cada día, y que, si me ve triste, se esfuerce por que mi estado de ánimo mejore o me abrace en silencio.

Yo no quiero tener que cambiar, ser otra, fingir, vestir diferente y engañarlo con una personalidad que no sea la mía para convertirme en la persona que desea y yo no soy. No, todo lo contrario. Quiero hablar con libertad y ver que le interesa lo que digo, quiero contarle mis problemas y que intente darles una solución, quiero que se ría y me haga reír, quiero que cuando llore me limpie las lágrimas y no sea el que las provoque, quiero que disfrute de mis triunfos porque los sienta suyos, quiero que me vea bonita aunque pasen los años y que, cada vez que me aparezca una arruga nueva, me haga el amor hasta que adore envejecer; quiero desear crecer, quemar etapas, y tener un compañero que haga que sienta cada una de ellas especial y que cuando diga «Estoy en la mejor edad», tenga treinta o sesenta, no suene falso, siempre sea verdad.

Yo quiero ser simplemente Aura y que, como dice la canción de Víctor, él sea las alas que a mí me permitan volar, y yo las suyas.

Y lo siento por Yon, pero no me conformo con menos, y él tampoco debería hacerlo. Esta vida es demasiado corta como para no intentar exprimirla al máximo y sacarle todo su jugo. Los arrepentimientos del futuro suelen ser el resultado de las malas decisiones del pasado.

Entro en el local y lo busco. Por lo general, suele ser muy puntual, por lo que imagino que estará sentado en cualquier mesa, esperándome con una sonrisa triunfal para felicitarme por mi nuevo puesto de trabajo, sonrisa que le voy a arrebatar en cuanto me siente. Sin embargo, lo que me encuentro es un poco diferente... ¿Qué hace él aquí?

Víctor está sentado con un par de amigos, apoyado de manera despreocupada contra la pared. Lleva una camiseta de tirantes ancha que deja ver sus tatuajes, y el pelo, recogido para atrás con una cinta, hace que sus puntas rebeldes enmarquen su cara. No sé qué estará contando el chico de la derecha, pero debe de ser la mejor anécdota de la historia, ya que el cantautor ríe a carcajada limpia, y verlo me hace sonreír como una boba. Noto que mi corazón bombea y el estómago se contrae en un sentimiento muy profundo que ahora ya he identificado.

¿Conocéis esa sensación de que solo necesitas que otra persona esté feliz para serlo tú también? Yo no la distinguía hasta que él llegó a mi vida y me enseñó muchas cosas, entre ellas, a amar de esa manera tan profunda que hace que midas tus días en besos y que no sueñes con relaciones épicas e inolvidables en las que los dos sufrís como desgraciados hasta el final, sino en llegar a casa y que te dé un abrazo de bienvenida cada día un poquito más fuerte. Entonces, solo entonces, dejas de desear a un héroe de novela, un malote de serie de televisión o lo que sea que tuvieras preconcebido, sino que lo que quieres es hablar con él hasta que se te seque la lengua, dormir apoyada en su pecho y sentirlo tan dentro mientras hacéis el amor que creas que es posible que esté rozando de verdad tu corazón.

Víctor es solo un cantautor de veinte años que un día se cruzó en mi camino, pero es mucho más. Víctor es sentimiento con nombre propio... Víctor es esa persona que me ha llevado a creer que debe de haber algo más allá de la muerte porque toda una existencia humana no es suficiente para demostrarle todo lo que le quiero. Víctor es vida. Es mi vida.

Esta semana he sabido de él. Vino a buscarme con un ramo de margaritas a la puerta del trabajo. Casi me lo como al verlo como un niño bueno, con los mismos nervios que si estuviera esperando a que el presidente del Gobierno anunciase si el meteorito que viene hacia la Tierra va a terminar con la raza humana. Por mi parte, me sentía más calmada, menos alterada de lo que últimamente lo estaba con él, gestionando los sentimientos encontrados.

Muy a mi pesar, le tuve que explicar lo del puesto y que necesitaba estudiar para la prueba de redactora en la agencia. ¿Cómo se lo tomó? Dándome directamente la enhorabuena por la posibilidad de conseguir el trabajo, con más confianza en mí misma de la que yo tenía. Nos despedimos con un abrazo y la promesa de que teníamos una conversación pendiente en la que, por cómo nos mirábamos, hablando a través del silencio, los dos íbamos a poner de nuestra parte para que terminase con un «Y vivieron felices y comieron perdices» o, lo que es lo mismo para nosotros, en nuestro lenguaje mágico, «para siempre».

Aunque me prometió que no me molestaría para no despistarme, lo ha hecho con envíos diarios a mi casa. No, no han sido bombones, tarjetas ñoñas, un llavero de un corazón para que yo me quedase una mitad y él otra o una esclava grabada con nuestros nombres y una fecha. Sus paquetes eran algo diferentes, más bien apuntes fotoco- piados de los principales acontecimientos periodísticos, libros sobre cómo escribir de política exterior, y todo un intercambio de correos que me emocionaron más que si hubiera sido un viaje a Punta Cana con todos los gastos pagados.

Además, había anotaciones suyas. Algunas para que me riera, como «Si cubres algo en la India, no se te ocurra comer con la mano izquierda, que es la que usan para los asuntos de higiene como, por ejemplo, limpiarse el culo. Avisada estás de que quedarás como una cerda suprema», y otras referidas a los conflictos bélicos: «Chaleco antiba- las y casco. Como te vea salir sin alguno de los dos, o te mato yo o lo hace Amparo», y otras un poco distintas... «Hay nueve horas de diferencia, será bonito levantarme amaneciendo para hablar por Skype y ver en tu pantalla que es de noche en California».

Vale, es exagerado. Tan solo será una baja y ni de coña me llevarán a la guerra o a California —a no ser que el ministro decida darse un viajecito con el dinero de todos los españoles y, tal como está la situación, no creo que sea muy buena opción—, pero ver su ilusión y sus ganas de que yo consiga mi objetivo me ha hecho dormir abrazada a los apuntes, soñando que era su torso el que tenía al lado y las letras de los folios, sus tatuajes. Y, cada vez que he estado a punto de tirar la toalla, he abierto la primera pá- gina de cada uno de sus envíos y he leído la frase hasta que se me ha grabado: «Sí, no lo dudes, tú puedes. El puesto es tuyo».

No sé cómo, tal vez porque nota mis ojos clavados en él, tal vez porque es cierto que cada uno es una extensión del otro y logramos presentirnos, el caso es que sus ojos se clavan en los míos. Le sonrío, veo que él se va a levantar alegre y entonces siento como alguien me agarra por detrás, hace que me dé la vuelta y, antes de que pueda decir nada, me coge, inclinándome y todo, y me da un beso de película. Es Yon.

—Enhorabuena, mi niña —dice entre mis labios mientras me levanta.

Me aparto con una sonrisa de circunstancias. Pienso en qué puedo decirle de manera correcta y sin ofenderlo antes de entrar en materia, porque lo que más me apetece en esos momentos es ser directa y pronunciar un «No vuelvas a tocarme delante de Víctor, por favor», cuando me percato de que el cantautor se apresura a despedirse de sus compañeros, coge su chaqueta de cuero y se larga, pasando por mi lado sin dirigirme la palabra o mirarme siquiera, con cara de pocos amigos. Eso sí, no creo que sea accidental que me roce la mano con el dorso provocando una descarga de electricidad que me deja noqueada.

—Tengo que irme —le anuncio a Yon, que, por lo poco que me da tiempo a ver, lleva un regalo de celebración.

—¿Qué dices?

—Acabo de acordarme de una cosa y debo llamar a mi hermano... —miento porque necesito salir ya y él todavía se merece mi explicación.

—Vale, ¿te pido algo?

—Lo mismo que te pidas para ti —me apresuro a contestar para pirarme antes de que al cantautor le haya dado tiempo a marcharse muy lejos. Lo localizo cruzando el paso de peatones de la calle aledaña.

—¡Víctor! —grito, pero él sigue andando.

Corro hasta alcanzarlo y lo retengo del brazo, obligándolo a girarse. Está serio, con los labios formando una línea recta que yo nunca había observado en su rostro.

—Yo... Yo... Yo no sabía que ibas a estar aquí... Lo

siento, aunque debes recordar que tú y yo ahora mismo no somos nada —digo con la boca pequeñita porque en el fondo y en la superficie sé que, si el caso se hubiese dado a la inversa, los celos me habrían carcomido y estaría montando en cólera contra él por hacerlo y contra mí por no poner fin a esta absurda situación y permitirlo.

—Que no estemos juntos no significa que no me duela ver cómo te besas con otro. —Se zafa de mi contacto con suavidad—. Llevas razón. Eres libre de estar con quien quieras, pero yo también soy libre de marcharme y evitarme sufrimiento, Aura. No puedes hacerme el amor como la otra noche y pretender que esto no me afecte. No soy de acero. De hecho, ahora mismo estoy bastante jodido y no puedo sacarme la maldita imagen de la cabeza.

—Iba a hablar con él...

—Muy bien. Habla. Dile lo que le tengas que decir. —Me mira a los ojos y pronuncia con una intensidad que me abruma—. Pero antes de que lo hagas necesito que entiendas que yo te quiero al completo. Todo o nada de ti. No puedo conformarme con menos. No puedo conformarme con migajas cuando se trata de nosotros.

Me acerco y le cojo la cara con ambas manos para decirle lo que siento, sincerarme y besarle.

—No. Ahora mismo no me apetece. No hasta que esté seguro de que no es un beso por impulso. Hemos perdido mucho tiempo por mi culpa, lo asumo, y me gustaría recuperarlo, pero no haciendo las cosas mal. Quiero empezar a arreglar lo que he dañado, no contribuir a seguir jodiéndolo. —Se pone a andar sin rumbo.

—¡No te vayas! —grito.

Víctor se detiene y se da la vuelta para mirarme cansado.

—No puedo quedarme. Lo siento muchísimo. Tienes que tomar una decisión y no debo intervenir, porque tiene que ser *tuya*. Eso sí, aunque no salga beneficiado, hay algo que debes saber. Ya me has hecho sentir más de lo que esperaba en toda una vida, así que no te reproches nada si te ves incapaz de perdonarme, soy un puto afortunado porque un día tú me quisieras y mi condena es la seguridad de que voy a estar enamorado de ti hasta el fin de mis días, por si en algún momento cambias de opinión, sea lo que sea lo que hagas ahora.

Voy a contestarle, a correr tras él, a gritarle que yo también le quiero cuando oigo una voz a mi espalda.

—Creo que por lo menos me merezco una buena despedida, Aura.

Tiemblo. Yon lo ha escuchado todo. Me giro avergonzada y con unas ganas tremendas de ponerme a llorar, aunque esto es más por el cantautor y por esas palabras que me remueven por dentro.

—Es él, ¿verdad? —Asiento—. Contra todo pronóstico, al final volvió... —añade con amargura.

—Lo siento.

—¿Esa es la manera amable de decirme que no tengo ni una posibilidad, que no intente luchar?

—No existe batalla...

—¿Estás segura?

—Completamente. Lo siento. —Le pido disculpas porque no se me ocurre otra cosa que decirle—. Ojalá pudiera cambiar lo que siento, pero no mando en mis emocio...

—No es necesario que lo hagas. Las excusas nunca se te han dado bien, Aura. Parte de tu encanto es tu genuina y aplastante sinceridad.

—¿Te encuentras bien?

—No, aunque quizá la empresa salga reforzada de esto. Tengo la intención de centrarme en ella hasta que pueda eliminarte de mis pensamientos.

—¿Eliminarme no es un poco, no sé, drástico?

—¿Y ser amigos no sería forzar nuestra relación? Nunca lo hemos sido, mejor dejarlo aquí, cuando todavía nos podemos saludar por la calle con normalidad si nos cruzamos, que extenderlo. Nuestra amistad sería algo así como ir a la estación de autobuses con la esperanza de coger un avión, ¿no crees?

—Creo que es lo que tú piensas, y está bien y lo respeto.

Yo he tomado mi decisión y él, la suya. Asentimos en señal de aceptación.

—¿Un último abrazo?

—Iba a pedírtelo yo mismo hasta que me he dado cuenta de que será un gesto muy triste y no quiero recordarte así, prefiero tener la imagen de tu cara después de haber pisado una mierda grabada en la retina... —bromea.

—Echaré de menos estas conversaciones.

—Y yo echaré de menos todo de ti.

—Sé feliz, Yon.

—Sé feliz, Aura.

Yon se marcha sin un beso, una caricia o unas palabras que indiquen que nos veremos en el futuro. Más bien todo lo contrario. Antes de que doble la calle, ya sé que será la última vez que nos veamos, al menos de manera premeditada.

Y yo le imito y voy rumbo al lugar en el que espero encontrar a la persona que quiero contemplar nada más levantarme todos los días de mi vida.

Capítulo 29

La máquina del tiempo

—¿Hay algo que me quieras contar? —me recibe mi hermano al tiempo que monto en su coche.

Víctor no ha vuelto a casa. He estado esperando en su portal, sentada con la cabeza apoyada en las rodillas, hasta que la proporción de borrachos graciosillos que soltaban alguna que otra obscenidad y se ofrecían a hacerme compañía ha disminuido mientras que aumentaba la de aquellos que no se podían mantener en pie, con los ojos inyectados en sangre, y que daban miedito.

De hecho, uno de ellos ha sido el detonante. El señor, de unos cincuenta años y con un traje más caro que todo mi armario, se ha apoyado en la pared para expulsar cual volcán hasta la comida de la primera comunión. No obstante, eso no ha debido de ser suficiente porque, sin percatarse de que yo estaba a escasos dos centímetros, ha logrado bajarse la braqueta después de varios arduos intentos y casi me riega como a una planta con su meado.

En ese momento, me he decidido a coger el móvil y llamar a mi hermano para que viniese a por mí. No puedo andar con el dolor de pies que tengo, e ir descalza hasta mi casa me parece una locura con la que puedo coger cualquier tipo de enfermedad al cortarme con un cristal o cualquier elemento punzante tirado en la calzada. No quiero acabar la noche en el hospital.

Y, a pesar de que eran las dos de la madrugada, me ha respondido y está aquí.

—¿Sobre Yon o sobre Víctor? —le pregunto.

—Más bien sobre tu extraña afición a la mendicidad. La otra vez, en un basurero... Hoy, en un portal sobre unos cartones...

—¡No había cartones!

—Para mí, como si los hubiera. —Gira el volante y sonríe al observar a un par de chicas meando entre dos coches.

—¡No las mires! —Me solidarizo con las mujeres y nuestra capacidad de convertir en urinario portátil cualquier parte de la vía pública.

—Tranquila, solo son culos. No las voy a reconocer un día andando por la calle. Además, a los hombres tampoco nos da morbo veros en cuclillas simulando que sois las cataratas del Niágara. A no ser que te vaya el rollito...

Niego con la cabeza y me río. Paramos en un semáforo de Gran Vía. Me quito los tacones y apoyo los pies en el asiento.

—Como no quites esas pezuñas de mi carrocería antes de que termine esta frase, te obligo a bajar y te vas a tu casa en taxi...

—No llevo dinero suficiente.

—Haberlo pensado antes de quedarte hasta la madrugada esperando a tu... Lo que sea Víctor.

—Me duelen los pies.

—Pues vas de rodillas, como el marido de la tía Paqui en las procesiones del pueblo... —Le miro alzando una ceja. Todos los años, nuestra tía hace una promesa a la Virgen del pueblo o una petición y ofrece una penitencia que, eso sí, lleva a cabo su pobre señor marido—. Por no hablar de que tienes la opción de ir andando a Cibeles y cogerte un búho como la gente normal.

—Entonces te habrías pegado este viaje para nada.

—Cierto. Eso me lleva a decirte otra cosa. ¿Desde cuándo soy papá?

—¿Papá?

—Sí, creo que me debes de confundir con él cuando iba a por ti a las fiestas de los pueblos para recogerte con las amigas... Un taxista a domicilio a cualquier hora del día.

—Te he llamado porque no tengo a nadie más. La otra persona sería Sara y seguro que estaba durmiendo contigo.

—Está en mi casa, aunque más bien viciada con la Play. Creo que la he convertido en una ludópata que acabará jugándose el sueldo de becaria en el bingo...

—Entonces tampoco te preocupes, que no es mucho.

Mi hermano acelera, pero no le da tiempo a llegar al paso de peatones de la estación de metro de Moncloa antes de que el semáforo cambie del ámbar intermitente al rojo. Nos detenemos y los chicos del coche de al lado lo identifican y empiezan a moverse como monetes para captar su atención. Los ignora y se gira hacia mí.

—Ahora en serio, no puedes seguir haciendo estas tonterías...

—¿Pedirte que vengas a por mí a las tantas?

—Eso sí, si estás sola, prefiero que me llames a que hagas alguna gilipollez como autostop, aunque me joda tener que vestirme, coger el coche y salir a buscarte cuando ya estoy tirado en mi sofá con la única meta de irme a la cama...

—¡Eres un viejuno!

—Puede. Después de tantos años de desfases, he descubierto la tranquilidad y me gusta.

—¿Sara, tranquila? —Enarco una ceja. O se medica una vez que llega a su casa, o es todo lo opuesto a la nuestra.

—Ella es un bicho inquieto, pero me da estabilidad, así que se podría decir que es el efecto que ejerce en mí. —Se encoge de hombros y yo solo puedo pensar que es cierto que mi hermano ha sentado la cabeza—. Pero no es eso a lo que me refiero, sino a solucionar las cosas con Víctor, a irte con el moreno ese...

—Yon.

—... Como se llame, o a quedarte soltera, pero es hora de que madures... —¿Mi hermano diciéndome eso y llevando razón? El mundo al revés—. Que decidas pensando en ti.

—¿Y en quién lo iba a hacer si no?

—¡Yo qué sé! Siempre has sido repelentemente bondadosa, ¡si hasta de pequeña querías asumir mis castigos para que yo no llorase!

—Eso no es cierto. De pequeña te pegaba patadas voladoras.

—También. —Nos reímos al recordar las batallas en casa. En realidad, aunque decía que lo odiaba, nos lo pasábamos bien. Tener un hermano me proporcionó en mi infancia dosis de diversión extra en casa—. Lo que intento explicarte es que en esto tienes que pensar solamente en ti y en lo que necesitas y quieres.

—Ya lo he hecho —le aclaro—. He dejado a Yon e iba a intentar iniciar algo con Víctor. Si todo sale bien, le tendrás que aguantar y ya no le podrás saludar con un rodillazo en las pelotas.

—Eso mientras te trate como una reina. Si no, la próxima vez será codazo en el estómago de los que cortan la respiración... —bromea.

—Te cae fatal, ¿verdad?

—Te hizo sufrir. Eso no es que sea una buena carta de presentación... —Por un momento me pongo triste. Antes no me importaba la opinión del zopenco que llevo sentado al lado, pero últimamente sí, y mucho. Se percata y añade—: De todas maneras, es el novio de mi hermanita pequeña, siempre le tendré vigilado.

—¿Por qué eres un machista que quieres que sea una virgen vestal hasta el fin de los tiempos?

—¿Cómo? A ver si te piensas que no sé que has hecho tantas guarradas que, si mamá se enterase, te haría lavarte el potorro con agua bendita —bromea, y pongo los ojos en blanco—. Me siento orgulloso de que folles y de que lo disfrutes, Aura. Lo que quería decir es que siempre estaré alerta para cuidarte si algo falla con quienquiera que te aguante y sea tu pareja. Para mí eres una especie de exasperante prioridad, aunque me llames con tu voz de pito en mitad de la noche como si no estuviese a punto de echarle el polvazo del siglo a Sara.

—¿No estaba jugando a la Play?

—Online y ganando. Eso la pone a mil.

—¡Hay veces que no necesito detalles!

—Anda, si seguro que ella te lo cuenta todo mientras habláis...

—Dicho de otro modo, ¿te gustaría que te hablase de mis relaciones con Víctor?

—Para nada. Prefiero que me invite a unas cañas y me componga una canción de amor haciéndome ojitos —se mofa, y me río.

—¿Eso significa que hay posibilidades de que seáis amigos?

—Pues claro. Siempre y cuando yo te vea tan contenta que pueda volver a meterme contigo sin sentirme un capullo integral, le querré.

Giramos la calle y, antes de que mire hacia mi bloque, escucho a mi hermano refunfuñar.

—Y aquí está la prueba de que Dios los cría y ellos se juntan. Algún día me lo explicaréis...

Parpadeo y observo lo que él está viendo. Víctor se encuentra sentado en el bordillo de mi portal, apoyado en la pared lateral y mirando el móvil. Me despido de mi hermano y bajo del coche. Me encamino hacia casa y decido soltar una coña para ver cómo está el ambiente entre nosotros.

—Disculpe, pero aquí no puede estar, impide la entrada.

El cantautor levanta la mirada y sonríe, moviéndose hasta cerrarme por completo el paso. Se ha quitado la cinta del pelo y la lleva en la muñeca. Por lo demás, está exactamente igual que cuando se ha ido del Lágrimas de Sal. Bueno, hay ligeras variaciones, como que no tiene el gesto serio, sino relajado.

—¿Ya no estás dolido conmigo?

—En realidad, en ningún momento he tenido derecho a estarlo. ¿Has hablado con...?

—Sí, y la puerta se ha cerrado.

—Bien, porque me moría por hacer esto.

Me coge por las piernas y me tira encima de él hasta que quedo sentada en su regazo. Nuestras piernas se entrelazan, me abraza por la cintura y apoya la cabeza en el hueco de mi hombro; muevo la cara y las puntas de nuestras narices se rozan.

—¿Quieres la chaqueta? —pregunta al ver que tirito.

—No, el escalofrío me lo produces tú y, por eso, es placentero. No quiero separarme —contesto, y Víctor sonríe feliz.

—¿Dónde estabas?

—En tu casa —confieso.

—¿Desde hace cuánto?

—Desde que te fuiste, ¿y tú aquí?

—Vine directamente desde el pub a esperarte.

—Estamos locos.

—Lo sé, y me gusta. Los cuerdos no saben sentir de verdad.

Me aprieta y no me resisto a girarme hasta quedar cara a cara, levantar la mano y enredar mis dedos en su pelo para acariciarlo.

—¿Venías a comprobar que ya estaba soltera y entera?

—No, más bien a darte una explicación...

—No es necesario. —Lo silencio poniendo un dedo en sus labios—. Confío en ti y, si no te apetece hablar del tema, simplemente lo olvidaremos hasta que estés preparado.

—Por esto mismo quiero contártelo. —Se aparta un poco para poder mirarme directamente a los ojos y me quita la mano de mi cintura para juguetear con mis dedos mientras lo hace.

—Te escucho.

—Antes de hacerlo, he de pedirte un favor...

—Lo que sea.

—Es muy importante que lo cumplas, Aura.

—Lo haré —le aseguro sin necesidad de saber ningún dato adicional.

—No quiero que la manera que tienes de verme o actuar conmigo cambie después de esta noche.

—¿Y por qué lo iba a hacer?

—Tú solo prométeme que no lo harás. Sea lo que sea lo que yo te cuente, todo continuará igual. —Me mira esperando mi respuesta y asiento—. Nada de pena, lástima, compasión o cualquier movida de ese estilo, ¿vale? —Repito el gesto, aunque esta vez un poco preocupada.

Víctor me hace salir de su regazo y me insta a sentarme a su lado. Está serio, reflexivo, observando el paso de peatones donde realizó la pintada que lo cambió todo una mañana de invierno.

—Para explicarte el motivo por el que me marché, tengo que retroceder al pasado. Comenzar desde el inicio de mi historia, de mi vida, puede que desde antes de nacer. Es muy larga, por lo que intentaré resumirla.

—Tenemos todo el tiempo del mundo. Tampoco debe de estar mal ver amanecer desde este portal...

—Si te lo contase todo, nos llevaría una semana.

—Le pediré a mi hermano que nos traiga comida, cada uno vigila mientras el otro hace las necesidades y asunto solucionado —bromeo al ver que está tan rígido, dando rodeos para no empezar.

—Los detalles nos quitarían el apetito, créeme —sentencia con cierta amargura. Durante un rato está en silencio hasta que coge el aire suficiente para decir la primera frase—. Mi madre no me quiere. Nunca lo ha hecho. —Y lo asegura con tal frialdad y seguridad que siento un latigazo en las costillas. Nadie debería estar seguro de que la persona que se supone que debe regalarte un amor incondicional no lo hace—. Ya estás faltando a tu palabra y esto solo acaba de empezar... —Me observa de reojo y le creo. Mi cara debe de ser un poema.

—Lo siento.

—No pasa nada. —Esboza una media sonrisa—. Es una reacción normal. Nadie con una relación sana con su familia puede aceptar con facilidad que yo tenga asumido que para mi madre significo menos que el caniche que se empeñó en comprar porque todas sus amigas tenían uno y que ahora cuida el ama de llaves. Pero es que nuestra relación no es lo que se dice precisamente sana y... Lo que busco no es comprender el motivo y tratar de solucionarlo. Esa frustración la superé hace tiempo. El desarraigo siempre ha sido mi realidad, no he conocido otra cosa. A fin de cuentas, que te quieran está sobrevalorado, ¿no? —Juguetea con el bajo de su pantalón y habla de forma mecánica—. No fui un hijo deseado. En resumen, la razón por la que existo es que mi madre quería el dinero de mi padre, y para conseguirlo debía quedarse embarazada. Él era, es y será un hombre impasible chapado a la antigua que jamás dejaría a su descendencia desprotegida económicamente; sentimentalmente ya le importa menos. Siempre ha creído que el dinero lo compra todo; que, como ocurre con sus sobrinos, las carencias afectivas se solventan con coches, pisos, entradas a palcos y fajos de billetes. El dinero es su píldora de la felicidad particular, y suple cariño, consejos, conversaciones... *Todo*. Supongo que una parte de mí lo aborrece porque es necesario para vivir y siempre va a estar ahí recordándome lo que me quitó porque, de ser de origen humilde, quizá él no habría podido silenciar su conciencia a base de regalos; ni mirar hacia otro lado, fingiendo que no se enteraba de lo que ocurría entre las cuatro paredes de nuestro chalé, cuando lo cierto es que en el fondo lo hacía y untaba a cualquiera que lo intuía para que la información no saliese y se hiciese pública... Pero él no es el protagonista y ya tiene su castigo, aunque no es consciente de ello. Mi padre va a ser un puto infeliz rico hasta el fin de sus días.

Víctor habla con fuerza y determinación, pero observo que la mano que tiene más cerca de mí tiembla. Coloco las mías encima, levanta la vista, me mira y siento cómo se obra un milagro. Los ojos, nadando en una nebulosa oscura, se tornan otra vez claros, como si yo lo calmase, lo devolviese a un presente que es bastante diferente de ese pasado que me está relatando.

—Mi madre fue modelo. O eso dice. Nunca he pillado muy bien cuando miente. Tampoco pillo su humor o el razonamiento que la conduce a hacer determinadas cosas... —Víctor se encoge de hombros—. Dice que con el embarazo perdió la figura y por eso no pudo volver a trabajar y, por supuesto, me culpa de su desgracia. Es algo recurrente en su actitud. Me culpa hasta por el cielo nublado cuando le apetece que haga sol. De pequeño, intentaba llamar su atención de muchas formas. Sacando buenas notas para que se sintiese orgullosa, vistiendo como le gustaba, sonriendo en los momentos adecuados. Pero nada de eso funcionaba. Conforme más intentaba agradarle, más me detestaba, y empezó a practicar su *deporte* favorito —se detiene—. Aura, ¿recuerdas lo que me has prometido?

—Sí.

—Pues es el momento de que lo cumplas. Por favor, no quiero ni una muestra de... compasión. Te lo suplico. De lo contrario, es posible que me derrumbe.

—Te lo prometo. —Tengo miedo y me cargo de fuerzas para hacerle caso, sea lo que sea lo que salga de su boca.

—Ella está enferma. Una sádica que necesita ayuda profesional, pero nadie hacía nada para detenerla porque pondría nuestro apellido en entredicho. Me pegaba. Y no hablo de cachetes de los que te ponen las nalgas rojas. Hablo de palizas, a lo bestia, descargando una ira que me hacía temblar cada vez que la veía aproximándose a la habitación y que... Llegué a creer que merecía todo eso, Aura: los insultos, los gritos, las vejaciones... Aquello debía de estar bien si en mi familia era un secreto a voces y todo el mundo permanecía impasible.

Aspiro y espiro con lentitud para no demostrar exteriormente el huracán de sensaciones que me azota por dentro. La quiero matar con mis propias manos y de una manera lenta y dolorosa, con torturas si es posible. Nada de contratar a sicarios. Yo misma para disfrutar cada segundo.

—¿En serio ninguna persona te apoyó? —logro articular, y me sorprendo de lo suave que suena mi voz cuando en realidad quiero gritar hasta quedarme afónica. Víctor se vuelve a encoger de hombros y lo observo tan indefenso que me quiebra el alma.

—Lo intentó una profesora y la despidieron a la semana siguiente, después de que mi padre fuera a hablar con el director del colegio para decirle que me estaba metiendo ideas inadecuadas en la cabeza.

—¿Solo una...? —Noto mi respiración agitada y agarro con fuerza, con la mano que él no ve, el escalón de mi portal.

—No fue culpa de ellos, Aura. —Me lee el pensamiento—. Yo no me abría. A nadie. Estaba tan avergonzado que nunca conté nada. Era como si sintiese que lo merecía, y de saberlo también me odiarían. Cuando eres tan pequeño tu mente es frágil, manejable, y ella la llenó de conceptos locos como que le dolía más que a mí lo que me hacía, pero no le quedaba más remedio para enderezarme, y otra basura que, si no te importa, prefiero no recordar. Basura que para mí era real. La profesora que se enteró fue porque me vio en el servicio, subiéndome la camiseta para no mancharme para mear, y distinguió mi espalda amoratada. Pensó que se trataba de mi padre y, bueno, cuando lo llamaron, imagínate cómo se puso...

—¿En serio él lo sabía todo?

—No, pero mucho sí. Lo suficiente. No era normal que un niño que jugaba tan poco y casi siempre estaba solo sufriera tantos accidentes, se rompiera varias veces los huesos y tuviese un historial tan amplio en urgencias, ¿no crees?

—¿Y por qué no hizo nada para evitarlo? —pregunto con un nudo que me oprime la garganta.

—Ya te lo he dicho. Porque teníamos un nombre, un estatus, y era mejor hacerse el ciego que denunciar una situación abusiva y convertirse en el centro de los focos, con lo cual la empresa se vería salpicada...

—¿Y tú qué hacías mientras tanto?

—Esconderme, Aura, esconderme bien.

Silencio para asimilar lo que acabo de oír.

—El tiempo pasó y, ¿sabes qué es lo peor? Que me acostumbré a las palizas, al machaque psicológico, formaba parte de mi día a día, una rutina como lavarme los dientes después de comer. Además, para anular las voces de mi cabeza que me decían que aquello no era correcto, en la adolescencia probé opciones y me drogué como un niñato malcriado que busca anestesiar emociones y llamar la atención, darles un toque a mis padres. Pero nada. La autodestrucción no funcionaba, es más, creo que en cierta manera la disfrutaba. Así que desesperado me propuse convertirme en lo que ella admiraba, estudiando el grado que quería, vistiendo como sus amigos, hasta que...

—No te reconocías en el espejo y te fuiste de viaje.

—Recuerdo nuestra conversación.

—Sí y no. Me fui de viaje a encontrarme, en eso no te mentí, pero el motivo fue algo diferente. —Traga saliva—. Se suponía que ella regresaría de esquiar tres días después, y eso se traducía en que yo no tenía que estar alerta. Y con alerta me refiero a que podía tocar la guitarra sin miedo a que me pillase e hiciese alguna de las suyas. No sé qué narices ocurrió, pero fuera lo que fuese lo que la hizo regresar antes me salvó la vida. Yo estaba en el jardín y no la oí venir hasta que fue demasiado tarde. Para resumírtelo y evitarte todo el drama, te diré que me pegó con el instrumento contra una mesa y me partió algunos dedos...

Me llevo la mano a la boca.

—Entonces hice lo que nunca había hecho. La reacción que era inconcebible a su juicio. Me levanté y, tras pegar con la mano sana a la pared el puñetazo que deseaba con toda mi alma darle a ella, me fui de casa. Me enfrenté a mi madre. Por supuesto, no le gustó. De alguna manera mezquina y cruel, disfrutaba viendo su obra, observando algunas de mis cicatrices, y, consciente del placer que sentía al saber que ella las había causado, que eran sus marcas, decidí borrarlas.

—Con los tatuajes.

—Sí, ese fue el motivo por el que empecé. Quería que la esperanza acabase con tanta destrucción.

—¿Cuál fue el primero?

—Aquí. —Me da la espalda y se sube la camiseta por detrás—. Escuché esa frase en un grupo de música y supe que era la mía, la que quería que me definiese a partir de entonces.

—¿Cuál de todas?

—La de la columna vertebral. —Paseo el dedo por encima de la tinta y, por primera vez, noto múltiples relieves en su piel que siempre había confundido con simples heridas de niño.

—¿Qué te hizo para dejar estas marcas?

—Mejor no saberlo. Te lo garantizo, Aura. Era bastante *creativa*. —El gesto se le suaviza y añade—: Pero sí que te puedo decir lo que significa.

—Me encantaría...

—«Coge tus alas rotas y aprende a volar.»

—Es precioso. Me recuerda a la estrofa de mi canción, esa que dice «Aura tira los tacones y echa a volar».

—Las casualidades no existen, ¿no crees? Es un guiño para ti.

—Siento romper este momento de magia y quedar como una mongui, pero sigo sin pillarlo... —Arrugo la nariz y él se ríe a gusto.

—Porque yo quería volar, Aura, ser libre, conseguir alejar todo el trauma del pasado que me dejó herido. Y para mí, tú fuiste el pegamento que unió mis fragmentos rotos. Sustituiste el dolor con amor, y cuando me di cuenta de que estaba listo para superar mi peor capítulo, supe que solo quería volar si tú tirabas los tacones y te venías al jodido cielo conmigo. —Al ver que no digo nada, añade—: Un poco metafórico, pero es una canción...

—Una canción muy bonita, pero te confundes. No quiero que pienses que yo te salvé de nada. Lo hiciste tú solo.

—En absoluto. Que no me gustase ir llorando por las esquinas o no intentase cortarme las venas no significa que por dentro no estuviese hecho una mierda, Aura.

—Me coloca los mechones de pelo detrás de las orejas para poder tener una vista completa de mis ojos, sin interrupciones—. Yo no vivía. Respiraba y mi corazón latía, pero a eso no se le puede llamar vivir. Solo me comunicaba con unas vecinas a las que de vez en cuando les arreglaba las cosas, unos amigos a los que nunca les hablaba de mí mismo y me consumía en mi música encerrándome más y más en notas a las que me aferraba para recordarme que todavía podía sentir. No me importaba nadie y a nadie le importaba yo, pasando por este mundo sin pena ni gloria, sabiendo que algún día desaparecería y no habría marcado la diferencia para ninguna persona, ni siquiera para mí.

Noto que mi piel se pone de gallina por su confesión y lo único que deseo es abrazarlo durante siglos hasta que lo olvide todo.

—Entonces llegaste tú, la sardina loca del escenario. —Su gesto cambia y sonríe y, aunque sé que es físicamente imposible, creo que nos trasladamos de la mano al pasado, juntos—. Me llamaron la atención tus ojos: eran bonitos, únicos, especiales. Cuando te diste cuenta de que habías cometido un error, te pusiste roja, y eso me hizo gracia. Tú captaste mi interés como nunca nada ni nadie lo había hecho. Esa misma noche todo mi cuerpo me llamaba a conocerte, y por eso me alejé. Me pareció un maldito golpe del destino cuando llamaste a mi puerta, con la palabra «Dreamer» pintada en la frente y esos pelos de loca, para ordenarme que bajase la música. Por primera vez tuve la tentación de pedirle a alguien que entrase en mi piso y hablar. Me gustaba escucharte, me apetecía hacerlo, saberlo todo de ti. Eras tan interesante... —dice con una voz que proviene directamente de las entrañas.

Un vecino llega a la puerta y nos apartamos ante su mirada incómoda hasta que pasa.

—Todo cambió el día que me pegaron la paliza. Yo estaba acostumbrado a los golpes. No me dolían. No me importaban. Pero a ti sí, como si no fuera mi cuerpo el que estuviera magullado. Intenté ser lo más desagradable posible contigo y, aun así, tú te emperraste en cuidarme como nunca lo había hecho nadie. Hiciste lo único que yo siempre había querido, Aura: que experimentase lo que es importarle a una persona. Cuando te marchaste, todo fue extraño. Confuso. No sabía qué era lo que me pasaba y tardé un tiempo en comprenderlo. Estaba raro porque no estaba acostumbrado a acumular sensaciones... positivas. Buenas. Aun así, reconozco que no pensaba buscarte, y esa noche entraste en mi casa porque habías pillado con otra a Ismael. Verte llorar me dolió y sentí una impotencia enorme por no saber cómo gestionar los sentimientos, cómo consolarte, cómo decir las palabras adecuadas... Pero yo no me relacionaba con la gente hasta ese nivel de confianza; nunca. No me involucraba. Y me propuse que eso cambiase, tener una amiga de verdad. Todo era nuevo para mí: nadie me había dado cariño y yo nunca había deseado... devolverlo. Me sorprendían los pequeños detalles: que me dieras un beso en la mejilla porque sí, que me pusieses las piernas encima de las rodillas, que me preguntases qué tal me había ido el día... Cosas que para la gente son normales a mí me resultaban un jodido mundo, que era cómodo, sencillo, fácil, mullido y caliente, en el que poder habitar sin miedo. En el que... *Vivir*. Y tú no pedías nada a cambio y lo dabas todo. Aquello para mí era increíble; tú lo eres. Supongo que fue en ese instante en el que comencé a quererte.

Noto que los ojos se me anegan de lágrimas y me prohíbo a mí misma llorar.

—Después vinieron nuestros paseos, conversaciones, momentos... Y mis ganas de estar a tu lado aumentaban más y más. Verte era, sin lugar a duda, mi momento favorito del día, de la semana, del año. No era consciente de cuánto necesitaba un abrazo hasta que me volví adicto a los tuyos. Luego me tuve que marchar y, ese mismo día, mientras estaba en el aeropuerto, no comprendía por qué me sentía tan desgraciado cuando iba a cumplir mi sueño. Y cuando hicimos el amor a mi regreso, lo tuve claro: mi sueño eras tú. Lo otro solo es componer música. Y, claro, era cuestión de tiempo que otras personas se percatasen. —Toma aire—. Mi madre siempre ha disfrutado de un modo mezquino teniendo la seguridad de que, daba igual dónde fuera, su huella era tan profunda que siempre sería un infeliz. Sin embargo, llegó la boda y me vio contigo. Observó cómo mi melancolía estaba siendo sustituida por alegría, y ya no me importaba que ella no me aceptase. Supongo que no actuó en ese momento porque sabía que yo me marchaba a Londres y sería un desgraciado al separarme de ti. Ella siempre ha tenido el don de conocerme mejor que yo mismo, manipularme, controlarme, hacerme daño con lo que más me dolía. No movió ninguna ficha por eso, pero cuando nos volvió a ver juntos...

—En el hospital. —Recuerdo su cara de disgusto un día mientras estaba con Víctor. Me pareció una madre celosa que siente que una desconocida está haciendo su trabajo, su labor, y por ello se propone desplazarla al ver que cuida de su hijo. Era lo contrario.

—Sí. —Se remueve incómodo—. Imagino que pensó que lo conseguiría igual que en las anteriores ocasiones. Con más facilidades, si cabe, al estar solo, encerrado, rayado con mis propios pensamientos, débil y angustiado... Cuando estábamos dando vueltas de campana y observé cómo te golpeabas contra el cristal, casi se me paraliza el corazón. Me bloqueé, me rompí por dentro hasta la médula. Ella intentó utilizar ese hueco para colar la mano y ser mi titiritera. Al principio trataba de responsabilizarme del golpe, repitiendo una y otra vez que yo había tenido la culpa y que podría haberte pasado algo por mi inconsciencia. Pero me mantuve fuerte. Luego empezó a enumerarme los motivos por los que yo era malo para ti. —Le cambia hasta la voz y creo que es a su madre a la que escucho. Una madre que yo creía que no había ido a verle y, en vez de eso, aprovechaba las oportunidades en las que yo no estaba para meterle ideas en la cabeza que le convirtieran de nuevo en un infeliz. Creo que es la primera persona a la que odio con total seguridad—. «No sabes querer a las personas que están a tu lado», «Eres tóxico y dañino», «Si nadie de la familia te tiene el más mínimo cariño, por algo será, ¿no? ¿O es que acaso todos estamos equivocados?», «Harás que se eche a perder, como todo en tu vida», «Ella es buena chica, alegre, con todo un futuro por delante que no tendrá contigo porque tú no eres capaz de hacer feliz a nadie», «En casa a todos nos fue mejor desde que te marchaste, eso es una señal»... Y así cada día, a todas horas, constantemente envenenándome hasta que llegaba la enfermera y se ponía el disfraz de madre abnegada que no entiende que su hijo le esté diciendo que por favor se olvide de que existe. Gritaba que se marchara hasta que me dolía la garganta, pero no lo hacía... A pesar de todo, para su propia desesperación, yo me negaba a alejarme de ti. Por una vez parecía que no lo iba a conseguir. Sin embargo, como siempre, tenía un as en la manga.

—Y supongo que tiene algo que ver con la decisión que finalmente tomaste... —No asiente ni niega, pero sé que llega el momento de conocer la verdad.

—Una mañana apareció, se sentó tranquila y me habló de forma dulce, demasiado dulce. Eso me puso en alerta, sobre todo cuando centró la conversación en ti. Conocía hasta el más mínimo detalle de tu vida, Aura. Había mandado que te investigasen y eso solo podía significar una cosa: ella era consciente de que no le permitiría que me pusiera la mano encima una vez más y que sus chantajes emocionales ya no surtían efecto, y tuvo que encontrar mi punto débil. *Tú*. La única manera de seguir atormentándome.

—¿Cómo?

—Sabiendo que si me alejaba de ti me moriría en vida, pero que no seguiría a tu lado si intuía que te ponía en peligro. Lo peor es que ni siquiera tenía que hacerlo, solo lograr que yo lo creyera, que la temiera. Le ofrecí todo el dinero. Llamar en ese mismo momento al abogado y decir que había cambiado de opinión y que ya no quería ceder la empresa en proporciones iguales a mi familia, y dejárselo todo a ella. La herencia al completo. Sin embargo, su afán de dañarme y de ser testigo de cómo poco a poco me iba haciendo más pequeñito hasta desaparecer podía incluso con su ambición. O yo te dejaba o ella te destruía; esas fueron sus opciones.

—¿Por qué no me dijiste nada?

—Porque era una batalla que tú habrías querido librar a mi lado y no podía ni quería dejarte participar. Yo no era experto en amor y nunca había hecho ningún sacrificio, pero no tuve ninguna duda cuando tomé la decisión. Te dejaba fuera. No me arriesgaba ni por un segundo a que sufrieses, aunque eso supusiese tener que abandonar lo único que me había importado en la vida, lo único que había considerado *bueno*.

—Soy mayor de edad y habría...

—Ella tiene amigos hasta en el infierno —me interrumpe—. Una llamada, por ejemplo, y tus prácticas en la agencia de noticias se habrían esfumado; es más, tus puertas en todos los medios se habrían cerrado.

—¡A mí me habría dado igual! ¡Te prefería a ti! Siempre te habría elegido, por encima de cualquier cosa.

—Lo sé. Por eso prolongué como un egoísta el tiempo

hasta decírtelo. Quería exprimir los segundos, tenerte a mi lado, y, al mismo tiempo, cada vez que venías a verme me dolía en el alma porque sabía que tenía delante a la persona con la que deseaba compartir el resto de mis días y de la que debía despedirme. Y me convertí en un yonqui, un jodido adicto a ti que no podía decirte adiós. A veces pienso que, si la noche de la ruptura no te llegas a ir indignada, no habría sido capaz. Por eso pedí de inmediato el alta voluntaria y hui, porque si regresabas y me suplicabas llorando que no me apartase de tu lado, mi parte egoísta habría tomado el control y te habría confesado la verdad antes de hacer mi descubrimiento.

—¿Tu descubrimiento?

—Sí. Me fui, pero nunca dejé de luchar por nosotros desde la distancia. La imité. Contraté detectives con la esperanza de que encontrasen algo, lo que fuera, de ella.

—¿Y hallaron alguna cosa?

Sonríe.

—¿Crees que de no haber sido así yo habría vuelto?

—Estoy segura de que no, aunque no esté de acuerdo. ¿De qué se trata?

—Siempre pensé que sería algún delito fiscal, unas pruebas que me ayudarían a mandarla a la cárcel. Pero no son los negocios, su vida, lo que me ha permitido deshacerme de ella, sino otra cosa: su corazón.

—Permíteme que dude de que lo tenga.

—Una vez al menos sí que lo tuvo; enfermo, pero lo tuvo. ¿Nunca te has fijado en que no me parezco demasiado a mi padre?

—Yo soy clavadita a Amparo; de Miguel solo tengo los ojos... —Me detengo—. ¿Estás insinuando lo que creo...?

—Lo estoy afirmando, Aura. Estábamos investigando su fortuna cuando nos percatamos de que durante años había estado haciendo un ingreso mensual que despertó nuestras sospechas. Buscamos la empresa y no existía. Es más, la cuenta estaba a nombre de un particular...

—¿Y ese es...?

—Mi padre biológico. Un religioso pago por su silencio.

—¿Te reencontraste con él?

—No, esto no es un cuento de color de rosa. Él es un cazafortunas que se dedica a estafar a millonarias. La horma de su zapato. La conoció y la sedujo cuando ella estaba engatusando a mi padre; jugaba al mismo juego que practicaba mi madre y la convirtió en la víctima de un engaño. Enamorarse se debió de enamorar, aunque a su modo, claro, porque encontramos un correo en el que le decía que estaba dispuesta a renunciar a casarse con el hijo de Pierce para irse con él, como dos amantes de novela. Sin embargo, la respuesta no fue lo que esperaba y mi padre biológico le dijo que utilizase a ese bebé para enganchar al rico porque ella no significaba nada para él y, ya de paso, empezó a extorsionarla.

—Tal vez me habría dado pena, pero se lo merece. Se merece muchas cosas.

—Sí, y ahora que sabe que conozco esa información, nos dejará en paz por la cuenta que le trae.

—¿No piensas decírselo a tu padre?

—¿Para qué?

—Venganza.

—La venganza solo te convierte en alguien igual que tu adversario. Esta información es mi garantía de que ella nunca te hará daño; nunca nos lo hará.

—¿Y tu padre biológico? ¿Vas a ponerte en contacto con él?

—No. Yo solo soy uno de los múltiples espermatozoides que tiene y que le ha salido muy rentable.

—Pero es tu familia...

—No. Ni ella, ni Pierce, ni él lo son. Tú lo eres. Solo tú.

—Lo soy. Y ahora que lo pienso, hay algo que tengo que hacer. —De repente se me ocurre una idea y me levanto.

—¿Pasa algo?

—Sí, quiero que vayas a tu casa; yo iré en un rato. —Me mira intranquilo—. No te preocupes. Está todo bien. Es algo que he de hacer y que no puede pasar de esta noche.

—¿No tendrá nada que ver con coger un cuchillo jamonero y asesinar a mi madre? No me seduce la idea de vernos en el vis a vis. Prefiero ir a terapia, como tengo planeado hacer, y que nos olvidemos de ella.

—No voy a matarla, a pesar de que ganas no me faltan. —Sonrío—. A mí el único que siempre me ha importado de esa familia ha sido su hijo. Y mi idea está más relacionada con lograr que olvide que hubo un día en el que ellos integraron su vida.

Son casi las siete de la mañana cuando llego a su casa, pero es que lo que quería hacer requería tiempo. Requería despedidas entre lágrimas y buenos deseos. Requería poner un punto final y abrir una hoja en blanco.

Llamo al telefonillo. Víctor tarda en abrir; supongo que estará dormido. Subo en el ascensor hasta la planta del piso con una mezcla de nerviosismo, ilusión y ganas de comenzar una nueva etapa. Me miro a mí misma en el espejo y reconozco a esa chica que llegó a Madrid hace un par de años y que transmitía las mismas ansias de comerse el mundo ante un universo repleto de oportunidades.

Salgo y me apresuro a esconder un detalle importante para evitar que lo vea cuando la puerta del piso, en el que un día soñamos un futuro común, se abra. Pulso el timbre y Víctor aparece al otro lado. Tal y como sospechaba, estaba durmiendo. Lo sé porque, aunque ha intentado vestirse a toda prisa, va descalzo, lleva los vaqueros caídos y la camiseta en la mano, que se pone nada más verme. Sin embargo, no lo hace lo bastante rápido como para que yo distinga en su pecho ese tatuaje que no entiendo, pero en el que sé que pone mi nombre, y ese que comprendo y donde se lee un hermoso «Para siempre».

—Pensaba que te habían raptado.

—Y estabas muy preocupado, ¿verdad?

—Muchísimo.

—¡Anda, farsante, límpiate los ojos e intenta abrirlos de par en par si pretendes que me crea que te has pasado la noche en vela!

Obediente, se pasa las manos por la cara y trata de que el pelo se coloque hacia atrás. ¿Cuándo se dará cuenta de que su cabello hace siempre lo que le da la gana, de que es tan rebelde como él?

—¿Pasas? —me invita.

—Solo si me ayudas.

Me aparto y le permito ver la maleta que está detrás. La misma con la que un día me despedí de la casa de mis padres para marcharme a mi piso compartido y que ahora se encuentra allí para abandonar esa etapa y enfrentarse a otra nueva: convivir con la persona que he elegido para mí, para ser el compañero que camine a mi lado en las etapas que me quedan por vivir, que todavía son muchas.

Víctor mira la maleta, me mira a mí y sonríe.

—¿Estás segura?

Asiento.

—Aquí es donde nos habíamos quedado antes de que nos interrumpieran, ¿no?

—Pero ha pasado mucho tiempo.

—Y, mira tú por dónde, los sentimientos son los mismos. —Cojo el asa y la muevo hasta mi lado—. Ya nos han arrebatado bastante. No quiero darles la satisfacción de que nos quiten nada más.

—¿Y propones empezar de cero?

—¡No! Eso significaría borrar los recuerdos más maravillosos que tengo. Lo que te estoy diciendo es que continuemos como si el accidente hubiese sido tan solo una mala pesadilla de la que extraer una conclusión.

—¿Cuál? ¿Que no me debes besar mientras voy conduciendo? —bromea con esa sonrisa ladeada que tanto me gusta.

—No. Que somos uno y nos enfrentamos a los problemas como tal. Nada de secretos, nada de decidir lo que es mejor por el otro; hemos de consultarnos siempre ante cualquier duda para llegar a la solución perfecta para ambos.

—Acepto.

Tiende la mano y deduzco que es para sellar nuestro pacto con un apretón. Se la doy y él tira de mí hasta que logra situarme a su lado, mezclando nuestras sombras en un rellano en el que ya se ha ido la luz. Me coloca la palma en la espalda y desciende hasta mi cintura para atraerme y que quedemos más pegados, como si eso fuera posible. Por mi parte, enredo mis dedos en su piel. Nos miramos fijamente. No existe nada más entre nosotros. Todo ha dejado de importarnos. Se pasa la lengua por los labios hasta humedecerlos y yo centro mi atención en ellos.

—Tengo algunas condiciones que quiero que queden claras —digo sin apartar la mirada de esa zona de su cuerpo que deseo que recorra todos los rincones del mío, los que ya conoce a la perfección y los vírgenes.

—Y yo.

—Dime.

—Tú primero.

—Ya... Seguro que no tenías ninguna y estás pensando a toda pastilla para no quedar mal. —Bajo una mano y le golpeo el pecho para puntualizar cada una de mis palabras. El cantautor está expectante—. No me gusta madrugar, lo odio, lo detesto, creo que es la peor cosa que inventó el ser humano, así que, aunque tú solo necesites cuatro horas de sueño, nada de despertarme antes de las nueve los fines de semana.

Se ríe ante mi ocurrencia. Creo que se pensaba que iba a decir cosas más profundas y serias.

—¿Ni aunque lo haga con la guitarra?

—Es posible que, si haces eso, acabe rompiéndole las cuerdas, algo que a ninguno de los dos nos gustaría. Siempre he sabido que repartes tu amor entre ella y yo.

—Deja que te cuente un secreto. —Baja el volumen—. La has destronado. Eres tú. Solo tú. Los instrumentos son reemplazables; las personas no.

—Segundo punto. —Me aclaro la garganta para que no me despiste—. Me da mucho repelús el soniquete cuando limpio los cristales...

—Lo haré yo si a cambio tú te ocupas de la cocina. Ya sabes que en los fogones me puedo transformar en un arma de destrucción masiva...

—O dejarme sin estómago. —Seguimos en Madrid y, sin embargo, me siento como si estuviera en los Picos de Europa con él, haciendo el amor sobre la alfombra tras disfrutar de una cena tan picante que por poco me mata—. Es un buen trato.

—Déjame que adivine la tercera...

—Prueba...

—¿Tener el poder del mando para hacer maratones por Divinity? —Niego con la cabeza—. ¿Masajes?

—No.

—¿Plancha?

—Frío.

—¿Tapa del retrete bajada?

—Eso no lo había pensado, pero sí.

Los dos reímos.

—¿Entonces?

—No hay más.

—¿Eso era todo?

—Sí. He estado pensando, pero no hay nada de ti que me sobre. Me gustas tal como eres. —Mi pulgar desciende desde su labio, pasando por el mentón cuadrado con una barba de dos días, su cuello y sus clavículas, hasta llegar al punto exacto donde está el «para siempre»—. Y que lo cumplas, pase lo que pase, lo cumplas.

—Lo haré. —Pone su mano por encima y aprieta intensificando los latidos del corazón.

—¿Y tus condiciones?

—La convivencia es dura. Tenemos manías, costumbres, y, en toda una vida juntos, vamos a discutir millones de veces. En algunas ocasiones tú tendrás la razón y en otras, yo. Lo que quiero es que al final nuestras discusiones sirvan para algo, que sumen y no resten, que intentemos comprender al otro y que nunca, pase lo pase, tiremos la toalla.

—Claro. Esto es nuevo para los dos, pero juntos sé que lo conseguiremos —afirmo con seguridad—. ¿Algo más?

—Sí. Lo más importante.

Coloca sus manos en ambos lados de mi cara y me acerca a él para besarme con tranquilidad, pero con la misma necesidad que si me estuviera devorando viva. Movemos los labios y abrimos la boca hasta que nuestras lenguas entran, envolviéndose de la saliva del otro, jugando a mezclar nuestros sabores, disfrutando del placer de hacer las cosas con calma, concentrando todos los sentidos en el punto en que nuestra piel se roza.

—Esto. —Se separa sin soltarme.

—¿Qué?

—Los besos.

—¿Qué les pasa a nuestros besos?

—Que quiero que siempre sean así. Esta es mi última condición.

—¿Lentos y profundos?

—No. Los habrá con más ganas y con menos, muy cerdos y suaves, pero quiero que siempre sean únicos, especiales, nuestros. Nada de picos con cara de rancios por la rutina ni cuatro morreos tontos para ir al tema. Quiero que siempre nos besemos en los preliminares como dos locos adolescentes que desean comerse la boca del otro, aunque tengamos ochenta años y dentadura postiza.

—¿Crees que llegaremos tan lejos?

—Me gustaría pensar que nos veremos incluso en otra dimensión...

—Los fantasmas no se dan besos —bromeo.

—Ya encontraremos la forma de hacerlo.

Cuando llegué a Madrid, soñé con muchas cosas; sabía que sería algo especial para mí, que siempre la recordaría con cariño, pero lo que nunca imaginé es que esa capital, que veía tan lejana en los telediarios de mi pueblo y donde hay millones de habitantes, pondría en mi camino a una persona que me ha cambiado la perspectiva, la vida, el rumbo. Ese ideal del que has oído hablar: amor de verdad. Y puede que sea cierto que los que lo experimentamos estemos locos, pero es que resulta muy difícil mantenerte cuerdo cuando todo tu cuerpo, tu corazón y tu alma están activados al ciento veinte por cien y te sientes como esos superhéroes que ven, oyen, huelen y sienten más que el resto, porque eres capaz de agrandar tus ojos hasta que es lo único que tienes delante, porque el sonido de sus labios al entreabrirse se multiplica por mil llamándote a besarlos, porque el olor de su piel es capaz de traerte de vuelta desde el otro mundo y ralentizas el tiempo cuando él te está recorriendo con sus dedos de arriba abajo, a cámara lenta, feliz.

—¿Entramos?

Asiento y, antes de que me pueda dar cuenta, Víctor

me carga al hombro con un brazo y con el otro coge la maleta.

—¡Lo romántico es en volandas, no como un saco de patatas! —me quejo.

—Joder, ¿qué llevas aquí? —me pregunta al levantar la maleta.

—Un cadáver del que te quiero acusar de asesinato, ¿no te fastidia? Pues ropa.

—¿Solo ropa?

—Solo la ropa de verano —apunto—. Esta tarde tendremos que ir a por la de invierno y la de entretiempo, el ordenador, mis apuntes...

—Tú me quieres matar, ¿verdad? Ese era el plan desde un principio. Aprovecharte de mi cuerpo y asesinarme.

—Después de una buena tortura.

—¿Así que me vas a torturar?

—Sí.

Cierra la puerta con el pie, deja la maleta en mitad del salón y corre conmigo hasta soltarme en el sofá, y se coloca encima, apoyándose en los brazos.

—¡Ahora verás lo que es sufrir!

Mueve sus hábiles manos por mi vientre, me sube la camiseta y comienza una guerra de cosquillas en la que yo me retuerzo, grito, río y trato de zafarme para darle su merecido.

—¡Es temprano! ¡Vamos a despertar a todos! —chillo.

—Así se van acostumbrando —me dice—. Quiero que tu risa sea la banda sonora de cada día de nuestro hogar.

—Yo prefería los besos...

—También. Esa, la de la noche.

Él se detiene sonriente, tranquilo; no se da cuenta de que los rayos de sol ya han salido y le enmarcan la cara por detrás; tampoco es consciente de que a mí esa imagen me parece algo celestial, divino. Es tan brutalmente perfecto que, por un momento, creo que mi abuela, que tenía alzhéimer, no deliraba cuando decía que estábamos rodeados de ángeles. Los hay. Lo que pasa es que no tal y como los concebimos. No son nebulosas que flotan. Son personas comunes que están a tu lado, que se preocupan, te ayudan, te protegen y te quieren porque necesitan hacerlo, sin una fórmula química o matemática que lo explique. Ahora sé que Víctor es mi ángel de la guarda. Mi vida. Mi infinito. Mi todo. Y por eso, mientras desciende para besarme, me percato de que, como él me ha dicho, estoy preparada para tirar los tacones y echar a volar, porque a su lado siempre voy a estar paseando entre las estrellas.

—Te quiero —decimos al unísono con una sola voz, un solo cuerpo, un solo corazón.

Epílogo

Cinco años después

<small>Aura</small>

Es sábado. Un sábado cualquiera de finales de septiembre. Y también el mejor día de mi vida.

No, no me caso. Algún día, Víctor y yo daremos el paso de caminar juntos hasta el altar, el Ayuntamiento, el jardín o Las Vegas. El lugar, con toda sinceridad, nos es indiferente. Lo único que me importa es el novio, y tengo al que siempre he querido. Con la pareja adecuada esperándote, ¿importa algo más? Para mí no.

Sí que hubo boda. Una muy especial: la de mi hermano y Sara. El capullo se esmeró e hizo exactamente la pedida de mano perfecta de la morena. Mi excompañera de piso se despertó un lunes y al mirar su Twitter —o sea, todavía medio dormida y con legañas— tuvo que abrir los ojos de golpe al darse cuenta de que #SaraCásateConChris era *trending topic*. Al principio pensó que no era para ella. Luego se metió dentro y creo que se desmayó. Como es obvio, le dijo que sí nada más volver a estar consciente.

¿Ceremonia sencilla? ¡Estamos hablando de un futbolista y una loca que quería que su banquete estuviese decorado como *Alicia en el País de las Maravillas*! Y lo tuvo, con gato con sonrisa inquietante y Sombrerero Loco incluidos. El problema fue cómo terminó. La prensa estaba esperando en la puerta, ella iba más pedo que Alfredo y... se cayó e hizo la croqueta ante la atenta mirada de las cámaras, que tomaron vídeos e instantáneas de un momento que estaba llamado a ser famoso y a perseguirla durante el resto de su vida.

¿Qué hizo mi hermano? ¿Pegarles o intentar robarles su equipo? Para nada. Me tendió la chaqueta y acompañó a su mujer para ponerse a rodar a su lado. Él es un líder de opinión, y lo sabe. De ella se habrían reído y mofado; con él incluso pareció que era algo *cool*. Tanto es así que durante meses devino una especie de ritual. Novios de todo el mundo lo practicaban mientras yo perdía la esperanza en la humanidad y su capacidad de ser o no influenciable.

Sara no ha logrado convertirse en la política que cambia el mundo tal y como soñaba cuando yo llegué al piso. Sin embargo, comenzó a trabajar en una ONG de barrio y, aunque a menor escala, ayuda a todo aquel con el que se topa. Caso que se encuentra, caso en el que no cesa hasta que le encuentra una solución. Mi hermano dice que esto le arruinará porque muchas veces es el dinero de su bolsillo el que salva a esas personas, pero un día, con la boca pequeña y bajito para que ella no le oyera, me confesó que la admiraba tanto que a veces le entraban ganas de hacerle un monumento. Y se lo hará. Estoy segura.

La que sí que cumplió su sueño fue Vilma, aunque de la manera más inesperada que os podáis imaginar. Siguió en la obra de teatro hasta que la quitaron de la cartelera, y después nada. De nuevo la desesperación de buscar trabajo, de pelearse en *castings*, de conseguir un anuncio cada pocos meses que la ayudaba a subsistir, todo hasta que dijo basta y tiró la toalla. Llegó un momento en el que se percató de que las neveras no se llenaban solas y de que ella necesitaba estabilidad, calma, un empleo que le diese algo de seguridad y le permitiese sentirse útil. La existencia del artista es muy complicada, con demasiados vaivenes como para soportarla durante años. Sara, su familia y yo siempre la apoyamos, pero el resto del mundo era un poco más cruel. La trataban como a una *nini* con muchos pájaros en la cabeza y poca perspectiva de futuro.

Los comentarios malintencionados fueron haciendo mella, rascando su dura superficie de determinación y lucha, y calaron en el fondo. Por eso decidió darse un último capricho en forma de viaje con su novia de entonces a Nueva York, la chica número diez que pasó por su vida y duró tres meses en ella, así como empezar a buscar trabajo de cualquier cosa. Ya no era selectiva; ni siquiera buscaba que el puesto le apasionase o le hiciese sentir realizada, solo que le ofreciese un contrato mínimamente estable y un sueldo razonable. Adiós a la esperanza de esos sueños de juventud.

Y, con ese pensamiento, estaba en la Gran Manzana cuando le llegó su momento de película, literalmente, ese instante en el que tu suerte cambia y tú no eres consciente de ello. Me explico. La pelirroja y su pareja paseaban por Times Square cuando se enteraron, por todo el alboroto que había, de que estaban inmersas en una manifestación LGTBI. La cuestión es que Vilma y su novia se emocionaron. Mucho. Tanto que se dieron un beso capaz de hacer sombra a la fotografía del beso más famoso del mundo, el del marine y la enfermera en aquel mismo lugar. Las cámaras de Times Square captaron ese momento y lo emitieron por las pantallas, lo que provocó que, de inmediato, se hiciera famoso, pues miles de personas lo compartieron a través de las redes sociales y algunos periodistas lo utilizaron para sus artículos, mientras las televisiones acompañaron la noticia con él. Se convirtieron en un icono. Un gesto destinado a pasar a la historia.

Todavía con la resaca de verse por todas partes, la pelirroja recibió la llamada de su representante y, según nos relató, tuvo que apoyarse en la pared del teatro por el que estaban pasando para no perder el equilibrio. Una ficción de sobremesa de época de Antena 3 se había fijado en ella y la querían para un personaje de la nueva temporada. Lo había logrado. ¡Ya era hora!

La telenovela, que lleva más de seis años en antena y parece que no va a tener fin, le proporcionó reconocimiento, fama, empleo y satisfacción personal. Eso sí, a cambio tiene que soportar que, cada vez que nos juntamos en Chillarón, todas las señoras del pueblo la persigan a unos diez metros de distancia y que mi madre la mire insistentemente mientras comemos sin parar de decir «¡Qué guapa es esta chica! ¡Y qué glamur desprende!». Un precio que está más que dispuesta a pagar.

Ana comenzó en una multinacional, y el día que le dijeron que la hacían fija, presentó su dimisión. Tal como estaba el mundo, no pude más que pensar que se había vuelto loca. Como yo, toda la gente. Conseguía un supercontrato, con un sueldo con tantos ceros que tiraba para atrás, y se largaba. Inconsciente. Chiflada. Se le habían cruzado los cables. ¿O no?

Mi compañera de universidad siempre ha sabido simplificarlo todo. Coger la piedra de su vida y pulirla hasta que alcanzaba esa forma que ella deseaba. Sin dejarse presionar por las opiniones del conjunto de la sociedad, sin deslumbrarse por las cosas que se supone que uno debe desear conforme avanza en la vida. Ella no quería dinero para poder pagar una hipoteca o alcanzar la estabilidad si eso no estaba acompañado de algo más importante: su felicidad. Y no ocurría así. Tenía un trabajo que odiaba durante todas las horas en la oficina, que se le hacían eternas, con una profesión que por más que se esforzaba no lograba apasionarle. Llegaba a su piso, se sentaba a ver la televisión y sentía que estaba tirando a la basura unos días que no recuperaría nunca. Así de simple. Por eso lo dejó en el mismo momento que tuvo el contrato que la ataría a la empresa durante el resto de su vida. Sabía que se acabaría adaptando a esa rutina y que se acomodaría hasta el punto de que llegaría un momento en el que, estancada, no se atrevería a dejarlo por miedo.

Se marchó y, al comprobar que no le salía nada, regresó a su Roma querida, donde trabajó en un restaurante como camarera, cosa que le sirvió para descubrir cuál era su verdadera pasión: la comida. Se apuntó a una escuela de cocina y volvió a Madrid con el título de chef. Ahora trabaja como cocinera en un pequeño restaurante italiano de una de las calles aledañas de Sol. Y lo debe de hacer muy bien, pues no solo recibe unas extraordinarias críticas culinarias, sino que además pone un gran amor en cada plato, en los que cuida hasta el más mínimo detalle y juega con los sabores y los olores, lo que se transmite a los comensales, que salen con la barriga hinchada y la firme determinación de regresar. Nosotras vamos muchas veces y nos ponemos hasta el ojete de pasta, pizzas, entrantes y todo lo que podemos zampar antes de tener miedo de salir rodando del establecimiento.

Por su parte, Patricia ya es ella al completo. Una operación que eliminó la «cosita» —así le gusta que denominemos a su difunto pene—, y se convirtió en la persona que siempre había sido a pesar de los impedimentos que le puso la naturaleza. Me encantaría que la siguiente frase fuera que su madre acabó por aceptarla, pero por desgracia no sucedió así. De hecho, no le tembló el pulso al chantajear a su marido con que eligiera entre divorciarse y estar con el desviado de su «hijo» o volver a casa. Su padre ni lo dudó. Llamó a un abogado y en menos de un mes la maquinaria ya estaba puesta en marcha. Ahora padre e hija viven juntos en la periferia de Madrid y sé, porque me consta, que se apoyan mutuamente hasta el punto de no necesitar a nadie más a su lado. Una familia de dos.

¿Y yo? Yo me rapé el pelo, me hice budista y me fui al Himalaya. ¡Que no! Aunque seguro que habría sido una aventura apasionante. Terminé la suplencia por maternidad y volví a ser becaria. Al cabo de un tiempo cubrí otra y de nuevo regresé a las prácticas... Así durante dos largos años, hasta que por fin sonó la flauta: uno de mis compañeros fichó por un periódico nacional y yo me quedé con su puesto. No cobro una millonada, más bien soy mileurista. Sin embargo, cada día voy feliz a la oficina porque hago lo que me gusta, y no cambiaría eso por estar en una multinacional ganando más y ser una desgraciada fuera de casa.

Digo «fuera de casa» porque dentro está Víctor, y eso, para mí, es sinónimo de un estado de alegría constante. No todo es de color de rosa. Hemos discutido. Mucho. Es normal. No puedes pretender meter en el mismo espacio a dos personas diferentes, de su padre y de su madre, con manías y costumbres, y que vivan en el país de la piruleta. Eso solo ocurre en las películas y porque terminan en el momento exacto en el que se dan el beso de su nueva vida. Nada de hablar de lo que viene después, como esa tapa del retrete que los hombres se resisten a bajar como si fuera un mandamiento divino que, de no cumplirse, estropearía el argumento de la pareja ideal.

Nos hemos peleado, sí, nos hemos dicho cuándo no llevábamos la razón y hemos debatido mucho hasta alcanzar un punto en común, hasta compenetrarnos, hasta ser uno, hasta lograr que lo nuestro funcionase, con la libertad de dos personas que se quieren, que son conscientes de que no son perfectas y que aceptan críticas porque, cuando uno sabe que aquel que está enfrente tiene como única meta su felicidad, es más sencillo que advierta sus propios errores.

Es extraño. Hace unos años no hubiera creído que podría llegar a decir esto, pero experimento una paz absoluta cuando me siento en el sofá un día nublado y lo veo trabajar. No necesito salir, ir al cine o cenar por ahí. Solo un buen libro en mi regazo y observarlo. Me gusta darme cuenta de que ahora conozco sus pequeños detalles, sus secretos como artista; por ejemplo, que cuando se frustra, muerde el lápiz como un roedor, y cuando consigue la estrofa perfecta, da un ligero golpe en la mesa, casi imperceptible para el resto, en señal de victoria. Pequeños placeres de la vida que no cuestan un euro y que me llenan.

Antes siempre imaginaba mi futuro; vivía en una niebla continua en la que quería más y más. Unas imágenes quiméricas que se instalaban en mi cabeza y no me dejaban ser feliz con lo que tenía. Un deseo falso, pero que creía que era real. Ahora vivo el presente, disfrutando de las etapas, de los días, de las horas, de los segundos, porque sé que llegaré a mañana, pero no recobraré el hoy si lo desperdicio.

La vida no se resume en los grandes momentos. De esos hay dos o tres. Los pequeños, los detalles, los instantes que parecen insignificantes, esos son los que en verdad importan. Aprovechar cada uno de ellos para llenar tu existencia de millones de cachitos de recuerdos inolvidables y no de uno épico. Tener una relación de cuento de hadas no es una declaración que haga suspirar a la gente que está a tu alrededor o que comporte que tus amigas te envidien cuando se lo cuentes. No. Tener una relación de cuento de hadas es amar que tu novio, un domingo cualquiera, ande de puntillas por la casa para no despertarte, girarte en la cama y echarle la mano por encima y que no se queje, aunque haga calor y estéis sudando como pollos, o darle un beso en el cuello mientras está trabajando en algo que no le sale. Eso es lo que tengo. Eso es lo que quiero. Ir paseando por la calle y ver un paso de peatones y acordarme de él; notar que tengo fiebre y volver del trabajo con la seguridad de que me pondrá paños de agua hasta que se me baje; ver sus labios después de un día de mierda y saber a ciencia cierta que, en cuanto los roce, todo lo malo se borrará de un plumazo. Eso es Víctor: un conjunto de millones de segundos de momentos insignificantes y mágicos, la felicidad al alcance de la mano, el amor sano.

La vida no es la suma de años, sino de sentimientos, y yo en eso soy más vieja que la mayoría de los ancianos que conozco. Y, como dije, no quiero ser como Peter Pan. Quiero crecer. Agotar las etapas y emprender nuevas. Todas a su lado. Todas de su mano. Todas con él como compañero.

¿Y qué pasó con Víctor? ¿Triunfó y es una estrella o se pegó la hostia de su vida y ahora le da a las drogas blandas? Lo hizo. Lo consiguió. Mostró al mundo su arte, lo que llevaba dentro, y los cautivó a todos.

Todavía recuerdo cuando nos mandaron su primer disco. Faltaban un par de semanas para que saliera a la venta y a nosotros nos lo enviaron desde la discográfica sin aviso previo. Abrí el paquete sin saber muy bien de qué se trataba y, cuando lo vi, me puse a gritar tan fuerte que Víctor bajó corriendo la escalera de dos en dos pensando que me había pasado algo, como que había sufrido una pequeña descarga al utilizar el microondas con los dedos todavía mojados de la ducha. Allí estaba. Su esfuerzo, su trabajo, nuestra ilusión.

La carátula era perfecta. Seleccionaron una fotografía de las que no salía posando. Entre tonos suaves y un fondo difuminado se le veía a él con la guitarra colgada del hombro, el pelo revuelto, una sonrisa letal y la mirada perdida en un infinito al que te morías de ganas de acompañarlo. No podía parar de contemplarlo y me acostumbré a llevarlo a todos lados en mi bolso. En el metro, en el trabajo, en la peluquería... Incluso por casa. Era sacarlo y entrarme la risa tonta. Lo usé tanto que lo desgasté en una semana.

Después llegaron los meses de promoción —en los que cada vez que lo veía en la televisión o lo escuchaba hablar por la radio mandaba callar a todo el mundo—, la gira —que comenzó con algunos conciertos contratados por Gran Bretaña y España y con la que, finalmente, acabó recorriendo medio mundo, lo que me permitió conocer diferentes países cuando sus actuaciones coincidieron con mis días libres o vacaciones— y las fans. Este último punto nos obligó a tomar una decisión.

Nos encantaba nuestro piso de plaza de España. Era pequeño, cuco e íntimo, y tenía mucho significado en nuestra relación. Sin embargo, siempre había gente esperándolo en el portal, llamando al telefonillo a altas horas de la noche y sin respeto ninguno —reconozco que un día lancé un par de huevos, cuando me despertaron a las cinco de la madrugada, a cuatro borrachas que le entregaban su cuerpo en ofrenda sagrada—, y salir a dar un paseo o a comprar, hacer las cosas normales, se tornó una odisea insufrible de fotógrafos de revistas y seguidoras que le sobaban hasta el punto de rozar el acoso. Sí, parece que cuando eres famoso no es necesario el respeto y que aquellos que han comprado tu disco pueden meterte mano, paquete incluido, como si los doce euros del precio del CD te convirtiesen en una especie de muñeco al servicio del consumidor, un putillo. Y todo sin chistar o poner mala cara para no quedar como un borde...

La solución más sencilla fue alquilar el estudio e irnos a una casita a las afueras que nos permite disfrutar de nuestra relación con intimidad y soledad como cualquier pareja normal. Al principio de mudarnos se me hizo raro. El chalé era tan moderno, perfecto, con una decoración tan estudiada que me sentía una extraña en mi propia casa. Demasiado elegante para mi gusto, me temo. Tanto es así que me daba vergüenza hasta bajar a desayunar con zapatillas de andar por casa y pijama.

Él lo notó. Como ocurre desde que nos conocimos, leyó en mi interior, y una mañana, entre concierto y concierto, me desperté y lo encontré con unos vaqueros viejos, sin camiseta; los muebles estaban tapados con plástico y había varios botes de pintura.

—¿Qué haces? —le pregunté.

—Esperarte, dormilona. —Y me tendió una brocha.

—¿Y esto para qué es?

—Pintar. —Se encogió de hombros ante la obviedad.

—Lo hicieron antes de que nos mudásemos. Las paredes están perfectas. Todo lo es —apunté.

—Demasiado blanco, gris, sombrío. Le falta personalidad. Nuestro sello. Nuestra huella. Quiero llegar a casa y no sentirme como en un jodido hotel...

—¿Estás seguro? —insistí, aunque yo estaba deseando llenar ese espacio de color.

—Sí.

Y durante días pintamos las paredes y a nosotros mismos cuando se nos iba de las manos y acabábamos en el suelo retozando al tiempo que en nuestros cuerpos se mezclaban los colores hasta formar unos nuevos. También compramos muebles, cuadros, muchos cuadros, y fuimos decorando nuestro hogar hasta lograr que quien entrara por la puerta percibiera nuestro propio espíritu libre, divertido, entrañable y soñador.

El chalé fue testigo de la gestación y el nacimiento del segundo bebé discográfico de Víctor y también de nuestros miedos e inseguridades. Dicen que el segundo álbum de un cantante o un grupo es la prueba de fuego. Muchísimos consiguen un *hit* que triunfa; durante unos meses logran la fama hasta alcanzar el pico de la pirámide y luego caen en picado hasta el olvido más absoluto. Eso era lo que temíamos, que el golpe de suerte o de justicia por lo trabajado no se repitiese y tuviéramos que empezar de cero.

La noche que la discográfica mostró el nuevo sencillo, el tema principal de su segundo CD, Víctor se fue a dormir pronto para al día siguiente poder enfrentarse a las críticas, buenas o malas, mientras que yo puse toda la maquinaria en funcionamiento. Mandé un mensaje colectivo a Sara, Vilma, Patricia, Ana y todos los amigos que tenía en el mundo para suplicarles que esa noche estuviesen conectados a las redes y, si los comentarios eran negativos, me ayudasen a cambiar la tendencia —ya se sabe que muchos medios las utilizan para valorar si la canción es un éxito o un fracaso, e igual que un buen titular te encumbra, otro te machaca—. Incluso miré cómo se compraban seguidores y todo... Muy mafiosa estaba yo a esas horas, sí, menos mal que no me hizo falta desplegar mis artes de guerra sucia porque el disco encantó. Era diferente, pero mantenía su esencia; era distinto, pero lograba calar en los seguidores de la misma manera. Era el cantautor reinventándose de una forma sublime.

Y con este segundo disco se afianzó la base de su éxito y artistas renombrados comenzaron a llamarle para hacer colaboraciones, composiciones conjuntas; incluso Santiago Segura le ofreció un cameo para la próxima entrega de *Torrente* (ya se sabe que no eres un artista que se precie hasta que él te llama; menos mal que por problemas de agenda no pudo. Solo imaginarlo diciendo «¿Nos hacemos unas pajillas?» ya me daba una cosica...), mientras que las grandes marcas se fijaron en él para campañas de ropa, de perfumes... Vamos, una auténtica locura que culminó con una gira final que, ¡tachán!, termina hoy con su último concierto en Madrid, ¡aleluya!

No me entendáis mal. Me encanta que llene estadios y teatros, pero a veces lo echo de menos. Cuando vuelvo de trabajar y él no está, el chalé se me antoja demasiado grande, y las horas y horas de conversación telefónica no suplen su hueco en la cama. Por eso, hoy, un sábado que podría despertarme a la una de la tarde —y como el oso ermitaño que me vuelvo los fines de semana no sería algo extraño—, lo hago a las nueve. Remoloneo un poco en la cama, girándome hasta llegar a su espacio en el colchón. Me gusta apoyarme en su lado y hundir la cabeza en la almohada hasta impregnarme de su olor.

Estoy deleitándome de la tranquilidad de nuestro hogar y su ausencia de ruidos cuando escucho un golpe y distingo perfectamente el «joder» que pronuncia Víctor a continuación. Voy a salir de la habitación para preguntarle qué ha liado esta vez cuando observo su sombra, a través de la puerta entreabierta, rumbo a nuestro cuarto. Viene despacio, sigiloso, puede que de puntillas. Regreso a la cama, me tapo con la sábana y finjo estar dormida.

El cantautor entra y camina lentamente hacia mí. Coloca algo en la mesilla de noche y se sienta provocando que el colchón ceda bajo su peso.

—Buenos días, dormilona. —Acaricia mi pelo.

—Diez minutos más. Solo diez minutos —me quejo como entre sueños, aunque estoy despierta. Me gustan sus cosquillas y cómo comienza a darme besos hasta llevarme al límite cuando quiere que me levante y me hago la remolona.

—Venga, va, que tengo una cosa para ti.

Mis ojos se abren de par en par y le observo emocionada. Está sentado a mi lado, con una pierna flexionada y la otra en el suelo. Lleva sus pantalones del pijama grises con la cinturilla negra, siempre demasiado bajos, sin camiseta, y los pies descalzos.

—¿Qué?

—No estoy muy seguro de que estuvieras dormida...
—murmura. Pero yo insisto.

—¿Qué me has traído?

Se aparta para que pueda ver la mesilla de noche y lo que reposa sobre ella, y es que, después de cinco años de convivencia, ¡me ha traído el desayuno a la cama! En una bandejita hay un vaso de leche fresquita, un zumo de naranja y un gofre de chocolate con una montaña de nata.

—¡¡¡No me lo puedo creer!!! —exclamo sentándome a su lado, al tiempo que elevo las manos al cielo de manera muy teatral.

—No entiendo a qué viene tanta sorpresa si siempre te subo el desayuno... —finge indignarse, pero no puede esconder del todo la sonrisilla.

—¡¿Serás farsante?! ¡Nunca lo has hecho! —Trato de darle con la almohada, pero él es más rápido y se agacha.

Nos reímos.

—Hazte a un lado, que quiero disfrutar de este manjar. —Le aparto y me siento.

—¿No lo vas a compartir?

—No.

—¿Ni un poquito?

—Es mío. Todo. Mi tesoro —bromeo con la boca llena por el bocado de gofre que acabo de dar.

—Ten en cuenta que todo acto tiene sus consecuencias...

—Me arriesgo.

—Está bien. Entonces tendré que llevar a otra a ver el musical de *El Rey León*...

Retira los vasos y veo que debajo están las dos entradas. El último de mis deseos pasados que le faltaba llevar a cabo, porque las promesas las ha cumplido todas: enseñarme a conducir, bucear, besarme debajo de la lluvia... Eso sí, como me dijo en una ocasión, ha seguido formulando otras nuevas para mantenerme siempre anclada a su lado.

—¡Toma! ¡Tuyo! —Le acerco el gofre a la boca con tanta rapidez que no le da tiempo a reaccionar y acabo manchándole la cara.

—No, no, no... La avaricia te ha hecho perder la oportunidad...

—¡Dime cómo puedo enmendarlo! ¡Me convertiré en tu esclava si hace falta, que yo quiero ver a Simba, Timón y Pumba en acción!

—Es una oferta tentadora. Por lo pronto podrías limpiarme el chocolate de la cara, me has pringado entero.

Asiento y cojo la servilleta, pero antes de que comience, niega con la cabeza.

—Échale imaginación... —Sonríe de medio lado, seductor, y yo sé exactamente lo que quiere.

—¿Así? —Me acerco y lamo la comisura de sus labios.

—Mucho mejor, aunque seguro que si piensas puedes superarlo. —Recorro con mi lengua su labio inferior y noto como su respiración se acelera.

—¿Lo he conseguido?

—Casi... Estás rozando la perfección.

Nos miramos fijamente y, sin dejar de hacerlo, le beso. Nuestros labios se entreabren y mi lengua penetra en su interior para jugar con la suya, mezclando el sabor del chocolate con el de nuestra saliva.

—Lo has logrado, son tuyas. —Se separa el tiempo necesario para agarrarme por la cintura, tumbarme y colocarse encima, arrasando con todo lo que hay a su paso.

—Hoy te tocaba limpiar a ti... —le recuerdo al ver que el gofre está en el suelo, mientras sus manos expertas me arrebatan el camisón y me dejan en braguitas.

—Luego lo hago. Ahora tú eres mi prioridad. —Me besa en el cuello y yo me estremezco.

—¿Solo ahora?

—No. Para siempre.

La piel se me pone de gallina.

—Para siempre —repito paseando mis dedos por el tatuaje de su pecho, consciente de que esta vez es de verdad, que por fin he conseguido que mi historia no termine con una declaración caduca, sino con una promesa que une de forma irremediable nuestros futuros.

¿Ya está? ¿Eso es todo? ¿Este es el mejor día de tu vida?, diréis. ¡Pues sí que te conformas con poco, Aura! Lo sé, es cierto, lleváis razón. Y estoy satisfecha de que la tengáis, porque eso solo puede significar una cosa, y es que he encontrado la fórmula de la felicidad absoluta. Si cosas tan cotidianas como que mi novio me sirva el desayuno en la cama y me haga el amor despacio son capaces de hacerme sentir tanto, no me quiero ni imaginar lo que ocurrirá el día que nos casemos, que traigamos al mundo un par de críos o que nos miremos a los ojos llenos de arrugas y nos demos cuenta de que hemos compartido el final de la adolescencia, la madurez y también la vejez. Todas las etapas. Juntos. Nosotros. Puede que explote o que simplemente dé las gracias al azar, al destino o a lo que fuera que le pusiese en mi camino, porque me ha dado vida. Literalmente. Para mí la existencia de una persona se mide en las veces que ha sonreído, las ocasiones en las que los latidos han puesto a bombear su corazón a la máxima velocidad y los sentimientos que han traspasado el cuerpo hasta rozar el alma. Y él ha conseguido, con su forma de entender el amor, con sus palabras y con sus caricias, que las tres se acoplen y me acompañen en mi día a día regalándome un paso por este mundo con el que tal vez no deje huella, sin libros que hablen de mí, y que mi recuerdo se pierda con las diferentes generaciones, pero con el que yo sé que no he malgastado ni un mísero segundo, respirando con la boca abierta para inundar mis pulmones, sin límites y viviendo una historia de amor que, aunque común, es la más especial que he conocido. Mía. Suya. Nues-

tra. Y un poquito vuestra también, por compartirla. Víctor
y Aura. PARA SIEMPRE.

VÍCTOR

Me limpio el sudor de la frente con la toalla con el eco de
«otra, otra» resonando. El ritmo de los gritos ha aumentado. Son insaciables. Ya he salido cuatro veces desde que
«se suponía» que había terminado el concierto. Todo estaba programado. Además, no era muy complicado adivi-
nar lo que sucedería, dado que la orquesta no había abandonado el escenario. Pero ahora la banda ya no está y mis
seguidores reclaman más. Quieren una cosa. Solo una. Y
yo se la voy a dar.
    —Culmina la actuación. Llévalos al orgasmo —me
indica mi representante, y yo asiento. Él siempre compara
cada una de mis actuaciones con el acto sexual. Los preliminares en los que seduces a los asistentes y los pones a
tono, las canciones entre medias con las que mantienes su
atención y haces que se olviden del resto del mundo y la
culminación, ese punto glorioso en el que los llevas al límite hasta que explotan con un final memorable.
    Mis compañeros me hacen un pasillo y me ovacionan
a mi paso para animarme. Es el último concierto que hacemos juntos hasta la siguiente gira. Una especie de despedida temporal de mi pequeña familia forjada a base de
horas de ensayos y kilómetros de carretera compartidos.
    Salgo fuera y la gente aplaude de tal modo que da la
sensación de que el estadio se va a venir abajo. Me emociona. Esas palmas que entrechocan y esos labios que
ponen en forma de O para silbarme llenan mi espíritu.
Todavía no me creo que me aclamen a mí, que yo haya
conseguido calarles tan hondo haciendo algo que ni siquiera me cuesta esfuerzo, que me nace solo, que hago

exactamente igual que cuando estaba encerrado en mi habitación y los únicos testigos de mi música eran los vecinos que me escuchaban a través de la ventana abierta.

Acudo al centro del escenario, donde un foco señala ese taburete que me está esperando. Me acomodo y coloco la guitarra en mi regazo. El instrumento me da seguridad, me siento acompañado allí arriba. El público calla. Un silencio sepulcral. Expectantes. Impacientes. Nerviosos porque saben lo que viene a continuación. Todas las luces, menos la blanca del cañón que me enfoca, se apagan, y oigo exclamaciones ahogadas y suspiros. Me alegro al ver el efecto que tiene en ellos. Narcotizante. Placentero. Preparados para que los lleve a otra dimensión.

Arranco las primeras notas con delicadeza, de memoria, sin necesidad de un pentagrama que me indique cuáles son los acordes de esta melodía. Como respuesta, miles de lucecitas se proyectan delante de mí, mecheros que se balancean a mi ritmo y móviles que graban..., una especie de cielo estrellado hecho a mi medida que me permite creer que por fin he sido capaz de coger mis alas rotas y aprender a volar.

Todos los artistas tienen una canción fetiche. Un tema que su público elige por ellos y que han de tocar concierto tras concierto. El momento más esperado. Dicen que con el paso de los años acaban aborreciéndolo, cansados de cantarlo actuación tras actuación, de que siempre se lo pidan, de haberlo escuchado millones de veces. Yo sé que en mi caso no sucederá así. Estoy completamente seguro. Sin dudas. Podría entonarlo hasta morirme. Y es que ellos seleccionaron su tema. El que para mí es sinónimo de ella. La banda sonora de su vida. Una declaración de amor utilizando como medio mi voz, haciendo lo que mejor se me da. *Aura cambia las zapatillas por zapatos de tacón.*

No sé a quién le debo tanta suerte, pero gracias. Gracias porque en cada concierto, aunque estemos a miles de kilómetros, yo actuando y ella andando pizpireta con la grabadora en la mano para hacer alguna de sus entrevistas, es tocar esas notas y sentirla a mi lado, viajando a ese día en el que, sin aviso previo o señales, pusieron en mi camino el jodido regalo de mi vida. Es rozar la guitarra y verla de nuevo por primera vez como la sardina que se lanzó para salvarme de una multa por fumar en un establecimiento público y acabó por salvar mi existencia.

Entonces no lo sabía, pero ahora soy consciente de que si ella no me hubiera elegido, si no se hubiera preocupado por mí sin ninguna obligación, si no se hubiera lanzado a la piscina con una declaración que me removió las entrañas, si no me hubiera perdonado cuando me marché..., si no me hubiera querido con ese modo de entender el amor que tiene, entregándose al cien por cien, yo habría paseado por la tierra como un muerto viviente, un zombi que ni siquiera es consciente de que lo es y no pone remedio. Ella cogió un desfibrilador y no cesó en su empeño hasta que mi corazón muerto volvió a latir. Aura hace que cobre sentido esa manida expresión de que no estás vivo si no sientes.

Entono la primera estrofa y el público comienza a cantarla conmigo. Grupos de seguidoras se agarran por los hombros y se balancean siguiendo el ritmo íntimo y personal del tema; otras sacan los pañuelos y comienzan a limpiarse las lágrimas, conscientes de que en este momento no estoy cantando. No. Estoy abriendo la carne, desgarrando mi cuerpo de dos en dos para mostrarles mi interior. Ese en el que ella habita. Les estoy mostrando todo lo que soy. Todo lo que quiero ser.

Levanto la mirada y busco a Aura. Ella siempre quiere estar abajo. Como una más. Bailando y gritando hasta que después me saluda con su voz de ultratumba y agotada.

La localizo en el extremo derecho, donde Álex, mi escolta, la acompaña. Está preciosa. Lleva el pelo canela recogido en una coleta y una camiseta de manga corta del equipo de la gira. Nada especial. Y, sin embargo, me parece que es la cosa más bonita que he visto en la faz de la tierra. Más que esas especies protegidas en peligro de extinción. Ella es única. Mía. Diferente. Siempre me dice que yo soy especial, pero está equivocada: ella lo es y me contagia. Con su sonrisa, con su actitud ante la vida, con su forma de relacionarse, con su esencia. Cuando Aura te mira y te ves reflejado en sus ojos, sabes que tienes que esforzarte por ser una persona digna del cariño que desprende en cada parpadeo, del amor que te regala sin pedir nada a cambio; cuando Aura te roza, ya sea con las pestañas mientras te está dando un beso o con la yema de los dedos recorriendo tu piel, te das cuenta de que su contacto está borrando las cicatrices de épocas pasadas, sanando tus heridas a su paso; cuando Aura te escucha, deseas compartir con ella todos tus recuerdos para que, aunque ella no haya estado presente en algunos, forme parte de ellos; y cuando Aura te hace el amor, cuando se abre para ti y tú entras en su interior, sientes que eres el jodido rey del mundo, un dios que ha encontrado su paraíso en la tierra y no quiere volver al reino de los cielos. Y es que con Aura las definiciones de las palabras dejan de tener sentido porque todo es más. La intensidad de su personalidad arrasa con lo conocido y lo lleva hasta límites desconocidos por el ser humano.

Nuestras miradas se encuentran y me hace un gesto con la mano para indicarme que todo va perfecto. Hay miles de personas en el estadio, pero mi atención se centra en ella. Viajo a la velocidad de la luz y rememoro cada experiencia a su lado. De pronto, noto un nudo en la garganta, que se transmite a un público que se une a mi emoción, aunque no sabe el motivo de esta. Y es que acabo de darme cuenta de que, en cada concierto, cada vez que canto esa misma canción, la suma de mis recuerdos a su lado se incrementa y no puedo evitar pensar en el placer que sentiré conforme se vayan añadiendo nuevos momentos hasta que ella lo inunde todo sin excepción.

Termino *Aura cambia las zapatillas por zapatos de tacón* y creo que los gritos retumban por media ciudad. Les ha encantado. Ha sido el punto final perfecto. Nos despedimos con un «hasta la próxima, Madrid», con la esperanza de que el tercer álbum siga el camino de los anteriores. Una vez en el *backstage*, me abrazo con el equipo. Alguien descorcha una botella de cava tras agitarla y nos empapa a todos y nos felicitamos mutuamente. Yo soy el rostro visible, es probable que el más famoso, pero nunca se me olvida que el resultado es fruto de todos, desde las personas que montan el escenario hasta los que manejan las luces, para que mis seguidores puedan disfrutar. Una máquina en la que ellos son el engranaje interior que permite que funcione y yo, el envoltorio que todo el mundo ve.

—Apartaos, que viene el mono —anuncia Rick, el batería.

No me hace falta que diga de quién se trata. Solo hay una persona a la que llaman así.

Dejo la guitarra a tiempo antes de que Aura salte y se sujete con sus piernas enroscadas en mi cintura. Me besa y casi nos quedamos pegados con nuestro sudor. Debería resultarme desagradable, pero me gusta tenerla tan cerca. Por encima de su coleta enmarañada observo a Álex, que, como buen profesional y serio a más no poder, intenta no mostrar esa sonrisa de ternura que ella le despierta. Todos la adoran. Dicen que está loca, pero les encanta su vitalidad, su forma de emocionarse con todo, su energía. Ella. Un grupo de artistas, muchos de ellos divorciados y otros tantos mujeriegos incorregibles, que me envidian y me recuerdan una y otra vez que «no la deje escapar», que «no hay otra como ella». Agradezco que lo hagan, aunque no es necesario. Habría que ser el hombre más idiota de este planeta para dejarla escapar, para apartarla de mi lado, para no valorar el tesoro que tengo entre manos.

Intenta hablar, y no me equivocaba: parece que estoy escuchando a un muerto viviente —se ha quedado afónica por gritar como una descosida durante todo el concierto.

Esperamos a que la gente abandone el estadio y a que las calles aledañas se despejen antes de montarnos en el coche para ir a casa. Salimos del aparcamiento subterráneo y nos encontramos con un grupo de unas quince chicas que siguen esperando.

—Estoy cansado —apunto leyéndole el pensamiento.

—Ellas también —logra decir con varios gallos—. Dos semanas durmiendo a la intemperie, haciendo turnos y sin largarse ni el día que llovió... —remarca—. Tú verás. Pero recuerda que si hoy has actuado aquí es porque han comprado tus entradas...

Accedo y salgo. Las chicas se quedan asombradas al ver cómo me acerco para hacerme decenas de *selfis*, darles besos e incluso para ponerme al teléfono con amigas suyas que son «mis mayores fans». Continúo siendo una persona tímida y reservada; los escenarios, los focos, las entrevistas y el éxito no han cambiado mi personalidad. Nunca he sido seguidor de nadie, no me he pintado la cara con el nombre de ninguna celebridad y mi máxima ilusión en esta vida no ha sido conseguir autógrafos, por muy famosas que estas fueran o por mucho que me gustase su trabajo. Tal vez por este motivo Aura se encarga de aconsejarme y explicarme cómo debo tratar a las personas que compran mis discos y las entradas para los conciertos y que sienten, aunque solo sea por mi música, como si me conociesen, para las que una imagen conmigo es lo mejor que les puede pasar.

Y no solo con ellas me ha ayudado. El mundo de la música es muy complicado y hay muchas tentaciones. Primero, porque parece una competición constante, siempre tienes que estar arriba, ser el que más vende, el que más gusta... El más de todo. Segundo, por lo agotador del ritmo y las sustancias que te ofrecen para aguantar la presión. No lo negaré. En ocasiones, cuando he tenido tres o cuatro conciertos seguidos, tras dormir en la carretera cinco horas y mal, y aun así debía darlo todo, he estado a punto de aceptar la cocaína para poder soportar ese cansancio físico que me hacía sentir agotado, que me costase hasta andar por las agujetas y hablar por el mal humor de no haber descansado lo suficiente. Hacer caso a esos «amigos» que ahora salen como setas y tomar un camino que, dicen, es fácil. Aunque yo creo que te lleva a una vorágine de destrucción y adicción de la que después es muy complicado salir.

Sin embargo, cuando Aura me llama por teléfono y veo la ilusión que desprende en cada una de sus palabras por lo que le cuento, sé que soy el número uno para ella y deja de importarme una mierda haber bajado cuatro puestos en las listas de las radios. Y cuando tengo una raya delante y un billete enrollado para esnifarla, pienso en lo que eso me puede convertir. Un adicto. Y Aura dejará de estar orgullosa de mí y le haré vivir un infierno. Ese no es mi cometido porque, como dice mi canción, yo me he propuesto ayudarla a volar entre las estrellas y a no caer. Ella es la única droga que necesito, empaparme de su energía y su vitalidad hasta coger las fuerzas que me falten.

Firmo el disco de la última chica y subo de nuevo al coche, donde Aura me espera sonriente por haberle hecho caso, porque la fama no se me haya subido a la cabeza y siga mostrándome cercano y agradecido a las personas que me apoyan incondicionalmente a pesar de no conocerme en persona y no tener ningún motivo para hacerlo.

Conduzco con calma hasta nuestro chalé y bajo la radio cuando me doy cuenta de que Aura se ha quedado dormida en el asiento de copiloto. Una vez en el garaje, la cojo en brazos y la llevo hasta la habitación, depositándola con cuidado encima de la cama. Está agotada. Como yo. Sin embargo, todavía tengo la adrenalina recorriéndome las venas y decido darme una ducha.

Abro el grifo y el agua me recorre todo el cuerpo. Tomo la esponja y froto con gel mis piernas, mis brazos, mi torso. Todo. Nunca me ha gustado ducharme. No porque sea un guarro ni nada por el estilo. La cuestión es que los tatuajes eliminaron las cicatrices de mi madre a mi vista, pero siguen estando ahí al tacto. Para recordarme el calvario que sufrí durante tantos años. Era pasar la mano con jabón por determinadas zonas y, al notar los restos permanentes de las heridas, volver a ese pasado en el que las palizas no tenían justificación y el dolor formaba parte de mi día a día. Regresaba con tanta fuerza a esos acontecimientos que marcaron tanto mi forma de ser que a veces me ponía a temblar, débil, indefenso.

Me doy cuenta de que ya no ocurre. No sé si ella ha sido capaz de eliminarlas con sus besos o simplemente ha cambiado la perspectiva de como las veo. A veces creo que son un regalo. Que el jodido universo se percató de que había castigado de manera injusta a un chiquillo indefenso y quiso enmendar su error regalándole el corazón de la criatura más especial que había creado. Alguien capaz de poner fin a mi estado de oscuridad llenándome de luz y de acabar con los recuerdos agonizantes de unas heridas hechas con toda la maldad del mundo, acariciándolas con amor en los instantes más importantes de nuestra relación. Mientras paso la esponja por encima de las costillas, ya no pienso en que mi madre me las rompió, sino en que Aura tenía su cabeza apoyada allí cuando la informaron de que la contrataban fija en la agencia; no noto la presión de sus dedos en mi cuello de manera asfixiante, sino el reguero de besos que ella deja en su camino hacia la boca; en la espalda no siento unas manos desgarrándome la piel hasta que se me rompían las cuerdas vocales por los gritos de desesperación y dolor, sino unas uñas que se clavan en la carne mientras me dice lo mucho que me quiere cuando llegamos al orgasmo juntos. No queda nada de mi madre y del efecto de inseguridad que producía en mí. Solo ella. La chica de mi vida.

Salgo de la ducha, me pongo la parte de abajo del pijama y voy a la habitación. Aura se ha debido de despertar porque lleva puesto su camisón de Mafalda. Sí, de dibujitos, porque, según su experta opinión, un personaje que tantas verdades ha dicho a niños y mayores nunca pasa de moda.

Apago la luz y me siento a su lado. Se revuelve sin despertarse y no sé si lo hace por mi presencia o por las ráfagas de aire que entran por la ventana abierta. La observo. Podría estar así horas. Días. La vida entera. Aura siempre duerme relajada, con la tranquilidad de quien tiene la conciencia tranquila porque sabe que cuida su universo y el de aquellos que la rodean y no destruye lo que pasa por su camino. Si fuera un huracán, quitaría las malezas de las zonas que arrasase para sacar lo mejor de los lugares que recorriese.

Gira hasta que su cuerpo se encuentra con el mío y, aun en sueños, mueve la mano de manera instintiva para abrazarme, apoyando la cabeza en ese «Para siempre» que rige mi vida. Le acaricio el pelo como si fueran las cuerdas de mi guitarra, y su piel se pone de gallina mientras me aprieta más y más.

Desde pequeño nunca he podido dormir mucho. Siempre estaba alerta. Sin descansar. Atento a esa puerta que se podía abrir de un momento a otro y mostrarme que, en mi caso, mis pesadillas no estaban en el mundo onírico, sino en el real. Tal fue la costumbre que tuve que el insomnio se instaló en mis rutinas y parecía que iba a quedarse. Hasta ahora.

Atraigo a Aura hasta mí y su olor me inunda y, liberado, me doy cuenta de que se me empiezan a cerrar los ojos.

—Te quiero... —susurro, aunque ella no me esté oyendo. Hay veces que necesito decírselo por el mero placer de pronunciarlo. Por saber que un día más ella está a mi lado, no se ha marchado, sigue aquí. Mi puerto seguro. Esa rutina que adoro. Ese sentimiento de que todo está bien, mi vida.

¿Sabéis por qué cuando quieres a alguien le llamas «mi vida»? Yo sí. He descubierto el gran secreto de la frase ñoña por excelencia. Significa que llevas a esa persona en tu corazón, que es parte del órgano vital, que da igual lo lejos o lo cerca que estéis o si algún día muere porque permanecerá siempre contigo, hasta ayudarte a bombear tu último latido. Por eso se lo digo, porque es mi verdad más absoluta. No sé qué pasará en el futuro, pero sí que, hasta que deje de respirar, ella será la inquilina de mi pecho.

La vida es una locura, pero por lo menos conoces el final. Es el mismo para todos. No te pilla por sorpresa. Lo sabes y puedes jugar con ventaja. Aprovechando todos los instantes entre el principio y el fin. Con una evolución que merezca la pena. Yo creía que la mía se basaría en viajes por el mundo, en una existencia desarraigada, solitaria y bohemia, y, sin embargo, aquí estoy, disfrutando del placer de tener a mi chica entre mis brazos, compartiendo la cama de matrimonio. En mi hogar. El primero que tengo y el único que siempre he deseado.

Poco a poco el cuarto se va desvaneciendo y, antes de ceder al sueño, solo pienso: «¡Qué bonita es la vida ahora que por fin estoy en casa, joder!». Y, sí, casa para mí es Aura, estar entre sus brazos, exactamente.

Si te has quedado con ganas de más,

empieza a leer el primer capítulo de la nueva novela de Alexandra Roma

 Planeta

0

Los sueños...

Kelly

Me miré de nuevo en el reflejo de la cristalera del escaparate antes de entrar en el edificio. Se me veía a mí con los vaqueros, las botas negras, el abrigo beis claro de capucha que escondía el jersey oscuro de cuello vuelto y la coleta en la que había recogido mi melena rubia. A mi alrededor había varios libros expuestos. Las novedades de la editorial World Dreams, en la que yo publicaba.

Era escritora.

Dicen que los sueños dan alas. Pues bien, si eso es cierto, yo había empezado a alzar el vuelo cinco años antes, a los dieciséis. Papá, mi hermana mayor Mía y yo acabábamos de trasladarnos de Boston a Salem a casa de la abuela Charlotte, tras la muerte de mi madre, cuando empecé a escribir. Supongo que cada uno de nosotros buscaba su propio refugio en el que lamerse las heridas y recomponerse hasta que fuesen cicatrices, y ese fue el mío.

Escribí mi primera novela. «Guau», fue lo que pensé

513

al ponerle punto final sumida en una especie de catarsis que nunca había experimentado y que me palpitaba en las venas. Lo hice en mi nueva habitación cuatro meses después de llegar. Vomité el libro. Y, lejos de lo que podía parecer en aquella época en la que el color me abandonó y comencé a pintarme mis cortas uñas de negro, fue el texto más *cuqui*, dulce y empalagoso del universo. Una historia bonita, sin mayores pretensiones que describir el primer amor, provocar sentimientos y reconfortar a quien la leyese, personas como yo a cuyo alrededor estuviese todo enredado y necesitasen un lugar seguro al que huir, en el que bajar las barreras, relajarse y poder fluir.

Nuestro Big Bang, la titulé.

Abraham, mi mejor amigo de Boston, fue el primero que la leyó, y me animó para que la enviase a las editoriales. Juntos elaboramos un listado basándonos en las novelas de temática similar que yo misma había leído y formaban parte de mi particular biblioteca, una simple balda de la estantería de mi habitación. Luego, nos metimos en internet, descartamos las editoriales que no admitían manuscritos y apuntamos lo que había que enviar a las otras. Cada una pedía unos requisitos distintos. Una auténtica locura. Juntos nos pusimos manos a la obra y lo fui mandando todo. Recuerdo que, al escribir a mano las cartas de presentación para cada editorial, sentía las punzadas de ilusión que me recorrían mientras las redactaba.

En aquel momento, la ilusión parecía inagotable.

Estaba convencida de que lo era.

Su fuerza era tal que no se desintegró cuando a las pocas semanas llegó el primer rechazo, ni se consumió con las negativas que vinieron a continuación durante los meses que le siguieron. Es más, a pesar del dolor que me producía cada «no», permaneció tan intacta que me puse con la segunda obra. Hacerlo me ayudaba. Era terapéutico. No tengo muy claro que entonces solo escribiese para mí, puesto que quería publicar, lo deseaba con toda mi alma, pero disfrutaba tanto con ello que me compensaba y no podía parar.

En resumen, escribir se convirtió en mi balón de oxígeno.

La mayoría de los días en los que te va a pasar algo bueno o malo no suelen venir acompañados de señales. Neones luminosos. Por eso, cuando World Dreams se puso en contacto conmigo a través de una carta, yo había ido a mi instituto en Salem como siempre y, después de comer en el sitio de la cafetería en el que me gustaba sentarme los días de invierno, había regresado a casa de la abuela Charlotte (nuestra casa, aunque siempre me costó llamarla así) en autobús, porque estaba diluviando y Mía, dos años mayor que yo (esto es, la que mandaba), odiaba el mal tiempo. Quién le iba a decir que terminaría viviendo en Düsseldorf, Alemania, aunque supongo que hacer prácticas en la Agencia Espacial Europea ayudaba. Ese era el sueño de mi hermana, sus raíces (porque la mantenía anclada al suelo), y, a pesar de las condiciones climáticas, lo estaba cumpliendo.

Los sueños…

El caso es que volvía como siempre del instituto, sin sospechar que esa tarde mi vida daría un giro de ciento ochenta grados. Al pasar por la cocina, papá me dijo que tenía una carta de una editorial imaginando que me enviaban información sobre sus novedades. Fue lo que dedujo. Él no sabía que escribía. Poca gente lo sabía: Abraham, Wendy, la abuela Charlotte y Mía. Era muy reservada con ese tema. Con esa parte de mí que, como muchas otras, fui ocultando a los demás. Mi rincón de paz, lejos de las turbulencias. Por eso firmaba con el seudónimo K. B. Stevenson, mis iniciales y el apellido de soltera de mamá.

Recuerdo que las manos me temblaban ligeramente cuando fui a cogerla, pero Mía se me adelantó y las dos subimos corriendo por las escaleras hasta mi habitación. También recuerdo que mientras mi hermana abría la carta me dejé caer con suavidad en el borde del colchón y desvié la mirada detrás de ella hacia la pared. Cogí una bocanada de aire y me pregunté si alguien más lo haría: transcribir las citas que más le gustaban de los libros que leía y empapelar una pared, solo una, de su cuarto con ellas. Si alguien utilizaría alguna vez mis textos para decorar su habitación.

Las ilusiones...

—Vaya —fue lo único que pronunció tras leerla, y frunció el ceño. Mía, a diferencia de mí, que era un calco de mi padre, había heredado la genética de mamá y tenía el cabello ondulado y pelirrojo, casi anaranjado, y unos preciosos ojos azules. Envidiaba su color. Los míos eran de un marrón común que a veces jugaba a aclararse. Y envidiaba su fuerza, la forma en que era capaz de continuar hacia delante como si un camión no nos hubiese pasado por encima en forma de pérdida—. Interesante... —continuó.

Me recompuse, volví a fijar las pupilas en ella y le pregunté:

—Dicen que no, ¿verdad?

Por lo menos, habían tenido la decencia de contestar y podría tachar esa editorial de la lista que descansaba en el cajón de mi escritorio. Muchas no lo hacían. Y el silencio prolongado, la incertidumbre, un interrogante que nunca se iba a despejar era bastante peor que una respuesta incómoda.

Las respuestas eran mi zona de confort.

Siempre quería tenerlas.

—No, eso no es lo que dicen.

—¿Entonces? —me impacienté. Lo único peor que no tener respuestas era entusiasmarte con algo y que al final no saliera bien.

—¿Has mandado las propuestas editoriales sin incluir

un número de móvil, Kelly Bennet? —Dobló el folio en dos y cruzó los brazos a la altura del pecho, enarcando una de sus espesas cejas naranjas.

—Sí, porque no tengo. Ya sabes lo que opina papá —le recordé.

Desde que mi madre había muerto tras perder el control del volante del coche que conducía en una carretera helada, nuestro padre era muy precavido y todo le resultaba peligroso. Veía amenazas aquí y allá. Y un móvil con acceso ilimitado a internet era una bandera roja gigante y ondulante. Luego cambió, confió en nosotras, pero se tomó su tiempo.

Aclaré la garganta y añadí:

—¿Por qué?

Aguardó unos segundos con un gesto indescifrable.

—Porque vas a tener que usar el mío. ¡Quieren hacerte una propuesta para publicarte!

—¡No!

—Sí.

—¿Sí?

—¡¡¡Sí!!!

Ni siquiera lo tuvimos que hablar para subirnos a la vez a la cama y ponernos a dar saltitos de pura emoción para celebrarlo mientras el colchón se hundía y botaba amenazando con hacernos caer. Ambas sabíamos que aceptaría. Ofrecieran lo que ofreciesen, diría que sí.

De esta manera, *Nuestro Big Bang*, de K. B. Stevenson, llegó a todas las librerías del país un 8 de noviembre y más tarde lo tradujeron al castellano, francés, italiano, alemán y portugués. Tuve un éxito relativo, de notable alto. Es decir, mis cifras de ventas no eran astronómicas y para mis firmas no se necesitaba ticket, pero fueron suficientes para ganar un pellizco, de modo que la editorial volviese a apostar por mí y nunca más me encontrara sola en la feria del libro de cualquier estado.

Le siguieron *Pudimos serlo todo*, una historia de segundas oportunidades con la que empecé a formar una comunidad lectora, y *Al final siempre estás tú*, la novela que perseguía a dos personas que, daba igual donde las lanzase la vida, siempre terminaban encontrándose. Y así me afiancé como escritora. Tampoco fui una megasuperventas o la autora revelación de la novela romántica juvenil/*new adult*. Ni me convertí en la voz de ningún género o generación. Sin embargo, ganaba lo suficiente para vivir y, cuando el resto de mis compañeros de instituto se debatían sobre qué universidad elegir, tomé una decisión. Me dedicaría profesionalmente a escribir y pertenecería a ese pequeño porcentaje de personas que puede afirmar con orgullo que ha hecho de su trabajo su sueño o de su sueño su trabajo. Daba igual. Iba a ser escritora. «Guau», resonó de nuevo en mi mente, y entonces las sentí. Alas revoloteando en mi estómago. Pequeñas mariposas. Las mismas que me sacudían en aquel momento, cinco años después, mientras dejaba de mirarme en la cristalera y, con veintiún años recién cumplidos, entraba en el edificio principal de la editorial World Dreams en Manhattan, Nueva York.

No era la primera vez que pisaba aquel lugar (llevaba viviendo dos años en un pequeño apartamento de una habitación que había alquilado en Brooklyn y había visitado la editorial en varias ocasiones), pero sí la que más nerviosa me puse mientras esperaba a que el conserje, que según la chapita se llamaba Tim, me diese la tarjeta provisional para acceder.

—Gracias —le dije al cogerla.

Crucé la barrera y esperé el ascensor acristalado para subir a la tercera planta, donde se encontraba el área de ficción, y mi editora, Betty, saldría a por mí. Había pasado un mes desde que le había enviado mi cuarta novela, *La verdad que dice mi silencio*, una reflexión sobre dos personajes que estaban muy enamorados pero que se perdían el uno al otro por la falta de comunicación y el miedo. Todavía no me había comentado nada. Solo un «la estoy leyendo, esto empieza fuerte» y «¿qué te parecería que nos viésemos la semana que viene? Podemos desayunar».

Entré en el cubículo y la inquietud que me retorcía el estómago se acentuó apoderándose de mi cuerpo cuando la puerta se cerró detrás de mí.

La gente suele pensar que el número de novelas publicadas aumenta la seguridad en ti misma, pero en mi caso el efecto era el contrario. Quizá porque al comenzar no tenía expectativas y me había dado cuenta de que estas asesinaban la creatividad. Tal vez porque sabía que el trabajo que había presentado era un «mojón». Al terminarlo, no había sentido la catarsis. La sensación de que por fin había expulsado todo lo que llevaba dentro entremezclada con la nostalgia por haberlo hecho. Aunque, claro, también podía deberse al maldito síndrome del impostor que me estrangulaba o al incómodo autosabotaje. A lo mejor había idealizado lo experimentado con mis trabajos anteriores, y además…, se podía leer, ¿no? El problema era que necesitaba que alguien me lo confirmase.

«Vamos, Kelly. Todo va a ir bien», me animé mirándome al espejo y dedicándome el primer pensamiento amable en… ¿semanas?

Apreté los puños a ambos lados de mi cuerpo, asentí y me obligué a dibujar una sonrisa que mantuve hasta que el ascensor paró. Al otro lado, como me había ocurrido en mis visitas anteriores, aguardaba Betty, que me recibió con el abrazo habitual y su «hola, querida», que apaciguó los pinchazos que me perforaban los tímpanos.

«Si pensase que eres un fraude, lo peor que le ha ocurrido en su carrera de editora, no parecería tan tranquila», repiqueteó en mi cabeza, y, de nuevo, volví a tratarme con amabilidad. Como si en el instante en el que nos vamos a ahogar nuestro instinto de supervivencia prevaleciera sobre los demás y dejásemos de ponernos la zancadilla y machacarnos la mente.

—¿Quieres un café, Kelly? He reservado una sala —me ofreció a la vez que entrábamos en el área de ficción y yo me quitaba el abrigo.

—Con leche, gracias. ¿Isabella y Ava no vienen?

No fue una pregunta lanzada al azar. Isabella, Bella, llevaba el marketing y la comunicación de mis lanzamientos, y Ava era la directora editorial. Siempre, desde *Nuestro Big Bang*, habían estado presentes en las reuniones.

Hasta esa mañana.

—Hoy hablaremos a solas, que hace mucho que no nos vemos —repuso Betty sin alterar su expresión amable.

Lo que decía era cierto. Ella vivía en San Francisco y normalmente trabajaba desde allí, por lo que la mayoría de nuestros encuentros eran *online*. Por Teams. Aun así, algo no me daba buena espina, pero, como en las últimas semanas, sumergida en la obsesión de terminar la novela y entregarla dentro del plazo, nada me lo daba, lo dejé pasar.

Ignoré a mi intuición.

Nunca hay que hacerlo.

—Genial. ¿Te espero aquí o dentro, Betty?

—Dentro —dijo señalando uno de los despachos acristalados—. Y, si ves algún título que te llame la atención, me lo dices y te lo llevas.

Sonreí.

Betty se comportaba como de costumbre y yo estaba actuando como una paranoica.

—¿Cuántos libros son necesarios para tirar abajo el suelo de un apartamento de Brooklyn? Es para una amiga —bromeé.

—Bah, no te preocupes. Los suelos de Brooklyn lo

resisten todo. A mí me inquietarían más los libros que tienes pendientes de leer. Por aquí dicen que a partir de los quince su alma cobra vida como un fantasma y van a por ti —me siguió el juego, y mientras pasaba al despacho algo más relajada y cerraba la puerta me pregunté cuándo era la última vez que me había regalado tiempo para leer una novela por placer. Pero enseguida aparté el pensamiento de «hace mucho, y tú antes los devorabas», porque en los últimos tiempos, tras el tercer o cuarto bloqueo desesperante, había sacrificado casi todo, incluidos conocidos y buena parte de mi higiene personal, para alcanzar la meta propuesta y acabar una novela más.

Colgué el abrigo en el perchero y tomé asiento de espaldas a la oficina *open space* en la que los teléfonos no cesaban de sonar, se respondían correos, se leían manuscritos y se daban indicaciones precisas para el próximo pelotazo editorial.

Betty no me hizo esperar ni para tomar el café ni para conocer su resolución.

Llegó al rato, colocó la taza humeante delante de mí, se sentó enfrente y habló.

—¿Qué te ha pasado, Kelly? *La verdad que dice mi silencio* ni siquiera parece tuyo.

No necesitó pronunciar nada más para que la falsa seguridad que me había invadido me abandonara y los nervios estallasen propagándose por mi cuerpo. Bajé las manos hasta las rodillas, donde ella no las podía ver, y comencé a retorcerlas, tratando de aparentar serenidad ante mi editora para que no me tomase, además, por la cría a punto de echarse a llorar cansada y derrotada que era. Si me hubiera visto esa mañana frente al espejo cubriéndome las ojeras con maquillaje…

En aquel momento quise decirle muchas cosas, pero todas se resumían en:

—Lo sé. Lo siento.

Podía defender el brutal esfuerzo. No el resultado.

Me examinó, comprensiva.

—La novela no puede salir en primavera, como estaba previsto. Con trabajo podríamos editarla y moverla a…

—No —la interrumpí—, no quiero publicarla.

A lo largo de los meses de ansiedad, mientras la tecleaba, había aprendido a odiarla y, con su confirmación… La novela no tenía alma. Sí que había escenas bonitas, sentidas, y diálogos con los que me había divertido. Nada es nunca cien por cien malo o bueno. Pero carecía de emoción, de latidos, de vida. Y ese no era mi mayor problema.

—¿Prefieres ponerte con otro libro para desintoxicarte, Kelly? —Tuve que contenerme, y mucho, para no echarme a llorar de agradecimiento. Después de mi monumental cagada, aún confiaban en mí.

—Sí, por favor.

Betty reflexionó unos segundos.

—OK, Kelly. Planifica una escaleta, hazme un resumen, me lo mandas y nos ponemos a ello.

—Vale. Prometo que esta vez no os fallaré.

Mentí. El mayor problema era que me había quedado vacía, seca, sin ideas, o con muchas a la vez que no dejaban de interferir entre ellas y me impedían concentrarme en escribir una línea.

¿Y si siempre había estado equivocada y los sueños tenían fecha de caducidad?

¿Qué se hacía cuando la tuya se acercaba?

¿Existía vida después de ellos o perderlos te arrasaba?

Otros títulos de la autora en Booket: